Galleria

Andrea Camilleri

Ancora tre indagini per il commissario Montalbano

La voce del violino
La gita a Tindari
L'odore della notte

Con una nota dell'autore

Sellerio editore
Palermo

2009 © *Sellerio editore via Siracusa 50 Palermo*
e-mail: info@sellerio.it
www.sellerio.it

La voce del violino
1997 *Prima edizione «La memoria»*

La gita a Tindari
2000 *Prima edizione «La memoria»*

L'odore della notte
2001 *Prima edizione «La memoria»*

Camilleri, Andrea <1925>

Ancora tre indagini per il commissario Montalbano / Andrea Camilleri ; con
una nota dell'autore. - Palermo : Sellerio, 2009.
(Galleria)
EAN 978-88-389-2420-0.
853.914 CDD-21   SBN Pal0221939

CIP - *Biblioteca centrale della Regione siciliana «Alberto Bombace»*

Nota
di
Andrea Camilleri

Assai prima ancora di cominciare a scrivere il quarto romanzo incentrato su una nuova indagine del commissario Montalbano, che poi sarà intitolato La voce del violino, mi resi conto che avrei dovuto affrontare, e in qualche modo cercare di risolvere, un grosso problema per me del tutto nuovo: quello della serialità.

Ormai infatti dovevo rassegnarmi a prendere atto della situazione.

Il personaggio, che nelle mie intenzioni iniziali doveva apparire solo in due romanzi per poi scomparire del tutto e per sempre, era sfuggito definitivamente al mio controllo per volontà dei lettori e minacciava di avere una lunga e fortunata esistenza.

Il rischio della serialità prolungata consiste, com'è facile capire, nella ripetitività.

A questo rischio non è nemmeno sfuggito un maestro come Simenon, e lo si nota leggendo tutti i 75 romanzi incentrati sulla figura del commissario Maigret.

Occorreva quindi una strategia che consentisse al personaggio di poter continuare nel tempo evitando il più possibile le duplicazioni e le clonazioni.

Mi convinsi allora che in primo luogo era assolutamente necessario che il protagonista avesse a sua disposizione molte più possibilità dialettiche di quante gliene avessi concesse nei primi tre romanzi.

Ecco perché ne La voce del violino ho introdotto almeno tre grosse novità, operando una specie di rivoluzione che mi permetteva di ripartire quasi ex novo.

La prima è l'andata in pensione del vecchio questore Burlando (non mi ero nemmeno accorto, lo confesso, di avergli dato lo stesso cognome tipicamente genovese di Livia) e la sua sostituzione col giovane questore Bonetti-Alderighi.

9

Con il vecchio questore Montalbano andava fin troppo d'accordo, aveva con lui rapporti d'amicizia, andava a cena a casa sua.

Con Bonetti-Alderighi la situazione cambia radicalmente. Il nuovo questore, che ha quarti di nobiltà, è un giovane, scattante bergamasco, arrivato con la ferma volontà di rinnovare, tagliare i rami secchi, rottamare.

È fin troppo chiara la sua intenzione di rottamare anche Montalbano che considera un poliziotto all'antica, sorpassato. L'antipatia tra i due è reciproca e radicale.

La seconda novità è la sostituzione del pm Lo Bianco, che ha preso una lunga aspettativa per continuare le sue ricerche storico-genealogiche, col veneziano Nicolò Tommaseo.

Che ben presto si rivelerà essere un appassionato di delitti a sfondo sessuale. Sicché anche per lui varrà quanto Alessandro Manzoni scriveva per l'omonimo Nicolò Tommaseo, e cioè che aveva un piede in sacrestia e l'altro in un casino.

La terza novità è costituita dall'avvicendamento del capo della Scientifica, Jacomuzzi, col quale il commissario aveva sostanzialmente buoni rapporti, col fiorentino Vanni Arquà, cultore della tecnologia più avanzata in fatto d'indagini. In questo romanzo nasce tra i due un'insopportabilità reciproca destinata a durare.

Cambia anche il capo di gabinetto e arriva il mellifluo dottor Lattes, soprannominato «Lattes e mieles», fermamente convinto che Montalbano sia sposato e padre di figli.

Infine resta da dire che è cambiato anche il capo della Mobile. Ma i capi della Mobile saranno destinati a rapidissime rotazioni.

L'avvento quindi di un bergamasco, di un veneziano e di un fiorentino permetterà all'insofferente Montalbano di muoversi in un campo assai più vasto fatto di scontri dovuti anche a questioni di mentalità, di metodi, di pedissequa osservanza delle regole, di rispetto delle «improrogabili prerogative», come usa dire il pm Tommaseo.

Ne La gita a Tindari Montalbano ha cinquant'anni e comincia ad avere paura dell'invecchiamento.

Ora vorrei chiarire perché qui il commissario avverta così acutamente l'avanzare degli anni.

Più che un fatto fisico, si tratta di un disagio profondo, dovuto alla sensazione di non saper più fare fronte ai cambiamenti vertiginosi del nostro tempo, alle novità che si succedono quasi incastrandosi l'una nell'altra.

L'annunzio del possibile matrimonio di Mimì Augello lo deprime fino alle lacrime. L'uccisione a freddo dei due vecchi coniugi gli rivela un grado di crudeltà che intuisce sempre più efferata, sino a risultargli intollerabile.

Ma soprattutto egli prova un senso d'inadeguatezza di fronte alle nuove realtà criminali. Le sue indagini usavano basarsi principalmente sulla conoscenza del territorio e degli uomini che l'abitavano. Per questo non ha mai accettato una promozione che avrebbe comportato il trasferimento.

Ma ora che il territorio non esiste più, perché orrendi reati come il traffico di organi si possono svolgere via Internet, tra criminali che nemmeno si conoscono di persona, egli avverte la paura di non essere più all'altezza della situazione.

Il territorio può dissolversi da un momento all'altro, mutandosi in uno spazio grande quanto il mondo stesso. È questa la sua angoscia.

Ed è anche per questa ragione che nel romanzo ho introdotto una sorta di monologo interiore che meglio possa rendere i sentimenti più intimi di Montalbano.

L'odore della notte *nasce da un proposito tutto letterario, una sorta di sfida a me stesso.*

Quella di vedere se ero capace d'innestare un mio racconto dentro a un racconto di William Faulkner, il grande autore americano premio Nobel del quale si ritrovano spesso tracce nei miei scritti. È uno di quegli autori che, con Pirandello, Joyce, Gogol', Sterne, Sciascia, Savinio e naturalmente Simenon, tengo in uno scaffale a parte, a portata di mano.

Non so se ci sono riuscito, ma il gioco per me valeva la candela.

In questo romanzo accade anche un episodio che aggrava l'angoscia di Montalbano per il cambiamento: l'abbattimento del centenario ulivo tra i cui rami egli andava spesso a rifugiarsi e a pensare.

Vedendolo abbattuto dalla scure, perché ostacola la costruzione

11

di un pretenzioso villino, il commissario ha la sensazione che «lo spazio della sua esistenza si fosse improvvisamente ristretto».
Quell'ulivo era non solo un luogo dell'anima, ma anche il luogo della memoria.
E quando non c'è memoria, è inevitabile che lo spazio vitale di ogni uomo si restringa.

ANDREA CAMILLERI

Ancora tre indagini per il
commissario Montalbano

La voce del violino

Uno

Che la giornata non sarebbe stata assolutamente cosa il commissario Salvo Montalbano se ne fece subito persuaso non appena raprì le persiane della càmmara da letto. Faceva ancora notte, per l'alba mancava perlomeno un'ora, però lo scuro era già meno fitto, bastevole a lasciar vedere il cielo coperto da dense nuvole d'acqua e, oltre la striscia chiara della spiaggia, il mare che pareva un cane pechinese. Dal giorno in cui un minuscolo cane di quella razza, tutto infiocchettato, dopo un furioso scaracchìo spacciato per abbaiare, gli aveva dolorosamente addentato un polpaccio, Montalbano chiamava così il mare quand'era agitato da folate brevi e fredde che provocavano miriadi di piccole onde sormontate da ridicoli pennacchi di schiuma. Il suo umore s'aggravò, visto e considerato che quello che doveva fare in matinata non era piacevole: partire per andare a un funerale.

La sera avanti, trovate nel frigo delle acciughe freschissime accattategli dalla cammarera Adelina, se l'era sbafate in insalata, condite con molto sugo di limone, olio d'oliva e pepe nero macinato al momento. Se l'era scialata, ma a rovinargli tutto era stata una telefonata.

«Pronti, dottori? Dottori, è lei stesso di pirsona al tilefono?».

«Io stesso di pirsona mia sono, Catarè. Parla tranquillo».

Catarella, al commissariato, l'avevano messo a rispondere alle telefonate nell'errata convinzione che lì potesse fare meno danno che altrove. Montalbano, dopo alcune solenni incazzature, aveva capito che l'unico modo per poter avere con lui un dialogo entro limiti tollerabili di delirio era di adottare il suo stesso linguaggio.

«Domando pirdonanza e compressione, dottori».

Ahi. Domandava perdono e comprensione. Montalbano appizzò le orecchie, se il cosiddetto italiano di Catarella diventava cerimonioso e pomposo, veniva a significare che la quistione non era leggera.

«Parla senza esitanza, Catarè».

«Tre giorni passati cercarono propio lei di lei, dottori, lei non c'era, però io me lo scordai a farle referenza».

«Da dove telefonavano?».

«Dalla Flòrida, dottori».

Atterrì, letteralmente. In un lampo vide se stesso in felpa fare footing assieme a baldi, atletici agenti americani dell'antinarcotici impegnati con lui in una complessa indagine sul traffico di droga.

«Levami una curiosità, come vi siete parlati?».

«E come dovevamo parlarci? In taliàno, dottori».

«Ti hanno detto che volevano?».

«Certo, tutto di ogni cosa mi dissero. Dissero così che morse la mogliere del vicequestore Tamburanno».

Tirò un sospiro di sollievo, non poté impedirselo. Non dalla Flòrida avevano telefonato, ma dal commissariato di Floridia, vicino a Siracusa. Caterina Tamburrano era molto malata da tempo e la notizia non gli arrivò inaspettata.

«Dottori, sempre lei di persona è?».

«Sempre io sono, Catarè, non sono cangiato».

«Dissero pure macari che la finzione funerea la facevano giovedì matino alli nove».

«Giovedì? Cioè domani matino?».

«Sissi, dottori».

Era troppo amico di Michele Tamburrano per non andare al funerale, mettendo una pezza al non essersi fatto vivo con lui nemmeno con una telefonata. Da Vigàta a Floridia, almeno tre ore e mezzo di macchina.

«Senti, Catarè, la mia auto è dal meccanico. Ho bisogno di una macchina di servizio per domani matino alle cinque precise da me, a Marinella. Avverti il dottor Augello che io sarò assente e rientrerò nelle prime ore del dopopranzo. Hai capito bene?».

Dalla doccia ne uscì con la pelle colore aragosta: per equilibrare la sensazione di freddo provata alla vista del mare aveva abusato d'acqua bollente. Principiò a farsi la barba e sentì arrivare l'auto di servizio. Del resto, chi non l'aveva sentita arrivare nel raggio di una decina di chilometri? La macchina si catapultò ultrasonica, frenò con grande stridore sparando raffiche di ghiaietta che rimbalzarono in tutte le direzioni, poi ci fu un disperato ruggire di motore imballato, un lacerante cambio di marcia, un acuto sgommare, un'altra raffica di ghiaietta. Il conducente aveva fatto manovra, si era rimesso in posizione di ritorno.

Quando niscì da casa pronto per la partenza, c'era Gallo, l'autista ufficiale del commissariato, che gongolava.

«Taliasse ccà, dottore! Guardi le tracce! Che manovra! Ho fatto firriàre la macchina su se stessa!».

«Complimenti» fece cupo Montalbano.

«Metto la sirena?» spiò Gallo nel momento che partivano.

«Sì, nel culo» rispose Montalbano tòrvolo. E chiuse gli occhi, non aveva gana di parlare.

Gallo, che pativa del complesso d'Indianapolis, appena vide il suo superiore chiudere gli occhi principiò ad aumentare la velocità per toccare un chilometraggio orario a livello delle capacità di guida che credeva d'avere. E fu così che manco un quarto d'ora ch'erano in marcia avvenne il botto. Allo stridìo della frenata, Montalbano raprì gli occhi ma non vide nenti di nenti, la sua testa venne prima violentemente spinta in avanti poi tirata narrè dalla cintura di sicurezza. Seguì una devastante rumorata di lamiera contro lamiera e poi tornò il silenzio, un silenzio da conto di fate, con canto di uccellini e abbaiare di cani.

«Ti sei fatto male?» spiò il commissario a Gallo vedendo che si massaggiava il petto.

«No. E lei?».

«Niente. Ma come fu?».

«Una gaddrina mi tagliò la strata».

«Non ho mai visto una gallina traversare quando sta venendo una macchina. Vediamo il danno».

Scesero. Non passava anima viva. Le tracce della lunga frenata si erano stampate sull'asfalto: proprio all'inizio di esse si notava un mucchietto scuro. Gallo vi si avvicinò, si rivolse trionfante al commissario.

«Che le avevo detto? Gaddrina era!».

Suicidio, era chiaro. La macchina contro cui erano andati a sbattere fracassandole tutta la parte posteriore, doveva essere stata regolarmente parcheggiata al bordo della strada, ma la botta l'aveva messa tanticchia di traverso. Era una Renault Twingo verde-bottiglia, sistemata a chiudere un viottolo sterrato che dopo una trentina di metri portava a una villetta a due piani, porta e finestre sbarrate. L'auto di servizio aveva invece un faro frantumato e il parafango destro accartocciato.

«E ora che facciamo?» spiò Gallo sconsolato.

«Ce ne andiamo. Secondo te la nostra macchina funziona?».

«Ci provo».

A marcia indietro, sferragliando, l'auto di servizio si liberò dall'incastro con l'altra macchina. Nessuno s'affacciò a una delle finestre della villetta manco questa volta. Stavano a dormire di sonno piombigno, perché sicuramente la Twingo doveva appartenere a qualcuno di casa, non c'erano altre abitazioni nelle vicinanze. Mentre Gallo, con le due mani, tentava di sollevare il parafango che faceva attrito sul pneumatico, Montalbano scrisse su un pezzetto di carta il numero di telefono del commissariato e lo infilò sotto un tergicristallo.

Quando non è cosa, non è cosa. Dopo una mezzorata ch'erano ripartiti, Gallo ripigliò a massaggiarsi il petto, di tanto in tanto la faccia gli si stracangiava per una smorfia di dolore.

«Guido io» fece il commissario e Gallo non protestò.

Quando arrivarono all'altezza di Fela, Montalbano invece di proseguire lungo la superstrada, imboccò una deviazione che portava al centro del paese. Gallo non se ne addunò, teneva gli occhi chiusi e la testa appoggiata al vetro del finestrino.

«Dove siamo?» spiò raprendo gli occhi appena sentì la macchina che si fermava.

«Ti porto all'ospedale di Fela. Scendi».

«Ma non è niente, commissario».

«Scendi. Voglio che ti diano un'occhiata».

«Però lei mi lascia qua e prosegue. Mi ripiglia quando torna».

«Non dire minchiate. Cammina». L'occhiata che diedero a Gallo, tra auscultazioni, triplice misurazione della pressione, radiografie e compagnia bella durò più di due ore. Alla fine sentenziarono che Gallo non aveva niente di rotto, il dolore era dovuto al fatto che aveva battuto malamente contro il volante e lo stato di debolezza era da addebitare alla reazione per lo scanto che si era pigliato.

«E ora che facciamo?» rispiò Gallo sempre più sconsolato.

«Che vuoi fare? Proseguiamo. Però guido io».

A Floridia c'era già stato due o tre volte, ricordava macari dove abitava Tamburrano. Si diresse perciò verso la chiesa della Madonna delle Grazie che era quasi attaccata alla casa del collega. Arrivato sulla piazza, scorse la chiesa parata a lutto, gente che s'affrettava a entrare. La funzione doveva essere cominciata in ritardo, i contrattempi non capitavano solo a lui.

«Io vado al garage del commissariato per far vedere la macchina» fece Gallo «poi ripasso di qua a prenderla».

Montalbano trasì nella chiesa gremita, la funzione era appena principiata. Si taliò torno torno, non raccanoscì nisciuno. Tamburrano doveva essere in prima fila, vicino al tabbuto davanti all'altare maggiore. Il commissario decise di restarsene dov'era, allato al portone d'ingresso: avrebbe stretto la mano a Tamburrano quando il feretro nisciva dalla chiesa. Alle prime parole del parrino, dopo già tanto che la Messa procedeva, ebbe un sobbalzo. Aveva sentito bene, ne era certo.

Il parrino aveva principiato a dire:

«Il nostro carissimo Nicola ha lasciato questa valle di lacrime...».

Pigliato il coraggio a due mani, toccò sulla spalla una vecchietta.

«Scusi, signora, di chi è questo funerale?».

«Del povero ragioniere Pecoraro. Pirchì?».

21

«Credevo fosse della signora Tamburrano».

«Ah. Quello però l'hanno fatto alla chiesa di Sant'Anna».

Per arrivare a piedi alla chiesa di Sant'Anna ci mise un quarto d'ora quasi di corsa. Ansante e sudato, trovò il parroco nella navata deserta.

«Mi perdoni, il funerale della signora Tamburrano?».

«È finito quasi due ore fa» fece il parroco squatrandolo severamente.

«Sa se la seppelliscono qua?» spiò Montalbano evitando la taliàta del parrino.

«Ma no! Terminata la funzione, l'hanno caricata per portarsela a Vibo Valentia. La tumuleranno là, nella tomba di famiglia. Suo marito, il vedovo, l'ha voluta seguire con la sua macchina».

E così tutto era stato inutile. Aveva notato, nella piazza della Madonna delle Grazie, un caffè coi tavoli all'aperto. Quando arrivò Gallo con la macchina aggiustata alla meglio, erano quasi le due. Montalbano gli contò quello ch'era capitato.

«E ora che facciamo?» spiò Gallo per la terza volta nella matinata, perso in un abisso di sconsolazione.

«Ti mangi una brioscia con la granita che qua la fanno buona e poi ce ne torniamo. Se il Signore ci assiste e la Madonna ci accompagna, per le sei di sera siamo a Vigàta».

La preghiera venne accolta, filarono ch'era una billizza.

«La macchina è ancora là» fece Gallo che già Vigàta era in vista.

La Twingo stava come l'avevano lasciata in matinata, leggermente di traverso all'imbocco del vialetto sterrato.

«Avranno già telefonato al commissariato» disse Montalbano.

Stava dicendo una farfanterìa: la vista della macchina e della villetta con le finestre inserrate l'aveva messo a disagio.

«Torna indietro» ordinò d'un tratto a Gallo.

Gallo fece una spericolata curva a U che scatenò un coro di clacson, all'altezza della Twingo ne fece un'altra ancora più spericolata e frenò darrè la macchinetta danneggiata.

Montalbano scinnì di corsa. Prima, passando, aveva visto giusto nello specchietto retrovisore: il foglietto con il numero di telefono era ancora sotto il tergicristallo, nessuno l'aveva toccato. «Non mi quatra» fece il commissario a Gallo che gli si era affiancato. S'incamminò per il viottolo. La villetta doveva essere stata costruita di recente, l'erba davanti alla porta d'ingresso era ancora bruciata dalla calce. C'erano macari delle tegole nuove ammucchiate in un angolo dello spiazzo. Il commissario taliò attentamente le finestre, non filtrava luce.

S'avvicinò alla porta, suonò il campanello. Aspettò tanticchia, suonò di nuovo.

«Tu sai a chi appartiene?» spiò a Gallo.

«Nonsi, dottore».

Che doveva fare? Stava calando la sera, avvertiva un principio di stanchezza, sentiva sulle spalle il peso di quell'inutile e faticosa giornata.

«Andiamocene» disse. E aggiunse, in un vano tentativo di convincersi: «Sicuramente hanno telefonato».

Gallo lo taliò dubitoso, ma non raprì bocca.

A Gallo, il commissario manco lo fece trasìri in ufficio, lo spedì subito a casa a riposarsi. Il suo vice, Mimì Augello, non c'era, era stato chiamato a rapporto dal nuovo questore di Montelusa, Luca Bonetti-Alderighi, un giovane e scattante bergamasco che era riuscito, in un mese, a crearsi dovunque antipatìe da coltello.

«Il questore» l'informò Fazio, il graduato col quale Montalbano aveva più confidenza «si è squetato per non averla trovata a Vigàta. Così c'è dovuto andare il dottor Augello».

«C'è dovuto?» ribatté il commissario. «Ma quello avrà pigliato l'occasione a volo per mettersi in mostra!».

Contò a Fazio l'incidente della matinata e gli domandò se sapeva chi erano i proprietari della villetta. Fazio l'ignorava, ma assicurò al superiore che la matina appresso sarebbe andato in municipio a informarsi.

«Ah, la sua macchina è nel nostro garage».

Prima di tornarsene a casa, il commissario interrogò Catarella.

23

«Senti, cerca di ricordarti bene. Hanno per caso chiamato per un'auto che abbiamo investito?».

Nessuna chiamata.

«Fammi capire meglio» disse Livia con voce alterata al telefono da Boccadasse, Genova.

«Ma che c'è da capire, Livia? Te l'ho detto e te lo ripeto. I documenti per l'adozione di François non sono ancora pronti, sono nate delle difficoltà impreviste e io non ho più alle mie spalle il vecchio questore che era sempre pronto ad appianare ogni cosa. Ci vuole pazienza».

«Io non stavo parlando dell'adozione» fece Livia gelida.

«Ah no? E di che parlavi allora?».

«Del nostro matrimonio, parlavo. Possiamo sposarci nel mentre si risolvono le difficoltà dell'adozione. Le due cose non sono interdipendenti».

«Certo che non lo sono» disse Montalbano che cominciava a sentirsi braccato e messo all'angolo.

«Voglio una risposta precisa alla domanda che ora ti faccio» proseguì Livia implacabile. «Metti caso che l'adozione sia impossibile. Che facciamo, secondo te, ci sposiamo lo stesso o no?».

Un tuono fortissimo e improvviso gli fornì la soluzione.

«Che è stato?» domandò Livia.

«Un tuono. C'è un temporale trem...».

Attaccò, staccò la spina.

Non ci poté sonno. Si votava e si rivotava nel letto intorciuniandosi nelle lenzuola. Verso le due del matino capì ch'era inutile tentare di dormire. Si susì, si vestì, pigliò un sacchetto di pelle che gli aveva regalato molto tempo prima un ladro di case diventato poi suo amico, si mise in macchina, partì. Il temporale continuava più forte, c'erano lampi che illuminavano a giorno. All'altezza della Twingo infrattò la sua auto sotto gli alberi, astutò i fari. Dal cruscotto pigliò la pistola, un paio di guanti e una torcia. Aspettò che la pioggia diradasse e d'un balzo traversò la strada, risalì per il viottolo, s'appiattì contro la porta. Suonò a lungo il campanello e non ebbe risposta. Indossò i guanti e dal sacchetto di pelle tirò fora un portachiavi grosso a forma d'anello dal quale pendevano una decina di ferretti di svariate forme. Al terzo tentativo la porta si raprì, era chiusa solo con lo scoppo, non erano stati dati giri di chiave. Trasì, si richiuse la porta alle spalle. Allo scuro, si chinò, si slacciò le scarpe vagnate restando in calzini. Accese la torcia tenendola puntata verso il pavimento. Si trovava dintra a una ampia càmmara da mangiare con annesso salotto. I mobili odoravano di vernice, tutto era nuovo, pulito e in ordine. Una porta si apriva su una cucina così specchiante che pareva levata da una réclame; un'altra porta dava in un bagno tanto tirato a lucido che pareva non ci fosse mai trasuto nessuno. Acchianò lentamente la scala che portava al piano di sopra. C'erano tre porte chiuse. La prima che raprì gli lasciò vedere una nitida cameretta per un ospite; la seconda lo portò dintra un bagno più grande di quello del pianoterra, ma, al contrario di quello di sotto, qui regnava un notevole disordine. Un accappatoio di spugna, rosa, era stato gettato a terra, come se chi lo portava se lo fosse levato di prescia. La terza era la càmmara da letto padronale. E certamente della giovane e bionda padrona era il corpo nudo quasi inginocchiato, con la pancia appoggiata al bordo del letto, le braccia spalancate, il viso sepolto nel lenzuolo ridotto a brandelli dalle unghie della donna che l'aveva artigliato negli spasimi della morte per soffocamento. Montalbano s'avvicinò al cadavere, lo toccò leggermente levandosi un guanto: era gelido e rigido. Doveva essere stata bellissima. Il commissario ridiscese la scala, si infilò nuovamente le scarpe, con il fazzoletto asciugò la macchia umida che esse avevano lasciato sul pavimento, niscì dalla villetta, chiuse la porta, traversò la strada, si mise in macchina, partì. Pensava freneticamente, mentre tornava a Marinella. Come far scoprire il delitto? Non poteva certo andare a dire al giudice quello che aveva combinato. Il giudice che aveva sostituito il dottor Lo Bianco, il quale si era messo in aspettativa per approfondire le interminabili ricerche storiche su due suoi pseudo antenati, era un veneziano che di nome faceva Nicolò e di cognome Tommaseo e ad ogni momento tirava in ballo le sue «inderogabili prerogative».

Aveva un faccino da picciliddro consunto che nascondeva sotto barba e baffi da martire di Belfiore. Mentre rapriva la porta di casa sua, a Montalbano finalmente balenò la soluzione del problema. E fu così che poté farsi una dormitina da dio.

Due

Arrivò in ufficio alle otto e mezzo, riposato e allicchittato. «Lo sai che il questore è un nobile?» fu la prima cosa che gli disse Mimì Augello vedendolo. «È un giudizio morale o un fatto araldico?». «Araldico». «L'avevo già capito dalla lineetta tra i due cognomi. E tu che hai fatto, Mimì? L'hai chiamato conte, barone, marchese? L'hai allisciato bene?». «Dai, Salvo, sei fissato!». «Io?! Fazio m'ha detto che al telefono col questore scodinzolavi e che poi sei partito a razzo per andarlo a trovare».

«Senti, il questore m'ha detto testualmente: "Se il commissario Montalbano non è reperibile, venga lei immediatamente". Che dovevo fare? Rispondergli che non potevo perché altrimenti il mio superiore s'incazzava?».

«Che voleva?».

«Non ero solo. C'era mezza provincia. Ci ha comunicato che ha intenzione di svecchiare, rinnovare. Ha detto che chi non è in grado di seguirlo in questa accelerazione può andarsi a fare rottamare. Ha detto proprio così: rottamare. È stato evidente per tutti che aveva in mente te e Sandro Turri di Calascibetta».

«Spiegami meglio come avete fatto a capirlo».

«Perché quando ha detto rottamare ha taliàto a lungo prima Turri e poi me».

«Ma non può darsi che intendeva riferirsi proprio a te?».

«Dai, Salvo, lo sanno tutti che non ti stima».

«Che voleva il signor principe?».

«Dirci che fra giorni arriveranno modernissimi computer, ogni commissariato ne sarà dotato. Ha voluto da ognuno di noi il

27

nome di un agente particolarmente versato in informatica. E io gliel'ho fatto».

«Ma sei pazzo? Qua nessuno capisce un'amata minchia di queste cose. Che nome gli hai dato?».

«Catarella» fece serio, impassibile, Mimì Augello. Un'azione da sabotatore nato. Di scatto, Montalbano si alzò e corse ad abbracciare il suo vice.

«So tutto della villetta che l'interessa» fece Fazio assittandosi sulla seggia davanti alla scrivania del commissario. «Ho parlato col segretario comunale che di ogni persona di Vigàta sa vita, morte e miracoli».

«Dimmi».

«Dunque. Il terreno sul quale sorge la villetta apparteneva al dottor Rosario Licalzi».

«Dottore in che cosa?».

«Dottore vero, medico. È morto una quindicina d'anni fa, lasciandolo al figlio maggiore, Emanuele, pure lui medico».

«Abita a Vigàta?».

«Nonsi. Vive e travaglia a Bologna. Due anni narrè questo Emanuele Licalzi si è maritato con una picciotta di quelle parti. Sono venuti in Sicilia in viaggio di nozze. La fìmmina ha visto il terreno e da quel momento s'è incaponita che voleva farci fabbricare una villetta. E questo è quanto».

«Sai dove sono in questo momento i Licalzi?».

«Il marito è a Bologna, lei fino a tre giorni fa è stata vista in pàisi che trafficava per arredare la villetta. Ha una Twingo verde-bottiglia».

«Quella che Gallo ha investito».

«Già. Il segretario mi ha detto che non può passare inosservata. Pare sia bellissima».

«Non capisco perché ancora la signora non abbia telefonato» fece Montalbano che quando ci si metteva sapeva essere uno strepitoso attore.

«Io mi sono fatto un concetto» disse Fazio. «Il segretario m'ha detto che la signora è, come dire, amicionàra, tiene tante amicizie».

28

«Femminili?».

«E maschili» sottolineò Fazio significativamente. «Può darsi che la signora sia ospite di qualche famiglia, magari sono venuti a prenderla con la loro macchina. Solo quando torna potrà accorgersi del danno».

«È plausibile» concluse Montalbano continuando il suo teatro.

Appena Fazio se ne fu nisciuto, il commissario telefonò alla signora Clementina Vasile Cozzo.

«Cara signora, come sta?».

«Commissario! Che bella sorpresa! Tiro avanti, per grazia di Dio».

«Potrei passare a farle un salutino?».

«Lei è il benvenuto in qualsiasi momento».

La signora Clementina Vasile Cozzo era una donna anziana, paralitica, una ex maestra elementare baciata dall'intelligenza e dotata di naturale, composta dignità. Il commissario aveva fatto la sua conoscenza nel corso di una complessa indagine di tre mesi narrè e le era rimasto filiarmente legato. Montalbano apertamente non se lo diceva: ma quella era la donna che avrebbe voluto sceglersi per madre, la sua l'aveva persa che era troppo nico, ne conservava nella memoria solo una specie di luminescenza dorata.

«A mamà era biunna?» aveva una volta domandato a suo padre nel tentativo di spiegarsi perché il ricordo della madre consistesse solo in una sfumatura luminosa.

«Frumento sutta u suli» era stata l'asciutta risposta del padre.

Montalbano aveva pigliato l'abitudine di andare a trovare la signora Clementina almeno una volta la settimana, le contava di qualche inchiesta che aveva per le mani e la donna, grata per la visita che veniva a interrompere la monotonia delle sue giornate, l'invitava a mangiare con lei. Pina, la cammarera della signora, era un personaggio scorbutico e per di più Montalbano le stava antipatico: sapeva però preparare pietanzine di squisita, disarmante semplicità.

La signora Clementina, vestita con molta eleganza, uno scialletto indiano di seta sulle spalle, lo ricevette in salotto.

«Oggi c'è concerto» sussurrò «ma sta per finire».

Quattro anni avanti la signora Clementina aveva saputo dalla cammarera Pina, che a sua volta l'aveva appreso da Jolanda, governante del Maestro Cataldo Barbera, che l'illustre violinista, il quale abitava l'appartamento sopra il suo, stava passando guai seri con le tasse. Ne aveva allora parlato al figlio che travagliava all'Intendenza di finanza di Montelusa e il problema, che nasceva sostanzialmente da un equivoco, era stato risolto. Una decina di giorni appresso la cammarera Jolanda le aveva portato un biglietto: «Gentile Signora, per ricambiare solo in parte, ogni venerdì mattina, dalle nove e mezza alle dieci e mezza suonerò per Lei. Suo devotissimo Cataldo Barbera».

E così ogni venerdì matina la signora si parava di tutto punto per rendere a sua volta omaggio al Maestro e andava ad assittarsi in una specie di cammarino-salotto dove si sentiva meglio il suono. E il Maestro, alle nove e mezza spaccate, dal piano di sopra, attaccava col suo violino.

A Vigàta tutti sapevano dell'esistenza del Maestro Cataldo Barbera, ma pochissimi l'avevano visto di persona. Figlio di un ferroviere, il futuro Maestro aveva visto la luce a Vigàta sessantacinque anni avanti, ma se n'era andato dal paìsi non ancora decìno perché il padre era stato trasferito a Catania. La sua carriera i vigatesi l'avevano appresa dai giornali: studiato il violino, in breve Cataldo Barbera era diventato un concertista di fama internazionale. Inspiegabilmente però, al culmine della notorietà, si era ritirato a Vigàta, dove si era accattato un appartamento e dove campava da volontario recluso.

«Che sta suonando?» spiò Montalbano.

La signora Clementina gli porse un foglio di carta a quadretti. Il Maestro usava inviare alla signora, il giorno prima del concerto, il programma scritto a matita. I pezzi di quel giorno erano la «Danza spagnola» di Sarasate e lo «Scherzo-Tarantella op. 16» di Wieniawski. Quando il concerto ebbe termine, la signora Vasile Cozzo attaccò la spina del telefono, compose un numero, poggiò la cornetta sul ripiano e si mise ad applaudire. Montalbano si associò di cuore: non capiva niente di musica, ma era certo di una cosa e cioè che Cataldo Barbera fosse un grande artista.

«Signora» esordì il commissario «la mia è una visita interessata, ho bisogno che lei mi faccia un favore».

Proseguì contandole tutto quello che gli era capitato il giorno prima, l'incidente, lo scambio di funerali, la clandestina visita notturna nella villetta, la scoperta del cadavere. Alla fine del racconto il commissario esitò, non sapeva come formulare la sua richiesta.

La signora Clementina, che si era di volta in volta divertita ed emozionata, l'incoraggiò:

«Avanti, commissario, non si faccia scrupolo. Che vuole da me?».

«Vorrei che lei facesse una telefonata anonima» disse Montalbano tutto d'un fiato.

Era tornato da una decina di minuti in ufficio che Catarella gli passò una telefonata del dottor Lattes, capo di Gabinetto del questore.

«Caro Montalbano, come va? Come va?».

«Bene» fece asciutto Montalbano.

«Godo nel saperla in buona salute» fece il capo di Gabinetto tanto per non smentire il soprannome «Lattes e mieles» che gli era stato da qualcuno affibbiato per la melliflua pericolosità.

«Ai suoi ordini» l'incitò Montalbano.

«Ecco. Nemmeno un quarto d'ora fa una donna ha telefonato al centralino della questura chiedendo di parlare personalmente col signor questore. Ha tanto insistito. Il questore però era occupato e ha incaricato me di raccogliere la telefonata. La donna era in preda all'isteria, gridava che in un villino di contrada Tre Fontane era stato commesso un delitto. Poi ha riattaccato. Il questore la prega di andare lì ad ogni buon conto e di riferire. La signora ha anche detto che il villino è facilmente riconoscibile perché c'è una Twingo verde-bottiglia ferma davanti».

«Oh Dio!» fece Montalbano, cominciando a recitare il secondo atto della sua parte, visto che la signora Clementina Vasile Cozzo la sua l'aveva fatta in modo perfetto.

«Che c'è?» spiò incuriosito il dottor Lattes.

«Una straordinaria coincidenza!» fece Montalbano mostrando meraviglia nella voce. «Poi le riferirò».

«Pronto? Il commissario Montalbano sono. Parlo col giudice Tommaseo?».

«Sì. Buongiorno. Mi dica».

«Dottor Tommaseo, il capo di Gabinetto del questore m'ha appena informato d'aver ricevuto una telefonata anonima che denunziava un delitto in un villino in territorio di Vigàta. M'ha ordinato di andare a dare un'occhiata. Io ci sto andando».

«Non è possibile che si tratti di uno scherzo di cattivo gusto?».

«Tutto è possibile. Io ho voluto metterla a conoscenza nel pieno rispetto delle sue inderogabili prerogative».

«Certo» disse compiaciuto il giudice Tommaseo.

«Ho la sua autorizzazione a procedere?».

«Naturalmente. E se veramente lì è stato commesso un delitto, mi avverta immediatamente e attenda il mio arrivo».

Chiamò Fazio, Gallo e Galluzzo e disse loro che dovevano andare con lui in contrada Tre Fontane per vedere se era stato commesso un omicidio.

«È lo stesso villino sul quale mi ha chiesto informazioni?» spiò imparpagliato Fazio.

«Quello stesso dove abbiamo scassato la Twingo?» rincarò Gallo taliando meravigliato il superiore.

«Sì» rispose a tutti e due il commissario atteggiando la faccia ad umiltà.

«Che naso che ha, lei!» esclamò ammirato Fazio.

Si erano appena messi in moto, che Montalbano si era già stuffato, stuffato della farsa che avrebbe dovuto recitare fingendo meraviglia alla vista del cadavere, stuffato per il tempo che gli avrebbero fatto perdere il giudice, il medico legale, la Scientifica che erano capaci di metterci ore prima di arrivare sul posto. Decise di accelerare i tempi.

«Passami il cellulare» disse a Galluzzo che sedeva davanti a lui. Alla guida c'era naturalmente Gallo.

Formò il numero del giudice Tommaseo.

«Montalbano sono. Signor giudice, non era uno scherzo la telefonata anonima. Purtroppo nella villetta abbiamo ritrovato un cadavere di sesso femminile».

Le reazioni di quelli ch'erano nella macchina furono diverse. Gallo sbandò, invase la corsia opposta, sfiorò un camion carico di tondini di ferro, bestemmiò, si rimise in carreggiata. Galluzzo sobbalzò, sgranò gli occhi, si torse sullo schienale voltandosi a taliare il suo superiore con la bocca aperta. Fazio visibilmente s'irrigidì, fissò davanti a sé senza espressione.

«Arrivo subito» fece il giudice Tommaseo. «Mi dica esattamente dov'è la villetta».

Sempre più stuffato, Montalbano passò il cellulare a Gallo.

«Spiegagli bene dov'è. Poi avverti il dottor Pasquano e la Scientifica».

Fazio raprì bocca solo quando l'auto si fermò darrè la Twingo verde-bottiglia.

«Se l'era messo i guanti?».

«Sì» disse Montalbano.

«Ad ogni modo, per sicurezza, ora che entriamo tocchi tutto a mani libere, lasci più impronte che può».

«Ci avevo già pensato» disse il commissario.

Del biglietto infilato sotto il tergicristallo, dopo il temporale nella nottata precedente, restava assai poco, i numeri di telefono erano stati cancellati dall'acqua. Montalbano non lo rimosse.

«Voi due taliàte quassotto» fece il commissario a Gallo e a Galluzzo.

Lui, seguito da Fazio, salì invece al piano superiore. Con la luce elettrica il corpo della morta gli fece meno impressione della notte avanti, quando l'aveva intravisto all'esiguo lume della torcia: pareva meno vero anche se non finto. D'un bianco livido, rigido, il cadavere assomigliava ai calchi in gesso delle vittime dell'eruzione di Pompei. Affacciabocconi com'era, non era possibile scorgerle il volto, ma il suo resistere alla morte doveva essere stato furioso, ciocche di capelli biondi erano sparse sul lenzuolo lacerato, sulle spalle e proprio sotto la nuca spiccavano bluastri segni d'ecchimosi, l'assassino doveva avere impiegato tutta la sua forza per costringerle la faccia a fondo, sino a sprofondare nel materasso senza che più potesse passare un filo d'aria.

Dal piano di sotto acchianarono Gallo e Galluzzo.

«Giù pare tutto in ordine» fece Gallo.

Va bene, pareva un calco, ma era sempre una giovane donna assassinata, nuda, in una posizione che di colpo gli parse insostenibilmente oscena, una chiusa intimità violata, spalancata da otto occhi di poliziotti. Quasi a volerle restituire un minimo di personalità e di dignità, spiò a Fazio:

«Ti hanno detto come si chiamava?».

«Sì. Se è la signora Licalzi, si chiamava Michela».

Andò nel bagno, raccolse da terra l'accappatoio rosa, lo portò in càmmara da letto, ci coprì il corpo.

Scinnì al pianoterra. Se fosse campata, Michela Licalzi ne avrebbe avuto ancora travaglio da fare per sistemare la villetta.

Nel salone c'erano, appoggiati a un angolo, due tappeti arrotolati, divano e poltrone erano avvolti nel cellophane della fabbrica, un tavolinetto era posato, gambe all'aria, su uno scatolone ancora imballato. L'unica cosa che appariva in ordine era uno scaffaletto a vetri, dentro il quale erano stati disposti in bell'ordine i soliti oggetti da mostra: due ventagli vecchi, qualche statuina di ceramica, un astuccio da violino chiuso, delle conchiglie molto belle, da collezione.

I primi ad arrivare furono quelli della Scientifica. Jacomuzzi, il vecchio capo della squadra, era stato sostituito dal questore Bonetti-Alderighi con il giovane dottor Arquà, trasferito da Firenze. Jacomuzzi, prima ancora d'essere il capo della Scientifica, era un esibizionista incurabile, sempre il primo a mettersi in posa davanti a fotografi, operatori, giornalisti.

Montalbano, sfottendolo come spesso faceva, lo chiamava «Pippo Baudo». All'apporto della ricerca scientifica in un'indagine in fondo in fondo ci credeva poco: sosteneva che l'intuito e la ragione prima o poi ci sarebbero arrivati magari senza il supporto dei microscopi e delle analisi. Eresie pure per Bonetti-Alderighi che se ne era rapidamente sbarazzato. Vanni Arquà era una stampa e una figura con Harold Lloyd, i capelli sempre spettinati, si vestiva come gli scienziati distratti delle pellicole degli anni '30 e aveva il culto della scienza. A Montalbano non faceva sangue e Arquà lo ricambiava d'uguale cordiale antipatia. Quelli della Scientifica arrivarono al gran completo con due macchine che viaggiavano a sirene spiegate, quasi fossero nel Texas. Erano otto, tutti in borghese e per prima cosa scaricarono dai portabagagli casse e cassette che parevano una troupe di cinematografari che si approntava per una ripresa. Quando Arquà trasì nel salone, Montalbano manco lo salutò, col pollice gli fece 'nzinga che quello che a loro interessava si trovava al piano di sopra.

Non erano ancora tutti acchianati che Montalbano sentì la voce di Arquà.

«Commissario, mi scusi, vuole salire un attimo?».

Se la pigliò comoda. Quando trasì nella càmmara da letto, si sentì trafiggere dalla taliàta del capo della Scientifica.

«Quando l'ha scoperto, il cadavere era così?».

«No» fece Montalbano fresco come un quarto di pollo. «Era nudo».

«E da dove ha preso quell'accappatoio?».

«Dal bagno».

«Rimetta tutto com'era prima, perdio! Lei ha alterato il quadro d'insieme! È gravissimo!».

Montalbano senza dire niente si avvicinò al cadavere, pigliò l'accappatoio, se lo mise sul braccio.

«Ammazza er culo, ragazzi!».

A parlare era stato il fotografo della Scientifica, una specie di laido paparazzo con la camicia fuori dai pantaloni.

«Accomodati, se vuoi» gli disse calmo il commissario. «È già in posizione».

Fazio, che conosceva il pericolo che spesso rappresentava la calma controllata di Montalbano, fece un passo verso di lui. Il commissario taliò Arquà negli occhi:

«L'hai capito perché l'ho fatto, stronzo?».

E uscì dalla càmmara. In bagno si diede una rapida sciacquata alla faccia, gettò a terra l'accappatoio all'incirca dove l'aveva trovato, tornò nella càmmara da letto.

«Sarò costretto a riferire al questore» fece gelido Arquà. La voce di Montalbano fu più gelida di dieci gradi.

«Vi intenderete benissimo».

«Dottore, io, Gallo e Galluzzo andiamo fuori a fumarci una sigaretta. A quelli della Scientifica diamo fastiddio».

Montalbano manco rispose, era assorto in un pinsèro. Dal salone risalì al piano di sopra, ispezionò la cameretta e il bagno. Al piano terra aveva già accuratamente taliàto senza trovare quello che l'interessava. Per scrupolo, si affacciò un momento nella càmmara da letto invasa e sconvolta dalla Scientifica e controllò quello che gli pareva d'aver visto prima.

Fora della villetta, macari lui si addrumò una sigaretta. Fazio aveva appena finito di parlare al cellulare.

«Mi sono fatto dare il numero di telefono e l'indirizzo di Bologna del marito» spiegò.

«Dottore» attaccò Galluzzo. «Stavamo parlando, noi tre, di una cosa stramma...».

«L'armuàr della càmmara da letto è ancora impaccato. E ho macari taliàto sotto al letto» s'aggiunse Gallo.

«E io ho taliàto in tutte le altre càmmare. Ma...».

Fazio, che stava per tirare la conclusione, si fermò a un gesto della mano del superiore.

«... ma i vestiti della signora non si trovano» concluse Montalbano.

Tre

Arrivò l'ambulanza, appresso veniva la macchina del dottor Pasquano, il medico legale.

«Vai a vedere se la Scientifica ha finito nella càmmara da letto» fece Montalbano a Galluzzo.

«Grazie» disse il dottor Pasquano. Il suo motto era «o io o loro», dove loro erano quelli della Scientifica. Già non sopportava Jacomuzzi e la sua banda di sbracati, figurarsi se poteva reggere il dottor Arquà e i suoi visibilmente efficienti collaboratori.

«Molto travaglio?» s'informò il commissario.

«Poca roba. Cinque cadaveri in una settimana. Quando mai s'è visto? È un periodo di stanca».

Tornò Galluzzo a dire che la Scientifica si era spostata nel bagno e nel cammarino, la via era libera.

«Accompagna il dottore e poi riscendi» disse Montalbano stavolta a Gallo. Pasquano gli lanciò una taliàta di ringraziamento, amava veramente travagliare da solo.

Dopo una mezzorata buona, si vide comparire l'auto tutta ammaccata del giudice il quale si decise a frenare solo dopo avere urtato una delle due macchine di servizio della Scientifica.

Nicolò Tommaseo scinnì rosso in faccia, il suo collo da impiccato pareva quello di un gallinaccio.

«È una strada tremenda! Ho avuto due incidenti!» proclamò all'urbi e all'orbo.

Era risaputo che guidava come un cane drogato.

Montalbano trovò una scusa per non farlo acchianare subito a rompere le scatole a Pasquano.

«Signor giudice, le voglio raccontare una storia curiosa».

E gli contò una parte di quello che era capitato il giorno

avanti, gli mostrò l'effetto della botta sulla Twingo, gli fece vedere quello che restava del biglietto scritto e infilato sotto il tergicristallo, gli disse come aveva cominciato a sospettare qualcosa. La telefonata anonima alla questura di Montelusa era stata come il cacio sui maccheroni.

«Che curiosa coincidenza!» fece il giudice Tommaseo non sbilanciandosi più di tanto.

Appena il giudice vide il corpo nudo dell'ammazzata, si paralizzò. Macari il commissario si fermò di botto. Il dottor Pasquano era in qualche modo riuscito a far firriare la testa della fìmmina e ora ne era visibile la faccia fino a quel momento rimasta sepolta. Gli occhi erano sgriddrati all'inverosimile, esprimevano dolore e orrore insopportabili, dalla bocca le era uscito un filo di sangue, doveva essersi morsa la lingua negli spasimi del soffocamento.

Il dottor Pasquano prevenne la domanda che odiava.

«È certamente morta nella nottata tra mercoledì e giovedì. Potrò essere più preciso dopo l'autopsia».

«E com'è morta?» spiò Tommaseo.

«Non lo vede? L'assassino l'ha messa a faccia in giù contro il materasso e ce l'ha tenuta fino alla morte».

«Doveva essere di una forza eccezionale».

«Non è detto».

«Le risulta che abbia avuto rapporti prima o dopo?».

«Non posso dirlo».

Qualcosa nel tono di voce del giudice spinse il commissario ad alzare gli occhi su di lui. Era tutto sudato.

«Possono anche averla sodomizzata» insistette il giudice con gli occhi che gli sparluccicavano.

Fu un lampo. Evidentemente il dottor Tommaseo in queste cose ci doveva segretamente bagnare il pane. Gli venne in mente d'aver letto da qualche parte una frase di Manzoni che riguardava l'altro più celebre Nicolò Tommaseo:

«Sto Tommaseo ch'el gha on pè in sagrestia e vun in casin».

Doveva essere vizio di famiglia.

«Farò sapere. Buongiorno» fece il dottor Pasquano rapidamente congedandosi a scanso d'altre domande.

38

«Per me è il delitto di un maniaco che ha sorpreso la signora mentre stava andando a letto» disse fermamente il dottor Tommaseo senza staccare gli occhi dalla morta.

«Guardi, signor giudice, che non c'è stata effrazione. È abbastanza desueto che una donna nuda vada ad aprire la porta di casa a un maniaco e lo riceva in camera da letto».

«Che ragionamento! Può essersi accorta che quell'uomo era un maniaco solo mentre... Mi spiego?».

«Io sarei orientato verso il passionale» disse Montalbano che stava principiando a divertirsi.

«E perché no? E perché no?» abboccò Tommaseo grattandosi la barba. «Dobbiamo tenere presente che a fare la telefonata anonima è stata una donna. La moglie tradita. A proposito, sa come raggiungere il marito della vittima?».

«Sì. Il brigadiere Fazio ha il numero di telefono» rispose il commissario sentendosi stringere il cuore. Detestava dare cattive notizie.

«Me lo faccia dire. Provvederò io» disse il giudice.

Tutte ce l'aveva Nicolò Tommaseo. Era macari un corvo.

«Possiamo portarla via?» spiarono quelli dell'ambulanza, trasendo nella càmmara.

Passò ancora un'ora quando quelli della Scientifica finirono di trafficchiare e ripartirono.

«E ora che facciamo?» spiò Gallo che pareva essersi fissato con quella domanda.

«Chiudi la porta e ce ne torniamo a Vigàta. Ho un pititto che non ci vedo» disse il commissario.

La cammarera Adelina gli aveva lasciato in frigo una vera squisitezza: la salsa corallina, fatta di uova d'aragosta e ricci di mare, per condire gli spaghetti. Mise l'acqua sul foco e, nell'attesa, chiamò il suo amico Nicolò Zito, giornalista di «Retelibera», una delle due televisioni private che avevano sede a Montelusa. L'altra, «Televigàta», del cui notiziario era responsabile il cognato di Galluzzo, aveva tendenze filogovernative, quale che fosse il governo. Sicché, col governo che c'era in quel momento, dato che «Retelibera» era da sempre orientata a sinistra, le due emittenti locali si sarebbero noiosamente assomigliate se non fosse stato per l'intelligenza, lucida e ironica, del rosso, di pelo e di idee, Nicolò Zito.

«Nicolò? Montalbano sono. È stato commesso un omicidio, ma...».

«... non devo dire che sei stato tu ad avvertirmi».

«Una telefonata anonima. Una voce femminile ha chiamato stamattina la questura di Montelusa, dicendo che in un villino in contrada Tre Fontane era stato commesso un omicidio. Era vero, una donna giovane, bella, nuda».

«Minchia!».

«Si chiamava Michela Licalzi».

«Ce l'hai una foto?».

«No. L'assassino si è portato via la borsetta e i vestiti».

«E perché?».

«Non lo so».

«Allora come fate a sapere che si tratta proprio di Michela Licalzi? L'ha identificata qualcuno?».

«No. Stiamo cercando il marito che vive a Bologna».

Zito gli spiò altri particolari, lui glieli diede.

L'acqua bolliva, calò la pasta. Squillò il telefono, ebbe un momento d'esitazione, incerto se rispondere o no. Temeva una telefonata lunga, che magari non era facilmente troncabile e che avrebbe messo a rischio il punto giusto di cottura della pasta. Sarebbe stata una catastrofe sprecare la salsa corallina con un piatto di pasta scotta. Decise di non rispondere. Anzi, per evitare che gli squilli gli turbassero la serenità di spirito indispensabile per gustare a fondo la salsetta, staccò la spina.

Dopo un'ora, soddisfatto di sé e disponibile all'assalto del mondo, riattaccò il telefono. Dovette subito sollevare il ricevitore.

«Pronto».

«Pronti, dottori? È lei di lei pirsonalmente?».

«Pirsonalmente, Catarè. Che c'è?».

«C'è che chiamò il giudici Tolomeo».

«Tommaseo, Catarè, ma va bene lo stesso. Che voleva?».

«Parlare pirsonalmente con lei pirsonalmente. Ha chiamato alimeno alimeno quattro volte. Dice così se gli tilifona lei di pirsona».

«Va bene».

«Ah, dottori, ci devo quomunicari una cosa d'importanzia strema. Mi chiamò dalla quistura di Montilusa il commissario dottori che di nome si chiama Tontona».

«Tortona».

«Come si chiama, si chiama. Quello. Lui dice che io devo affriquintari un concorso d'informaticcia. Lei che ne dice?».

«Sono contento, Catarè. Frequentalo questo corso, così ti specializzi. Tu sei l'uomo giusto per l'informaticcia».

«Grazii, dottori».

«Pronto, dottor Tommaseo? Montalbano sono».

«Commissario, l'ho tanto cercata».

«Mi scusi, ma ero molto impegnato. Ricorda l'inchiesta sul corpo ritrovato in acqua una settimana fa? Mi pare d'averla debitamente informata».

«Ci sono sviluppi?».

«No, assolutamente».

Montalbano avvertì il silenzio imparpagliato dell'altro, il dialogo appena terminato non aveva senso comune. Come aveva previsto, il giudice non ci si fermò sopra.

«Volevo dirle che ho rintracciato a Bologna il vedovo, il dottor Licalzi, e gli ho comunicato, col dovuto tatto, la ferale notizia».

«Come ha reagito?».

«Mah, che le devo dire? Stranamente. Non mi ha nemmeno domandato come fosse morta la moglie, che in fondo era giovanissima. Deve essere un tipo freddo, non si è quasi scomposto».

Il dottor Licalzi gli aveva fottuto lo spasso al corvo Tommaseo, la delusione del giudice di non essersi potuto godere, sia pure telefonicamente, una bella scena di grida e pianti, era palpabile.

«Ad ogni modo mi ha detto che oggi non si sarebbe potuto assolutamente muovere dall'ospedale. Aveva delle operazioni da fare e il suo sostituto era ammalato. Domattina alle sette e cinque prenderà l'aereo per Palermo. Presumo quindi che sarà nel suo ufficio verso mezzogiorno. Era di questo che volevo metterla al corrente».

«La ringrazio, giudice».

Gallo, mentre lo stava portando in ufficio con l'auto di servizio, gli comunicò che, per decisione di Fazio, Germanà era andato a pigliare la Twingo danneggiata e l'aveva messa nel garage del commissariato.

«Hanno fatto benissimo».

La prima persona che trasì nella sua càmmara fu Mimì Augello.

«Non vengo a parlarti di lavoro. Dopodomani, cioè domenica a matina presto, vado a trovare mia sorella. Vuoi venire macari tu così vedi François? Torniamo in serata».

«Spero di farcela».

«Cerca di venire. Mia sorella m'ha fatto capire che vorrebbe parlarti».

«Di François?».

«Sì».

Montalbano si preoccupò, sarebbe stato un guaio grosso se la sorella di Augello e suo marito gli avessero comunicato che non erano più in grado di tenere con loro il picciliddro.

«Farò il possibile, Mimì. Grazie».

«Pronto, commissario Montalbano? Sono Clementina Vasile Cozzo».

«Che piacere, signora».

«Risponda con un sì o con un no. Sono stata brava?».

«Bravissima, sì».

«Risponda sempre con un sì o con un no. Viene stasera a cena da me verso le nove?».

«Sì».

Fazio trasì nell'ufficio del commissario con un'ariata trionfante.

«Sa, dottore? Una domanda mi feci. Visto lo stato del villino che pareva solo occasionalmente abitato, la signora Licalzi quando da Bologna veniva a Vigàta dove andava a dòrmiri? Ho telefonato a un collega della questura di Montelusa, quello addetto al movimento degli alberghi, e ho avuto la risposta. La signora Michela Licalzi andava ad abitare, ogni volta, all'Hotel Jolly di Montelusa. Risulta registrata in arrivo sette giorni fa».

Fazio l'aveva pigliato di contropiede. Si era ripromesso di telefonare a Bologna al dottor Licalzi appena in ufficio e invece si era distratto, l'accenno di Mimì Augello a François l'aveva tanticchia strammato.

«Ci andiamo ora?» spiò Fazio.

«Aspetta».

Un pensiero del tutto immotivato gli passò fulmineo per la testa lasciandosi appresso un sottilissimo odore di zolfo, quello di cui abitualmente si profumava il diavolo. Si fece dare da Fazio il recapito telefonico di Licalzi, lo trascrisse su un foglietto che si mise in sacchetta, lo compose.

«Pronto, Ospedale Maggiore? Il commissario Montalbano di Vigàta sono. Vorrei parlare col professor Emanuele Licalzi».

«Attenda in linea, per favore».

Aspettò con disciplina e pazienza. Quando quest'ultima stava per scappargli del tutto, la centralinista si rifece viva.

«Il professor Licalzi è in sala operatoria. Dovrebbe riprovare tra mezz'ora».

«Lo chiamerò strada facendo» disse a Fazio. «Porta il cellulare, mi raccomando».

Telefonò al giudice Tommaseo, gli comunicò la scoperta di Fazio.

«Ah, non glielo ho detto» fece Tommaseo a questo punto. «Io gli ho chiesto di fornirmi il recapito della moglie qui da noi. Disse che non lo sapeva, che era sempre lei a chiamarlo».

Il commissario lo pregò di preparargli un mandato di perquisizione, avrebbe immediatamente mandato Gallo a ritirarlo.

«Fazio, te l'hanno detto qual è la specialità del dottor Licalzi?».

«Sissi, dottore. Fa l'aggiustaossa».

A metà strada tra Vigàta e Montelusa, il commissario chiamò nuovamente l'Ospedale Maggiore di Bologna. Dopo un'aspettatina non tanto lunga, Montalbano sentì una voce decisa ma civile.

«Sono Licalzi. Chi parla?».

«Mi scusi se l'ho disturbata, professore. Sono il commissario Salvo Montalbano di Vigàta. Mi occupo del delitto. La prego intanto d'accogliere le mie più sentite condoglianze».

«Grazie».

Né una parola di più né una di meno. Il commissario capì che la parola toccava ancora a lui.

«Ecco, dottore, lei oggi ha detto al giudice che non era a conoscenza del recapito della sua signora quando veniva qua».

«È così».

«Non riusciamo a rintracciarlo, questo recapito».

«Non ci saranno mica mille alberghi tra Montelusa e Vigàta».

Pronto alla collaborazione, il professor Licalzi.

«Mi perdoni se insisto. In caso di assoluta necessità non avevate previsto...».

«Non credo potesse verificarsi una necessità simile. Ad ogni modo lì a Vigata abita un mio lontano parente col quale la povera Michela si era messa in contatto».

«Potrebbe dirmi...».

«Si chiama Aurelio Di Blasi. E ora mi scusi, devo tornare in sala operatoria. Domani verso mezzogiorno sarò al commissariato».

«Un'ultima domanda. Lei a questo suo parente l'ha informato del fatto?».

«No. Perché? Avrei dovuto?».

Quattro

«Una così squisita, elegante e bella signora!» fece Claudio Pizzotta, sissantino distinto direttore dell'albergo Jolly di Montelusa. «Le è successo qualcosa?».

«Per la verità ancora non sappiamo. Abbiamo ricevuto da Bologna una telefonata del marito ch'era in pensiero».

«Eh già. La signora Licalzi, effettivamente, a quanto mi risulta, è uscita dall'albergo mercoledì sera e da allora non l'abbiamo più vista».

«E non vi siete preoccupati? È venerdì sera, mi pare».

«Eh, già».

«Vi aveva avvertito che non sarebbe rientrata?».

«No. Ma vede, commissario, la signora usa scendere da noi almeno da due anni. Abbiamo avuto così tutto il tempo per conoscere i suoi ritmi di vita. Che non sono, come dire, usuali. La signora Michela è una donna che non passa inosservata, capisce? E poi io da sempre ho avuto una preoccupazione particolare».

«Ah, sì? Quale?».

«Beh, la signora ha molti gioielli di gran valore. Collane, braccialetti, orecchini, anelli... Io l'ho più volte pregata di depositarli in una nostra cassetta di sicurezza, ma lei ha sempre rifiutato. Li tiene dentro una specie di sacca, non adopera borsette. Mi ha ogni volta detto di stare tranquillo, che i gioielli non li avrebbe lasciati in camera, li avrebbe portati con sé. Ma io temevo magari qualche scippo. Lei però sorrideva e non c'era verso».

«Lei mi ha accennato a particolari ritmi di vita della signora. Potrebbe spiegarsi meglio?».

«Naturalmente. La signora ama fare le ore piccole. Torna spesso alle prime luci dell'alba».

«Sola?».

«Sempre».

«Bevuta? Alticcia?».

«Mai. Almeno così mi ha detto il portiere notturno».

«Mi vuol dire che ragione ha lei per parlare della signora Licalzi col portiere notturno?».

Claudio Pizzotta avvampò. Si vede che con la signora Michela ci aveva fatto il pinsèro di poterci bagnare il pizzo.

«Commissario, lei capisce... Una donna così bella e sola... Che nasca qualche curiosità è più che naturale».

«Vada avanti. Mi dica di questi ritmi».

«La signora dorme di filata fin verso mezzogiorno, non vuole in nessun modo essere disturbata. Quando si fa svegliare, ordina la colazione in camera e comincia a fare e a ricevere telefonate».

«Molte?».

«Guardi, ho un elenco di scatti che non finisce mai».

«Sa a chi telefonava?».

«Si potrebbe sapere. Ma è cosa lunga. Basta dal telefono in camera fare lo zero e si può telefonare magari in Nuova Zelanda».

«E per le comunicazioni in arrivo?».

«Mah, che vuole che le dica. La centralinista, ricevuta la chiamata, la smista in camera. C'è una possibilità sola».

«Cioè?».

«Che qualcuno telefoni, lasciando detto chi è, quando la signora non è in albergo. In quel caso viene dato al portiere un modulo apposito che lui mette nella casella delle chiavi».

«La signora pranza in albergo?».

«Raramente. Capirà, facendo una sostanziosa colazione così tardi... Ma tuttavia è capitato. E il capocameriere una volta mi disse del contegno della signora a tavola, quando pranza».

«Non ho capito bene, mi scusi».

«L'albergo è frequentatissimo, uomini d'affari, politici, imprenditori. E tutti, bene o male, finiscono col provarci. Occhiatine, sorrisi, inviti più o meno espliciti. Il bello della signora, mi ha detto il capocameriere, è che non fa la madonna offesa, ma anzi ricambia le occhiate, i sorrisi... Però, arrivati al dunque, niente. Rimangono tutti a bocca asciutta».

«A che ora esce di solito nel pomeriggio?».

«Verso le sedici. E rientra a notte più che fonda».

«Deve avere un largo giro d'amicizie tra Montelusa e Vigàta».

«Direi».

«È capitato altre volte che sia stata fuori per più di una notte?».

«Non credo. Il portiere me l'avrebbe riferito».

Arrivarono Gallo e Galluzzo sventolando il mandato di perquisizione.

«Qual è la stanza della signora Licalzi?».

«La 118».

«Ho un mandato».

Il direttore Pizzotta fece la faccia offìsa.

«Ma commissario! Non c'era bisogno di questa formalità! Bastava chiederlo e io... Vi accompagno».

«No, grazie» fece secco Montalbano.

La faccia del direttore Pizzotta da offìsa diventò mortalmente offìsa.

«Vado a prendere la chiave» fece, sostenuto.

Tornò poco dopo con la chiave e un mazzetto di fogli, tutti avvisi di telefonate ricevute.

«Ecco» disse dando, va a sapere perché, la chiave a Fazio e le ricevute a Gallo. Abbassò di scatto, alla tedesca, la testa davanti a Montalbano, si voltò e si allontanò rigido che pareva un pupo di ligno in movimento.

La càmmara 118 era impregnata d'intramontabile Chanel n° 5, sopra la cassapanca portabagaglio facevano spicco due valigie e una sacca firmate Vuitton. Montalbano raprì l'armuàr: cinque vestiti di gran classe, tre paia di jeans artisticamente consumati; nel reparto d'alloggio delle scarpe cinque paia a tacchi altissimi, firmate Magli, tre sportive basse. Le camicette, anch'esse costosissime, erano ripiegate con cura estrema; la biancheria intima, divisa per colori nell'apposito cassetto, era composta solo di aeree mutandine.

«Qua dentro non c'è niente» disse Fazio che intanto aveva ispezionato le due valigie e la sacca.

Gallo e Galluzzo, che avevano capovolto letto e materasso, scossero negativamente la testa e principiarono a rimettere tutto a posto, suggestionati dall'ordine che regnava nella càmmara.

Sullo scrittoietto c'erano lettere, appunti, un'agenda e un mazzo di avvisi di chiamata assai più alto di quello che il direttore aveva dato a Gallo.

«Queste cose ce le portiamo via» disse il commissario a Fazio. «Talìa macari nei cassetti, piglia tutte le carte».

Fazio tirò fora dalla sacchetta una busta di nailon che si portava sempre appresso, principiò a riempirla.

Montalbano passò nel bagno. Tutto sparluccicante, ordine perfetto. Sulla mensola, rossetto Idole, fondotinta Shiseido, una bottiglia magnum di Chanel n° 5 e via di questo passo. Un accappatoio rosa, certamente più soffice e più costoso di quello della villetta, era compostamente appeso.

Tornò nella càmmara da letto, suonò per far venire l'addetta al piano. Poco dopo bussarono e Montalbano disse di trasìre. Si aprì la porta e apparse una quarantina sicca sicca la quale, appena vide i quattro uomini, s'irrigidì, sbiancò e con un filo di voce spiò:

«Sbirri siete?».

Al commissario venne da ridere. Quanti secoli di soprusi poligieschi c'erano voluti per affinare in una fìmmina siciliana una così fulminea capacità d'individuazione di uno sbirro?

«Sì, lo siamo» disse sorridendo.

La cammarera arrossì, abbassò gli occhi.

«Domando scusa».

«Lei conosce la signora Licalzi?».

«Perché, che le capitò?».

«Da qualche giorno non se ne hanno notizie. La stiamo cercando».

«E per cercarla vi state portando via le sue carte?».

Non era da sottovalutare, quella fìmmina. Montalbano decise di concederle qualche cosa.

«Abbiamo scanto che possa esserle successo un guaio».

«Io glielo dissi sempre di stare accorta» fece la cammarera «se ne andava a spasso con mezzo miliardo nella sacca!».

«Andava in giro con tanti soldi?» spiò Montalbano stupito.

«Non parlavo di soldi, ma dei gioielli che ha. E con la vita che fa! Torna tardo, si susi tardo...».

«Questo lo sappiamo. Lei la conosce bene?».

«Certo. Dalla prima volta che è venuta qua col marito».

«Mi sa dire qualcosa del suo carattere?».

«Guardi, non era per niente camurriusa. Aveva solo una fissazione: l'ordine. Quando le rifacevano la càmmara, stava a sorvegliare che ogni cosa fosse rimessa al posto suo. Le cammarere del turno di matina si raccomandavano al Signuruzzo prima di cominciare il travaglio nella 118».

«Un'ultima domanda: le sue colleghe del turno di mattina le hanno mai detto se la signora avesse ricevuto qualche uomo in camera di notte?».

«Mai. E per queste cose noi abbiamo l'occhio fino».

Per tutto il viaggio di ritorno a Vigàta una domanda perseguitò Montalbano: se la signora era una maniaca dell'ordine, come mai il bagno della villetta a Tre Fontane era tanto in disordine, perfino con l'accappatoio rosa gettato a terra alla come viene viene?

Durante la cena (merluzzi freschissimi bolliti con due foglie d'alloro e conditi al momento con sale, pepe, olio di Pantelleria e un piatto di soave tinnirùme che serviva ad arrcirìare stommaco e intestini) il commissario contò alla signora Vasile Cozzo gli sviluppi della giornata.

«Mi pare di capire» fece la signora Clementina «che la vera domanda è questa: perché l'assassino si è portato appresso i vestiti, le mutandine, le scarpe e la sacca della povirazza?».

«Già» commentò Montalbano e non disse altro. Non voleva interrompere il funzionamento del cirivéddro della signora che già appena aperto bocca aveva centrato il problema.

«Io di queste cose» proseguì la vecchia signora «posso parlarne per quello che ne vedo in televisione».

«Non legge libri gialli?».

«Raramente. E poi che significa libro giallo? Che significa romanzo poliziesco?».

«Beh, c'è tutta una letteratura che...».

«Certo. Ma non mi piacciono le etichette. Vuole che le racconti una bella storia gialla? Dunque, un tale, dopo molte vicende avventurose, diventa il capo di una città. A poco a poco però i suoi sudditi cominciano ad ammalarsi di un male oscuro, una specie di peste. Allora questo signore si mette a indagare per scoprire la causa del male. Indaga che t'indaga, scopre che la radice del male è proprio lui e si punisce».

«Edipo» disse quasi a se stesso Montalbano.

«Non è una bella storia poliziesca? Torniamo al nostro discorso. Perché un assassino si porta via i vestiti della vittima? La prima risposta è: per non farla identificare».

«Non è il nostro caso» disse il commissario.

«Giusto. Mi pare però che, ragionando a questo modo, noi seguiamo la strada sulla quale vuole metterci l'omicida».

«Non capisco».

«Mi spiego meglio. Chi si è portato via tutta la roba vuole farci credere che ogni cosa di quella roba è ugualmente importante per lui. Ci spinge a considerare la roba come un tutto unico. Ma non è così».

«Già» fece ancora Montalbano sempre più ammirato e sempre più timoroso di spezzare con qualche osservazione inopportuna il filo di quel ragionamento.

«Intanto la sacca, pigliata a sé stante, vale mezzo miliardo per i gioielli che ci stanno dintra. E perciò per un ladro comune l'avere arrubbato la sacca significa essersi guadagnato la giornata. Giusto?».

«Giusto».

«Ma un ladro comune che interesse ha a portarsi via i vestiti? Nessuno. Quindi, se si è portato appresso i vestiti, le mutandine e le scarpe noi veniamo a pensare che non si tratta di un ladro comune. È invece un ladro comune che così facendo vuole farsi credere non comune, diverso. Perché? può darsi che l'abbia fatto per imbrogliare le carte, lui voleva rubare la sacca che valeva quello che valeva ma, siccome ha commesso un omicidio, ha tentato di mascherare il suo vero scopo».

«Giusto» fece Montalbano senza esserne richiesto.

«Andiamo avanti. Macari quel ladro dalla villetta si è portato via altre cose di valore che non sappiamo».

«Posso fare una telefonata?» spiò il commissario pigliato da un pinsèro improvviso.

Chiamò il Jolly di Montelusa, domandò di parlare con Claudio Pizzotta, il direttore.

«Ah, commissario, che cosa atroce! Terribile! Abbiamo or ora appreso da "Retelibera" che la povera signora Licalzi...».

Nicolò Zito aveva dato la notizia e lui si era scordato di sentire come il giornalista aveva commentato la storia.

«Anche "Televigàta" ha fatto un servizio» aggiunse tra realmente compiaciuto e fintamente addolorato il direttore Pizzotta.

Galluzzo aveva fatto il dovere suo con il cognato.

«Che devo fare, dottore?» spiò angosciato il direttore.

«Non capisco».

«Con questi giornalisti. Mi stanno assediando. Vogliono un'intervista. Hanno saputo che la povera signora era scesa da noi...».

Da chi potevano averlo saputo se non dal direttore stesso? Il commissario si rappresentò Pizzotta al telefono che convocava i giornalisti spiegando come e qualmente lui avrebbe potuto fare rivelazioni interessanti sull'assassinata, bella, giovane e soprattutto ritrovata nuda...

«Faccia come minchia crede. Senta, la signora Michela indossava abitualmente qualcuno dei gioielli che aveva? Possedeva un orologio?».

«Certo che l'indossava, sia pure con discrezione. Altrimenti perché li portava da Bologna a Vigàta? E in quanto all'orologio, teneva sempre al polso un Piaget stupendo, sottile come un foglio di carta».

Ringraziò, riattaccò, comunicò alla signora Clementina quello che aveva appena saputo. La signora ci pensò sopra tanticchia.

«Bisogna ora stabilire se si tratta di un ladro diventato assassino per necessità o di un assassino che vuole fare finta d'essere un ladro».

«Così, per istinto, io a questa storia del ladro non ci credo».

«Fa male a fidarsi dell'istinto».

«Ma signora Clementina, Michela Licalzi era nuda, aveva appena finito di fare la doccia, un ladro avrebbe sentito la rumorata, avrebbe aspettato a entrare in casa».

«E chi le dice che il ladro non fosse già in casa quando la signora è arrivata? Lei entra e il ladro s'ammuccia. Quando la signora si mette sotto la doccia, il ladro pensa che sia il momento giusto. Esce dal suo nascondiglio, razzia quello che deve razziare ma viene sorpreso dalla signora. Il ladro allora reagisce come sappiamo. E capace che non aveva manco l'intenzione d'ammazzarla».

«Ma come sarebbe entrato questo ladro?».

«Come è entrato lei, commissario».

Colpito e affondato. Montalbano non replicò.

«Passiamo ai vestiti» continuò la signora Clementina. «Se sono stati portati via per fare teatro, è un conto. Ma se all'assassino necessitava di farli sparire, questo è un altro paio di maniche. Che avevano di tanto importante?».

«Che potevano rappresentare per lui un pericolo, farlo identificare» fece il commissario.

«Sì, dice bene, commissario. Ma chiaramente non costituivano un pericolo quando la signora li indossò. Dovettero diventarlo dopo. E come?».

«Forse si macchiarono» disse dubitoso Montalbano. «Magari del sangue dell'omicida. Per quanto...».

«Per quanto?...».

«Per quanto non ci fosse sangue in giro nella càmmara da letto. Ce n'era tanticchia sul lenzuolo, era uscito dalla bocca della signora Michela. Ma forse si tratta di altre macchie. Di vomito, tanto per fare un esempio».

«O di sperma, tanto per farne un altro» fece la signora Vasile Cozzo arrossendo.

Era presto per tornarsene a casa a Marinella e così Montalbano decise d'affacciarsi al commissariato per vedere se c'erano novità.

«Ah dottori! Ah dottori!» fece Catarella appena lo vide. «Lei qua è? Alimeno una decina di pirsone tilifonaro! Tutte di lei pirsonalmente di lei cercavano! Io, non sapendo che lei avveniva, a tutte ci disse di tilifonari addomani matino! Che feci, mali o beni, dottori?».

«Bene facesti, Catarè, non ti preoccupare. Lo sai che volevano?».

«Erano tutte pirsòne che dicevano d'essere pirsòne accanoscenti della signora sasinàta».

Sul tavolo della sua càmmara, Fazio gli aveva lasciato la busta di nailon con dentro le carte sequestrate nella stanza 118. Allato c'erano i foglietti di chiamata telefonica che il direttore Pizzotta aveva consegnati a Gallo. Il commissario s'assittò, dalla busta pigliò per prima l'agenda, la sfogliò. Michela Licalzi la teneva ordinata come la sua càmmara d'albergo: appuntamenti, telefonate da fare, posti dove andare, erano tutti annotati con chiarezza e precisione.

Il dottor Pasquano aveva detto, e su questo Montalbano era d'accordo, che la fìmmina era stata ammazzata nella nottata tra mercoledì e giovedì. Andò subito a taliare perciò la pagina di mercoledì, l'ultima giornata di vita di Michela Licalzi. Ore 16 telefonare Rotondo mobiliere; ore 16 e 30 chiamare Emanuele; ore 17 app. Todaro piante e giardini; ore 18 Anna; ore 20 cena coi Vassallo.

La signora aveva però pigliato altri impegni per giovedì, venerdì e sabato ignorando che qualcuno le avrebbe impedito d'assolverli. Giovedì avrebbe dovuto incontrarsi, sempre di pomeriggio, con Anna con la quale sarebbe andata da Loconte (tra parentesi: tende) per poi concludere la serata a cena con un tale Maurizio. Il venerdì doveva vedersi con Riguccio elettricista, incontrarsi ancora con Anna e poi andare a cena dai signori Cangialosi. Sulla pagina di sabato c'era annotato solamente: ore 16 e 30 volo da Punta Ràisi per Bologna.

L'agenda era di grande formato, la rubrica telefonica prevedeva tre pagine per ogni lettera dell'alfabeto: ebbene, i numeri di telefono trascritti erano così tanti che la signora aveva certe volte dovuto scrivere i numeri di due diverse persone nello stesso rigo.

Montalbano mise da parte l'agenda, pigliò le altre carte dalla busta. Niente d'interessante, si trattava solo di fatture e di ricevute fiscali: ogni soldo speso per la costruzione e l'arredamento della villetta era stato puntigliosamente documentato. In un quaderno a quadretti la signora Michela aveva riportato in colonna tutte le spese, pareva pronta a una visita della Finanza. C'era un libretto d'assegni della Banca Popolare di Bologna di cui restavano solo le matrici. Montalbano trovò anche una carta d'imbarco Bologna-Roma-Palermo di sei giorni avanti e un biglietto di ritorno Palermo-Roma-Bologna per sabato alle 16 e 30.

Manco l'ùmmira di una lettera personale, di un bigliettino privato. Decise di continuare il travaglio a casa.

Cinque

Non restavano da taliare che gli avvisi di chiamata telefonica. Il commissario principiò da quelli che Michela raccoglieva nello scrittoietto della sua càmmara d'albergo. Erano una quarantina e Montalbano li raggruppò a seconda del nome di chi aveva telefonato. I mazzetti che alla fine risultarono più alti degli altri erano tre. Una fìmmina, Anna, telefonava di giorno e in genere lasciava detto a Michela di richiamarla non appena sveglia o quando fosse rientrata. Un omo, Maurizio, due o tre volte si era fatto sentire di mattina, ma abitualmente preferiva la notte tardo e sempre si raccomandava d'essere richiamato. Macari il terzo era un màscolo, di nome faceva Guido e chiamava da Bologna, pure lui notturno; però, a differenza di Maurizio, non lasciava detto niente.

I foglietti che il direttore Pizzotta aveva dato a Gallo erano venti: tutte le telefonate da quando Michela era nisciuta dall'albergo il dopopranzo di mercoledì fino all'annunzio della sua morte. Mercoledì matina, però, nelle ore che la signora Licalzi dedicava al sonno, aveva domandato di lei verso le dieci e mezza il solito Maurizio e dopo poco lo stesso aveva fatto Anna. Verso le nove di sera, sempre di mercoledì, aveva cercato Michela la signora Vassallo che aveva richiamato un'ora appresso. Anna si era rifatta viva poco prima della mezzanotte.

Alle tre del matino di giovedì aveva telefonato Guido da Bologna. Alle dieci e mezzo aveva chiamato Anna (la quale evidentemente ignorava che Michela non era quella notte rientrata in albergo), alle 11 un tale Loconte aveva confermato l'appuntamento per il dopopranzo. A mezzogiorno, sempre di giovedì, aveva chiamato il signor Aurelio Di Blasi che aveva insistito quasi a ogni tre ore, sino a venerdì alle sette di sera. Guido da Bologna aveva telefonato alle due del mattino di venerdì. Le telefonate di Anna, dalla mattina di giovedì si erano fatte frenetiche: s'interrompevano venerdì sera, cinque minuti prima che «Retelibera» desse la notizia del ritrovamento del cadavere.

C'era qualcosa che non quatrava, Montalbano non arrinisciva a localizzarla e la facenna lo metteva a disagio. Si susì, niscì nella verandina che dava direttamente sulla spiaggia, si levò le scarpe, principiò a camminare sulla rena fino ad arrivare a ripa di mare. Si arrotolò l'orlo dei pantaloni e pigliò a passiare con l'acqua che di tanto in tanto gli bagnava i piedi. Il rumore cullante della risacca l'aiutò a disporre in ordine i suoi pinsèri. E a un tratto capì cosa lo stava angustiando. Rientrò in casa, pigliò l'agenda, la raprì alla giornata di mercoledì. Michela aveva segnato che doveva andare a cena dai Vassallo alle 20. Ma allora perché la signora Vassallo l'aveva cercata in albergo alle nove e alle dieci di sera? Michela non era andata all'appuntamento? O la signora Vassallo che aveva telefonato non aveva nulla da spartire con i Vassallo che l'avevano invitata a cena?

Taliò il ralogio, era la mezzanotte passata. Decise che il fatto era troppo importante per stare a pinsare al galateo. Sull'elenco telefonico di Vassallo ne risultavano tre. Fece il primo numero e c'inzertò.

«Mi scusi. Il commissario Montalbano sono».

«Commissario! Sono Ernesto Vassallo. Sarei venuto io stesso domattina da lei. Mia moglie è distrutta, ho dovuto chiamare il medico. Ci sono novità?».

«Nessuna. Le devo domandare una cosa».

«A disposizione, commissario. Per la povera Michela...».

Montalbano tagliò.

«Ho letto sull'agenda che mercoledì sera la signora Licalzi doveva essere a cena...».

Questa volta fu Ernesto Vassallo a interromperlo.

«Non venne, commissario! L'aspettammo a lungo. Niente. Nemmeno una telefonata, lei, che era così precisa! Ci preoccupammo, temendo che stesse male, chiamammo un paio di volte in albergo, la cercammo anche dalla sua amica Anna Tropeano, ma lei ci disse di non saperne niente, aveva visto Michela verso le sei, erano state assieme una mezz'ora, poi Michela l'aveva lasciata dicendole che andava in albergo a cambiarsi per venire da noi».

«Senta, le sono veramente grato. Non venga domattina in commissariato, ho una quantità d'appuntamenti, passi nel pomeriggio quando vuole. Buonanotte».

Dato che aveva fatto trenta, decise di fare trentuno. Trovato sull'elenco il nome di Aurelio Di Blasi, compose il numero. Non era ancora terminato il primo squillo che venne all'altro capo sollevato il ricevitore.

«Pronto? Pronto? Sei tu? Tu sei?».

Una voce d'uomo di mezza età, affannosa, preoccupata.

«Il commissario Montalbano sono».

«Ah».

Montalbano sentì che l'uomo stava patendo una profondissima delusione. Di chi aspettava con tanta ansia la telefonata?

«Signor Di Blasi, lei certamente avrà saputo della povera...».

«Lo so, lo so, l'ho sentito alla televisione».

Alla delusione era subentrato un evidente fastidio.

«Ecco, volevo sapere perché lei, da giovedì a mezzogiorno sino a venerdì sera ha insistentemente cercato nel suo albergo la signora Licalzi».

«Che c'è di tanto straordinario? Io sono un lontano parente del marito di Michela. Lei, quando veniva qua per la villetta, si appoggiava a me per consiglio e aiuto. Io sono ingegnere edile. Giovedì le ho telefonato per invitarla a cena da noi, ma il portiere mi disse che la signora non era rientrata la notte avanti. Il portiere mi conosce, ha confidenza. E così ho cominciato a preoccuparmi. Trova la cosa tanto eccezionale?».

Ora l'ingegnere Di Blasi si era fatto ironico e aggressivo. Il commissario ebbe l'impressione che a quell'uomo i nervi stessero per saltare.

«No» disse e riattaccò.

Era inutile chiamare Anna Tropeano, sapeva già quello che avrebbe raccontato perché glielo aveva anticipato il signor Vassallo. Avrebbe convocato la Tropeano in commissariato. Una cosa a questo punto era sicura: la scomparsa dalla circolazione di Michela Licalzi era cominciata verso le sette di sera di mercoledì pomeriggio; in albergo non era arrivata mai anche se aveva manifestato questo proposito alla sua amica.

Non aveva sonno e così si curcò con un libro, un romanzo di Denevi, uno scrittore argentino che gli piaceva assà.

Quando cominciò ad avere gli occhi a pampineddra per il sonno, chiuse il libro, astutò la luce. Come faceva spessissimo prima d'addormentarsi, pensò a Livia. E di colpo si ritrovò susuto a mezzo del letto, sveglissimo. Gesù, Livia! Non si era fatto più sentire da lei dalla notte del temporale, quando aveva fatto finta che la linea fosse caduta. Livia certamente non ci aveva creduto, tant'è vero che non aveva più chiamato. Doveva rimediare subito.

«Pronto? Ma chi parla?» fece la voce assonnata di Livia.

«Salvo sono, amore».

«Ma lasciami dormire!».

Clic. Montalbano rimase un pezzo col microfono in mano.

Erano le otto e mezza del matino quando trasì in commissariato, riportandosi appresso le carte di Michela. Dopo che Livia non aveva voluto parlargli era stato pigliato dal nirbùso e non ce l'aveva più fatta a chiudere occhio. Non ebbe bisogno di convocare Anna Tropeano, Fazio subito gli disse che la fìmmina l'aspettava dalle otto.

«Senti, voglio sapere tutto di un ingegnere edile di Vigàta, si chiama Aurelio Di Blasi».

«Tutto tutto?» spiò Fazio.

«Tutto tutto».

«Tutto tutto per me significa macari le voci, le filàme».

«Macari pi mia significa la stessa cosa».

«E quanto tempo ho?».

«A Fazio, vuoi giocare al sindacalista? Due ore ti bastano e ti superchiano».

Fazio squatrò il superiore con un'ariata sdignata e sinni niscì senza dire manco bongiorno.

In condizioni normali, Anna Tropeano doveva essere una bella trentenne, nerissima di capelli, scura di pelle, grandi occhi sparluccicanti, alta e piena. Ora invece appariva con le spalle curve, gli occhi gonfi e rossi, la pelle che dava sul grigio.

«Posso fumare?» spiò appena assittata.

«Certo».

Si addrumò una sigaretta, le mani le tremavano. Tentò la brutta copia di un sorriso.

«Avevo smesso una settimana fa. Da ieri sera invece ho fumato almeno tre pacchetti».

«La ringrazio di essere venuta spontaneamente. Ho proprio bisogno di sapere molte cose da lei».

«Sono qua».

Dentro di sé, il commissario tirò un sospiro di sollievo. Anna era una donna forte, non ci sarebbero stati pianti e svenimenti. Il fatto è che quella fìmmina gli aveva fatto sangue appena era apparsa sulla porta.

«Magari se le mie domande le potranno apparire strane, risponda lo stesso, la prego».

«Certo».

«Sposata?».

«Chi?».

«Lei».

«No, non lo sono. E nemmeno separata o divorziata. E manco fidanzata, se è per questo. Vivo sola».

«Perché?».

Malgrado Montalbano l'avesse preavvisata, Anna ebbe un momento d'incertezza a rispondere a una domanda così personale.

«Credo di non avere avuto il tempo di pensare a me stessa. Commissario, un anno prima di pigliare la laurea, mio padre morì. Un infarto, era molto giovane. L'anno dopo che mi ero laureata, persi la mamma, ho dovuto badare alla mia sorellina, Maria, che ora ha ventinove anni ed è sposata a Milano, e a mio fratello Giuseppe che lavora in banca a Roma ed ha ventisette anni. Io ne ho trentuno. Ma, a parte questo, penso di non avere incontrato la persona giusta».

Non era risentita, anzi pareva tanticchia più calma: il fatto che il commissario non fosse subito entrato in argomento le aveva dato come una pausa di respiro. Montalbano pensò che era meglio navigare ancora al largo.

«Lei qui a Vigàta vive nella casa dei suoi genitori?».

«Sì, papà l'aveva comprata. È una specie di villino, appena inizia Marinella. È diventata troppo grande per me».

«È quella a destra subito dopo il ponte?».

«Quella».

«Ci passo davanti almeno due volte al giorno. Macari io abito a Marinella».

Anna Tropeano lo stava a taliare tanticchia strammata. Che strano tipo di sbirro!

«Lavora?».

«Sì, insegno allo Scientifico di Montelusa».

«Che insegna?».

«Fisica».

Montalbano la considerò ammirato. A scuola, in fisica, era stato sempre tra il quattro e il cinque: se avesse avuto ai suoi tempi una professoressa accussì, forse avrebbe potuto mettersi a paro con Einstein.

«Lei sa chi l'ha ammazzata?».

Anna Tropeano sobbalzò, taliò il commissario con occhi imploranti: stavamo così bene, perché vuoi metterti la maschera dello sbirro che è peggio di un cane da caccia?

«Non molli mai la presa?» parse domandare.

Montalbano capì quello che gli occhi della fìmmina gli stavano spiando, sorrise, allargò le braccia in un gesto di rassegnazione, come a dire:

«È il mio lavoro».

«No» rispose ferma, decisa, Anna Tropeano.

«Qualche sospetto?».

«No».

«La signora Licalzi abitualmente tornava in albergo nelle prime ore del mattino. Io vorrei domandarle...».

«Veniva da me. A casa mia. Quasi ogni sera cenavamo insieme. Se lei era invitata fuori, dopo passava da me».

«Che facevate?».

«Che fanno due amiche? Parlavamo, guardavamo la televisione, ascoltavamo musica. Oppure non facevamo niente, c'era il piacere di sentirsi una vicina all'altra».

«Aveva amicizie maschili?».

«Sì, qualcuna. Ma le cose non stavano come potevano apparire. Michela era molto seria. Vedendola così spigliata, libera, gli uomini equivocavano. E restavano immancabilmente delusi».

«C'era qualcuno particolarmente assillante?».

«Sì».

«Come si chiama?».

«Non glielo dico. Lo scoprirà facilmente».

«Insomma, la signora Licalzi era fedelissima al marito».

«Non ho detto questo».

«Che viene a significare?».

«Viene a significare quello che le ho appena detto».

«Vi conoscevate da tanto tempo?».

«No».

Montalbano la taliò, si susì, si avvicinò alla finestra. Anna, quasi rabbiosamente addrumò la quarta sigaretta.

«Non mi piace il tono che ha preso l'ultima parte del nostro dialogo» fece il commissario di spalle.

«Nemmeno a me».

«Pace?».

«Pace».

Montalbano si voltò, le sorrise. Anna ricambiò. Ma fu un attimo, alzò un dito come una scolara, voleva fare una domanda.

«Mi può dire, se non è un segreto, come è stata ammazzata?».

61

«La televisione non l'ha detto?».

«No, né "Retelibera" né "Televigàta". Hanno comunicato il ritrovamento e basta».

«Non dovrei dirglielo. Ma faccio un'eccezione per lei. L'hanno soffocata».

«Con un cuscino?».

«No, tenendole il volto premuto contro il materasso».

Anna cominciò a cimiare, faceva come le cime degli alberi quando sono investite dal vento. Il commissario niscì, tornò poco dopo con una bottiglia d'acqua e un bicchiere. Anna bevve come se fosse appena tornata dal deserto.

«Ma che c'è andata a fare nella villetta, Dio mio?» disse quasi a se stessa.

«Lei c'è mai stata nella villetta?».

«Certo. Quasi ogni giorno, con Michela».

«La signora ci ha dormito qualche volta?».

«Che io sappia, no».

«Ma nel bagno c'era un accappatoio, c'erano asciugamani, creme».

«Lo so. Michela l'aveva arredato apposta. Quando andava nella villa per metterla a posto, inevitabilmente finiva con lo sporcarsi di polvere, di cemento. Così, prima di andare via, si metteva sotto la doccia».

Montalbano si fece persuaso ch'era venuto il momento di colpire basso, ma era di malavoglia, non aveva gana di ferirla a fondo.

«Era completamente nuda».

Anna parse attraversata da una corrente ad alta tensione, sgriddrò smisuratamente gli occhi, tentò di dire qualcosa, non ci arrinscì. Montalbano le riempì il bicchiere.

«È stata… è stata violentata?».

«Non lo so. Ancora il medico legale non mi ha telefonato».

«Ma perché invece di andare in albergo è andata in quella maledetta villetta?» si ridomandò disperatamente Anna.

«Chi l'ha ammazzata s'è portato via i vestiti, le mutandine, le scarpe».

Anna lo taliò incredula, come se il commissario le avesse contato una grossa farfanterìa.

«E che ragione c'era?».

Montalbano non rispose, proseguì.

«Si è portato via macari la sacca con tutto quello che c'era dentro».

«Questo è più comprensibile. Michela nella sacca ci teneva tutti i suoi gioielli ch'erano tanti e di gran valore. Se chi l'ha soffocata è stato un ladro sorpreso a...».

«Aspetti. Il signor Vassallo m'ha riferito che non vedendo arrivare a cena la signora si preoccupò e telefonò a lei».

«È vero. Io la facevo da loro. Lasciandomi, Michela m'aveva detto che sarebbe passata in albergo a cambiarsi».

«A proposito, com'era vestita?».

«Era tutta in jeans, magari la giacca, scarpe sportive».

«E invece in albergo non è mai arrivata. Qualcuno o qualcosa le ha fatto cambiare idea. Aveva un cellulare?».

«Sì, lo teneva nella sacca».

«E dunque posso pensare che mentre andava in albergo qualcuno le abbia telefonato. E in seguito a questa telefonata la signora sia andata nella villetta».

«Magari era un tranello».

«Da parte di chi? Del ladro certamente no. L'ha mai sentito un ladro che convoca il proprietario della casa che sta derubando?».

«Ha visto se manca qualcosa dalla villetta?».

«Il Piaget della signora sicuramente. Per il resto, non so. Ignoro cosa ci fosse di valore nella villetta. Tutto appare in ordine, in disordine è solo il bagno».

Anna fece la faccia meravigliata.

«In disordine?».

«Sì, pensi che l'accappatoio rosa era gettato a terra. Aveva appena fatto la doccia».

«Commissario, lei mi sta facendo un certo quadro che non mi persuade proprio per niente».

«Cioè?».

«Cioè che Michela si sia recata nella villetta per incontrarci un uomo ed era così impaziente d'andare a letto con lui da liberarsi dell'accappatoio in fretta, lasciandolo cadere dove viene viene».

«È plausibile, no?».

«Per altre donne sì, per Michela no».

«Lei sa chi è un tale Guido che ogni notte le telefonava da Bologna?».

Aveva sparato alla cieca, ma fece centro. Anna Tropeano distolse lo sguardo, impacciata.

«Lei poco fa mi ha detto che la signora era fedele».

«Sì».

«Alla sua unica infedeltà?».

Anna fece signo di sì con la testa.

«Può dirmi come si chiama? Guardi che mi fa un favore, risparmio tempo. Per arrivarci, stia tranquilla che ci arrivo lo stesso. Dunque?».

«Si chiama Guido Serravalle, è un antiquario. Non conosco né il telefono né l'indirizzo».

«Grazie, mi basta. Verso mezzogiorno verrà qui il marito. Vuole incontrarlo?».

«Io?! E perché? Manco lo conosco».

Il commissario non ebbe bisogno di domandare ancora, Anna andò avanti da sola.

«Michela si è sposata col dottor Licalzi due anni e mezzo fa. È stata lei a voler venire in Sicilia in viaggio di nozze. In quell'occasione non ci siamo conosciute. È stato dopo, quando è tornata da sola coll'intenzione di far costruire la villetta. Un giorno stavo andando in macchina a Montelusa, una Twingo veniva in senso inverso, eravamo tutt'e due soprappensiero, per poco non abbiamo fatto uno scontro frontale. Siamo scese per le scuse reciproche e ci siamo fatte simpatia. Tutte le altre volte che Michela è tornata è venuta sempre da sola».

Era stanca, a Montalbano fece pena.

«Mi è stata utilissima. Grazie».

«Posso andarmene?».

«Certo».

E le porse la mano. Anna Tropeano la prese, la tenne tra le
sue.

Il commissario sentì dentro di sé come una vampata di calore.

«Grazie» fece Anna.

«E di che?».

«Di avermi fatto parlare di Michela. Non ho nessuno con cui…
Grazie. Mi sento più serena».

Sei

Anna Tropeano se n'era appena andata via che la porta della càmmara del commissario si spalancò battendo contro la parete e Catarella trasì a palla allazzata.

«La prossima volta che entri così, ti sparo. E tu lo sai che parlo sul serio» fece calmissimo Montalbano.

Catarella però era troppo eccitato per darsene pinsèro.

«Dottori, ci voleva dire che mi hanno acchiamato dalla quistura di Montilusa. S'arricorda che le dissi di quel concorso d'informaticcia? Accomincia lunedì matino e io mi devo apprisintari. Come farete senza di mia al tilifono?».

«Sopravviveremo, Catarè».

«A dottori dottori! Lei mi disse di non distrupparlo a mentre che parlava con la signora e io obbediente fui! Ma arrivò uno sdilluvio di tilifonate! Tutte le scrissi a sopra di questo pizzino».

«Dammelo e vattene».

Su una pagina di quaderno malamente strappata c'era scritto: «Ano tilifonato Vizzalllo Guito Sera falle Losconte suo amicco Zito Rotonò Totano Ficuccio Cangialosi novamente di novo Sera falle di bolonia Cipollina Pinissi Cacomo».

Montalbano cominciò a grattarsi in tutto il corpo. Doveva trattarsi di una misteriosa forma d'allergia, ma ogni volta ch'era costretto a leggere uno scritto di Catarella lo pigliava un prurito irresistibile. Con santa pacienza decrittò: Vassallo, Guido Serravalle l'amante bolognese di Michela, Loconte che vendeva stoffe per tende, il suo amico Nicolò Zito, Rotondo il mobiliere, Todaro quello delle piante e giardini, Riguccio l'elettricista, Cangelosi che aveva invitato a cena Michela, di nuovo Serravalle. Cipollina, Pinissi e Cacomo, ammesso e non concesso che si chiamassero così, non sapeva chi fossero, ma era facile supporre che avessero telefonato perché amici o conoscenti della vittima.

«C'è permesso?» spiò Fazio affacciandosi.

«Entra. M'hai portato le informazioni sull'ingegnere Di Blasi?».

«Certo. Altrimenti qua sarei?».

Fazio evidentemente s'aspettava un elogio per il poco tempo impiegato a raccogliere le notizie.

«Hai visto che ce l'hai fatta in un'ora?» gli disse invece il commissario.

Fazio s'infuscò.

«E questo sarebbe il ringrazio che mi fa?».

«Perché, tu vuoi essere ringraziato quando non fai altro che il tuo dovere?».

«Commissario, mi permette con tutto il rispetto? Stamatina proprio 'ntipatico è».

«A proposito, perché non ho ancora avuto l'onore e il piacere, si fa per dire, di vedere in ufficio il dottor Augello?».

«È fora per via del Cementificio con Germanà e Galluzzo».

«Cos'è questa storia?»

«Nenti sapi? Aieri a trentacinque operai del Cementificio ci arrivò la carta della cassa integrazione. Stamatina hanno principiato a fare catùnio, voci, pietre, cose così. Il direttore s'è appagnato e ha chiamato qua».

«E perché Mimì Augello c'è andato?».

«Ma se il direttore l'ha chiamato d'aiuto!».

«Cristo! L'ho detto e l'ho ripetuto cento volte. Non voglio che nessuno del commissariato s'immischi in queste cose!».

«Ma che doveva fare il pòvìro dottore Augello?».

«Smistava la telefonata all'Arma, che quelli in queste cose ci bagnano il pane! Tanto, al signor direttore del Cementificio un altro posto glielo trovano. Quelli che restano col culo a terra sono gli operai. E noi li pigliamo a manganellate?».

«Dottore, mi perdoni ancora, ma lei proprio comunista comunista è. Comunista arraggiato è».

«Fazio, tu sei amminchiato su questa storia del comunismo. Non sono comunista, lo vuoi capire sì o no?».

«Va bene, ma certo è che parla e ragiona come uno di loro».

«Vogliamo lasciar perdere la politica?».

«Sissi. Dunque: Di Blasi Aurelio fu Giacomo e fu Carlentini Maria Antonietta, nato in Vigàta il 3 aprile 1937...».

«Quando parli così mi fai venire il nervoso. Mi pari un impiegato dell'anagrafe».

«Non le piace, signor dottore? Vuole che lo canti in musica? Che lo dica in poesia?».

«Stamatina macari tu, in fatto di 'ntipatia, mi pare che non scherzi».

Squillò il telefono.

«Qua finisce che facciamo notte» sospirò Fazio.

«Pronti, dottori? C'è al tilifono quel signore Càcono che già tilifonò. Che faccio?».

«Passamelo».

«Commissario Montalbano? Sono Gillo Jàcono, ho avuto il piacere di conoscerla in casa della signora Vasile Cozzo, sono un suo ex allievo».

Al microfono, in sottofondo, Montalbano sentì una voce femminile annunziare l'ultima chiamata del volo per Roma.

«Mi ricordo benissimo, mi dica».

«Sono all'aeroporto, ho pochi secondi, mi scusi la brevità».

La brevità il commissario era sempre pronto a scusarla dovunque e comunque.

«Telefono per quella signora assassinata».

«La conosceva?».

«No. Vede, mercoledì sera, verso la mezzanotte, sono partito da Montelusa per Vigàta con la mia macchina. Il motore però ha cominciato a fare i capricci, dovevo procedere pianissimo. In contrada Tre Fontane sono stato superato da una Twingo scura che si è fermata poco dopo, davanti a un villino. Ne sono scesi un uomo e una donna, si sono incamminati per il vialetto. Non ho visto altro, ma di quello che ho visto sono certo».

«Quando torna a Vigàta?».

«Giovedì prossimo».

«Mi venga a trovare. Grazie».

Montalbano s'assentò, nel senso che il suo corpo restò assittato, ma la testa era altrove.

«Che faccio, torno tra tanticchia?» spiò rassegnato Fazio.

«No, no. Parla».

«Dunque, dov'ero rimasto? Ah, sì. Ingegnere edile, non costruisce però in proprio. Domiciliato in Vigàta, via Laporta numero 8, coniugato con Dalli Cardillo Teresa, casalinga, ma casalinga benestante. Proprietario di un grosso pezzo di terreno agricolo a Raffadali, provincia di Montelusa, con annessa casa colonica da lui resa abitabile. Ha due automobili, una Mercedes e una Tempra. Ha due figli, un mascolo e una fìmmina. La fìmmina si chiama Manuela, ha trent'anni, è maritata in Olanda con un commerciante. Hanno due figli, Giuliano di anni tre e Domenico di anni uno. Abitano...».

«Ora ti spacco la faccia» disse Montalbano.

«Perché? Che ho fatto?» spiò fintamente ingenuo Fazio.

«Non mi aveva detto che voleva sapere tutto di tutto?».

Squillò il telefono. Fazio si limitò a gemere e a isare gli occhi al soffitto.

«Commissario? Sono Emanuele Licalzi. Telefono da Roma. L'aereo da Bologna è partito con due ore di ritardo e ho perso il Roma-Palermo. Sarò lì verso le tre del pomeriggio».

«Non si preoccupi. L'aspetto».

Taliò Fazio e Fazio taliò lui.

«Ne hai ancora per molto con questa camurrìa?».

«Ho quasi finito. Il figlio mascolo invece si chiama Maurizio».

Montalbano si raddrizzò sulla seggia, appizzò le orecchie.

«Ha trentun anni, studente universitario».

«A trentun anni?!».

«Proprio così. Pare sia tanticchia lento di testa. Abita in casa dei genitori. E questo è quanto».

«No, sono sicuro che questo non è quanto. Continua».

«Beh, si tratta di voci...».

«E tu non farti scrupolo».

Era evidente che Fazio se la stava scialando, in questa partita col suo superiore aveva in mano le meglio carte.

«Dunque. L'ingegnere Di Blasi è cugino in secondo grado del dottor Emanuele Licalzi. La signora Michela è diventata di casa coi Di Blasi. E Maurizio ha perso la testa per lei. Era, per il paìsi, una farsa: quando la signora Licalzi camminava Vigàta Vigàta appresso c'era lui, con la lingua di fora».

Dunque era il nome di Maurizio quello che Anna Tropeano non aveva voluto fargli.

«Tutti quelli coi quali ho parlato» proseguì Fazio «m'hanno detto che è un pezzo di pane. Buono e tanticchia fissa».

«Va bene, ti ringrazio».

«C'è un'altra cosa» fece Fazio ed era chiaro che stava per sparare l'ultimo botto, il più grosso, come si usa nei fochi d'artificio. «Pare che questo picciotto sia sparito da mercoledì sera. Non so se mi spiego».

«Pronto, dottor Pasquano? Montalbano sono. Ha novità per me?».

«Qualcuna. La stavo per chiamare io».

«Mi dica tutto».

«La vittima non aveva cenato. O almeno, poca roba, un panino. Aveva un corpo splendido, dentro e fuori. Sanissima, un meccanismo perfetto. Non aveva bevuto, né ingerito stupefacenti. La morte è stata causata da asfissia».

«Tutto qua?» fece Montalbano deluso.

«No. Ha avuto indubbiamente rapporti sessuali».

«È stata violentata?».

«Non credo. Ha avuto un rapporto vaginale molto forte, come dire, intenso. Ma non c'è traccia di liquido seminale. Poi ha avuto un rapporto anale, anche questo molto forte e senza liquido seminale».

«Ma come fa a dire che non c'è stata violenza?».

«Semplicissimo. Per preparare la penetrazione anale è stata usata una crema emolliente, forse una di quelle creme idratanti che le donne tengono nel bagno. L'ha mai sentito lei di un violentatore che si preoccupa di non far provare dolore alla sua vittima? No, mi creda: la signora era consenziente. E ora la lascio, le farò avere, al più presto, altri dettagli».

Il commissario aveva una memoria fotografica eccezionale. Chiuse gli occhi, si pigliò la testa tra le mani, si concentrò. E dopo un poco lo vide nitidamente il vasetto di crema idratante, col coperchio posato allato, l'ultimo a destra sulla mensola del bagno in disordine della villetta.

In via Laporta numero 8 il cartellino del citofono faceva: «Ing. Aurelio Di Blasi» e basta. Suonò, rispose una voce femminile.

«Chi è?».

Meglio non metterla in guardia, in quella casa dovevano essere sulla bragia.

«C'è l'ingegnere?».

«No. Ma torna presto. Chi è?».

«Sono un amico di Maurizio. Mi fa entrare?».

Per un attimo si sentì d'essere un omo di merda, ma era il suo lavoro.

«Ultimo piano» fece la voce femminile.

La porta dell'ascensore gli venne aperta da una donna di una sessantina d'anni, spettinata e stravolta.

«Lei è un amico di Maurizio?» chiese ansiosamente la fìmmina.

«Sì e no» rispose Montalbano sentendo che la merda gli arrivava al collo.

«Si accomodi».

Lo fece trasìri in un salotto grande e arredato con gusto, gli indicò una poltrona, lei invece s'assittò su una seggia, dondolando avanti e narrè il busto, muta e disperata. Le persiane erano inserrate, una luce avara filtrava tra le listelle e così a Montalbano parse di essere andato a una visita di lutto. Pensò che macari il morto c'era, ma invisibile, e di nome faceva Maurizio. Sul tavolinetto c'erano, sparpagliate, una decina di foto che rappresentavano tutte la stessa faccia, ma nella penombra della càmmara non si distinguevano i tratti. Il commissario tirò un lungo sospiro, come quando ci si prepara ad andare sott'acqua in apnea, e veramente stava per tuffarsi in quell'abisso di dolore ch'erano i pinsèri della signora Di Blasi.

«Ha avuto notizie di suo figlio?».

Era più che evidente che le cose stavano come gli aveva riferito Fazio.

«No. Tutti lo stanno cercando per mare e per terra. Mio marito, i suoi amici... Tutti».

Cominciò a piangere quietamente, le lacrime le colavano lungo il viso, le cadevano sulla gonna.

«Aveva molto denaro con sé?».

«Di sicuro una mezza milionata. E poi aveva la tessera, come si chiama, il Bancomat».

«Le vado a pigliare un bicchiere d'acqua» fece Montalbano susendosi.

«Stia comodo, vado io» fece la fìmmina susendosi macari lei e niscendo dalla càmmara. Montalbano di scatto agguantò una delle foto, la taliò un attimo, un picciotto dalla faccia cavallina, gli occhi senza espressione, e se la mise in sacchetta. Si vede che l'ingegnere Di Blasi le aveva fatte preparare per distribuirle. Tornò la signora che però, invece di assittarsi, restò addritta sotto l'arco della porta. Era diventata sospettosa.

«Lei è assai più grande di mio figlio. Come ha detto che si chiama?».

«Veramente Maurizio è amico di un mio fratello minore, Giuseppe».

Aveva scelto uno dei nomi più diffusi in Sicilia. Ma la signora già non ci pinsava più, si assittò, ripigliò il suo avanti e narrè.

«Quindi non avete avuto sue notizie da mercoledì sera?».

«Nenti di nenti. La notte non tornò qua. Non l'aveva mai fatto. È un picciotto semplici, abbonazzato, se uno gli conta che i cani volano, ci crede. A un certo punto della matinata mio marito si mise in pinsèro, cominciò con le telefonate. Un suo amico, Pasquale Corso, lo vide passare che andava verso il bar Italia. Potevano essere le nove di sira».

«Aveva un cellulare, un telefonino?».

«Sì. Ma lei chi è?».

«Bene» fece il commissario susendosi. «Tolgo il disturbo».

Si avviò di prescia alla porta di casa, la raprì, si voltò.

«Quand'è l'ultima volta che è venuta qua Michela Licalzi?».

La signora avvampò.

«Non faccia il nome di quella buttana!» disse.

E gli sbatté la porta dietro le spalle.

Il bar Italia stava quasi attaccato al commissariato; tutti, Montalbano compreso, erano di casa. Il proprietario stava assittato alla cassa: era un omone dallo sguardo truce che contrastava con la sua innata gentilezza d'animo. Si chiamava Gelsomino Patti.

«Che le faccio servire, commissario?».

«Niente, Gelsomì. Mi necessita un'informazione. Tu lo conosci a Maurizio Di Blasi?».

«Lo trovarono?».

«Non ancora».

«Il patre, povirazzo, è passato da qua almeno una decina di volte a spiare se ci sono novità. Ma quali novità ci possono essere? Se torna, va alla casa sò, non è che viene ad assittarsi al bar».

«Senti, Pasquale Corso...».

«Commissario, il patre lo disse macari a mia e cioè che Maurizio verso le nove di sira venne qua. Il fatto è che si fermò sulla strata, proprio qua davanti e io lo vedevo benissimo dalla cassa. Stava per trasìri, poi si fermò, tirò fora il telefonino, fece un nummaro e si mise a parlare. Dopo tanticchia non lo vitti più. Qui però la sira di mercurdì non trasì, questo è certo. Che interesse avrei a dire una cosa per un'altra?».

«Grazie, Gelsomì. Ti saluto».

«Dottori! Tilifonò da Montelusa il dottori Latte».

«Lattes, Catarè, con la esse in fondo».

«Dottori, una esse in più o in meno non porta opinione. Disse così che lei lo chiama midiatamenti. E poi tilifonò macari Guito Serafalle. Mi lassò il nummaro di Bolonia. Lo scrissi sopra a questo pizzino».

Si era fatta l'ora di andare a mangiare, ma il tempo per una telefonata c'era.

«Pronto? Chi parla?».

«Il commissario Montalbano sono. Telefono da Vigàta. Lei è il signor Guido Serravalle?».

«Sì. Commissario, stamattina l'ho tanto cercata perché, telefonando al Jolly per parlare con Michela ho saputo...».

Una voce calda, matura, da cantante confidenziale.

«Lei è un parente?».

Si era sempre dimostrata una buona tattica quella di far finta d'ignorare, durante un'inchiesta, i rapporti tra le varie persone coinvolte.

«No. Veramente io...».

«Un amico?».

«Sì, un amico».

«Quanto?».

«Non ho capito, mi scusi».

«Quanto amico?».

Guido Serravalle esitò a rispondere, Montalbano gli andò in aiuto.

«Intimo?».

«Beh, sì».

«Allora mi dica».

Ancora un'esitazione. Evidentemente i modi del commissario lo spiazzavano.

«Ecco, volevo dirle... mettermi a disposizione. Io ho a Bologna un negozio d'antiquariato che posso chiudere quando voglio. Se lei ha bisogno di me, io prendo un aereo e vengo giù. Volevo... ero molto legato a Michela».

«Capisco. Se avrò bisogno di lei, la farò chiamare».

Riagganciò. Detestava le persone che facevano telefonate inutili. Che poteva dirgli Guido Serravalle che non sapesse già?

Si avviò a piedi per andare a mangiare alla trattoria «San Calogero» dove avevano sempre pesce freschissimo. A un tratto si fermò, santiando. Aveva scordato che la trattoria era chiusa da sei giorni per lavori di ammodernamento della cucina. Tornò narrè, pigliò la sua macchina, si diresse verso Marinella. Appena passato il ponte, taliò la casa che ora sapeva essere di Anna Tropeano. Fu più forte di lui, accostò, frenò, scese.

Era una villetta a due piani, molto ben tenuta, con un giardinetto torno torno. Si avvicinò al cancello, premette il pulsante del citofono.

«Chi è?».

«Il commissario Montalbano sono. La disturbo?».

«No, venga».

Il cancello si raprì e contemporaneamente si raprì la porta della villetta. Anna si era cangiata d'abito, aveva ripigliato il giusto colorito.

«Sa una cosa, dottor Montalbano? Ero certa che in giornata l'avrei rivista».

«Stava pranzando?».

«No, non ne ho voglia. E poi, così, da sola... Quasi ogni giorno Michela veniva a mangiare qua. Raro che pranzasse in albergo».

«Le posso fare una proposta?».

«Intanto, entri».

«Vuol venire a casa mia? È qui a due passi, sul mare».

«Ma forse sua moglie senza essere stata avvertita...».

«Vivo solo».

Manco un momento ci pensò sopra Anna Tropeano.

«La raggiungo in macchina».

Viaggiarono in silenzio, Montalbano ancora sorpreso di averle fatto l'invito e Anna certamente meravigliata con se stessa per averlo accettato.

Il sabato era la giornata che la cammarera Adelina dedicava a una picinosa pulizia dell'appartamento e il commissario, a vederlo così tirato a lucido, si consolò: una volta, sempre di sabato, aveva invitato una coppia d'amici, ma Adelina quel giorno non era venuta. Finì che la mogliere dell'amico, per conzare la tavola, dovette prima sgombrarla da una montagna di calzini sporchi e di mutande da lavare.

Come se conoscesse da tempo la casa, Anna si era diretta alla verandina, si era assittata sulla panca a taliare il mare a pochi passi. Montalbano le mise davanti il tavolinetto pieghevole e un posacenere. Andò in cucina. Nel forno Adelina gli aveva lasciato una grossa porzione di nasello, in frigorifero c'era già pronta la salsina di acciughe e aceto per condirlo.

Tornò nella verandina. Anna fumava e pareva essere sempre più tranquilla a ogni minuto che passava.

«Com'è bello qua».

«Senta, lo vorrebbe un po' di nasello al forno?».

«Commissario, non si offenda, ma ho lo stomaco chiuso. Facciamo così, mentre lei mangia, io mi bevo un bicchiere di vino».

Tempo di mezz'ora, il commissario s'era sbafato la tripla porzione di nasello, e Anna si era scolata due bicchieri di vino.

«È proprio buono» fece Anna riempiendo di nuovo il bicchiere.

«Lo fa... lo faceva mio padre. Vuole un caffè?».

«Al caffè non ci rinunzio».

Il commissario raprì un barattolo di Yaucono, preparò la napoletana, la mise sul gas. Tornò nella verandina.

«Mi levi questa bottiglia di davanti. Altrimenti me la scolo tutta» fece Anna.

Montalbano obbedì. Il caffè era pronto, lo servì. Anna lo beve gustandolo, a piccoli sorsi.

«È forte e squisito. Dove lo compra?».

«Non lo compro. Un amico mi manda qualche barattolo dal Porto Rico».

Anna allontanò la tazza, s'addrumò la ventesima sigaretta.

«Che cos'ha da dirmi?».

«Ci sono novità».

«Quali?».

«Maurizio Di Blasi».

«Ha visto? Non le ho fatto stamattina il nome perché ero convinta che l'avrebbe facilmente scoperto, tutti in paese ne ridevano».

«Aveva perso la testa?».

«Di più. Per lui Michela era diventata un'ossessione. Non so se le hanno fatto sapere che Maurizio non era un ragazzo a posto. Stava al limite tra la normalità e il disagio mentale. Guardi, ci sono due episodi che...».

«Me li racconti».

«Una volta Michela e io siamo andati a mangiare in un ristorante. Dopo un poco arrivò Maurizio, ci salutò e si sedette al tavolo allato. Mangiò pochissimo, gli occhi sempre fissi su Michela. E a un tratto cominciò a sbavare, a me venne un conato di vomito. Sbavava, mi creda, un filo di saliva gli scendeva dall'angolo della bocca. Dovemmo andarcene».

«E l'altro episodio?».

«Ero andata nella villetta ad aiutare Michela. Alla fine della giornata, lei andò a farsi una doccia e poi scese nel salone nuda. Faceva molto caldo. Le piaceva girare per casa senza niente addosso. Si sedette su una poltrona, cominciammo a parlare. A un certo momento sentii come un gemito venire da fuori. Mi voltai a taliare. C'era Maurizio, con la faccia quasi impicciata al vetro. Prima che io potessi dire una parola, arretrò di qualche passo, piegato in due. E fu allora che capii che si stava masturbando».

Fece una pausa, taliò il mare, sospirò.

«Povero figlio» disse sottovoce.

Montalbano, fu un attimo, si commosse. L'ampio bacino di Venere. Questa straordinaria capacità tutta femminile di capire profondamente, di penetrare nei sentimenti, di riuscire ad essere contemporaneamente madre e amante, figlia e sposa. Posò la sua mano su quella di Anna, lei non la sottrasse.

«Lo sa che è scomparso?».

«Sì, lo so. La sera stessa di Michela. Ma...».

«Ma?».

«Commissario, posso parlarle sinceramente?».

«Perché, che abbiamo fatto sino ad ora? E mi faccia un favore, mi chiami Salvo».

«Se lei mi chiama Anna».

«D'accordo».

«Ma vi sbagliate se pensate che Maurizio abbia potuto assassinare Michela».

«Mi dia una buona ragione».

«Non si tratta di ragione. Vede, la gente con voi della polizia non parla volentieri. Ma se lei, Salvo, fa fare un'indagine Doxa, un sondaggio d'opinioni come si dice, tutta Vigàta le dirà che non crede Maurizio un assassino».

«Anna, c'è un'altra novità che ancora non le ho detto».

Anna chiuse gli occhi. Aveva intuito che quello che il commissario stava per dirle era difficile da dire e da sentire.

«Sono pronta».

«Il dottor Pasquano, il medico legale, è arrivato ad alcune conclusioni che ora le dico».

Gliele disse, senza taliarla in faccia, gli occhi fissi al mare. Non le risparmiò i dettagli.

Anna ascoltò con la faccia tenuta tra le mani, i gomiti appoggiati al tavolinetto. Quando il commissario ebbe finito, si susì, pallidissima.

«Vado in bagno».

«L'accompagno».

«Lo trovo da me».

Dopo tanticchia, Montalbano la sentì vomitare. Taliò il ralogio, aveva ancora un'ora di tempo prima dell'arrivo di Emanuele Licalzi. E comunque il signor aggiustaossa di Bologna avrebbe potuto benissimo aspettare.

Tornò, aveva un'ariata decisa, si rimise assittata allato a Montalbano.

«Salvo, che significa per questo dottore la parola consenziente?».

«Lo stesso che per te e per me, essere d'accordo».

«Ma in certi casi si può apparire consenzienti solo perché non si ha possibilità di fare resistenza».

«Giusto».

«E allora io ti domando: quello che l'assassino ha fatto a Michela non può essere successo senza la volontà di lei?».

«Ma ci sono alcuni particolari che...».

«Lasciali perdere. Prima di tutto non sappiamo nemmeno se l'assassino ha abusato di una donna viva o di un cadavere. E comunque ha avuto tutto il tempo che voleva per sistemare le cose in maniera che la polizia ci perdesse la testa».

Erano passati al tu senza manco accorgersene.

«Tu hai un'idea che non dici».

«Non ho difficoltà» fece Montalbano. «Al momento attuale, tutto è contro Maurizio. L'ultima volta che è stato visto, è stato alle nove di sera davanti al bar Italia. Stava telefonando».

«A me» disse Anna.

Il commissario fece letteralmente un salto dalla panchetta.

«Che voleva?».

«Voleva sapere di Michela. Io gli dissi che ci eravamo lasciate poco dopo le sette, che sarebbe passata dal Jolly e poi andava a cena dai Vassallo».

«E lui?».

«Chiuse senza nemmeno salutarmi».

«E questo può essere un punto a suo sfavore. Certamente avrà telefonato anche ai Vassallo. Non la trova, ma intuisce dove poteva essere Michela e la raggiunge».

«Nella villetta».

«No. Alla villetta arrivarono poco dopo la mezzanotte».

Toccò ad Anna questa volta di sobbalzare.

«Me l'ha detto un testimone» continuò Montalbano.

«Ha riconosciuto Maurizio?».

«Era buio. Ha visto solo un uomo e una donna scendere dalla Twingo e incamminarsi verso la villetta. Una volta dentro, Maurizio e Michela fanno l'amore. A un certo momento Maurizio, che tutti mi dite una specie di psicolabile, ha un raptus».

«Mai e poi mai Michela...».

«Come reagiva la tua amica alla persecuzione di Maurizio?».

«Ne era infastidita, qualche volta provava per lui una pena profonda che...».

S'interruppe, aveva capito quello che intendeva Montalbano. La sua faccia di colpo perse freschezza, rughe le apparvero ai lati della bocca.

«Però ci sono cose che non combaciano» proseguì Montalbano che soffriva a vederla soffrire. «Per esempio: Maurizio sarebbe stato capace, subito dopo l'omicidio, di organizzare freddamente il depistaggio dei vestiti e del furto della sacca?».

«Ma figurati!».

«Il vero problema non sono le modalità dell'omicidio, ma sapere dove è stata e cosa ha fatto Michela da quando l'hai lasciata tu a quando l'ha vista il testimone. Quasi cinque ore, non è poco. E ora andiamo perché è in arrivo il dottor Emanuele Licalzi».

80

Mentre stavano salendo in macchina, Montalbano tirò fora il nìvuro come fa la seppia.

«Non sono tanto sicuro dell'unanimità delle risposte alla tua indagine Doxa sull'innocenza di Maurizio. Uno almeno avrebbe seri dubbi».

«E chi?».

«Suo padre, l'ingegnere Di Blasi. Altrimenti ci avrebbe messo in moto per cercare il figlio».

«È naturale che le pensi tutte. Ah, mi è venuta in mente una cosa. Quando Maurizio mi telefonò per chiedermi di Michela, io gli dissi di chiamarla direttamente sul cellulare. Mi rispose che ci aveva provato, ma che l'apparecchio risultava spento».

Sulla porta del commissariato quasi si scontrò con Galluzzo che nisciva.

«Siete tornati dall'eroica impresa?».

Fazio gli doveva aver contato la sfuriata della matina.

«Sissi» rispose impacciato.

«Il dottor Augello è in ufficio?».

«Nonsi».

L'impaccio divenne ancora più evidente.

«E dov'è? A pigliare a nerbate altri scioperanti?».

«Allo spitale è».

«Che fu? Che successe?» spiò preoccupato Montalbano.

«Una pietrata in testa. Gli hanno dato tre punti. Però l'hanno voluto tenere in osservazione. M'hanno detto di tornarci verso le otto di stasira. Se tutto va bene, lo porto a casa sua».

La sfilza di santioni del commissario venne interrotta da Catarella.

«A dottori dottori! In prìmisi ha tilifonato due volte il dottori Latte con la esse in fondo. Dice così che lei lo deve chiamare pirsonalmente di subito. Poi ci sono altre tilifonate che ho segnate di sopra a questo pizzino».

«Puliscìtici il culo».

Il dottor Emanuele Licalzi era un sissantino minuto, con gli occhiali d'oro, vestito tutto di grigio. Pareva nisciuto di fresco dalla stireria, dal barbiere, dalla manicure: inappuntabile.

«Com'è venuto fin qua?».

«Dall'aeroporto dice? Ho affittato una macchina, ci ho messo quasi tre ore».

«È gia passato dall'albergo?».

«No. Ho la valigia in auto. Ci andrò dopo».

Come faceva a non avere una piega?

«Vogliamo andare nella villetta? Parleremo durante il viaggio così lei guadagnerà tempo».

«Come vuole, commissario».

Pigliarono la macchina in affitto del dottore.

«L'ha ammazzata un suo amante?».

Non usava tanti giri di parole, Emanuele Licalzi.

«Non siamo in grado di dirlo. Certo è che ha avuto ripetuti rapporti sessuali».

Il dottore non si cataminò, continuò a guidare tranquillo e sireno come se la morta non fosse stata sua moglie.

«Cosa le fa pensare che avesse un amante qua?».

«Perché ne aveva uno a Bologna».

«Ah».

«Sì, Michela me ne disse il nome, Serravalle mi pare, un antiquario».

«Piuttosto inconsueto».

«Mi diceva tutto, commissario. Aveva molta confidenza con me».

«E lei a sua volta diceva tutto a sua moglie?».

«Certamente».

«Un matrimonio esemplare» commentò ironico il commissario.

Montalbano a volte si sentiva irrimediabilmente sorpassato dai nuovi modi di vivere, era un tradizionalista, la coppia aperta per lui significava un marito e una moglie che si mettevano reciprocamente le corna e avevano macari la faccia tosta di contarsi quello che facevano sopra o sotto il lenzuolo.

«Non esemplare» corresse imperturbabile il dottor Licalzi «ma di convenienza».

«Per Michela? Per lei?».

82

«Per tutti e due».

«Può spiegarsi meglio?».

«Certamente».

E girò a destra.

«Dove va?» fece il commissario. «Da qui non può arrivare alle Tre Fontane».

«Mi scusi» disse il dottore principiando una complessa manovra per tornare indietro. «Ma da queste parti non ci vengo da due anni e mezzo, da quando mi sono sposato. Della costruzione si è occupata Michela, io l'ho vista solo in fotografia. A proposito di fotografie, in valigia ne ho messe alcune di Michela, forse le potranno essere utili».

«La sa una cosa? La donna assassinata potrebbe magari non essere sua moglie».

«Vuole scherzare?».

«No. Nessuno l'ha ufficialmente identificata e nessuno di quelli che l'hanno vista da morta la conosceva da prima. Quando avremo finito qua, parlerò col medico legale per l'identificazione. Fino a quando pensa di trattenersi?».

«Due, tre giorni al massimo. Michela me la porto a Bologna».

«Dottore, le faccio una domanda e poi non torno più sull'argomento. Mercoledì sera dov'era e che faceva?».

«Mercoledì? Ho operato sino a tarda notte in ospedale».

«Mi stava dicendo del suo matrimonio».

«Ah, sì. Ho conosciuto Michela tre anni fa. Aveva accompagnato in ospedale suo fratello, che ora vive a New York, per una frattura piuttosto complessa al piede destro. Mi piacque subito, era molto bella, ma soprattutto rimasi colpito dal suo carattere. Era sempre pronta a vedere il lato migliore delle cose. Aveva perso entrambi i genitori che non aveva ancora quindici anni, era stata allevata da uno zio il quale un giorno, tanto per non sbagliare, l'aveva violentata. A farla breve, cercava disperatamente un posto qualsiasi. Per anni era stata l'amante di un industriale, poi quello l'aveva liquidata con una certa cifra che le era servita per tirare avanti. Michela avrebbe potuto avere tutti gli uomini che voleva, ma sostanzialmente la umiliava essere una mantenuta».

«Lei le aveva chiesto che diventasse la sua amante e Michela aveva rifiutato?».

Per la prima volta, sulla faccia impassibile di Emanuele Licalzi si disegnò una specie di sorriso.

«È completamente fuori strada, commissario. Ah senta, Michela m'aveva detto che aveva comprato qua, per i suoi spostamenti, una Twingo verde-bottiglia. Che fine ha fatto?».

«Ha avuto un incidente».

«Michela non sapeva guidare».

«La signora non ha avuto nessuna colpa, in questo caso. L'auto è stata investita mentre era regolarmente parcheggiata davanti al vialetto d'accesso alla villa».

«E lei come fa a saperlo?».

«Siamo stati noi della polizia. Però ancora ignoravamo...».

«Che storia curiosa».

«Gliela racconterò un'altra volta. È proprio quest'incidente che ci ha permesso di scoprire il cadavere».

«Pensa che potrò riaverla?».

«Non credo ci sia niente in contrario».

«Posso cederla a qualcuno di Vigàta che commercia in auto usate, le pare?».

Montalbano non rispose, non gli fotteva niente della sorte della macchina verde-bottiglia.

«La villetta è quella a sinistra, vero? Mi pare di riconoscerla dalla foto».

«È quella».

Il dottor Licalzi fece un'elegante manovra, si fermò davanti al vialetto, scese, si mise a osservare la costruzione con la distaccata curiosità di un turista di passaggio.

«Carina. Che siamo venuti a fare?».

«Non lo so nemmeno io» fece Montalbano di malumore. Il dottor Licalzi aveva il potere di smuovergli i nervi. Decise di dargli una bella botta.

«Lo sa? Qualcuno pensa che ad ammazzare sua moglie dopo averla violentata sia stato Maurizio Di Blasi, il figlio di suo cugino l'ingegnere».

«Davvero? Io non lo conosco, quando sono venuto due anni e mezzo fa era a Palermo a studiare. Mi hanno detto che è un povero scemo».

E così Montalbano fu servito.

«Vogliamo entrare?».

«Aspetti, non vorrei dimenticarmi».

Raprì il portabagagli della macchina, pigliò l'elegantissima valigia che c'era dentro, tirò fora una busta grande.

«Le foto di Michela».

Montalbano le intascò. Contemporaneamente il dottore niscì dalla sacchetta un mazzetto di chiavi.

«Sono della villa?» spiò Montalbano.

«Sì. Sapevo dove le teneva Michela a casa nostra. Sono quelle di riserva».

Ora lo piglio a calci, pensò il commissario.

«Non ha finito di dirmi perché il vostro matrimonio conveniva tanto a lei quanto alla signora».

«Beh, a Michela conveniva perché sposava un uomo ricco anche se di trent'anni più vecchio, a me conveniva per mettere a tacere delle voci che avrebbero potuto danneggiarmi nel momento in cui mi preparavo a un grosso salto nella mia carriera. Cominciarono a dire che ero diventato omosessuale, dato che da una decina d'anni non mi vedevano più in giro con una donna».

«Ed era vero che non andava più a donne?».

«Che ci andavo a fare, commissario? A cinquant'anni sono diventato impotente. Irreversibilmente».

Otto

«Carino» fece il dottor Licalzi dopo aver dato un'occhiata circolare al salone.

Non sapeva dire altro?

«Qui c'è la cucina» disse il commissario e aggiunse: «Abitabile».

Di colpo, s'arraggiò moltissimo con se stesso. Perché gli era scappato quell'abitabile? Che senso aveva? Gli parse d'essere diventato un agente immobiliare che mostrava l'appartamento a un probabile cliente.

«Allato c'è il bagno. Se lo vada a vedere» disse, sgarbato.

Il dottore non avvertì o fece finta di non avvertire l'intonazione, raprì la porta del bagno, ci mise dentro la testa appena appena, la richiuse.

«Carino».

Montalbano sentì che le mani gli tremavano. Vide distintamente il titolo sui giornali: «COMMISSARIO DI POLIZIA IMPROVVISAMENTE IMPAZZITO AGGREDISCE MARITO DELLA VITTIMA».

«Al piano di sopra c'è una stanzetta per ospiti, un bagno grande e una camera da letto. Vada su».

Il dottore obbedì, Montalbano rimase in salone, si addrumò una sigaretta, tirò fora dalla sacchetta la busta con le foto di Michela. Splendida. La faccia, che aveva vista solo deformata dal dolore e dall'orrore, aveva un'espressione ridente, aperta.

Finì la sigaretta e si rese conto che il dottore non era ancora ridisceso.

«Dottor Licalzi?».

Nessuna risposta. Salì velocemente al piano di sopra. Il dottore era in piedi a un angolo della càmmara da letto, le mani a coprirsi la faccia, le spalle scosse dai singhiozzi.

Il commissario strammò, tutto poteva supporre, meno quella reazione. Gli si avvicinò, gli posò una mano darrè la schiena.

«Si faccia coraggio».

Il dottore si spallò, con un gesto quasi infantile, continuò a piangere con il volto ammucciato dalle mani.

«Povera Michela! Povera Michela!».

Non era una finta, le lacrime, la voce addolorata erano vere. Montalbano lo pigliò deciso per un braccio.

«Andiamo giù».

Il dottore si lasciò guidare, si mosse senza taliare il letto, il lenzuolo fatto a brandelli e macchiato di sangue. Medico era e aveva capito cosa doveva aver provato Michela negli ultimi istanti della sua vita. Ma se Licalzi era medico, Montalbano era uno sbirro e di subito, vedendolo in lacrime, aveva capito che quello non ce l'aveva più fatta a tenersi la maschera d'indifferenza che si era creata; l'armatura di distacco che abitualmente indossava, forse per compensare la disgrazia dell'impotenza, era caduta a pezzi.

«Mi perdoni» fece Licalzi assittandosi su una poltrona. «Non supponevo... È terribile morire in quel modo. L'assassino le ha tenuto la faccia contro il materasso, vero?».

«Sì».

«Io a Michela volevo bene, tanto. La sa una cosa? Era diventata come una figlia, per me».

Le lacrime tornarono a colargli dagli occhi, se le asciucò malamente con un fazzoletto.

«Perché ha voluto farsi costruire proprio qua questa villetta?».

«Lei da sempre, senza conoscerla, mitizzava la Sicilia. Quando l'ha visitata, ne è rimasta incantata. Credo volesse crearsi un suo rifugio. Vede quella vetrinetta? Lì dentro ci sono le cose sue, carabattole che si era portata da Bologna. E questo è assai significativo circa le sue intenzioni, non le pare?».

«Vuole controllare se manca niente?».

Il dottore si susì, si accostò alla vetrinetta.

«Posso aprire?».

«Certo».

Il dottore taliò a lungo, poi isò una mano, pigliò il vecchio astuccio del violino, lo raprì, mostrò al commissario lo strumento che c'era dintra, lo richiuse, lo rimise a posto, chiuse la vetrinetta.

«A occhio e croce mi pare non manchi nulla».

«La signora suonava il violino?».

«No. Né il violino né qualsiasi altro strumento. Era di suo nonno materno, di Cremona, faceva il liutaio. E ora, commissario, se crede, mi racconti tutto».

Montalbano gli contò tutto, dall'incidente di giovedì matina fino a quello che gli aveva riferito il dottor Pasquano.

Emanuele Licalzi alla fine restò un pezzo silenzioso, poi disse due sole parole:

«Fingerprinting genetico».

«Non parlo inglese».

«Mi scusi. Pensavo alla sparizione dei vestiti e delle scarpe».

«Forse un depistaggio».

«Può essere. Ma può anche essere che l'assassino fosse obbligato a farli scomparire».

«Perché li aveva macchiati?» spiò Montalbano pinsando alla tesi della signora Clementina.

«Il medico legale ha detto che non c'era traccia di liquido seminale, vero?».

«Sì».

«E questo rafforza la mia ipotesi: l'assassino non ha voluto lasciare una minima traccia di campione biologico attraverso il quale fosse possibile fare il, diciamo così, fingerprinting genetico, l'esame del DNA. Le impronte digitali si possono cancellare, ma come si fa con lo sperma, i capelli, i peli? L'assassino ha tentato una bonifica».

«Già» fece il commissario.

«Mi scusi, ma se non ha altro da dirmi vorrei andare via da qui. Comincio ad avvertire la stanchezza».

Il dottore chiuse a chiave la porta, Montalbano rimise a posto i sigilli. Partirono.

«Ha un cellulare?».

Il dottore glielo passò. Il commissario telefonò a Pasquano, combinò per l'identificazione alle dieci del matino del giorno appresso.

«Verrà anche lei?».

«Dovrei, ma non posso, ho un impegno fuori Vigàta. Le manderò un mio uomo, ci penserà lui ad accompagnarla».

Si fece lasciare alle prime case del paese, sentiva il bisogno di fare quattro passi.

«A dottori dottori! Il dottor Latte con la esse in fondo ha tilifonato tre volte sempre più incazzato, rispetto parlando. Lo deve chiamari pirsonalmente di pirsona di subito».

«Pronto, dottor Lattes? Montalbano sono».

«Alla grazia! Venga subito a Montelusa, il questore le vuole parlare».

Riattaccò. Doveva essere cosa seria, perché il mieles era tutto sparito dal lattes.

Stava mettendo in moto quando vide arrivare l'auto di servizio guidata da Galluzzo.

«Hai notizie del dottor Augello?».

«Sì, hanno telefonato dall'ospedale che lo facevano uscire. Sono andato a pigliarlo e l'ho accompagnato a casa».

Al diavolo il questore e le sue urgenze. Passò prima da Mimì.

«Come stai, intrepido difensore del capitale?».

«Ho un dolore che mi sento spaccare la testa».

«Così t'impari».

Mimì Augello stava assittato su una poltrona, la testa fasciata, pallido.

«Una volta uno mi diede una botta con una spranga, mi dovettero dare sette punti e non mi ridussi come ti sei ridotto tu».

«Si vede che la sprangata te l'hanno data per una causa che ritenevi giusta. E così ti sei sentito sprangato e gratificato».

«Mimì, quando ti ci metti, sai essere proprio stronzo».

«Macari tu, Salvo. Ti avrei telefonato stasera per dirti che credo di non essere in condizioni di guidare, domani».

«Ci andremo un altro giorno da tua sorella».

«No, Salvo, vacci lo stesso. Ha tanto insistito per vederti».

«Ma lo sai perché?».

«Non ne ho la minima idea».

«Senti, facciamo così. Io ci vado, ma tu domattina alle nove e mezzo devi essere a Montelusa, al Jolly. Prelevi il dottor Licalzi, che è arrivato, e l'accompagni all'obitorio. D'accordo?».

«Come sta? Come sta, carissimo? La vedo un po' abbattuto. Coraggio. Sursum corda! Dicevamo così ai tempi dell'Azione Cattolica».

Il pericoloso miele del dottor Lattes traboccava. Montalbano cominciò a preoccuparsi.

«Avverto subito il signor questore».

Sparì, ricomparve.

«Il signor questore è momentaneamente occupato. Venga, l'accompagno in salottino. Vuole un caffè, una bibita?».

«No, grazie».

Il dottor Lattes scomparve dopo avergli rivolto un ampio sorriso paterno. Montalbano ebbe la certezza che il questore l'aveva condannato a una morte lenta e dolorosa. La garrota, forse.

Sul tavolino dello squallido salottino c'erano un settimanale, «Famiglia cristiana», e un quotidiano, «L'Osservatore Romano», segno evidente della presenza in questura del dottor Lattes. Pigliò in mano la rivista, principiò a leggere un articolo della Tamaro.

«Commissario! Commissario!».

Una mano lo scuoteva per una spalla. Raprì gli occhi, vide un agente.

«Il signor questore la sta aspettando».

Gesù! Si era addormentato profondamente. Taliò il ralogio, erano le otto, quel cornuto gli aveva fatto fare due ore d'anticamera.

«Buonasera, signor questore».

Il nobile Luca Bonetti-Alderighi non rispose, non fece né scu né passiddrà, continuò a taliare lo schermo di un computer. Il commissario contemplò l'inquietante capigliatura del suo superiore, abbondantissima e con un grosso ciuffo in alto, ritorto come certi stronzi lasciati campagna campagna. Una stampa e una figura con la capigliatura di quel pazzo psichiatra criminale che aveva provocato tutto quel macello in Bosnia.

«Come si chiamava?».

Troppo tardi si rese conto che, ancora intronato dal sonno, aveva parlato ad alta voce.

«Come si chiamava chi?» spiò il questore isando finalmente gli occhi e taliandolo.

«Non ci faccia caso» disse Montalbano.

Il questore continuò a taliarlo con un'espressione mista di disprezzo e di commiserazione, evidentemente scorgeva nel commissario gli inequivocabili sintomi della demenza senile.

«Le parlerò con estrema sincerità, Montalbano. Non ho un'alta stima di lei».

«Nemmeno io di lei» fece il commissario papale papale.

«Bene. Così la situazione tra noi è chiara. L'ho chiamata per dirle che la sollevo dall'indagine per l'assassinio della signora Licalzi. L'ho affidata al dottor Panzacchi, il capo della Mobile, al quale, tra l'altro, l'inchiesta spetterebbe di diritto».

Ernesto Panzacchi era un fedelissimo di Bonetti-Alderighi che se l'era portato appresso a Montelusa.

«Posso chiederle perché, anche se della cosa non me ne frega assolutamente niente?».

«Lei ha commesso una dissennatezza che ha messo in seria difficoltà il lavoro del dottor Arquà».

«L'ha scritto nel rapporto?».

«No, nel rapporto non l'ha scritto, non voleva, generosamente, danneggiarla. Ma dopo si è pentito e m'ha confessato tutto».

«Ah, questi pentiti!» fece il commissario.

«Lei ha qualcosa contro i pentiti?».

«Lasciamo perdere».

Se ne andò senza salutare.

«Prenderò provvedimenti!» gli gridò dietro le spalle Bonetti-Alderighi.

La Scientifica era allocata nel sotterraneo del palazzo.

91

«C'è il dottor Arquà?».

«È nel suo ufficio».

Trasì senza tuppiare alla porta.

«Buonasera Arquà. Sto andando dal questore che vuole vedermi. Ho pensato di passare da lei per sapere se ha qualche novità».

Vanni Arquà era evidentemente a disagio. Avendogli però Montalbano detto che ancora doveva passare dal questore, decise di rispondere come se ignorasse che il commissario non era più il titolare dell'indagine.

«L'assassino ha ripulito accuratamente tutto. Abbiamo trovato lo stesso molte impronte, ma evidentemente non hanno nulla a che fare con l'omicidio».

«Perché?».

«Perché erano tutte sue, commissario. Lei continua ad essere molto, molto sbadato».

«Ah, senta, Arquà. Lo sa che la delazione è peccato? S'informi col dottor Lattes. Dovrà di nuovo pentirsi».

«A dottori! Tilifonò di bel nuovo nuovamente il signor Cacono! Dice così che s'arricordò di una cosa che forsi forsi è importante. Il nummaro ci lo scrissi di sopra a questo pizzino».

Montalbano taliò il quadratino di carta e cominciò a sentire il prurito in tutto il corpo. Catarella aveva scritto i numeri in modo tale che il tre poteva essere un cinque o un nove, il due un quattro, il cinque un sei e via di questo passo.

«Catarè, ma che numero è?».

«Quello, dottori. Il nummaro di Cacono. Quello che c'è scritto c'è scritto».

Prima di trovare Gillo Jàcono, parlò con un bar, con la famiglia Jacopetti, col dottor Balzani.

Il quarto tentativo lo fece ormai scoraggiato.

«Pronto? Con chi parlo? Il commissario Montalbano sono».

«Ah, commissario, ha fatto bene a chiamarmi, stavo per uscire».

«Mi aveva cercato?».

«M'è tornato in mente un particolare, non so se utile o no. L'uomo che ho visto scendere dalla Twingo e andare verso il villino con una donna, aveva una valigia».

«Ne è sicuro?».

«Sicurissimo».

«Una ventiquattrore?».

«No, commissario, era piuttosto grossa. Però...».

«Sì?».

«Però ho avuto l'impressione che l'uomo la portasse agevolmente, come se non fosse tanto piena».

«La ringrazio, signor Jàcono. Si faccia vivo quando rientra».

Cercò sull'elenco il numero dei Vassallo, lo formò.

«Commissario! Oggi pomeriggio, come eravamo rimasti d'accordo, sono venuto a cercarla in ufficio, ma lei non c'era. Ho aspettato per un pezzo poi son dovuto andare via».

«La prego di scusarmi. Senta, signor Vassallo, la sera di mercoledì scorso, quando aspettavate che la signora Licalzi venisse a cena, chi ha telefonato?».

«Beh, un mio amico di Venezia e nostra figlia che vive a Catania, questo a lei non interessa. Invece, ed era questo che volevo dirle, oggi pomeriggio, telefonò due volte Maurizio Di Blasi. Poco prima delle ventuno e poco dopo le ventidue. Cercava Michela».

La sgradevolezza dell'incontro col questore andava indubbiamente cancellata con una mangiata solenne. La trattoria «San Calogero» era chiusa, ma si ricordò che un amico gli aveva detto che proprio alle porte di Joppolo Giancaxio, un paesino a una ventina di chilometri da Vigàta, verso l'interno, c'era un'osteria che meritava. Si mise in macchina, c'inzertò subito a trovarla, si chiamava «La cacciatora». Naturalmente non avevano cacciagione. Il proprietario-cassiere-cameriere, con i baffi a manubrio e vagamente somigliante al Re galantuomo, gli mise per prima cosa davanti una grossa porzione di caponatina di gusto squisito. «Principio sì giolivo ben conduce» aveva scritto il Boiardo e Montalbano decise di lasciarsi condurre.

«Che comanda?».

93

«Mi porti quello che vuole».

Il Re galantuomo sorrise apprezzando la fiducia. Per primo gli servì un gran piatto di maccheroni con una salsetta chiamata «foco vivo» (sale, olio d'oliva, aglio, peperoncino rosso secco in quantità), sul quale il commissario fu obbligato a scolarsi mezza bottiglia di vino. Per secondo, una sostanziosa porzione di agnello alla cacciatora che gradevolmente profumava di cipolla e origano. Chiuse con un dolce di ricotta e un bicchierino di anicione come viatico e incoraggiamento alla digestione. Pagò il conto, una miseria, scambiò una stretta di mano e un sorriso col Re galantuomo:

«Mi perdoni, chi è il cuoco?».

«La mia signora».

«Le faccia i miei complimenti».

«Presenterò».

Al ritorno, invece di dirigersi verso Montelusa, pigliò la strata per Fiacca, sicché arrivò a Marinella dalla parte opposta a quella che abitualmente percorreva venendo da Vigàta. Ci impiegò una mezz'ora in più, ma in compenso evitò di passare davanti alla casa di Anna Tropeano. Aveva la certezza che si sarebbe fermato, non c'erano santi, e avrebbe fatto una figura ridicola con la giovane donna. Chiamò Mimì Augello.

«Come ti senti?».

«Da cani».

«Senti, contrariamente a quello che t'avevo detto, domani a matino stattene a casa. Per quanto la cosa non ci competa più, ci mando Fazio ad accompagnare il dottor Licalzi».

«Che significa che non ci compete più?».

«Il questore mi ha levato l'indagine. L'ha passata al capo della Mobile».

«E perché?».

«Perché due non è tre. Devo dire qualcosa a tua sorella?».

«Non le dire che m'hanno rotto la testa, per carità! Altrimenti quella mi vede già sul letto di morte».

«Stammi bene, Mimì».

«Pronto, Fazio? Montalbano sono».

«Che c'è, dottore?».

Gli disse di smistare tutte le telefonate che riguardavano il caso alla Mobile di Montelusa, gli spiegò anche quello che doveva fare con Licalzi.

«Pronto, Livia? Salvo sono. Come stai?».

«Benino».

«Senti, si può sapere perché usi questo tono? L'altra notte mi hai riattaccato il telefono senza darmi il tempo di parlare».

«E tu mi chiami a quell'ora di notte?».

«Ma era l'unico momento di pace che avevo!».

«Poverino! Ti faccio notare che tu, mettendo di mezzo temporali, sparatorie, agguati, sei riuscito abilmente a non rispondere alla mia precisa domanda di mercoledì sera».

«Ti volevo dire che domani vado a trovare François».

«Con Mimì?».

«No, Mimì non può, è stato colpito».

«Oddio! È grave?».

Lei e Mimì si facevano sangue.

«E lasciami finire! È stato colpito da una sassata in testa. Una minchiata, tre punti. Quindi vado da solo. La sorella di Mimì mi vuole parlare».

«Di François?».

«E di chi sennò?».

«Oddio. Deve star male. Ora le telefono!».

«Ma quelli vanno a letto al tramonto, dai! Domani sera, appena rientro, ti telefono».

«Mi raccomando, fammi sapere. Stanotte non chiuderò occhio».

Nove

Ogni persona di buon senso, dotata di una conoscenza macari superficiale della viabilità siciliana, per andare da Vigàta a Calapiano avrebbe in prìmisi pigliato la scorrimento veloce per Catania, poi avrebbe imboccato la strada che tornava all'interno verso i millecentoventi metri di Troìna, per calare dopo ai seicentocinquantuno metri di Gagliano attraverso una specie di viottolo che aveva conosciuto il primo e l'ultimo manto d'asfalto cinquanta anni avanti, ai primi tempi dell'autonomia regionale, e infine raggiungere Calapiano percorrendo una provinciale che chiaramente si rifiutava d'essere considerata tale essendo la sua autentica aspirazione quella di tornare ad assumere l'aspetto della terremotata trazzera che un tempo era stata. Non era finita. L'azienda agricola della sorella di Mimì Augello e di suo marito distava quattro chilometri dal paese e la si raggiungeva muovendosi sopra una striscia di pietrisco a serpentina che persino le capre nutrivano qualche perplessità a metterci sopra una sola delle quattro zampe di cui disponevano. Questo era, diciamo così, il percorso ottimale, quello che sempre faceva Mimì Augello, nel quale le difficoltà e i disagi venivano ad assommarsi solo nell'ultimo tratto.

Naturalmente non lo scelse Montalbano che decise invece di tagliare trasversalmente l'isola trovandosi così a percorrere, fin dai primi chilometri, straduzze lungo le quali i superstiti contadini interrompevano il travaglio per taliare, stupiti, quell'auto azzardosa che passava da lì. Ne avrebbero parlato a casa, ai figli:

«U sapìti stamatina? Un'automobili passò!».

Quella però era la Sicilia che piaceva al commissario, aspra, di scarso verde, sulla quale pareva (ed era) impossibile campare e dove ancora c'era qualcuno, ma sempre più raro, con gambali, coppola e fucile in spalla, che lo salutava da sopra la mula portandosi due dita alla pampèra.

Il cielo era sereno e chiaro, apertamente dichiarava il suo proposito di restare tale sino a sira, faceva quasi caldo. I finestrini aperti non impedivano che all'interno dell'abitacolo stagnasse un delizioso profumo che filtrava dai pacchetti e pacchettini che letteralmente stipavano il sedile posteriore. Prima di partire, Montalbano era passato dal caffè Albanese, dove facevano i migliori dolci di tutta Vigàta e aveva accattato venti cannola appena fatti, dieci chili tra tetù, taralli, viscotti regina, mostazzoli di Palermo, dolci di Riposto, frutti di martorana e, a coronamento, una coloratissima cassata di cinque chili.

Arrivò a mezzogiorno passato, calcolò che ci aveva messo più di quattro ore. La grande casa colonica gli parse vacante, solo il camino che fumava diceva che c'era qualcuno. Suonò il clacson e poco dopo apparse sulla porta Franca, la sorella di Mimì. Era una siciliana bionda che aveva passato la quarantina, forte, alta: taliàva l'auto che non conosceva asciugandosi le mani nel grembiule.

«Montalbano sono» fece il commissario aprendo la portiera e scinnendo.

Franca gli corse incontro con un largo sorriso, l'abbracciò.

«E Mimì?».

«All'ultimo momento non è potuto venire. C'è rimasto male».

Franca lo taliò. Montalbano non sapeva dire grosse farfanterìe alle persone che stimava, s'impappinava, arrossiva, distoglieva lo sguardo.

«Vado a telefonare a Mimì» disse decisa Franca ed entrò in casa. Miracolosamente Montalbano si caricò di pacchetti e pacchettini e dopo un poco la seguì.

Franca stava riattaccando il microfono.

«Ha ancora mal di testa».

«Ti sei tranquillizzata? Credimi, è stata una fesseria» fece il commissario scaricando pacchetti e pacchettini sul tavolo.

«E che è?» disse Franca. «Vuoi trasformarci in una pasticceria?».

Mise i dolci in frigo.

«Come stai, Salvo?».

«Bene. E voi?».

«Tutti bene, ringraziando u Signuri. François poi non ne parliamo. Si è alzato, è diventato più grande».

«Dove sono?».

«Campagna campagna. Ma quando suono la campana, s'arricampano tutti per mangiare. Resti con noi stanotte? Ti ho preparato una càmmara».

«Franca, ti ringrazio, ma lo sai che non posso. Ripartirò al massimo alle cinque. Io non sono come tuo fratello che corre su queste strade come un pazzo».

«Vatti a dare una lavata, và».

Tornò rinfrescato dopo un quarto d'ora, Franca stava preparando la tavola per una decina di persone. Il commissario pinsò che forse era il momento giusto.

«Mimì mi ha detto che volevi parlarmi».

«Dopo, dopo» disse sbrigativa Franca. «Hai pititto?».

«Beh, sì».

«Vuoi mangiarti tanticchia di pane di frumento? L'ho sfornato manco un'ora fa. Te lo conzo?».

Senza aspettare la risposta, tagliò due fette da una scanata, le condì con olio d'oliva, sale, pepe nero e pecorino, le sovrappose, gliele diede.

Montalbano niscì fora, s'assittò su una panca allato alla porta e al primo boccone si sentì ringiovanire di quarant'anni, tornò picciliddro, era il pane come glielo conzava sua nonna.

Andava mangiato sotto quel sole, senza pinsare a niente, solo godendo d'essere in armonia col corpo, con la terra, con l'odore d'erba. Poco dopo sentì un vocìo e vide arrivare tre bambini che si rincorrevano, spingendosi, sgambettandosi. Erano Giuseppe di nove anni, suo fratello Domenico, al quale era stato dato il nome dello zio Mimì, coetaneo di François, e François stesso.

Il commissario strammò a taliarlo: era diventato il più alto di tutti, il più vivace e manesco. Come diavolo aveva fatto a trasformarsi accussì dopo appena due mesi che non lo vedeva?

Gli corse incontro, a braccia aperte. François lo riconobbe, si fermò di colpo mentre i suoi compagni si dirigevano verso casa. Montalbano s'accovacciò, le braccia sempre larghe.

«Ciao, François».

Il bambino scattò, lo scansò facendo una curva.

«Ciao» disse.

Il commissario lo vide sparire dentro casa. Che stava succedendo? Perché non aveva letto nessuna gioia negli occhi del picciliddro? Si consolò, forse si trattava di un risentimento infantile, probabilmente François si era sentito trascurato da lui.

Ai due capotavola vennero destinati il commissario e Aldo Gagliardo, il marito di Franca, un omo di pochissime parole che gagliardo era di nome e di fatto. A destra c'erano Franca e di seguito i tre picciliddri, François era il più lontano, stava assittato allato ad Aldo. A mancina c'erano tre picciotti sulla ventina, Mario, Giacomo ed Ernst. I primi due erano studenti universitari che si guadagnavano il pane travagliando in campagna, il terzo era un tedesco di passaggio, disse a Montalbano che sperava di fermarsi altri tre mesi. Il pranzo, pasta col sugo di sasizza e per secondo sasizza alla brace, fu abbastanza rapido, Aldo e i suoi tre aiutanti avevano prescia di tornare a travagliare. Tutti s'avventarono sui dolci portati dal commissario. Poi, a un cenno della testa di Aldo, si susìrono e uscirono di casa.

«Ti preparo un altro caffè» disse Franca. Montalbano era inquieto, aveva visto che Aldo, prima di nèsciri, aveva scambiato un fuggevole sguardo d'intesa con la mogliere. Franca servì il caffè e s'assittò davanti al commissario.

«È un discorso serio» premise.

E in quel momento trasì François, deciso, le mani strette a pugno tenute lungo i fianchi. Si fermò davanti a Montalbano, lo taliò duro e fisso e disse con la voce che gli tremava:

«Tu non mi porti via dai miei fratelli».

Voltò le spalle, scappò. Una mazzata, sentì la bocca arsa. Disse la prima cosa che gli passò per la testa e purtroppo era una cosa cretina:

«Ma come ha imparato a parlare bene!».

«Quello che ti volevo dire, l'ha già detto il picciliddro» disse Franca. «E bada che tanto io che Aldo non abbiamo fatto altro che parlargli di Livia e di te, di come si troverà con voi due, di quanto e di come gli volete e gli vorrete bene. Non c'è stato niente da fare. È un pinsèro che gli è venuto all'improvviso una mesata fa, di notte. Dormivo, mi sono sentita toccare un braccio. Era lui.

«"Ti senti male?".

«"No".

«"Allora che hai?".

«"Ho paura".

«"Paura di che?".

«"Che Salvo venga e mi porti via".

«Ogni tanto, mentre gioca, mentre mangia, questo pinsèro gli torna e allora s'incupisce, diventa persino cattivo».

Franca continuò a parlare, ma Montalbano non la sentiva più. Era perso con la memoria darrè un ricordo di quando aveva la stessa età di François, anzi un anno di meno. La nonna stava morendo, sua madre si era gravemente ammalata (ma queste cose le capì dopo) e suo padre, per poterci badare meglio, l'aveva portato in casa di una sua sorella, Carmela, che era maritata con il proprietario di un disordinato bazar, un uomo mite e gentile che si chiamava Pippo Sciortino. Non avevano figli. Dopo un certo tempo suo padre era tornato a prenderlo, con la cravatta nera e una larga striscia pure nera al braccio sinistro, lo ricordava benissimo. Ma lui si era rifiutato.

«Con te non ci vengo. Io resto con Carmela e Pippo. Mi chiamo Sciortino».

Aveva ancora davanti agli occhi la faccia addolorata del padre, i volti imbarazzati di Pippo e Carmela.

«... perché i picciliddri non sono pacchi che si possono depositare ora di qua ora di là» concluse Franca.

Di ritorno pigliò la strada più agevole e verso le nove di sira era già a Vigàta. Volle passare da Mimì Augello.
«Ti trovo meglio».
«Oggi doppopranzo sono riuscito a dòrmiri. Non ce l'hai fatta con Franca, eh? Mi ha telefonato preoccupata».
«È una fìmmina molto, molto intelligente».
«Di che ti voleva parlare?».
«Di François. C'è un problema».
«Il picciliddro si è affezionato a loro?».
«Come lo sai? Te l'ha detto tua sorella?».
«Con me non ne ha parlato. Ma ci vuole tanto a capirlo? Me l'immaginavo che andava a finire così».
Montalbano fece la faccia scuruta.
«Lo capisco che la cosa ti addolora» fece Mimì «ma chi ti dice che non sia una fortuna?».
«Per François?».
«Anche. Però soprattutto pi tia, Salvo. Tu non ci sei tagliato a fare il padre, sia pure di un figlio adottivo».

Appena passato il ponte vide che le luci della casa di Anna erano addrumate. Accostò, scinnì.
«Chi è?».
«Salvo sono».
Anna gli aprì la porta, lo fece entrare in sala da pranzo. Stava vedendo un film, ma spense subito il televisore.
«Vuoi un po' di whisky?».
«Sì. Liscio».
«Sei abbattuto?».
«Un pochino».
«Non è facile da digerire la cosa».
«Eh, no».
Rifletté un attimo su quello che gli aveva appena detto Anna: non è facile da digerire. Ma come poteva sapere di François?
«Ma tu Anna come l'hai saputo, scusa?».

101

«L'ha detto alle otto la televisione».

Ma di che stava parlando?

«Quale televisione?».

«"Televigàta". Hanno detto che il questore ha affidato l'indagine del delitto Licalzi al capo della Mobile».

A Montalbano venne da ridere.

«Ma cosa vuoi che me ne freghi! Io mi riferivo ad altro!».

«Allora dimmi cos'è che ti abbatte».

«Un'altra volta, scusami».

«Hai poi visto il marito di Michela?».

«Sì, ieri dopopranzo».

«Ti ha parlato del suo matrimonio bianco?».

«Lo sapevi?».

«Sì, me l'aveva detto lei. Michela gli era molto affezionata, sai. In queste condizioni prendersi un amante non era un vero e proprio tradimento. Il dottore ne era al corrente».

Squillò il telefono in un'altra càmmara, Anna andò a rispondere e tornò agitata.

«Mi ha telefonato un'amica. Pare che mezz'ora fa questo capo della Mobile sia andato in casa dell'ingegnere Di Blasi e se lo sia portato in questura a Montelusa. Che vogliono da lui?».

«Semplice, sapere dov'è andato a finire Maurizio».

«Ma allora già lo sospettano!».

«È la cosa più ovvia, Anna. E il dottor Ernesto Panzacchi, il capo della Mobile, è un uomo assolutamente ovvio. Beh, grazie del whisky e buonanotte».

«Come, te ne vai così?».

«Scusami, sono stanco. Ci vediamo domani».

Gli era pigliata una botta di malumore pesante e densa.

Raprì la porta di casa con un càvucio e corse a rispondere al telefono.

«Salvo, ma che minchia! Che bell'amico!».

Riconobbe la voce di Nicolò Zito, il giornalista di «Retelibera» col quale aveva rapporti di sincera amicizia.

«È vera questa storia che non hai più l'indagine? Io non ho

passato la notizia, volevo prima la conferma da te. Ma se è vera, perché non me l'hai detto?».

«Scusami, Nicolò, è successo ieri sira a tardi. E stamatina presto sono partito, sono andato a trovare François».

«Vuoi che faccia qualche cosa con la televisione?».

«No, niente, grazie. Ah, ti dico una cosa che certamente ancora non sai, così ti ripago. Il dottor Panzacchi ha portato in questura per un interrogatorio l'ingegnere edile Aurelio Di Blasi di Vigàta».

«L'ha ammazzata lui?».

«No, sospettano del figlio Maurizio che è sparito la notte stessa nella quale hanno ucciso la Licalzi. Lui, il picciotto, era innamoratissimo di lei. Ah, c'è un'altra cosa. Il marito della vittima è a Montelusa, all'Hotel Jolly».

«Salvo, se ti sbattono fora dalla polizia, ti assumo io. Talìati il notiziario di mezzanotte. E grazie, eh, grazie tante».

A Montalbano il malumore passò mentre deponeva il microfono.

Il dottor Ernesto Panzacchi era bello e servito: a mezzanotte tutte le sue mosse sarebbero diventate di pubblico dominio.

Non aveva assolutamente gana di mangiare. Si spogliò, si mise sotto la doccia, ci rimase a lungo. Indossò mutande e canottiera pulite. Ora veniva la parte difficile.

«Livia».

«Ah, Salvo, da quand'è che aspetto la tua telefonata! Come sta François?».

«Sta benissimo, è diventato alto».

«Hai visto i progressi che ha fatto? Ogni settimana, quando gli telefono, parla sempre meglio in italiano. È diventato bravo a farsi capire, eh?».

«Anche troppo».

Livia non ci fece caso, le urgeva un'altra domanda.

«Che voleva Franca?».

«Voleva parlarmi di François».

«È troppo vivace? Disubbidisce?».

«Livia, la questione è un'altra. Forse abbiamo sbagliato a tenerlo così a lungo con Franca e suo marito. Il bambino si è affezionato a loro, mi ha detto che non li vuole più lasciare».

«Te l'ha detto lui?».

«Sì, spontaneamente».

«Spontaneamente! Ma quanto sei stronzo!».

«Perché?».

«Ma perché glielo hanno detto loro di parlarti così! Ce lo vogliono portare via! Hanno bisogno di manodopera gratis per la loro azienda, quei due mascalzoni!».

«Livia tu straparli».

«No, è come ti dico io! Se lo vogliono tenere loro! E tu sei ben felice di lasciarglielo!».

«Livia, cerca di ragionare».

«Ragiono, caro, ragiono benissimo! E te lo farò vedere a te e a quei due ladri di bambini!».

Riattaccò. Senza mettersi niente di sopra, il commissario si andò ad assittare nella verandina, si addrumò una sigaretta e finalmente, dopo ore che la teneva, lasciò via libera alla malinconia. François oramai era perso, per quanto Franca avesse lasciato a Livia e a lui la decisione. La verità era quella, nuda e cruda, che gli aveva detto la sorella di Mimì: i bambini non sono pacchi che si possono depositare ora qua ora là. Non si può non tener conto dei loro sentimenti. L'avvocato Rapisarda, che seguiva per conto suo il procedimento d'adozione, gli aveva detto che ci sarebbero voluti almeno altri sei mesi. E François avrebbe avuto tutto il tempo di mettere ferree radici in casa Gagliardo. Livia farneticava se poteva pensare che Franca avesse potuto mettergli in bocca le parole da dire. Lui, Montalbano, aveva scorto lo sguardo di François quando gli era andato incontro per abbracciarlo. Ora se li ricordava bene, quegli occhi: c'erano in essi paura e odio infantile. D'altra parte capiva i sentimenti del picciliddro: aveva già perso la madre e temeva di perdere la sua nuova famiglia. In fondo in fondo, Livia e lui erano stati pochissimo tempo col piccolo, le loro figure ci avevano messo poco a sbiadire. Montalbano sentì che mai e poi mai avrebbe avuto il coraggio d'infliggere un altro trauma a François. Non ne aveva il diritto. E nemmeno Livia. Il pic-

104

ciliddro era perso per sempre. Da parte sua, avrebbe acconsentito che rimanesse con Aldo e Franca che erano felici d'adottarlo. Ora aveva freddo, si susì, rientrò.

«Dottore, dormiva? Fazio sono. Volevo informarla che abbiamo fatto, oggi doppopranzo, un'assemblea. Abbiamo scritto una lettera di protesta al questore. L'hanno firmata tutti, il dottor Augello in testa. Gliela leggo: "Noi sottoscritti, facenti parte del commissariato di Pubblica Sicurezza di Vigàta, deprechiamo"...».

«Aspetta, l'avete spedita?».

«Sì, dottore».

«Ma quanto siete stronzi! Potevate farmelo sapere prima di mandarla!».

«Perché, prima o dopo che importanza aveva?».

«Che vi avrei persuaso a non fare una minchiata simile».

Troncò la comunicazione, veramente arraggiato.

Ci mise tempo a pigliare sonno. Ma dopo un'ora che dormiva s'arrisbigliò, addrumò la luce, si susì a metà nel letto. Era stato come un lampo, che gli aveva fatto aprire gli occhi. Durante il sopralluogo col dottor Licalzi nella villetta c'era stato qualcosa, una parola, un suono, come dire, dissonante. Cos'era? Ebbe uno scatto contro se stesso: «Ma che te ne fotte? L'indagine non ti appartiene più».

Spense la luce, si ricoricò.

«Come François» aggiunse amaramente.

105

Dieci

La mattina appresso, in commissariato, l'organico era quasi al completo: Augello, Fazio, Germanà, Gallo, Galluzzo, Giallombardo, Tortorella e Grasso. Mancava solamente Catarella, assente giustificato perché a Montelusa, alla prima lezione del corso d'informatica. Erano tutti con la faccia lunga, da due novembre, scansavano Montalbano come se fosse contagioso, non lo taliavano negli occhi. Erano stati doppiamente offisi, in prìmisi dal questore che aveva levato l'inchiesta al loro capo solo per fargli torto, in secùndisi dal loro capo stesso che aveva malamente reagito alla loro lettera di protesta al questore. Non solo non erano stati ringraziati, pacienza, il commissario era fatto così, ma erano stati chiamati da lui stronzi, come aveva riferito Fazio.

Tutti presenti, dunque, però tutti stuffati a morte perché, fatta eccezione dell'omicidio Licalzi, da due mesi non capitava niente di sostanzioso. Per esempio, le famiglie Cuffaro e Sinagra, le due cosche che si contendevano il territorio e che erano solite far ritrovare, con bella regolarità, un morto ammazzato al mese (una volta uno dei Cuffaro e la volta appresso uno dei Sinagra), parevano da qualche tempo avere perso l'entusiasmo. E questo da quando Giosuè Cuffaro, arrestato e fulmineamente pentito dei suoi delitti, aveva mandato in galera Peppuccio Sinagra il quale, arrestato e fulmineamente pentito dei suoi delitti, aveva fatto chiudere in càrzaro Antonio Smecca, cugino dei Cuffaro, il quale, fulmineamente pentito dei suoi delitti, aveva inguaiato Cicco Lo Càrmine, dei Sinagra, il quale...

Gli unici botti che si erano sentiti a Vigàta risalivano a un mese prima, per la festa di san Gerlando, che avevano fatto un gioco di foco.

«I numeri uno sono tutti in carcere!» aveva trionfalmente esclamato durante un'affollatissima conferenza stampa il questore Bonetti-Alderighi.

«E quelli a cinque stelle stanno al posto loro» aveva pinsato il commissario.

Quella matina Grasso, che aveva pigliato il posto di Catarella, faceva le parole incrociate, Gallo e Galluzzo si sfidavano a scopa, Giallombardo e Tortorella facevano una partita a dama, gli altri leggevano o contemplavano il muro. Insomma, l'attività ferveva.

Sul suo tavolo, Montalbano trovò una montagna di carte da firmare e di pratiche da evadere. Una sottile vendetta dei suoi uomini?

La bomba, inaspettata, esplose all'una, quando il commissario, col braccio destro anchilosato, meditava di andare a mangiare.

«Dottore, c'è una signora, Anna Tropeano, che domanda di lei. Mi pare agitata» gli disse Grasso, telefonista del turno di mattina.

«Salvo! Dio mio! Nei titoli di testa del telegiornale hanno detto che Maurizio è stato ammazzato!».

In commissariato non c'erano apparecchi televisivi, Montalbano schizzò dalla sua càmmara per correre al vicino bar Italia.

Fazio l'intercettò:

«Dottore, che succede?».

«Hanno ammazzato a Maurizio Di Blasi».

Gelsomino, il proprietario del bar, e due clienti taliavano a bocca aperta la televisione dove un giornalista di «Televigàta» stava parlando del fatto.

«... e durante questo lungo interrogatorio notturno dell'ingegnere Aurelio Di Blasi, il capo della Mobile di Montelusa, il dottor Ernesto Panzacchi, perveniva all'ipotesi che il di lui figlio Maurizio, sul quale gravavano forti sospetti per l'omicidio di Michela Licalzi, potesse essersi nascosto in una casa di campagna sita in territorio di Raffadali di proprietà dei Di Blasi.

L'ingegnere però sosteneva che il figlio non si era rifugiato là, in quanto lui stesso il giorno avanti vi era andato a cercarlo. Verso le dieci di questa mattina il dottor Panzacchi, con sei agenti, si recava in Raffadali e iniziava un'accurata perquisizione della casa che è piuttosto grande. A un tratto uno degli agenti notava un uomo correre sulle pendici di una brulla collina che è quasi a ridosso della casa. Postisi all'inseguimento, il dottor Panzacchi e i suoi agenti individuavano una caverna nella quale il Di Blasi si era intanato. Il dottor Panzacchi, disposti opportunamente gli agenti, intimava all'uomo di uscire con le mani in alto. All'improvviso il Di Blasi veniva fuori gridando: "Punitemi! Punitemi" e brandendo minacciosamente un'arma. Uno degli agenti prontamente faceva fuoco e il giovane Maurizio Di Blasi cadeva colpito a morte da una raffica al petto. L'invocazione quasi dostoevskiana del giovane, punitemi!, è più che una confessione. L'ingegnere Aurelio Di Blasi è stato invitato a nominare un difensore. Su lui gravano sospetti di complicità nella fuga del figlio conclusasi così tragicamente».

Montalbano, mentre appariva una foto della faccia cavallina del povero picciotto, uscì dal bar, se ne tornò al commissariato.

«Se il questore non ti levava l'incarico, quel povirazzo sarebbe sicuramente ancora vivo!» fece Mimì rabbioso.

Montalbano non rispose, trasì nella sua càmmara, chiuse la porta. C'era una contraddizione, grossa come una casa, nel racconto del giornalista. Se Maurizio Di Blasi voleva essere punito, se questa punizione tanto desiderava, perché aveva in mano un'arma con la quale minacciava gli agenti? Un uomo armato, che punta la pistola su quelli che vogliono arrestarlo, non desidera una punizione, tenta solo di sottrarsi all'arresto, di scappare.

«Fazio sono. Posso entrare, dottore?».

Con stupore, il commissario vide che con Fazio trasìvano macari Augello, Germanà, Gallo, Galluzzo, Giallombardo, Tortorella e perfino Grasso.

«Fazio ha parlato con un suo amico della Mobile di Montelusa» disse Mimì Augello. E fece cenno a Fazio di continuare.

«Lo sa che cos'era l'arma con la quale il picciotto ha minacciato il dottor Panzacchi e i suoi òmini?».

«No».

«Una scarpa. La sua scarpa destra. Prima di cadere, ha fatto in tempo a tirarla contro Panzacchi».

«Anna? Montalbano sono. Ho sentito».

«Non può essere stato lui, Salvo! Ne sono convinta! È tutto un tragico errore! Devi fare qualcosa!».

«Senti, non ti ho chiamata per questo. Tu la conosci la signora Di Blasi?».

«Sì. Ci siamo parlate qualche volta».

«Vai da lei, subito. Io non sto tranquillo. Non vorrei che restasse sola col marito in galera e il figlio appena ammazzato».

«Vado subito».

«Dottore, ci posso dire una cosa? Ritelefonò quel mio amico della Mobile di Montelusa».

«E ti disse che per la facenna della scarpa aveva voluto babbiare, ti voleva fare uno scherzo».

«Esattamente. Quindi la cosa è vera».

«Senti, ora me ne vado a casa. Credo che oggi pomeriggio resterò a Marinella. Se avete bisogno mi chiamate lì».

«Dottore, lei qualcosa la deve fare».

«Ma non scassatemi la minchia, tutti quanti!».

Passato il ponte, tirò dritto, non aveva gana di sentirsi dire un'altra volta macari da Anna che lui doveva assolutamente intervenire. A che titolo? Ecco a voi il cavaliere senza macchia e senza paura! Ecco a voi Robin Hood, Zorro e il giustiziere della notte tutti in una sola persona: Salvo Montalbano!

Il pititto di prima gli era passato, si riempì una sottotazza di olive verdi e nere, si tagliò una fetta di pane e, mentre spizzichiava, fece il nummaro di Zito.

«Nicolò? Montalbano sono. Sai dirmi se il questore ha convocato una conferenza stampa?».

«È fissata per le cinque di oggi doppopranzo».

«Tu ci vai?».

«Naturalmente».

«Mi devi fare un piacere. Domanda a Panzacchi che arma era quella con la quale Maurizio Di Blasi li minacciò. E dopo che te l'ha detto, spiagli se te la può far vedere».

«Che c'è sotto?».

«Te lo dirò a tempo debito».

«Salvo, ti posso dire una cosa? Qua tutti siamo convinti che se l'indagine restava a te, Maurizio Di Blasi sarebbe ancora vivo».

Ci si metteva macari Nicolò, appresso a Mimì.

«Ma andate a cacare!».

«Grazie, ne ho bisogno, da ieri sono in difficoltà. Guarda che la conferenza la trasmettiamo in diretta».

Si andò ad assittare nella verandina, col libro di Denevi tra le mani. Ma non ce la fece a leggerlo. Un pinsèro gli firriàva per la testa, quello stesso che aveva avuto la notte avanti: che cosa aveva visto o sentito di strammo, di anomalo, durante il sopralluogo nella villetta col dottore?

La conferenza stampa principiò alle cinque spaccate, Bonetti-Alderighi era un maniaco della puntualità («è la cortesia dei re», ripeteva appena ne aveva l'occasione, evidentemente il quarto di nobiltà gli dava alla testa, si vedeva con la crozza incoronata).

In tre stavano assittati darrè a un tavolino col panno verde, il questore in mezzo, alla sua destra Panzacchi e alla sinistra il dottor Lattes. Addritta, dietro a loro, i sei agenti che avevano partecipato all'azione. Mentre le facce degli agenti erano serie e tirate, quelle dei tre capi esprimevano moderata contentezza, moderata perché c'era scappato il morto.

Il questore pigliò per primo la parola, si limitò a fare un elogio di Ernesto Panzacchi («un uomo destinato a un brillante avvenire») e un piccolo riconoscimento lo diede a se stesso per avere preso la decisione di affidare l'inchiesta al capo della Mobile il quale «aveva saputo risolvere il caso in ventiquattr'ore, mentre altra gente, con metodi ormai antiquati, chissà quanto tempo ci avrebbe impiegato».

Montalbano, davanti al televisore, incassò senza reagire, manco mentalmente.

La parola quindi passò a Ernesto Panzacchi, il quale ripeté esattamente quello che già il commissario aveva sentito dal giornalista di «Televigàta». Non si dilungò in particolari, pareva avesse prescia di andarsene.

«Qualcuno ha domande da fare?» spiò il dottor Lattes.

Uno isò il dito.

«È sicuro che il giovane abbia gridato: punitemi?».

«Sicurissimo. Due volte. L'hanno sentito tutti».

E si voltò a taliare i sei agenti che calarono la testa in segno d'assenso: parsero pupi tirati dai fili.

«E con che tono!» rincarò Panzacchi. «Disperato».

«Di che cosa è accusato il padre?» spiò un secondo giornalista.

«Favoreggiamento» disse il questore.

«E forse di qualcosa d'altro» aggiunse con ariata misteriosa Panzacchi.

«Complicità nell'omicidio?» azzardò un terzo.

«Non ho detto questo» disse seccamente Panzacchi.

Finalmente Nicolò Zito fece 'nzinga di voler parlare.

«Con quale arma vi minacciò Maurizio Di Blasi?».

Certamente i giornalisti che non sapevano com'era andato il fatto non notarono niente, ma il commissario vide distintamente i sei agenti irrigidirsi, il mezzo sorriso scomparire dalla faccia del capo della Mobile. Solo il questore e il suo capo di Gabinetto non ebbero particolari reazioni.

«Una bomba a mano» fece Panzacchi.

«E chi gliel'avrebbe data?» incalzò Zito.

«Vede, è un residuato di guerra, ma funzionante. Abbiamo una mezza idea dove possa averla trovata, dobbiamo però fare ancora dei riscontri».

«Può farcela vedere?».

«Ce l'ha la Scientifica».

E così terminò la conferenza stampa.

Alle sei e mezzo chiamò Livia. Il telefono squillò a lungo a vuoto. Principiò a preoccuparsi. Che si fosse sentita ma-

111

le? Telefonò a Giovanna, amica e collega di lavoro di Livia e della quale aveva il nummaro. Giovanna gli riferì che Livia era andata regolarmente a lavorare, ma lei, Giovanna, l'aveva vista molto pallida e nervosa. Livia l'aveva avvertita anche di avere staccato il telefono, non voleva essere disturbata.

«Come vanno le cose tra voi?» gli spiò Giovanna.

«Direi non benissimo» le rispose diplomaticamente Montalbano.

Qualisisiasi cosa facesse, leggere il libro o taliare il mare fumando una sigaretta, a un tratto la domanda gli tornava, precisa, insistente: che aveva visto o sentito nella villetta che non quatrava?

«Pronto, Salvo? Sono Anna. Ho lasciato or ora la signora Di Blasi. Hai fatto bene a dirmi di andarci. Parenti e amici si sono guardati dal farsi vedere, capirai, alla larga da una famiglia dove c'è un padre arrestato e un figlio omicida. Cornuti».

«Come sta la signora?».

«Come vuoi che stia? Ha avuto un collasso, ho dovuto chiamare il medico. Ora si sente meglio, anche perché l'avvocato scelto dal marito le ha telefonato dicendole che l'ingegnere sarebbe stato rilasciato da lì a poco».

«Non hanno riscontrato complicità?».

«Non te lo so dire. Pare che le accuse gliele faranno lo stesso, ma lasciandolo a piede libero. Passi da me?».

«Non so, vedrò».

«Salvo, devi muoverti. Maurizio era innocente, ne sono sicura, l'hanno assassinato».

«Anna, non metterti idee sballate in testa».

«Pronti, dottori? È lei pirsonalmente di pirsona? Catarella sono. Tilifonò il marito della pittima dici che così che se lei pirsonalmente lo chiama al Ciolli stasira inverso le dieci».

«Grazie. Com'è andato il primo giorno di corso?».

«Beni, dottori, beni. Tutto accapii. L'istruttorio si compli-
mentò. Disse così che le pirsone come a mia sono rari».

L'alzata d'ingegno gli venne poco prima delle otto e la mise
in atto senza perderci un minuto di tempo. Montò in macchina, partì alla volta di Montelusa.

«Nicolò è in trasmissione» gli disse una segretaria «ma sta
per finire».

Dopo manco cinque minuti arrivò Zito, affannato.

«Io ti ho servito, hai visto la conferenza stampa?».

«Sì, Nicolò, e mi pare che abbiamo fatto centro».

«Mi puoi dire perché quella bomba è tanto importante?».

«Tu la sottovaluti una bomba?».

«Dai, dimmi di cosa si tratta».

«Ancora non posso. O meglio, forse lo capirai tra poco, ma
è affar tuo e io non te l'ho detto».

«Avanti, che vuoi che faccia o dica al telegiornale? Sei qua
per questo, no? Tu ormai sei il mio regista occulto».

«Se lo fai, ti faccio un regalo».

Tirò fora dalla sacchetta una delle foto di Michela che gli aveva dato il dottor Licalzi, gliela porse.

«Tu sei l'unico giornalista a sapere com'era la signora da viva. Alla questura di Montelusa foto non ne hanno: i documenti
d'identità, la patente, il passaporto se c'era, stavano nella sacca e l'assassino li ha portati via. Puoi farla vedere ai tuoi ascoltatori, se vuoi».

Nicolò Zito storse la bocca.

«Allora il favore che mi domanderai deve essere grosso. Spara».

Montalbano si susì, andò a chiudere a chiave la porta del-
l'ufficio del giornalista.

«No» fece Nicolò.

«No che?».

«No a qualsiasi cosa tu voglia domandarmi. Se hai chiuso la
porta, io non mi ci metto».

«Se mi dai una mano, poi ti darò tutti gli elementi per far
succedere un casino a livello nazionale».

Zito non rispose, era chiaramente combattuto, un core d'asino e uno di lione.

«Che devo fare?» spiò alla fine a mezza voce.

«Devi dire che ti hanno telefonato due testimoni».

«Esistono?».

«Uno sì e l'altro no».

«Dimmi solo che ha detto quello che esiste».

«Tutti e due. Prendere o lasciare».

«Ma ti rendi conto che se scoprono che mi sono inventato un testimone possono radiarmi dall'albo?».

«Certo. Nel qual caso ti autorizzo a dire che sono stato io a convincerti. Così mandano a casa macari a mia e andiamo a coltivare fave».

«Facciamo così. Prima mi dici di quello falso. Se la cosa è fattibile, mi parli macari di quello vero».

«D'accordo. Oggi dopopranzo, dopo la conferenza stampa, ti ha telefonato uno che si trovava a cacciare vicinissimo al posto dove hanno sparato a Maurizio Di Blasi. Ha detto che le cose non sono andate come ha dichiarato Panzacchi. Poi ha riattaccato, senza lasciarti nome e cognome. Era chiaramente spaventato. Tu citi questo episodio di passata, affermi nobilmente che non vuoi dargli troppo peso dato che si tratta di una telefonata anonima e la tua deontologia professionale non ti consente di dar voce alle insinuazioni anonime».

«Intanto però la cosa l'ho detta».

«Scusami, Nicolò, ma non è la vostra tecnica abituale? Gettare la pietra e nascondere la mano».

«A questo proposito, dopo ti dico una cosa. Avanti, parlami del testimone vero».

«Si chiama Gillo Jàcono, ma tu darai solo le iniziali, G. J. e basta. Questo signore, mercoledì, passata di poco la mezzanotte, ha visto arrivare alla villa la Twingo, scenderne Michela e uno sconosciuto e avviarsi tranquillamente verso casa. L'uomo aveva una valigia. Valigia, non valigetta. Ora la domanda è questa: perché Maurizio Di Blasi è andato a violentare la signora Licalzi con una valigia? Dentro ci aveva le lenzuola di ricambio nel caso avesse sporcato il letto? E ancora: quelli della Mobile l'hanno ritrovata da qualche parte? Nella villetta, questo è certo, non c'era».

«È tutto?».

«Tutto».

Nicolò era diventato friddo, evidentemente non aveva mandato giù il rimprovero di Montalbano sulle abitudini dei giornalisti.

«A proposito della mia deontologia professionale. Oggi pomeriggio, dopo la conferenza stampa, mi ha telefonato un cacciatore per dirmi che le cose non erano andate come era stato detto. Ma siccome non ha voluto fare il suo nome, io la notizia non l'ho passata».

«Tu mi stai pigliando per il culo».

«Ora chiamo la segretaria e ti faccio sentire la registrazione della telefonata» fece il giornalista susendosi.

«Scusami, Nicolò. Non c'è bisogno».

Undici

S'arramazzò tutta la notte nel letto, ma non ci poté sonno. Aveva davanti a sé il quatro di Maurizio colpito che arriniscìva a tirare la scarpa contro i suoi persecutori, il gesto a un tempo comico e disperato di un povirazzo braccato. «Punitemi», aveva gridato, e tutti giù a interpretare quell'invocazione nel modo più ovvio e tranquillizzante, punitemi perché ho stuprato e ammazzato, punitemi per il mio peccato. Ma se avesse, in quell'attimo, voluto significare tutt'altra cosa? Che gli era passato per la testa? Punitemi perché sono diverso, punitemi perché ho amato troppo, punitemi d'essere nato: si poteva continuare all'infinito, e qui il commissario s'arrestò, sia perché non amava gli scivolamenti nella filosofia spicciola e letteraria sia perché aveva capito, a un tratto, che l'unico modo di esorcizzare quell'immagine ossessionante e quel grido era non un generico interrogarsi, ma il confronto coi fatti. Per farlo, non c'era che una strata, una sola. E fu allora che arriniscì a chiudere gli occhi per due ore.

«Tutti» disse a Mimì Augello trasendo in commissariato.

Cinque minuti appresso, erano tutti nella càmmara davanti a lui.

«Mettetevi comodi» fece Montalbano. «Questo non è un discorso ufficiale, è una cosa tra amici».

Mimì e due o tre s'assittarono, gli altri rimasero addritta. Grasso, il sostituto di Catarella, s'appoggiò allo stipite della porta, un orecchio appizzato al centralino.

«Ieri il dottor Augello mi ha detto una cosa che m'ha ferito, appena saputo che Di Blasi era stato sparato. M'ha detto, press'a poco così: se l'inchiesta la tenevi tu, a quest'ora quel

116

giovane sarebbe ancora vivo. Avrei potuto rispondere che l'indagine mi era stata levata dal questore e che quindi io non avevo nessuna responsabilità. Questo, formalmente, è vero. Ma il dottor Augello aveva ragione. Quando il questore m'ha convocato per darmi l'ordine di non indagare più sull'omicidio Licalzi, io ho ceduto all'orgoglio. Non ho protestato, non mi sono ribellato, gli ho lasciato capire che poteva andarsene a pigliarlo nel culo. E così mi sono giocato la vita di un uomo. Perché è certo che nessuno di voi avrebbe sparato a un povero disgraziato che non ci stava con la testa».

Non l'avevano mai sentito parlare così, lo taliavano ammammaloccuti, trattenendo il respiro.

«Stanotte ci ho pinsato sopra e ho pigliato una decisione. Mi riprendo l'indagine».

Chi fu a principiare l'applauso? Montalbano seppe tramutare la commozione in ironia.

«Vi ho già detto che siete stronzi, non fatemi ripetere».

«L'inchiesta» continuò «è oramai chiusa. Quindi, se tutti siete d'accordo, dovremo procedere navigando sott'acqua, col solo periscopio fora. Vi devo avvertire: se a Montelusa lo vengono a sapere, potrebbero esserci guai seri per ognuno di noi».

«Commissario Montalbano? Sono Emanuele Licalzi».

Montalbano s'arricordò che Catarella, la sera avanti, gli aveva detto che aveva chiamato il dottore. Se n'era scordato.

«Mi scusi, ma ieri sera ho avuto...».

«Ma per carità, s'immagini. Oltretutto, da ieri sera a oggi le cose sono cambiate».

«In che senso?».

«Nel senso che nel tardo pomeriggio di ieri avevo ricevuto assicurazione che per mercoledì mattina sarei potuto partire per Bologna con la povera Michela. Stamattina presto m'hanno chiamato dalla questura per dirmi che era a loro necessario un rimando, la cerimonia funebre potrà essere officiata solo venerdì. Quindi ho deciso di ripartire e tornare giovedì sera».

«Dottore, lei certamente avrà saputo che l'inchiesta...».

«Sì, certo, ma non mi riferivo all'inchiesta. Si ricorda che avevamo accennato alla macchina, la Twingo? Posso già parlare con qualcuno per rivenderla?».

«Guardi, dottore, facciamo così, la macchina la faccio portare io stesso da un nostro carrozziere di fiducia, il danno l'abbiamo fatto noi e dobbiamo pagarlo noi. Se vuole, posso incaricare il nostro carrozziere per trovare un compratore».

«Lei è una persona squisita, commissario».

«Mi levi una curiosità: che se ne farà della villetta?».

«Metterò in vendita anche quella».

«Nicolò sono. Come volevasi dimostrare».

«Spiegati meglio».

«Sono stato convocato dal giudice Tommaseo, per oggi alle quattro doppopranzo».

«E che vuole da te?».

«Ma tu hai la faccia stagnata! Ma come, mi metti in questi lacci e poi ti viene a mancare l'immaginazione? Mi accuserà di aver taciuto alla polizia preziose testimonianze. E se poi viene a sapere che uno dei due testimoni non so manco chi è, allora saranno cazzi amari, quello capace che mi sbatte in galera».

«Fammi sapere».

«Certo! Così una volta la simàna mi vieni a trovare e mi porti aranci e sigaretti».

«Senti, Galluzzo, avrei bisogno di vedere tuo cognato, il giornalista di "Televigàta"».

«L'avverto subito, commissario».

Stava per nèsciri dalla càmmara, ma la curiosità ebbe la meglio.

«Però, se è cosa che macari io posso sapìri...».

«Gallù, non solo lo puoi; ma lo devi sapere. Ho necessità che tuo cognato collabori con noi per la storia Licalzi. Dato che non possiamo muoverci alla luce del sole, dobbiamo servirci dell'aiuto che le televisioni private ci possono dare, facendo apparire che si muovono di loro iniziativa, mi spiegai?».

«Alla perfezione».

«Pensi che tuo cognato è disposto ad aiutarci?».

Galluzzo si mise a ridere.

«Dottore, ma quello se lei gli domanda di dire alla televisione che hanno scoperto che la luna è fatta di ricotta, lo dice. Lo sa che muore d'invidia?».

«Per chi?».

«Per Nicolò Zito, dottore. Dice così che lei per Zito ci ha un occhio di riguardo».

«È vero. Aieri a sira Zito mi ha fatto un favore e l'ho messo nei guai».

«E ora vuole fare lo stesso con mio cognato?».

«Se se la sente».

«Mi dica quello che desidera, non ci sono problemi».

«Allora diglielo tu quello che deve fare. Ecco, piglia questa. È una fotografia di Michela Licalzi».

«Mìzzica, quant'era bella!».

«In redazione tuo cognato deve avere una foto di Maurizio Di Blasi, mi pare d'averla vista quando hanno dato la notizia della sua ammazzatina. Nel notiziario dell'una, e macari in quello della sera, tuo cognato deve far comparire le due foto affiancate, nella stessa inquadratura. Deve dire che, siccome c'è un vuoto di cinque ore tra le sette e mezza di mercoledì sera, quando ha lasciato una sua amica, e poco dopo la mezzanotte, quando è stata vista recarsi in compagnia di un uomo nella sua villetta, tuo cognato vorrebbe sapere se qualcuno è in grado di fornire notizie sugli spostamenti di Michela Licalzi in quelle ore. Meglio: se in quelle ore l'hanno vista, e dove, in compagnia di Maurizio. Chiaro?».

«Chiarissimo».

«Tu, da questo momento in poi, bivacchi a "Televigàta"».

«Che significa?».

«Significa che te ne stai lì, come se fossi un redattore. Appena qualcuno si fa vivo per dare notizie, te lo fai passare tu, ci parli tu. E poi mi riferisci».

«Salvo? Sono Nicolò Zito. Sono costretto a disturbarti di nuovo».

«Novità? Ti hanno mandato i carabinieri?».

Evidentemente Nicolò non aveva nessuna gana di sgherzare. «Puoi venire immediatamente in redazione?».

Montalbano assai stupì nel vedere nello studio di Nicolò l'avvocato Orazio Guttadauro, penalista discusso, difensore di tutti i mafiosi della provincia e macari di fora provincia.

«La billizza del commissario Montalbano!» fece l'avvocato appena lo vide trasìri. Nicolò pareva tanticchia impacciato.

Il commissario taliò interrogativo il giornalista: perché l'aveva chiamato in prisenza di Guttadauro? Zito rispose a parole.

«L'avvocato è quel signore che telefonò ieri, quello che era andato a caccia».

«Ah» fece il commissario. Con Guttadauro meno si parlava e meglio era, non era omo da spartirci il pane insieme.

«Le parole che l'egregio giornalista qui presente» principiò l'avvocato con lo stesso tono di voce che usava quand'era in tribunale «ha adoperato in televisione per definirmi mi hanno fatto sentire un verme!».

«Oddio, che ho detto?» spiò preoccupato Nicolò.

«Lei ha esattamente usato queste espressioni: ignoto cacciatore e anonimo interlocutore».

«Sì, ma che c'è d'offensivo? C'è il Milite Ignoto...».

«...l'Anonimo veneziano» rincarò Montalbano che stava cominciando a scialarsela.

«Come?! Come?!» continuò l'avvocato quasi non li avesse sentiti «Orazio Guttadauro essere implicitamente accusato di viltà? Non ho retto, ed eccomi qua».

«Ma perché è venuto da noi? Il dovere suo era di andare a Montelusa dal dottor Panzacchi e dirgli...».

«Sgherziamo, picciotti? Panzacchi era a venti metri di mia e ha contato una storia completamente diversa! Tra me e lui, credono a lui! Lo sa quanti miei assistiti, persone intemerate, si sono trovati coinvolti e accusati dalla parola menzognera di un poliziotto o di un carrabbinere? Centinaia!».

«Senta, avvocato, ma in cosa differisce la sua versione dei fatti da quella del dottor Panzacchi?» spiò Zito che non reggeva più alla curiosità.

«In un dettaglio, esimio».

«Quale?».

«Che il picciotto Di Blasi era disarmato».

«Eh, no! Non ci credo. Lei vuole sostenere che quelli della Mobile hanno sparato a sangue freddo, per il solo piacere d'ammazzare un uomo?».

«Ho semplicemente detto che Di Blasi era disarmato, però gli altri lo pensarono armato, aveva una cosa in mano. È stato un equivoco tremendo».

«Che aveva in mano?».

La voce di Nicolò Zito si era fatta acuta.

«Una delle sue scarpe, amico mio».

Mentre il giornalista crollava sulla seggia, l'avvocato proseguì.

«Ho ritenuto mio dovere portare a conoscenza dell'opinione pubblica il fatto. Penso che il mio alto dovere civico...».

E qui Montalbano capì il gioco di Guttadauro. Non era un omicidio di mafia e quindi, testimoniando, non danneggiava nessuno dei suoi assistiti; si faceva la nomea di cittadino esemplare e contemporaneamente sputtanava la polizia.

«L'avevo visto macari il giorno avanti» fece l'avvocato.

«A chi?» spiarono insieme Zito e Montalbano, si erano persi darrè i loro pinsèri.

«Al picciotto Di Blasi, no? Quella è una zona dove si caccia bene. Lo vidi a distanza, non avevo il binocolo. Zoppichiava. Poi trasì nella grotta, s'assittò al sole e principiò a mangiare».

«Un momento» fece Zito. «Mi pare di capire che lei afferma che il giovane stava nascosto lì e non a casa sua? L'aveva a pochi passi!».

«Che vuole che le dica, carissimo Zito? Macari il giorno avanti ancora, che ero passato davanti alla casa dei Di Blasi, vidi che il portone era serrato con un catenaccio grosso quanto un baule. Sono certo che lui a casa sua non si ammucciò mai, forse per non compromettere la famiglia».

Montalbano si fece persuaso di due cose: l'avvocato era pronto a smentire il capo della Mobile anche sul luogo della latitanza del picciotto, perciò l'incriminazione di suo padre, l'ingegnere, sarebbe venuta a cadere con grave danno per Panzacchi. Per la seconda cosa che aveva capito, volle prima avere conferma.

«Mi leva una curiosità, avvocato?».

«Agli ordini, commissario».

«Lei va sempre a caccia, non ci sta mai in tribunale?».

Guttadauro gli sorrise, Montalbano ricambiò. Si erano capiti. Molto probabilmente l'avvocato non era mai andato a caccia in vita sua. Quelli che avevano visto e avevano mandato avanti lui dovevano essere amici di coloro che Guttadauro chiamava i suoi assistiti: lo scopo era quello di far nascere uno scandalo nella questura di Montelusa. Bisognava giocare di fino, non gli piaceva averli come alleati.

«Te l'ha detto l'avvocato di chiamarmi?» spiò il commissario a Nicolò.

«Sì».

Sapevano quindi tutto. Erano a conoscenza che aveva subìto un torto, lo immaginavano deciso a vendicarsi, erano pronti a usarlo.

«Avvocato, lei certamente avrà saputo che io non sono il titolare dell'inchiesta che del resto è da considerarsi chiusa».

«Sì, ma...».

«Non c'è nessun ma, avvocato. Se lei veramente vuol fare il suo dovere di cittadino, va dal giudice Tommaseo e gli racconta la sua versione dei fatti. Buongiorno».

Voltò le spalle, niscì. Nicolò gli corse appresso, l'agguantò per un braccio.

«Tu la sapevi! Tu la sapevi la storia della scarpa! Per questo m'hai detto di domandare a Panzacchi quale fosse l'arma!».

«Sì, Nicolò, la sapevo. Ma ti consiglio di non servirtene per il tuo notiziario, non c'è una prova che la cosa sia andata come la racconta Guttadauro, anche se molto probabilmente è la verità. Vacci cauto».

«Ma se tu stesso mi dici che è la verità!».

«Cerca di capire, Nicolò. Sono pronto a scommettere che l'avvocato non sa manco dove minchia si trova la grotta dov'era ammucciato Maurizio. Lui è un pupo che la mafia gli tira i fili. I suoi amici hanno saputo qualcosa e hanno stabi-

122

lito che gli tornava comodo sfruttarla. Gettano a mare una rizzagliata e sperano che dintra ci vadano a finire Panzacchi, il questore e il giudice Tommaseo. Un bel terremoto. Però a tirare la rete in barca bisogna che ci sia un omo forte, cioè io, accecato, secondo loro, dalla smania di vendicarmi. Ti sei fatto capace?».

«Sì. Come mi devo regolare con l'avvocato?».

«Ripetigli le stesse cose mie. Vada dal giudice. Vedrai che si rifiuterà. Invece quello che ha detto Guttadauro sarai tu a ripeterlo, parola appresso parola, a Tommaseo. Se non è fissa, e fissa non è, capirà che macari lui è in pericolo».

«Lui però non c'entra con l'ammazzatina di Di Blasi».

«Ma ha firmato le accuse contro suo padre l'ingegnere. E quelli sono pronti a testimoniare che Maurizio non si è mai ammucciato dentro la sua casa di Raffadali. Tommaseo, se si vuole salvare il culo, deve disarmare Guttadauro e i suoi amici».

«E come?».

«Che ne so?».

Dato che si trovava a Montelusa, si diresse verso la questura, sperando di non incontrare Panzacchi. Scese di corsa nel sotterraneo dov'era allocata la Scientifica, trasì direttamente nell'ufficio del capo.

«Buongiorno, Arquà».

«Buongiorno» fece l'altro friddo friddo come un iceberg. «Le posso essere utile?».

«Passavo da queste parti e m'è venuta una curiosità».

«Sono molto occupato».

«Non metto in dubbio, ma le rubo un minuto. Desideravo qualche informazione su quella bomba che Di Blasi tentò di lanciare contro gli agenti».

Arquà non mosse un muscolo.

«Non sono tenuto».

Possibile che avesse tanto controllo?

«Via, collega, sia gentile. Mi bastano tre dati: colore, misura e marca».

Arquà parse sinceramente sbalordito. Nei suoi occhi spuntò

123

chiaramente la domanda se Montalbano non fosse nisciuto pazzo.

«Che diavolo dice?».

«L'aiuto io. Nera? Marrone? Quarantatré? Quarantaquattro? Mocassino? Superga? Varese?».

«Si calmi» fece Arquà senza che ce ne fosse bisogno, ma seguendo la regola che i pazzi bisogna tenerli buoni. «Venga con me».

Montalbano lo seguì, trasìrono in una càmmara dove c'era un grande tavolino bianco a mezzaluna con tre òmini in càmmisi bianco che traffichiavano.

«Caruana» fece Arquà a uno dei tre òmini «fai vedere al collega Montalbano la bomba».

E mentre quello rapriva un armadio di ferro, Arquà continuò.

«La vedrà smontata, ma quando ce l'hanno portata qua era pericolosamente funzionante».

Pigliò il sacchetto di cellophane che Caruana gli pruìva, lo mostrò al commissario.

«Una vecchia OTO in dotazione al nostro esercito nel '40».

Montalbano non arriniscìva a parlare, taliava la bomba a pezzi con lo stesso sguardo del proprietario di un vaso Ming appena caduto a terra.

«Avete rilevato impronte digitali?».

«Molte erano confuse, ma due del giovane Di Blasi apparivano chiarissime, il pollice e l'indice della mano destra».

Arquà posò il sacchetto sul tavolo, mise una mano sulla spalla del commissario, lo spinse in corridoio.

«Mi deve scusare, è tutta colpa mia. Non immaginavo che il questore le avrebbe tolto l'indagine».

Attribuiva quello che riteneva un momentaneo offuscamento delle facoltà mentali di Montalbano allo choc subìto per la destituzione. Bravo picciotto, in fondo, il dottor Arquà.

Il capo della Scientifica era stato indubbiamente sincero, considerò Montalbano mentre in macchina scendeva verso Vigàta, non poteva essere un così formidabile attore. Ma come si fa a tirare una bomba a mano tenendola solo con il pollice e l'indice? La meglio cosa che ti può capitare, lanciandola così, è che ti frantumi le palle. Arquà avrebbe dovuto rilevare anche buona parte del palmo della destra. Se le cose stavano così, dov'è che quelli della Mobile avevano fatto l'operazione di pigliare due dita di Maurizio già morto e premerle a forza sulla bomba? Appena formulata la domanda, invertì il senso di marcia e tornò a Montelusa.

Dodici

«Che vuole?» gli spiò Pasquano appena lo vide trasìri nel suo studio.

«Devo fare appello alla nostra amicizia» premise Montalbano.

«Amicizia? Noi due siamo amici? Ceniamo insieme? Ci confidiamo le cose?».

Il dottor Pasquano era fatto così e il commissario non si sentì minimamente scosso dalle parole che l'altro gli aveva rivolto. Bisognava solo trovare la formula giusta.

«Beh, se non è amicizia, è stima».

«Questo sì» ammise Pasquano.

Ci aveva 'nzertato. Ora la strata era in discesa.

«Dottore, quali altri accertamenti deve fare su Michela Licalzi? Ci sono novità?».

«Quali novità? Io ho fatto sapere da tempo al giudice e al questore che da parte mia potevo consegnare il cadavere al marito».

«Ah, sì? Perché, vede, è stato proprio il marito a dirmi che gli hanno telefonato dalla questura per comunicargli che il funerale potrà essere fatto solo venerdì mattina».

«Cazzi loro».

«Mi perdoni, dottore, se approfitto della sua pazienza. Tutto normale sul corpo di Maurizio Di Blasi?».

«In che senso?».

«Beh, com'è morto?».

«Che domanda cretina. Una raffica di mitra, a momenti lo tagliavano in due, ne facevano un busto da mettere su una colonna».

«Il piede destro?».

Il dottor Pasquano socchiuse gli occhi che aveva piccoli.

«Perché mi va a spiare proprio del piede destro?».

«Perché il sinistro non penso di trovarlo interessante».

«Eh già. Si era fatto male, una storta o qualcosa di simile, non poteva più rimettersi la scarpa. Ma si era fatto male qualche giorno prima della sua morte. Aveva la faccia tumefatta da una botta».

Montalbano sobbalzò.

«Era stato picchiato?».

«Non so. O gli avevano dato una potente legnata in faccia o aveva sbattuto. Ma non sono stati gli agenti. La contusione risaliva anch'essa a qualche tempo prima».

«A quando si era fatto male al piede?».

«All'incirca, credo».

Montalbano si susì, porse la mano al dottore.

«La ringrazio e tolgo il disturbo. Un'ultima cosa. A lei l'avvertirono subito?».

«Di che?».

«Del fatto che avevano sparato a Di Blasi».

Il dottor Pasquano strinse talmente gli occhietti che parse essersi addormentato di colpo. Non rispose subito.

«Queste cose lei se le sogna la notte? Gliele dicono le ciàule? Parla con gli spiriti? No, al picciotto gli spararono alle sei del mattino. A me mi avvertirono di andarci verso le dieci. Mi dissero che volevano portare prima a termine la perquisizione della casa».

«Un'ultima domanda».

«Lei, a forza di ultime domande, mi farà fare notte».

«Dopo che le hanno consegnato il cadavere di Di Blasi, qualcuno della Mobile le ha domandato il permesso di poterlo esaminare a solo?».

Il dottor Pasquano si stupì.

«No. Perché avrebbero dovuto farlo?».

Tornò a «Retelibera», doveva mettere Nicolò Zito al corrente degli sviluppi. Era certo che l'avvocato Guttadauro se ne fosse già andato.

«Perché sei tornato?».

«Poi te lo dico, Nicolò. Com'è andata con l'avvocato?».

«Ho fatto come mi hai detto tu. L'ho invitato ad andare dal giudice. M'ha risposto che ci avrebbe pensato. Poi però ha aggiunto una cosa curiosa, che non c'entrava niente. O almeno pareva, va a sapere con questa gente. "Beato lei che vive in mezzo all'immagine! Oggi come oggi è l'immagine che conta, non la parola". Questo mi ha detto. Che significa?».

«Non lo so. Guarda, Nicolò, che la bomba ce l'hanno».

«Oddio! Allora quello che ha contato Guttadauro è falso!».

«No, è vero. Panzacchi è furbo, si è parato con molta abilità. La Scientifica sta esaminando una bomba che le ha dato Panzacchi, bomba sulla quale ci sono le impronte di Di Blasi».

«Madonna che casino! Panzacchi si è messo in una botte di ferro! E io che gli conto a Tommaseo?».

«Tutto come si era concordato. Solo che non ti devi mostrare troppo scettico sull'esistenza della bomba. Capito?».

Per arrivare da Montelusa a Vigàta c'era macari una straduzza abbandonata che al commissario piaceva assà. La pigliò e, arrivato all'altezza di un ponticello che sovrastava un torrente che da secoli non era più tale, ma un avvallamento di pietre e ciottoli, fermò l'auto, scinnì, s'infrattò verso una macchia al centro della quale sorgeva un gigantesco olivo saraceno, di quelli storti e contorti che strisciano sulla terra come serpenti prima di alzarsi verso il cielo. S'assittò sopra un ramo, s'addrumò una sigaretta, principiò a ragionare sui fatti della matinata.

«Mimì, trasi, chiudi la porta e assettati. Mi devi dare delle informazioni».

«Pronti».

«Se io sequestro un'arma, che ne so, un revolver, un mitra, che ne faccio?».

«La dai, in genere, a chi ti trovi più vicino».

«Stamatina ci siamo arrisbigliati col senso dell'umorismo?».

«Vuoi sapere le disposizioni in merito? Le armi sequestrate vanno immediatamente consegnate all'apposito ufficio della questura di Montelusa dove vengono repertate e poi messe sottochiave in un magazzinetto che si trova dalla parte opposta agli uffici della Scientifica, nel caso specifico di Montelusa. È bastevole?».

«Sì. Mimì, azzardo una ricostruzione. Se dico minchiate, interrompimi. Dunque, Panzacchi e i suoi uomini perquisiscono la casa di campagna dell'ingegnere Di Blasi. Nota che il portone principale è chiuso con un grosso catenaccio».

«Come lo sai?».

«Mimì, non ti approfittare del permesso che t'ho dato. Un catenaccio non è una minchiata. Lo so e basta. Pensano però che possa essere una finta, che l'ingegnere, dopo aver rifornito di viveri il figlio, lo abbia chiuso dintra per fare apparire la casa non abitata. Andrà a liberarlo passato lo scarmazzo, il casino del momento. A un tratto uno degli òmini s'accorge di Maurizio che sta andando a intanarsi. Circondano la grotta, Maurizio esce con una cosa in mano, un agente più nervoso degli altri pensa sia un'arma, spara e l'ammazza. Quando si addùnano che il povirazzo teneva in mano la scarpa destra che non poteva più infilarsi perché aveva il piede scassato...».

«Come lo sai?».

«Mimì, tu la devi finire o non ti racconto più la favola. Quando si accorgono ch'era una scarpa, capiscono d'essere nella merda fino al collo. La brillante operazione di Ernesto Panzacchi e della sua sporca mezza dozzina rischia di finire a feto, in puzza. Pensa ca ti ripensa, l'unica è di sostenere che veramente Maurizio era armato. D'accordo. Ma di cosa? E qui il capo della Mobile ha un'alzata d'ingegno: una bomba a mano».

«Perché non una pistola che è più facile?».

«Tu non sei all'altezza di Panzacchi, Mimì, rassègnati. Il capo della Mobile sa che l'ingegnere Di Blasi non ha il portodarmi, né ha fatto una qualche denunzia di possesso d'arma. Ma un ricordo di guerra, a forza di vederselo davanti tutti i giorni, non è più considerato un'arma. Oppure viene messo in soffitta e scordato».

«Posso parlare? Nel '40 l'ingegnere Di Blasi aveva sì e no cinque anni e la guerra la faceva con la pistola a tappo».

«E suo patre, Mimì? Suo zio? Suo cugino? Suo nonno? Suo catanonno? Suo...».

«Va bene, va bene».

«Il problema è dove trovare una bomba a mano che sia un residuato bellico».

«Nel deposito della questura» fece calmo Mimì Augello.

«Giustissimo. E i tempi tornano, perché il dottor Pasquano viene chiamato quattro ore dopo che Maurizio è morto».

«Come lo sai? Va bene, scusa».

«Tu lo conosci il responsabile del magazzinetto?».

«Sì. E macari tu: Nenè Lofàro. Per un certo periodo prestò servizio qui da noi».

«Lofàro? Se me l'arricordo bene, non è persona che uno ci può dire dammi la chiave che devo pigliare una bomba».

«Bisogna vedere come sono andate le cose».

«Vai a vedere tu, a Montelusa. Io non ci posso andare, sono sotto tiro».

«D'accordo. Ah, Salvo, potrei avere un giorno di libertà domani?».

«Hai qualche buttana per le mani?».

«Non è una buttana, è un'amica».

«Ma non puoi stare con lei in serata, dopo che hai finito qua?».

«So che riparte domani doppopranzo».

«Straniera è? Va bene, auguri. Ma prima devi sbrogliare questa storia della bomba».

«Tranquillo. Oggi dopo mangiato vado in questura».

Aveva voglia di stare tanticchia con Anna ma, passato il ponte, cacciò dritto verso casa.

Nella cassetta delle lettere trovò una grossa busta a sacchetto, il postino l'aveva piegata in due per farcela entrare. Non c'era nessuna indicazione del mittente. A Montalbano era venuto pititto, raprì il frigo: polipetti alla luciana e una semplicissima salsa di pomodoro fresco. Si vede che la cammarera Adelina non aveva avuto tempo o gana. In attesa che l'acqua degli spaghetti bollisse, pigliò la busta. Dintra c'era un catalogo a colori della «Eroservice»: tutte videocassette porno per ogni singolo, o singolare, gusto. Lo stracciò, lo gettò nel porta-

130

munnizza. Mangiò, andò in bagno. Trasì e niscì di corsa, i pantaloni sbottonati, pareva una comica di Ridolini. Come aveva fatto a non pinsarci prima? Ci voleva che gli arrivasse il catalogo di videocassette porno? Trovò il numero sull'elenco di Montelusa.

«Pronto, avvocato Guttadauro? Il commissario Montalbano sono. Che faceva, stava mangiando? Sì? Mi scuso».

«Mi dica, commissario».

«Un amico, sa come succede, parlando del più e del meno, mi ha detto che lei ha una bella raccolta di videocassette girate da lei stesso quando va a caccia».

Una pausa lunghissima. Il ciriveddro dell'avvocato doveva travagliare vorticosamente.

«Vero è».

«Sarebbe disposto a farmene vedere qualcuna?».

«Sa, sono molto geloso delle cose mie. Ma potremmo metterci d'accordo».

«Era questo che volevo sentirle dire».

Si salutarono da amiconi. Era chiaro com'era andata la cosa. Gli amici di Guttadauro, sicuramente più di uno, assistono casualmente all'ammazzatina di Maurizio. Poi, quando vedono un agente partire di corsa in macchina, si rendono conto che Panzacchi ha strumentiato un sistema per salvare faccia e carriera. Uno degli amici allora corre a munirsi di una telecamera. E torna in tempo per registrare la scena degli agenti che stampano le impronte digitali del morto sulla bomba. Ora anche gli amici di Guttadauro sono in possesso di una bomba, sia pure di tipo diverso, e lo fanno scendere in campo. Una situazione làida e pericolosa, dalla quale bisognava assolutamente venirne fòra.

«Ingegnere Di Blasi? Il commissario Montalbano sono. Avrei urgenza di parlarle».

«Perché?».

«Perché ho molti dubbi sulla colpevolezza di suo figlio».

«Tanto lui non c'è più».

«Sì, ha ragione, ingegnere. Ma la sua memoria».

131

«Faccia quello che vuole».

Rassegnato, un morto che respirava e parlava.

«Tra mezz'ora al massimo sarò da lei».

Strammò nel vedere che la porta gli era stata aperta da Anna.

«Parla a bassa voce. Finalmente la signora sta riposando».

«Che ci fai qua?».

«Sei stato tu a coinvolgermi. Poi non ho più trovato il coraggio di lasciarla sola».

«Come, sola? Non hanno chiamato manco un'infermiera?».

«Quella sì, certo. Ma lei vuole me. Ora entra».

Il salotto era ancora più allo scuro di quando il commissario era stato ricevuto dalla signora. Montalbano sentì l'accùpa al cuore nel taliare Aurelio Di Blasi abbandonato di traverso sulla poltrona. Teneva gli occhi serrati, ma aveva sentito la presenza del commissario perché parlò.

«Che vuole?» spiò con quella terribile voce morta.

Montalbano gli spiegò quello che voleva. Parlò per mezz'ora filata e mano a mano vedeva l'ingegnere raddrizzarsi, raprire gli occhi, taliarlo, ascoltare con interesse. Capì che stava vincendo.

«Le chiavi della villa le hanno alla Mobile?».

«Sì» disse l'ingegnere con una voce diversa, più forte. «Ma io ne avevo fatto fare un terzo paio, Maurizio le teneva nel cassetto del suo comodino. Le vado a prendere».

Non ce la fece a susirisi dalla poltrona, il commissario dovette aiutarlo.

Arrivò sparato in commissariato.

«Fazio, Gallo, Giallombardo, con me».

«Pigliamo la macchina di servizio?».

«No, andiamo con la mia. Mimì Augello è tornato?».

Non era tornato. Partì a velocità, Fazio non l'aveva mai visto correre tanto. Si preoccupò, non teneva molta fiducia in Montalbano come pilota.

«Vuole che la porti io?» spiò Gallo che evidentemente nutriva la stessa preoccupazione di Fazio.

«Non rompetemi i cabasisi. Abbiamo poco tempo».

Da Vigàta a Raffadali c'impiegò una ventina di minuti. Niscì dal paìsi, imboccò una strata di campagna. L'ingegnere gli aveva spiegato bene come arrivare alla casa. Tutti la riconobbero, l'avevano vista e rivista in televisione.

«Ora entriamo, ho le chiavi» fece Montalbano «e perquisiamo a fondo. Abbiamo ancora qualche ora di luce, dobbiamo profittarne. Quello che cerchiamo va trovato prima che venga lo scuro, perché non possiamo accendere lampadine elettriche, potrebbero vedere la luce da fuori. Chiaro?».

«Chiarissimo» disse Fazio «ma che siamo venuti a cercare?».

Il commissario glielo disse e aggiunse:

«Spero che la mia idea sia sbagliata, lo spero sinceramente».

«Però lasceremo impronte, non abbiamo portato guanti» fece preoccupato Giallombardo.

«Fottetevene».

Purtroppo, invece, non si era sbagliato. Dopo un'ora che cercavano, si sentì chiamare dalla voce trionfante di Gallo che taliàva nella cucina. Accorsero. Gallo stava scendendo da una seggia con un cofanetto di pelle in mano.

«Stava su questa credenza».

Il commissario lo raprì: dintra c'era una bomba a mano uguale a quella che aveva visto alla Scientifica e una pistola che doveva essere come quelle una volta in dotazione agli ufficiali tedeschi.

«Da dove venite? Che c'è in quel cofanetto?» spiò Mimì che era curioso come un gatto.

«E tu che mi dici?».

«Lofàro si è pigliato un mese per malattia. Da quindici giorni è stato sostituito da un tale Culicchia».

«Io lo conosco bene» fece Giallombardo.

«Che tipo è?».

«È uno che non gli piace stare assittato darrè un tavolino a tenere registri. Darebbe l'anima per tornare ad essere operativo, vuole fare carriera».

«L'ha già data l'anima» disse Montalbano.

«Posso sapere che c'è dintra?» spiò Mimì sempre più incuriosito.

«Confetti, Mimì. Ora statemi a sentire. A che ora smonta Culicchia? Alle otto, mi pare».

«È così» confermò Fazio.

«Tu Fazio, e tu, Giallombardo, quando Culicchia esce dalla questura lo convincete ad acchianare nella mia macchina. Non fategli capire niente. Appena si è assittato in mezzo a voi, gli mostrate il cofanetto. Lui il cofanetto non l'ha mai visto e perciò vi domanderà che significa quel teatro».

«Ma si può sapere che c'è dintra?» spiò ancora una volta Augello, ma nisciuno gli rispose.

«Perché non lo conosce?».

La domanda era stata di Gallo. Il commissario lo taliò di traverso.

«Possibile che non ragionate? Maurizio Di Blasi era un ritardato e una persona perbene, non aveva certo amici che gli potessero fornire armi a tamburo battente. L'unico posto dove può avere trovato la bomba a mano è la sua casa di campagna. Ma bisogna che ci sia la prova che se la sia pigliata dalla casa. Allora Panzacchi, ch'è persona sperta, ordina al suo agente di andare a Montelusa a recuperare due bombe e una pistola del tempo della guerra. Una dice ch'era in mano a Maurizio, l'altra assieme alla pistola se la porta appresso, si procura un cofanetto, torna alla scordatina nella casa di Raffadali e nasconde il tutto in un posto dove uno va a cercare per prima cosa».

«Ecco che c'è nel cofanetto!» esclamò Mimì dandosi una manata sulla fronte.

«Insomma, quel gran cornuto di Panzacchi ha creato una situazione plausibilissima. E se qualcuno gli spia come mai le altre armi non sono state trovate durante la prima perquisizione, egli potrà sostenere d'essere stato interrotto dal fatto che era stato scoperto Maurizio mentre s'intanava».

«Che figlio di buttana!» fece sdignato Fazio. «Non solo ammazza un picciotto, anche se non ha sparato lui, lui è il capo e

134

sua è la responsabilità, ma tenta di consumare un povero vecchio per salvarsi le spalle!».

«Torniamo a quello che dovete fare. Cuocetevi a fuoco lento questo Culicchia. Gli dite che il cofanetto è stato trovato nella casa di Raffadali. Poi gli fate vedere la bomba e la pistola. Dopo gli domandate, come per una curiosità, se tutte le armi sequestrate sono registrate. E alla fine lo fate scendere dalla macchina portando con voi armi e cofanetto».

«Tutto qua?».

«Tutto qua, Fazio. La mossa appresso tocca a lui».

Tredici

«Dottore? C'è Galluzzo al tilifono. Vuole parlari pirsonalmente di pirsona con lei. Che faccio, dottore? Ci lo passo?».

Era indubbiamente Catarella che stava facendo il turno pomeridiano, ma perché per due volte l'aveva chiamato dottore e non dottori?

«Va bene, passamelo. Dimmi, Galluzzo».

«Commissario, a "Televigàta" ha telefonato uno dopo che erano state trasmesse le foto appaiate della signora Licalzi e di Di Blasi, come aveva voluto lei. Questo signore è sicurissimo d'avere visto la signora con un uomo verso le undici e mezza di sira, però l'uomo non era Maurizio Di Blasi. Dice così che si sono fermati al suo bar che è prima d'arrivare a Montelusa».

«È certo d'averli notati mercoledì notte?».

«Certissimo. M'ha spiegato che da lunedì a martedì non era stato al bar perché era fora e il giovedì è chiuso per turno. Ha lasciato nome e indirizzo. Che faccio, torno?».

«No, resta lì fino a dopo il notiziario delle otto. Può darsi si faccia vivo qualche altro».

La porta si spalancò, batté contro il muro, il commissario sobbalzò.

«C'è primisso?» spiò Catarella sorridente.

Non c'era dubbio che Catarella aveva un rapporto problematico con le porte. Montalbano, davanti a quella faccia d'innocente, fermò lo scatto di nirbùso che l'aveva aggredito.

«Vieni avanti, che c'è?».

«Portarono ora ora questo pacchetto e questa littra per lei pirsonalmente di pirsona».

«Come va il corso d'informaticcia?».

136

«Bene, dottore. Però si dice informatica, dottore».

Montalbano lo taliò strammato mentre quello nisciva. Glielo stavano corrompendo, a Catarella.

Dintra la busta c'erano poche righe scritte a macchina e non firmate:

«QUESTA È SOLO LA PARTE FINALE. SPERO SIA DI SUO GRADIMENTO. SE IL VIDEO INTERO L'INTERESSA, MI CHIAMI QUANDO VUOLE».

Montalbano tastiò il pacchetto. Una videocassetta.

La sua auto ce l'avevano Fazio e Giallombardo, chiamò Gallo perché l'accompagnasse con la macchina di servizio.

«Dove andiamo?».

«A Montelusa, alla redazione di "Retelibera". E non correre, mi raccomando, non facciamo la seconda di giovedì passato».

Gallo s'infuscò in faccia.

«Bih, per una volta che m'è capitato, lei si mette a lastimiare appena acchiana in macchina!».

Fecero la strata in silenzio.

«L'aspetto?» spiò Gallo quando arrivarono.

«Sì, non sarà cosa lunga».

Nicolò Zito lo fece trasìri nel suo ufficio, era nirbùso.

«Com'è andata con Tommaseo?».

«Come vuoi che andasse? M'ha fatto un solenne liscebusso, una cazziata da levare il pelo. Voleva i nomi dei testimoni».

«E tu che hai fatto?».

«Mi sono appellato al Quinto Emendamento».

«Dai, non fare il cretino, in Italia non ce l'abbiamo».

«Per fortuna! Perché quelli che in America si sono appellati al Quinto Emendamento se la sono pigliata in culo lo stesso».

«Dimmi come ha reagito quando ha sentito il nome di Guttadauro, deve avergli fatto effetto».

«S'è imparpagliato, m'è parso preoccupato. Ad ogni modo, m'ha dato una formale diffida. La prossima volta mi sbatte in galera senza remissione».

137

«Questo m'interessava».

«Che mi sbattesse in galera senza remissione?».

«Ma no, stronzo. Che sapesse che di mezzo ci sono l'avvocato Guttadauro e quelli che rappresenta».

«Che farà Tommaseo, secondo te?».

«Ne parlerà al questore. Avrà capito che macari lui è impigliato nella rete e cercherà di venirne fora. Senti, Nicolò, avrei bisogno di visionare questa cassetta».

Gliela pruì, Nicolò la pigliò, l'inserì nel suo videoregistratore. Apparse un totale che mostrava alcuni òmini in campagna, le facce non si leggevano. Due persone, in càmmisi bianco, stavano caricando un corpo su una barella. In sovrimpressione, nella parte inferiore, spuntava una scritta inequivocabile: MONDAY 14.4.97. Chi ripigliava la scena zumò, ora si vedevano Panzacchi e il dottor Pasquano che parlavano. Il sonoro non si sentiva. I due si strinsero la mano e il dottore niscì di campo. L'immagine s'allargò in modo da accogliere i sei agenti della Mobile che stavano torno torno al loro capo. Panzacchi disse a loro qualche parola, tutti niscìrono di campo. Fine del programma.

«Minchia!» disse a mezza voce Zito.

«Fammene un riversamento».

«Non posso farlo qua, devo andare in regìa».

«Sì, ma accùra: non lo far vedere».

Pigliò dal cassetto di Nicolò un foglio e una busta non intestati, si mise alla macchina da scrivere.

«HO VISIONATO IL CAMPIONE. NON INTERESSA. NE FACCIA QUELLO CHE VUOLE. PERÒ NE CONSIGLIO LA DISTRUZIONE O UN USO PRIVATISSIMO».

Non firmò, non scrisse l'indirizzo che sapeva dall'elenco telefonico.

Tornò Zito, gli diede due cassette.

«Questa è l'originale e questa è la copia. È venuta così così, sai, fare un riversamento da un riversamento...».

«Non sono in concorso alla mostra di Venezia. Dammi una busta grande telata».

La copia se l'infilò in sacchetta, la lettera e l'originale li mise nella telata. Manco su questa scrisse indirizzo.

138

Gallo era dintra la macchina che leggeva «La Gazzetta dello Sport».

«La sai dov'è via Xerri? Al numero 18 c'è lo studio dell'avvocato Guttadauro. Gli lasci questa busta e torni a pigliarmi».

Fazio e Giallombardo s'arricamparono in commissariato che erano le nove sonate.

«Ah, commissario! È stata una farsa e macari una tragedia!» fece Fazio.

«Che ha detto?».

«Prima parlava e doppo no» disse Giallombardo.

«Quando gli abbiamo fatto vidìri il cofanetto, non capiva. Diciva: cos'è, uno sgherzo? È uno sgherzo? Appena Giallombardo gli fece sapere che il cofanetto era stato trovato a Raffadali, cominciò a stracangiarsi in faccia, addiventava sempre più giarno».

«Doppo, alla vista delle armi» intervenne Giallombardo che voleva fare la parte sua «assintomò, ci scantammo che gli veniva un colpo dintra la macchina».

«Trimàva, pareva con la febbre terzana. Poi si susì di scatto, mi scavalcò e scappò, di corsa» disse Fazio.

«Correva come una lebbre ferita, metteva i passi ora qua ora là» concluse Giallombardo.

«E ora?» spiò Fazio.

«Abbiamo fatto il botto, ora aspettiamo l'eco. Grazie di tutto».

«Dovìri» disse asciutto Fazio. E aggiunse: «Dove lo mettiamo il cofanetto? In casciaforte?».

«Sì» disse Montalbano.

Nella sua càmmara Fazio aveva una cassaforte abbastanza grande, non serviva per i documenti, ma per tenerci droga e armi sequestrate, prima di essere portate a Montelusa.

La stanchizza lo pigliò a tradimento, i quarantasei erano darrè l'angolo ad aspettarlo. Avvertì Catarella che andava a casa, gli passasse pure eventuali telefonate. Dopo il ponte fermò, scinnì, si avvicinò alla villetta di Anna. E se con lei c'era qualcuno? Tentò.

Anna gli si fece incontro.

«Entra, entra».

«C'è qualcuno?».

«Nessuno».

Lo fece assittare sul divano davanti alla televisione, ne abbassò il volume, niscì dalla càmmara, tornò con due bicchieri, uno di whisky per il commissario e uno di vino bianco per lei.

«Hai mangiato?».

«No» fece Anna.

«Non mangi mai?».

«L'ho fatto a mezzogiorno».

Anna gli si assittò allato.

«Non ti mettere troppo vicino che sento che puzzo» disse Montalbano.

«Hai avuto un pomeriggio faticoso?».

«Abbastanza».

Anna allungò un braccio sopra lo schienale, Montalbano calò la testa narrè, appoggiò la nuca sulla pelle di lei. Chiuse gli occhi. Fortunatamente aveva posato il bicchiere sul tavolinetto perché di colpo sprofondò nel sonno, come se il whisky fosse stato alloppiato. S'arrisbigliò dopo una mezz'ora con un sobbalzo, girò gli occhi torno torno strammato, capì, gli venne vrigogna.

«Ti domando perdono».

«Meno male che ti sei svegliato, mi sono venute le formichelle al braccio».

Il commissario si susì.

«Devo andare».

«Ti accompagno».

Sulla porta, con naturalezza, Anna posò leggermente le labbra su quelle di Montalbano.

«Riposa bene, Salvo».

Fece una doccia lunghissima, si cangiò biancheria e vestito, telefonò a Livia. Il telefono squillò a lungo, poi la comunicazione s'interruppe automaticamente. Che faceva quella santa fimmina? Stava a maceriarsi nel dolore per quello che stava capitando con François? Era troppo tardi per telefonare alla sua amica e avere notizie. S'assittò sulla verandina e dopo tanticchia arrivò alla decisione che se non rintracciava Livia entro le prossime quarantott'ore lasciava fottere tutto e tutti, pigliava un aereo per Genova e stava con lei almeno una giornata.

Lo squillo del telefono lo fece correre dalla verandina, era sicuro che fosse Livia a chiamarlo, finalmente.

«Pronto? Parlo col commissario Montalbano?».

La voce l'aveva già sentita, ma non ricordava a chi apparteneva.

«Sì. Chi parla?».

«Sono Ernesto Panzacchi».

L'eco era arrivata.

«Dimmi».

Si davano del tu o del lei? A quel punto però non aveva importanza.

«Vorrei parlarti. Di persona. Vengo da te?».

Non aveva gana di vedere Panzacchi casa casa.

«Vengo io. Dove abiti?».

«All'Hotel Pirandello».

«Arrivo».

La càmmara che Panzacchi aveva in albergo era grande quanto un salone. C'erano, oltre al letto matrimoniale e un armadio, due poltrone, un largo tavolo con sopra un televisore e un videoregistratore, il frigobar.

«Ancora la mia famiglia non si è potuta trasferire».

«E meno male che si sparagna lo scòmodo di trasferirsi e ritrasferirsi» pensò il commissario.

«Scusami, ma devo andare a pisciare».

«Guarda che in bagno non c'è nessuno».

«Ma io devo veramente pisciare».

Di una serpe come Panzacchi non c'era da fidarsi. Tornò dal bagno, Panzacchi l'invitò ad assittarsi su una poltrona. Il capo della Mobile era un omo tozzo ma elegante, dagli occhi chiari chiari, baffi alla tartara.

«Ti servo qualcosa?».

«Niente».

«Entriamo subito nel merito?» spiò Panzacchi.

«Come vuoi».

«Dunque, stasera è venuto a trovarmi un agente, tale Culicchia, non so se lo conosci».

«Di persona no, di nome sì».

«Era letteralmente terrorizzato. Due del tuo commissariato pare l'abbiano minacciato».

«Ti ha detto così?».

«Mi pare d'aver capito così».

«Hai capito male».

«Allora dimmi tu».

«Senti, è tardi e sono stanco. Sono andato nella casa di Raffadali dei Di Blasi, ho cercato e ci ho messo poco a trovare un cofanetto con dentro una bomba a mano e una pistola. Ora li tengo in cassaforte».

«Ma perdio! Tu non eri autorizzato!» fece Panzacchi susendosi.

«Tu ti sbagli di strada» fece calmo Montalbano.

«Stai occultando delle prove!».

«Ti ho detto che sbagli strada. Se la mettiamo sulle autorizzazioni, sul gerarchico, io mi alzo, me ne vado e ti lascio nella merda. Perché ci sei, nella merda».

Panzacchi esitò un attimo, si tirò il paro e lo sparo, s'assittò. Ci aveva provato, il primo round gli era andato male.

«E dovresti macari ringraziarmi» continuò il commissario.

«Di che?».

«Di avere fatto sparire dalla casa il cofanetto. Doveva servire a dimostrare che Maurizio Di Blasi aveva pigliato da lì la bomba, vero? Solo che quelli della Scientifica non ci avrebbero trovato sopra le impronte di Di Blasi manco a pagarle a peso d'oro. E tu come lo spiegavi questo fatto? Che Maurizio aveva i guanti? Sai le risate!».

Panzacchi non disse niente, gli occhi chiari chiari fissi in quelli del commissario.

«Vado avanti io? La colpa iniziale, anzi no, delle tue colpe non me ne fotte niente, l'errore iniziale l'hai fatto quando hai dato la caccia a Maurizio Di Blasi senza avere la certezza che fosse colpevole. Ma volevi fare la "brillante" operazione a tutti i costi. Poi è successo quello che è successo, e tu certamente hai tirato un sospiro di sollievo. Fingendo di salvare un tuo agente che aveva scangiato una scarpa per un'arma, hai almanaccato la storia della bomba e per renderla più credibile sei andato a sistemare il cofanetto in casa Di Blasi».

«Sono tutte chiacchiere. Se le vai a raccontare al questore, stai sicuro che lui non ci crederà. Tu metti in giro queste dicerìe per sporcarmi, per vendicarti del fatto che le indagini ti sono state tolte e affidate a me».

«E con Culicchia come la metti?».

«Domattina passa alla Mobile con me. Pago il prezzo che ha chiesto».

«E se io porto le armi al giudice Tommaseo?».

«Culicchia dirà che sei stato tu a domandargli la chiave del deposito l'altro giorno. È pronto a giurarlo. Cerca di capirlo: deve difendersi. E io gli ho suggerito come fare».

«Allora avrei perso?».

«Così pare».

«Funziona quel videoregistratore?».

«Sì».

«Vuoi mettere questa cassetta?».

L'aveva tirata fora dalla sacchetta, gliela porse. Panzacchi non fece domande, eseguì. Apparsero le immagini, il capo della Mobile le taliò fino alla fine, poi riavvolse il nastro, estrasse la cassetta, la restituì a Montalbano. S'assittò, accese un mezzo toscano.

«Questa è solo la parte finale, il nastro intero ce l'ho io, nella stessa cassaforte delle armi» mentì Montalbano.

«Come hai fatto?».

«Non sono stato io a registrarlo. C'erano, nelle vicinanze, due persone che hanno visto e documentato. Amici dell'avvocato Guttadauro che tu ben conosci».

«Questo è un brutto imprevisto».

«Assai più brutto di quanto tu possa pensare. Ti sei venuto a trovare stretto tra me e loro».

«Permettimi, le loro ragioni le capisco benissimo, non mi sono altrettanto chiare le tue, se non sei mosso da sentimenti di vendetta».

«Ora cerca di capire tu a me: io non posso permettere, non posso, che il capo della Mobile di Montelusa sia ostaggio della mafia, sia ricattabile».

«Sai, Montalbano, io veramente ho voluto proteggere il buon nome dei miei uomini. Immagini cosa sarebbe successo se la stampa avesse scoperto che avevamo ammazzato un uomo che si difendeva con una scarpa?».

«E per questo hai messo in mezzo l'ingegnere Di Blasi che non c'entrava niente nella storia?».

«Nella storia no, nel mio piano sì. E in quanto ai possibili ricatti, mi so difendere».

«Lo credo. Tu resisti, che non è un bel campare, ma quanto resisteranno Culicchia e gli altri sei che verranno ogni giorno messi sotto torchio? Basta che ceda uno e la faccenda viene a galla. Ti faccio un'altra probabilissima ipotesi: stanchi dei tuoi rifiuti, quelli sono capaci di pigliare il nastro e proiettarlo pubblicamente o mandarlo a una televisione privata che fa lo scoop a rischio di galera. E in quest'ultimo caso salta macari il questore».

«Che devo fare?».

Montalbano per un attimo l'ammirò: Panzacchi era un giocatore spietato e senza scrupoli, ma quando perdeva sapeva perdere.

«Devi prevenirli, scaricare l'arma che hanno in mano».

Non poté tenersi dal dire una malignità di cui si pentì.

«Questa non è una scarpa. Parlane stanotte stessa col questore. Trovate assieme una soluzione. Però, attento: se entro domani a mezzogiorno non vi siete mossi, mi muovo io a modo mio».

Si susì, raprì la porta, niscì.

«Mi muovo io a modo mio», bella frase, minacciosa quanto basta. Ma in concreto che veniva a significare? Se, metti ca-

144

so, il capo della Mobile fosse arrinisciùto a tirare dalla sua il questore e questi a sua volta il giudice Tommaseo, lui era bello e fottuto. Ma era pensabile che a Montelusa fossero tutti di colpo diventati disonesti? Una cosa è la 'ntipatia che può fare una persona, un'altra cosa è il suo carattere, la sua integrità.

Arrivò a Marinella pieno di dubbi e di domande. Aveva agito bene a parlare in quel modo a Panzacchi? Il questore si sarebbe fatto persuaso che non era mosso dalla voglia di rivincita? Compose il numero di Livia. Al solito, nessuno rispose. Andò a letto, ma a chiudere gli occhi ci mise due ore.

Quattordici

Trasì in ufficio così evidentemente pigliato dal nirbùso che i suoi uomini, per il sì o per il no, si tennero alla larga. «Il letto è una gran cosa, se non si dorme s'arriposa», faceva il proverbio, era però un proverbio sbagliato perché il commissario dintra al letto non solo aveva dormito a spizzichi, ma si era susuto come se avesse corso una maratona.

Solo Fazio, che con lui aveva più confidenza di tutti, s'azzardò a fare una domanda:

«Ci sono novità?».

«Te lo saprò dire dopo mezzogiorno».

S'apprisentò Galluzzo.

«Commissario, aieri a sira l'ho cercata per mare e per terra».

«In cielo ci taliasti?».

Galluzzo capì che non era cosa di preamboli.

«Commissario, dopo la trasmissione del notiziario delle otto, telefonò uno. Dice che mercoledì verso le otto, massimo le otto e un quarto, la signora Licalzi si è fermata al suo distributore e ha fatto il pieno. Ha lasciato nome e indirizzo».

«Va bene, poi ci facciamo un salto».

Era teso, non arriniscìva a posare l'occhio sopra una carta, taliàva il ralogio in continuazione. E se passato mezzogiorno dalla questura non si fossero fatti vivi?

Alle undici e mezzo squillò il telefono.

«Dottore» disse Grasso «c'è il giornalista Zito».

«Ci parlo».

Sul momento non capì che stava succedendo.

«Patazùn, patazùn, patazùn, zun zun zuzù» faceva Zito.

«Nicolò?».

«Fratelli d'Italia, l'Italia s'è desta…».

Zito aveva intonato a gran voce l'inno nazionale.

«Dai, Nicolò, che non ho gana di scherzare».

«E chi scherza? Ti leggo un comunicato che mi è arrivato da pochi minuti. Sistema bene il culo sulla poltrona. Per tua conoscenza è stato mandato a noi, a "Televigàta" e a cinque corrispondenti di giornali. Leggo. "QUESTURA DI MONTELUSA. IL DOTTOR ERNESTO PANZACCHI, PER MOTIVI STRETTAMENTE PERSONALI, HA CHIESTO DI ESSERE SOLLEVATO DALL'INCARICO DI CAPO DELLA SQUADRA MOBILE E DI ESSERE MESSO A DISPOSIZIONE. LA SUA RICHIESTA È STATA ACCOLTA. IL DOTTOR ANSELMO IRRERA ASSUMERÀ TEMPORANEAMENTE L'INCARICO LASCIATO VACANTE DAL DOTTOR PANZACCHI. POICHÉ NEL CORSO DELLE INDAGINI PER L'OMICIDIO LICALZI SONO EMERSI NUOVI E INATTESI SVILUPPI, IL DOTTOR SALVO MONTALBANO, DEL COMMISSARIATO DI VIGÀTA, CURERÀ IL PROSIEGUO DELL'INCHIESTA. FIRMATO: BONETTI-ALDERIGHI, QUESTORE DI MONTELUSA". Abbiamo vinto, Salvo!».

Ringraziò l'amico, riattaccò. Non si sentiva contento, la tensione era scomparsa, certo, la risposta che voleva l'aveva avuta, però provava come un malessere, un intenso disagio. Sinceramente maledisse Panzacchi, non tanto per quello che aveva fatto, quanto per averlo costretto ad agire in un modo che adesso gli pesava.

La porta si spalancò, fecero irruzione tutti. «Dottore!» disse Galluzzo «mi telefonò ora ora mio cognato da "Televigàta". È arrivato un comunicato...».

«Lo so, lo conosco già».

«Ora andiamo a comprare una bottiglia di spumante e...».

Giallombardo non riuscì a finire la frase, aggelò sotto la taliàta di Montalbano. Niscirono tutti lentamente, murmuriando a bassa voce. Che carattere fitùso aveva questo commissario!

Il giudice Tommaseo non aveva il coraggio di mostrare la sua faccia a Montalbano, faceva finta di taliare carte importanti, calato in avanti sulla scrivania. Il commissario pinsò che in quel momento il giudice desiderava un pelo di barba che gli cummigliasse interamente il volto sino a farlo apparire come un abominevole uomo delle nevi, solo che dello yeti non aveva la stazza.

«Lei deve capire, commissario. Per quello che riguarda il ritiro dell'accusa di possesso di armi da guerra, non c'è problema, ho convocato l'avvocato dell'ingegnere Di Blasi. Ma non posso altrettanto facilmente far cadere quella di complicità. Sino a prova contraria, Maurizio Di Blasi è reo confesso dell'omicidio di Michela Licalzi. Le mie prerogative non mi consentono in alcun modo di...».

«Buongiorno» fece Montalbano susendosi e niscendo.

Il giudice Tommaseo lo rincorse nel corridoio.

«Commissario, aspetti! Vorrei chiarire...».

«Non c'è proprio niente da chiarire, signor giudice. Ha parlato col questore?».

«Sì, a lungo, ci siamo visti stamattina alle otto».

«Allora certamente è a conoscenza di alcuni dettagli per lei trascurabili. Per esempio che l'inchiesta sull'omicidio Licalzi è stata fatta a cazzo di cane, che il giovane Di Blasi era al novantanove per cento innocente, che è stato ammazzato come un porco per un equivoco, che Panzacchi ha coperto tutto. Non ci sono vie d'uscita: lei non può prosciogliere l'ingegnere dall'accusa di detenzione d'armi e nello stesso tempo non procedere contro Panzacchi che quelle armi gliele ha messe in casa».

«Sto esaminando la posizione del dottor Panzacchi».

«Bene, l'esamini. Ma scegliendo la bilancia giusta, tra le tante che ci sono nel suo ufficio».

Tommaseo stava per reagire, ma ci ripensò e non disse niente.

«Una curiosità» fece Montalbano. «Perché la salma della signora Licalzi non è stata ancora riconsegnata al marito?».

L'imbarazzo del giudice si accentuò, chiuse a pugno la mano sinistra e dintra c'infilò l'indice della destra.

«Ah, quella è stata... sì, è stata un'idea del dottor Panzacchi. Mi fece notare che l'opinione pubblica... Insomma, prima il ritrovamento del cadavere, poi la morte del Di Blasi, poi il funerale della signora Licalzi, poi quello del giovane Maurizio... Capisce?».

«No».

«Era meglio scaglionare nel tempo... Non tenere sotto pressione la gente, affollando...».

Parlava ancora, ma il commissario era già arrivato alla fine del corridoio.

Niscì dal Palazzo di Giustizia di Montelusa che già erano le due. Invece di tornare a Vigàta, pigliò la Enna-Palermo, Galluzzo gli aveva spiegato bene dove si trovavano tanto il distributore di benzina quanto il bar-ristorante, i due posti dove era stata vista Michela Licalzi. Il distributore, allocato a un tre chilometri appena fora Montelusa, era chiuso. Il commissario santiò, proseguì per altri due chilometri, vide alla sua sinistra un'insegna che faceva «BAR-TRATTORIA DEL CAMIONISTA». C'era molto traffico, il commissario aspettò pazientemente che qualcuno si decidesse a lasciarlo passare poi, visto che non c'erano santi, tagliò la strada a tutti in un tirribìlio di frenate, clacsonate, bestemmie, insulti e si fermò nel parcheggio del bar.

Era molto affollato. S'avvicinò al casciere.

«Vorrei parlare al signor Gerlando Agrò».

«Io sono. E lei chi è?».

«Il commissario Montalbano sono. Lei telefonò a "Televigàta" per dire che...».

«E mannaggia la buttana! Proprio ora doveva venire? Non lo vede il travaglio che ho in questo momento?».

Montalbano ebbe un'idea che sul momento stimò geniale.

«Com'è che si mangia qua?».

«Quelli assittati tutti camionisti sono. L'ha mai visto un camionista sbagliare un colpo?».

Alla fine della mangiata (l'idea non era stata geniale, ma solo buona, la cucina si teneva in una ferrea normalità, senza punte di fantasia), doppo il caffè e l'anicione, il casciere, fattosi sostituire da un ragazzino, s'avvicinò al tavolo.

«Ora possiamo. M'assetto?».

«Certo».

Gerlando Agrò ci ripensò subito.

«Forse è meglio che viene con me».

149

Uscirono fòra dal locale.

«Ecco. Mercoledì, verso le undici e mezzo di sira, io stavo qua fora a fumarmi una sigaretta. E ho visto arrivare questa Twingo che veniva dalla Enna-Palermo».

«Ne è sicuro?».

«La mano sul foco. La macchina si fermò proprio davanti a mia e scinnì la signora che guidava».

«Può mettere l'altra mano sul foco che era quella che ha visto in televisione?».

«Commissario, con una fìmmina come a quella, povirazza, uno non si sbaglia».

«Vada avanti».

«L'omo invece restò dintra alla macchina».

«Come ha fatto a vedere che si trattava di un uomo?».

«C'erano i fari di un camion. Mi fece meraviglia, in genere è l'omo che scende e la fìmmina resta a bordo. Comunque, la signora si fece fare due panini al salame, pigliò macari una bottiglia di minerale. Alla cassa ci stava mio figlio Tanino, quello che c'è ora. La signora pagò e scinnì questi tre gradùna che ci sono qua. Ma all'ultimo inciampò e cadde. I panini le volarono di mano. Io scinnii i gradini per aiutarla e mi venni a trovare faccia a faccia con il signore che era nisciùto dalla macchina macari lui. "Niente, niente", fece la signora. Lui tornò dintra la macchina, lei si fece fare altri due panini, pagò e se ne ripartirono verso Montelusa».

«Lei è stato chiarissimo, signor Agrò. Quindi è in grado di sostenere che l'uomo visto in televisione non era lo stesso di quello che si trovava con la signora in macchina».

«Assolutamente. Due persone diverse!».

«Dove teneva i soldi la signora, in una sacca?».

«Nonsi, commissario. Niente sacca. Aveva in mano un borsellino».

Dopo la tensione della matinata e la mangiata che s'era fatta, l'assugliò la stanchizza. Decise d'andare a Marinella a farsi un'ora di sonno. Passato il ponte però non seppe resistere. Fermò, scinnì, suonò il citofono. Non arrispunnì nessuno. Probabilmente Anna era andata a trovare la signora Di Blasi. E forse era meglio così.

Da casa, telefonò al commissariato.

«Alle cinque voglio la macchina di servizio con Galluzzo».

Compose il numero di Livia, sonò a vacante. Fece il numero della sua amica di Genova.

«Montalbano sono. Senti, comincio seriamente a preoccuparmi, Livia è da giorni che...».

«Non ti preoccupare. Mi ha chiamato proprio poco fa per dirmi che sta bene».

«Ma si può sapere dov'è?».

«Non lo so. Quello che so è che ha telefonato al Personale e si è fatta dare un altro giorno di ferie».

Riattaccò e il telefono squillò.

«Commissario Montalbano?».

«Sì, chi parla?».

«Guttadauro. Tanto di cappello, commissario».

Montalbano riattaccò, si spogliò, si mise sotto la doccia e nudo com'era si gettò sul letto. S'addrummiscì di colpo.

Triiin, triiin, faceva un suono remotissimo dintra al suo ciriveddro. Capì ch'era lo squillo del campanello della porta. Si susì a fatica, andò ad aprire. A vederlo nudo, Galluzzo fece un balzo narrè.

«Che c'è, Gallù? Ti scanti che ti porto dintra e ti faccio fare cose vastase?».

«Commissario, è da mezz'ora che suono. Stavo per sfondare la porta».

«Così me la pagavi per nuova. Arrivo».

L'addetto al distributore era un trentino riccio riccio, gli occhi nìvuri e sparluccicanti, dal corpo sodo e agile. Vestiva in tuta ma il commissario facilmente se l'immaginò da bagnino, sulla spiaggia di Rimini, a fare minnitta di tedesche.

«Lei dice che la signora veniva da Montelusa e che erano le otto».

«Sicuro come la morte. Vede, stavo chiudendo per fine turno. Lei calò il finestrino e mi spiò se ce la facevo a farle il pieno. "Per lei resto aperto tutta la notte, se me lo domanda" ci feci. Lei scinnì dalla macchina. Madonnuzza santa, quant'era bella!».

«Si ricorda com'era vestita?».

«Tutta in jeans».

«Aveva bagagli?».

«Quello che ho visto era una specie di sacca, la teneva nel sedile di darrè».

«Continui».

«Finii di farle il pieno, ci dissi quanto veniva, lei mi pagò con una carta di centomila che aveva pigliato da un borsellino. Mentre ci stavo dando il resto, a mia mi piace sgherzare con le fìmmine, ci spiai: "C'è altro di speciale che posso fare per lei?". M'aspettavo una rispostazza. Invece quella mi fece un sorriso e mi disse: "Per le cose speciali ho già uno". E proseguì».

«Non tornò nuovamente verso Montelusa, è sicuro?».

«Sicurissimo. Mischìna, quando ci penso che ha fatto la fine che ha fatto!».

«Va bene, la ringrazio».

«Ah, una cosa commissario. Aveva prescia, fatto il pieno si mise a correre. Vede? C'è un rettifilo. Io l'ho taliàta fino a quando ha girato la curva in fondo. Correva, assà».

«Dovevo rientrare domani» fece Gillo Jàcono «ma siccome sono tornato prima, ho ritenuto mio dovere farmi vivo subito».

Era un trentino distinto, faccia simpatica.

«La ringrazio».

«Volevo dirle che davanti a un fatto così, uno ci pensa e ci ripensa».

«Vuole modificare quello che m'ha detto per telefono?».

«Assolutamente no. Però, a forza di rappresentarmi di continuo quello che ho visto, potrei aggiungere un dettaglio. Ma lei a quello che sto per dirle ci deve premettere tanto di "forse" per cautelarsi».

«Parli liberamente».

152

«Ecco, l'uomo teneva la valigia agevolmente, per questo ho avuto l'impressione che non fosse tanto piena, con la mano sinistra. Al braccio destro invece s'appoggiava la signora».

«Lo teneva sottobraccio?».

«Non precisamente, gli posava la mano sul braccio. M'è parso, ripeto m'è parso, che la signora zoppicasse leggermente».

«Dottor Pasquano? Montalbano sono. La disturbo?».

«Stavo facendo una incisione a Y a un cadavere, non credo se la piglierà se interrompo per qualche minuto».

«Ha riscontrato qualche segno sul corpo della signora Licalzi che potesse indicare una sua caduta da viva?».

«Non ricordo. Vado a vedere il rapporto».

Tornò prima che il commissario s'addrumasse una sigaretta.

«Sì. È caduta sulle ginocchia. Ma quando era vestita. Sull'escoriazione del ginocchio sinistro c'erano microscopiche fibre dei jeans che indossava».

Non c'era necessità d'altri riscontri. Alle otto di sera, Michela Licalzi fa il pieno e si dirige verso l'interno. Tre ore e mezzo dopo è sulla via del ritorno con un uomo. Dopo la mezzanotte viene vista, sempre in compagnia di un uomo, certamente lo stesso, mentre si avvia verso la villetta di Vigàta.

«Ciao, Anna. Salvo sono. Oggi nel primo pomeriggio sono passato da casa tua, ma non c'eri».

«Mi aveva telefonato l'ingegnere Di Blasi, sua moglie stava male».

«Spero di avere presto buone notizie per loro».

Anna non disse niente, Montalbano capì d'avere detto una fesseria. L'unica notizia che i Di Blasi potevano giudicare buona era la resurrezione di Maurizio.

«Anna, ti volevo dire una cosa che ho scoperto di Michela».

«Vieni qui».

No, non doveva. Capiva che se Anna posava un'altra volta le labbra sulle sue, la cosa andava a finire sicuramente a schifìo.

«Non posso, Anna. Ho un impegno».

E meno male che stava al telefono, perché se ci fosse stato

di prisenza lei si sarebbe subito accorta che stava dicendo una farfanterìa.

«Che vuoi dirmi?».

«Ho appurato, con scarso margine d'incertczza, che Michela alle otto di sera di mercoledì pigliò la strada Enna-Palermo. Può darsi sia andata in un paese della provincia di Montelusa. Rifletti bene prima di rispondere: che tu sappia, aveva altre conoscenze oltre quelle fatte a Montelusa e a Vigàta?».

La risposta non venne subito, Anna, come voleva il commissario, ci stava pinsando.

«Guarda, amici lo escludo. Me l'avrebbe detto. Conoscenze invece sì, qualcuna».

«Dove?».

«Per esempio ad Aragona e a Comitini che sono sulla strada».

«Che tipo di conoscenze?».

«Le mattonelle le ha comprate ad Aragona. A Comitini si è fornita di qualcosa che ora non ricordo».

«Quindi semplici rapporti d'affari?».

«Direi proprio di sì. Ma vedi, Salvo, da quella strada si può andare dovunque. C'è un bivio che porta a Raffadali: il capo della Mobile avrebbe potuto ricamarci sopra».

«Un'altra cosa: dopo la mezzanotte è stata vista sul vialetto della villa, appena scesa dalla macchina. Si appoggiava a un uomo».

«Sicuro?».

«Sicuro».

La pausa stavolta fu lunghissima, tanto che il commissario credette fosse caduta la linea.

«Anna, sei ancora lì?».

«Sì. Salvo, voglio ripeterti, con chiarezza e una volta per tutte, quello che ti ho già detto. Michela non era donna da incontri scappaefuggi, mi aveva confidato di esserne fisicamente incapace, capisci? Voleva bene al marito. Era molto, molto legata a Serravalle. Non può essere stata consenziente, checché ne pensi il medico legale. È stata orribilmente violentata».

«Come spieghi che non abbia avvertito i Vassallo che non andava più a cena da loro? Aveva il cellulare, no?».

«Non capisco dove vuoi arrivare».

«Te lo spiego. Quando Michela alle sette e mezzo di sera ti saluta affermando che va in albergo, in quel momento ti sta assolutamente dicendo la verità. Poi interviene qualcosa che le fa cambiare idea. Non può essere che una telefonata al suo cellulare, perché quando imbocca la Enna-Palermo è ancora sola».

«Tu pensi quindi che stesse recandosi a un appuntamento?».

«Non c'è altra spiegazione. È un fatto imprevisto, ma lei quell'incontro non vuole perderlo. Ecco perché non avverte i Vassallo. Non ha scuse plausibili per giustificare la sua assenza, la cosa migliore da fare è far perdere le sue tracce. Escludiamo se vuoi l'incontro amoroso, magari è un incontro di lavoro che poi si tramuta in qualcosa di tragico. Te lo concedo per un momento. Ma allora ti domando: che c'era di così importante da farle fare una figuraccia con i Vassallo?».

«Non lo so» fece sconsolata Anna.

Quindici

«Che ci può essere stato di tanto importante?» si spiò nuovamente il commissario dopo aver salutato l'amica. Se non era amore o sesso, e a parere di Anna l'ipotesi era completamente da escludere, non c'era che il denaro. Michela durante la costruzione della villetta soldi ne doveva aver maneggiati, e parecchi anche. Che la chiave fosse ammucciata lì? Gli parse subito però una supposizione inconsistente, un filo di ragnatela. Ma il suo dovere era di cercare lo stesso.

«Anna? Salvo sono».

«L'impegno è andato a monte? Puoi venire?».

C'erano contentezza e ansia nella voce della picciotta e il commissario non volle che subentrasse il timbro della delusione.

«Non è detto che non ce la faccia».

«A qualsiasi ora».

«D'accordo. Ti volevo spiare una cosa. Tu lo sai se Michela aveva aperto un conto corrente a Vigàta?».

«Sì, le veniva più comodo per i pagamenti. Era alla Banca popolare. Non so però quanto ci avesse».

Troppo tardi per fare un salto nella banca. Aveva messo in un cassetto tutte le carte che aveva trovate nella càmmara al Jolly, selezionò le decine e decine di fatture e il quadernetto riassuntivo delle spese: l'agenda e le altre carte le rimise dentro. Sarebbe stato un lavoro lungo, noioso e al novanta per cento assolutamente inutile. E poi lui coi numeri non ci sapeva fare.

Esaminò accuratamente tutte le fatture. Per quanto poco ci capisse, così, a occhio e croce, non gli parsero gonfiate, i prezzi segnati combaciavano con quelli di mercato, anzi qualche volta erano leggermente più bassi, si vede che Michela sapeva contrattare e sparagnare. Niente, lavoro inutile, come aveva pinsato. Poi, per caso, notò una discordanza tra l'importo di una fattura e la trascrizione riassuntiva che Michela ne aveva fatto nel quadernetto: qui la fattura risultava maggiorata di cinque milioni. Possibile che Michela, sempre così ordinata e precisa, avesse commesso un errore tanto evidente? Ricominciò da capo, con santa pacienza. Alla fine arrivò alla conclusione che la differenza tra i soldi realmente spesi e quelli segnati sul quadernetto era di centoquindici milioni.

L'errore quindi era da escludere, ma se non c'era errore la cosa non aveva senso, perché stava a significare che Michela faceva il pizzo a se stessa. A meno che...

«Pronto, dottor Licalzi? Il commissario Montalbano sono. Mi perdoni se la chiamo a casa dopo una giornata di lavoro».

«Eh, sì. È stata una giornataccia».

«Desidererei sapere qualcosa sui rapporti... cioè, mi spiego meglio: avevate un conto unico a doppia firma?».

«Commissario, ma lei non era stato...».

«Escluso dall'indagine? Sì, ma poi tutto è tornato come prima».

«No, non avevamo un conto a firma congiunta. Michela il suo e io il mio».

«La signora non possedeva rendite sue, vero?».

«Non le aveva. Facevamo così: ogni sei mesi io trasferivo una certa cifra dal mio conto a quello di mia moglie. Se c'erano spese straordinarie, me lo diceva e io provvedevo».

«Ho capito. Le ha mai fatto vedere le fatture che riguardavano la villetta?».

«No, la cosa non m'interessava, del resto. Ad ogni modo riportava le spese via via fatte su un quadernetto. Ogni tanto voleva che ci dessi un'occhiata».

«Dottore, la ringrazio e...».

«Ha provveduto?».

A che doveva provvedere? Non seppe rispondere.

«Alla Twingo» gli suggerì il dottore.

«Ah, già fatto».

Al telefono era facile dire farfanterìe. Si salutarono, si diedero appuntamento per venerdì mattina, quando ci sarebbe stata la cerimonia funebre.

Ora tutto aveva più senso. La signora faceva il pizzo sui soldi che domandava al marito per la costruzione della villetta.

Distrutte le fatture (Michela certamente avrebbe provveduto se fosse rimasta in vita), sarebbero rimaste a far fede solo le cifre riportate nel quadernetto. E così centoquindici milioni erano andati in nero e la signora ne aveva disposto come voleva.

Ma perché aveva bisogno di quei soldi? La ricattavano? E se lo facevano, che aveva da nascondere Michela Licalzi?

La matina del giorno appresso, che già era pronto per pigliare la macchina e andare in ufficio, il telefono sonò. Per un momento ebbe la tentazione di non rispondere, una telefonata a casa a quell'ora significava certamente una chiamata dal commissariato, una camurrìa, una rogna.

Poi vinse l'indubbio potere che il telefono ha sugli òmini.

«Salvo?».

Riconobbe immediatamente la voce di Livia, sentì che le gambe gli diventavano di ricotta.

«Livia! Finalmente! Dove sei?».

«A Montelusa».

Che ci faceva a Montelusa? Quando era arrivata?

«Ti vengo a prendere. Sei alla stazione?».

«No. Se m'aspetti, al massimo tra mezz'ora sono a Marinella».

«T'aspetto».

Che succedeva? Che cavolo stava succedendo? Telefonò al commissariato.

«Non passatemi telefonate a casa».

In mezz'ora, si scolò quattro tazze di caffè. Rimise sul fuoco la napoletana. Poi sentì il rumore di un'auto che arrivava e si fermava. Doveva essere il taxi di Livia. Raprì la porta. Non era un taxi, ma la macchina di Mimì Augello. Livia scese, l'auto fece una curva, ripartì.

Montalbano cominciò a capire.

Trasandata, mal pettinata, con le occhiaie, gli occhi gonfi per il pianto. Ma soprattutto, come aveva fatto a diventare così minuta e fragile? Un passero spiumato. Montalbano si sentì invadere dalla tenerezza, dalla commozione.

«Vieni» disse prendendola per una mano, la guidò dentro casa, la fece assittare in càmmara da pranzo. La vide rabbrividire.

«Hai freddo?».

«Sì».

Andò in càmmara da letto, pigliò una sua giacca, gliela mise sulle spalle.

«Vuoi un caffè?».

«Sì».

Era appena passato, lo servì bollente. Livia se lo bevve come se fosse un caffè freddo.

Ora stavano assittati sulla panca della verandina. Livia c'era voluta andare. La giornata era di una serenità da parere finta, non c'era vento, le onde erano leggere. Livia taliò a lungo il mare in silenzio, poi appoggiò la testa sulla spalla di Salvo e cominciò a piangere, senza singhiozzare. Le lacrime le colavano dalla faccia, bagnavano il tavolinetto. Montalbano le pigliò una mano, lei gliela abbandonò senza vita. Il commissario aveva bisogno disperato d'addrumare una sigaretta, ma non lo fece.

«Sono stata a trovare François» disse a un tratto Livia.

«L'ho capito».

«Non ho voluto avvertire Franca. Ho preso un aereo, un taxi e sono piombata da loro all'improvviso. Appena François m'ha visto, si è gettato tra le mie braccia. Era veramente felice di rivedermi. E io ero felice di tenerlo abbracciato e furiosa contro Franca e suo marito, soprattutto contro di te. Mi sono convinta che tutto era come sospettavo: tu e loro vi eravate messi d'accordo per portarmelo via. Ecco, ho cominciato a insultarli, a inveire. A un tratto, mentre tentavano di calmarmi, mi sono resa conto che François non era più accanto a me. Mi è venuto il sospetto che me l'avessero nascosto, chiuso a chiave dentro una stanza, ho cominciato a gridare. Talmente forte che

159

sono accorsi tutti, i bambini di Franca, Aldo, i tre lavoranti. Si sono interrogati a vicenda, nessuno aveva visto François. Preoccupati, sono usciti dalla fattoria chiamandolo; io, rimasta sola piangevo. A un tratto ho sentito una voce, "Livia, sono qua". Era lui. Si era nascosto da qualche parte dentro casa, gli altri erano andati a cercarlo fuori. Vedi com'è? Furbo, intelligentissimo».

Scoppiò di nuovo a piangere, si era troppo a lungo trattenuta.

«Riposati. Stenditi un attimo. Il resto me lo racconti dopo» fece Montalbano che non reggeva allo strazio di Livia, si tratteneva a stento dall'abbracciarla. Intuiva però che sarebbe stata una mossa sbagliata.

«Ma io riparto» fece Livia. «Ho l'aereo da Palermo alle quattordici».

«Ti accompagno».

«No, sono già d'accordo con Mimì. Tra un'ora ripassa a prendermi».

«Appena Mimì s'appresenta in ufficio» pensò il commissario «gli faccio un culo grande come una casa».

«È lui che m'ha convinta a venirti a trovare, io volevo ripartire già da ieri».

Ora spuntava che doveva macari ringraziarlo, a Mimì?

«Non volevi vedermi?».

«Cerca di capire, Salvo. Ho bisogno di stare sola, di raccogliere le idee, arrivare a delle conclusioni. Per me è stato tremendo».

Al commissario gli venne la curiosità di sapere.

«Beh, allora dimmi che è successo dopo».

«Appena l'ho visto comparire nella stanza, istintivamente gli sono andata incontro. Si è scansato».

Montalbano rivide la scena che lui stesso aveva patito qualche giorno avanti.

«M'ha guardato dritto negli occhi e ha detto: "io ti voglio bene, ma non lascio più questa casa, i miei fratelli". Sono rimasta immobile, gelata. E ha proseguito: "se mi porti via con te io scapperò sul serio e tu non mi rivedrai più". Dopo di che è corso fuori gridando: "sono qua, sono qua". Mi è venuto una

160

specie di capogiro, poi mi sono ritrovata distesa su un letto, con Franca accanto. Dio mio, come sanno essere crudeli i bambini, certe volte!».

«E quello che volevamo fargli non era una crudeltà?» spiò a se stesso Montalbano.

«Ero debolissima, ho tentato di alzarmi ma sono svenuta di nuovo. Franca non ha voluto che partissi, ha chiamato un medico, mi è stata sempre accanto. Ho dormito da loro. Dormito! Sono stata tutta la notte seduta su una sedia vicino alla finestra. L'indomani mattina è arrivato Mimì. L'aveva chiamato sua sorella. Mimì è stato più che un fratello. Ha fatto in modo che non m'incontrassi più con François, mi ha portato fuori, mi ha fatto girare mezza Sicilia. Mi ha convinto a venire qua, magari solo per un'ora. "Voi due dovete parlare, spiegarvi" diceva. Ieri sera siamo arrivati a Montelusa, m'ha accompagnato all'albergo della Valle. Stamattina è venuto a prendermi per portarmi qua da te. La mia valigia è nella sua macchina».

«Non credo ci sia molto da spiegare» fece Montalbano.

La spiegazione sarebbe stata possibile solo se Livia, avendo capito d'avere sbagliato, avesse avuto una parola, una sola, di comprensione per i suoi sentimenti. O credeva che lui, Salvo, non avesse provato niente quando si era persuaso che François era perduto per sempre? Livia non concedeva varchi, era chiusa nel suo dolore, non vedeva altro che la sua egoistica disperazione. E lui? Non erano, sino a prova contraria, una coppia costruita sull'amore, certo, sul sesso, anche, ma soprattutto su un rapporto di comprensione reciproca che a volte aveva sfiorato la complicità? Una parola di troppo, in quel momento, avrebbe potuto provocare una frattura insanabile. Montalbano ingoiò il risentimento.

«Che pensi di fare?» spiò.

«Per... il bambino?». Non ce la faceva più a pronunziare il nome di François.

«Sì».

«Non mi opporrò».

Si alzò di scatto, corse verso il mare, lamentiandosi a mezza voce come una vestia ferita a morte. Poi non ce la fece più, cadde facciabocconi sulla rena. Montalbano la pigliò in braccio, la portò in casa, la mise sul letto, con un asciugamani umido le pulì, delicatamente, la faccia dalla sabbia.

Quando sentì il clacson dell'auto di Mimì Augello, aiutò Livia ad alzarsi, le mise il vestito in ordine. Lei lasciava fare, assolutamente passiva. La cinse per la vita, l'accompagnò fora. Mimì non scese dalla macchina, sapeva che non era prudente avvicinarsi troppo al suo superiore, poteva essere morso. Tenne sempre gli occhi fissi davanti a sé, per non incrociare coi suoi gli occhi del commissario. Un attimo prima di montare in macchina Livia girò appena la testa e baciò Montalbano su una guancia. Il commissario trasì in casa, andò in bagno e, vestito com'era, si mise sotto la doccia, aprendone il getto al massimo. Poi ingoiò due pasticche di un sonnifero che non pigliava mai, ci scolò sopra un bicchiere di whisky e si gettò sul letto, in attesa della mazzata inevitabile che l'avrebbe steso.

S'arrisbigliò che erano le cinque di doppopranzo, aveva tanticchia di mal di testa e provava nausea.

«C'è Augello?» spiò trasendo in commissariato.

Mimì entrò nella càmmara di Montalbano e prudentemente chiuse la porta alle sue spalle. Appariva rassegnato.

«Però se ti devi mettere a fare voci al solito tuo» fece «forse è meglio che usciamo dall'ufficio».

Il commissario si susì dalla poltrona, gli si avvicinò faccia a faccia, gli passò un braccio darrè il collo.

«Sei un amico vero, Mimì. Ma ti consiglio di nèsciri subito da questa càmmara. Se ci ripenso, capace che ti piglio a calci».

«Dottore? C'è la signora Clementina Vasile Cozzo. La passo?».

«Chi sei tu?».

Era impossibile fosse Catarella.

«Come chi sono? Io».

«E tu come minchia ti chiami?».

«Catarella sono, dottori! Pirsonalmente di pirsona sono!».

Meno male! La fulminea ricerca d'identità aveva riportato in vita il vecchio Catarella, non quello che il computer stava inesorabilmente trasformando.

«Commissario! E che successe? Ci siamo sciarriati?».

«Signora, mi creda, ho avuto delle giornate...».

«Perdonato, perdonato. Potrebbe passare da me? Ho una cosa da farle vedere».

«Ora?».

«Ora».

La signora Clementina lo fece trasire nella càmmara da pranzo, spense il televisore.

«Guardi qua. È il programma del concerto di domani che il Maestro Cataldo Barbera mi ha fatto avere poco fa».

Montalbano pigliò il foglio strappato da un quaderno a quadretti che la signora gli pruìva. Per questo l'aveva voluto vedere d'urgenza?

C'era scritto a matita: «Venerdì, ore nove e trenta. Concerto in memoria di Michela Licalzi».

Montalbano sobbalzò. Il Maestro Barbera conosceva la vittima?

«È per questo che l'ho fatta venire» disse la signora Vasile Cozzo leggendogli la domanda negli occhi.

Il commissario ripigliò a taliare il foglio.

«Programma: G. Tartini, Variazioni su un tema di Corelli; J. S. Bach, Largo; G. B. Viotti, dal Concerto 24 in mi minore».

Ridiede il foglio alla signora.

«Lei, signora, lo sapeva che i due si conoscevano?».

«Mai saputo. E mi domando come avranno fatto, visto che il Maestro non esce mai di casa. Appena ho letto il foglietto, ho capito che la cosa poteva interessarla».

«Ora acchiano al piano di sopra e gli parlo».

«Perde solo tempo, non la riceverà. Sono le diciotto e trenta, a quest'ora si è già messo a letto».

«E che fa, guarda la televisione?».

163

«Non possiede la televisione e non legge i giornali. S'addormenta e si risveglia verso le due di notte. Io lo spiai alla cammarera se sapeva perché il maestro aveva orari tanto strambi, mi rispose che lei non ci capiva niente. Ma io, a forza di ragionarci, una spiegazione plausibile me la sono data».

«E cioè?».

«Credo che il Maestro, così facendo, cancelli un tempo preciso, annulli, salti le ore nelle quali di solito era impegnato a dare concerto. Dormendo, non ne ha memoria».

«Capisco. Ma io non posso fare a meno di parlarci».

«Potrà tentare domani a matino, dopo il concerto».

Al piano di sopra una porta sbatté.

«Ecco» fece la signora Vasile Cozzo «la cammarera sta tornandosene a casa sua».

Il commissario si mosse verso la porta d'ingresso.

«Guardi, dottore, che più che una cammarera è una specie di governante» gli precisò la signora Clementina.

Montalbano raprì la porta. Una fìmmina sissantina, vestita con proprietà, che stava scendendo gli ultimi gradini della rampa, lo salutò con un cenno del capo.

«Signora, sono il commissario...».

«La conosco».

«Lei sta andando a casa e io non voglio farle perdere tempo. Il Maestro e la signora Licalzi si conoscevano?».

«Sì. Da un due mesi. La signora, di testa sua, volle presentarsi al Maestro. Che ne fu contento assai, gli piacciono le donne belle. Si misero a parlare fitto fitto, io gli portai il caffè, se lo pigliarono e dopo si chiusero nello studio, quello dal quale non nesci suono».

«Insonorizzato?».

«Sissi. Così non disturba i vicini».

«La signora è tornata altre volte?».

«Non quando c'ero io».

«E quando c'è, lei?».

«Non lo sta vedendo? La sera io me ne vado».

«Mi levi una curiosità. Se il Maestro non ha televisione e non legge i giornali, come ha fatto a sapere dell'omicidio?».

«Glielo dissi io, per caso, oggi dopopranzo. Strata strata c'era l'annunzio della funzione di domani».

«E il Maestro come reagì?».

«Male assà. Volle le pillole per il cuore, era giarno giarno. Che spavento che mi pigliai! C'è altro?».

Sedici

Quella matina il commissario s'appresentò in ufficio vestito di un completo grigio, camicia azzurro pallido, cravatta di colore smorzato, scarpe nere.

«Mi pari un figurino» fece Mimì Augello.

Non poteva dirgli che si era combinato così perché aveva un concerto per violino solo alle nove e mezza. Mimì l'avrebbe pigliato per pazzo. E con ragione, perché la facenna era tanticchia da manicomio.

«Sai, devo andare al funerale» murmuriò.

Trasì nella sua càmmara, il telefono squillava.

«Salvo? Sono Anna. Poco fa mi ha telefonato Guido Serravalle».

«Da Bologna?».

«No, da Montelusa. Mi ha detto che il mio numero glielo aveva dato tempo fa Michela. Sapeva dell'amicizia tra lei e me. È venuto per partecipare al funerale, è sceso al della Valle. Mi ha domandato se dopo andiamo a pranzo assieme, ripartirà nel pomeriggio. Che faccio?».

«In che senso?».

«Non so, ma sento che mi troverò a disagio».

«E perché?».

«Commissario? Sono Emanuele Licalzi. Viene al funerale?».

«Sì. A che ora è?».

«Alle undici. Poi direttamente dalla chiesa il carro funebre parte per Bologna. Ci sono novità?».

«Nessuna di rilievo, per ora. Lei si trattiene a Montelusa?».

«Fino a domattina. Devo parlare con un'agenzia immobiliare per la vendita del villino. Ci dovrò andare nel pomeriggio con un loro rappresentante, vogliono visitarlo. Ah, ieri sera, in aereo, ho viaggiato con Guido Serravalle, è venuto per il funerale».

«Sarà stato imbarazzante» si lasciò scappare il commissario.

«Lei dice?».

Il dottor Emanuele Licalzi aveva riabbassato la visiera.

«Faccia presto, sta per cominciare» disse la signora Clementina guidandolo nel cammarino allato al salotto. S'assittarono compunti. La signora per l'occasione si era messa in lungo. Pareva una dama di Boldini, solo più invecchiata. Alle nove e mezza spaccate, il Maestro Barbera attaccò. E dopo manco cinque minuti il commissario principiò a provare una sensazione stramma che lo turbò. Gli parse che a un tratto il suono del violino diventasse una voce, una voce di fìmmina, che domandava d'essere ascoltata e capita. Lentamente ma sicuramente le note si strancangiavano in sillabe, anzi no, in fonemi, e tuttavia esprimevano una specie di lamento, un canto di pena antica che a tratti toccava punte di un'ardente e misteriosa tragicità. Quella commossa voce di fìmmina diceva che c'era un segreto terribile che poteva essere compreso solo da chi sapeva abbandonarsi completamente al suono, all'onda del suono. Chiuse gli occhi, profondamente scosso e turbato. Ma dentro di sé era macari stupito: come aveva fatto quel violino a cangiare così tanto di timbro dall'ultima volta che l'aveva sentito? Sempre con gli occhi chiusi, si lasciò guidare dalla voce. E vide se stesso trasìre nella villetta, traversare il salotto, raprire la vetrinetta, pigliare in mano l'astuccio del violino… Ecco cos'era quello che l'aveva tormentato, l'elemento che non quatrava con l'insieme! La luce fortissima che esplose dintra la sua testa gli fece scappare un lamento.

«Macari lei si è commosso?» spiò la signora Clementina asciugandosi una lacrima. «Non ha mai suonato così».

Il concerto doveva essere finito proprio in quel momento, perché la signora rimise la spina del telefono in precedenza staccata, compose il numero, applaudì.

Questa volta il commissario, invece di unirsi a lei, pigliò il telefono in mano.

«Maestro? Il commissario Salvo Montalbano sono. Ho assoluto bisogno di parlarle».

«Anche io».

Montalbano riattaccò e poi, di slancio, si calò, abbracciò la signora Clementina, la baciò sulla fronte, niscì.

La porta dell'appartamento venne aperta dalla cammarera-governante.

«Lo vuole un caffè?».

«No, grazie».

Cataldo Barbera gli si fece incontro, la mano tesa.

Su come l'avrebbe trovato vestito, Montalbano ci aveva pinsato salendo le due rampe di scale. Ci inzertò in pieno: il Maestro, ch'era un omo minuto, dai capelli candidi, dagli occhi nìvuri piccoli ma dallo sguardo intensissimo, indossava un frac d'ottimo taglio.

L'unica cosa che stonava era una sciarpa bianca di seta avvolta torno torno la parte inferiore del viso, cummigliava difatti il naso, la bocca e il mento lasciando solamente scoperti gli occhi e la fronte. Era tenuta aderente da uno spillone d'oro.

«Si accomodi, si accomodi» fece cortesissimo Barbera guidandolo verso lo studio insonorizzato.

Dintra c'erano una vetrina con cinque violini; un complicato impianto stereo; una scaffalatura metallica da ufficio con impilati cd, dischi, nastri; una libreria, una scrivania, due poltrone. Sulla scrivania stava appoggiato un altro violino, evidentemente quello che il maestro aveva appena adoperato per il concerto.

«Oggi ho suonato col Guarnieri» fece a conferma il Maestro indicandolo. «Ha una voce impareggiabile, celestiale».

Montalbano si congratulò con se stesso: pur non capendoci niente di musica, tuttavia aveva intuito che il suono di quel violino era diverso da quello già sentito nel precedente concerto.

«Per un violinista avere a disposizione un gioiello simile è, mi creda, un autentico miracolo».

Tirò un sospiro.

«Purtroppo dovrò restituirlo».

«Non è suo?».

«Magari lo fosse! Solo che non so più a chi ridarlo. Oggi mi ero ripromesso di chiamare al telefono qualcuno del commissariato ed esporre la questione. Ma dato che lei è qui...».

«A sua disposizione».

«Vede, quel violino apparteneva alla povera signora Licalzi».

Il commissario sentì che tutti i nervi gli si tendevano come corde di violino, se il Maestro lo sfiorava con l'archetto, avrebbe certamente suonato.

«All'incirca due mesi addietro» contò il maestro Barbera «stavo esercitandomi con la finestra aperta. La signora Licalzi, che passava casualmente per la strada, mi sentì. S'intendeva di musica, sa? Lesse il mio nome sul citofono e volle vedermi. Aveva assistito al mio ultimo concerto, a Milano, dopo mi sarei ritirato, ma nessuno lo sapeva».

«Perché?».

La domanda così diretta pigliò di sorpresa il Maestro. Esitò solo un momento, poi sfilò lo spillone e lentamente sciolse la sciarpa. Un mostro. Non aveva più mezzo naso, il labbro superiore, completamente corroso, metteva allo scoperto la gengiva.

«Non le pare una buona ragione?».

Si riavvolse la sciarpa, l'appuntò con lo spillone.

«È un rarissimo caso di lupus non curabile a decorso distruttivo. Come avrei potuto presentarmi al mio pubblico?».

Il commissario gli fu grato perché si era rimesso subito la sciarpa, era inguardabile, uno provava spavento e nausea.

«Bene, questa bella e gentile creatura, parlando del più e del meno, mi disse che aveva ereditato un violino da un bisnonno che faceva il liutaio a Cremona. Aggiunse che da piccola aveva sentito dire, in famiglia, che quello strumento valeva una fortuna, ma lei non ci aveva dato peso. Nelle famiglie sono frequenti queste leggende del quadro prezioso, della statuetta che vale milioni. Chissà perché m'incuriosii. Qualche sera dopo lei mi telefonò, passò a prendermi, mi portò alla villetta che era stata da poco costruita. Appena vidi il violino, mi creda, sentii qualcosa esplodere dentro di me, provai una forte scossa elettrica. Era alquanto malridotto, ma bastava poco a rimetterlo in perfetta forma. Era un Andrea Guarnieri, commissario, riconoscibilissimo dalla vernice colore ambra gialla, di straordinaria forza illuminante».

Il commissario taliò il violino, sinceramente non gli parse che facesse luce. Lui però a queste cose di musica era negato.

«Lo provai» disse il Maestro «e per dieci minuti suonai trasportato in paradiso con Paganini, con Ole Bull...».

«Che prezzo ha sul mercato?» spiò il commissario che di solito volava terra terra, in paradiso non ci era mai arrivato.

«Prezzo?! Mercato?!» inorridì il Maestro. «Ma uno strumento così non ha prezzo!».

«Va bene, ma a voler quantificare...».

«Che ne so? Due, tre miliardi».

Aveva sentito bene? Aveva sentito bene.

«Feci presente alla signora che non poteva arrischiarsi di lasciare uno strumento di tale valore in una villetta praticamente disabitata. Studiammo una soluzione, anche perché io volevo una conferma autorevole alla mia supposizione, e cioè che si trattasse di un Andrea Guarnieri. Lei propose che lo tenessi qui da me. Io però non volevo accettare una simile responsabilità, ma lei riuscì a persuadermi, non volle neanche una ricevuta. Mi riaccompagnò a casa e io le diedi un mio violino in sostituzione, da mettere nella vecchia custodia. Se l'avessero rubato, poco male: valeva qualche centinaio di migliaia di lire. Il mattino appresso cercai a Milano un mio amico, che in quanto a violini è il più grande esperto che ci sia. La sua segretaria mi disse che era in giro per il mondo, non sarebbe rientrato prima della fine di questo mese».

«Mi scusi» fece il commissario «torno tra poco».

Niscì di corsa, di corsa se la fece a piedi fino all'ufficio.

«Fazio!».

«Comandi, dottore».

Scrisse un biglietto, lo firmò, ci mise il timbro del commissariato per autenticarlo.

«Vieni con me».

Pigliò la sua macchina, la fermò poco distante dalla chiesa.

«Consegna questo biglietto al dottor Licalzi, ti deve dare le chiavi della villetta. Io non ci posso andare, se traso in chiesa e mi vedono parlare col dottore, chi le tiene più le voci in paìsi?».

Dopo manco cinque minuti erano già partiti verso le Tre Fontane. Scesero dall'auto, Montalbano raprì la porta. C'era un odore tinto, assuffucante, che non era solo dovuto al chiuso ma macari alle polveri e agli spray adoperati dalla Scientifica.

Sempre seguito da Fazio che non faceva domande, raprì la vetrinetta, pigliò l'astuccio col violino, niscì, richiuse la porta.

«Aspetta, voglio vedere una cosa».

Girò l'angolo della casa e andò nel retro, non l'aveva fatto le altre volte che c'era stato. C'era come un abbozzo di quello che sarebbe dovuto diventare un vasto giardino. A destra, quasi attaccato alla costruzione, sorgeva un grande albero di zorbo che dava piccoli frutti di un rosso intenso, dal gusto acidulo, che quando Montalbano era nico ne mangiava in quantità.

«Dovresti salire fino al ramo più alto».

«Chi? Io?».

«No, tuo fratello gemello».

Fazio si mosse di malavoglia. Aveva una certa età, temeva di cadìri e di rumpìrisi l'osso del collo.

«Aspettami».

«Sissi, tanto da nico mi piaceva Tarzan».

Riaprì la porta, salì al piano di sopra, addrumò la luce nella càmmara da letto, qui l'odore pigliava alla gola, isò gli avvolgibili senza aprire i vetri.

«Mi vedi?» spiò gridando a Fazio.

«Sissi, perfettamente».

Niscì dalla villetta, chiuse la porta, si avviò alla macchina.

Fazio non c'era. Era rimasto sull'albero, ad aspettare che il commissario gli dicesse quello che doveva fare.

Scaricato Fazio davanti alla chiesa con le chiavi da restituire al dottor Licalzi («digli che forse ne avremo ancora bisogno»), si diresse verso la casa del Maestro Cataldo Barbera, fece i gradini due a due. Il Maestro gli venne ad aprire, s'era levato il frac, indossava pantaloni e maglione dolcevita, la sciarpa bianca con lo spillone d'oro era invece la stessa.

«Venga di là» fece Cataldo Barbera.

«Non c'è bisogno, maestro. Solo pochi secondi. Questa è la custodia che conteneva il Guarnieri?».

Il maestro la tenne in mano, la taliò attentamente, la restituì.

«Mi pare proprio di sì».

Montalbano raprì la custodia e, senza tirarne fora lo strumento, spiò:

«È questo lo strumento cha lei ha dato alla signora?».

Il Maestro fece due passi narrè, tese una mano avanti come per allontanare maggiormente una scena orribile.

«Ma questo è un oggetto che io non toccherei nemmeno con un dito! Si figuri! È fatto in serie! È un affronto per un vero violino!».

Ecco la conferma di quello che la voce del violino gli aveva rivelato, anzi aveva portato a galla. Perché l'aveva inconsciamente registrato da sempre: la differenza tra contenuto e contenitore. Era chiara macari a lui, che non ci capiva di violini. O di qualsiasi strumento, se era per questo.

«Tra l'altro» proseguì Cataldo Barbera «quello che io ho dato alla signora era sì di modestissimo valore, ma somigliava di molto al Guarnieri».

«Grazie. Arrivederci».

Principiò a scìnniri le scale.

«Che me ne faccio del Guarnieri?» gli spiò a voce alta il Maestro ancora strammato, non ci aveva capito niente.

«Per ora se lo tenga. E lo suoni più spesso che può».

Stavano caricando il tabbuto sul carro funebre, molte corone erano allineate davanti al portone della chiesa. Emanuele Licalzi era attorniato da tanta gente che gli faceva le condoglianze. Appariva insolitamente turbato. Montalbano gli si avvicinò, se lo tirò in disparte.

«Non m'aspettavo tutte queste persone» fece il dottore.

«La signora aveva saputo farsi voler bene. Ha riavuto le chiavi? Può darsi debba richiedergliele».

«A me servono dalle sedici alle diciassette per accompagnare gli agenti immobiliari».

«Lo terrò presente. Senta, dottore, probabilmente, quando andrà nella villetta, noterà che manca il violino dalla vetrinetta. L'ho preso io. In serata glielo restituirò».

Il dottore parse interdetto.

«Ha qualche attinenza? È un oggetto senza alcun valore».

«Mi serve per le impronte digitali» mentì Montalbano.

«Se è così, si ricordi che io l'ho tenuto in mano quando glielo ho mostrato».

«Mi ricordo perfettamente. Ah, dottore, una pura e semplice curiosità. A che ora è partito ieri sera da Bologna?».

«C'è un aereo che parte alle 18 e 30, si cambia a Roma, alle 22 si arriva a Palermo».

«Grazie».

«Commissario, mi scusi: mi raccomando per la Twingo».

Bih, che camurrìa con questa macchina!

In mezzo alla gente che già se ne andava, vide finalmente Anna Tropeano che parlava con un quarantino alto, molto distinto. Doveva certamente trattarsi di Guido Serravalle. Si addunò che sulla strata stava passando Giallombardo, lo chiamò.

«Dove stai andando?».

«A casa a mangiare, commissario».

«Mi dispiace per te, ma non ci vai».

«Madonna, proprio oggi che mia mogliere mi aveva priparato la pasta 'ncasciata!».

«Te la mangi stasera. Li vedi quei due, quella signora bruna e quel signore che stanno parlando?».

«Sissi».

«Non lo devi perdere di vista a lui. Io vado tra poco in commissariato, tienimi informato ogni mezz'ora. Cosa fa, dove va».

«E va bene» fece rassegnato Giallombardo.

Montalbano lo lasciò, si avvicinò ai due. Anna non l'aveva

173

visto arrivare, s'illuminò tutta, evidentemente la presenza di Serravalle le dava fastidio.

«Salvo, come va?».

Fece le presentazioni.

«Il commissario Salvo Montalbano, il dottor Guido Serravalle».

Montalbano recitò da dio.

«Ma noi ci siamo sentiti per telefono!».

«Sì, mi ero messo a sua disposizione».

«Ricordo benissimo. È venuto per la povera signora?».

«Non potevo farne a meno».

«Capisco. Riparte in giornata?».

«Sì, lascerò l'albergo verso le diciassette. Ho un aereo da Punta Ràisi alle venti».

«Bene, bene» fece Montalbano. Pareva contento che tutti fossero felici e contenti, che si potesse tra l'altro contare sulla regolarità della partenza degli aerei.

«Sai» fece Anna assumendo un'ariata mondana e disinvolta «il dottor Serravalle mi stava invitando a pranzo. Perché non vieni con noi?».

«Ne sarei felicissimo» disse Serravalle incassando il colpo.

Un profondo dispiacere si disegnò immediatamente sulla faccia del commissario.

«Ah, se l'avessi saputo prima! Purtroppo ho già un impegno».

Tese la mano a Serravalle.

«Molto piacere d'averla conosciuta. Per quanto, data l'occasione, non sarebbe opportuno dire così».

Temette di star esagerando nel fare il perfetto cretino, la parte gli stava pigliando la mano. E difatti Anna lo taliàva con occhi ch'erano addiventati due punti interrogativi.

«Noi due invece ci telefoniamo, eh, Anna?».

Sulla porta del commissariato incrociò Mimì che stava niscendo.

«Dove stai andando?».

«A mangiare».

«Minchia, ma pinsàte tutti alla stessa cosa!».

«Ma se è l'ora di mangiare, a che vuoi che pensiamo?».

«Chi abbiamo a Bologna?».

«Come sindaco?» fece imparpagliato Augello.

«Che me ne fotte a me del sindaco di Bologna? Abbiamo un amico in quella questura che possa darci una risposta tempo un'ora?».

«Aspetta, c'è Guggino, te lo ricordi?».

«Filiberto?».

«Lui. Da un mese l'hanno trasferito lì. È a capo dell'ufficio Stranieri».

«Vatti a mangiare i tuoi spaghetti alle vongole con tanto parmigiano» fece per tutto ringrazio Montalbano taliandolo con disprezzo. E come si poteva taliare di diverso uno che aveva di questi gusti?

Erano le dodici e trentacinque, la speranza era che Filiberto fosse ancora in ufficio.

«Pronto? Il commissario Salvo Montalbano sono. Telefono da Vigàta, vorrei parlare col dottor Filiberto Guggino».

«Aspetti un attimo».

Dopo varii clic clic si sentì una voce allegra.

«Salvo! Che bello sentirti! Come stai?».

«Bene, Filibè. Ti disturbo per una cosa urgentissima, ho bisogno di una risposta al massimo tra un'ora, un'ora e mezza. Cerco una motivazione economica a un delitto».

«Non ho da scialare come tempo».

«Devi dirmi il più possibile di uno che forse appartiene al giro delle vittime degli usurai, che so, un commerciante, uno che gioca forte...».

«Questo rende tutto molto più difficile. Ti posso dire chi fa l'usuraio, non le persone che ha rovinato».

«Provaci. Io ti faccio nome e cognome».

«Dottore? Sono Giallombardo. Stanno mangiando al ristorante di Contrada Capo, quello proprio sul mare, lo conosce?».

Purtroppo sì, lo conosceva. C'era capitato una volta per caso e non se l'era più scordato.

«Hanno due macchine? Ognuno la sua?».

«No, l'auto la guida lui, perciò...».

«Non perderlo mai di vista, all'omo. Sicuramente riaccompagnerà a casa la signora, poi rientrerà in albergo, al della Valle. Tienimi sempre informato».

Sì e no, gli risposero dalla società che affittava automobili a Punta Ràisi, dopo che per mezz'ora avevano fatto storie per non dare informazioni, tanto che aveva dovuto far intervenire il capo dell'ufficio di P.S. dell'aeroporto. Sì, ieri sera, giovedì, il signore in questione aveva affittato un'auto che stava ancora usando. No, mercoledì sera della scorsa settimana quello stesso signore non aveva affittato nessuna macchina, non risultava dal computer.

Diciassette

La risposta di Guggino gli arrivò che mancava qualche minuto alle tre. Lunga e circostanziata. Montalbano pigliò appunti coscienziosi. Cinque minuti dopo si fece vivo Giallombardo, gli comunicò che Serravalle era rientrato in albergo.

«Non ti cataminare da lì» gli ordinò il commissario. «Se lo vedi nèsciri nuovamente prima che io sia arrivato, fermalo con un pretesto qualsiasi, fagli lo spogliarello, la danza del ventre, ma non farlo andare via».

Sfogliò rapidamente tra le carte di Michela, si ricordava d'avere visto una carta d'imbarco. C'era, era l'ultimo viaggio Bologna-Palermo che la signora aveva fatto. Se lo mise in sacchetta, chiamò Gallo.

«Accompagnami al della Valle con la macchina di servizio».

L'albergo stava a metà strata tra Vigàta e Montelusa, era stato costruito proprio a ridosso di uno dei templi più belli del mondo, alla faccia di sovrintendenze artistiche, vincoli paesaggistici e piani regolatori.

«Tu aspettami» fece il commissario a Gallo. Si avvicinò alla sua macchina, dentro c'era Giallombardo che sonnecchiava.

«Con un occhio solo dormivo!» lo rassicurò l'agente.

Il commissario raprì il portabagagli, pigliò l'astuccio col violino da pochi soldi.

«Tu ritornatene al commissariato» ordinò a Giallombardo.

Attraversò l'atrio dell'albergo che pareva una stampa e una figura con un professore d'orchestra.

«C'è il dottor Serravalle?».

«Sì, è in camera sua. Chi devo dire?».

«Tu non devi dire niente, devi stare solo muto. Il commis-

177

sario Montalbano sono. E se t'azzardi a sollevare il telefono, ti sbatto dentro e poi si vede».

«Quarto piano, stanza 416» fece il portiere con le labbra che gli tremavano.

«Ha ricevuto telefonate?».

«Quando è rientrato gli ho dato gli avvisi di chiamata, tre o quattro».

«Fammi parlare con l'addetta al centralino».

L'addetta al centralino che chissà perché il commissario si era immaginato una picciotta giovane e carina, era invece un anziano e calvo sessantino con gli occhiali.

«Il portiere m'ha detto tutto. Da mezzogiorno ha cominciato a telefonare un tale Eolo da Bologna. Non ha mai lasciato il cognome. Proprio dieci minuti fa ha richiamato e io ho passato la comunicazione in camera».

In ascensore, Montalbano tirò fora dalla sacchetta i nomi di tutti quelli che la sera del mercoledì passato avevano affittato un'automobile all'aeroporto di Punta Ràisi. D'accordo: Guido Serravalle non c'era, ma Eolo Portinari sì. E da Guggino aveva saputo ch'era amico stretto dell'antiquario.

Tuppiò leggio leggio e mentre lo faceva s'arricordò che la sua pistola era nel cruscotto della macchina.

«Avanti, la porta è aperta».

L'antiquario stava stinnicchiato sul letto, le mani darrè la nuca. Si era levato solo le scarpe e la giacchetta, aveva ancora la cravatta annodata. Vide il commissario e saltò in piedi come quei pupi con le molle che schizzano appena s'apre il coperchio della scatola che li comprime.

«Comodo, comodo» fece Montalbano.

«Ma per carità!» disse Serravalle infilandosi precipitosamente le scarpe. Si mise macari la giacchetta. Montalbano si era assittato su una seggia, l'astuccio sulle gambe.

«Sono pronto. A che devo l'onore?».

Evitava accuratamente di taliare l'astuccio.

178

«Lei l'altra volta, per telefono, mi disse che si metteva a mia disposizione se ne avevo bisogno».

«Certamente, lo ripeto» disse Serravalle assittandosi pure lui.

«Le avrei evitato il disturbo, ma dato che è venuto qua per il funerale, voglio approfittare».

«Ne sono lieto. Che devo fare?».

«Starmi a sentire».

«Non ho capito bene, mi scusi».

«Ascoltarmi. Le voglio contare una storia. Se lei trova che esagero o dico cose sbagliate, intervenga pure, mi corregga».

«Non vedo come potrei farlo, commissario. Io non conosco la storia che sta per raccontarmi».

«Ha ragione. Vuol dire allora che mi dirà le sue impressioni alla fine. Il protagonista della mia storia è un signore che campa abbastanza bene, è un uomo di gusto, possiede un noto negozio di mobili antichi, ha una buona clientela. È un'attività che il nostro protagonista ha ereditato dal padre».

«Scusi» fece Serravalle «la sua storia dov'è ambientata?».

«A Bologna» disse Montalbano. E continuò:

«Suppergiù l'anno passato questo signore incontra una giovane donna della buona borghesia. I due diventano amanti. La loro è una relazione che non corre pericoli, il marito della signora, per ragioni che qui sarebbe lungo spiegare, chiude, come si usa dire, non un occhio ma tutti e due. La signora vuol bene sempre al marito, ma è molto legata, sessualmente, all'amante».

S'interruppe.

«Posso fumare?» spiò.

«Ma certo» fece Serravalle avvicinandogli un portacenere.

Montalbano tirò fuori il pacchetto con lentezza, ne cavò tre sigarette, le rotolò una per una tra il pollice e l'indice, optò per quella che gli parse più morbida, le altre due le rimise nel pacchetto, principiò a palpeggiarsi alla ricerca dell'accendino.

«Purtroppo non posso aiutarla, non fumo» fece l'antiquario.

Il commissario finalmente trovò l'accendino nel taschino della giacchetta, lo considerò come se non l'avesse mai visto prima, addrumò la sigaretta, rimise l'accendino in sacchetta.

Prima di principiare a parlare, taliò con gli occhi persi Serravalle. L'antiquario aveva il labbro superiore umido, cominciava a sudare.

«Dov'ero rimasto?».

«Alla donna che era molto legata all'amante».

«Ah, già. Purtroppo il nostro protagonista ha un brutto vizio. Gioca grosso, gioca d'azzardo. Tre volte in questi ultimi tre mesi viene sorpreso in bische clandestine. Un giorno, pensi, va a finire in ospedale, l'hanno brutalmente pestato. Lui dice che è stato vittima di un'aggressione per rapina, ma la polizia suppone, ripeto suppone, che si sia trattato di un avvertimento per debiti di gioco non pagati. Ad ogni modo, per il nostro protagonista, che continua a giocare e a perdere, la situazione si fa sempre più difficile. Si confida con l'amante e questa cerca d'aiutarlo come può. Le era venuto in mente di farsi costruire una villetta qua, perché il posto le piaceva. Ora la villetta si rivela una felice opportunità: gonfiando le spese, può intanto far avere al suo amico un centinaio di milioni. Progetta un giardino, probabilmente la costruzione di una piscina: nuove fonti di denaro in nero. Ma sono una goccia nel deserto, altro che due o trecento milioni. Un giorno la signora, che per comodità di racconto chiamerò Michela…».

«Un attimo» interruppe Serravalle con una risatina che voleva essere sardonica. «E il suo protagonista come si chiama?».

«Guido, mettiamo» disse Montalbano come se la cosa fosse trascurabile.

Serravalle fece una smorfia, il sudore ora gli appiccicava la camicia sul petto.

«Non le piace? Possiamo chiamarli Paolo e Francesca, se vuole. Tanto la sostanza non cambia».

Aspettò che Serravalle dicesse qualcosa, ma siccome l'antiquario non rapriva bocca, ripigliò.

«Un giorno Michela, a Vigàta, si incontra con un celebre solista di violino che vive qui ritirato. I due si fanno simpatia e la signora rivela al Maestro di possedere un vecchio violino ereditato dal bisnonno. Credo per gioco, Michela lo mostra al Maestro e questi, a prima vista, si rende conto di trovarsi davanti a uno strumento di grandissimo valore, musicale e pecuniario. Qualcosa che supera i due miliardi. Quando Michela torna a Bologna, racconta all'amante tutta la storia. Se le cose stanno come dice il Maestro, il violino è vendibilissimo, il marito di Michela l'avrà visto una volta o due, tutti ne sconoscono il vero valore. Basterà sostituirlo, mettere dentro la custodia un violinaccio qualsiasi e Guido finalmente è fuori per sempre dai suoi guai».

Montalbano finì di parlare, tamburreggiò con le dita sull'astuccio, sospirò.

«Ora viene la parte peggiore» disse.

«Beh» fece Serravalle «può finire di raccontarmela un'altra volta».

«Potrei, ma dovrei farla tornare da Bologna o venire io di persona, troppo scomodo. Dato che lei è tanto cortese di ascoltarmi con pazienza anche se sta morendo di caldo, le spiego perché considero questa che viene la parte peggiore».

«Perché dovrà parlare di un omicidio?».

Montalbano taliò l'antiquario a bocca aperta.

«Per questo, crede? No, agli omicidi ci sono abituato. La considero la parte peggiore perché devo abbandonare i fatti concreti e inoltrarmi nella mente di un uomo, in quello che pensa. Un romanziere avrebbe la strada facilitata, ma io sono semplicemente un lettore di quelli che credo buoni libri. Mi perdoni la divagazione. A questo punto il nostro protagonista raccoglie qualche informazione sul Maestro di cui gli ha parlato Michela. Scopre così che non solo è un grande interprete a livello internazionale ma che è anche un conoscitore della storia dello strumento che suona. Insomma, al novantanove per cento ci ha indovinato. Non c'è dubbio però che la questione, lasciata in mano a Michela, andrà per le lunghe. Non solo, la donna vorrà magari venderlo nascostamente sì ma legalmente: di quei due miliardi, oltre a spese varie, percentuali e il nostro Stato che piomberà come un ladro di passo a pretendere la sua parte, resterà alla fine meno di un miliardo. C'è invece una scorciatoia. E il nostro protagonista ci pensa giorno e notte, ne parla a un suo amico. L'amico, che mettiamo si chiami Eolo...».

181

Gli era andata bene, la supposizione era diventata certezza. Come colpito da un revolverata di grosso calibro, Serravalle si era di scatto susuto dalla seggia per ricadervi pesantemente. Si slacciò il nodo della cravatta.

«Sì, chiamiamolo Eolo. Eolo concorda con il protagonista che non c'è che una strada: liquidare la signora, pigliarsi il violino sostituendolo con un altro di scarso valore. Serravalle lo convince a dargli una mano. Oltretutto la loro è un'amicizia clandestina, forse di gioco, Michela non l'ha mai visto in faccia. Il giorno stabilito, pigliano assieme l'ultimo aereo che da Bologna trovi a Roma una coincidenza per Palermo. Eolo Portinari...».

Serravalle sussultò leggermente, come quando si spara un secondo colpo a un moribondo.

«... che sciocco, gli ho messo un cognome! Eolo Portinari viaggia senza bagaglio o quasi, Guido invece ha una grossa valigia. Sull'aereo, i due fingono di non conoscersi. Poco prima di partire da Roma, Guido telefona a Michela, le dice che sta arrivando, che ha bisogno di lei, che vada a prenderlo all'aeroporto di Punta Ràisi, forse le fa capire di star fuggendo dai creditori che vogliono ammazzarlo. Arrivati a Palermo, Guido parte per Vigàta con Michela mentre Eolo affitta una macchina e pure lui si dirige a Vigàta, mantenendosi però a una certa distanza. Io penso che durante il viaggio il protagonista racconti all'amante che, se non scappava da Bologna, ci rimetteva la pelle. Aveva fatto la pensata di nascondersi per qualche giorno nella villetta di Michela. A chi sarebbe potuto venire in mente di andarlo a cercare fin laggiù? La donna accetta, felice di avere con sé il suo amante. Prima d'arrivare a Montelusa, ferma a un bar, compra due panini e una bottiglia di minerale. Però inciampa su uno scalino, cade, Serravalle viene visto in faccia dal proprietario del bar. Arrivano alla villetta dopo la mezzanotte. Michela subito si fa una doccia, corre tra le braccia del suo uomo. Fanno l'amore una prima volta, poi l'amante domanda a Michela di farlo in un modo particolare. E alla fine di questo secondo rapporto lui le preme la testa sul materasso fino a soffocarla. Lo sa perché ha domandato a Michela di avere quel tipo di rapporto? Certamente l'avevano fatto già prima, ma in quel momento non voleva che la vittima lo guardasse mentre l'uccideva. Commesso appena l'omicidio, sente venire da fuori una specie di lamento, un grido soffocato. Si affaccia e vede, favorito dalla luce che esce dalla finestra, che su di un albero vicinissimo c'è un guardone, lui lo crede tale, che ha assistito all'omicidio. Nudo com'è, il protagonista esce di corsa, si arma di qualcosa, colpisce in faccia lo sconosciuto che però riesce a scappare. Non c'è un minuto da perdere. Si riveste, apre la vetrinetta, piglia il violino che mette nella valigia, sempre dalla valigia tira fuori il violino di poco prezzo, lo chiude nella custodia. Pochi minuti dopo passa Eolo con la macchina, il protagonista vi sale sopra. Non importa cosa facciano dopo, l'indomani mattina sono a Punta Ràisi per pigliare il primo volo per Roma. Fin qui tutto è andato bene al nostro protagonista che si tiene certamente informato degli sviluppi comprando i giornali siciliani. Le cose invece da bene gli vanno benissimo quando apprende che l'omicida è stato scoperto e che prima di essere ammazzato in un conflitto a fuoco, ha trovato il tempo per dirsi colpevole. Il protagonista capisce che non c'è più necessità d'aspettare per mettere clandestinamente in vendita il violino e l'affida a Eolo Portinari perché si occupi dell'affare. Ma nasce una complicazione: il protagonista viene a sapere che le indagini sono state riaperte. Coglie a volo l'occasione del funerale e si precipita a Vigàta per parlare con l'amica di Michela, l'unica che conosca e che sia in grado di dirgli come stanno le cose. Poi torna in albergo. E qui lo raggiunge una telefonata di Eolo: il violino vale poche centinaia di migliaia di lire. Il protagonista capisce di essere fottuto, ha ammazzato una persona inutilmente».

«Quindi» fece Serravalle che pareva essersi lavato la faccia senza asciugarsi, tanto era madido di sudore «il suo protagonista è andato a incappare in quel minimo margine d'errore, l'un per cento, che aveva concesso al Maestro».

«Quando uno è sfortunato al gioco...» fu il commento del commissario.

«Beve qualcosa?».

«No, grazie».

Serravalle raprì il frigobar, pigliò tre bottigliette di whisky, le versò senza ghiaccio in un bicchiere, le bevve in due sorsi.

«È una storia interessante, commissario. Lei mi ha suggerito di fare le mie osservazioni alla fine e, se mi permette, le faccio. Cominciamo. Il suo protagonista non sarà stato tanto stupido da viaggiare col suo vero nome in aereo, vero?».

Montalbano tirò appena fora dalla sacchetta, ma bastevole perché l'altro la vedesse, la carta d'imbarco.

«No, commissario, non serve a niente. Ammettendo che esista una carta d'imbarco, non significa nulla, anche se sopra c'è il nome del protagonista, chiunque può adoperarlo, non chiedono la carta d'identità. E in quanto all'incontro al bar... Lei dice che avvenne di sera e per pochi secondi. Via, sarebbe un riconoscimento inconsistente».

«Il suo ragionamento fila» fece il commissario.

«Vado avanti. Propongo una variante al suo racconto. Il protagonista confida la scoperta che l'amica ha fatto a un tale che si chiama Eolo Portinari, un delinquente di mezza tacca. E Portinari, venuto di sua iniziativa a Vigàta, fa tutto quello che lei attribuisce al suo protagonista. Portinari ha affittato la macchina esibendo tanto di patente, Portinari ha tentato di vendere il violino sul quale il Maestro aveva preso un abbaglio, è stato Portinari a violentare la donna per farlo passare per un delitto passionale».

«Senza eiaculare?».

«Ma certo! Dallo sperma si sarebbe risalito facilmente al DNA».

Montalbano isò due dita come per chiedere permesso d'andare al bagno.

«Vorrei dire due cose sulle sue osservazioni. Lei ha perfettamente ragione: dimostrare la colpa del protagonista sarà lungo e difficile, ma non impossibile. Quindi, da oggi in poi, il protagonista avrà due cani feroci che gli corrono appresso: i creditori e la polizia. La seconda cosa è che il Maestro non si sbagliò nel valutare il violino, vale effettivamente due miliardi».

«Ma se or ora...».

184

Serravalle capì che si stava tradendo e si zittì di colpo. Montalbano continuò come se non avesse sentito.

«Il mio protagonista è furbo assai. Pensi che continua a telefonare in albergo cercando della signora anche dopo averla ammazzata. Ma è all'oscuro di un particolare».

«Quale?».

«Senta, la storia è così incredibile che quasi quasi non gliela racconto».

«Faccia uno sforzo».

«Non me la sento. E va bene, proprio per farle un favore. Il mio protagonista ha saputo dall'amante che il Maestro si chiama Cataldo Barbera e ha raccolto molte notizie su di lui. Ora lei chiama il centralino e si fa passare il Maestro il cui numero è sull'elenco. Gli parli a nome mio, si faccia raccontare da lui stesso la storia».

Serravalle si susì, sollevò il ricevitore, disse al centralinista con chi voleva parlare. Rimase all'apparecchio.

«Pronto? È il Maestro Barbera?».

Appena quello rispose, riattaccò.

«Preferisco sentirla dalla sua voce».

«E va bene. La signora Michela porta in macchina il Maestro nella villetta, di sera tardi. Appena Cataldo Barbera vede il violino, si sente quasi mancare. Lo suona e non ha più dubbi, si tratta di un Guarnieri. Ne parla con Michela, le dice che vorrebbe sottoporlo all'esame di un competente indiscusso. Nello stesso tempo consiglia la signora di non tenere lo strumento nella villetta raramente abitata. La signora l'affida al Maestro il quale se lo porta in casa e in cambio le dà un suo violino da mettere nell'astuccio. Quello che il mio protagonista, ignaro, si precipita a rubare. Ah, dimenticavo, il mio protagonista, ammazzata la donna, trafuga magari la sacca con i gioielli e il Piaget. Come si dice? Tutto fa brodo. Fa scomparire vestiti e scarpe, ma questo è per confondere maggiormente le acque e tentare di scansare l'esame del DNA».

Tutto s'aspettava, meno la reazione di Serravalle. In principio gli parse che l'antiquario, il quale in quel momento gli dava le spalle perché taliàva fora dalla finestra, stesse piangendo.

185

Poi quello si voltò e Montalbano s'addunò che stava invece trattenendosi a stento dal ridere. Però bastò che per un attimo i suoi occhi incontrassero quelli del commissario perché la risata esplodesse in tutta la sua violenza. Serravalle rideva e piangeva. Poi, con uno sforzo evidente, si calmò.

«Forse è meglio che venga con lei» disse.

«Glielo consiglio» fece Montalbano. «Quelli che l'aspettano a Bologna hanno altre intenzioni».

«Metto qualcosa dentro la valigetta e ce ne andiamo».

Montalbano lo vide chinarsi sulla valigetta ch'era su una cassapanca. Qualcosa in un gesto di Serravalle lo squietò, lo fece balzare in piedi.

«No!» gridò il commissario. E scattò in avanti.

Troppo tardi. Guido Serravalle si era già infilata la canna di un revolver in bocca e aveva premuto il grilletto. Soffocando a stento la nausea, il commissario si puliziò con le mani la faccia dalla quale colava una materia vischiosa e calda.

Diciotto

A Guido Serravalle era partita mezza testa, il botto nella piccola càmmara d'albergo era stato così forte che Montalbano sentiva una specie di zirlìo nelle orecchie. Possibile che ancora non fosse venuto qualcuno a tuppiare alla porta, a spiare che era successo? L'albergo della Valle era stato costruito alla fine dell'Ottocento, i muri erano spessi e solidi e forse a quell'ora i forastèri erano tutti a spasso a fotografare i templi. Meglio così.

Il commissario andò nel bagno, s'asciugò alla meglio le mani appiccicose di sangue, sollevò il telefono.

«Il commissario Montalbano sono. Nel vostro posteggio c'è un'auto di servizio, fate venire su l'agente. E mandatemi subito il direttore».

Il primo ad arrivare fu Gallo. Appena vide il suo superiore col sangue sulla faccia e sui vestiti, si scantò.

«Dottore dottore, ferito è?».

«Stai calmo, il sangue non è mio, è di quello lì».

«E chi è?».

«L'assassino della Licalzi. Per ora però non dire niente a nessuno. Corri a Vigàta e fai mandare da Augello un fonogramma a Bologna: devono tenere sotto stretta sorveglianza un tale, un mezzo delinquente di cui avranno certamente i dati, si chiama Eolo Portinari. È il suo complice» concluse indicando il suicida. «Ah, senti. Torna subito qua, dopo».

Gallo, sulla porta, si fece di lato per dare il passo al direttore, un omone di due metri d'altezza e di larghezza in proporzione. Visto il corpo con mezza testa e lo sfracello della càmmara, fece «eh?» come se non avesse capito una domanda, cadde sulle ginocchia al rallentatore e dopo si stinnicchiò

187

facciabocconi a terra svenuto. La reazione del direttore era stata tanto immediata che Gallo non aveva avuto il tempo di andare via. In due trascinarono il direttore nel bagno, l'appoggiarono al bordo della vasca, Gallo pigliò la doccia a telefono, aprì il getto, glielo indirizzò in testa. L'omone si riprese quasi subito.

«Che fortuna! Che fortuna!» murmuriava asciugandosi.

E siccome Montalbano lo taliàva interrogativo, il direttore gli spiegò, confermando quello che il commissario aveva già pinsato:

«La comitiva giapponese è tutta fuori».

Prima che arrivassero il giudice Tommaseo, il dottor Pasquano, il nuovo capo della Mobile e quelli della Scientifica, Montalbano si dovette cangiare d'abito e di cammisa, cedendo alle insistenze del direttore che volle prestargli cose sue. Negli abiti dell'omone ci stava due volte, con le mani perse dintra le maniche e i pantaloni a fisarmonica sopra le scarpe pareva il nano Bagonghi. E questo lo metteva di malumore assai di più che contare a tutti, ripigliando ogni volta da capo, i particolari della scoperta dell'omicida e del suo suicidio. Tra domande e risposte, tra osservazioni e precisazioni, tra i se i forse i ma i però, fu libero di poter tornare a Vigàta, al commissariato, solo verso le otto e mezzo di sira.

«Ti sei accorciato?» s'informò Mimì quando lo vide.

Per un pelo arriniscì a scansare il cazzotto di Montalbano che gli avrebbe rotto il naso.

Non ebbe bisogno di dire «tutti!» che tutti spontaneamente s'apprisentarono. E il commissario diede loro la soddisfazione che meritavano: spiegò per filo e per segno la nascita dei sospetti su Serravalle fino alla tragica conclusione. L'osservazione più intelligente la fece Mimì Augello.

«Meno male che si è sparato. Sarebbe stato difficile tenerlo in galera senza una prova concreta. Un bravo avvocato l'avrebbe fatto nèsciri subito».

«Ma si è suicidato!» fece Fazio.

«E che significa?» ribatté Mimì. «Macari per quel povero Maurizio Di Blasi è stato così. Chi vi dice che non sia uscito con la scarpa in mano dalla grotta sperando che quelli, com'è successo, gli sparassero credendola un'arma?».

«Scusi, commissario, ma perché faceva voci che voleva essere punito?» spiò Germanà.

«Perché aveva assistito all'omicidio e non era riuscito a impedirlo» concluse Montalbano.

Mentre quelli stavano niscendo dalla sua càmmara, s'arricordò di una cosa che, se non la faceva fare subito, capace che il giorno appresso se ne sarebbe completamente scordato.

«Gallo, vieni qua. Senti, devi scendere al nostro garage, piglia tutte le carte che ci sono dintra la Twingo e portamele. Parla col nostro carrozziere, digli di farci un preventivo per rimetterla a posto. Poi, se lui vuole interessarsi a rivenderla di seconda mano, faccia pure».

«Dottore, che mi sente per un minuto solamenti?».

«Trasi, Catarè».

Catarella era rosso in faccia, imbarazzato e contento.

«Che hai? Parla».

«La pagella della prima simàna mi dèsiro, dottore. Il concorso d'informatica corre da lunedì a venerdì matina. Ci la volevo fare di vedere».

Era un foglio di carta piegato in due. Aveva pigliato tutti «ottimo»; sotto la voce «osservazioni» c'era scritto: «è il primo del suo corso».

«Bravo Catarella! Tu sei la bandiera del nostro commissariato!».

Per poco a Catarella non gli spuntarono le lacrime.

«Quanti siete nel vostro corso?».

Catarella cominciò a contare sulle dita:

«Amato, Amoroso, Basile, Bennato, Bonura, Catarella, Cimino, Farinella, Filippone, Lo Dato, Scimeca e Zìcari. Fa dodici, dottore. Se avevo sottomano il computer, il conto mi veniva più facile».

Il commissario si pigliò la testa tra le mani.

Avrebbe avuto un futuro l'umanità?

Tornò Gallo dalla sua visita alla Twingo.

«Ho parlato col carrozziere. È d'accordo d'occuparsi lui della vendita. Nel cassetto c'era il libretto di circolazione e una carta stradale».

Posò tutto sul tavolo del commissario, ma non se ne andò. Era più a disagio di Catarella.

«Che hai?».

Gallo non arrispunnì, gli porse un rettangolino di carta.

«L'ho trovato sotto il sedile di davanti, quello del passeggero».

Era una carta d'imbarco per il volo Roma-Palermo, quello che atterrava all'aeroporto di Punta Ràisi alle dieci di sera. Il giorno segnato sul tagliando era il mercoledì della simàna passata, il nome del passeggero risultava essere G. Spina. Perché, si spiò Montalbano, chi piglia un nome fàvuso quasi sempre mantiene le iniziali di quello vero? La carta d'imbarco Guido Serravalle se l'era persa nella macchina di Michela. Dopo l'omicidio, gli era mancato il tempo di cercarla o pinsava di averla ancora nella sua sacchetta. Ecco perché, parlandone prima, ne aveva negato l'esistenza e aveva macari alluso alla possibilità che il nome del passeggero non fosse quello vero. Ma con il tagliando in mano ora, anche se laboriosamente, si sarebbe potuto risalire a chi aveva veramente viaggiato sull'aereo. Solo allora si addunò che Gallo stava ancora davanti alla scrivania, la faccia seria seria. Disse, che parse gli mancasse la voce:

«Se avessimo taliàto prima dintra alla macchina...».

Già. Se avessero ispezionato la Twingo il giorno appresso il ritrovamento del cadavere, le indagini avrebbero subito pigliato la strata giusta, Maurizio Di Blasi sarebbe stato ancora vivo e il vero assassino in galera. Se...

Tutto era stato, fin dal principio, uno scangio dopo l'altro. Maurizio era stato scangiato per un assassino, la scarpa scangiata per un'arma, un violino scangiato con un altro e quest'altro scangiato per un terzo, Serravalle voleva farsi scangiare per Spina... Passato il ponte fermò l'auto, ma non scese. C'era luce nella casa di Anna, sentiva che lei lo stava aspettando. Si addrumò una sigaretta, ma arrivato a metà la gettò fora dal finestrino, rimise in moto, partì.

Non era proprio il caso d'aggiungere alla lista un altro scangio.

Trasì in casa, si levò i vestiti che lo facevano nano Bagonghi, raprì il frigorifero, pigliò una decina di olive, si tagliò una fetta di caciocavallo.

Andò ad assittarsi sulla verandina. La notte era luminosa, il mare arrisaccava a lento. Non volle perderci più tempo. Si susì, fece il numero.

«Livia? Sono io. Ti amo».

«Che è successo?» spiò Livia allarmata.

Per tutto il tempo del loro stare assieme, Montalbano le aveva detto d'amarla solo in momenti difficili, addirittura pericolosi.

«Niente. Domani mattina ho da fare, devo scrivere un lungo rapporto al questore. Se non ci sono complicazioni, nel dopopranzo piglio un aereo e arrivo».

«Ti aspetto» disse Livia.

Nota dell'autore

In questa quarta indagine del commissario Montalbano (inventata di sana pianta nei nomi, nei luoghi, nelle situazioni) entrano in ballo dei violini. L'autore, come il suo personaggio, non è abilitato a parlare e a scrivere di musica e di strumenti musicali (per qualche tempo osò, tra la disperazione dei vicini, tentare di studiare il sax tenore): quindi tutte le informazioni le ha tratte dai libri che S. F. Sacconi e F. Farga hanno dedicato al violino.

Il dottor Silio Bozzi mi ha evitato di incorrere in qualche errore «tecnico» nel racconto dell'indagine: gliene sono grato.

A. C.

193

La gita a Tindari

Uno

Che fosse vigliante, se ne faceva capace dal fatto che la testa gli funzionava secondo logica e non seguendo l'assurdo labirinto del sogno, che sentiva il regolare sciabordìo del mare, che un venticello di prim'alba trasìva dalla finestra spalancata. Ma continuava ostinatamente a tenere gli occhi inserrati, sapeva che tutto il malumore che lo maceriava dintra sarebbe sbommicato di fora appena aperti gli occhi, facendogli fare o dire minchiate delle quali doppo avrebbe dovuto pentirsi.

Gli arrivò la friscatina di uno che caminava sulla spiaggia. A quell'ora, certamente qualcuno che andava per travaglio a Vigàta. Il motivo friscato gli era cognito, ma non ne ricordava né il titolo né le parole. Del resto, che importanza aveva? Non era mai riuscito a friscare, manco infilandosi un dito in culo. «Si mise un dito in culo / e trasse un fischio acuto / segnale convenuto / delle guardie di città»… Era una fesseria che un amico milanese della scuola di polizia qualche volta gli aveva canticchiato e che gli era rimasta impressa. E per questa sua incapacità di friscare, alle elementari era stato la vittima prediletta dei suoi compagnucci di scuola che erano maestri nell'arte di friscare alla pecorara, alla marinara, alla montanara aggiungendovi estrose variazioni. I compagni! Ecco che cosa gli aveva procurato la mala nottata! Il ricordo dei compagni e la notizia letta sul giornale, poco prima d'andare a corcarsi, che il dottor Carlo Militello, non ancora cinquantino, era stato nominato Presidente della seconda più importante banca dell'isola. Il giornale formulava i più sentiti auguri al neo Presidente, del quale stampava la fotografia: occhiali certamente d'oro, vestito griffato, camicia inappuntabile, cravatta finissima. Un uomo arrivato, un uomo d'ordine, difensore dei grandi Valori (tanto quelli della Borsa quanto quelli della Famiglia, della Patria, della Libertà). Se lo ricordava bene, Montalbano, questo suo compagnuccio non delle elementari, ma del '68!

«Impiccheremo i nemici del popolo con le loro cravatte!».

«Le banche servono solo a essere svaligiate!».

Carlo Militello, soprannominato «Carlo Martello», in primisi per i suoi atteggiamenti di capo supremo e in secundisi perché contro gli avversari adoperava parole come martellate e cazzotti peggio delle martellate. Il più intransigente, il più inflessibile, che al suo confronto il tanto invocato nei cortei Ho Chi Min sarebbe parso un riformista socialdemocratico. Aveva obbligato tutti a non fumare sigarette per non arricchire il Monopolio di Stato, spinelli e canne sì, a volontà. Sosteneva che in un solo momento della sua vita il compagno Stalin aveva agito bene: quando si era messo a rapinare banche per finanziare il partito. «Stato» era una parola che dava a tutti il malostare, li faceva arraggiare come tori davanti allo straccio rosso. Di quei giorni Montalbano ricordava soprattutto una poesia di Pasolini che difendeva la polizia contro gli studenti a Valle Giulia, a Roma. Tutti i suoi compagni avevano sputato su quei versi, lui aveva tentato di difenderli: «Però è una bella poesia». A momenti Carlo Martello, se non lo tenevano, gli scassava la faccia con uno dei suoi micidiali cazzotti. Perché allora quella poesia non gli dispiacque? Vedeva in essa già segnato il suo destino di sbirro? Ad ogni modo, nel corso degli anni, aveva visto i suoi compagni, quelli mitici del '68, principiare a «ragionare». E ragionando ragionando, gli astratti furori si erano ammosciati e quindi stracangiati in concrete acquiescenze. E adesso, fatta eccezione per qualcuno che con straordinaria dignità sopportava da oltre un decennio processi e carcere per un delitto palesemente non commesso né ordinato, fatta eccezione ancora per un altro oscuramente ammazzato, i rimanenti si erano tutti piazzati benissimo, saltabeccando da sinistra a destra, poi ancora a sinistra, poi ancora a destra, e c'era chi dirigeva un giornale, chi una televisione, chi era diventato un grosso manager di Stato, chi deputato o senatore. Visto che non erano arrinisciuti a cangiare la società, avevano cangiato se stessi. Oppure non avevano

manco avuto bisogno di cangiare, perché nel '68 avevano solamente fatto teatro, indossando costumi e maschere di rivolu-
zionari. La nomina di Carlo ex Martello non gli era proprio calata. Soprattutto perché gli aveva provocato un altro pinsèro e
questo certamente il più fastidioso di tutti.

«Non sei macari tu della stessa risma di questi che stai criti-
cando? Non servi quello Stato che ferocemente combattevi a
18 anni? O ti fa lastimiare l'invidia, dato che sei pagato quattro soldi e gli altri invece si fanno i miliardi?».

Per un colpo di vento, la persiana sbatacchiò. No, non l'avrebbe
chiusa manco con l'ordine del Padreterno. C'era la camurrìa Fazio:

«Dottore, mi perdonasse, ma lei se la va proprio a circari! Non
solo abita in una villetta isolata e a piano terra, ma lascia macari aperta la finestra di notte! Accussì, se c'è qualchiduno che
ci vuole mali, e c'è, è libero di trasiri nella sua casa quando e
come vuole!».

C'era l'altra camurrìa che si chiamava Livia:

«No, Salvo, di notte la finestra aperta, no!».

«Ma tu, a Boccadasse, non dormi con la finestra aperta?».

«Che c'entra? Abito al terzo piano, intanto, e poi a Boccadasse non ci sono i ladri che ci sono qua».

E così, quando una notte Livia, sconvolta, gli aveva telefonato dicendogli che, mentre era fuori, i ladri a Boccadasse le avevano svaligiato la casa, egli, dopo aver rivolto un muto ringraziamento ai ladri genovesi, era riuscito a mostrarsi dispiaciuto,
ma non quanto avrebbe dovuto.

Il telefono principiò a squillare.

La sua prima reazione fu di inserrare ancora di più gli occhi,
ma non funzionò, è notorio che la vista non è l'udito. Avrebbe dovuto tapparsi le orecchie, ma preferì infilare la testa sotto il cuscino. Niente: debole, lontano, lo squillo insisteva. Si susì santiando, andò nell'altra càmmara, sollevò il ricevitore.

«Montalbano sono. Dovrei dire pronto, ma non lo dico. Sinceramente, non mi sento pronto».

All'altro capo ci fu un lungo silenzio. Poi arrivò il suono del
telefono abbassato. E ora che aveva avuto quella bella alzata d'in-

gegno, che fare? Rimettersi corcato continuando a pinsàre al neo Presidente dell'Interbanco che, quando era ancora il compagno Martello, aveva pubblicamente cacato su una guantiera piena di biglietti da diecimila? O mettersi il costume e farsi una bella nuotata nell'acqua ghiazzata? Optò per la seconda soluzione, forse il bagno l'avrebbe aiutato a sbollire. Trasì in acqua e lo pigliò una mezza paralisi. Lo voleva capire sì o no che forse, a quasi cinquant'anni, non era più cosa? Non era più tempo di queste spirtizze. Tornò mestamente verso casa e già da una decina di metri di distanza sentì lo squillo del telefono. L'unica era accettare le cose come stavano. E, tanto per principiare, rispondere a quella chiamata.

Era Fazio.

«Levami una curiosità. Sei stato tu a telefonarmi un quarto d'ora fa?».

«Nonsi, dottore. Fu Catarella. Ma disse che lei ci aveva risposto che non era pronto. Allora ho lasciato passare tanticchia di tempo e ho richiamato io. Pronto si sente ora, dottore?».

«Fazio, come fai a essere tanto spiritoso di primo matino? Sei in ufficio?».

«Nonsi, dottore. Hanno ammazzato a uno. Zìppete!».

«Che viene a dire, zìppete?».

«Che gli hanno sparato».

«No. Un colpo di pistola fa bang, uno di lupara fa wang, una raffica di mitra fa ratatatatà, una coltellata fa swiss».

«Bang fu, dottore. Un colpo solo. In faccia».

«Dove sei?».

«Sul luogo del delitto. Si dice accussì? Via Cavour 44. Lo sa dov'è?».

«Sì, lo so. L'hanno sparato in casa?».

«Ci stava tornando, a casa. Aveva appena infilata la chiave nel portone. È restato sul marciapiede».

Si può dire che l'ammazzatina di una pirsona càpita al momento giusto? No, mai: una morte è sempre una morte. Però il fatto concreto e innegabile era che Montalbano, mentre guidava alla volta di via Cavour 44, sentiva che il malo umore gli stava passando. Buttarsi dintra a un'indagine gli sarebbe servito per levarsi dalla testa i pinsèri tinti che aveva avuto nell'arrisbigliarsi.

Quando arrivò sul posto dovette farsi largo tra la gente. Come mosche sulla merda, pur essendoci solamente la prima luce, màscoli e fìmmine in agitazione attuppavano la strata. C'era macari una picciotta con un picciliddro in braccio il quale taliava la scena con gli occhi sgriddrati. Il metodo pedagogico della giovane madre fece girare i cabasisi al commissario.

«Via tutti!» urlò.

Alcuni si allontanarono immediatamente, altri vennero spintonati da Galluzzo. Si continuava a sentire un lamento, una specie di mugolìo. A farlo, era una cinquantina, tutta vestita a lutto stritto, due òmini la tenevano a forza perché non si gettasse sul cadavere che giaceva sul marciapiede a panza all'aria, il disegno della faccia reso illeggibile dal colpo che l'aveva pigliato in mezzo agli occhi.

«Portate via quella fìmmina».

«Ma è la madre, dottore».

«Che vada a piangere a casa sua. Qui è solo d'impaccio. Chi l'ha avvertita? Ha sentito lo sparo ed è scesa?».

«Nonsi, dottore. Lo sparo non ha potuto sentirlo in quanto la signora abita in via Autonomia Siciliana 12. Si vede che qualcuno l'ha avvertita».

«E lei stava lì, pronta, con l'abito nìvuro già indossato?».

«È vidova, dottore».

«Va bene, con garbo, ma portatevela via».

Quando Montalbano parlava accussì, veniva a dire che non era cosa. Fazio s'avvicinò ai due òmini, parlottò, i due si strascinarono la fìmmina.

Il commissario si mise allato al dottor Pasquano che stava acculato vicino alla testa del morto.

«Allora?» spiò.

«Allora sessanta minuti» rispose il dottore. E continuò, più sgarbato di Montalbano: «Ha bisogno che gliela spieghi io la facenna? Gli hanno sparato un solo colpo. Preciso, al centro della fronte. Dietro, il foro d'uscita si è portato via mezza scatola cranica. Vede quei grumetti? Sono una parte del cervello. Le basta?».

«Quando è successo, secondo lei?».

«Qualche ora fa. Verso le quattro, le cinque».

Poco distante Vanni Arquà esaminava, con l'occhio di un archeologo che scopre un reperto paleolitico, una normalissima pietra. A Montalbano il nuovo capo della Scientifica non faceva sangue e l'antipatia era chiaramente ricambiata.

«L'hanno ammazzato con quella?» spiò il commissario indicando la pietra con un'ariata di serafino.

Vanni Arquà lo taliò con evidente disprezzo.

«Ma non dica sciocchezze! Un colpo d'arma da fuoco».

«Avete recuperato il proiettile?».

«Sì. Era andato a finire nel legno del portone ch'era ancora chiuso».

«Il bossolo?».

«Guardi, commissario, che io non sono tenuto a rispondere alle sue domande. L'indagine, secondo gli ordini del questore, sarà condotta dal capo della Mobile. Lei dovrà solamente supportare».

«E che sto facendo? Non la sto suppurtannu con santa pazienza?».

Il dottor Tommaseo, il sostituto, non si vedeva sulla scena. E quindi non era ancora possibile la rimozione dell'ammazzato.

«Fazio, come mai il dottor Augello non è qua?».

«Sta arrivando. Ha dormito in casa d'amici, a Fela. L'abbiamo rintracciato col telefonino».

A Fela? Per arrivare a Vigàta ci avrebbe messo ancora un'orata. E figuriamoci poi in che condizioni si sarebbe appresentato! Morto di sonno e di stanchizza! Ma quali amici e amici! Sicuramente aveva passato la nottata con qualcuna il cui marito era andato a rasparsi le corna altrove.

Si avvicinò Galluzzo.

«Ora ora telefonò il sostituto Tommaseo. Dice così se l'andiamo a pigliare con una macchina. È andato a sbattere contro un palo a tre chilometri fora di Montelusa. Che facciamo?».

«Vacci».

Raramente Nicolò Tommaseo ce la faceva ad arrivare in un posto con la sua auto. Guidava come un cane drogato. Il commissario non ebbe gana d'aspettarlo. Prima d'allontanarsi, taliò il morto.

Un picciotteddro poco più che ventino, jeans, giubbotto, codino, orecchino. Le scarpe dovevano essergli costate un patrimonio.

«Fazio, io me ne vado in ufficio. Aspetta tu il sostituto e il capo della Mobile. Ci vediamo».

Invece decise d'andarsene al porto. Lasciò la macchina sulla banchina, principiò a caminare, un pedi leva e l'altro metti, sul braccio di levante, verso il faro. Il sole si era susuto, rusciano, apparentemente contento d'avercela fatta ancora una volta. A filo d'orizzonte c'erano tre puntini neri: motopescherecci ritardatari che rientravano. Spalancò la bocca e pigliò una sciatata a fondo. Gli piaceva il sciàuro, l'odore del porto di Vigàta.

«Che vai dicendo? Tutti i porti puzzano allo stesso modo» gli aveva un giorno replicato Livia.

Non era vero, ogni loco di mare aveva un sciàuro diverso. Quello di Vigàta era un dosaggio perfetto tra cordame bagnato, reti asciucate al sole, iodio, pesce putrefatto, alghe vive e alghe morte, catrame. E proprio in fondo in fondo un retrodore di nafta. Incomparabile. Prima d'arrivare allo scoglio piatto che c'era sotto il faro, si calò e pigliò una manciata di perciale.

Raggiunse lo scoglio, s'assittò. Taliò l'acqua e gli parse di vedervi comparire confusamente la faccia di Carlo Martello. Con violenza gli lanciò contro la manciata di perciale. L'immagine si spezzò, tremoliò, disparse. Montalbano s'addrumò una sigaretta.

«Dottori dottori, ah, dottori!» l'assugliò Catarella appena che lo vitti comparire sulla porta del commissariato. «Tre volti tilifonò il dottori Latte, quello che tiene la esse in fondo! Ci voli parlare di pirsona pirsonalmente! Dice che cosa urgentissima d'urgenza è!».

Indovinava quello che gli avrebbe detto Lattes, il capo di Gabinetto del questore, soprannominato «lattes e mieles» per il suo modo di fare untuoso e parrinesco.

Il questore Luca Bonetti-Alderighi dei Marchesi di Villabella era stato esplicito e duro. Montalbano non lo taliava mai negli occhi, ma tanticchia più sopra, rimaneva sempre infatato dalla capigliatura del suo superiore, abbondantissima e con un grosso ciuffo ritorto in alto, come certe cacate d'omo che si trovano abbandonate campagna campagna. Non vedendosi taliato, quella volta il questore aveva equivocato credendo d'avere finalmente intimorito il commissario.

«Montalbano, glielo dico una volta per tutte in occasione dell'arrivo del nuovo capo della Mobile, il dottor Ernesto Gribaudo. Lei avrà funzioni di supporto. Nel suo commissariato, potrà occuparsi solo di piccole cose e lasciare che delle cose grosse si occupi la Mobile nella persona del dottor Gribaudo o del suo vice».

Ernesto Gribaudo. Leggendario. Una volta, taliando il torace di uno ammazzato con una raffica di kalashnikov, aveva sentenziato che quello era morto per dodici pugnalate inferte in rapida successione.

«Mi perdoni, signor questore, vuole fornirmi qualche esempio pratico?».

Luca Bonetti-Alderighi si era sentito invadere dall'orgoglio e dalla soddisfazione. Montalbano gli stava davanti all'inpiedi dall'altra parte della scrivania, leggermente proteso in avanti, un umile sorriso sulle labbra. Il tono, poi, era stato quasi implorante. L'aveva in pugno!

«Si spieghi meglio, Montalbano. Non ho capito che esempi vuole».

«Vorrei sapere quali cose devo considerare piccole e quali grosse».

Macari Montalbano si era congratulato con se stesso: l'imitazione dell'immortale Fantozzi di Paolo Villaggio gli stava arriniscendo ch'era una vera meraviglia.

«Che domanda, Montalbano! Furtarelli, litigi, spaccio minuto, risse, controllo degli extracomunitari, queste sono cose piccole. L'omicidio no, quello è una cosa grossa».

«Posso prendere qualche appunto?» aveva spiato Montalbano cavando dalla sacchetta un pezzo di carta e una biro.

Il questore l'aveva taliato imparpagliato. E il commissario si era per un attimo scantato: forse si era spinto troppo in là nella pigliata per il culo e l'altro aveva capito.

E invece, no. Il questore aveva fatto una smorfia di disprezzo.

«Faccia pure».

E ora Lattes gli avrebbe ribadito gli ordini tassativi del questore. Un omicidio non rientrava nelle sue prerogative, era cosa della Mobile. Fece il numero del capo di Gabinetto.

«Montalbano carissimo! Come sta? Come sta? La famiglia?».

Quale famiglia? Era orfano e manco maritato.

«Tutti benissimo, grazie, dottor Lattes. E i suoi?».

«Tutto bene, ringraziando la Madonna. Senta, Montalbano, a proposito dell'omicidio avvenuto stanotte a Vigàta, il signor questore...».

«Lo so già, dottore. Non me ne devo occupare».

«Ma no! Ma quando mai! Io sono qui a telefonarle perché invece il signor questore desidera che se ne occupi lei».

A Montalbano venne un leggero sintòmo. Che significava la facenna?

Manco sapeva le generalità dello sparato. Vuoi vedere che si veniva a scoprire che il picciotto assassinato era figlio di un personaggio importante? Gli stavano scaricando una rogna gigante? Non una patata bollente, ma un tizzone infocato?

«Scusi, dottore. Io mi sono recato sul posto, ma non ho iniziato le indagini. Lei mi capisce, non volevo invadere il campo».

«E la capisco benissimo, Montalbano! Ringraziando la Madonna, nella nostra questura abbiamo a che fare con gente di squisita sensibilità!».

«Perché non se ne occupa il dottor Gribaudo?».

«Non sa niente?».

«Assolutamente niente».

«Beh, il dottor Gribaudo è dovuto andare, la settimana scorsa, a Beirut per un importante convegno su...».

«Lo so. È stato trattenuto a Beirut?».

«No, no, è rientrato, ma, appena tornato, è stato colpito da una violenta dissenteria. Temevamo una qualche forma di colera, sa, da quelle parti non è rara, ma poi, ringraziando la Madonna, non lo era».

Macari Montalbano ringraziò la Madonna per avere costretto Gribaudo a non potersi allontanare più di mezzo metro da un cesso.

«E il suo vice, Foti?».

«Era a New York per quel convegno indetto da Rudolph Giuliani, sa, il sindaco di "tolleranza zero". Il convegno trattava sui modi migliori per mantenere l'ordine in una metropoli...».

«Non è finito da due giorni?».

«Certamente, certamente. Ma, vede, il dottor Foti, prima di rientrare in Italia, se ne è andato un poco a spasso per New York. Gli hanno sparato a una gamba per rubargli il portafoglio. È ricoverato in ospedale. Ringraziando la Madonna, niente di grave».

Fazio si fece vivo che erano le dieci passate.

«Come mai avete fatto così tardo?».

«Dottore, per carità, non me ne parlasse! Prima abbiamo dovuto aspettare il sostituto del sostituto! Dopo...».

«Aspetta. Spiegati meglio».

Fazio isò gli occhi al cielo, riparlare della cosa gli faceva nascere di bel nuovo nuovamente tutto il nirbùso che aveva patito.

«Dunque. Quando Galluzzo è andato a pigliare il sostituto Tommaseo che era andato a sbattere contro un àrbolo...».

«Ma non era un palo?».

«Nonsi, dottore, a lui ci parse palo, ma àrbolo era. A farla breve, Tommaseo si era fatto male alla fronte, ci colava sangue. Allora Galluzzo l'ha accompagnato a Montelusa, al pronto soccorso. Da qui Tommaseo, che ci era pigliato malo di testa, telefonò per essere sostituito. Ma era presto e in palazzo non c'era nessuno. Tommaseo ha chiamato un suo collega a casa, il dottor Nicotra. E perciò abbiamo dovuto aspittare che il dottor Nicotra s'arrisbigliasse, si vestisse, si pigliasse il cafè, si mettesse in macchina e arrivasse. Ma intanto il dottor Gribaudo non si vedeva. E manco il suo vice. Quando finalmente è giunta l'ambulanza e si sono portati via il corpo, io ho aspittato una decina di minuti che arrivasse la Mobile. E doppo, visto che non veniva nessuno, me ne sono andato. Se il dottor Gribaudo mi vuole, mi viene a cercare qua».

«Cos'hai saputo di quest'ammazzatina?».

«E che gliene fotte, dottore, con tutto il rispetto? Se ne devono occupare quelli della Mobile».

«Gribaudo non verrà, Fazio. Sta chiuso dintra a un retrè a cacarsi l'anima. A Foti gli hanno sparato a New York. M'ha telefonato Lattes. Siamo noi che dobbiamo occuparci della facenna».

Fazio s'assittò, gli occhi sparluccicanti di contentezza. E subito tirò fora dalla sacchetta un foglio scritto minuto minuto. Principiò a leggere.

«Sanfilippo Emanuele, ovvero Nenè, fu Gerlando e di Patò Natalina...».

«Basta così» disse Montalbano.

Si era irritato per quello che chiamava il «complesso dell'anagrafe» di cui pativa Fazio. Ma ancora di più si irritava per il tono di voce col quale quello si metteva a elencare date di nascita, parentele, matrimoni. Fazio capì a volo. «Mi scusasse, dottore».

Ma non rimise il foglio in sacchetta.

«Lo tengo come promemoria» si giustificò.

«Questo Sanfilippo quanti anni aveva?».

«Ventun anni e tre mesi».

«Si drogava? Spacciava?».

«Non risulta».

«Travagliava?».

«No».

«Abitava in via Cavour?».

«Sissi. Un appartamento al terzo piano, salone, due camere, bagno e cucina. Ci viveva solo».

«Accattato o affittato?».

«Affittato. Ottocentomila lire al mese».

«I soldi glieli dava sua madre?».

«Quella? È una povirazza, dottore. Campa con una pensione di cinquecentomila mensili. Secondo mia, le cose sono andate in questo modo. Nenè Sanfilippo, verso le quattro di stamattina parcheggia la macchina proprio di fronte al portone, traversa la strada e...».

«Che macchina è?».

«Una Punto. Ma ne teneva un'altra in garage. Una Duetto. Mi spiego?».

«Un nullafacente?».

«Sissignore. E bisogna vedere quello che aveva in casa! Tutto ultimo modello, televisore, si era fatto mettere la parabola sul tetto, computer, videoregistratore, telecamera, fax, frigorifero... E pensi che non ho taliato bene. Ci sono videocassette, dischetti e cd-rom per il computer... Bisognerà controllare».

«Si hanno notizie di Mimì?».

Fazio, che si era infervorato, si disorientò.

«Chi? Ah, sì. Il dottor Augello? Si fece vivo tanticchia prima che arrivasse il sostituto del sostituto. Taliò e doppo se ne andò».

«Lo sai dove?».

«Boh. Ripigliando il discorso di prima, Nenè Sanfilippo infila la chiave nella toppa e in quel momento qualcuno lo chiama».

«Come lo sai?».

«Perché gli hanno sparato in faccia, dottore. Sentendosi chiamare, Sanfilippo si volta e fa qualche passo verso chi l'ha chiamato. Pensa che sarà una cosa breve, perché lascia la chiave infilata, non se la rimette in sacchetta».

«C'è stata colluttazione?».

«Non pare».

«Hai controllato le chiavi?».

«Erano cinque, dottore. Due di via Cavour, portone e porta. Due della casa della madre, portone e porta. La quinta è una di quelle chiavi modernissime che i venditori assicurano non si possono duplicare. Non sappiamo per quale porta gli serviva».

«Picciotto interessante, questo Sanfilippo. Ci sono testimoni?».

Fazio si mise a ridere.

«Ha gana di babbiare, dottore?».

Due

Vennero interrotti da accese vociate che provenivano dall'anticamera. Chiaramente, stava succedendo una sciarriatina.

«Vai a vedere».

Fazio niscì, le voci si calmarono, doppo tanticchia tornò.

«È un signore che se l'è pigliata con Catarella che non lo lasciava passare. Vuole assolutamente parlare con lei».

«Che aspetti».

«Mi pare agitato assà, dottore».

«Sentiamolo».

S'appresentò un quarantino occhialuto, vestito in ordine, scrima laterale, ariata di rispettabile impiegato.

«Grazie d'avermi ricevuto. Lei è il commissario Montalbano, vero? Mi chiamo Davide Griffo e sono mortificato per avere alzato la voce, ma non capivo quello che il suo agente mi andava dicendo. È straniero?».

Montalbano preferì sorvolare.

«L'ascolto».

«Vede, io abito a Messina, lavoro nel municipio. Sono maritato. Qui abitano i miei genitori, sono figlio unico. Sto in pensiero per loro».

«Perché?».

«Da Messina telefono due volte la settimana, il giovedì e la domenica. Due sere fa, domenica, non mi hanno risposto. E da allora non li ho più sentiti. Ho passato ore d'inferno, poi mia moglie m'ha detto di mettermi in macchina e venire a Vigàta. Ieri sera ho telefonato alla portinaia per sapere se aveva la chiave dell'appartamento dei miei. M'ha risposto di no. Mia moglie m'ha consigliato di rivolgermi a lei. L'ha vista due volte in televisione».

«Vuole fare denunzia?».

«Vorrei prima l'autorizzazione a far abbattere la porta».

La voce gli si incrinò.

«Può essere capitata qualche cosa di grave, commissario».

«Va bene. Fazio, chiamami Gallo».

Fazio niscì e tornò col collega.

«Gallo, accompagna questo signore. Deve fare abbattere la porta dell'appartamento dei suoi genitori. Da domenica passata non ne ha notizie. Dove ha detto che abitano?».

«Ancora non l'ho detto. In via Cavour 44».

Montalbano ammammalucchì.

«Madunnuzza santa!» disse Fazio.

Gallo venne pigliato da una botta violenta di tosse, niscì dalla càmmara in cerca d'un bicchiere d'acqua.

Davide Griffo, aggiarniato, scantato dall'effetto delle sue parole, si taliò torno torno.

«Che ho detto?» spiò con un filo di voce.

Appena Fazio fermò davanti al civico 44 di via Cavour, Davide Griffo raprì lo sportello e si precipitò dintra al portone.

«Da dove principiamo?» spiò Fazio mentre chiudeva la macchina.

«Dai vecchiareddri scomparsi. Il morto è morto e può aspettare».

Sul portone si scontrarono con Griffo che stava niscendo nuovamente con la velocità di una palla allazzata.

«La portinaia m'ha detto che stanotte c'è stato un omicidio! Uno che abitava in questa casa!».

Solo allora s'addunò della sagoma del corpo di Nenè Sanfilippo disegnata in bianco sul marciapiede. Cominciò a tremare violentemente.

«Stia calmo» disse il commissario mettendogli una mano sulla spalla.

«No... è che temo...».

«Signor Griffo, lei pensa che i suoi genitori possano essere coinvolti in un caso d'omicidio?».

«Lei scherza? I miei genitori sono...».

«E allora? Lasci perdere se stamattina hanno ammazzato a uno qua davanti. Andiamo piuttosto a vedere».

La signora Ciccina Recupero, portonara, si aggirava nei due metri per due della guardiola come certi orsi che escono pazzi nella gabbia e si mettono a dondolare ora su una gamba ora sull'altra. Se lo poteva permettere perché era una fìmmina tuttossa e quel poco di spazio che aveva a disposizione le bastava e superchiava per cataminarsi.

«Oddio oddio oddio! Madonnuzza santa! Che capitò in questa casa? Che capitò? Che fattura ci fecero? Qua bisogna subito subito chiamare il parrino con l'acqua biniditta!».

Montalbano l'agguantò per un braccio, o meglio per l'osso del braccio, e l'obbligò ad assittarsi.

«Non faccia teatro. La smetta di farsi segni di Croce e risponda alle mie domande. Da quand'è che non vede i signori Griffo?».

«Dalla matina di sabato passato, quanno che la signora tornò con la spisa».

«Siamo a martedì e lei non si è preoccupata?».

La portonara s'arrizzelò.

«E pirchì avissi addovuto? Quelli non davano confidenza a nisciuno! Superbi, erano! E minni fotto se il figlio mi sente! Nisciuno, tornavano con la spisa, s'inserravano dintra la casa e pi tri jorna non li vedeva nisciuno! Avevano il mio nummaro di telefono: se abbisognavano, chiamavano!».

«Ed è capitato?».

«Che capitò?».

«Che l'abbiano chiamata».

«Sì, qualichi volta capitò. Quanno che il signor Fofò, il marito, stette male, mi chiamò per dargli adenzia mentre che lei andava in farmacia. Un'altra volta quanno che si rompì il tubo della allavatrice e l'acqua li allagò. Una terza volta quanno che...».

«Basta così, grazie. Lei ha detto di non avere la chiave?».

«Nun è che l'ho detto, nun ce l'ho! La chiave la signora Griffo me la lasciò l'anno passato, d'estate, quanno che andarono a trovare il figlio a Messina. Gli dovevo bagnare le grasticeddre che tengono sul balcone. Poi la rivollero narrè senza farmi un ringrazio, nenti, né scu né passiddrà, comu se io ero la criata loro, la sirvazza! E lei mi viene a contare che mi dovevo prioccupare? Capace che se acchianavo al quarto piano e ci spiavo se abbisognavano, quelli mi mannavano a fàrimi fòttiri!».

«Vogliamo salire» spiò il commissario a Davide Griffo che se ne stava appoggiato al muro. Dava l'impressione che le gambe non lo tenessero bene.

Pigliarono l'ascensore, acchianarono al quarto. Davide schizzò subito fora. Fazio avvicinò le labbra all'orecchio del commissario.

«Ci sono quattro appartamenti per piano. Nenè Sanfilippo abitava proprio sotto a quello dei Griffo» fece indicando col mento Davide che, appoggiato con tutto il corpo alla porta dell'interno 17, assurdamente suonava il campanello.

«Si faccia di lato, per favore».

Davide parse non sentirlo, continuò a premere il campanello. Lo si sentiva suonare ammàtula, lontano. Fazio si fece avanti, pigliò l'omo per le spalle, lo spostò. Il commissario cavò dalla sacchetta un grosso portachiavi dal quale pendevano una decina di ferretti di varie forme. Grimaldelli, regalo di un ladro del quale era amico. Armeggiò con la serratura per manco cinque minuti: non c'era solo lo scoppo, ma macari quattro giri di chiave.

La porta si raprì. Montalbano e Fazio stavano con le narici aperte al massimo a sentire l'odore che veniva da dintra. Fazio teneva fermo per un braccio Davide che voleva precipitarsi. La morte, doppo due jornate, comincia a fètere. Nenti, l'appartamento sapeva solo di chiuso. Fazio lasciò la presa e Davide scattò, mettendosi subito a chiamare:

«Papà! Mamà!».

C'era un ordine perfetto. Le finestre chiuse, il letto rifatto, la cucina arrizzittata, il lavello senza stoviglie allordate. Dintra al frigo, formaggio, una confezione di prosciutto, olive, una bottiglia di bianco a metà. Nel congelatore, quattro fette di carne, due triglie. Se erano partiti, avevano sicuramente l'intenzione di tornare in breve tempo.

«I suoi genitori avevano parenti?».

213

La testa tra le mani, Davide si era assittato su una seggia di cucina.

«Papà, no. Mamà, sì. Un fratello a Comiso e una sorella a Trapani che è morta».

«Non può essere che siano andati a…».

«No, dottore, lo escludo. Non hanno notizie dei miei da un mese. Non si praticavano molto».

«Lei quindi non ha assolutamente idea di dove possano essere andati?».

«No. Se l'avessi avuta, avrei provato a cercarli».

«L'ultima volta che ha parlato con loro è stato giovedì sera della settimana passata, vero?».

«Sì».

«Non le hanno detto niente che potesse…».

«Niente di niente».

«Di che avete parlato?».

«Delle solite cose, la salute, i nipotini… Ho due figli màscoli, Alfonso come papà e Giovanni, uno ha sei anni, l'altro quattro. Ci sono molto affezionati. Ogni volta che venivamo a trovarli a Vigàta, li riempivano di regali».

Non faceva niente per fermare le lacrime.

Fazio, che si era girato l'appartamento, tornò allargando le braccia.

«Signor Griffo, è inutile che restiamo qua. Spero di farle sapere qualcosa al più presto».

«Commissario, mi sono pigliato qualche giorno di permesso dal Comune. Posso restare a Vigàta almeno fino a domani sera».

«Per me, può restare quanto vuole».

«No, dicevo un'altra cosa: posso dormire stanotte qua?».

Montalbano ci pinsò sopra un momento. Nella càmmara di mangiare ch'era macari salotto c'era una piccola scrivania con delle carte sopra. Voleva taliarle con comodo.

«No, dormire in quest'appartamento non può. Mi dispiace».

«Ma se per caso qualcuno telefona…».

«Chi? I suoi genitori? E che ragione avrebbero i suoi genitori di telefonare a casa loro sapendo che non c'è nessuno?».

«No, dicevo: se telefona qualcuno che ha notizie…».

«Questo è vero. Faccio immediatamente mettere il telefono sotto controllo. Fazio, pensaci tu. Signor Griffo, vorrei una foto dei suoi genitori».

«Ce l'ho in sacchetta, commissario. Le ho fatte io quando sono venuti a Messina. Si chiamano Alfonso e Margherita».

Si mise a singhiozzare mentre pruiva la foto a Montalbano.

«Cinque per quattro fa venti, venti meno due viene a fare diciotto» disse Montalbano sul pianerottolo doppo che Griffo se ne era andato più confuso che pirsuaso.

«Si è messo a dare i numeri?» spiò Fazio.

«Se la matematica non è un'opinione, essendo questo palazzo di cinque piani, vuol dire che ci sono venti appartamenti. Ma in realtà sono diciotto, escludendo quelli dei Griffo e di Nenè Sanfilippo. In parole pòvire, dobbiamo interrogare la billizza di diciotto famiglie. E a ogni famiglia fare due domande. Che ne sapete dei Griffo? Che ne sapete di Nenè Sanfilippo? Se quel grandissimo cornuto di Mimì fosse con noi a darci una mano...».

Pirsona trista, nominata e vista. In quel momento il cellulare di Fazio squillò.

«È il dottore Augello. Dice così se ha bisogno di lui».

Montalbano avvampò di raggia.

«Che venga immediatamente. Entro cinque minuti dev'essere qua, a costo di spaccarsi le gambe».

Fazio riferì.

«Intanto che arriva» propose il commissario «andiamoci a pigliare un cafè».

Quando tornarono in via Cavour, Mimì era già ad aspettarli. Fazio s'allontanò discretamente.

«Mimì» esordì Montalbano «a me veramente cascano le braccia con te. E mi vengono a mancare le parole. Si può sapere che ti sta passando per la testa? Lo sai o non lo sai che...».

«Lo so» l'interruppe Augello.

«Che minchia sai?».

«Quello che devo sapere. Che ho sbagliato. Il fatto è che mi sento strammo e confuso».

L'arraggiatura del commissario s'abbacò. Mimì gli stava davanti con un'ariata che non aveva mai avuto. Non la solita strafottenza. Anzi. Un che di rassegnato, di umile.

«Mimì, posso sapiri che ti capitò?».

«Poi te lo dico, Salvo».

Stava per mettergli una mano consolatoria sulla spalla, quando un sospetto improvviso lo fermò. E se quel figlio di buttana di Mimì si stava comportando come lui aveva fatto con Bonetti-Alderighi, fingendo un servile atteggiamento mentre in realtà si trattava di una sullenne pigliata per il culo? Augello era una faccia stagnata di tragediatore, capace di questo e altro. Nel dubbio, si astenne dal gesto affettuoso. Lo mise al corrente della scomparsa dei Griffo.

«Tu ti fai gli inquilini del primo e del secondo piano, Fazio quelli del quinto e il piano terra, io mi occupo del terzo e del quarto».

Terzo piano, interno 12. La cinquantina signora Burgio Concetta vedova Lo Mascolo si esibì in un monologo di grandissimo effetto.

«Non mi parlasse, commissario, di questo Nenè Sanfilippo! Non me ne parlasse! L'hanno ammazzato, povirazzo, e pace all'anima so'! Ma mi faciva addannare, mi faciva! Di jorno a la casa non ci stava mai. Ma di notti, sì. E allura, pi mia, accominciava l'infernu! Una notti sì e una no! L'infernu! Vidisse, signor commissario, la mia càmmara di letto è muro con muro con la càmmara di letto di Sanfilippo. I mura di questa casa di cartavelina sono! Si sente tutto di tutto, ogni cosa si sente! E allura, doppo che avivano messo la musica che a momenti mi spaccavano le grecchie, l'astutavano e principiava un'autra musica! Una sinfonia! Zùnchiti zùnchiti zùnchiti zù! Il letto che sbatteva contro il muro e faciva battarìa! E doppo la buttana di turno ca faciva ah ah ah ah! E daccapo zùnchiti zùnchiti zùnchiti zù! E io accominciavo a fari pinsèri tinti. Mi recitavo una posta di Rosario. Due poste. Tre poste. Nenti! I pinsèri restavano. Iu sugnu ancora giuvane, commissario! Addannare mi faciva! Nonsi, dei signori Griffo non saccio nenti. Non davano

216

confidenza. E allura, se tu non me la dai, pirchì te la devo dari io? È ragionato?».

Terzo piano, interno 14. Famiglia Crucillà. Marito: Crucillà Stefano, pensionato, ex contabile alla pescherìa. Mogliere: De Carlo Antonietta. Figlio maggiore: Calogero, ingegnere minerario, travaglia in Bolivia. Figlia minore: Samanta senza acca tra la *t* e la *a*, insegnante di matematica, nubile, vive coi genitori. Per tutti parlò Samanta.

«Guardi, signor commissario, a proposito dei signori Griffo, per dirle quanto fossero scostanti. Una volta incontrai la signora che stava entrando nel portone con il carrello della spesa strapieno e due sacchetti di plastica per mano. Siccome per arrivare all'ascensore bisogna fare tre scalini, le domandai se potevo aiutarla. Mi rispose con un no sgarbato. E il marito non era meglio.

«Nenè Sanfilippo? Bel giovane, pieno di vita, simpatico. Che faceva? Faceva quello che fanno i giovani della sua età, quando sono liberi».

E così dicendo, lanciò una taliata ai genitori accompagnata da un sospiro. No, lei libera non era, purtroppo. Altrimenti sarebbe stata capace di dare punti alla bonarma di Nenè Sanfilippo.

Terzo piano, interno 15. Dottor Ernesto Assunto-Medico Dentista.

«Commissario, questo è solo il mio studio. Io vivo a Montelusa, qua ci vengo solo di giorno. L'unica cosa che posso dirle è che una volta incontrai il signor Griffo con la guancia sinistra deformata da un ascesso. Gli domandai se aveva un dentista, mi rispose di no. Allora gli suggerii di fare un salto qui, nello studio. In cambio ne ricevetti una decisa risposta negativa. In quanto al Sanfilippo, la vuole sapere una cosa? Non l'ho mai incontrato, non so nemmeno com'era fatto».

Iniziò ad acchianare la rampa di scale che portava al piano di sopra e gli venne di taliare il ralogio. Si era fatta l'una e mezza e alla vista dell'ora, per un riflesso condizionato, gli smorcò

217

un pititto tremendo. L'ascensore gli passò allato, salendo. Decise eroicamente di patire il pititto e proseguire con le domande, a quell'ora sarebbe stato più probabile trovare gli inquilini in casa. Davanti all'interno 16 ci stava un omo grasso e calvo, una borsa nìvura e sformata in mano, con l'altra tentava d'infilare la chiave nella toppa. Vide il commissario fermarsi alle sue spalle.

«Sta cercando a mia?».

«Sì, signor...».

«Mistretta. E lei chi è?».

«Il commissario Montalbano sono».

«E che vuole?».

«Farle qualche domanda su quel giovane ammazzato stanotte...».

«Sì, lo so. La portonara m'ha contato tutto quando sono nisciùto per andare in ufficio. Travaglio al cementificio».

«...e sui signori Griffo».

«Perché, che fecero i Griffo?».

«Non si trovano».

Il signor Mistretta raprì la porta, si fece di lato.

«S'accomodi».

Montalbano avanzò di un passo e si venne a trovare dintra a un appartamento di un disordine assoluto. Due calzini spaiati e usati sul tanger della prima entrata. Venne fatto accomodare in una càmmara che doveva essere stata un salotto. Giornali, piatti sporchi, bicchieri intartarati, biancheria lavata e no, posaceneri dai quali debordavano cenere e cicche.

«C'è un poco di disordine» ammise il signor Mistretta «ma mia mogliere da due mesi sta a Caltanissetta che sua madre è malata».

Tirò fora dalla borsa nìvura una scatola di tonno, un limone e una scanata di pane. Aprì la scatola e la versò nel primo piatto che gli venne sottomano. Scostando un paro di mutande, pigliò una forchetta e un coltello. Tagliò il limone, lo sprimì sul tonno.

«Vuole favorire? Guardi, commissario, non voglio farle perdere tempo. Avevo avuto l'intenzione di tenerla qua per un pezzo a contarle minchiate solo per avere tanticchia di compagnia. Ma doppo ho pinsàto che non era di giusto. I Griffo li avrò incontrati qualche volta. Però manco ci salutavamo. Il giovane ammazzato non l'ho mai visto».

«Grazie. Buongiorno» fece il commissario susendosi.

Pur in mezzo a tanta lurdìa, vedere uno che mangiava gli aveva raddoppiato il pititto.

Quarto piano. Allato alla porta dell'interno 18 c'era una targhetta sotto il pulsante del campanello: Guido e Gina De Dominicis. Sonò.

«Chi è?» spiò una voce di picciliddro.

Che rispondere a un bambino?

«Un amico di papà sono».

La porta si raprì e davanti al commissario comparse un picciliddro di un'ottina d'anni, l'ariata sveglia.

«C'è papà? O mamma?».

«No, ma fra tanticchia tornano».

«Come ti chiami?».

«Pasqualino. E tu?».

«Salvo».

E in quel momento Montalbano si fece pirsuaso che quello che sentiva venire dall'appartamento era proprio feto d'abbrusciatizzo.

«Cos'è quest'odore?».

«Nenti. Ho dato foco alla casa».

Il commissario scattò, scansando Pasqualino. Fumo nìvuro nisciva da una porta. Era la càmmara di dormiri, un quarto di letto matrimoniale aveva pigliato foco. Si levò la giacchetta, vide una coperta di lana ripiegata sopra a una seggia, l'agguantò, l'aprì, la gettò sulle fiamme dandoci sopra grandi manate. Una maligna linguetta di foco gli mangiò mezzo polsino.

«Se tu m'astuti il foco, io lo faccio da un'altra parte» disse Pasqualino brandendo minacciosamente una scatola di fiammiferi da cucina.

Ma quant'era vivace quel frugoletto! Che fare? Disarmarlo o continuare a spegnere l'incendio? Optò per l'azione da pompiere, continuando a bruciacchiarsi. Ma un acutissimo grido femminile lo paralizzò.

«Guidooooooooooo!».

Una giovane bionda, gli occhi sgriddrati, stava chiaramente per svenire. Montalbano non fece in tempo a raprire la bocca che allato alla fìmmina si materializzò un giovane occhialuto di spalle poderose, una specie di Clark Kent, quello che poi si trasforma in Superman. Senza dire una parola, Superman, con un gesto d'estrema eleganza, scostò la giacchetta. E il commissario si vide puntare contro una pistola che gli parse un cannone.

«Mani in alto».

Montalbano obbedì.

«È un piromane! È un piromane!» balbettava piangendo la giovane abbracciando forte il suo pargoletto, il suo angioletto.

«Lo sai, mamma? M'ha detto che voleva dare foco a tutta la casa!».

A chiarire tutta la facenna ci misero una mezzorata. Montalbano apprese che l'omo faceva il cassiere in una banca e per questo girava armato. Che la signora Gina aveva fatto tardi in quanto che era andata dal medico per una visita.

«Pasqualino avrà un fratello» confessò la signora abbassando pudicamente gli occhi.

Col sottofondo degli urli e dei pianti del picciliddro che era stato sculacciato e inserrato dintra a uno stanzino buio, Montalbano seppe che i signori Griffo, macari quando stavano a casa, era come se non ci fossero.

«Nemmeno un colpo di tosse, che so, qualcosa che cadeva per terra, una parola detta con voce tanticchia più alta! Niente!».

In quanto a Nenè Sanfilippo, i coniugi De Dominicis ignoravano persino che l'ammazzato abitava nel loro stesso palazzo.

Tre

L'ultima stazione della via Crucis era costituita dall'interno 19 del quarto piano. Avvocato Leone Guarnotta.

Da sotto la porta filtrava un sciàuro di ragù che Montalbano si sentì insallanire.

«Lei il commissario Montaperto è» fece il donnone cinquantino che gli raprì la porta.

«Montalbano».

«Coi nomi faccio confusione, ma basta che vedo una faccia una sola volta in televisione che non me la scordo più!».

«Cu è?» spiò una voce maschile dall'interno.

«Il commissario è, Leò. Trasìsse, trasìsse».

Mentre Montalbano trasìva, apparse un sissantino segaligno, un tovagliolo infilato nel colletto.

«Guarnotta, piacere. S'accomodi. Stavamo per metterci a mangiare. Venga in salotto».

«Ca quali salotto e salotto!» intervenne il donnone. «Se perdi tempo a chiacchiariare, la pasta s'ammataffa. Lei mangiò, commissario?».

«Veramente, ancora no» fece Montalbano sentendo il cuore aprirsi alla speranza.

«Allora non c'è problema» concluse la signora Guarnotta «s'assetta con noi e si mangia un piatto di pasta. Accussì parliamo tutti meglio».

La pasta era stata scolata al momento giusto («sapiri quann'è u tempu di sculari a pasta è un'arti» aveva un giorno sentenziato la cammarera Adelina), la carne col suco era tenera e saporosa.

Ma, a parte d'essersi riempito la panza, il commissario, per quanto riguardava la sua indagine, fece un altro pirtùso nell'acqua.

Quando, verso le quattro del doppopranzo, si ritrovò nel suo ufficio con Mimì Augello e Fazio, Montalbano non poté che constatare che i pirtùsa nell'acqua erano in definitiva tre.

«A parte che la sua matematica è veramente un'opinione» disse Fazio «perché gli appartamenti in quella casa sono ventitré...».

«Come ventitré?» fece Montalbano strammato dato che coi numeri non ci sapeva proprio fare.

«Dottore, ce ne sono tre a pianterreno, tutti uffici. Non conoscono né i Griffo né Sanfilippo».

In conclusione, i Griffo in quel palazzo ci avevano campato anni, ma era come se fossero stati fatti d'aria. Di Sanfilippo, poi, manco a parlarne, c'erano inquilini che non l'avevano mai sentito nominare.

«Voi due» disse Montalbano «prima che la notizia della scomparsa diventi ufficiale, cercate di saperne di più in pàisi, voci, dicerie, filàme, supposizioni, cose accussì».

«Perché, dopo che si è saputa la notizia della scomparsa, le risposte delle persone possono cangiare?» spiò Augello.

«Sì, cangiano. Una cosa che ti è parsa normale, dopo un fatto anormale acquista una luce diversa. Dato che ci siete, spiate macari di Sanfilippo».

Fazio e Augello niscirono dall'ufficio senza troppa convinzione.

Montalbano pigliò le chiavi di Sanfilippo che Fazio gli aveva lasciate sul tavolo, se le mise in sacchetta e andò a chiamare Catarella che da una simanata era impegnato a risolvere un cruciverba per principianti.

«Catarè, vieni con me. Ti affido una missione importante».

Sopraffatto dall'emozione, Catarella non arriniscì a raprire bocca manco quando si trovò dintra all'appartamento del picciotto ammazzato.

«Lo vedi, Catarè, quel computer?».

«Sissi. Bello è».

«Beh, travagliaci. Voglio sapere tutto quello che contiene. E poi ci metti tutti i dischetti e i... come si chiamano?».

«Giddirommi, dottori».

«Te li vedi tutti. E alla fine mi fai un rapporto».

«Macari videocassetti ci stanno».
«I cassetti lasciali stare».

Salì in macchina, si diresse verso Montelusa. Il suo amico gior-
nalista Nicolò Zito di «Retelibera» stava per andare in onda.
Montalbano gli pruì la foto.
«Si chiamano Griffo, Alfonso e Margherita. Devi dire solo
che il loro figlio Davide sta in pensiero perché non ha notizie.
Parlane col tg di stasera».
Zito, ch'era pirsona intelligente e giornalista abile, taliò la
foto e gli rivolse la domanda che già s'aspettava.
«Perché ti preoccupi della scomparsa di questi due?».
«Mi fanno pena».
«Che ti facciano pena, ci credo. Che ti facciano solo pena,
non ci credo. C'è per caso relazione?».
«Con che?».
«Col picciotto che hanno ammazzato a Vigàta, Sanfilippo».
«Abitavano nello stesso palazzo».
Nicolò satò letteralmente dalla seggia.
«Ma questa è una notizia che...»
«...che non darai. Può darsi che un collegamento ci sia, può
darsi di no. Tu fai come ti dico e le prime novità consistenti sa-
ranno per te».

Assittato nella verandina, si era goduta la pappanozza che da
tempo desiderava. Piatto povero, patate e cipolle messe a bolli-
re a lungo, ridotte a poltiglia col lato convesso della forchetta,
abbondantemente condite con oglio, aceto forte, pepe nero macinato al momento, sale. Da mangiare usando preferibilmente una
forchetta di latta (ne aveva un paio che conservava gelosamen-
te), scottandosi lingua e palato e di conseguenza santiando ad ogni
boccone.
Col notiziario delle ventuno, Nicolò Zito fece il compito
suo, mostrò la foto dei Griffo e disse che il figlio stava in pinsèro.
Astutò la televisione e decise di principiare a leggere l'ultimo libro di Vázquez Montalbán, che si svolgeva a Buenos Ai-

res e aveva come protagonista Pepe Carvalho. Lesse le prime tre righe e il telefono sonò. Era Mimì.

«Ti disturbo, Salvo?».

«Per niente».

«Hai da fare?».

«No. Ma perché me lo domandi?».

«Vorrei parlarti. Vengo da te».

Allora l'atteggiamento di Mimì quando al mattino l'aveva rimproverato era sincero, non si trattava di una sisiàta. Che poteva essergli capitato, biniditto picciotto? In fatto di fimmine, Mimì era di palato facile e apparteneva a quella corrente di pensiero maschile secondo la quale ogni lasciata è persa. Capace che si era incasinato con qualche marito geloso. Come quella volta che era stato sorpreso dal ragioniere Perez mentre baciava le minne nude della di lui legittima. Era finita a schifìo, con regolare denunzia al questore. Se l'era scapolata perché il questore, quello vecchio, era riuscito ad arrangiare la cosa. Se al posto del vecchio ci fosse stato il nuovo, Bonetti-Alderighi, addio carriera del vicecommissario Augello.

Sonarono alla porta. Mimì non poteva essere, aveva appena finito di telefonare. Invece era proprio lui.

«Hai volato da Vigàta fino a Marinella?».

«Non ero a Vigàta».

«E dov'eri?».

«Qua vicino. Ti ho chiamato col cellulare. È da un'ora che orliavo».

Ahi. Mimì aveva girellato nelle vicinanze prima di risolversi a fare la telefonata. Segno che la cosa era più seria di quanto avesse potuto supporre.

Gli venne, di colpo, un pinsèro terribile: che Mimì si fosse ammalato a forza di frequentare buttanazze?

«Stai bene in salute?».

Mimì lo taliò imparpagliato.

«In salute? Sì».

Oddio. Se quello che si portava addosso non riguardava il corpo, viene a dire che riguardava il campo opposto. L'anima? Lo spirito? Vogliamo babbiare? Che ci trasìva lui con quelle materie?

Mentre si dirigevano verso la verandina, Mimì disse:

«Me lo fai un favore? Me le porti due dita di whisky senza ghiaccio?».

Voleva darsi coraggio, voleva! Montalbano principiò a sentirsi estremamente nirbùso. Gli posò bottiglia e bicchiere davanti, aspettò che si fosse versato una porzione sostanzievole e allora parlò.

«Mimì, mi hai rotto i cabasisi. Dimmi subito che minchia ti capita».

Augello svacantò il bicchiere con un solo sorso e, taliando il mare, disse a voce vascia vascia:

«Ho deciso di sposarmi».

Montalbano reagì d'impulso, in preda a una raggia irrefrenabile. Con la mano mancina spazzò via dal tavolinetto bicchiere e bottiglia, mentre usava la dritta per smollare una potente timpulata sulla guancia di Mimì che intanto si era voltato verso di lui.

«Stronzo! Che stronzate mi vieni a contare? Una cosa così, fino a che io campo, non te la lascerò fare! Non te la permetterò! Come ti può venire in mente un pinsèro simile? Che motivo hai?».

Augello intanto si era susuto, le spalle addossate alla parete, una mano sulla guancia arrussicata, gli occhi sgriddrati e atterriti.

Il commissario riuscì a controllarsi, si fece pirsuaso d'avere ecceduto. Si avvicinò ad Augello con le braccia tese. Mimì arriniscì ad impicciccarsi ancora di più alla parete.

«Nel tuo stesso interesse, Salvo, non mi toccare».

Allora era sicuramente infettiva, la malatìa di Mimì.

«Qualunque cosa tu abbia, Mimì, è sempre meglio della morte».

La bocca di Mimì cascò all'ingiù, letteralmente.

«Morte? E chi ha parlato di morte?».

«Tu. Tu ora ora mi hai detto: "mi voglio sparare". O lo neghi?».

Mimì non rispose, cominciò a scivolare col dorso lungo la parete. Ora si teneva le due mani sulla panza come in preda a un dolore insopportabile. Lacrime gli niscirono dagli occhi, principiarono a sciddricargli allato al naso. Il commissario si sentì pigliare dal panico. Che fare? Chiamare un dottore? Chi poteva svegliare a quell'ora? Intanto Mimì, di scatto, si era susuto, aveva con un balzo saltato la balaustrina, aveva raccattato dalla sabbia la bottiglia rimasta intatta e se la stava scolando a garganella. Montalbano era addiventato di pietra. Poi sussultò, sentendo che Augello si era messo a latrare. No, non latrava. Rideva. E che minchia aveva da ridere? Finalmente Mimì riuscì ad articolare.

«Ho detto sposare, Salvo, non sparare!».

Di colpo, il commissario si sentì a un tempo sollevato e arraggiato. Trasì in casa, andò in bagno, mise la testa sotto l'acqua fridda, ci stette un pezzo. Quando tornò nella verandina, Augello si era rimesso assittato. Montalbano gli levò la bottiglia dalla mano, se la portò alla bocca, la finì.

«Vado a pigliarne un'altra».

Tornò con una bottiglia nova nova.

«Sai, Salvo, quando hai reagito in quel modo, mi hai fatto pigliare uno spavento del diavolo. Ho pensato che tu fossi frocio e ti eri innamorato di mia!».

«Parlami della picciotta» tagliò Montalbano.

Si chiamava Rachele Zummo. L'aveva conosciuta a Fela, in casa d'amici. Era venuta a trovare i genitori. Ma lei travagliava a Pavia.

«E che fa a Pavia?».

«Ti vuoi fare due risate, Salvo? È un'ispettrice di polizia!».

Risero. E continuarono a ridere per altre due ore, finendo la bottiglia.

«Pronto Livia? Salvo sono, dormivi?».

«Certo che dormivo. Che è successo?».

«Niente. Volevo...».

«Come, niente? Ma lo sai che ore sono? Le due!».

«Ah, sì? Scusami. Non pensavo fosse così tardi... così presto. Beh, no, niente, era una sciocchezza, credimi».

«Anche se è una sciocchezza, me la dici lo stesso».

«Mimì Augello m'ha detto che vuole sposarsi».

«Sai che novità! A me l'aveva già confidato tre mesi fa e mi aveva pregato di non dirtene niente».

Pausa lunghissima.

«Salvo, ci sei ancora?».

«Sì, ci sono. E dunque tu e il signor Augello vi fate le confidenzine e mi tenete all'oscuro di tutto?».

«Dai, Salvo!».

«E no, Livia, permettimi d'essere incazzato!».

«E tu permettilo pure a me!».

«Perché?».

«Perché chiami sciocchezza un matrimonio. Stronzo! Dovresti prendere esempio da Mimì, piuttosto. Buonanotte!».

S'arrisbigliò verso le sei del matino, la bocca impicciata, la testa che tanticchia gli doleva. Provò a ripigliare sonno doppo essersi bevuto mezza bottiglia d'acqua ghiazzata. Niente.

Che fare? Il problema glielo risolse il telefono che si mise a squillare.

A quell'ora?! Capace che era quell'imbecille di Mimì che voleva dirgli che gli era passata la gana di maritarsi. Si diede una manata sulla fronte. Ecco com'era nato l'equivoco la sira avanti! Augello aveva detto «ho deciso di sposarmi» e lui aveva capito «ho deciso di spararmi». Certo! Quando mai in Sicilia ci si sposa? In Sicilia ci si marita. Le fìmmine, dicendo «mi voglio maritari» intendono «voglio pigliare marito»; i màscoli, dicendo la stessa cosa, intendono «voglio diventare marito». Sollevò il ricevitore.

«Hai cangiato idea?».

«Nonsi, dottore, non ho cangiato idea, difficile che io la cangi. A quale idea si riferisce?».

«Scusami, Fazio, pinsàvo fosse un'altra pirsona a telefonarmi. Che c'è?».

«Mi perdonasse se l'arrisbiglio a quest'ora, ma...».

«Ma?».

«Non riusciamo a trovare Catarella. È scomparso da aieri doppopranzo, è andato via dall'ufficio senza dire dove andava e non si è più rivisto. Abbiamo persino spiato negli ospedali di Montelusa...».

Fazio continuava a parlare, ma il commissario non lo sentiva più. Catarella! Se n'era completamente scordato!

«Scusami, Fazio, scusatemi tutti. È andato per conto mio a fare una cosa e non vi ho avvertito. Non state in pinsèro».

Sentì distintamente il sospiro di sollievo di Fazio.

Ci mise una ventina di minuti a farsi la doccia, sbarbarsi e vestirsi. Si sentiva ammaccato. Quando arrivò in via Cavour 44, la portonara stava scopando il tratto di strata davanti al portone. Era accussì sicca, che praticamente non c'era differenza tra lei e il manico della scopa. A chi assimigliava? Ah, sì. A Olivia, la zita di Braccio di Ferro. Pigliò l'ascensore, salì al terzo, raprì col grimaldello la porta dell'appartamento di Nenè Sanfilippo. Dintra, la luce era accesa. Catarella stava assittato davanti al computer, in maniche di camicia. Appena vide trasìre il superiore, si susì di scatto, indossò la giacchetta, s'aggiustò il nodo della cravatta. Aveva la barba lunga, gli occhi arrussicati.

«Ai comanni, dottori!».

«Ancora qui sei?».

«Sto per finendo, dottori. Mi bastano ancora un due orate».

«Trovasti niente?».

«Mi scusasse, dottori, vossia vole che parlo con palore tecchinìche o con palore semplici?».

«Semplici semplici, Catarè».

«Allora ci dico che in questo computer non c'è una minchia».

«In che senso?».

«Nel senso ca ora ora ci dissi, dottori. Non è collequato con Internet. Qua dintra lui ci tiene una cosa che sta scrivenno...».

«Che cosa?».

«A mia pare un libro romanzo, dottori».

«E poi?».

«E poi la copia di tutte le littre che ha scrivùto e quelle ca ha arricevuto. Che sono tante».

«Affari?».

«Ca quali afari e afari, dottori. Littre di pilo sono».

«Non ho capito».

Arrossì, Catarella.

«Sono littre comu a dire d'amori, ma…».

«Va bene, ho capito. E in quei dischetti?».

«Cose vastase, dottori. Màscoli con fìmmine, màscoli con màscoli, fìmmine con fìmmine, fìmmine con armàli…».

La faccia di Catarella pareva dovesse pigliare foco da un momento all'altro.

«Va bene, Catarè. Stampameli».

«Tutti? Fìmmine con òmini, òmini con òmini…».

Montalbano fermò la litania.

«Volevo dire il libro romanzo e le littre. Ora però facciamo una cosa. Scendi con mia al bar, ti fai un caffellatte e qualche cornetto e doppo ti riaccompagno qua».

Appena in ufficio, gli s'appresentò Imbrò, ch'era stato messo al centralino.

«Dottore, da "Retelibera" mi hanno telefonato un elenco di nomi e di numeri di telefono di persone che si sono messe in contatto dopo aver visto la foto dei Griffo. Li ho tutti scritti qua».

Una quindicina di nomi. A occhio e croce i numeri telefonici erano di Vigàta. Quindi i Griffo non erano così evanescenti com'era parso in un primo momento. Trasì Fazio.

«Madonna, che scanto che ci siamo pigliati quando non trovavamo più a Catarella! Non sapevamo che fosse stato mandato in missione segreta. Lo sa che 'ngiuria gli ha messo Galluzzo? L'agente 000».

«Fate meno gli spiritosi. Hai notizie?».

«Sono andato a trovare la madre di Sanfilippo. La pòvira signora non sa niente di niente di quello che faceva il figlio. Mi ha contato che a diciotto anni, avendoci la passione per i computer, aveva avuto un buon impiego a Montelusa. Guadagnava discretamente e con la pensione della signora se la passavano bona. Poi Nenè di colpo ha lasciato il posto, ha cangiato carattere, se ne è andato a stare da solo. Aveva molti soldi, ma a sua madre la faceva andare in giro con le scarpe scarcagnate».

«Levami una curiosità, Fazio. Addosso gli hanno trovato soldi?».

«E come no? Tre milioni in contanti e un assegno di due milioni».

«Bene, così la signora Sanfilippo non dovrà indebitarsi per il funerale. Di chi era quell'assegno?».

«Della ditta Manzo di Montelusa».

«Vedi di sapere perché glielo hanno dato».

«D'accordo. In quanto ai signori Griffo...».

«Guarda qua» l'interruppe il commissario. «Questo è un elenco di persone che sanno qualcosa dei Griffo».

Il primo nome della lista era Cusumano Saverio.

«Buongiorno, signor Cusumano. Il commissario Montalbano sono».

«E che vuole da mia?».

«Non è stato lei a telefonare alla televisione quando ha visto la foto dei signori Griffo?».

«Sissi, io fui. Ma lei che ci trase?».

«Siamo noi che ci occupiamo della facenna».

«E chi l'ha detto? Io solo col figlio Davide parlo. Bongiorno».

Principio sì giolivo ben conduce, come diceva Matteo Maria Boiardo. Il secondo nome era Belluzzo Gaspare.

«Pronto, signor Belluzzo? Il commissario Montalbano sono. Lei ha telefonato a "Retelibera" in merito ai signori Griffo».

«Vero è. Domenica passata io e la mia signora li abbiamo visti, erano con noi sul pullman».

«E dove andavate?».

«Al santuario della Madonna di Tindari».

Tindari, mite ti so... versi di Quasimodo gli tintinnarono nella testa.

«E che ci andavate a fare?».

«Una gita. Organizzata dalla ditta Malaspina di qua. Io e la mia signora ne facemmo macari un'altra l'anno passato, a San Calogero di Fiacca».

«Mi dica una cosa, ricorda i nomi di altri partecipanti?».

«Certo, i signori Bufalotta, i Contino, i Dominedò, i Raccuglia... Eravamo una quarantina».

Il signor Bufalotta e il signor Contino erano nell'elenco di quelli che avevano telefonato.

«Un'ultima domanda, signor Belluzzo. Lei, quando siete tornati a Vigàta, i Griffo, li ha visti?».

«In coscienza, non posso dirle niente. Sa, commissario, era tardo, erano le undici di sira, c'era scuro, eravamo tutti stanchi...».

Era inutile perdere tempo in altre telefonate. Chiamò Fazio.

«Senti, tutte queste persone hanno partecipato a una gita a Tindari domenica passata. C'erano i Griffo. La gita l'ha organizzata la ditta Malaspina».

«La conosco».

«Bene, ci vai e ti fai dare l'elenco completo. Dopo chiama tutti quelli che c'erano. Li voglio in commissariato domani matino alle nove».

«E dove li mettiamo?».

«Non me ne fotte niente. Approntate un ospedale da campo. Perché il più picciotto di loro minimo minimo avrà sessantacinque anni. Un'altra cosa: fatti dire dal signor Malaspina chi era che guidava il pullman quella domenica. Se è a Vigàta e non è in servizio, lo voglio qua entro un'ora».

Catarella, gli occhi ancora più arrussicati, i capelli dritti che pareva un pazzo da manuale, s'appresentò con un robusto fascio di carte sotto il braccio.

«Tutto di tutto tuttissimo ci feci stampa, dottori!».

«Bene, lascia qua e vattene a dormire. Ci vediamo nel pomeriggio tardo».

«Come che mi comanna, dottori».

Madonna! Ora aveva sul tavolo un malloppo di seicento pagine come minimo!

Trasì Mimì in una forma splendente che fece venire una botta d'invidia a Montalbano. E di subito gli tornò a mente l'azzuffatina telefonica fatta con Livia. S'infuscò.

«Senti, Mimì, a proposito di quella Rebecca...».

«Quale Rebecca?».

«La tua zita, no? Quella che ti vuoi maritare, non sposare come hai detto tu...».

«È lo stesso».

«No, non è lo stesso, credimi. Dunque, a proposito di Rebecca...».

«Si chiama Rachele».

«Va bene, come si chiama si chiama. Mi pare di ricordare che mi hai detto che è un'ispettrice di polizia e che travaglia a Pavia. Giusto?».

«Giusto».

«Ha fatto domanda di trasferimento?».

«Perché avrebbe dovuto?».

«Mimì, cerca di ragionare. Quando vi siete maritati che fate? Continuate a stare tu a Vigàta e Rebecca a Pavia?».

«Bih, che camurrìa! Rachele si chiama. No, non l'ha fatta la domanda di trasferimento. Sarebbe prematura».

«Beh, ma prima o poi dovrà farla, no?».

Mimì inspirò come per prepararsi all'apnea.

«Non credo che la farà».

«Perché?».

«Perché abbiamo deciso che la domanda di trasferimento la faccio io».

Gli occhi di Montalbano si strancangiarono in quelli di una serpe: fermi, gelidi.

«Ora in mezzo alle labbra gli spunta una lingua biforcuta» pinsò Augello, sentendosi vagnare di sudore.

«Mimì, tu sei un grandissimo garruso. Aieri a sira, quando sei venuto a trovarmi era per contarmi solo la mezza messa. Mi hai parlato del matrimonio, ma non del trasferimento. Che per me è la cosa più importante. E tu lo sai benissimo».

«Ti giuro che te l'avrei detto, Salvo! Se non ci fosse stata quella tua reazione che mi ha scombussolato...».

«Mimì, talìami negli occhi e dimmi la vera virità: la domanda l'hai già presentata?».

«Sì. L'avevo presentata, ma...».

«E Bonetti-Alderighi che ha detto?».

«Che ci sarebbe voluto un poco di tempo. E ha detto macari che... Niente».

«Parla».

«Ha detto che era contento. Che era arrivata l'ora che quella cricca di camorristi – ha detto così – che è il commissariato di Vigàta cominciasse a disperdersi».

«E tu?».

«Beh...».

«Dai, non ti fare pregare».

«Mi sono ripigliato la domanda che teneva sulla scrivania. Gli ho detto che volevo ripensarci».

Montalbano se ne stette un pezzo in silenzio. Mimì pareva allora allora nisciùto da sotto la doccia. Poi il commissario indicò ad Augello il malloppo che gli aveva portato Catarella.

«Questo è tutto quello che c'era nel computer di Nenè Sanfilippo. Un romanzo e molte lettere, diciamo così, d'amore. Chi più indicato di te per leggere questa roba?».

Quattro

Fazio gli telefonò per dirgli il nome dell'autista che aveva portato il pullman da Vigàta a Tindari e ritorno: si chiamava Tortorici Filippo, fu Gioacchino e di... Si fermò a tempo, macari attraverso il filo del telefono aveva percepito il nirbùso crescente del commissario. Aggiunse che l'autista era assente per servizio, ma che il signor Malaspina, col quale stava compilando l'elenco dei gitanti, gli aveva assicurato che l'avrebbe spedito al commissariato immediatamente dopo il rientro, verso le tre di doppopranzo. Montalbano taliò il ralogio, aveva due ore libere.

Si diresse automaticamente alla trattoria San Calogero. Il proprietario gli mise davanti un antipasto di mare e il commissario, di colpo, sentì una specie di tenaglia che gli serrava la vucca dello stomaco. Impossibile mangiare, anzi la vista dei calamaretti, dei purpitelli, delle vongole, gli fece nausea. Si susì di scatto.

Calogero, il cameriere-proprietario, si precipitò allarmato.

«Dottore, che fu?».

«Nenti, Calò, mi passò la gana di mangiare».

«Non ci facisse affronto a quest'antipasto, è roba freschissima!».

«Lo so. E gli domando perdono».

«Non si sente bono?».

Gli venne una scusa.

«Mah, che ti devo dire, ho qualche brivido di freddo, forse mi sta venendo l'influenza».

Niscì, sapendo stavolta dov'era diretto. Sotto il faro, per assittarsi sopra quello scoglio piatto che era diventato una specie di scoglio del pianto. Ci si era assittato macari il giorno avanti, quando che aveva in testa quel suo compagno del '68, come si chiamava, non se lo ricordava più. Lo scoglio del pianto. E sul serio lì aveva pianto, un pianto liberatorio, quando aveva saputo che suo padre stava morendo. Ora ci tornava, a causa dell'annunzio di una fine per la quale non avrebbe sparso lacrime, ma che l'addolorava profondamente. Fine, sì, non stava esagerando. Non importava che Mimì avesse ritirato la domanda di trasferimento, il fatto era che l'aveva presentata.

Bonetti-Alderighi era notoriamente un imbecille e che lo fosse l'aveva brillantemente confermato definendo il suo commissariato «una cricca di camorristi». Era invece una squadra, unita, compatta, un meccanismo bene oliato, dove ogni ruotina aveva la sua funzione e la sua, perché no?, personalità. E la cinghia di trasmissione che faceva funzionare l'ingranaggio era proprio Mimì Augello. Bisognava considerare la facenna per quello che era: una crepa, l'inizio di una spaccatura. Di una fine, appunto. Quanto avrebbe saputo o potuto resistere Mimì? Ancora due mesi? Tre? Poi avrebbe ceduto alle insistenze, alle lacrime di Rebecca, no, Rachele, e vi saluto e sono.

«E io?» si spiò. «Io, che faccio?».

Una delle ragioni per le quali temeva la promozione e l'inevitabile trasferimento era la certezza che non sarebbe stato mai più capace, in un altro posto, di costruire una squadra come quella che, miracolosamente, era riuscito a mettere assieme a Vigàta. Ma, mentre lo pinsàva, sapeva che manco questa era la vera virità per quello che stava in quel momento patendo, per la sofferenza, eh, cazzo, sei riuscito finalmente a dirla la parola giusta, che fa, ti vrigognavi?, ripetila la parola, sofferenza, che provava. A Mimì voleva bene, lo considerava più che un amico, un fratello minore e perciò il suo abbandono annunziato l'aveva colpito in mezzo al petto con la forza di una revorberata. La parola tradimento gli era passata per un momento nel ciriveddro. E Mimì aveva avuto il coraggio di confidarsi con Livia, nell'assoluta certezza che quella, a lui, il suo uomo, Cristo!, non gli avrebbe detto niente! E macari le aveva parlato dell'eventuale domanda di trasferimento e quella manco questo gli aveva accennato, in tutto complice del suo amico Mimì! Bella coppia!

235

Capì che la sofferenza gli si stava cangiando in una raggia insensata e stupida. Si vrigognò: quello che in quel momento stava pinsàndo non era cosa che gli apparteneva.

Filippo Tortorici s'appresentò alle tre e un quarto, tanticchia affannato. Era un omuzzo di cinquantina passata, striminzito, un ciuffetto di capelli proprio in mezzo alla testa, per il resto pelata. Una stampa e una figura con un uccello che Montalbano aveva visto in un documentario sull'Amazzonia.

«Di che mi vuole parlare? Il mio patrone, il signor Malaspina, m'ha ordinato di venire subito da vossia, ma non mi desi spiegazione».

«È stato lei a fare il viaggio Vigàta-Tindari domenica passata?».

«Sissi, io. Quando la ditta organizza queste gite, manda sempre a mia. I clienti mi vogliono e domandano al patrone che ci sia io a guidare. Si fidano, io sono calmo e pacinzioso di natura. Bisogna capirli, sono tutti vecchiareddri con tanti bisogni».

«Ne fate spesso di questi viaggi?».

«Con la stagione bona, almeno una volta ogni quinnici jorna. Ora a Tindari, ora a Erice, ora a Siracusa, ora...».

«I passeggeri sono sempre gli stessi?».

«Una decina, sì. Gli altri cangiano».

«Che lei sappia, i signori Alfonso e Margherita Griffo c'erano nel viaggio di domenica?».

«Certo che c'erano! Io ho memoria bona! Ma pirchì mi fa questa domanda?».

«Non lo sa? Sono scomparsi».

«O Madunnuzza santa! Che viene a dire scomparsi?».

«Che dopo quel viaggio non si sono più visti. L'ha detto macari la televisione che il figlio è disperato».

«Non lo sapevo, ci l'assicuro».

«Senta, lei conosceva i Griffo prima della gita?».

«Nonsi, mai visti».

«Allora come fa a dire che i Griffo erano sul pullman?».

«Perché il patrone, prima di partire, mi consegna la lista. E io, prima di partire, faccio l'appello».

«E lo fa macari al ritorno?».

«Certamente! E i Griffo c'erano».

«Mi racconti come si svolgono questi viaggi».

«In genere si parte verso le sette del matino. A seconda delle ore che ci abbisognano per arrivare a distinazione. I viaggiatori sono tutti gente d'età, pensionati, pirsone accussì. Fanno il viaggio non per andare a vìdiri, che saccio, la Madonna nera di Tindari, ma per passare una jornata in compagnia. Mi spiegai? Anziani, vecchi che hanno i figli granni lontani, senza amicizie... Durante il viaggio c'è qualcuno che intrattiene vendendo cose, che saccio, oggetti di casa, coperte... Si arriva sempre a tempo per la santa Missa di mezzojorno. A mangiare vanno in un ristorante con il quale il patrone ha fatto accordo. Il pranzo è compreso nel biglietto. E lo sapi che capita doppo che hanno mangiato?».

«Non lo so, me lo dica lei».

«Se ne tornano nel pullman e si fanno una dormiteddra. Quanno s'arrisbigliano, si mettono a girare paìsi paìsi, accattano regalini, ricordini. Alle sei, cioè alle diciotto, faccio l'appello e si parte. Alle otto è prevista la fermata in un bar a mezza strata per un caffellatte con biscotti, macari questo compreso nel prezzo. Si dovrebbe arrivare a Vigàta alle dieci di sira».

«Perché ha detto dovrebbe?».

«Va a finire sempre che si arriva cchiù tardo».

«Come mai?».

«Signor commissario, ci lo dissi: i passeggeri sono tutti vecchiareddri».

«E allora?».

«Se un passeggero o una passeggera mi domanda di fermare al primo bar o stazione di servizio che viene perché gli scappa un bisogno, io che faccio, non mi fermo? Mi fermo».

«Ho capito. E lei si ricorda se nel viaggio di ritorno di domenica passata qualcuno le domandò di fermarsi?».

«Commissario, mi fecero arrivare che a momenti le undici erano! Tre volte! E l'ultima volta manco a mezzora di strata da Vigàta! Tanto che io ci spiai se potevano tenersi, stavamo per arrivare. Nenti, non ci fu verso. E sa che capita? Che se scende uno,

237

scendono tutti, a tutti ci viene bisogno e accussì si perde un sacco di tempo».

«Lei si ricorda chi fu a spiarle di fare l'ultima fermata?».

«Nonsi, sinceramente non me l'arricordo».

«Capitò niente di particolare, di curioso, d'insolito?».

«E che doveva capitare? Se capitò, non lo notai».

«Lei è certo che i Griffo siano rientrati a Vigàta?».

«Commissario, io al ritorno non ho il dovere di fare nuovamente l'appello. Se questi signori non fossero acchianati doppo qualche fermata, i compagni di viaggio l'avrebbero notato. Del resto io, prima di ripartire, suono tre volte il clacson e aspetto minimo minimo tre minuti».

«Si ricorda dove fece le fermate extra durante il viaggio di ritorno?».

«Sissi. La prima sulla scorrimento veloce di Enna, alla stazione di servizio Cascino; la seconda sulla Palermo-Montelusa alla trattoria San Gerlando e l'ultima al bar-trattoria Paradiso, a mezzora di strata da qua».

Fazio s'arricampò che mancava picca alle sette.

«Te la sei pigliata comoda».

Fazio non replicò, quando il commissario rimproverava senza ragione, veniva a significare che aveva solamente gana di sfogo. Rispondere sarebbe stato peggio.

«Dunque, dottore. Le pirsone che pigliarono parte a quella gita erano quaranta. Diciotto tra mariti e mogliere che fanno trentasei, due commari le quali che fanno di spesso questi viaggi e siamo a trentotto e i due fratelli gemelli Laganà che non si perdono una gita, non sono maritati e campano nella stessa casa. I gemelli Laganà erano i più picciotti della compagnia, cinquantotto anni a testa. Tra i gitanti risultano macari i signori Griffo, Alfonso e Margherita».

«Li hai avvertiti tutti di venire qua domattina alle nove?».

«L'ho fatto. E non per telefono, ma andando casa per casa. L'avverto che due non possono venire domattina, bisognerà andare a trovarli se vogliamo interrogarli. Si chiamano Scimè: la signora è malata, le è venuta l'infruenza e il marito non può cataminarsi perché deve darle adenzia. Commissario, una libertà mi pigliai».

«Quale?».

«Li ho scaglionati a gruppi. Verranno a dieci a dieci a una distanza di un'ora. Accussì succede meno battarìa».

«Hai fatto bene, Fazio. Grazie, puoi andare».

Fazio non si mosse, ora era venuto il momento della vendetta per il rimprovero ingiustificato di poco prima.

«A proposito che me la sono pigliata comoda, le volevo dire che macari a Montelusa andai».

«Che ci sei andato a fare?».

Ma che gli stava pigliando al commissario che ora si scordava le cose?

«Non s'arricorda? Andai a fare quello che mi disse. A trovare quelli della ditta Manzo che avevano staccato l'assegno di due milioni che abbiamo trovato in sacchetta a Nenè Sanfilippo. Tutto regolare. Il signor Manzo gli dava un milione netto al mese perché il picciotto andava a tenere d'occhio i computer, se c'era qualche cosa da regolare, d'aggiustare... Siccome il mese passato per un disguido non l'avevano pagato, gli avevano fatto un assegno doppio».

«Quindi Nenè travagliava».

«Travagliava?! Con i soldi che gli dava la ditta Manzo ci pagava sì e no l'affitto! E il resto da dove lo pigliava?».

Mimì Augello s'affacciò alla porta che già faceva scuro. Aveva gli occhi arrussicati. A Montalbano passò per la testa che Mimì avesse pianto, in preda a una crisi di pentimento. Com'era, del resto, di moda: tutti, dal Papa all'ultimo mafioso, si pentivano di qualche cosa. E invece manco per sogno! La prima cosa che Augello infatti disse fu: «Gli occhi ci sto appizzando sulle carte di Nenè Sanfilippo! Sono arrivato a metà delle lettere».

«Sono solo lettere sue?».

«Ma quando mai! È un vero e proprio epistolario. Lettere sue e lettere della fìmmina che però non si firma».

«Ma quante sono?».

«Una cinquantina per parte. Per un certo periodo si sono scambiati una lettera un giorno sì e uno no... Lo facevano e lo commentavano».

«Non ho capito niente».

«Ora vengo e mi spiego. Metti conto che il lunedì s'incontravano a letto. Il martedì si scrivevano reciprocamente una lettera, dove commentavano, con dovizia di particolari, tutto quello che avevano combinato il giorno avanti. Visto da lei e visto da lui. Il mercoledì s'incontravano nuovamente e il giorno appresso si scrivevano. Sono littre assolutamente vastase e porche, certe volte mi veniva d'arrussicare».

«Le lettere sono datate?».

«Tutte».

«Questo non mi persuade. Con la posta che abbiamo, come facevano le lettere ad arrivare puntualmente il giorno appresso?».

Mimì scosse la testa, facendo 'nzinga di no.

«Non credo che le spedivano per posta».

«E come se le mandavano?».

«Non se le mandavano. Se le consegnavano a mano, quando s'incontravano. Le leggevano probabilmente a letto. E dopo cominciavano a ficcare. È un ottimo eccitante».

«Mimì, si vede che sei maestro di queste cose. Oltre alla data, nelle lettere c'è la provenienza?».

«Quelle di Nenè partono sempre da Vigàta. Quelle della fìmmina da Montelusa o, più raramente, da Vigàta. E questo avvalora la mia ipotesi. S'incontravano tanto qua quanto a Montelusa. Lei è una maritata. Spesso, lui e lei accennano al marito, ma non ne fanno mai il nome. Il periodo di maggior frequenza dei loro incontri coincide con un viaggio all'estero del marito. Che, ripeto, non viene mai chiamato per nome».

«Mi sta venendo un'idea, Mimì. Non è possibile che sia tutta una minchiata, un'invenzione del picciotto? Non è possibile che questa fìmmina non esiste, che sia un prodotto delle sue fantasie erotiche?».

«Credo che le lettere siano autentiche. Lui le ha messe nel computer e ha distrutto gli originali».

«Cosa ti fa essere tanto sicuro che le lettere siano autentiche?».

«Quello che scrive lei. Descrivono minutamente, con particolari che a noi òmini non ci passano manco per l'anticamera del cervello, quello che prova una fìmmina mentre fa l'amore. Vedi, lo fanno in tutti i modi, normale, orale, anale, in tutte le posizioni, in occasioni diverse e lei, ogni volta, dice qualche cosa di nuovo, di intimamente nuovo. Se fosse un'invenzione del picciotto, non c'è dubbio che sarebbe diventato un grande scrittore».

«A che punto sei arrivato?».

«Me ne mancano una ventina. Poi attacco il romanzo. Sai, Salvo, ho una mezza idea che posso arrinèsciri a capire chi è la fìmmina».

«Dimmi».

«È troppo presto. Ci devo pinsàri».

«Macari io mi sto facendo una mezza idea».

«E cioè?».

«Che si tratta di una fìmmina non più giovanissima che si era fatta l'amante ventino. E lo pagava profumatamente».

«Sono d'accordo. Solo che se la fìmmina è quella che penso io, non è di una certa età. È piuttosto giovane. E non correvano soldi».

«Quindi tu pensi a una questione di corna?».

«Perché no?».

«E forse hai ragione».

No, Mimì non aveva ragione. Lo sentiva a fiuto, a pelle che darrè l'ammazzatina di Nenè Sanfilippo ci doveva essere qualche cosa di grosso. Allora perché acconsentiva all'ipotesi di Mimì? Per tenerselo buono? Qual era il verbo italiano giusto? Ah, ecco: blandirlo. Se lo arruffianava indegnamente. Forse si stava comportando come quel direttore di giornale che, in un film intitolato *Prima pagina*, ricorreva a tutte le umane e divine cose perché il suo giornalista numero uno non si trasferisse, per amore, in un'altra città. Era un film comico, con Matthau e Lemmon e lui ricordava di essersi morto dalle risate. Com'è che ora, ripensandoci, non gli veniva di fare manco un mezzo sorriso?

«Livia? Ciao, come stai? Volevo farti due domande e poi dirti una cosa».

241

«Che numero hanno le domande?».

«Cosa?».

«Le domande. Che numero hanno di protocollo?».

«Dai...».

«Ma non ti rendi conto che ti rivolgi a me come se fossi un ufficio?».

«Scusami, non intendevo minimamente...».

«Avanti, fammi la prima».

«Livia, metti conto che abbiamo fatto l'amore...».

«Non posso. L'ipotesi è troppo remota».

«Ti prego, è una domanda seria».

«Va bene, aspetta che raduno i ricordi. Ci sono. Vai avanti».

«Tu, il giorno appresso, mi manderesti una lettera per descrivermi tutto quello che hai provato?».

Ci fu una pausa, tanto lunga che Montalbano pinsò che Livia se ne fosse andata lasciandolo in trìdici.

«Livia? Ci sei?».

«Stavo riflettendo. No, io personalmente non lo farei. Ma forse qualche altra donna, in preda a una forte passione, lo farebbe».

«La seconda domanda è questa: quando Mimì Augello ti confidò che aveva intenzione di sposarsi...».

«Oddio, Salvo, come sei noioso quando ti ci metti!».

«Lasciami finire. Ti disse anche che avrebbe dovuto fare domanda di trasferimento? Te lo disse?».

Stavolta la pausa fu più lunga della prima. Ma Montalbano sapeva che lei era ancora all'altro capo, il respiro le era diventato pesante. Poi spiò, con un filo di voce:

«L'ha fatto?».

«Sì, Livia, l'ha fatto. Poi, per una battuta imbecille del questore, l'ha ritirata. Ma solo momentaneamente, penso».

«Salvo, credimi, non mi fece nessun accenno all'eventualità di lasciare Vigàta. E non credo che quando mi parlò della sua intenzione di sposarsi l'avesse in mente. Mi dispiace. Molto. E capisco come debba dispiacere a te. Cos'è che volevi dirmi?».

«Che mi manchi».

«Davvero?».

«Sì, tanto».

«Tanto quanto?».

«Tanto tanto».

Ecco, così. Abbandonarsi all'ovvietà più assoluta. E certamente la più vera.

Si era appena andato a corcare col libro di Vázquez Montalbán. Cominciò a rileggerlo da principio. Alla fine della terza pagina, il telefono squillò. Se la pinsò un momento, il desiderio di non rispondere era forte, ma capace che avrebbero insistito fino a farlo pigliare dal nirbùso.

«Pronto? Parlo col commissario Montalbano?».

Non raccanoscì la voce.

«Sì».

«Commissario, le domando perdono di doverla disturbare a quest'ora e quando sta godendosi il desiderato riposo in famiglia...».

Ma quale famiglia? Si erano amminchiati tutti, da Lattes allo sconosciuto, con una famiglia che non aveva?

«Ma chi parla?».

«...dovevo però essere certo di trovarla. Sono l'avvocato Guttadauro. Non so se si ricorda di me...».

E come poteva non ricordarsi di Guttadauro, avvocato prediletto dai mafiosi, che in occasione dell'omicidio della bellissima Michela Licalzi aveva tentato d'incastrare l'allora capo della Mobile di Montelusa? Un verme certamente aveva più senso dell'onore di Orazio Guttadauro.

«Mi scusa un istante, avvocato?».

«Per carità di Dio! Sono io che invece devo...».

Lo lasciò parlare e andò in bagno. Svuotò la vescica, si fece una gran lavata di faccia. Quando si parlava con Guttadauro bisognava essere svegli e vigili, cogliere macari la più evanescente sfumatura delle parole che adoperava.

«Eccomi, avvocato».

«Stamattina, caro commissario, sono andato a trovare il mio vecchio amico e cliente don Balduccio Sinagra che lei certamente conoscerà, se non di persona, almeno di nome».

Non solo di nome, ma di fama. Il capo di una delle due famiglie di mafia, l'altra era quella dei Cuffaro, che si contendevano il territorio della provincia di Montelusa. Come minimo,
un morto al mese, uno da una parte e uno dall'altra.

«Sì, l'ho sentito nominare».

«Bene. Don Balduccio è molto avanti negli anni, l'altro ieri
ha compiuto i novanta. Patisce qualche acciacco, questo è naturale data l'età, ma ha ancora una testa lucidissima, si ricorda
di tutto e di tutti, segue i giornali, la televisione. Io lo vado spesso a trovare perché m'incanta con i suoi ricordi e, lo confesso
umilmente, con la sua illuminata saggezza. Pensi che...».

Voleva babbiare, l'avvocato Orazio Guttadauro? Gli telefonava a casa all'una di notte per scassargli i cabasisi rela-
zionandolo sullo stato di salute fisica e mentale di un delinquente come Balduccio Sinagra che prima crepava e meglio
era per tutti?

«Avvocato, non le pare di...».

«Mi perdoni la lunga digressione, dottore, ma quando mi metto a parlare di don Balduccio verso il quale nutro i sensi della
più profonda venerazione...».

«Avvocato, guardi che...».

«Mi scusi, mi scusi, mi scusi. Perdonato? Perdonato. Vengo
al dunque. Stamattina don Balduccio, parlando del più e del meno, ha fatto il suo nome».

«Nel più o nel meno?».

A Montalbano la battuta gli era nisciùta senza poterla fermare.

«Non ho capito» fece l'avvocato.

«Lasci perdere».

E non aggiunse altro, voleva che fosse Guttadauro a parlare.
Appizzò però di più le orecchie.

«Ha domandato di lei. Se stava bene in salute».

Un piccolo brivido percorse la spina dorsale del commissario.
Se don Balduccio s'informava dello stato di salute di una persona, nel novanta per cento dei casi quella stessa pirsona, da lì
a pochi giorni, se ne acchianava al Camposanto sulla collina di
Vigàta. Manco stavolta però raprì bocca per incoraggiare Guttadauro al dialogo. Cuòciti nel tuo brodo, cornuto.

«Il fatto è che desidera tanto vederla» sparò l'avvocato, venendo finalmente al dunque.

«Non c'è problema» fece Montalbano con l'appiombo di uno 'ingrisi.

«Grazie, commissario, grazie! Lei non può immaginare quanto io sia lieto della sua risposta! Ero certo che avrebbe esaudito il desiderio di un uomo anziano il quale, malgrado tutto quello che si dice sul suo conto...».

«Viene in commissariato?».

«Chi?».

«Come chi? Il signor Sinagra. Non ha appena detto che voleva vedermi?».

Guttadauro fece due ehm ehm d'imbarazzo.

«Dottore, il fatto è che don Balduccio si muove con estrema difficoltà, le gambe non lo reggono. Sarebbe estremamente penoso per lui venire in commissariato, mi capisca...».

«Capisco perfettamente come per lui sia penoso venire in commissariato».

L'avvocato preferì non rilevare l'ironia. Stette in silenzio.

«Allora dove possiamo incontrarci?» spiò il commissario.

«Mah, don Balduccio suggeriva che... insomma se lei poteva usargli la gentilezza d'andare da lui...».

«Nulla in contrario. Naturalmente, prima, dovrò avvertire i miei superiori».

Non aveva naturalmente nessuna intenzione di parlarne con quell'imbecille di Bonetti-Alderighi. Ma voleva tanticchia divertirsi con Guttadauro.

«È proprio necessario?» spiò, con voce piatosa, l'avvocato.

«Beh, direi di sì».

«Ecco, vede, commissario, ma don Balduccio pensava a un colloquio riservato, molto riservato, forse foriero d'importanti sviluppi...».

«Foriero, dice?».

«Eh, sì».

Montalbano fece una sospirata rumorosa, rassegnata, da mercante costretto a svendere.

«In questo caso...».

«Va bene per lei domani verso le diciotto e trenta?» fece prontamente l'avvocato quasi temendo che il commissario se la pentisse.

«Va bene».

«Grazie, grazie ancora! Né don Balduccio né io dubitavamo della sua signorile squisitezza, della sua…».

Cinque

Appena nisciùto fora dalla macchina, erano le otto e mezza del matino, sentì già dalla strata una gran battarìa che proveniva dall'interno del commissariato. Trasì. I primi dieci convocati, cinque mariti con rispettive mogliere, s'erano appresentati con abbondante anticipo e si comportavano alla stessa manera di picciliddri di un asilo infantile. Ridevano, scherzavano, si davano ammuttùna, s'abbracciavano. A Montalbano venne di subito in mente che forse qualcuno avrebbe dovuto pigliare in considerazione la creazione di asili senili comunali.

Catarella, preposto da Fazio all'ordine pubblico, ebbe l'infelice idea di gridare:

«Il dottori commissario pirsonalmente di pirsona arrivò!».

In un vìdiri e svìdiri, quel giardino d'infanzia, inspiegabilmente, si trasformò in un campo di battaglia. A spintoni, a sgambetti, trattenendosi reciprocamente ora per un braccio ora per la giacchetta, tutti i presenti assugliarono il commissario, tentando d'arrivare per primi. E durante la colluttazione, parlavano e vociavano, assordando Montalbano con un vocìo totalmente incomprensibile.

«Ma che succede?» spiò, facendo la voce militare.

Subentrò una relativa calma.

«M'arraccomando, niente parzialità!» fece uno, un mezzo nano, mettendoglisi sotto il naso. «Si proceda nella chiamata per ordine strittissimamenti flabbetico!».

«Nossignori e nossignori! La chiamata va fatta per anzianità!» proclamò, arraggiato, un secondo.

«Come si chiama lei?» spiò il commissario al mezzo nano che era arrinisciùto a parlare per primo.

«Abate Luigi, mi chiamo» disse taliandosi torno torno come a rintuzzare una qualche smentita.

Montalbano si congratulò con se stesso per aver vinto la scommessa. Si era detto che il mezzo nano, sostenitore della chiamata per ordine alfabetico, certamente di cognome faceva Abate o Abete, fagliando la Sicilia di nomi come Alvar Aalto.

«E lei?».

«Zotta Arturo. E sono il più vecchio di tutti i prisenti!».

E macari sul secondo non si era sbagliato.

Traversata fortunosamente quella decina di pirsone che parevano un centinaro, il commissario si barricò nella sua càmmara con Fazio e Galluzzo, lasciando Catarella di guardia per contenere altri tumulti senatoriali.

«Ma com'è che sono già tutti qui?».

«Commissario, se proprio la vuole sapìri tutta, alle otto di stamatina si erano appresentati quattro dei convocati, due mariti con due mogliere. Che vuole, sono vecchi, patiscono di mancanza di sonno, la curiosità se li sta mangiando vivi. Pensi che di là c'è una coppia che doveva venire alle dieci» spiegò Fazio.

«Sentite, mettiamoci d'accordo. Voi siete liberi di fare le domande che ritenete più opportune. Ma ce ne sono alcune indispensabili. Pigliate nota. Prima domanda: conosceva i signori Griffo avanti della gita? Se sì, dove, come e quando. Se qualcuno dice che aveva conosciuto i Griffo prima, non lasciatelo andare via perché ci voglio parlare io. Seconda domanda: dove stavano seduti i Griffo dintra al pullman, tanto nel viaggio d'andata quanto in quello di ritorno? Terza domanda: i Griffo, durante la gita, hanno parlato con qualcuno? Se sì, di cosa? Quarta domanda: sa dirmi che hanno fatto i Griffo durante la giornata passata a Tindari? Hanno incontrato persone? Sono andati in qualche casa privata? Qualsiasi notizia in proposito è fondamentale. Quinta domanda: sa se i Griffo sono scesi dal pullman in una delle tre fermate extra effettuate durante il viaggio di ritorno su richiesta dei passeggeri? Se sì, in quale delle tre? Li ha visti risalire? Sesta e ultima domanda: li ha notati dopo l'arrivo del pullman a Vigàta?».

Fazio e Galluzzo si taliarono.

«Mi pare di capire che lei pensa che ai Griffo ci sia capitato qualche cosa durante il viaggio di ritorno» disse Fazio.

«È solo un'ipotesi. Sulla quale dobbiamo travagliare. Se qualcuno ci viene a dire che li ha visti tranquillamente scendere a Vigàta e tornarsene a casa loro, noi con questa ipotesi ce l'andiamo a pigliare in quel posto. E dovremo ricominciare tutto da capo. Una cosa vi raccomando, cercate di non sgarrare, se lasciamo spazio a questi vecchiareddri siamo fottuti, capace che ci contano la storia della loro vita. Un'altra raccomandazione, interrogate le coppie in modo che uno si piglia la mogliere e l'altro il marito».

«E perché?» spiò Galluzzo.

«Perché si condizionerebbero reciprocamente, macari in perfetta buonafede. Voi due ve ne pigliate tre a testa, io mi piglio gli altri. Se fate come vi ho detto e la Madonna ci accompagna, ce la sbroglieremo presto».

Fin dal primo interrogatorio il commissario si fece persuaso che quasi certamente aveva sbagliato previsione e che ogni dialogo poteva facilissimamente svicolare nell'assurdo.

«Noi ci siamo conosciuti poco fa. Lei mi pare si chiama Arturo Zotta, non è vero?».

«Certo che è vero. Zotta Arturo fu Giovanni. Mio patre aveva un cugino che faceva lo stagnaro. E spisso lo scangiavano con lui. Mio patre invece...».

«Signor Zotta, io...».

«Ci volevo macari dire che ci provo grannissima sodisfazioni».

«Di che?».

«Per il fatto che lei fece la cosa che ci dissi di fare».

«E cioè?».

«Di accominciare dall'anzianità. Il più vecchio di tutti, sono. Settantasette anni ho che faccio tra due mesi e cinco jorna. Ci vuole rispetto per i granni. Questo io lo dico e l'arripeto ai nipoti me' che sono vastasazzi. È la mancanza di rispetto che sta fottendo l'universo criato. Lei non era manco nasciuto ai tempi di Musolini. Ai tempi di Musolini sì che c'era rispetto! E se tu mancavi di rispetto, zac, ti tagliava la testa. M'arricordo...».

«Signor Zotta, veramente abbiamo deciso di non seguire un ordine, né alfabetico né...».

Il vecchio si fece una risatina tutta in «i».

«E come ti potevi sbagliare? La mano sul foco potevi metterci! Qua dintra, che dovrebbe essere la casa matre dell'ordine, nossignore, dell'ordine se ne stracatafottono! Vanno avanti a cazzo di cane! A come viene viene! Alla sanfasò, vanno! Ma io dico: ne amate verso? E poi ci lamintamo che i picciotti si drogano, arrubbano, ammazzano...».

Montalbano si maledisse. Come aveva fatto a lasciarsi intrappolare da quel vecchio logorroico? Doveva fermare la valanga. Subito, o sarebbe stato inesorabilmente travolto.

«Signor Zotta, per favore, non tergiversiamo».

«Eh?».

«Non divaghiamo!».

«E chi addivaga? Lei pensa che io mi suso alle sei del matino per vinìri ccà e addivagare? Lei pensa che io non abbia così di meglio da fari? Va beni che sono pinsionato, ma...».

«Lei conosceva i Griffo?».

«I Griffo? Mai visti prima della gita. E macari doppo la gita posso dire di non averli conosciuti. Il nome, questo sì. Ci lo sentii fare quanno che il guidatori chiamò l'appello per la partenza e loro arrisponnettero prisente. Non ci siamo salutati e manco parlati. Né scu né passiddrà. Se ne stavano mutangheri e appartati, per i fatti so'. Ora vede, signor commissario, questi viaggi addiventano belli se tutti sanno stare in compagnia. Si sgherza, si ride, si cantano canzuna. Ma se invece...».

«È sicuro di non avere mai conosciuto i Griffo?».

«E dove?».

«Mah, al mercato, dal tabaccaio».

«La spisa la fa mia mogliere e io non fumo. Però...».

«Però?».

«Conoscevo un tale che si chiamava Pietro Giffo. Capace che era un parente, ci mancava solamenti la erre. Questo Giffo, che faceva il commesso viaggiatore, era un tipo sgherzevole. Una volta...».

«Per caso, li ha incontrati i Griffo nella giornata passata a Tindari?».

«Io e mia mogliere mai a nessuno vediamo della compagnia dove che andiamo andiamo. Arriviamo a Palermo? E lì ci ho un cognato. Scendiamo a Erice? E lì ci ho un cugino. Mi fanno facce, m'invitano a mangiari. A Tindari, poi non ne parliamo! Ho un nipote, Filippo, che è venuto a pigliarci al pullman, ci ha portati a casa, sua mogliere ci aveva priparato uno sfincione per primo e per doppo una...».

«Quando l'autista ha chiamato l'appello per il ritorno, i Griffo hanno risposto?».

«Sissignore, li sentii che rispondevano».

«Ha notato se sono scesi a una delle tre fermate extra che il pullman fece durante il viaggio di ritorno?».

«Commissario, io ci stavo dicendo quello che mio nipote Filippo ci priparò di mangiari. Una cosa che manco ci potevamo susìre dalle seggie tanto era il carrico che avevamo nella panza! Al ritorno, alla fermata prevista per il caffellatte coi biscotti io non volevo manco scìnniri. Poi mia mogliere m'arricordò che tanto era tutto già pagato. Ci potevamo appizzare i soldi? E accussì mi pigliai solo tanticchia di latte con due biscotti. E di subito mi calò la sonnacchiera. Mi capita sempri doppo che ho mangiato. A farla brevi, m'addrummiscii. E meno mali che non avevo voluto il cafè! Pirchì deve sapere, signor mio, che il cafè...».

«...non le fa chiudere occhio. Una volta che siete arrivati a Vigàta, ha visto scendere i Griffo?».

«Egregio, con l'ora che era e con lo scuro che faceva io a momenti manco sapevo se mia mogliere era scinnuta!».

«Si ricorda dov'eravate seduti?».

«Mi ricordo benissimo indovi ch'eravamo assittati io e la mia signora. Propio in mezzo al pullman. Davanti c'erano i Bufalotta, darrè i Raccuglia, di lato i Persico. Tutta gente che ci conoscevamo, era il quinto viaggio che facevamo 'nzèmmula. I Bufalotta, povirazzi, hanno bisogno di sbariarsi. Il loro figlio più granni, Pippino, morsi mentre che...».

«Si ricorda dove stavano seduti i Griffo?».

«Mi pare nell'ultima fila».

«Quella che ha cinque posti l'uno allato all'altro senza braccioli?».

«Mi pare».

«Bene, è tutto, signor Zotta, può andare».

«Che viene a dire?».

«Viene a dire che abbiamo finito e lei può tornarsene a casa».

«Ma come?! E che minchia di modo è? E per una fesseria accussì, scomodate un vecchio di settantasette anni e la sua signora di settantacinque? Alle sei di matina ci siamo susuti! Ma le pare cosa?».

Quando l'ultimo dei vecchiareddri se ne fu andato che già era quasi l'una, il commissariato parse stracangiato in un posto dove si era svolto un affollato picnic. Va bene che nell'ufficio non c'era l'erba, ma oggi come oggi dove la trovi l'erba? E quella che ancora ce la fa a resistere vicino al paìsi che è, erba? Quattro fili stenti e mezzo ingialluti che se ci metti la mano dintra al novantanove su cento c'è ammucciata una siringa che ti punge.

Con questi belli pinsèri il malumore stava nuovamente pigliando il commissario quando si addunò che Catarella, incaricato delle pulizie, si era di colpo imbalsamato, la scopa in una mano e nell'altra qualcosa che non si capiva bene.

«Talè! Talè! Talè» murmuriava strammato taliando quello che teneva in mano dopo averlo raccolto da terra.

«Cos'è?».

Di colpo, a Catarella la faccia gli addiventò una vampa di foco.

«Un prisirfatifo, dottori!».

«Usato?!» sbalordì il commissario.

«Nonsi, dottori, ancora che 'ncartato sta».

Ecco, quella era l'unica differenza con i resti di un autentico picnic. Per il resto, la stessa sconsolante sporcizia, fazzolettini di carta, cicche, lattine di Coca-Cola, di birre, di aranciate, bottiglie d'acqua minerale, pezzi di pane e di biscotti, addirittura un cono gelato in un angolo che lentamente si squagliava.

Come Montalbano aveva già messo in conto, e certamente macari questa era una delle cause, se non la principale, del suo umore grèvio, da una prima comparazione delle risposte avute da lui, da Fazio e da Galluzzo, arrisultò che sui Griffo ne sapevano esattamente quanto prima.

Il pullman, escluso quello dell'autista, aveva cinquantatré posti a sedere. I quaranta gitanti si erano tutti aggruppati nella parte anteriore, venti da una parte e venti dall'altra col corridoio in mezzo. I Griffo invece avevano viaggiato, sia all'andata che al ritorno, assittati in due dei cinque posti della fila di fondo, con alle spalle il grande lunotto posteriore. Non avevano rivolto la parola a nessuno e nessuno aveva loro rivolto la parola. Fazio gli riferì che uno dei passeggeri gli aveva detto: «La sa una cosa? Doppo tanticchia ci siamo scordati di loro. Era come se non viaggiassero con noi sopra lo stesso pullman».

«Però» fece a un tratto il commissario. «Manca ancora la deposizione di quella coppia che la signora è malata. Scimè, mi pare».

Fazio fece un sorrisino.

«E lei crede che la signora Scimè si sarebbe fatta escludere dal festino? Le sue amiche sì, e lei no? Si è appresentata, accompagnata dal marito, che manco si teneva sulle gambe. Trentanove, aveva. Io ho parlato con lei, Galluzzo col marito. Niente, la signora poteva sparagnarsi lo strapazzo».

Si taliarono sconsolati.

«Nottata persa e figlia fìmmina» commentò Galluzzo, citando la proverbiale frase di un marito che, dopo avere assistito per tutta la nottata la moglie partoriente, aveva visto nascere una picciliddra invece dell'agognato figlio màscolo.

«Andiamo a mangiare?» spiò Fazio, susendosi.

«Voi andate pure. Io resto ancora. Chi c'è di guardia?».

«Gallo».

Rimasto solo, si mise a considerare lo schizzo, fatto da Fazio, che rappresentava la pianta del pullman. Un rettangolino isolato in cima con dentro scritto: autista. Seguivano dodici file di quattro rettangolini ognuna con dentro scritti i nomi degli occupanti.

Taliandolo, il commissario si rese conto della tentazione alla quale Fazio si era negato: quella di disegnare rettangoli enormi con dentro le generalità complete degli occupanti, nome, cognome, paternità, maternità... Nell'ultima fila di cinque posti Fazio aveva scritto Griffo in modo che le lettere del cognome occupassero tutti e cinque i rettangolini: evidentemente non era riuscito a capire quali dei cinque posti gli scomparsi avevano occupato.

Montalbano principiò a immaginarsi il viaggio. Dopo i primi saluti, qualche minuto d'inevitabile silenzio per sistemarsi meglio, alleggerirsi di sciarpe, coppole, cappelli, controllare se nella borsetta o nella sacchetta c'erano gli occhiali, le chiavi di casa... Poi i primi accenni d'allegria, i primi discorsi ad alta voce, frasi che s'intrecciavano... E l'autista che domandava: volete che apro la radio? Un coro di no... E forse, ogni tanto, qualcuno o qualcuna che si voltava verso il fondo, verso l'ultima fila dove c'erano i Griffo, l'uno allato all'altra, immobili e apparentemente sordi perché gli otto posti vacanti tra loro e gli altri passeggeri facevano come una sorta di barriera ai suoni, alle parole, ai rumori, alle risate.

Fu a questo punto che Montalbano si diede una manata sulla fronte. Se n'era scordato! L'autista gli aveva detto una cosa precisa e a lui gli era completamente passata di testa.

«Gallo!».

Più che un nome, gli niscì dalla gola una vociata strozzata. La porta si spalancò, apparse Gallo scantato.

«Che c'è, commissario?».

«Chiamami d'urgenza la ditta dei pullman che io mi sono dimenticato come fa. Se c'è qualcuno, passamelo subito».

Ebbe fortuna. Rispose il contabile.

«Ho bisogno di un'informazione. Nel viaggio a Tindari di domenica passata, oltre all'autista e ai passeggeri c'era qualcun altro a bordo?».

«Certo. Vede, dottore, la nostra ditta concede a rappresentanti di casalinghi, detersivi, soprammobili, di...».

L'aveva detto col tono di un re che elargisce una grazia.

«Quanto vi fate pagare?» spiò Montalbano, irrispettoso suddito.

Il tono regale dell'altro si cangiò in una sorta di balbettìo penoso.

«De... de... ve co... co... considerare che la pe... percentuale...».

«Non m'interessa. Voglio il nome del rappresentante che c'era in quel viaggio e il suo numero di telefono».

«Pronto? Casa Dileo? Il commissario Montalbano sono. Vorrei parlare con la signora o signorina Beatrice».

«Sono io, commissario. Signorina. E mi domandavo quando lei si sarebbe deciso a interrogarmi. Se non l'avesse fatto entro oggi, sarei venuta io in commissariato».

«Ha finito di mangiare?».

«Non ho ancora principiato. Sono appena tornata da Palermo, ho fatto un esame all'università e, dato che sono sola, dovrei mettermi a cucinare. Ma non ne ho tanta voglia».

«Vuol venire a pranzo con me?».

«Perché no?».

«Ci vediamo tra mezzora alla trattoria San Calogero».

Gli otto òmini e le quattro fìmmine che in quel momento stavano mangiando nella trattoria, si fermarono, chi prima e chi dopo, con la forchetta a mezz'aria e taliarono la picciotta appena trasùta. Una vera billizza, alta, bionda, snella, capelli lunghi, occhi cilestri. Una di quelle che si vedono sulle copertine delle riviste, solo che questa aveva un'ariata di brava picciotta di casa. Che ci faceva nella trattoria San Calogero? Il commissario ebbe appena il tempo di porsi la domanda che la creatura si diresse verso il suo tavolo.

«Lei è il commissario Montalbano, vero? Sono Beatrice Dileo».

S'assittò, Montalbano restò ancora un attimo addritta, imparpagliato. Beatrice Dileo non aveva un filo di trucco, era accussì di natura sua. Forse per questo le fìmmine presenti continuavano a taliarla senza gelosia. Come si fa a essere gelosi di un gersomino d'Arabia?

«Che pigliate?» spiò Calogero avvicinandosi. «Oggi ho un risotto al nìvuro di sìccia ch'è proprio speciale».

«Per me va bene. E per lei, Beatrice?».

«Anche per me».

Montalbano, con soddisfazione, notò che non aveva aggiunto una frase tipicamente femminile. Me ne porti poco, mi raccomando. Due cucchiaiate. Una cucchiaiata. Tredici chicchi di riso contati. Dio, la 'ntipatia!

«Per secondo avrei delle spigole pescate stanotte oppure...».

«Per me va bene, niente oppure. E lei, Beatrice?».

«Le spigole».

«Per lei, commissario, la solita minerale e il solito Corvo bianco. E per lei, signorina?».

«Lo stesso».

E che erano, maritati?

«Senta, commissario» fece Beatrice con un sorriso «le devo confessare una cosa. Io quando mangio non riesco a parlare. Perciò m'interroghi prima che portino il risotto o tra un piatto e l'altro».

Gesù! Allora era vero che nella vita capita il miracolo d'incontrare l'anima gemella! Peccato che, così, a occhio e croce, doveva avere un venticinque anni meno di lui.

«Ma che interrogare! Mi dica, piuttosto, di lei».

E così, prima che Calogero arrivasse col risotto speciale ch'era qualcosa di più che semplicemente speciale, Montalbano apprese che Beatrice aveva, appunto, venticinque anni, che era fuori corso in Lettere a Palermo, che faceva la rappresentante della ditta «Sirio casalinghi» per campare e mantenersi agli studi. Siciliana malgrado le apparenze, certamente una siculo-normanna, nata ad Aidone dove ancora stavano i suoi genitori. Perché lei invece abitava e travagliava a Vigàta? Semplice: due anni avanti, ad Aidone, aveva conosciuto un picciotto di Vigàta, macari lui studente a Palermo, ma in legge. Si erano innamorati, lei aveva fatto una spaventosa azzuffatina coi suoi che si opponevano e aveva seguito il picciotto a Vigàta. Avevano pigliato un appartamentino al sesto piano di un casermone a Piano Lanterna. Ma dal balcone della càmmara di letto si vedeva il mare. Dopo manco quattro mesi di felicità, Roberto, questo il nome del suo ragazzo, le aveva fatto trovare un gentile bigliettino col quale le comunicava che si trasferiva a Roma dove l'aspettava la sua fidanzata, una lontana cugina. Lei non aveva avuto la faccia di tornare ad Aidone. Tutto qua.

Poi, col naso, il palato, la gola invasi dal meraviglioso sciàuro del risotto, fecero silenzio, come d'accordo.

Ripigliarono a parlare aspettando le spigole. Ad attaccare il discorso sui Griffo fu proprio Beatrice.

«Questi due signori che sono scomparsi...».

«Mi scusi. Se lei era a Palermo, come ha fatto a sapere che...».

«Ieri sera mi ha telefonato il direttore della "Sirio". M'ha detto che lei aveva convocato tutti i gitanti».

«Va bene, vada avanti».

«Io devo per forza portarmi appresso un campionario. Se il pullman è al completo, il campionario, che è ingombrante, due scatoloni grossi, l'infilo nel bagagliaio. Se invece il pullman non è completo, lo metto nell'ultima fila, quella a cinque posti. Gli scatoloni li sistemo nei due posti più lontani dallo sportello, per non ostacolare la salita o la discesa dei passeggeri. Bene, i signori Griffo sono andati ad assittarsi proprio all'ultima fila».

«Quali dei tre posti rimanenti occupavano?».

«Beh, lui era in quello centrale che ha di fronte il corridoio. Sua moglie gli stava allato. Il posto libero restava il più vicino allo sportello. Io, quando arrivai verso le sette e mezza...».

«Con il campionario?».

«No, il campionario era stato già sistemato sul pullman la sera avanti, da un addetto della "Sirio". Lo stesso addetto viene a riprenderselo quando torniamo a Vigàta».

«Continui pure».

«Quando li vidi assittati proprio dove c'erano gli scatoloni, feci loro presente che potevano scegliersi posti migliori, dato che il pullman era ancora quasi vacante e non c'era prenotazione. Spiegai che, dovendo mostrare la merce, avrei dato fastidio andando avanti e indietro. Lei manco mi taliò, teneva lo sguardo fisso avanti, la credetti sorda. Lui invece che pareva preoccupato, no, preoccupato no, ma teso, mi rispose che io potevo fare quello che volevo, loro preferivano starsene lì. A metà del viaggio, dovendo cominciare il mio lavoro, lo feci alzare. E lo

257

sa che fece? Col sedere urtò quello della moglie che si spostò nel posto libero vicino allo sportello. E lui scivolò di lato. Così io potei prendere la mia padella. Ma appena mi misi con le spalle all'autista, il microfono in una mano e la padella nell'altra, i Griffo tornarono ai posti di prima».

Sorrise.

«Quando sto così, mi sento molto ridicola. E invece... C'è un gitante quasi abituale, il cavaliere Mistretta, che ha costretto la moglie a comprare tre batterie complete. Ma si rende conto? È innamorato di me, non le dico che sguardi mi lancia la moglie! Bene, ad ogni acquirente regaliamo un orologio parlante, di quelli che i vù cumprà vendono a diecimila lire. A tutti invece offriamo una penna biro con sopra inciso il nome della ditta. I Griffo non l'hanno voluta».

Arrivarono le spigole e calò nuovamente silenzio.

«Vuole della frutta? Un caffè?» spiò Montalbano quando purtroppo delle spigole non rimasero altro che resche e teste.

«No» disse Beatrice «mi piace restare col sapore di mare».

Non solo gemella, ma gemella siamese.

«Insomma, commissario, per tutto il tempo che durò la vendita ogni tanto li taliavo, i Griffo. Impalati salvo che lui, qualche volta, si voltava a guardare indietro attraverso il lunotto. Come se temesse che qualche macchina seguisse il pullman».

«O all'incontrario» disse il commissario. «Per essere sicuro che qualche macchina continuasse a seguire il pullman».

«Può essere. Non mangiarono con noi a Tindari. Quando scendemmo, li lasciammo ancora assittati. Siamo risaliti e loro stavano sempre lì. Durante il viaggio di ritorno, non scesero manco alla fermata per il caffellatte. Ma di una cosa sono certa: fu lui, il signor Griffo, a volere la fermata al bar-trattoria Paradiso. Mancava poco all'arrivo e l'autista voleva tirare dritto. Lui protestò. E così scesero quasi tutti. Io rimasi a bordo. Poi l'autista suonò il clacson, i gitanti acchianarono e il pullman ripartì».

«È sicura che macari i Griffo acchianarono?».

«Questo non lo posso assicurare. Durante la sosta, io mi misi a sentire musica dal walkman, avevo la cuffia. Tenevo gli occhi chiusi. A farla breve, mi pigliò la sonnolenza. Insomma, raprii gli occhi a Vigàta che già buona parte dei passeggeri era discesa».

«E quindi è possibile che i Griffo si stessero già dirigendo a piedi a casa loro».

Beatrice raprì la bocca come per dire qualcosa, la richiuse.

«Avanti» disse il commissario «qualsiasi cosa, macari quella che a lei può parere stupida, a me può essere utile».

«Ecco, quando l'addetto della ditta è salito per ritirare il campionario, io l'ho aiutato. Tirando verso di me il primo degli scatoloni, appoggiai la mano nel posto dove fino a poco prima avrebbe dovuto esserci assittato il signor Griffo. Era freddo. Secondo me, quei due non sono risaliti a bordo dopo la fermata al bar Paradiso».

Sei

Calogero portò il conto, Montalbano pagò, Beatrice si susì, il commissario macari, sia pure con una punta di dispiacere, la picciotta era una vera e propria meraviglia di Dio, ma c'era picca da fare, la cosa finiva lì.

«L'accompagno» disse Montalbano.

«Ho la macchina» replicò Beatrice.

E in quel priciso momento Mimì Augello fece la sua comparsa. Vide Montalbano, si diresse verso di lui e tutto 'nzèmmula si paralizzò con gli occhi sbarracati, parse che fosse passato quell'angelo della credenza popolare che dice «ammè» e ognuno resta accussì com'è. Aveva evidentemente messo a fuoco Beatrice. Poi, di colpo, voltò le spalle e accennò a tornarsene narrè.

«Cercavi a mia?» lo fermò il commissario.

«Sì».

«E allora perché te ne stavi andando?».

«Non volevo disturbare».

«Ma quale disturbo e disturbo, Mimì! Vieni. Signorina, le presento il mio vice, il dottor Augello. La signorina Beatrice Dileo che ha avuto modo, domenica passata, di viaggiare coi Griffo e mi ha detto cose interessanti».

Mimì sapeva solo che i Griffo erano scomparsi, non conosceva niente delle indagini, ma non arrinisciva ad aprire bocca, gli occhi fissi sulla picciotta.

Fu allora che il Diavolo, quello con la «D» maiuscola, si materializzò allato a Montalbano. Invisibile a tutti, tranne che al commissario, indossava il costume tradizionale, pelle pilusa, pedi caprigni, coda, corna corte. Il commissario ne sentì l'alito infocato e surfaroso abbrusciargli l'orecchia sinistra.

«Falli conoscere meglio» ordinò il Diavolo.

E Montalbano s'inchinò al Suo Volere.

«Ha ancora cinque minuti?» spiò con un sorriso a Beatrice.

«Sì. Sono libera tutto il pomeriggio».

«E tu, Mimì, hai mangiato?».

«An... an... ancora no».

«Allora siediti al mio posto e ordina, mentre la signorina ti conta quello che ha contato a me a proposito dei Griffo. Io, purtroppo, ho una faccenda urgente da sbrigare. Ci vediamo più tardi in ufficio, Mimì. E grazie ancora, signorina Dileo».

Beatrice s'assittò nuovamente, Mimì si calò sulla seggia, rigido che pareva avesse d'incoddro un'armatura medievale. Ancora non si faceva capace come gli fosse capitata quella grazia di Dio, ma la cosa che ci aveva messo il carrico di undici era stata l'insolita gentilezza di Montalbano. Il quale sinni niscì dalla trattoria canticchiando. Aveva gettato un seme. Se il terreno era fertile (e sulla fertilità del terreno di Mimì non ci dubitava), quel seme avrebbe atticchiato. E allora addio Rebecca, o come si chiamava, addio domanda di trasferimento.

«Scusi, commissario, ma non le pare di essere stato tanticchia farabutto?» spiò, sdignata, la voce della coscienza di Montalbano al suo proprietario.

«Bih, che camurrìa!» fu la risposta.

Davanti al caffè Caviglione c'era il proprietario, Arturo, che, appoggiato allo stipite della porta, si pigliava il sole. Era vestito come un pizzente, giacchetta e pantaluna consumati e macchiati, a malgrado dei quattro-cinque miliardi che si era fatto prestando soldi a strozzo. Taccagno, veniva da una famiglia di taccagni leggendari. Una volta aveva fatto vìdiri al commissario un cartello, giallo e cacato di mosche, che suo nonno, agli inizi del secolo, teneva esposto nel locale: «Chi s'aseta al tavolino devi pi forza consummare macari un bicchieri d'aqua. Un bicchieri d'aqua consta centesimi due».

«Commissario, se lo piglia un cafè?».

Trasirono dintra.

«Un cafè al commissario!» ordinò Arturo al banconista mentre metteva nella cassa i soldi che Montalbano aveva ca-

261

vato dalla sacchetta. Il giorno in cui Arturo si fosse deciso a dare gratis la mollichella di una brioscia, sicuramente sarebbe capitato un cataclisma che avrebbe fatto felice Nostradamus.

«Che c'è, Artù?».

«Le volevo parlare della facenna dei Griffo. Io li conosco perché d'estate, ogni domenica sira, s'assettano a un tavolo, sempre solitari, e ordinano due pezzi duri: un gelato di cassata per lui e una nocciola con panna per lei. Io quella matina li ho visti».

«Quale matina?».

«La matina che partirono per Tindari. I pullman fanno capolinea tanticchia più avanti, sulla piazza. Io rapro alle sei, minuto cchiù, minuto meno. Bene, i Griffo erano già qua fora, davanti alla saracinesca abbassata. E il pullman doveva partire alle sette, si figurasse!».

«Bevvero o mangiarono qualcosa?».

«Una brioscia càvuda a testa che mi portarono dal forno una decina di minuti appresso. Il pullman arrivò alle sei e mezza. L'autista, che si chiama Filippu, trasì e ordinò un cafè. Allora il signor Griffo gli si avvicinò e gli spiò se potevano pigliare posto a bordo. Filippu arrispunnì di sì e loro niscirono senza manco dirmi bongiorno. Che si scantavano, di perdere il pullman?».

«Tutto qua?».

«Beh, sì».

«Senti, Artù, tu a quel picciotto che hanno sparato, lo conoscevi?».

«A Nenè Sanfilippo? Fino a due anni fa veniva regolarmente a giocare a bigliardo. Doppo si faceva vìdiri raramente. Solo di notte».

«Come, di notte?».

«Commissà, io chiudo all'una. Lui ogni tanto arrivava e s'accattava qualche bottiglia di whisky, di gin, roba accussì. Veniva con la macchina e quasi sempri dintra alla macchina c'era una picciotta».

«Sei riuscito a riconoscerne qualcuna?».

«Nonsi. Forse se le portava qua da Palermo, da Montelusa, se la fotte lui da dove».

Arrivato davanti alla porta del commissariato, non se la sentì di trasìre. Sul suo tavolino l'aspittava una pila traballera di carte da firmare e al solo pinsèro il braccio destro principiò a fargli male. S'assicurò d'avere in sacchetta bastevoli sigarette, riacchianò in macchina e se ne partì in direzione di Montelusa. C'era, proprio a mezza strata tra i due pàisi, un viottolo di campagna, ammucciato darrè a un cartellone pubblicitario, che portava a una casuzza rustica sdirrupata, allato aveva un enorme ulivo saraceno che la sua para di centinara d'anni sicuramente li teneva. Pareva un àrbolo finto, di teatro, nisciùto dalla fantasia di un Gustavo Doré, una possibile illustrazione per l'*Inferno* dantesco. I rami più bassi strisciavano e si contorcevano terra terra, rami che, per quanto tentassero, non ce la facevano a isarsi verso il cielo e che a un certo punto del loro avanzare se la ripinsavano e decidevano di tornare narrè verso il tronco facendo una specie di curva a gomito o, in certi casi, un vero e proprio nodo. Poco doppo però cangiavano idea e tornavano indietro, come scantati alla vista del tronco potente, ma spirtusato, abbrusciato, arrugato dagli anni. E, nel tornare narrè, i rami seguivano una direzione diversa dalla precedente. Erano in tutto simili a scorsoni, pitoni, boa, anaconda di colpo metamorfosizzati in rami d'ulivo. Parevano disperarsi, addannarsi per quella magarìa che li aveva congelati, «canditi», avrebbe detto Montale, in un'eternità di tragica fuga impossibile. I rami mezzani, toccata sì e no una metrata di lunghezza, di subito venivano pigliati dal dubbio se dirigersi verso l'alto o se puntare alla terra per ricongiungersi con le radici.

Montalbano, quando non aveva gana d'aria di mare, sostituiva la passiata lungo il braccio del molo di levante con la visita all'àrbolo d'ulivo. Assittato a cavasè sopra uno dei rami bassi, s'addrumava una sigaretta e principiava a ragionare sulle facenne da risolvere.

Aveva scoperto che, in qualche misterioso modo, l'intricarsi, l'avvilupparsi, il contorcersi, il sovrapporsi, il labirinto insomma della ramatura, rispecchiava quasi mimeticamente quello che succedeva dintra alla sua testa, l'intreccio delle ipotesi, l'accavallarsi dei ragionamenti. E se qualche supposizione poteva a prima botta sembrargli troppo avventata, troppo azzardosa, la vista di un ramo che disegnava un percorso ancora più avventuroso del suo pinsèro lo rassicurava, lo faceva andare avanti.

Infrattato in mezzo alle foglie verdi e argento, era capace di starsene ore senza cataminarsi; immobilità interrotta di tanto in tanto dai movimenti indispensabili per addrumarsi una sigaretta, che fumava senza mai levarsela dalla bocca, o per astutare accuratamente il mozzicone sfregandolo sul tacco della scarpa. Stava tanto fermo che le formicole indisturbate gli acchianavano sul corpo, s'infilavano tra i capelli, gli passiavano sulle mani, sulla fronte. Una volta scinnuto dal ramo doveva attentamente scotoliarsi il vestito e allora, con le formicole, cadeva macari qualche ragnetto, qualche coccinella di buona fortuna.

Assistimato sul ramo, si pose una domanda fondamentale per la strata da far pigliare alle indagini: c'era un legame tra la scomparsa dei due vecchiareddri e l'ammazzatina del picciotto?

Isando gli occhi e la testa per far calare meglio la prima tirata di fumo, il commissario s'addunò di un braccio dell'ulivo che faceva un cammino impossibile, spigoli, curve strette, balzi avanti e narrè, in un punto pareva addirittura un vecchio termosifone a tre elementi.

«No, non mi freghi» gli murmuriò Montalbano respingendo l'invito. Ancora non c'era bisogno di acrobazie, per ora bastavano i fatti, solamente i fatti.

Tutti gli inquilini del palazzo di via Cavour 44, portonara compresa, erano stati concordi nel dichiarare di non avere mai visto 'nzemmula la coppia d'anziani e il picciotto. Manco per un incontro del tutto casuale, come quello che può capitare aspettando l'arrivo dell'ascensore. Avevano orari diversi, ritmi di vita completamente differenti. Del resto, a pinsàrci bene, che cavolo di rapporto poteva correre tra due anziani ursigni, non socievoli, anzi di malo carattere, che non davano confidenza ad anima criata e un ventenne, con troppi soldi da spendere dintra la sacchetta, che si portava a casa una fìmmina diversa una notte sì e una no?

La meglio era di tenere le due cose, almeno provvisoriamente, spartute. Considerare il fatto che i due scomparsi e l'ammazzato abitassero nello stesso palazzo una pura e semplice coincidenza. Per il momento. Del resto, macari senza dirlo apertamente, non aveva già deciso accussì? A Mimì Augello aveva dato da studiare le carte di Nenè Sanfilippo e quindi, implicitamente, l'aveva incaricato delle indagini per l'ammazzatina. A lui toccava occuparsi dei signori Griffo.

Alfonso e Margherita Griffo, capaci di starsene inserrati in casa macari tre o quattro jornate di seguito, come assediati dalla solitudine, senza dare il minimo segnale della loro prisenza dintra all'appartamento, manco uno stranuto o un colpo di tosse, niente, quasi che facessero le prove generali della loro successiva sparizione. Alfonso e Margherita Griffo che, a memoria del figlio, si erano cataminati una sola volta da Vigàta per andare a Messina. Alfonso e Margherita Griffo un bel giorno decidono all'improvviso d'andarsi a fare una gita a Tindari. Sono divoti della Madonna? Ma se non usavano manco andare in chiesa!

E quanto ci tengono a quella gita!

Secondo quello che aveva detto Arturo Caviglione, si erano appresentati un'ora avanti l'orario di partenza ed erano stati i primi ad acchianare sul pullman ancora completamente vacante. E a malgrado che fossero gli unici passeggeri, con una cinquantina di posti a disposizione, erano andati a sceglersi quelli certamente più scomodi, dove già c'erano i due grossi scatoloni del campionario di Beatrice Dileo. Avevano fatto quella scelta per mancanza d'esperienza, perché non sapevano che in quell'ultima fila le curve s'avvertivano di più e davano malostare? Ad ogni modo l'ipotesi che l'avessero deciso per essere più isolati, per non avere l'obbligo di parlare con i compagni di viaggio non reggeva. Se uno vuole restarsene mutanghero, ci arrinesci, macari in mezzo a centinara di pirsone. Allora perché proprio quell'ultima fila?

265

Una risposta poteva trovarsi in quello che gli aveva contato Beatrice. La picciotta aveva notato che Alfonso Griffo ogni tanto si voltava a taliare narrè attraverso il grande lunotto posteriore. Dalla posizione in cui si trovava, poteva osservare le macchine che venivano appresso. Però poteva a sua volta essere taliato da fora, metti da un'auto che seguiva il pullman. Taliare ed essere taliato: questo non sarebbe stato possibile se fosse stato assittato in qualche altro posto.

Arrivati a Tindari, i Griffo non si erano cataminati. A parere di Beatrice, non erano scinnùti dal pullman, non si erano uniti agli altri, non si erano visti in giro. Che senso aveva allora quella gita? Perché ci tenevano tanto?

Era stata sempre Beatrice a rivelare una cosa fondamentale. E cioè che era stato Alfonso Griffo a far effettuare l'ultima fermata extra ad appena una mezzorata dall'arrivo a Vigàta. Poteva darsi che gli scappasse per davero, ma poteva esserci una spiegazione completamente diversa e assai più squietante.

Forse ai Griffo, fino al giorno avanti, non gli era manco passato per l'anticamera del ciriveddro di partecipare a quella gita. Avevano in mente di passare una domenica come già ne avevano passate a centinara. Senonché capita qualcosa per cui sono costretti, contro la loro volontà, a fare quel viaggio. Non un viaggio qualsiasi, ma quello. Avevano ricevuto una specie di ordine tassativo. E chi era stato a dare quell'ordine, che potere aveva sui due vecchiareddri?

«Tanto per dargli una consistenza» si disse Montalbano «mettiamo che glielo abbia ordinato il medico».

Però non aveva nessuna gana di babbiare.

E si tratta di un medico talmente coscienzioso che con la sua macchina si mette a seguire il pullman, tanto durante il viaggio d'andata tanto in quello di ritorno, in modo da controllare che i suoi pazienti se ne stiano sempre al loro posto. Quando è già notte, e manca poco all'arrivo a Vigàta, il medico fa lampeggiare i fari della sua auto in un modo particolare. È un segnale stabilito. Alfonso Griffo prega l'autista di fermare. E al bar Paradiso si perdono le tracce della coppia. Forse il medico coscienzioso ha invitato i vecchiareddri ad acchianare nella sua macchina, capace che aveva urgenza di misurargli la pressione.

A questo punto Montalbano decise ch'era arrivata l'ora di finirla di giocare a io Tarzan tu Jane e di tornare, tanto per dire, alla civiltà. Mentre si scotoliava le formicole dal vestito, si pose l'ultima domanda: di quale malatìa segreta pativano i Griffo se era dovuto intervenire un medico curante tanto coscienzioso?

Poco prima della scinnùta che portava a Vigàta, c'era una cabina telefonica. Funzionava, miracolosamente. Il signor Malaspina, titolare dell'agenzia dei pullman, ci mise cinque minuti scarsi a rispondere alle domande del commissario.

No, i signori Griffo non avevano mai fatto in precedenza di questi viaggi.

Sì, si erano prenotati all'ultimo minuto, precisamente il sabato mattina alle ore tredici, termine ultimo per le iscrizioni.

Sì, avevano pagato in contanti.

No, a fare la prenotazione non era stato né il signore né la signora. Totò Bellavia, l'impiegato allo sportello, ci poteva mettere la mano sul foco che a fare l'iscrizione e a pagare era stato un quarantino distinto che si era qualificato come nipote dei Griffo.

Come faceva a essere accussì priparato sull'argomento? Semplice, tutto il paìsi parlava e sparlava della scomparsa dei Griffo e lui si era pigliato di curiosità e si era informato.

«Dottori, nella càmmara di Fazio ci sarebbi il figlio dei vecchiareddri».

«C'è o ci sarebbe?».

Catarella non si scompose.

«Tutti e dui li cosi, dottori».

«Fallo passare».

Davide Griffo apparse stralunato, la varba lunga, gli occhi rossi, il vestito pieghe pieghe.

«Me ne torno a Messina, commissario. Tanto, che ci sto a fare qua? Non arrinescio a pigliare sonno la notte, sempre col pensiero fisso... Il signor Fazio m'ha detto che ancora non siete arrinisciùti a capirci niente».

«Purtroppo è così. Ma non dubiti che non appena ci sarà qualche novità gliela farò sapere subito. Abbiamo il suo indirizzo?».

«Sì, l'ho lasciato».

«Una domanda, prima che vada via. Lei ha dei cugini?».

«Sì, uno».

«Quanti anni ha?».

«Una quarantina».

Il commissario appizzò le orecchie.

«Dove vive?».

«A Sidney. Travaglia là. È da tre anni che non viene a trovare suo padre».

«Lei come fa a saperlo?».

«Perché ogni volta che viene facciamo in modo di vederci».

«Può lasciare l'indirizzo e il numero di telefono di questo suo cugino a Fazio?».

«Certamente. Ma perché lo vuole? Pensa che...».

«Non voglio tralasciare niente».

«Ma guardi, dottore, che il solo pinsèro che mio cugino possa trasìrci qualcosa nella scomparsa è veramente da pazzi... mi scusasse».

Montalbano lo fermò con un gesto.

«Un'altra cosa. Lei sa che, dalle nostre parti, chiamiamo cugino, zio, nipote, qualcuno che con noi non ha nessun legame di sangue, ma accussì, per simpatia, affetto... Ci pensi bene. C'è qualcuno che i suoi genitori usano chiamare nipote?».

«Commissario, si vede che lei non conosce a me' patre e a me' matre! Quelli hanno un carattere che Dio ne scansi e liberi! Nonsi, mi pare impossibile che chiamassero nipote a qualcuno che non lo era».

«Signor Griffo, lei deve scusarmi se le faccio ripetere cose che macari mi ha già detto, ma, capisce, è tanto nel suo quanto nel mio interesse. È assolutamente certo che i suoi genitori non le hanno detto niente della gita che avevano intenzione di fare?».

«Niente, commissario, assolutamente niente. Non avevamo l'abitudine di scriverci, ci parlavamo per telefono. Ero io che li chiamavo, il giovedì e la domenica, sempre tra le nove e le dieci di sira. Giovedì, l'ultima volta che ho parlato con loro, non mi fecero cenno della partenza per Tindari. Anzi, mamma, salutandomi, mi disse: "ci sentiamo domenica, come al solito". Se avevano in mente quella gita, m'avrebbero avvertito di non preoccuparmi se non li trovavo in casa, m'avrebbero detto di richiamare un po' più tardi, nel caso il pullman avesse ritardato. Non le pare logico?».

«Certo».

«Invece, non avendomi loro detto niente, io li chiamai domenica alle nove e un quarto e non m'arrispunnì nessuno. E principiò il calvario».

«Il pullman arrivò a Vigàta verso le undici di sira».

«E io telefonai e telefonai fino alle sei del matino».

«Signor Griffo, dobbiamo, purtroppo, fare tutte le ipotesi. Anche quelle che ci ripugna formulare. Suo padre aveva nemici?».

«Commissario, io ho un groppo alla gola che m'impedisce di ridere. Mio padre è un uomo buono, macari se ha un cattivo carattere. Come mamma. Papà era in pinsione da dieci anni. Mai m'ha parlato di persone che gli volevano male».

«Era ricco?».

«Chi? Mio padre? Campava con la pensione. Era riuscito, con la liquidazione, ad accattarsi la casa dove abitano».

Abbassò gli occhi, sconsolato.

«Non arrinescio a trovare una ragione per la quale i miei genitori siano voluti scomparire o li abbiano obbligati a scomparire. Sono persino andato a parlare col loro medico. M'ha detto che stavano bene, compatibilmente con l'età. E non erano malati d'arteriosclerosi».

«Qualche volta, a una certa età» fece Montalbano «si può facilmente cadere in suggestioni, convincimenti improvvisi...».

«Non ho capito».

«Bah, che so, qualche conoscente può aver detto loro dei miracoli della Madonna nera di Tindari...».

«E che bisogno avevano di miracoli? E poi, sa, in fatto di cose di Dio erano tèpidi».

Stava susendosi per andare all'appuntamento con Balduccio Sinagra quando nell'ufficio trasì Fazio.

«Dottore, mi scusasse, per caso ha notizie del dottor Augello?».

«Ci siamo visti all'ora di mangiare. Ha detto che sarebbe passato. Perché?».

«Perché lo cercano dalla questura di Pavia».

Sul momento Montalbano non collegò.

«Da Pavia? E chi era?».

«Una fìmmina era, ma non mi disse come si chiamava».

Rebecca! Certamente in ansia per il suo adorato Mimì.

«Questa fìmmina di Pavia non aveva il numero del cellulare?».

«Sissi, ce l'ha. Ma dice che le risulta staccato, astutato. Ha detto che lo cerca da ore, da appena mangiato. Se ritelefona che le dico?».

«A mia lo domandi?».

Mentalmente, mentre rispondeva a Fazio fingendosi irritato, si sentiva pigliare dalla contentezza. Vuoi vedere che il seme atticchiava?

«Senti, Fazio, non ti preoccupare per il dottor Augello. Vedrai che prima o dopo s'arricampa. Ti volevo dire che me ne sto andando».

«Va a Marinella?».

«Fazio, io non devo dare conto e ragione a tia per dove vado o dove non vado».

«Bih, e che le spiai? Che ci pigliò, la grevianza? Una semplici domanda innocenti ci feci. Mi scusasse se mi permisi».

«Senti, scusami tu, sono tanticchia nirbùso».

«Lo vedo».

«Non dire a nuddru quello che ti dico. Sto andando a un appuntamento con Balduccio Sinagra».

Fazio aggiarniò, lo taliò con gli occhi sbarracati.

«Sta babbiando?».

«No».

«Dottore, quello una vestia feroce è!».

«Lo so».

«Dottore, lei può arrabbiarsi quanto vuole, ma io ce lo dico lo stesso: secondo mia a questo appuntamento non ci deve andare».

270

«Stammi bene a sentire. Il signor Balduccio Sinagra al momento attuale è un libero cittadino».

«Evviva la libertà! Quello si è fatto vent'anni di càrzaro e minimo minimo tiene una trentina d'omicidi sulla coscienza!».

«Che non siamo ancora riusciti a provare».

«Prove o non prove, sempre una merda d'omo resta».

«D'accordo. Ma te lo sei scordato che il nostro mestiere è proprio quello d'avere a chiffare con la merda?».

«Dottore, se proprio ci voli andare, io vengo con vossia».

«Tu di qua non ti catamini. E non mi fare dire che è un ordine perché io m'incazzo a morte quando m'obbligate a dire una cosa accussì».

271

Sette

Don Balduccio Sinagra abitava, 'nzèmmula a tutta la sua numerosa famiglia, in una grandissima casa di campagna messa proprio in cima in cima a una collina da tempo immemorabile chiamata Ciuccàfa, a mezza strata tra Vigàta e Montereale.

La collina Ciuccàfa si distingueva per due particolarità. La prima consisteva nell'appresentarsi completamente calva e priva di un pur minimo filo d'erba verde. Mai su quella terra un àrbolo ce l'aveva fatta a crescere e non era arrinisciùto a pigliarci manco uno stocco di saggina, una troffa di chiapparina, una macchia di spinasanta. C'era sì un ciuffo d'àrboli che circondava la casa, ma erano stati fatti trapiantare già adulti da don Balduccio per avere tanticchia di refrigerio. E per scansare che siccassero e morissero, si era fatto venire camionate e camionate di terra speciale. La seconda particolarità era che, cizziọn fatta della casa dei Sinagra, non si vedevano altre abitazioni, casupole o ville che fossero, da qualsiasi latata si taliassero i fianchi della collina. Si notava solo la serpeggiante acchianata della larga strata asfaltata, lunga un tre chilometri, che don Balduccio si era fatta fare, come diceva, a spisi so'. Non c'erano altre abitazioni non perché i Sinagra si erano accattati tutta quanta la collina, ma per altra, e più sottile, ragione.

A malgrado che i terreni di Ciuccàfa fossero stati da tempo dichiarati edificabili dal nuovo piano regolatore, i proprietari, l'avvocato Sidoti e il marchese Lauricella, benché fossero tutti e due faglianti di grana, non s'attentavano a lottizzarli e a venderli per non fare grave torto a don Balduccio il quale, convocatili, attraverso metafore, proverbi, aneddoti, aveva loro fatto intendere quanto la vicinanza di strànei gli portasse insopportabile fastiddio. A scanso di perigliosi malintesi, l'avvocato Sidoti, proprietario del terreno sul quale era stata costruita la strata, aveva fermamente rifiutato di farsi indennizzare il non voluto esproprio. Anzi, malignamente, in pàisi si murmuriava che i due proprietari si fossero accordati per dividere il danno a metà: l'avvocato ci aveva rimesso il terreno, il marchese aveva fatto grazioso omaggio della strata a don Balduccio, accollandosi il costo del travaglio. Le malelingue dicevano macari che, se col malottempo si produceva qualche scaffa o qualche smottamento nella strata, don Balduccio se ne lamentiàva col marchese il quale, in un vìdiri e svìdiri, e sempre di sacchetta propria, provvedeva a farla tornare liscia come una tavola di bigliardo.

Da un tre anni a questa parte le cose non marciavano più come prima né per i Sinagra né per i Cuffaro, le due famiglie che si combattevano per il controllo della provincia.

Masino Sinagra, sissantino figlio primogenito di don Balduccio, era stato finalmente arrestato e mandato in càrzaro con un tale carico d'accuse che, macari se durante l'istruzione dei processi, a Roma avessero deciso putacaso l'abolizione della pena dell'ergastolo, il legislatore avrebbe dovuto fare eccezione per lui, ripristinandola solo per quel caso. Japichinu, figlio di Masino e nipoteddru adorato dal nonno don Balduccio, picciotto trentino, dalla natura dotato di una faccia così simpatica e onesta che i pensionati gli avrebbero affidato i risparmi, si era dovuto dare latitante, prosecuto da una caterva di mandati di cattura. Frastornato e squieto per questa assolutamente inedita offensiva della giustizia, dopo decenni di languido sonno, don Balduccio, che si era sentito ringiovanire di trent'anni alla notizia dell'assassinio dei due più valorosi magistrati dell'isola, era ripiombato di colpo negli acciacchi dell'età quando aveva saputo che a capo della Procura era venuto uno che era il peggio che ci potesse essere: piemontese e in odore di comunismo. Un giorno aveva visto, nel corso di un telegiornale, questo magistrato inginocchiato in Chiesa.

«Ma chi fa, a la Missa va?» aveva spiato sbalordito.

«Sissi, religiusu è» gli aveva spiegato qualcuno.

«Ma comu? Nenti gli hanno insegnato i parrini?».

Il figlio minore di don Balduccio, 'Ngilino, era nisciùto com-

273

pletamente pazzo, mettendosi a parlare una lingua incomprensibile che lui sosteneva essere arabo. E da arabo aveva principiato da quel momento a vestirsi, tanto che in pàisi lo chiamavano «lo sceicco». I due figli màscoli dello sceicco stavano più all'estero che a Vigàta: Pino, detto «l'accordatore» per l'abilità diplomatica che sapeva tirare fora nei momenti difficili, era continuamente in viaggio tra il Canada e gli Stati Uniti; Caluzzo invece stava otto mesi dell'anno a Bogotà. Il peso della conduzione degli affari della famiglia era ricaduto perciò sulle spalle del patriarca il quale si faceva dare una mano dal cugino Saro Magistro. Di lui si sussurrava che, dopo avere ammazzato a uno dei Cuffaro, se ne fosse mangiato il fegato allo spiedo. D'altra parte ai Cuffaro non si poteva dire che le cose andassero meglio. Una domenica matina di due anni avanti, l'ultraottantino capofamiglia dei Cuffaro, don Sisìno, si era messo in macchina per andare ad ascutàre la santa Missa, come immancabilmente e divotamente usava fare. L'auto era guidata dal figlio minore, Birtino. Appena questi aveva avviato il motore, c'era stato un tirribile botto che aveva rotto i vetri a cinque chilometri di distanza. Il ragioniere Arturo Spampinato, che con la facenna non ci trasìva proprio niente, fattosi pirsuaso che fosse arrivato uno spaventoso tirrimoto, si era gettato dal sesto piano, sfracellandosi. Di don Sisìno erano stati ritrovati il vrazzo mancino e il pedi dritto, di Birtino solo quattro ossa abbrusciatizze.

I Cuffaro non se l'erano pigliata con i Sinagra, come tutto il pàisi s'aspittava. Tanto i Cuffaro quanto i Sinagra sapevano che quella micidiale bumma nella macchina l'avevano messa terze pirsone, i componenti di una mafia emergente, picciottazzi arrivisti, senza rispetto, disposti a tutto, che si erano messi in testa di fottere le due famiglie storiche pigliandone il posto. E c'era una spiegazione. Se una volta la strata della droga era abbastanza larga, ora come ora era diventata un'autostrada a sei corsie. Necessitavano perciò forze giovani, determinate, con le mani giuste, capaci d'usare tanto il kalashnikov quanto il computer.

A tutto questo pinsàva il commissario mentre si dirigeva verso Ciuccàfa. E gli tornava macari a mente una tragicomica sce-

274

na vista in televisione: un tale della commissione antimafia che, arrivato a Fela doppo il decimo omicidio in una sola simanata, drammaticamente si stracciava le vesti spiando con voce strozzata:

«Dov'è lo Stato?».

E intanto i pochi carrabbinera, i quattro poliziotti, le due guardie di finanza, i tre sostituti che a Fela rappresentavano lo Stato, ogni giorno rischiando la peddri, lo taliavano ammammaloccuti. L'onorevole antimafia stava patendo evidentemente di un vuoto di memoria: si era scordato che, almeno in parte, lo Stato era lui. E che se le cose andavano come andavano, era lui, con altri, a farle andare come andavano.

Proprio alla base della collina, dove principiava la solitaria strata asfaltata che arrivava alla casa di don Balduccio, c'era una casuzza a un piano. Mentre la macchina di Montalbano s'avvicinava, un omo apparse a una delle due finestre. Taliò l'auto e quindi portò all'orecchio un cellulare. Chi di dovere era stato avvertito.

Ai lati della strata ci stavano i pali della luce e del telefono, a ogni cinquecento metri s'apriva uno slargo, una specie di piazzola di sosta. E, immancabilmente, in ogni piazzola c'era qualcuno, ora in macchina con un dito a scavare le profondità del naso, ora addritta a contare le ciàvole che volavano in cielo, ora che faceva finta d'aggiustare un motorino. Sentinelle. Armi in giro non se ne vedevano, ma il commissario sapeva benissimo che in caso di necessità sarebbero prontamente comparse, ora da darrè un mucchio di sassi ora da darrè un palo.

Il grande cancello di ferro, unica apertura in un alto muro di cinta che chiudeva la casa, era spalancato. E davanti ci stava l'avvocato Guttadauro, un grande sorriso che gli tagliava la faccia, tutto inchini.

«Vada avanti, poi giri subito a destra, lì c'è il parcheggio».

Nello spiazzo c'erano una decina di auto di tutti i tipi, sia di lusso che utilitarie. Montalbano fermò, scinnì e vide arrivare affannato Guttadauro.

«Non potevo dubitare della sua sensibilità, della sua comprensione, della sua intelligenza! Don Balduccio ne sarà felice! Venga, commissario, le faccio strada».

L'inizio del viale d'accesso alla casa era segnato da due gigantesche araucarie. Sotto le piante, una per parte, c'erano due garitte curiose, in quanto avevano un'ariata di casette per bambini. E difatti, incollati, si vedevano autoadesivi di Superman, Batman, Hercules. Però le garitte avevano macari una porticina e una finestrella. L'avvocato intercettò la taliata del commissario.

«Sono casette che don Balduccio ha fatto costruire per i suoi nipotini. O meglio, pronipotini. Uno si chiama Balduccio come lui e l'altro Tanino. Hanno dieci e otto anni. Don Balduccio ci nesci pazzo per questi picciliddri».

«Mi scusi, avvocato» spiò Montalbano facendo una facciuzza d'angelo. «Quel signore con la barba che per un momento si è affacciato alla finestrella della casuzza di mancina è Balduccio o Tanino?».

Guttadauro, elegantemente, sorvolò.

Ora erano arrivati davanti al portone d'ingresso, monumentale, di noce nìvura con borchie di rame, vagamente ricordava un tabbuto di gusto americano.

In un angolo del giardino, tutto civettuole aiuole di rose, pàmpini e fiori, allietato da una vasca coi pesci rossi (ma dove la trovava l'acqua quel grandissimo cornuto?), c'era una robusta e ampia gàggia di ferro dintra la quale quattro dobermann, silenziosissimi, valutavano peso e consistenza dell'ospite con aperta gana di mangiarselo con tutti i vestiti. Evidentemente la notte la gàggia veniva aperta.

«No, dottore» fece Guttadauro vedendo che Montalbano si dirigeva verso il tabbuto che fungeva da portone. «Don Balduccio l'aspetta nel parterra».

Si mossero verso il lato mancino della villa. Il parterra era un vasto spazio, aperto per tre lati, che aveva come soffitto il terrazzo del primo piano. Attraverso i sei archi slanciati che lo delimitavano, a mano dritta si godeva uno splendido paesaggio. Chilometri di spiaggia e di mare interrotti all'orizzonte dalla sagoma frastagliata di Capo Rossello. A mano manca il panorama invece lasciava molto a desiderare: una piana di cemento, senza il minimo respiro di verde, nella quale s'annegava, lontana, Vigàta.

Nel parterra c'erano un divano, quattro confortevoli poltrone, un tavolinetto basso e largo. Una decina di sedie erano addossate all'unica parete, certamente dovevano servire per le riunioni plenarie.

Don Balduccio, praticamente uno scheletro vestito, stava assittato sul divano a due posti con un plaid sulle ginocchia a malgrado che non ci fosse frisco né tirasse vento. Allato a lui, ma assittato su di una poltrona, c'era un parrino con la tonaca, cinquantino, rusciano, che si susì all'apparire del commissario.

«Ecco il nostro caro dottor Montalbano!» fece gioioso e con voce squillante Guttadauro.

«Mi deve scusare se non mi suso» disse don Balduccio con un filo di voce «ma ho le gambe che non mi tengono più».

Non accennò a pruire la mano al commissario.

«Questo è don Sciaverio, Sciaverio Crucillà, che è stato e continua ancora a essere il patre spirituale di Japichinu, il mio niputuzzo santo, calunniato e perseguitato dagli infami. Menu mali che è un picciotto di grande fede, che patisce la prosecuzione che gli fanno offrendola al Signuri».

«La fede è una gran cosa!» esalò patre Crucillà.

«Se non t'addorme, ti riposa» completò Montalbano.

Don Balduccio, Guttadauro e il parrino lo taliarono tutti e tre imparpagliati.

«Mi scusi» disse don Crucillà «ma mi pare che lei si sbaglia. Il proverbio si riferisce al letto e infatti fa così: "'u lettu è 'na gran cosa / si non si dormi, s'arriposa". O no?».

«Ha ragione, mi sono sbagliato» ammise il commissario.

Si era sbagliato veramente. Che cavolo gli era venuto in testa di fare lo spiritoso storpiando un proverbio e parafrasando un'abusata frase sulla religione oppio dei popoli? Magari la religione fosse stata un oppio per un delinquente assassino come il nipotuzzo di Balduccio Sinagra!

«Io tolgo il disturbo» fece il parrino.

S'inchinò a don Balduccio che arrispose con un gesto delle due mani, s'inchinò al commissario che rispose con una leggera calata di testa, pigliò sottobraccio Guttadauro.

«Lei m'accompagna, vero, avvocato?».

Si erano chiaramente appattati prima che arrivasse per lasciarlo faccia a faccia con don Balduccio. L'avvocato sarebbe apparso di nuovo cchiù tardo, il tempo necessario che il suo cliente, come amava chiamare quello che in realtà era il suo padrone, dicesse a Montalbano quello che aveva da dirgli senza testimoni.

«S'accomodasse» fece il vecchio indicando la poltrona ch'era stata occupata da patre Crucillà.

Montalbano s'assittò.

«Piglia qualcosa?» spiò don Balduccio allungando una mano verso la pulsantiera a tre bottoni fissata sul bracciolo del divano.

«No. Grazie».

Montalbano non poté tenersi dallo spiare a se stesso a che servivano i due rimanenti bottoni. Se uno faceva venire la cammarera, il secondo probabilmente convocava il killer di servizio. E il terzo? Quello scatenava forse un allarme generale capace di provocare qualcosa di simile a una terza guerra mondiale.

«Mi levasse una curiosità» fece il vecchio assistimandosi il plaid sulle gambe. «Se un momento fa, quando è trasuto nel parterra, io le avessi dato la mano, lei me l'avrebbe stretta?».

«Che bella domanda, grandissimo figlio di buttana!» pinsò Montalbano.

E di subito decise di dargli la risposta che sinceramente sentiva.

«No».

«Me lo spiega pirchì?».

«Perché noi due ci troviamo ai lati opposti della barricata, signor Sinagra. E ancora, ma forse manca poco, non è stato proclamato l'armistizio».

Il vecchio si raschiò la gola. Poi se la raschiò un'altra volta. Solo allora il commissario capì che quella era una risata.

«Manca poco?».

«Già i segnali ci sono».

«Speriamo bene. Passiamo alle cose serie. Lei, dottore, sarà certamente curioso di sapìri perche l'ho voluta vìdiri».

«No».

«Lei sapi dire solamenti no?».

«In tutta sincerità, signor Sinagra, quello che a me, come sbirro, può interessare di lei lo conosco già. Ho letto tutte le carte che la riguardano, macari quelle che l'hanno riguardata quando io dovevo ancora nascere. Come uomo, invece, non m'interessa».

«Mi spiega, allora, pirchì è venuto?».

«Perché non mi ritengo tanto in alto da rispondere di no a chi domanda di parlarmi».

«Parole giuste» disse il vecchio.

«Signor Sinagra, se lei vuol dirmi qualcosa, bene. Altrimenti...».

Don Balduccio parse esitare. Piegò ancora di più il collo di tartaruga verso Montalbano, lo taliò fisso fisso, sforzando gli occhi annacquati dal glaucoma.

«Quanno era picciotto, avevo una vista ca faciva spaventu. Ora vedo sempre più neglia, dottore. Neglia ca si fa sempri cchiù fitta. E non parlo solamenti de me' occhi malati».

Sospirò, s'appoggiò alla spalliera del divano come se avesse voluto sprofondarci dintra.

«Un omo dovrebbe campare quanto è di giusto. Novant'anni sono assà, troppi. E addiventano ancora chiussà quanno che uno è obbligato a ripigliare le cose in mano doppo che pinsàva d'essersene sbarazzato. E la facenna di Japichinu mi ha consumatu, dottore. Non dormu per la prioccupazione. È macari malatu di petto. Io ci dissi: consegnati ai carrabbinera, almeno ti curano. Ma Japichinu è picciotto, tistardu come tutti i picciotti. Comunque, io ho dovuto ripinsàri a pigliari la famiglia in manu. Ed è difficili, difficili assà. Pirchì intantu lu tempu è andato avanti, e gli òmini si sono cangiati. Non capisci cchiù come la pensano, non capisci quello che gli sta passando per la testa. Un tempu, tantu pi fari un esempiu, su una data facenna complicata ci si ragiunava. Macari a longo, macari pi jorna e jorna, macari fino alle mali parole, alla sciarriatina, ma si ragiunava. Ora la genti non voli cchiù ragiunari, non voli pèrdiri tempu».

«E allora che fa?».

«Spara, dottore mio, spara. E a sparari semu tutti bravi, macari u cchiù fissa di la comitiva. Se lei, putacaso, ora comu ora scoccia il revorbaro che tiene nella sacchetta...».

«Non ce l'ho, non cammino armato».

«Daveru?!».

Lo sbalordimento di don Balduccio era sincero.

«Dottore mio, 'mprudenza è! Con tanti sdilinquenti ca ci sono in giro...».

«Lo so. Ma non mi piacciono le armi».

«Manco a mia piacevano. Ripigliamo il discorso. Se lei mi punta un revorbaro contro e mi dice: "Balduccio, inginocchiati", non ci sono santi. Essendo io disarmato, mi devo inginocchiari. È ragionato? Ma questo non significa che lei è un omo d'onore, significa solo che lei è, mi pirdonasse, uno strunzo con un revorbaro in mano».

«E invece come agisce un omo d'onore?».

«Non come agisce, dottore, ma come agiva. Lei viene da mia disarmato e mi parla, m'espone la quistione, mi spiega le cosi a favori e le cosi contro, e se iu in prima non sugnu d'accordu, u jornu appressu torna e ragiunamu, ragiunamu fino a quannu iu mi fazzu convintu ca l'unica è di mettermi in ginocchiu comu voli lei, nell'interessi miu e di tutti».

Fulmineo, nel ricordo del commissario s'illuminò un brano della manzoniana *Colonna Infame*, quando un disgraziato è portato al punto di dover pronunziare la frase «ditemi cosa volete che io dica» o qualcosa di simile. Ma non aveva gana di mettersi a discutere di Manzoni con don Balduccio.

«Mi risulta però che macari a quei tempi beati che lei mi sta contando si usava ammazzare la gente che non voleva mettersi in ginocchio».

«Certo!» fece con vivacità il vecchio. «Certo! Ma ammazzare un omo pirchì si era refutato d'obbediri, lo sapi lei che significava?».

«No».

«Significava una battaglia persa, significava che il coraggio di quell'omo non ci aveva lasciato altra strata. Mi spiegai?».

«Si è spiegato benissimo. Però, vede, signor Sinagra, io non sono venuto qua per sentirmi contare la storia della mafia dal suo punto di vista».

«Ma lei la storia dal punto di vista della liggi la conosce bene!».

«Certo. Ma lei è un perdente o quasi, signor Sinagra. E la storia non la scrivono mai quelli che hanno perso. Al momento attuale forse la possono scrivere meglio quelli che non ragionano e sparano. I vincitori del momento. E ora, se mi permette...».

Accennò a susìrisi, il vecchio lo fermò con un gesto.

«Mi scusasse. A nuàtri d'età, tra tante malatìe, ci viene macari quella dello scialincuagnolo. Commissario, in due parole: capace che noi abbiamo fatto grossi sbagli. Grossissimi sbagli. E dico noi pirchì parlo per conto della bonarma di Sisìno Cuffaro e dei so'. Sisìno ca mi fu nimicu finu a quannu è campatu».

«Che fa, comincia a pentirsi?».

«Nonsi, commissario, non mi pento davanti alla liggi. Davanti a u Signiruzzu, quannu sarà lu momentu, sì. Quello che ci volevo diri è questo: abbiamo macari fatto sbagli grossissimi, ma sempri abbiamo saputo ca c'era una linea ca non doviva essere passata. Mai. Pirchì passannu quella linea non c'era cchiù differenza tra un omo e una vestia».

Serrò gli occhi, esausto.

«Ho capito» disse Montalbano.

«Capì veramente?».

«Veramente».

«Tutt'e due le cose?».

«Sì».

«Allura quello che ci volevo diri ci lo dissi» fece il vecchio raprendo gli occhi. «Si sinni voli andare, lei è patruni. Bonasira».

«Buonasera» ricambiò il commissario susendosi. Rifece il cortile e il viale senza incontrare nessuno. All'altezza delle due casette sotto le araucarie, sentì voci di bambini. In una casetta c'era un picciliddro con una pistola ad acqua in mano, in quella di fronte un altro picciliddro impugnava un mitra spaziale. Si vede che Guttadauro aveva fatto sloggiare il guardaspalle con la barba e l'aveva prontamente sostituito con i pronipoti di don Balduccio, tanto perché il commissario si levasse i mali pinsèri dalla testa.

«Bang! Bang!» faceva quello con la pistola.

«Ratatatatà» rispondeva l'altro col mitra.

Si allenavano per quando sarebbero diventati grandi. O forse non c'era manco bisogno che crescevano: proprio il giorno avanti, a Fela, era stato arrestato quello che i giornali avevano definito un «baby-killer» appena appena undicino. Uno di quelli che si erano messi a parlare (Montalbano non se la sentiva di chiamarli pentiti e tanto meno collaboratori di giustizia) aveva rivelato che esisteva una specie di scola pubblica dove s'insegnava ai picciliddri a sparare e ad ammazzare. I pronipotini di don Balduccio quella scola non avrebbero avuto motivo di frequentarla. A casa loro potevano pigliare tutte le lezioni private che volevano. Di Guttadauro manco l'ùmmira. Al cancello c'era uno con la coppola che lo salutò al passaggio levandosela e tornò subito a chiudere. Scinnendo, il commissario non poté fare a meno di notare il perfetto fondo stradale, non c'era manco una pietruzza, un brecciolino sull'asfalto. Forse, ogni matina, una squatra apposita scopava la strata come se fosse stata una càmmara di casa. La manutenzione doveva costare un patrimonio al marchese Lauricella. Nelle piazzole di sosta la situazione non era cangiata a malgrado che fosse passata più di un'ora. Uno continuava a taliare le ciàvole che volavano in cielo, un secondo fumava dintra a una macchina, il terzo tentava sempre di riparare il motorino. Con quest'ultimo, il commissario venne assugliato dalla tentazione della sisiàta, della pigliata per il culo. Arrivato alla sua altezza, fermò.

«Non parte?» spiò.

«No» rispose l'omo taliandolo intordonuto.

«Vuole che ci dia un'occhiata io?».

«No. Grazie».

«Le posso dare un passaggio».

«No!» gridò l'omo esasperato.

Il commissario ripartì. Nella casuzza ai piedi della strata c'era quello col cellulare affacciato alla finestra: stava certamente comunicando che Montalbano stava ripassando i confini della reggia di don Balduccio.

Scurava. Arrivato in paìsi, il commissario si diresse a via Cavour. Davanti al 44 fermò, raprì il cruscotto, pigliò il mazzo di chiavistelli, scinnì. La portonara non c'era e fino all'ascensore non incontrò nessuno. Raprì la porta dell'appartamento dei Griffo, la richiuse appena trasùto. C'era tanfo di chiuso. Addrumò la luce e principiò a travagliare. Ci mise un'orata a raccogliere tutte le carte che trovò, infilandole dintra a un sacco di munnizza che aveva pigliato in cucina. C'era macari una scatola di latta di biscotti dei fratelli Lazzaroni stipata di scontrini fiscali. Andare a taliare tra le carte dei Griffo era una cosa che avrebbe dovuto fare fin dall'inizio dell'indagine e che aveva invece trascurato. Troppo distratto da altri pinsèri era stato. Capace che in qualcuna di quelle carte c'era il segreto della malatìa dei Griffo, quella per la quale era stato costretto a intervenire un medico coscienzioso.

Stava astutando la luce dell'ingresso quando si ricordò di Fazio, della sua preoccupazione per l'incontro con don Balduccio. Il telefono era nella càmmara di mangiare.

«Pronti! Pronti! Cu è che mi parla? Qua il commissariato è!».

«Catarè, Montalbano sono. C'è Fazio?».

«Ci lo passo di subito subitamenti».

«Fazio? Volevo dirti che sono tornato sano e salvo».

«Lo sapevo, dottore».

«Chi te l'ha detto?».

«Nessuno, dottore. Appena lei è partito, io le sono venuto appresso. L'ho aspettato nei paraggi della casuzza dove ci sono gli òmini di guardia. Quando l'ho vista tornare, macari io sono rientrato in commissariato».

«Ci sono novità?».

«Nonsi, dottore, fatta cizzione che quella fìmmina continua a telefonare da Pavia cercando al dottor Augello».

«Prima o poi lo troverà. Senti una cosa, lo vuoi sapere quello che ci siamo detti con la persona che sai?».

«Certo, dottore. Sto morendo dalla curiosità».

«E io invece non ti dico niente. Puoi crepare. E lo sai perché non ti dico niente? Perché tu non hai ubbidito ai miei ordini. Ti avevo detto di non cataminarti dal commissariato e invece mi sei venuto appresso. Soddisfatto?».

Astutò la luce e sinni niscì dall'abitazione dei Griffo col sacco sulle spalle.

Otto

Raprì il frigo e fece un nitrito di pura felicità. La cammarera Adelina gli aveva fatto trovare due sauri imperiali con la cipollata, cena con la quale avrebbe certamente passato la nottata intera a discuterci, ma ne valeva la pena. Per quartiarsi le spalle, prima di principiare a mangiare volle assicurarsi se in cucina c'era il pacchetto del bicarbonato, mano santa, mano biniditta. Assittato sulla verandina, si sbafò coscienziosamente tutto, nel piatto restarono le resche e le teste dei pesci così puliziate da parere reperti fossili.

Poi, sbarazzato il tavolino, ci sbacantò sopra il contenuto del sacco di munnizza pieno delle carte pigliate in casa Griffo. Capace che una frase, un rigo, un accenno potevano indicare una qualche ragione della sparizione dei due vecchiareddri. Avevano conservato tutto, lettere e cartoline d'auguri, fotografie, telegrammi, bollette della luce e del telefono, dichiarazioni di reddito, ricevute e scontrini, dépliant pubblicitari, biglietti d'autobus, atti di nascita, di matrimonio, libretti di pensione, tessere sanitarie, altre tessere scadute. C'era macari la copia di un «certificato d'esistenza in vita», cima abissale d'imbecillità burocratica. Cosa avrebbe strumentiato Gogol', con le sue anime morte, davanti a un certificato simile? Franz Kafka, se gli fosse capitato tra le mani, avrebbe potuto ricavarne uno dei suoi angosciosi racconti. E ora, con l'autocertificazione, come si sarebbe dovuto procedere? Qual era la prassi, tanto per usare una parola amata dagli uffici? Uno scriveva su un foglio di carta una frase tipo «Io sottoscritto Montalbano Salvo dichiaro d'essere esistente», lo firmava e lo consegnava all'impiegato addetto?

Ad ogni modo, tutte le carte che raccontavano la storia dell'esistenza in vita della coppia Griffo si riducevano a poca cosa, una chilata scarsa di fogli e foglietti. Montalbano c'impiegò fino alle tre a taliarsele tutte.

Nottata persa e figlia fìmmina, come si usava dire. Infilò di nuovo le carte nel sacco e se ne andò a corcare.

Contrariamente a quello che aveva temuto, i sauri imperiali s'assoggettarono a lasciarsi digerire senza colpi di coda. Perciò poté arrisbigliarsi alle sette doppo un sonno sireno e bastevole. Stette più a lungo del solito sotto la doccia, a costo di spardare tutta l'acqua che c'era nel cassone. Lì si ripassò parola appresso parola, silenzio appresso silenzio, tutto il dialogo avuto con don Balduccio. Voleva essere sicuro di avere capito i due messaggi che il vecchio gli aveva mandato, prima di cataminarsi. Alla fine si fece convinto della giustezza della sua interpretazione.

«Commissario, le volevo dire che il dottore Augello ha chiamato una mezzorata fa, dice che passa da qua verso le dieci» fece Fazio.

E s'inquartò, aspettandosi, com'era di naturale e come era già capitato, un'esplosione di raggia violenta da parte di Montalbano alla notizia che il suo vice ancora una volta se la sarebbe pigliata commoda. Ma stavolta quello restò calmo, sorrise addirittura.

«Ieri a sira, quando sei rientrato qua, la fìmmina di Pavia ha telefonato?».

«Eccome no! Altre tre volte prima di perderci definitivamente la spiranza».

Mentre parlava, Fazio spostava il peso del corpo ora su un piede ora sull'altro come viene di fare quando scappa e uno è costretto a tenersi. Però a Fazio non scappava, era la curiosità che se lo stava mangiando vivo. Ma non osava raprire bocca e spiare quello che Sinagra aveva detto al suo capo.

«Chiudi la porta».

Fazio scattò, inserrò la porta a chiave, tornò narrè, s'assittò in pizzo a una seggia. Il busto teso in avanti, gli occhi sparluccicanti, pareva un cane affamato in attesa che il patrone gli gettasse un osso. Rimase perciò tanticchia deluso della prima domanda che gli fece Montalbano.

286

«Tu lo conosci a un parrino che si chiama Saverio Crucillà?».

«L'ho sentito nominare però come pirsona non lo conosco. So che non è di qua, se non mi sbaglio sta a Montereale».

«Cerca di sapere tutto quello che lo riguarda, dove abita di casa, quali sono le sue abitudini, gli orari che ha in chiesa, chi frequenta, che si dice su di lui. Informati bene. Dopo che hai fatto tutto questo, e lo devi fare in giornata...».

«...vengo da lei e le riferisco».

«Sbagliato. Non mi riferisci niente. Cominci a seguirlo, discretamente».

«Dottore, lassasse fare a mia. Non mi vedrà, manco se si mette gli occhi darrè il cozzo».

«Sbagliato un'altra volta».

Fazio strammò.

«Dottore, quando si pedina a una persona, la regola è che quella persona non se ne deve addunare. Altrimenti che pedinamento è?».

«In questo caso le cose sono diverse. Il parrino se ne deve addunare che tu lo stai seguendo. Anzi, fai in modo che sappia che tu sei uno dei miei òmini. Guarda che è molto importante che capisca che sei uno sbirro».

«Questa non mi era mai capitata».

«Tutti gli altri, invece, non si devono assolutamente accorgere del pedinamento».

«Dottore, posso essere sincero? Non ci capii niente di niente».

«Non c'è problema. Non ci capire, ma fai quello che ti ho detto».

Fazio pigliò un'ariata offìsa.

«Commissario, le cose che faccio senza capirle mi vengono sempre malamente. Si regolasse di conseguenza».

«Fazio, patre Crucillà s'aspetta d'essere pedinato».

«Ma pirchì, Madunnuzza santa?».

«Perché ci deve portare in un certo posto. Però è costretto a farlo come se la cosa avvenisse a sua insaputa. Teatro, mi spiegai?».

«Comincio a capire. E chi ci sta in questo posto dove ci vuole portare il parrino?».

«Japichinu Sinagra».

«Minchia!».

«Questo tuo gentile eufemismo mi fa intendere che hai finalmente capito l'importanza della questione» fece il commissario parlando come un libro. Fazio intanto aveva pigliato a taliarlo sospettoso.

«Lei come ha fatto a scoprire che questo parrino Crucillà conosce il posto dove se ne sta ammucciato Japichinu? A Japichinu lo sta cercando mezzo munno, Antimafia, Mobile, Ros, Catturandi e nessuno arrinesci a trovarlo».

«Io non ho scoperto niente. Me l'ha detto. Anzi, me l'ha fatto capire».

«Patre Crucillà?».

«No. Balduccio Sinagra».

Parse che principiasse una leggera passata di terremoto. Fazio, la faccia tutta una vampa di foco, variò, facendo un passo avanti e due narrè.

«So' nonno?!» spiò col fiato grosso.

«Calmati, assomigli a una recita dell'opira dei pupi. Suo nonno, sissignore. Vuole che il nipote vada in carcere. Forse però Japichinu non è del tutto convinto. I rapporti tra il nonno e il nipote li tiene il parrino. Che Balduccio ha voluto farmi conoscere a casa sua. Se non aveva interesse a farmelo conoscere, l'avrebbe mandato via prima che arrivavo io».

«Dottore, non riesco a capacitarmi. Ma che gliene viene? A Japichinu l'ergastolo non glielo leva manco Dio!».

«Dio forse non glielo leva, ma qualche altro sì».

«E come?».

«Ammazzandolo, Fazio. In carcere ha buone probabilità di salvarsi la pelle. I picciotti della nuova mafia glielo stanno mettendo in culo, tanto ai Sinagra quanto ai Cuffaro. E perciò il carcere di massima sicurezza significa sicurezza non solo per chi sta fora, ma macari per chi sta dintra».

Fazio ci pinsò tanticchia, ma si era fatto pirsuaso.

«Devo macari dormirci a Montereale?».

«Non credo. Di notte non penso che il parrino esce di casa».

«Patre Crucillà come farà a farmi capire che mi sta portando verso il posto dove sta ammucciato Japichinu?».

«Non ti preoccupare, il modo lo troverà. Quando ti avrà indicato il posto, mi raccomando, non fare spirtizze, non pigliare iniziative. Ti metti immediatamente in contatto con me».

«Va bene».

Fazio si susì, si diresse lentamente verso la porta. A mezza strata si fermò, si voltò a taliare Montalbano.

«Che c'è?».

«Dottore, la pratico da troppo tempo per non capire che lei mi sta contando solo la mezza messa».

«Cioè?».

«Sicuramente don Balduccio le disse macari qualche altra cosa».

«Vero è».

«La posso sapere?».

«Certamente. Mi disse che non sono stati loro. E m'ha assicurato che non sono stati manco i Cuffaro. Perciò i colpevoli sono quelli nuovi».

«Ma colpevoli di che?».

«Non lo so. Ora come ora, non so a che minchia stava riferendosi. Però una mezza idea me la sto facendo».

«Me la dice?».

«È troppo presto».

Fazio ebbe appena il tempo di girare la chiave nella toppa che venne violentemente sbattuto contro il muro dalla porta spalancata da Catarella.

«Il naso mi rompeva a momenti!» fece Fazio tenendosi una mano sulla faccia.

«Dottori! Dottori!» ansimò Catarella. «Mi dispiaci per la ruzione che feci, ma c'è il signor quistori di pirsona pirsonalmente!».

«Dov'è?».

«Al tilefono, dottori».

«Passamelo».

Catarella scappò come un lepro, Fazio aspettò che fosse passato per nèsciri macari lui.

La voce di Bonetti-Alderighi parse provenire dall'interno di un freezer, tanto era fredda.

«Montalbano? Un'informazione preliminare, se non le dispiace. È sua una Tipo targata AG 334 JB?».

«Sì».

La voce di Bonetti-Alderighi ora proveniva dritta dritta dalla banchisa polare. In secondo piano, si sentivano orsi ululare (ma gli orsi ululavano?).

«Venga da me immediatamente».

«Sarò da lei tra un'oretta, il tempo di...».

«Lo capisce l'italiano? Ho detto immediatamente».

«Entri e lasci la porta aperta» gli intimò il questore appena lo vide trasìre. Doveva trattarsi di una facenna veramente seria perché poco prima, nel corridoio, Lattes aveva fatto finta di non vederlo. Mentre s'avvicinava alla scrivania, Bonetti-Alderighi si susì dalla poltrona e andò a raprire la finestra.

«Devo essere diventato un virus» pinsò Montalbano. «Quello si scanta che gli infetto l'aria».

Il questore tornò ad assittarsi senza fargli 'nzinga d'assittarsi macari lui. Come ai tempi del liceo, quando il signor preside lo convocava nel suo ufficio per fargli un sullenne liscebusso.

«Bravo» fece Bonetti-Alderighi squatrantolo. «Bravo. Veramente bravo».

Montalbano non sciatò. Prima di decidere come comportarsi, era necessario conoscere i motivi della raggia del suo superiore.

«Stamattina» continuò il questore «appena ho messo piede in questo ufficio, ho trovato una novità che non esito a definire sgradevole. Anzi, sgradevolissima. Si tratta di un rapporto che mi ha mandato su tutte le furie. E questo rapporto riguarda lei».

«Muto!» ordinò severamente a se stesso il commissario.

«Nel rapporto c'è scritto che una Tipo targata...».

S'interruppe, calandosi in avanti a taliare il foglio che aveva sulla scrivania.

«...AG 334 JB?» suggerì timidamente Montalbano.

«Stia zitto. Parlo io. Una Tipo targata AG 334 JB è transitata iersera davanti a un nostro posto di controllo diretta verso l'abitazione del noto boss mafioso Balduccio Sinagra. Fatte le debite ricerche, è stato appurato che quell'auto le appartiene e hanno ritenuto doveroso informarmi. Ora mi dica: lei è così fesso da non immaginare che quella villa possa essere tenuta sotto costante controllo?».

«Ma no! Ma che mi dice?» disse Montalbano facendo il teatrino della meraviglia. E sicuramente sopra la testa gli spuntò la spera tonda che i santi abitualmente portano. Poi fece assumere alla sua faccia un'espressione preoccupata e murmuriò tra i denti:

«Mannaggia! Non ci voleva!».

«Ha ben motivo di preoccuparsi, Montalbano! Ed io esigo una spiegazione. Che sia soddisfacente. Altrimenti la sua discussa carriera termina qui. È da troppo tempo che sopporto i suoi metodi che spesso e volentieri sconfinano nell'illegalità!».

Il commissario abbassò la testa, nella posizione che deve assumere il contrito. Il questore, a vederlo accussì, si pigliò di coraggio, incaniando.

«Guardi, Montalbano, che con uno come lei non è poi tanto cervellotico ipotizzare una collusione! Ci sono purtroppo precedenti illustri che non starò a ricordarle perché lei li conosce benissimo! E poi io ne ho piene le scatole di lei e di tutto il commissariato di Vigàta! Non si capisce se siete dei poliziotti o dei camorristi!».

Gli piaceva, l'argomento che aveva già usato con Mimì Augello.

«Farò un repulisti totale!».

Montalbano, come da copione, prima si turciniò le mani, poi pigliò dalla sacchetta un fazzoletto, se lo passò sulla faccia. Parlò esitando.

«Ho un cuore d'asino e uno di leone, signor questore».

«Non ho capito».

«Mi trovo imbarazzato. Perché il fatto è che Balduccio Sinagra, dopo avermi parlato, si fece dare la parola d'onore che...».

«Che?».

«Che del nostro incontro non avrei fatto parola con nessuno».

Il questore diede una gran manata sulla scrivania, una botta tale che sicuramente gli scassò il palmo della mano.

«Ma si rende conto di quello che mi sta dicendo? Nessuno doveva saperlo! E secondo lei io, il questore, il suo diretto superiore, sarei nessuno? Lei ha il dovere, ripeto, il dovere...».

Montalbano alzò le braccia in segno di resa. Poi si passò rapidamente il fazzoletto sugli occhi.

«Lo so, lo so, signor questore» fece «ma se lei potesse capire come io sia dilaniato tra il mio dovere da una parte e la parola data dall'altra...».

Si congratulò con se stesso. Quant'era bella la lingua italiana! Dilaniare era proprio il verbo che ci voleva.

«Lei straparla, Montalbano! Lei non si rende conto di ciò che dice! Lei mette sullo stesso livello il dovere e la parola data a un delinquente!».

Il commissario calò ripetutamente la testa.

«È vero! È vero! Come sono sante le sue parole!».

«E dunque, senza tergiversazioni, mi dica perché si è incontrato col Sinagra! Voglio una spiegazione totale!».

Ora veniva la scena madre della recita che aveva improvvisato. Se il Questore abboccava, tutta la facenna finiva lì.

«Credo si voglia pentire» murmuriò a voce vascia.

«Eh?» fece il questore che non ci aveva capito il resto di niente.

«Credo che Balduccio Sinagra abbia una mezza intenzione di pentirsi».

Come spinto in aria da un'esplosione avvenuta proprio nel posto dove stava assittato, Bonetti-Alderighi schizzò dalla poltrona, affannosamente corse a serrare la finestra e la porta. A quest'ultima ci desi macari un giro di chiave.

«Sediamoci qua» disse spingendo il commissario verso un divanetto. «Così non ci sarà bisogno d'alzare la voce».

Montalbano s'assittò, s'addrumò una sigaretta a malgrado sapesse che al questore gli veniva il firticchio, veri e propri attacchi d'isteria, non appena vedeva un filo di tabacco. Ma stavolta Bonetti-Alderighi manco se ne addunò. Con un sorriso perso, gli occhi sognanti, contemplava se stesso, circondato da giornalisti rissosi e impazienti, sotto la luce dei riflettori, un grappolo di microfoni protesi verso la sua bocca, mentre spiegava con brillante eloquio come avesse fatto a convincere uno dei più sanguinari boss mafiosi a collaborare con la giustizia.

«Mi dica tutto, Montalbano» supplicò con voce cospiratoria.

«Che le devo dire, signor questore? Ieri Sinagra mi telefonò di persona personalmente per dirmi che voleva vedermi subito».

«Almeno poteva avvertirmi!» lo rimproverò il questore mentre agitava in aria l'indice della mano dritta a fare cattivello cattivello.

«Non ne ho avuto il tempo, mi creda. Anzi, no, aspetti...».

«Sì?».

«Ora mi ricordo d'averla chiamata, ma mi hanno risposto che lei era impegnato, una riunione, non so, qualcosa di simile...».

«Può darsi, può darsi» ammise l'altro. «Ma veniamo al dunque: che le ha detto Sinagra?».

«Signor questore, dal rapporto avrà certamente saputo che si è trattato di un colloquio brevissimo».

Bonetti-Alderighi si susì, taliò il foglio sulla scrivania, tornò, s'assittò.

«Quarantacinque minuti non sono pochi».

«D'accordo, ma lei dentro quei quarantacinque minuti ci deve mettere anche il viaggio d'andata e ritorno».

«Giusto».

«Ecco: Sinagra, più che dirmelo apertamente, me l'ha lasciato capire. Anzi, meno ancora: ha affidato tutto alla mia intuizione».

«Alla siciliana, eh?».

«Eggià».

«Vuole provare a essere più preciso?».

«Mi ha detto che cominciava a sentirsi stanco».

«Lo credo. Ha novant'anni!».

«Appunto. M'ha detto che l'arresto di suo figlio e la latitanza del nipote erano stati colpi duri da sopportare».

Pareva proprio una battuta di pellicola di serie B, gli era venuta bene. Però il questore parse tanticchia deluso.

«Tutto qua?».

«È già tantissimo, signor questore! Ci ragioni: perché questa sua situazione ha voluto raccontarla a me? Loro, lei lo sa, usano procedere coi piedi di piombo. Occorrono calma, pazienza e tenacia».

«Già, già».

«Mi ha detto che presto tornerà a chiamarmi».

Dal momentaneo sconforto, Bonetti-Alderighi risalì all'entusiasmo.

«Ha detto proprio così?».

«Sissignore. Ma occorrerà molta cautela, un passo falso manderebbe in aria tutto, la posta in gioco è altissima».

Si sentì schifato per le parole che gli stavano niscendo dalla bocca. Una raccolta di luoghi comuni, ma era il linguaggio che in quel momento rendeva. Si spiò fino a quando avrebbe potuto reggere a quella farsa.

«Certo, capisco».

«Pensi, signor questore, che io non ho voluto informare nessuno dei miei uomini. C'è sempre il rischio di una talpa».

«Farò anch'io altrettanto!» giurò il questore stendendo una mano avanti.

Parevano a Pontida. Il commissario si susì.

«Se non ha altri ordini...».

«Vada, vada, Montalbano. E grazie».

Si strinsero la mano vigorosamente, taliandosi occhi negli occhi.

«Però...» fece il questore afflosciandosi.

«Mi dica».

«C'è quel benedetto rapporto. Non posso non tenerne conto, capisce? Una risposta la devo dare».

«Signor questore, se qualcuno intuisce che c'è un contatto, sia pur minimo, tra noi e Sinagra e sparge la voce, salta tutto. Ne sono convinto».

«Già, già».

«Per questo poco fa, quando mi disse che la mia macchina era stata intercettata, ho avuto un moto di disappunto».

Ma come gli veniva bene parlare accussì! Che avesse trovato il suo vero modo d'esprimersi?

«Hanno fotografato la macchina?» spiò dopo una pausa conveniente.

«No. Hanno preso solo il numero della targa».

«Allora una soluzione ci sarebbe. Ma non m'azzardo a proporgliela, offenderebbe la sua adamantina onestà d'uomo e di servitore dello Stato».

Come in punto di morte, Bonetti-Alderighi esalò un lungo sospiro.

«Comunque me la dica».

«Basterà dir loro che si sono sbagliati nel trascrivere la targa».

«Ma come faccio a sapere che si sono sbagliati?».

«Perché lei, proprio in quella mezzora durante la quale loro sostengono che andavo da Sinagra, lei mi stava facendo una lunga telefonata. Nessuno se la sentirà di smentirla. Che ne dice?».

«Mah!» fece il questore poco pirsuaso. «Vedrò».

Montalbano sinni niscì, certo che Bonetti-Alderighi, sia pure combattuto dagli scrupoli, avrebbe fatto come gli aveva suggerito.

Prima di partirsene da Montelusa, chiamò il commissariato.

«Pronti? Pronti? Cu è ca ci tilifona?».

«Catarè, Montalbano sono. Passami il dottor Augello».

«Non ci lo posso passari in quanto che lui non c'è. Però prima c'era. L'aspittò e visto che vossia non viniva, sinni andò».

«Lo sai perché è andato via?».

«Sissi. A causa della scascione che un incentio ci fu».

«Un incendio?».

«Sissi. E macari incentio doloroso, come disse il pomperi. E il dottori Augello ci antò con i collequi Gallo e Galluzzo, datosi che Fazio non si trovavasi».

«Che volevano da noi i pompieri?».

«Dissero che stavano astutanto questo incentio doloroso. Poi il dottori Augello s'appigliò lui il tilifono e ci parlò».

«Tu lo sai dov'è scoppiato l'incendio?».

«L'incentio pigliò in contrata Pisello».

Questa contrada non l'aveva mai sentita nominare. Dato che il comando dei Vigili del Fuoco era a pochi passi, si precipitò nella caserma, si qualificò. Gli dissero che l'incendio, sicuramente doloso, era scoppiato in contrada Fava.

«Perché ci avete telefonato?».

«Perché dentro a una casa agricola diroccata i nostri hanno rinvenuto due cadaveri. Pare si tratti di due anziani, un uomo e una donna».

«Sono morti nell'incendio?».

«No, commissario. Le fiamme avevano già circondato i resti della casa, ma i nostri sono intervenuti a tempo».

«Allora come sono morti?».

«Dottore, pare siano stati ammazzati».

Nove

Lasciata la statale, dovette pigliare una trazzera stretta e in acchianata, tutta pietroni e fossi, che la macchina si lamentiava per la faticata quasi fosse una criatura. A un certo punto non poté più andare avanti, il proseguo era impedito da mezzi dei Vigili del Fuoco e da altre macchine che avevano parcheggiato macari sul terreno torno torno.

«Lei chi è? Dove vuole andare?» spiò, sgarbato, un graduato appena lo vide scìnniri dall'auto e accennare a proseguire a pedi la caminata.

«Il commissario Montalbano sono. Mi hanno detto che...».

«Va bene, va bene» fece sbrigativo il graduato. «Vada pure, i suoi uomini sono già sul posto».

Faceva càvudo. Si levò la cravatta e la giacchetta che aveva dovuto mettere per andare dal questore. Però, a malgrado dell'alleggerimento, doppo pochi passi sudava già come un maiale. Ma dov'era l'incendio?

La risposta l'ebbe appena girata una curva. Il paesaggio si strancangiò di colpo. Non si vedeva un àrbolo, un filo d'erba, una troffa, una pianta qualisiasi, solo una distesa informe e uniforme di colore marrone scuro scuro, tutto arso, l'aria era densa come in certe jornate di scirocco feroce, però feteva d'abbrusciatizzo, qua e là ogni tanto si alzava un filo di fumo. La casa rustica distava ancora un centinaro di metri, fatta nìvura dal foco. Stava a mezzacosta di una collinetta, in cima alla quale si vedevano ancora fiamme e sagome d'òmini che correvano.

Un tale che scendeva la trazzera gli sbarrò il passo, la mano tesa.

«Ciao, Montalbano».

Era un suo collega, commissario a Comisini.

«Ciao, Miccichè. Che ci fai da queste parti?».

«Veramente la domanda dovrei rivolgertela io».

«Perché?».

«Questo è territorio mio. I pompieri, non sapendo se contrada Fava apparteneva a Vigàta o a Comisini, tanto per non sbagliare hanno avvertito tutti e due i commissariati. I morti avrei dovuto pigliarli in carico io».

«Avresti?».

«Beh, sì. Con Augello abbiamo telefonato al questore. Io avevo proposto di spartirci un morto a testa».

Rise. S'aspettava un controcanto di risata da parte di Montalbano, ma quello non parse manco d'avere sentito.

«Però il questore ha ordinato di lasciarli tutti e due a te, dato che state già occupandovi del caso. Ti saluto e buon lavoro».

S'allontanò fischiettando, evidentemente contento di essersi levato la rogna. Montalbano continuò a camminare sotto un cielo che addiventava di passo in passo sempre più grigio. Principiò a tussiculiàre, faceva una certa fatica a respirare. Non seppe spiegarsene la ragione, ma cominciò a sentirsi squieto, nirbùso. Si era levato tanticchia di vento lèggio lèggio e la cenere se ne stava sollevata a mezzaria prima di ricadere impalpabile. Più che nirbùso, capì d'essere irrazionalmente scantato. Allungò il passo, però il respiro affrettato trasportava dintra ai suoi polmoni aria pesante, come contaminata. Non ce la fece più ad andare avanti da solo, si fermò, chiamò.

«Augello! Mimì!».

Dalla casa rustica annerita e sdirrupata niscì Augello, gli corse incontro, aveva in mano una pezza bianca e l'agitava. Quando gli arrivò davanti, gliela pruì: era una mascherina antismog.

«Ce le hanno date i pompieri, meglio che niente».

I capelli di Mimì erano addiventati grigi, macari le sopracciglia, pareva invecchiato di una ventina d'anni. Era tutto effetto della cìnniri.

Mentre, appoggiato al braccio del suo vice, stava per trasìri nella casa rustica, a malgrado della mascherina avvertì un forte odore di carne abbrusciata. Arretrò, mentre Mimì lo taliava interrogativo.

«Sono loro?» spiò.

«No» lo rassicurò Augello. «Darrè la casa c'era un cane attaccato alla catena. Non si riesce a capire a chi apparteneva. Si è bruciato vivo. Una morte orrenda».

«Perché, quella dei Griffo lo è stata di meno?» si spiò Montalbano appena vide i due corpi.

Il pavimento, una volta di terra battuta, ora era diventato una specie di pantano per tutta l'acqua che vi avevano gettato i pompieri, a momenti i due corpi galleggiavano.

Stavano affacciabocconi, li avevano ammazzati con un solo colpo alla nuca, dopo aver loro ordinato d'inginocchiarsi dintra a una specie di cammarino senza finestra, una volta forse una dispensa, poi, con la ruvina della casa, trasformato in un cacatoio che faceva un feto insopportabile. Un posto abbastanza riparato alla vista di chi per caso si fosse affacciato nell'unico grande cammarone che una volta aveva costituito tutta la casa.

«Fino a qua ci si può arrivare con la macchina?».

«No. Ci si può avvicinare fino a un certo punto, poi bisogna fare una trentina di metri a piedi».

Se li immaginò, il commissario, i due vecchiareddri camminare nella notte, nello scuro, davanti a qualcuno che li teneva sotto punterìa. Certamente avevano truppicàto sulle pietre, erano caduti e si erano fatti male, ma sempre avevano dovuto rialzarsi e ripigliare la strata, macari con l'aiuto di qualche càvucio dei boia. E, di sicuro, non si erano ribellati, non avevano fatto voci, non avevano supplicato, muti, aggelati dalla consapevolezza della morte imminente. Un'agonia interminabile, una vera e propria Via Crucis, quella trentina di metri.

Era questa spietata esecuzione la linea da non oltrepassare della quale gli aveva parlato Balduccio Sinagra? La crudele ammazzatina a sangue freddo di due vecchiareddri tremanti e indifesi? Ma no, via, non poteva essere questo il limite, non da questo duplice omicidio Balduccio voleva chiamarsi fuori. Loro avevano fatto ben altro, avevano incaprettato, torturato vecchi e picciotti, avevano persino strangolato e poi disciolto nell'acido un picciliddro di dieci anni, colpevole solo di essere nato in una certa famiglia. Quindi quello che vedeva, per loro, ancora rientrava dentro la linea. L'orrore, al momento invisibile, stava perciò tanticchia più in là. Ebbe come una leggera vertigine, si appoggiò al braccio di Mimì.

«Ti senti bene, Salvo?».

«È che questa mascherina mi dà tanticchia d'accùpa».

No, il peso sul petto, la mancanza di respiro, il retrogusto di una sconfinata malinconia, l'accùpa insomma, non gliela stava provocando la mascherina. Si calò in avanti per taliare meglio i due cadaveri. E fu allora che poté notare una cosa che finì di sconvolgerlo.

Sotto la fanghiglia si vedevano a rilievo il braccio destro di lei e quello mancino di lui. Le due braccia erano stese dritte, si toccavano. Si calò in avanti ancora di più per taliare meglio, stringendo sempre il braccio di Mimì. E vide le mani dei due morti: le dita della mano dritta di lei erano intrecciate a quelle della mano mancina di lui. Erano morti tenendosi per mano. Nella notte, nel terrore, avendo davanti lo scuro più scuro della morte, si erano cercati, si erano trovati, si erano dati l'un l'altra conforto come tante altre volte avevano sicuramente fatto nel corso della loro vita. La pena, la pietà l'assugliarono improvvise con due cazzotti al petto. Barcollò, Mimì fu lesto a reggerlo.

«Esci fora di qua, tu non me la conti giusta».

Voltò le spalle, niscì. Si taliò torno torno. Non ricordava chi, ma qualcheduno di Chiesa aveva affermato che l'inferno sicuramente esisteva, ma non si sapeva dove fosse allocato. Perché non provava a passare da quelle parti? Forse l'idea di una possibile collocazione gli sarebbe venuta.

Mimì lo raggiunse, lo taliò attentamente.

«Salvo, come stai?».

«Bene, bene. Gallo e Galluzzo dove sono?».

«Li ho mandati a dare una mano ai pompieri. Tanto, che ci stavano a fare qua? E macari tu, perché non te ne vai? Resto io».

«Hai avvertito il Sostituto? La Scientifica?».

«Tutti. Prima o poi arriveranno. Vatìnni».

Montalbano non si cataminò. Stava addritta, taliava 'n terra.

«Ho una colpa» disse.

«Eh?» fece Augello strammato. «Una colpa?».

300

«Sì. Io questa storia dei due vecchiareddri l'ho pigliata sottogamba fino dal principio».

«Salvo» reagì Augello «ma non li hai appena visti? Quei povirazzi sono stati assassinati domenica notte stessa, al ritorno dalla gita. Che potevamo fare? Non sapevamo manco che esistevano!».

«Parlo di dopo, dopo che il figlio è venuto a dirci ch'erano scomparsi».

«Ma se abbiamo fatto tutto quello che c'era da fare!».

«Vero è. Ma io, da parte mia, l'ho fatto senza convinzione. Mimì, io qua non reggo. Me ne vado a Marinella. Ci vediamo in ufficio verso le cinque».

«Va bene» disse Mimì.

Rimase a taliare il commissario, preoccupato, fino a quando non lo vide sparire dopo una curva.

A Marinella manco raprì il frigorifero per vìdiri che c'era dintra, non aveva gana di mangiare, si sentiva lo stomaco stretto. Andò in bagno e si taliò nello specchio: la cìnniri, oltre ad avergli ingrigito capelli e baffi, gli aveva messo in mostra le rughe facendole diventare di un bianco pallido, da malato. Si lavò solamente la faccia, si spogliò nudo lasciando cadere a terra vestito e biancheria, indossò il costume, corse a ripa di mare.

Inginocchiato sulla rena, scavò una buca larga con le mani, si fermò solo quando dal fondo vide affiorare rapidamente l'acqua. Pigliò una manata d'alghe ancora verdi e le gettò nella buca. Doppo si stinnicchiò a panza sotto e c'infilò la testa dintra. Respirò profondamente, una, due, tre volte e a ogni pigliata d'aria il sciàuro della salsedine e delle alghe gli puliziava i polmoni dalla cìnniri che ci era trasùta. Poi si susì ed entrò in mare. Con poche, ferme bracciate si portò al largo. Si riempì la bocca d'acqua di mare, ci sciacquò a lungo palato e gola. Quindi per una mezzorata fece il morto, senza pinsàri a nenti.

Galleggiava come un ramo, una foglia.

Tornato in ufficio, telefonò al dottor Pasquano che rispose al solito so'.

301

«Me l'aspettavo questa gran camurriata di telefonata! Anzi, mi spiavo se non le era capitata qualche cosa, dato che ancora non si era fatto vivo! In pinsèro, stavo! Che vuole sapere? Sui due morti ci travaglio domani».

«Dottore, basta che intanto mi risponda con un sì o con un no. A occhio e croce, sono stati ammazzati nella nottata tra domenica e lunedì?».

«Sì».

«Un colpo solo alla nuca, tipo esecuzione?».

«Sì».

«Li hanno torturati prima di sparare?».

«No».

«Grazie, dottore. Ha visto quanto fiato le ho fatto risparmiare? Così se lo ritrova tutto in punto di morte».

«Quanto mi piacerebbe farle l'autopsia!» disse Pasquano.

Mimì Augello stavolta fu puntualissimo, s'appresentò alle cinque spaccate. Ma aveva la faccia allammicusa, era evidente che si stava maceriando per qualche pinsèro.

«Hai trovato tempo per arriposarti, Mimì?».

«Ma quando mai! Abbiamo dovuto aspettare Tommaseo che con la macchina era andato a finire dintra a un fosso».

«Hai mangiato?».

«Beba mi ha preparato un panino».

«E chi è Beba?».

«Me l'hai presentata tu. Beatrice».

La chiamava già Beba! Le cose quindi procedevano bene. Ma allora perché Mimì aveva quella faccia da giorno dei morti? Non ebbe tempo d'insistere sull'argomento perché Augello gli rivolse una domanda che assolutamente non si aspettava.

«Sei sempre in contatto con quella svedese, come si chiama, Ingrid?».

«Non la vedo da tempo. Però mi ha telefonato una simanata fa. Perché?».

«Ci possiamo fidare di lei?».

Montalbano non sopportava che a una domanda si rispondesse

con un'altra domanda. Macari lui qualche volta lo faceva, ma aveva sempre uno scopo preciso. Continuò il gioco.

«Tu che ne dici?».

«Non sei tu che la conosci meglio di mia?».

«Perché ti serve?».

«Non mi pigli per pazzo se te lo dico?».

«Pensi che può capitare?».

«Macari se è una cosa grossa?».

Il commissario si stufò del gioco, Mimì non si era manco addunato che stava facendo un dialogo assurdo.

«Senti, Mimì, sulla discrezione di Ingrid ci posso giurare. In quanto a pigliarti per pazzo l'ho già fatto tante di quelle volte che una in più o una in meno non porta differenza».

«Stanotte non m'ha fatto chiudere occhio».

Ci andava forte, Beba!

«Chi?».

«Una lettera, una di quelle scritte da Nenè Sanfilippo alla sua amante. Tu non sai, Salvo, come me le sono studiate! A momenti le so a memoria».

«Che stronzo che sei, Salvo!» si rimproverò Montalbano. «Non fai che pensare male di Mimì e invece quel povirazzo travaglia macari di notte!».

Dopo essersi debitamente rimproverato, il commissario superò agilmente quel breve momento d'autocritica.

«Va bene, va bene. Ma che c'era in quella lettera?».

Mimì aspettò un momento prima di decidersi a rispondere.

«Beh, lui si arrabbia molto, in un primo momento, perché lei si è depilata».

«Che aveva da arrabbiarsi? Tutte le donne si depilano le ascelle!».

«Non parlava di ascelle».

«Ah» fece Montalbano.

«Depilazione totale, capisci?».

«Sì».

«Poi, nelle lettere che seguono, lui ci piglia gusto alla novità».

«Va bene, ma tutto questo che importanza ha?».

«È importante! Perché io, perdendoci il sonno e macari la vista, credo d'avere capito chi era l'amante di Nenè Sanfilippo.

Certe descrizioni che lui fa del corpo di lei, i minimi dettagli, sono meglio di una fotografia. Come sai, a mia le fìmmine piace taliarle».

«Non solo taliarle».

«D'accordo. E io mi sono fatto persuaso di poterla riconoscere a questa signora. Perché sono sicuro d'averla incontrata. Basta picca e nenti per avere un'identificazione sicura».

«Picca e nenti! Mimì, ma che ti viene in testa? Tu vuoi che io vada da questa signora e le dica: "Il commissario Montalbano sono. Signora, per favore, si cali un attimo le mutande". Ma quella minimo mi fa internare!».

«È per questo che ho pensato a Ingrid. Se la fìmmina è quella che io credo, l'ho vista a Montelusa qualche volta in compagnia della svedese. Devono essere amiche».

Montalbano storcì la bocca.

«Non ti pirsuade?» spiò Mimì.

«Mi persuade. Ma tutta la facenda è un bel problema».

«Perché?».

«Perché non faccio Ingrid capace di tradire un'amica».

«Tradire? E chi ha parlato di tradimento? Si può trovare un modo qualsiasi, metterla in condizione di lasciarsi scappare qualche parola...».

«Come, per esempio?».

«Mah, che so, tu inviti Ingrid a cena, poi la porti a casa tua, la fai bere, tanticchia di quel nostro vino rosso che ci vanno pazze, e...».

«...e mi metto a parlare di pelo? A quella le piglia un colpo se discorro di certe cose con lei! Da me non se l'aspetta!».

A Mimì, per la sorpresa, gli si allentò la bocca.

«Non se l'aspetta?! Ma dimmi una cosa, tu e Ingrid... Mai?».

«Che vai pensando?» fece irritato Montalbano. «Io non sono come a tia, Mimì!».

Augello lo taliò per un momento, poi congiunse le mani a preghiera, levò gli occhi al cielo.

«Che fai?».

«Domani mando una lettera a Sua Santità» rispose, compunto, Mimì.

«E che gli vuoi dire?».

«Che ti canonizzi mentre ancora sei in vita».

«Non mi piace questo tuo spirito di patata» fece brusco il commissario.

Mimì tornò di colpo serio. Su certi argomenti col suo capo a volte bisognava andarci coi piedi di chiummo.

«Ad ogni modo, per quanto riguarda Ingrid, dammi tempo per pensarci».

«D'accordo, ma non pigliartene troppo, Salvo. Tu lo capisci che una cosa è un'ammazzatina per questioni di corna e un'altra è...».

«La capisco benissimo la differenza, Mimì. E non devi essere tu a insegnarmela. Davanti a mia, tu hai ancora la scorcia nel culo».

Augello incassò senza reagire. Prima aveva sbagliato tasto, parlando di Ingrid. Bisognava fargli passare il malo umore.

«C'è un'altra facenna, Salvo, della quale ti voglio parlare. Ieri, dopo che abbiamo mangiato, Beba m'ha invitato a casa sua».

A Montalbano l'umore malo passò di colpo. Trattenne il fiato. Tra Mimì e Beatrice era già successo il succedibile in un vìdiri e svìdiri? Se Beatrice era andata subito a letto con Mimì, capace che la cosa si sarebbe risolta presto. E inevitabilmente Mimì sarebbe tornato alla sua Rebecca.

«No, Salvo, non abbiamo fatto quello che stai pensando» disse Augello come se avesse il potere di leggergli dintra la testa. «Beba è una cara ragazza. Molto seria».

Com'è che diceva Shakespeare? Ah, sì: «Le tue parole son nutrimento per me». Quindi, se Mimì parlava accussì, c'era da sperare.

«A un certo momento lei è andata a cambiarsi. Io, restato solo, ho pigliato in mano una rivista che c'era sul tavolino. L'ho aperta ed è caduta una foto ch'era stata messa in mezzo alle pagine. Rappresentava l'interno di un pullman con i passeggeri assittati ai loro posti. Di quinta e di spalle c'era Beba con un tegame in mano».

«Quando è tornata le hai spiato in che occasione...».

«No. Mi parse, come dire, indiscreto. Rimisi la foto a posto e basta».

«Perché me lo stai contando?».

«Mi è venuta un'idea. Se durante questi viaggi si scattano fo-to-ricordo, è possibile che in giro ce ne sia qualcuna della gita a Tindari, quella alla quale parteciparono i Griffo. Se queste fo-to si trovano, forse se ne può ricavare qualcosa, macari se non so che».

Beh, non si poteva negare che Augello aveva avuto una buo-na alzata d'ingegno. E certamente si aspettava una parola d'e-logio. Che non venne. Freddamente e carognescamente il com-missario non volle dargli soddisfazione. Anzi.

«Mimì, il romanzo l'hai letto?».

«Quale romanzo?».

«Se non mi sbaglio, assieme alle lettere, ti avevo dato una spe-cie di romanzo che Sanfilippo...».

«No, non l'ho ancora letto».

«E perché?».

«Come, perché? Ma se mi ci sto addannando l'anima su quel-le lettere! Prima del romanzo, voglio sapere se ci ho inzertato su chi era l'amante di Sanfilippo».

Si susì.

«Dove vai?».

«Ho un impegno».

«Guarda, Mimì, che questo non è un albergo dove...».

«Avevo promesso a Beba che l'avrei portata a...».

«Va bene, va bene. Per questa volta, vai» concesse, magna-nimo, Montalbano.

«Pronto, ditta Malaspina? Il commissario Montalbano sono. C'è l'autista Tortorici?».

«Ora ora tornò. È qui allato a mia. Glielo passo».

«Buonasera, commissario» fece Tortorici.

«Mi scusi se la disturbo, ma mi necessita un'informazione».

«Agli ordini».

«Mi sa dire se durante le gite si scattano fotografie?».

«Beh, sì... però...».

Pareva imparpagliato, la voce gli si era fatta esitante.

«Si scattano sì o no?».

«Mi... mi scusasse, dottore. Posso richiamarla al massimo tra cinque minuti?».

Richiamò che i cinque minuti non erano manco passati.

«Dottore, mi perdonasse ancora, ma non potevo parlare davanti al ragioniere».

«Perché?».

«Vede, commissario, la paga è bassa».

«E questo che c'entra?».

«C'entra sì... Io arrotondo, commissario».

«Si spieghi meglio, Tortorici».

«I passeggeri, quasi tutti, si portano appresso la macchina fotografica. Quando partiamo, io dico loro che sul pullman è proibito fare fotografie. Ne possono fare quante ne vogliono arrivati a destinazione. Il permesso di scattare foto durante il viaggio ce l'ho solamente io. Tutti abboccano, nessuno protesta».

«Mi scusi, ma se lei è impegnato a guidare, chi scatta queste fotografie?».

«Lo domando al venditore o a qualcuno dei passeggeri. Poi le faccio sviluppare e le vendo a quelli che vogliono avere il ricordo».

«Perché non voleva che il ragioniere sentisse?».

«Perché non gli ho domandato il permesso di fare le foto».

«Basterebbe domandarglielo e tutto si risolverebbe».

«Già, e così quello con una mano mi dà il permesso e con l'altra mi domanda la percentuale. Guadagno una miseria, dottore».

«Lei conserva i negativi?».

«Certo».

«Mi può fare avere quelli dell'ultima gita a Tindari?».

«Ma quelle ce l'ho già tutte sviluppate! Doppo la scomparsa dei Griffo mi è mancato u cori di mettermi a venderle. Ma ora che si sa che sono stati ammazzati, sono sicuro che le smercerò tutte e macari a prezzo doppio!».

«Guardi, facciamo così. Io mi accatto le foto sviluppate e lascio a lei i negativi. E lei li potrà vendere come vuole».

«Quando le vuole?».

«Prima che può».

307

«Ora io devo per forza fare una commissione a Montelusa. Se gliele porto in commissariato stasera verso le nove le va bene?».

Aveva fatto trenta? Tanto valeva fare trentuno. Dopo la morte del suocero, Ingrid e suo marito avevano cangiato di casa. Cercò il numero, lo fece. Era ora di cena e la svedese, quando poteva, preferiva mangiare in famiglia.

«Tu palla ki io senta» fece una voce di fìmmina al telefono.

Ingrid aveva sì cangiato di casa, ma non aveva cangiato d'abitudine per quanto riguardava le cammarere: se le andava a cercare nella Terra del Fuoco, nel Kilimangiaro, nel Circolo polare artico.

«Montalbano sono».

«Come dikto tu?».

Doveva essere un'aborigena australiana. Sarebbe stato memorabile un colloquio tra lei e Catarella.

«Montalbano. C'è la signora Ingrid?».

«Lei ki sta facendo mangia mangia».

«Me la chiami?».

Passarono minuti e minuti. Se non era per delle voci lontane, il commissario avrebbe potuto pinsàri che la linea era caduta.

«Ma chi è che parla?» spiò poi, circospetta, Ingrid.

«Montalbano sono».

«Sei tu, Salvo! La cameriera mi aveva detto che c'era un ortolano al telefono. Che piacere sentirti!».

«Ingrid, sono mortificato, ma ho bisogno del tuo aiuto».

«Tu ti ricordi di me solo quando ti posso essere utile?».

«Dai, Ingrid! È una cosa seria».

«Va bene, che vuoi?».

«Domani sera possiamo stare assieme a cena?».

«Certo. Lascio perdere tutto. Dove ci vediamo?».

«Al solito bar di Marinella. Alle otto, se per te non è troppo presto».

Riattaccò sentendosi infelice e imbarazzato. Mimì l'aveva messo in una brutta situazione: quale faccia, quali parole per spiare a Ingrid di una sua eventuale amica depilata? Già si vedeva, rosso e sudatizzo, balbettare incomprensibili domande alla svedese sempre più divertita... E a un tratto si paralizzò. Forse una via d'uscita c'era. Se Nenè Sanfilippo aveva riportato nel computer l'epistolario erotico, non era possibile che?...

Pigliò le chiavi dell'appartamento di via Cavour e niscì di corsa.

Dieci

Con la stessa velocità con la quale stava niscendo dal commissariato, Fazio invece ci stava trasendo. E capitò l'inevitabile scontro frontale degno delle migliori pellicole comiche: siccome erano della stessa altizza e stavano con la testa vascia, rischiarono d'incornarsi come i cervi in amore.

«Dove va? Devo parlarle» fece Fazio.

«E parliamo» disse Montalbano.

Fazio serrò a chiave la porta dell'ufficio, s'assittò con un sorriso soddisfatto.

«È fatta, dottore».

«Come fatta?» si stupì Montalbano. «A prima botta?».

«Sissignore, a prima botta. Patre Crucillà è un parrino furbo, quello capace che, mentre dice la Santa Missa, con uno specchietto retrovisore talìa dintra la chiesa quello che fanno i parrocciani. A farla breve, appena sono arrivato a Montereale, sono andato in chiesa e mi sono assittato in un banco dell'ultima fila. Non c'era manco un'anima criata. Doppo tanticchia dalla sacristia è uscito patre Crucillà coi paramenti, seguito da un chierichetto. Credo che doveva portare l'Olio Santo a qualche moribondo. Passando, mi ha taliato, per lui ero una faccia nova, e macari io l'ho taliato. Sono rimasto inchiovato al banco per un due ore scarse, poi è tornato. Ci siamo nuovamente taliati. È stato una decina di minuti in sacristìa ed è nisciùto nuovamente sempre col chierichetto appresso. Arrivato alla mia altezza, mi ha fatto ciao ciao, con le cinque dita della mano belle aperte. Che veniva a significare, secondo lei?».

«Che voleva che tu tornassi in chiesa alle cinque».

«E così macari io la pinsai. Ma lo vede quant'è furbo? Se io ero un fedele qualsiasi, quel saluto era solamente un saluto, se

310

io invece ero la persona mandata da lei, quello non era più un saluto, ma un appuntamento per le cinque».

«Che hai fatto?».

«Me ne sono andato a mangiare».

«A Montereale?».

«No, dottore, non sono accussì fissa come lei mi crede. A Montereale ci sono due trattorie sole e ci conosco un sacco di gente. Non volevo farmi vedere paìsi paìsi. Siccome avevo tempo, me ne sono andato dalle parti di Bibera».

«Così lontano?».

«Sissi, ma ne valeva la pena. Mi avevano detto che c'è un posto dove si mangia da Dio».

«Come si chiama?» spiò subito vivamente interessato Montalbano.

«Da Peppuccio, si chiama. Ma cucinano che è una vera fitinzìa. Forse non era la giornata giusta, capace che al proprietario, che è macari il coco, gli giravano. Se capita da quelle parti, si ricordi di scansare questo Peppuccio. Insomma, a farla breve, alle cinque meno dieci ero nuovamente dintra la chiesa. Stavolta c'erano tanticchia di persone, due màscoli e sette-otto fìmmine. Tutti anziani. Alle cinque spaccate patre Crucillà niscì dalla sacristia, taliò i parrocciani. Ebbi l'impressione che mi cercasse con gli occhi. Poi trasì nel confessionile e tirò la tendina. Ci andò subito una fìmmina che ci stesi minimo minimo un quarto d'ora. Ma che aveva da confessare?».

«Sicuramente niente» disse Montalbano. «Vanno a confessarsi per parlare con qualcuno. Lo sai com'è la vecchiaglia, no?».

«Allora io mi susii e m'assittai nuovamente in un banco vicino al confessionile. Doppo la vecchia, ci andò un'altra vecchia. Questa ci mise una ventina di minuti. Quando finì, toccò a mia. M'inginocchiai, mi feci la Cruci e dissi: "Don Crucillà, io sono la persona mandata dal commissario Montalbano". Non rispose subito, poi mi spiò come mi chiamavo. Io ce lo dissi e lui mi fece: "Oggi quella cosa non si può fare. Domani a matino, prima della prima Missa, ti torni a confessare". "Mi scusasse, ma a che ora è la prima Missa?" ci spiai io. E lui: "Alle sei, tu devi venire alle sei meno un quarto. Devi dire al commissario

311

che si tenga pronto perché la cosa la faremo sicuramente domani alla scurata". Doppo mi disse ancora: "Ora ti alzi, ti fai la Cruci, torni a sederti allo stesso posto, reciti cinque Avemmarie e tre Patrinostri, ti rifai la Cruci e poi te ne vai"».

«E tu?».

«Che dovevo fare? Ho recitato le cinque Avemmarie e i tre Patrenostri».

«Come mai non sei venuto prima, dato che te la sei sbrogliata presto?».

«Mi si scassò la macchina e persi tempo. Come restiamo?».

«Facciamo come vuole il parrino. Tu domani a matina alle sei meno un quarto senti quello che ti dice e me lo vieni a riferire. Se lui ha detto che la cosa forse si può fare alla scurata, vuol dire che sarà per le sei e mezzo, le sette. Agiremo in conseguenza di quello che ti dirà. Ci andiamo in quattro e con una sola macchina, così non c'è scarmazzo. Io, Mimì, tu e Gallo. Ci sentiamo domani, io ho da fare».

Fazio niscì, Montalbano compose il numero di casa di Ingrid.

«Tu palla ki io senta» fece la voce aborigena di prima.

«Ki palla è kuello che ha pallato prima. Ortolano sono».

Funzionò a meraviglia. Ingrid rispose mezzo minuto dopo.

«Salvo, che c'è?».

«Contrordine, sono mortificato. Domani sera non potremo vederci».

«E quando, allora?».

«Dopodomani».

«Ti bacio».

Tutta qui, Ingrid, e per questo Montalbano la stimava e le voleva bene: non pretendeva spiegazioni, del resto neanche lei le avrebbe date. Prendeva solo atto delle situazioni. Mai aveva visto una fìmmina accussì fìmmina com'era fìmmina Ingrid che fosse nello stesso tempo assolutamente non fìmmina.

«Almeno stando alle idee che noi masculiddri ci siamo fatte delle fìmminuzze» concluse il suo pensiero Montalbano.

All'altezza della trattoria San Calogero, mentre camminava spedito, si bloccò di colpo come fanno gli scecchi, gli asini, quando decidono per loro misteriose ragioni di fermarsi e di non cataminarsi più, nonostante le zottate e i càvuci nella panza. Taliò il ralogio. Erano appena le otto. Troppo presto per andare a mangiare. Però il travaglio che l'aspettava in via Cavour sarebbe stato lungo, certamente avrebbe pigliato l'intera nottata. Forse poteva principiare, poi interrompere verso le dieci... Ma se gli fosse venuto pititto prima?

«Che fa, commissario, s'addecide o non s'addecide?».

Era Calogero, il proprietario della trattoria che lo taliava dalla porta. Non aspettava altro.

Il locale era completamente vacante, mangiare alle otto di sira è cosa di milanesi, i siciliani cominciano a pigliare in considerazione la mangiata passate le nove.

«Che abbiamo di bello?».

«Taliasse ccà» rispose orgoglioso Calogero indicandogli il bancone frigorifero.

La morte piglia i pesci nell'occhio, glielo appanna. Questi invece avevano gli occhi vivi e sparluccicanti come se stessero ancora nuotando.

«Fammi quattro spigole».

«Primo non ne vuole?».

«No. Che hai d'antipasto?».

«Purpiteddri che si squagliano in bocca. Non ha bisogno d'adoperare i denti».

Era vero. I polipetti gli si sciolsero in bocca, tenerissimi. Con le spigole, dopo averci messo qualche goccia di «condimento del carrettiere», vale a dire oglio aromatizzato con aglio e peperoncino, se la pigliò còmmoda.

Il commissario aveva due modi di mangiare il pesce. Il primo, che adoperava controvoglia e solo quando aveva picca tempo, era quello di spinarlo, raccogliere nel piatto le sole parti commestibili e quindi principiare a mangiarsele. Il secondo, che gli dava assai più soddisfazione, consisteva nel guadagnarsi ogni singolo boccone, spinandolo sul momento. Ci si impiegava più tempo, è vero, ma proprio quel tanticchia di tempo in più in un certo senso faceva da battistrada: durante la ripulitura del boccone già condito il cervello preventivamente metteva in azione gusto e olfatto e così pareva che il pesce uno se lo mangiava due volte.

Quando si susì dalla tavola si erano fatte le nove e mezza. Decise di farsi due passi al porto. La verità vera era che non gli spirciava di vedere quello che s'aspettava di vedere in via Cavour. Sul postale per Sampedusa stavano acchianando alcuni grossi camion. Passeggeri pochi, turisti nenti, ancora non era stascione. Tambasiò per un'orata, poi s'arrisolse.

Appena trasuto nell'appartamento di Nenè Sanfilippo s'assicurò che le finestre fossero chiuse bene e non lasciassero passare la luce e quindi andò in cucina. Sanfilippo ci teneva, tra le altre cose, l'occorrente per il caffè e Montalbano adoperò la macchinetta più grande che trovò, a quattro tazze. Mentre il caffè bolliva, diede un'occhiata all'appartamento. Il computer, quello sul quale aveva travagliato Catarella, aveva allato uno scaffale pieno di dischetti, cd-rom, compact, videocassette. Catarella aveva messo in ordine i dischetti del computer e vi aveva infilato in mezzo un foglietto sul quale era scritto a stampatello: DISQUETTI VASTASI. Materiale porno, dunque. Le videocassette le contò, erano trenta. Quindici erano state accattate in un qualche sexshop e avevano etichette colorate e titoli inequivocabili; cinque invece erano state registrate dallo stesso Nenè e intitolate con un nome femminile diverso, Laura, Renée, Paola, Giulia, Samantha. Le altre dieci erano invece cassette originali di film, tutti rigorosamente americani, tutti titoli che lasciavano prevedere sesso e violenza. Pigliò le cassette dai nomi femminili e se le portò nella càmmara di letto, dove Nenè Sanfilippo teneva il televisore gigante. Il caffè era passato, se ne bevve una tazza, tornò in càmmara di letto, si levò giacchetta e scarpe, inserì nel videoregistratore la prima cassetta che gli capitò, *Samantha*, si stinnicchiò sopra il letto mettendosi due cuscini darrè le spalle e fece partire il nastro mentre s'addrumava una sigaretta.

La scenografia consisteva in un letto a due piazze, quello stesso sul quale era steso Montalbano. La ripresa avveniva a inquadratura fissa: la camera stava ancora piazzata sul settimanile di fronte, pronta per un'altra ripresa erotica che non ci sarebbe più stata. In alto, proprio sopra al settimanile, c'erano due faretti che, opportunamente direzionati, venivano messi in funzione al momento giusto. La vocazione di Samantha, rossa di pelo, alta sì e no un metro e cinquantacinque, era tendenzialmente acrobatica, si agitava tanto e assumeva posizioni così complesse che spesso andava a finire fuori campo. Nenè Sanfilippo, in quella sorta di ripasso generale del kamasutra, pareva trovarsi perfettamente a suo agio. L'audio era pessimo, le scarse parole si sentivano appena, in compenso i lamenti, i grugniti, i sospiri e i gemiti scattavano a pieno volume, come capita in televisione quando trasmettono la pubblicità. La visione integrale durò tre quarti d'ora. In preda a una noia mortale, il commissario mise la seconda cassetta, *Renée*. Ebbe appena il tempo di notare che la scenografia era sempre la stessa e che Renée era una picciotta ventina, altissima e magrissima con delle minne enormi e tutt'altro che depilata. Non aveva gana di vedersi tutta la cassetta e perciò gli venne in mente di premere sul telecomando il tasto dell'avanti veloce per poi stoppare di tratto in tratto. Gli venne in mente soltanto, perché appena vide Nenè che penetrava alla pecorina Renée una botta di sonno irresistibile lo colpì alla nuca come una mazzata, gli fece chiudere gli occhi, l'obbligò senza remissione a sprofondare in un sonno piombigno. Il suo ultimo pinsèro fu che non c'è miglior sonnifero della pornografia.

S'arrisbigliò di colpo senza capire se erano state le urla di Renée in preda ad un orgasmo tellurico o i calci violenti alla porta d'ingresso misti allo squillo ininterrotto del campanello. Che stava succedendo? Intronato dal sonno, si susì, fermò il nastro e mentre si dirigeva alla porta per raprire accussì com'era, spettinato, in maniche di camicia, i pantaloni che gli calavano (ma quando se li era slacciati per starsene più comodo?), scalzo, sentì una voce che sul momento non riconobbe gridare:

«Aprite! Polizia!».

Strammò definitivamente. Ma non era lui la polizia?

Raprì e inorridì. Il primo che vide fu Mimì Augello in corretta posizione di tiro (gambe flesse, culo leggermente all'indietro, braccia tese, le due mani sul calcio della pistola), darrè a lui la signora Burgio Concetta vedova Lo Mascolo e appresso una folla che si stipava tanto sul pianerottolo quanto sulle rampe di scale che portavano ai piani superiori e inferiori. Con una sola occhiata riconobbe la famiglia Crucillà al completo (il padre Stefano, pensionato, in camicia da notte, la sua signora in accappatoio di spugna, la figlia Samanta, questa senza acca, in maglione lungo provocante); il signor Mistretta in mutande, canottiera e, inspiegabilmente, con la borsa nìvura e sformata in mano; Pasqualino De Dominicis, il picciliddro incendiario, tra il papuccio Guido in pigiama e la mammina Gina in un vaporoso quanto antiquato babydoll.

Alla vista del commissario, accaddero due fenomeni: il tempo si fermò e tutti impietrarono. Ne approfittò la signora Burgio Concetta vedova Lo Mascolo per improvvisare in tono drammatico un monologo didattico-esplicativo.

«Maria, Maria, Maria, chi grannissimo scanto ca mi pigliai! Appena appena appinnicata mi ero, quanno tutto 'nzèmmula mi parse di sèntiri la sinfonia di quanno la bonarma era viva! La buttana ca faciva ah ah ah ah e iddru ca faciva comu a un porcu! Preciso, intifico alle volte passate! Ma comu, un fantasima torna a la so' casa e si porta appressu una buttana? E si mette, rispetto parlanno, a ficcare comu se fusse vivo? Aggelata ero! Morta di scanto ero! E accussì tilifonai alle guardie. Tutto potevo immaginare meno che si trattava del signore e commissario ch'era vinuto a fare proprio ccà i commodi so'. Tutto mi potevo immaginare!».

La conclusione alla quale era pervenuta la signora Burgio Concetta vedova Lo Mascolo, che era la stessa di tutti i presenti, si basava su una logica ferrea. Montalbano, già completamente pigliato dai turchi, non ebbe la forza di reagire. Restò sulla porta, insallanùto. A reagire fu Mimì Augello che, rimessa la pistola in sacchetta, con una mano spinse violentemente il commissario narrè, all'interno dell'appartamento, mentre si metteva a fare una tale vociata da provocare l'immediata fuitina dei casigliani.

«Basta! Andate a dormire! Circolare! Non c'è niente da vedere!».

Poi, chiusa la porta alle sue spalle, nìvuro in faccia, avanzò verso il commissario.

«Ma che minchia di pensata t'è venuta di portarti una fìmmina ccà dintra! Falla venire fora, che vediamo come farla nèsciri dal palazzo senza provocare un altro quarantotto».

Montalbano non rispose, andò nella càmmara di letto seguito da Mimì.

«S'è ammucciata nel bagno?» spiò Augello.

Il commissario fece ripartire il nastro, abbassando però il volume.

«Eccola, la fìmmina» disse.

E s'assittò sul bordo del letto. Augello taliò il televisore. Poi, di colpo, crollò su una seggia.

«Come ho fatto a non pensarci prima?».

Montalbano mise il fermo-immagine.

«Mimì, la verità è che tanto io quanto tu abbiamo preso le morti dei vecchiareddri e di Sanfilippo senza impegnarci, trascurando certe cose che c'erano da fare. Abbiamo forse la testa troppo persa darrè altri pinsèri. Stiamo occupandoci più dei fatti nostri che delle indagini. Chiusa la facenna. Si riparte. Ti sei mai spiato perché Sanfilippo aveva riversato nel computer l'epistolario con l'amante?».

«No, ma dato che lui ci travagliava, coi computer...».

«Mimì, tu ne hai mai ricevute lettere d'amore?».

«Certo».

«E che ne hai fatto?».

«Alcune le ho conservate, altre no».

«Perché?».

«Perché ce ne erano d'importanti che...».

«Fermati qua. Hai detto importanti. Per quello che contenevano, naturalmente, ma macari per come erano scritte, per la grafia, gli errori, le cancellature, le maiuscole, gli a capo, il colore della carta, l'indirizzo sulla busta... Insomma, taliando quella lettera ti era facile evocare la persona che l'aveva scritta. È vero o no?».

«È vero».

«Ma se tu la trasferisci dintra a un computer, quella lettera perde ogni valore, forse ogni valore no, ma buona parte sì. Perde persino ogni valore di prova».

«In che senso, scusa?».

«Che non puoi manco domandare una perizia calligrafica. Ma ad ogni modo, avere una copia delle lettere dalla stampa del computer è sempre meglio che niente».

«Non ho capito, scusa».

«Supponiamo che la relazione di Sanfilippo sia una relazione pericolosa, non alla de Laclos naturalmente...».

«E che è questo de Laclos?».

«Lascia perdere. Dicevo pericolosa nel senso che, se scoperta, può finire a schifìo, ad ammazzatina. Forse – avrà pensato Nenè Sanfilippo – se ci scoprono, la consegna dell'epistolario originale potrà salvarci la vita. A farla breve, lui mette le lettere nel computer e il pacchetto degli originali lo lascia in bella evidenza, pronto allo scambio».

«Che però non avviene, in quanto le lettere originali sono sparite e lui è stato ammazzato lo stesso».

«Già. Mi sono fatto pirsuaso di una cosa e cioè che Sanfilippo, a malgrado sapesse di correre un pericolo intrecciando quella relazione, abbia sottovalutato il pericolo stesso. Ho l'impressione, solo l'impressione, bada bene, che non si tratta solo della possibile vendetta di un marito cornuto. Ma andiamo avanti. Mi sono detto: se Sanfilippo si priva delle possibilità evocative suggerite da una lettera autografa, è possibile che della sua amante non abbia tenuto manco una foto, un'immagine? E così mi sono venute a mente le videocassette conservate qua».

«E sei venuto a taliartele».

«Sì, ma mi sono scordato che, appena talìo un film porno, a me mi viene subito sonno. Stavo vedendo quelle registrate qua dentro da lui stesso con diverse fìmmine. Ma non lo faccio accussì scemo».

«Che viene a dire?».

«Viene a dire che avrà pigliato delle precauzioni per evitare che un estraneo scopra immediatamente chi è lei».

«Salvo, forse è la stanchezza, ma...».

«Mimì, le cassette sono una trentina e vanno taliate tutte».

«Tutte?!».

«Sì, e ti spiego perché. Le cassette sono di tre tipi. Cinque registrate da Sanfilippo che documentano le sue imprese con cinque fìmmine diverse. Quindici sono cassette porno accattate da qualche parte. Dieci sono di film americani, home-video. Bisogna, come ti ho detto, taliarle tutte».

«Ancora non ho capito perché bisogna perdere questo tempo. Sulle cassette in vendita sul mercato, siano film normali o porno, non si può registrare di nuovo».

«E qui ti sbagli. Si può. Basta intervenire sulla cassetta in un certo modo, me lo spiegò tempo addietro Nicolò Zito. Vedi, Sanfilippo può aver fatto ricorso a questo sistema: piglia il nastro di un film, che so, *Cleopatra*, lo lascia scorrere per un quarto d'ora, poi lo stoppa e comincia a registrarci sopra quello che vuole lui. Che succede? Succede che uno stràneo mette la cassetta nel videoregistratore, si fa persuaso che si tratta del film *Cleopatra*, la ferma, la leva e ne mette un'altra. E invece lì c'è proprio quello che stavano cercando. Sono stato chiaro?».

«Abbastanza» disse Mimì. «Quello che basta a convincermi a taliare tutti i nastri. E macari facendo ricorso all'avanti-veloce sarà sempre una cosa certamente lunga».

«Armati di pacienza» fu il commento di Montalbano.

S'infilò le scarpe, allacciò le stringhe, indossò la giacchetta.

«Perché ti vesti?» spiò Augello.

«Perché me ne sto andando a casa. Qua ci rimani tu. Del resto, di chi sia la fìmmina ti sei fatto un'idea, sei l'unico che possa riconoscerla. Se la trovi in uno di questi nastri, e sono certo che la trovi, telefonami a qualsiasi ora. Divertiti».

Niscì dalla càmmara senza che Augello avesse aperto bocca.

Mentre scendeva a piedi le scale, sentì ai vari piani porte che cautamente s'aprivano: gli inquilini di via Cavour 44 erano restati vigilanti ad aspettare l'uscita della focosa fìmmina che aveva ficcato col commissario. Avrebbero perso la nottata.

Strata strata non c'era anima criata. Un gatto niscì da un portone, gli rivolse un saluto miagoloso. Montalbano ricambiò con un «ciao, come va?». Il gatto si pigliò di simpatia e l'accompagnò per due isolati. Poi tornò narrè. L'aria della notte gli stava facendo sbariare la sonnolenza. La sua macchina era parcheggiata davanti al commissariato. Un filo di luce passava da sotto il portone chiuso. Suonò il campanello, gli venne a raprire Catarella.

«Chi fu, dottori? Ci abbisogna di qualichi cosa?».

«Dormivi?».

Allato all'ingresso c'erano il centralino e una cammareddra minuscola con una brandina, dove chi era di guardia poteva distendersi.

«Nonsi, dottori, stavo arrisorbendo le parole crucciate».

«Quelle che ci travagli da due mesi?».

Catarella fece un sorriso orgoglioso.

«Nonsi, dottori, io a quelle l'arrisorbetti. Ne principiai uno novo novo».

Montalbano trasì nel suo ufficio. Sulla scrivania c'era un pacchetto, l'aprì. Conteneva le foto della gita a Tindari.

Principiò a taliarle. Tutti mostravano facce sorridenti, com'era d'obbligo in una spedizione del genere. Facce che conosceva già per averle viste in commissariato. Gli unici a non sorridere erano i signori Griffo, dei quali esistevano solo due foto. Nella prima, lui stava con la testa mezzo girata narrè, a taliare attraverso il lunotto posteriore. Lei invece fissava l'obiettivo con un'ariata inebetita. Nella seconda, lei teneva la testa calata in avanti e non si vedeva l'espressione, mentre lui stavolta stava con lo sguardo fisso in avanti, gli occhi senza nessuna luce.

Montalbano tornò a taliare la prima fotografia. Poi si mise a cercare nei cassetti, sempre più velocemente, man mano che non trovava quello che voleva.

«Catarella!».

Catarella si precipitò.

«Ce l'hai una lente d'ingrandimento?».

«Quella che fa vidiri grosse grosse le cose?».

«Quella».

«Fazio inforsi che una ne tiene addintra del suo cascione».

Tornò reggendola trionfalmente in alto.

«La pigliai, dottori».

La macchina, fotografata attraverso il lunotto posteriore e che stava quasi incollata al pullman, era una Punto. Come una delle due auto di Nenè Sanfilippo. La targa era visibile, però i numeri e le lettere Montalbano non arriniscì a leggerle. Manco con l'aiuto della lente. Forse era inutile farsi illusioni, quante erano le Punto che giravano in Italia?

Se la mise in sacchetta, salutò Catarella, si infilò in macchina. Sentiva ora il bisogno di una bella dormitina.

Undici

Dormì picca e nenti, tutta la dormitina consistette in tre ore scarse di arramazzamento sul letto, con le linzòla che l'arravugliavano come a una mummia. Ogni tanto addrumava la luce e taliava la foto che aveva messo sul comodino, come se potesse capitare il miracolo che, tutto 'nzèmmula, la sua vista diventava accussì acuta da fargli decifrare il numero di targa della Punto che camminava appresso al pullman. Sentiva a fiuto, come un cane di caccia puntato verso una troffa di saggina, che lì c'era ammucciata una chiave capace di raprirgli la porta giusta. La telefonata che gli arrivò alle sei fu come una liberazione. Doveva essere Mimì. Sollevò il telefono.

«Dottore, la svegliai?».

Non era Mimì, era Fazio.

«No, Fazio, non ti preoccupare. Ti confessasti?».

«Sissi, dottore. Mi dette la solita penitenza, cinque Avemmarie e tre Patrenostri».

«Avete combinato?».

«Sissi. La cosa è confermata, si farà alla scurata. Dunque, noi ci dobbiamo trovare...».

«Aspetta, Fazio, non ne parlare al telefono. Vatti a riposare. Ci vediamo in ufficio verso le undici».

Pensò che Mimì stava perdendo il sonno a taliare le cassette di Nenè Sanfilippo. Era meglio se smetteva e se ne andava macari lui a farsi qualche orata di letto. La facenna che dovevano affrontare alla scurata non era da pigliarsi alla comevieneviene: bisognava che tutti fossero nelle condizioni migliori. Già, ma lui non aveva il numero di telefono di Nenè Sanfilippo. Oddio, di telefonare a Catarella e cercare di farselo dare, perché sicuramente in commissariato quel numero da qualche parte c'era, manco a parlarne. Fazio doveva saperlo. Stava tornando a casa e l'aveva chiamato col cellulare. Già, ma lui non aveva il numero del cellulare di Fazio. E figurarsi se il numero di Sanfilippo compariva nell'elenco di Vigàta! Lo raprì svogliatamente e altrettanto svogliatamente lo taliò. C'era. Ma perché uno quando cerca un numero parte sempre dal presupposto che nell'elenco non ci sia? Mimì rispose al quinto squillo.

«Chi parla?».

Mimì aveva risposto basso e quateloso. Evidentemente gli era venuto il pinsèro che a telefonare a quell'ora non poteva essere che un amico di Sanfilippo. Carognescamente, Montalbano gli desi corda. Sapeva cangiare di voce a meraviglia, se ne fece una picciottesca e provocatoria.

«No, dimmelo tu chi sei, stronzo».

«Prima dimmi chi sei tu».

Mimì non l'aveva riconosciuto.

«Io cerco Nenè. Passamelo».

«Non è in casa. Ma puoi dire a me che io...».

«Allora, se in casa Nenè non c'è, vuol dire che c'è Mimì».

Montalbano sentì una sequela di santioni, poi la voce irritata di Augello che l'aveva riconosciuto.

«Solo a un pazzo come a tia poteva venire in testa di mettersi a cugliuniare alle sei del matino al telefono. Ma come ti spercia? Perché non ti fai vedere da un medico?».

«Hai trovato niente?».

«Niente. Se avessi trovato qualcosa ti avrei chiamato, no?».

Augello era ancora arraggiato per lo scherzo.

«Senti, Mimì, siccome stasera dobbiamo fare una cosa importante, ho pensato che è meglio se lasci perdere e ti vai a riposare».

«Che dobbiamo fare stasera?».

«Poi te lo dico. Ci vediamo in ufficio verso le tre di doppopranzo. Va bene?».

«E va bene sì. Perché a mia, a forza di taliare questi nastri, mi sta venendo gana di farmi frate trappista. Facciamo così: me ne vedo altre due e poi torno a casa».

Il commissario riattaccò e compose il numero del suo ufficio.

«Pronti! Pronti! Il commissariato parla! Cu è chi mi sta tilifonando?».

«Montalbano sono».

«Di pirsona pirsonalmente?».

«Sì. Catarè, dimmi una cosa. Mi pare di ricordare che tu hai un amico alla Scientifica di Montelusa».

«Sissi, dottori. Cicco De Cicco. È uno longo longo, napolitano nel senso che è di Salerno, pirsona veramenti scialacori. Si figurasse che una bella matina mi tilifona e mi dice che...».

Se non lo fermava subito, quello capace che gli contava vita, morte e miracoli dell'amico Cicco De Cicco.

«Senti, Catarè, la storia me la conti dopo. A che ora va di solito in ufficio?».

«Cicco s'arricampa in officio inverso che saranno le novi. Diciamo accussì tra un due orate».

«Questo De Cicco è quello del reparto fotografico, vero?».

«Sissi, dottori».

«Dovresti farmi un favore. Telefonare a De Cicco e metterti d'accordo con lui. In mattinata gli devi portare una...».

«Non ci la posso portari, dottori».

«Perché?».

«Se vossia voli, io questa cosa ci la porto l'istesso, ma De Cicco sicurissimamente di sicuro ca stamatina non c'è. Me lo feci assapere De Cicco di pirsona aieri a sira quanno che mi tilifonò».

«E dov'è?».

«A Montelusa. In questura. Ma sono tutti arriuniti».

«Che devono fare?».

«Il signor quistore ha fatto vinìri di Roma un granni e grannissimo crimininilologo ca ci deve fare la lizioni».

«Una lezione?».

«Sissi, dottori. De Cicco m'ha detto che la lizioni è come devono fari se pi caso devono fari la pipì».

Montalbano sbalordì.

«Ma che mi dici, Catarè!».

«Ci lo giuro, dottori».

A questo punto il commissario ebbe un lampo.

«Catarè, non è la pipì, ma semmai la pipìa, PPA. Che viene a dire "probabile profilo dell'aggressore". Hai capito?».

«Nonsi, dottori. Ma che ci dovevo portari a De Cicco?».

«Una foto. Avevo bisogno che mi facesse degli ingrandimenti».

All'altro capo del filo ci fu silenzio.

«Pronto, Catarè, sei ancora lì?».

«Sissi, dottori, non mi sono cataminato. Sempre qua sto. Sto arriflittendo».

Passarono tre minuti abbondanti.

«Catarè, vedi di fare una riflessione svelta».

«Dottori, taliasse che se vossia mi porta la foto, io piglio e la scanno».

Montalbano strammò.

«Perché mi vuoi scannare?».

«Nonsi, dottori, non voglio scannari a vossia, ma alla fotografia».

«Catarè, fammi capire. Ti stai riferendo al computer?».

«Sissi, dottori. E se non la scanno io, pirchì ci voli propriamenti proprio lo scànnaro bono, la porto a un amico affidato».

«Va bene, grazie. Ci vediamo tra poco».

Riattaccò e subito il telefono squillò.

«Bingo! Bingo!».

Era Mimì Augello, eccitato.

«Ci ho inzertato in pieno, Salvo. Aspettami. Tra un quarto d'ora sono da te. Il tuo videoregistratore funziona?».

«Sì. Ma è inutile farmelo vedere, Mimì. Sai che queste cose porno m'abbùttano e mi siddrìano».

«Ma questa non è roba porno, Salvo».

Riattaccò e subito il telefono squillò.

«Finalmente!».

Era Livia. Quel «finalmente!» però non era stato detto con gioia, ma con assoluta freddezza. L'ago del personale barometro di Montalbano pigliò a oscillare verso l'indicazione «temporale».

«Livia! Che bella sorpresa!».

«Sei sicuro che sia così bella?».

«Perché non dovrebbe esserlo?».

«Perché sono giorni che non ho tue notizie. Che non ti degni di farmi una telefonata! Io ti ho chiamato e richiamato, ma non sei mai in casa».

«Potevi chiamarmi in ufficio».

«Salvo, lo sai che non mi piace telefonarti lì. Per avere tue notizie, lo sai che ho fatto?».

«No. Dimmi».

«Ho comprato il "Giornale di Sicilia". L'hai letto?».

«No. Che c'è scritto?».

«Che sei alle prese con ben tre delitti, una coppia di vecchietti e un ventenne. L'articolista lasciava anche capire che non sai dove sbattere la testa. Insomma, diceva che sei in declino».

Questa poteva essere una via di salvezza. Dirsi un infelice, sorpassato dai tempi, incapace quasi d'intendere e di volere. Così Livia si sarebbe calmata e forse l'avrebbe macari compatito.

«Ah, Livia mia, com'è vero! Forse invecchio, forse il mio cervello non è più quello di una volta...».

«No, Salvo, rassicurati. Il tuo cervello è quello di sempre. E me ne stai dando la prova con questa tua recitazione da pessimo attore. Vorresti essere coccolato? Non ci casco, sai? Ti conosco troppo bene. Telefonami. Nei ritagli di tempo, naturalmente».

Riattaccò. Possibile che ogni telefonata con Livia si doveva concludere con una sciarriatìna? Andare avanti così non si poteva, una soluzione bisognava assolutamente trovarla.

Andò in cucina, riempì la macchinetta del caffè, la mise sul fuoco. Mentre aspettava, raprì la porta-finestra, niscì sulla verandina. Una giornata che veniva il cori. Colori chiari e caldi, il mare pigro. Aspirò profondamente e in quel momento il telefono squillò di nuovo.

«Pronto! Pronto!».

Nessuno rispose, ma il telefono ripigliò a squillare. Com'era possibile, se teneva il microfono sollevato? Poi capì: non era il telefono, ma il campanello della porta d'ingresso.

Era Mimì Augello, ch'era stato più veloce di un pilota di Formula 1. Stava sulla porta e non si decideva ad entrare, un sorriso che gli spaccava la faccia. Teneva in mano una videocassetta e l'agitava sotto il naso del commissario.

«Hai mai visto *Getaway*, un film che...».

«Sì, l'ho visto».

«E ti è piaciuto?».

«Abbastanza».

«Questa versione è meglio».

«Mimì, ti decidi a trasìre? Seguimi in cucina, che il cafè è pronto».

Ne versò una tazza per sé e una per Mimì che l'aveva seguito.

«Andiamo di là» fece Augello.

Si era asciucato la tazza con un sorso solo, sicuramente abbrusciandosi i cannarozza, ma aveva troppa prescia, era impaziente di far vedere a Montalbano quello che aveva scoperto e, soprattutto, gloriarsi del suo intuito. Infilò la cassetta tanto eccitato che voleva farla trasìre a rovescio. Santiò, la mise giusta, la fece partire. Doppo una ventina di minuti di *Getaway*, che Mimì fece scorrere velocemente, ce n'erano altri cinque cancellati, si vedevano solo puntini bianchi saltellanti e l'audio friggeva. Mimì lo levò del tutto.

«Mi pare che non parlano» disse.

«Che significa ti pare?».

«Sai, non l'ho visto di seguito, il nastro. L'ho taliato a saltare».

Poi apparse un'immagine. Un letto a due piazze coperto da un linzòlo candido, due cuscini sistemati a far da spalliera, uno era direttamente appoggiato al muro color verde chiaro. Si vedevano macari due comodini molto eleganti, di legno chiaro. Non era la càmmara di dòrmiri di Sanfilippo. Per un altro minuto non capitò niente, ma era chiaro che chi stava maneggiando la telecamera cercava il giusto foco, tutto quel bianco sparava. Ci fu un nero. Quindi tornò la stessa inquadratura, ma più stretta, i comodini non si vedevano più. Questa volta sul letto c'era una picciotta trentina, completamente nuda, superbamente abbronzata, ripresa a figura intera. La depilazione risaltava perché lì la pelle pareva d'avorio, evidentemente era stata difesa dai raggi del sole col tanga. Al primo vederla, il commissario provò una scossa. La conosceva, di sicuro! Dove si erano incontrati? Un secondo doppo si corresse, no, non la conosceva, ma l'aveva in qualche modo già vista. Sulle pagine di un libro, in una riproduzione. Perché la fìmmina, le lunghissime gambe e il bacino sul letto, il resto del corpo sollevato sui cuscini, leggermente inclinata a sinistra, le mani incrociate darrè la testa, era una stampa e una figura con la Maya desnuda di Goya. Non era però solo la posizione ad aver dato quell'impressione sbagliata a Montalbano: la sconosciuta aveva la stessa pettinatura della Maya, qui la fìmmina sorrideva appena appena.

«Come la Gioconda» venne in mente al commissario, dato che oramai si era messo sulla strata dei confronti pittorici.

La telecamera si manteneva ferma, come affatata dalla stessa immagine che riprendeva. La sconosciuta stava sul linzòlo e sui cuscini perfettamente a suo agio, rilassata, nel suo elemento. Una vera fìmmina da letto.

«È quella alla quale hai pensato leggendo le lettere?».

«Sì» rispose Augello.

Può un solo monosillabo contenere tutto l'orgoglio del mondo? Mimì era riuscito a farcelo trasìre tutto.

«Ma come hai fatto? Mi pare che l'hai vista di sfuggita qualche volta. E sempre vestita».

«Vedi, lui, nelle lettere, la pitta, la dipinge. Anzi, no: non ne fa un ritratto, ma un'incisione».

Perché quella fìmmina, quando si parlava di lei, faceva venire in mente cose d'arte?

«Per esempio» continuò Mimì «parla della sproporzione tra la lunghezza delle gambe e quella del busto che, talìa bene, in rapporto dovrebbe essere tanticchia meno corto di quello che è. E poi descrive la pettinatura, il taglio degli occhi...».

«Ho capito» troncò Montalbano, pigliato da una botta d'invidia.

Non c'era dubbio, Mimì aveva un occhio speciale per le fìmmine.

Intanto la telecamera aveva zoomato sui piedi, era lentissimamente risalita lungo il corpo di lei con minimi indugi sul pube, sull'ombelico, sui capezzoli, si era fermata sugli occhi.

Possibile che le pupille della fìmmina fossero accese da una luce interiore tanto forte da rendere lo sguardo alonato come da una ipnotica fosforescenza? Cos'era, quella fìmmina, un pericoloso armàlo notturno? Taliò meglio e si rassicurò. Non erano occhi da strega, le pupille riflettevano la luce dei faretti utilizzati da Nenè Sanfilippo per illuminare meglio la scena. La telecamera si spostò sulla bocca. Le labbra, due vampe che occupavano tutto il video, si mossero, si dischiusero, la punta gattesca della lingua fece capolino, contornò prima il labbro superiore poi quello inferiore. Nessuna volgarità, ma i due òmini che taliavano restarono alloccuti dalla violenta sensualità di quel gesto.

«Torna indietro e metti l'audio al massimo» fece improvvisamente Montalbano.

«Perché?».

«Ha detto qualcosa, ne sono sicuro».

Mimì eseguì. Appena tornata l'inquadratura della bocca, una voce d'omo murmuriò qualche cosa che non si capì.

«Sì» rispose distintamente la fìmmina. E principiò a passarsi la lingua sulle labbra.

Dunque il sono c'era. Raro, ma c'era. Augello lo lasciò a volume alto.

Poi la telecamera scese sul collo, lo sfiorò come una mano amorosa da sinistra a destra e da destra a sinistra e ancora, ancora, una carezza da spasimo. E infatti si sentì un leggero gemito di lei.

«È il mare» disse Montalbano.

Mimì lo taliò imparpagliato, levando a fatica gli occhi dallo schermo.

«Cosa?».

«La rumorata continua e ritmica che si sente. Non è un fruscìo, un disturbo di fondo. È il rumore del mare quando è tanticchia grosso. La casa dove stanno girando è proprio a ripa di mare come la mia».

Stavolta la taliata di Mimì si cangiò in ammirativa.

«Che orecchio fino che hai, Salvo! Se questo è il rumore del mare, allora so dove hanno fatto questa ripresa».

Il commissario si sporse in avanti, pigliò il telecomando, fece riavvolgere il nastro.

«Ma come?» protestò Augello. «Non continuiamo? Se ti ho detto che l'ho visto a saltare!».

«Lo vedrai tutto quando farai il bravo bambino. Intanto, sei capace di farmi il riassunto di quello che sei riuscito a vedere?».

«Prosegue così. I seni, l'ombelico, il pancino, il monte di Venere, le cosce, le gambe, i piedi. Poi lei si volta e lui se la ripassa tutta da dietro. All'ultimo lei torna a pancia in su, si sdraia meglio, si mette un cuscino sotto il sederino e schiude le gambe quel tanto che basta perché la telecamera...».

«Va bene, va bene» interruppe Montalbano. «E non succede nient'altro? L'omo non si vede mai?».

«Mai. E non succede nient'altro. Per questo ti ho detto che non era una cosa pornografica».

«No?».

«No. Questa ripresa è una poesia d'amore».

Aveva ragione, Mimì, e Montalbano non replicò.

«Mi vuoi presentare la signora?» spiò.

«Con vero piacere. Si chiama Vanja Titulescu, ha trentun anni, romena».

«Profuga?».

«Per niente. Suo padre era, in Romania, Ministro della Sanità. Lei stessa, Vanja, è laureata in medicina, ma qui non esercita. Il suo futuro marito, che già era una celebrità nel suo campo, venne invitato a Bucarest per un ciclo di conferenze. S'innamorarono, o almeno lui s'innamorò di lei, se la portò in Italia e se la maritò. Macari se lui era più grande di una ventina d'anni. Ma la picciotta pigliò a volo l'occasione».

«Da quand'è che sono maritati?».

«Da cinque anni».

«Mi dici chi è il marito? O la storia me la vuoi contare a puntate?».

«Il dottor professor Eugenio Ignazio Ingrò, il mago dei trapianti».

Un nome celebre, compariva sui giornali, si vedeva in televisione. Montalbano cercò d'evocarlo, gli venne la sfumata immagine di un omo alto, elegante, di non facile parola. Era veramente considerato un chirurgo dalle mani magiche, chiamato a operare in tutta Europa. Aveva macari una sua clinica a Montelusa dove era nato e dove ancora risiedeva.

«Hanno figli?».

«No».

«Scusa, Mimì, ma tutte queste notizie le hai raccolte stamatina doppo che avevi visto il nastro?».

Mimì sorrise.

«No, mi sono informato quando mi sono fatto pirsuaso che la fìmmina delle lettere era lei. Il nastro è stato solo la conferma».

«Che altro sai?».

«Che qui, dalle parti nostre, e precisamente tra Vigàta e Santolì, hanno una villa al mare con una spiaggetta privata. Certamente quella dove hanno girato, approfittando di un viaggio del marito fora Montelusa».

«Lui è geloso?».

«Sì. Ma non in modo eccessivo. Macari perché su di lei non ho raccolto voci di corna. Lei e Sanfilippo sono stati bravissimi a non far trapelare niente della loro relazione».

«Ti faccio una domanda più precisa, Mimì. Il professor Ingrò è persona capace d'ammazzare o fare ammazzare l'amante della moglie se scopre il tradimento?».

«Perché ti rivolgi a me? Questa è una domanda che dovresti fare a Ingrid che le è amica. A proposito, quando la vedrai?».

«Ci eravamo messi d'accordo per stasera, ma ho dovuto rimandare».

«Ah, sì, mi hai accennato a una storia importante, una cosa che dobbiamo fare alla scurata. Di che si tratta?».

«Ora te lo dico. La cassetta la lasci qua da me».

«Vuoi farla vedere alla svedese?».

«Certo. Allora, concludendo provvisoriamente la facenna, tu come la pensi sull'ammazzatina di Nenè Sanfilippo?».

«E come la devo pensare, Salvo? Più chiaro di così. Il professor Ingrò scopre in qualche modo la tresca e fa ammazzare il picciotto».

«E perché no macari lei?».

«Perché sarebbe successo uno scandalo enorme, internazionale. E lui non può avere ombre sulla sua vita privata che comunque possano provocare una diminuzione dei suoi guadagni».

«Ma non è ricco?».

«Ricchissimo. Almeno, potrebbe esserlo se non avesse una manìa che gli porta via un mare di soldi».

«Gioca?».

«No, non gioca. Forse a Natale, a sette e mezzo. No, ha la manìa dei quadri. Dicono che nei cavò di molte banche ci siano depositati quadri di sua proprietà, di valore enorme. Davanti a un quadro che gli piace, non regge. Sarebbe capace di farlo rubare. Una malalingua m'ha detto che se il proprietario di un Degas gli proponesse uno scambio con Vanja, la mogliere, accetterebbe senza esitazioni. Che hai, Salvo? Non mi senti?».

Augello si era accorto che il suo capo era lontano con la testa. In effetti il commissario si stava spiando perché appena si nominava o si vedeva Vanja Titulescu spuntava sempre una facenna che riguardava la pittura.

«Allora mi pare di capire» disse Montalbano «che secondo te l'omicidio di Sanfilippo ha come mandante il dottore».

«E chi altri, sennò?».

Il pinsèro del commissario volò alla fotografia che ancora stava sul comodino. Quel pinsèro però lo lasciò subito cadere, prima doveva aspettare il responso di Catarella, il novello oracolo.

«Allora, me la dici cos'è questa cosa che dobbiamo fare stasira?» spiò Augello.

«Stasira? Nenti, andiamo a pigliare al nipotuzzo adorato di Balduccio Sinagra, Japichinu».

«Il latitante?» spiò Mimì schizzando addritta.

«Lui, sissignore».

«E tu sai dove se ne sta ammucciato?».

«Ancora no, ma ce lo dirà un parrino».

«Un parrino? Ma che minchia è questa storia? Ora tu me la conti dal principio, senza trascurare nenti».

Montalbano gliela contò dal principio e senza trascurare nenti.
«Beddra Matre santissima!» commentò alla fine Augello pigliandosi la testa tra i pugni chiusi. Pareva la stampa di un manuale di recitazione ottocentesco, alla voce: «Sgomento».

Dodici

Catarella taliò la foto prima come fanno i miopi, impiccicandosela sugli occhi, doppo come fanno i presbiti, tenendola distante per tutta la lunghezza delle braccia. Infine storcì la bocca.

«Dottori, con lo scànnaro che tengo sicuramente di sicuro lui non ce la fa. La devo portare al mio amico affidato».

«Quanto ti ci vorrà?».

«Un due orate scarse, dottori».

«Torna prima che puoi. Chi resta al centralino?».

«Galluzzo. Ah, dottori, ci voleva dire che il signore orfano l'aspetta da stamatina presto ca ci vole parlari».

«Chi è quest'orfano?».

«Griffo si chiama, quello che ci hanno ammazzato il patre e la matre. Quello che dice che non accapisce come parlo».

Davide Griffo era tutto vestito di nìvuro, a lutto stritto. Spettinato, i vestiti pieghe pieghe, un'ariata di pirsona sfinita. Montalbano gli pruì la mano, l'invitò ad assittarsi.

«L'hanno fatta venire per il riconoscimento ufficiale?».

«Sì, purtroppo. Sono arrivato a Montelusa aieri doppopranzo tardo. M'hanno portato a vederli. Dopo... dopo me ne sono tornato in albergo, mi sono buttato sul letto accussì com'ero, mi sentivo male».

«Capisco».

«Ci sono novità, commissario?».

«Ancora nessuna».

Si taliarono negli occhi, tutti e due sconsolati.

«La sa una cosa?» disse Davide Griffo. «Non è per desiderio di vendetta che aspetto con ansia che pigliate gli assassini. Vorrei solo arrinesciri a capire perché l'hanno fatto».

334

Era sincero, manco lui conosceva quella che Montalbano chiamava la malattia segreta dei suoi genitori.

«Perché l'hanno fatto?» rispiò Davide Griffo. «Per arrubbare il portafoglio di papà o la borsetta di mamma?».

«Ah» fece il commissario.

«Non lo sapeva?».

«Che avessero portato via il portafoglio e la borsetta? No. Ero sicuro che avrebbero ritrovato la borsetta sotto il corpo della signora. E non ho taliato nelle tasche di suo padre. Del resto né la borsetta né il portafoglio avrebbero avuto importanza».

«Lei la pensa accussì?».

«Certamente. Quelli che hanno ammazzato i suoi ci avrebbero fatto eventualmente ritrovare portafoglio e borsetta debitamente puliziate da ogni cosa che poteva metterci sulle loro tracce».

Davide Griffo si perse darrè un suo ricordo.

«Mamma non si separava mai dalla borsetta, certe volte la pigliavo in giro. Le spiavo quali tesori ci aveva dentro».

L'assugliò una botta di commozione improvvisa, dal fondo del petto gli niscì una specie di singhiozzo.

«Mi scusi. Siccome mi hanno restituito le loro cose, i vestiti, gli spiccioli che papà aveva in tasca, le fedi matrimoniali, le chiavi di casa... Ecco, sono venuto a trovarla per domandarle il permesso... insomma, se posso andare nell'appartamento, cominciare l'inventario...».

«Che vuol farne dell'appartamento? Era di loro proprietà, vero?».

«Sì, l'avevano accattato con molti sacrifici. Quando sarà, lo venderò. Ormai io non ho più tanti motivi per tornare a Vigàta».

Un altro singhiozzo represso.

«I suoi avevano altre proprietà?».

«Nenti di nenti, che io sappia. Campavano delle loro pensioni. Papà aveva un libretto postale dove faceva accreditare la sua pensione e quella di mamma... Ma alla fine di ogni mese restava assai poco da mettere da parte».

«Non mi pare d'averlo visto, il libretto».

«Non c'era? Ha taliato bene dove papà teneva le sue carte?».

335

«Non c'era. Le ho controllate io stesso accuratamente. Forse se lo sono portato via assieme al portafoglio e alla borsetta».

«Ma perché? Che se ne fanno di un libretto postale che non possono utilizzare? È un pezzo di carta inutile!».

Il commissario si susì. Davide Griffo l'imitò.

«Non ho niente in contrario che lei vada nell'appartamento dei suoi. Anzi. Se lei trova, tra quelle carte qualcosa che...».

S'interruppe di colpo. Davide Griffo lo taliò interrogativo.

«Mi scusi un momento» fece il commissario e niscì.

Santiando mentalmente, si era reso conto che le carte dei Griffo erano ancora nel commissariato, dove le aveva portate da casa sua. Infatti il sacco di plastica da munnizza era nello sgabuzzino. Gli parse malo consegnare al figlio i ricordi familiari in quella confezione. Rovistò nello sgabuzzino, non trovò niente che potesse servire, né una scatola di cartone né un sacchetto più decente. Si rassegnò.

Davide Griffo lo taliò strammato mentre Montalbano deponeva ai suoi piedi il sacco di munnizza.

«L'ho pigliato a casa sua per metterci dentro le carte. Se vuole, gliele faccio recapitare da un mio...».

«No, grazie. Ho la macchina» disse, sostenuto, l'altro.

Non l'aveva voluto dire all'orfano, come lo chiamava Catarella (a proposito, da quanto era andato via?), ma una ragione per far sparire il libretto postale c'era. Una ragione validissima: non far sapere a quanto ammontava il deposito nel libretto. E la somma contenuta nel libretto poteva essere il sintomo di quella malattia segreta per la quale era poi intervenuto il medico coscienzioso. Ipotesi, certo, ma che era necessario verificare. Telefonò al Sostituto Tommaseo, passò una mezzorata ad abbattere le resistenze formali che quello gli opponeva. Poi Tommaseo promise che avrebbe immediatamente provveduto.

L'edificio della Posta era a pochi passi dal commissariato. Una costruzione orrenda perché, iniziata negli anni quaranta, quando imperversava l'architettura littoria, era stata terminata nel dopoguerra, quando i gusti erano cangiati. L'ufficio del signor direttore era al secondo piano, in fondo a un corridoio assolutamente vacante di òmini e cose, faceva spavento per solitudine e abbandono. Tuppiò a una porta sulla quale c'era un rettangolo di plastica che portava la scritta: «Direttore». Sotto il rettangolo di plastica c'era però un foglio che rappresentava una sigaretta tagliata da due strisce rosse incrociate. Sotto ci stava scritto: «È severamente vietato fumare».

«Avanti!».

Montalbano trasì e la prima cosa che vide fu un vero e proprio striscione sul muro che ripeteva: «È severamente vietato fumare».

«O ve la vedrete con me» pareva dire il Presidente della Repubblica che taliava tòrvolo dal suo ritratto sotto lo striscione.

Sotto ancora ci stava un seggiolone a spalliera alta sul quale c'era assittato il direttore, Morasco cav. Attilio. Davanti al cavaliere Morasco c'era una scrivania gigantesca, completamente cummigliata di carte. Il signor Direttore era un nano che assomigliava alla bonarma di Re Vittorio Emanuele terzo, con i capelli tagliati all'umberta che gli facevano la testa come a quella di Umberto primo e con un paio di baffi a manubrio come quelli del cosiddetto Re galantuomo. Il commissario ebbe l'assoluta certezza di trovarsi davanti a un discendente dei Savoia, un bastardo, come tanti ne aveva seminati il Re galantuomo.

«Lei è piemontese?» gli venne fatto di spiare taliandolo.

L'altro s'imparpagliò.

«No, perché? Sono di Comitini».

Poteva essere di Comitini, di Paternò o di Raffadali, Montalbano non si smosse dal concetto che si era fatto.

«Lei è il commissario Montalbano, vero?».

«Sì. Le ha telefonato il Sostituto Tommaseo?».

«Sì» ammise il direttore di malavoglia. «Però una telefonata è una telefonata. Lei mi capisce?».

«Certo che la capisco. Per me, per esempio, una rosa è una rosa è una rosa è una rosa».

Il cavaliere Morasco non s'impressionò della dotta citazione della Stein.

«Vedo che siamo d'accordo» disse.

«In che senso, scusi?».

«Nel senso che verba volant e scripta manent».

«Si può spiegare meglio?».

«Certamente. Il Sostituto Tommaseo m'ha telefonato dicendomi che lei è autorizzato a un'indagine sul libretto postale del defunto signor Griffo Alfonso. D'accordo, lo considero, come dire, un preavviso. Ma fino a quando non riceverò richiesta o autorizzazione scritta io non posso permettere il suo accesso al segreto postale».

A causa del giramento di cabasisi che quelle parole gli provocarono, per un attimo il commissario rischiò di decollare.

«Ripasserò».

E fece per susìrisi. Il direttore lo fermò con un gesto.

«Aspetti. Una soluzione ci sarebbe. Potrei avere un suo documento?».

Il pericolo di decollo si fece forte. Montalbano con una mano si ancorò alla seggia sulla quale stava assittato e con l'altra gli pruì il tesserino.

Il bastardo Savoia l'esaminò a lungo.

«Dopo la telefonata del Sostituto, ho immaginato che lei si sarebbe precipitato qua. E ho preparato una dichiarazione, che lei sottoscriverà, nella quale è detto che lei mi solleva, mi scarica da ogni responsabilità».

«Io la scarico volentieri» fece il commissario.

Firmò, senza leggerla, la dichiarazione, rimise in sacchetta il tesserino. Il cavaliere Morasco si susì.

«Mi aspetti qua. Ci vorranno una decina di minuti».

Prima di nèsciri, si voltò e indicò la foto del Presidente della Repubblica.

«Ha visto?».

«Sì» fece strammato Montalbano. «È Ciampi».

«Non mi riferivo al Presidente, ma a quello che c'è scritto sopra. Vie-ta-to-fu-ma-re. Mi raccomando, non approfitti della mia assenza».

Appena quello chiuse la porta, gli smorcò una voglia violenta di fumare. Ma era proibito, e giustamente, perché, come è noto, il fumo passivo provoca milioni di morti, mentre lo smog, la diossina e il piombo della benzina, no. Si susì, niscì, scinnì al piano terra, ebbe modo di vedere tre impiegati che fumavano, si piazzò sul marciapiede, si fumò due sigarette di fila, ritrasì, gli impiegati che fumavano ora erano quattro, acchianò le scale a piedi, rifece il corridoio deserto, raprì senza tuppiare la porta dell'ufficio del direttore, trasì. Il cavaliere Morasco era assittato al suo posto e lo taliò con disapprovazione, scutuliando la testa. Montalbano raggiunse la sua seggia con la stessa ariata colpevole di quando arrivava in ritardo a scuola.

«Abbiamo il tabulato» annunziò, sullenne, il direttore.

«Potrei vederlo?».

Prima di darglielo, il cavaliere controllò che sulla scrivania ci fosse ancora la liberatoria firmata dal commissario.

Il quale commissario non ci capì niente, macari perché la cifra che lesse alla fine gli parse spropositata.

«Me lo spiega lei?» fece, sempre col tono di come quando andava a scuola.

Il direttore si sporse in avanti, praticamente stendendosi sulla scrivania, e gli strappò sdignato il foglio dalle mani.

«È tutto chiarissimo!» disse. «Dal tabulato si evince che la pensione dei coniugi Griffo ammontava a un totale di milioni tre mensili e partitamente un milione ottocentomila quella di lui e un milione duecentomila quella di lei. Il signor Griffo, all'atto dell'esazione, ritirava in contanti la sua pensione per i bisogni del mese e lasciava in deposito la pensione della moglie. Questo era l'andamento generale. Con qualche rara eccezione, naturalmente».

«Ma anche ammettendo che fossero così tirati e risparmiatori» ragionò il commissario ad alta voce «i conti non tornano lo stesso. Mi pare d'aver visto che in quel libretto ci sono quasi cento milioni!».

«Ha visto giusto. Per l'esattezza, novantotto milioni e trecentomila lire. Ma non c'è niente di straordinario».

«No?».

«No, perché da due anni a questa parte il signor Griffo Alfonso versava puntualmente, a ogni primo del mese, sempre la stessa cifra: milioni due. Che fanno in totale quarantotto milioni che vanno ad aggiungersi ai risparmi».

«E dove li pigliava questi due milioni al mese?».

«Non lo domandi a me» fece, offiso, il direttore.

«Grazie» disse Montalbano susendosi. E tese la mano.

Il direttore si susì, girò attorno alla scrivania, taliò il commissario dal basso in alto e gli strinse la mano.

«Mi può dare il tabulato?» spiò Montalbano.

«No» rispose secco il bastardo Savoia.

Il commissario niscì dall'ufficio e appena sul marciapiede s'addrumò una sigaretta. Ci aveva inzertato, avevano fatto scomparire il libretto perché quei quarantotto milioni erano il sintomo della malattia mortale dei Griffo.

Doppo una decina di minuti ch'era tornato in ufficio, arrivò Catarella con la faccia disolata di dopo Casamicciola. Aveva la foto in mano e la posò sulla scrivania.

«Macari con lo scànnaro dell'amico affidato non ce la feci. Si vossia voli, la porto a Cicco De Cicco pirchì quella cosa col criminininologico la fanno dumani».

«Grazie, Catarè, gliela porto io stesso».

«Salvo, ma perché non impari ad adoperare il computer?» gli aveva un giorno domandato Livia. E aveva aggiunto: «Sapessi quanti problemi potresti risolvere!».

Ecco, intanto il computer non aveva saputo risolvere questo piccolo problema, gli aveva solo fatto perdere tempo. Si ripromise di dirlo a Livia, così, tanto per mantenere viva la polemica.

Si mise in sacchetta la foto, niscì dal commissariato, salì in macchina. Decise però di passare da via Cavour prima di andare a Montelusa.

«Il signor Griffo è su» l'avvertì la portonara.

Davide Griffo venne ad aprirgli in maniche di camicia, aveva in mano lo spazzolone, stava puliziando l'appartamento.

«C'era troppa polvere».

Lo fece accomodare in sala da pranzo. Sul tavolo c'erano, ammonticchiate, le carte che il commissario gli aveva dato poco prima. Griffo intercettò la sua occhiata.

«Ha ragione lei, commissario. Il libretto non c'è. Voleva dirmi qualcosa?».

«Sì. Che sono andato alla Posta e mi sono fatto dire a quanto ammontava la somma che i suoi genitori avevano nel libretto».

Griffo fece un gesto come a dire che non era manco il caso di parlarne.

«Poche lire, vero?».

«Per l'esattezza, novantotto milioni e trecentomila lire».

Davide Griffo aggiarniò.

«Ma è un errore!» balbettò.

«Nessun errore, mi creda».

Davide Griffo, le ginocchia fatte di ricotta, s'accasciò sopra una seggia.

«Ma com'è possibile?».

«Da due anni a questa parte suo padre versava ogni mese due milioni. Lei ha idea chi poteva essere a dargli questi soldi?».

«Neanche lontanamente! Non mi parlarono mai di guadagni extra. E io non mi capacito. Due milioni netti al mese sono uno stipendio rispettabile. E che poteva fare mio padre, vecchio com'era, per guadagnarselo?».

«Non è detto che fosse uno stipendio».

Davide Griffo diventò ancora più giarno, da confuso che era parse ora chiaramente scantato.

«Lei pensa che possa esserci rapporto?».

«Tra i due milioni mensili e l'assassinio dei suoi genitori? È una possibilità da pigliare in seria considerazione. Hanno fatto sparire il libretto proprio per questo, per evitare che noi pensassimo a un rapporto di causa-effetto».

«Ma se non era uno stipendio, cos'era?».

«Mah» fece il commissario. «Faccio una supposizione. Però prima devo domandarle una cosa e la prego di essere sincero. Suo padre avrebbe fatto, per soldi, una disonestà?».

Davide Griffo non rispose subito.

«È difficile giudicare così... Penso di no, che non l'avrebbe fatta. Ma era, come dire, vulnerabile».

«In che senso?».

«Lui e la mamma erano molto attaccati al denaro. Allora, qual è la supposizione?».

341

«Per esempio, che suo padre facesse da prestanome a qualcuno che trattava qualcosa d'illecito».

«Papà non si sarebbe prestato».

«Manco se la cosa gli era stata presentata come lecita?».

Griffo stavolta non rispose. Il commissario si susì.

«Se le viene in mente una possibile spiegazione...».

«Certo, certo» disse Griffo come distratto. Accompagnò Montalbano alla porta.

«Mi sto ricordando di una cosa che mamma mi disse l'anno passato. Ero venuto a trovarli e mamma mi fece, in un momento che papà non c'era, a bassa voce: "Quando noi non ci saremo più, avrai una bella sorpresa". Ma la mamma, povirazza, certe volte non ci stava con la testa. Non tornò più sull'argomento. E io me ne scordai completamente».

Arrivato alla questura di Montelusa, fece chiamare Cicco De Cicco dal centralinista. Non aveva nessuna gana di incontrarsi con Vanni Arquà, il capo della Scientifica che aveva sostituito Jacomuzzi. Si stavano reciprocamente 'ntipatici. De Cicco arrivò di corsa, si fece dare la foto.

«Temevo di peggio» disse taliandola. «Catarella m'ha detto che ci hanno provato col computer, ma...».

«Tu riuscirai a darmi il numero di quella targa?».

«Credo di sì, dottore. Stasera comunque le faccio un colpo di telefono».

«Se non mi trovi, lascia detto a Catarella. Ma fai in modo che scriva numeri e lettere in modo giusto, altrimenti capace che viene fora una targa del Minnesota».

Sulla strata del ritorno, gli venne quasi d'obbligo la sosta tra i rami dell'ulivo saraceno. Aveva bisogno di una pausa di riflessione: vera, non come quella dei politici che chiamano accussì, pausa di riflessione, quella che invece è la caduta nel coma profondo. Si mise a cavacecio sul solito ramo, appoggiò le spalle al tronco, s'addrumò una sigaretta. Ma subito si sentì assittato scommodo, avvertiva la fastidiosa pressione di nodi e spunzoni all'interno delle cosce. Ebbe una strana sensazione, come se l'ulivo non lo volesse assistemato lì, come se facesse in modo di fargli cangiare posizione.

«Mi vengono certe stronzate!».

Resistette tanticchia, poi non ce la fece più e scinnì dal ramo. Andò alla macchina, pigliò un giornale, tornò sotto l'ulivo, distese le pagine del giornale e vi si coricò sopra, doppo essersi levato la giacchetta.

Taliato da sotto, da questa nuova prospettiva, l'ulivo gli parse più grande e più intricato. Vide la complessità di ramature che non aveva prima potuto vedere standoci dintra. Gli vennero a mente alcune parole. «C'è un olivo saraceno, grande... con cui ho risolto tutto». Chi le aveva dette? E che aveva risolto l'albero? Poi la memoria gli si mise a foco. Quelle parole le aveva dette Pirandello al figlio, poche ore prima di morire. E si riferivano ai *Giganti della montagna*, l'opera rimasta incompiuta.

Per una mezzorata se ne stette a panza all'aria, senza mai staccare lo sguardo dall'àrbolo. E più lo taliava, più l'ulivo gli si spiegava, gli contava come il gioco del tempo l'avesse intortato, lacerato, come l'acqua e il vento l'avessero anno appresso anno obbligato a pigliare quella forma che non era capriccio o caso, ma conseguenza di necessità.

L'occhio gli si fissò su tre grossi rami che per breve tratto procedevano quasi paralleli, prima che ognuno si lanciasse in una sua personale fantasia di zigzag improvvisi, ritorni narrè, avanzamenti di lato, deviazioni, arabeschi. Uno dei tre, quello centrale, appariva leggermente più basso rispetto agli altri due, ma con i suoi storti rametti s'aggrappava ai due rami soprastanti, quasi li volesse tenere legati a sé per tutto il tratto che avevano in comune.

Spostando la testa e taliando con attenzione fatta ora più viva, Montalbano s'addunò che i tre rami non nascevano indipendenti l'uno dall'altro, sia pure allocati vicinissimi, ma pigliavano origine dallo stesso punto, una specie di grosso bubbone rugoso che sporgeva dal tronco.

Probabilmente fu un leggero colpo di vento che smosse le foglie. Un raggio di sole improvviso colpì gli occhi del commissario, accecandolo. Con gli occhi inserrati, Montalbano sorrise.

Qualsiasi cosa gli avrebbe comunicato in serata De Cicco, ora era certo che alla guida dell'auto che seguiva il pullman c'era Nenè Sanfilippo.

Stavano appostati darrè una macchia di spinasanta, le pistole pronte a sparare. Patre Crucillà aveva indicato quella spersa casa colonica come il rifugio segreto di Japichinu. Però il parrino, prima di lasciarli, ci aveva tenuto a precisare che bisognava andarci coi pedi di chiummo, lui non era certo che Japichinu fosse disposto a consegnarsi senza reagire. Oltretutto era armato di mitra e in tante occasioni aveva dimostrato di saperlo usare.

Il commissario aveva perciò deciso di procedere secondo le regole, Fazio e Gallo erano stati mandati darrè la casa.

«A quest'ora saranno in posizione» disse Mimì.

Montalbano non rispose, voleva dare ai suoi due òmini il tempo necessario a scegliere il posto giusto dove appostarsi.

«Io vado» disse Augello impaziente. «Tu coprimi».

«Va bene» acconsentì il commissario.

Mimì principiò lentamente a strisciare. C'era la luna, vasannò il suo procedere sarebbe stato invisibile. La porta della casa colonica, stranamente, era spalancata. Stranamente no, a pinsarci bene: di certo Japichinu voleva dare l'impressione che la casa fosse abbandonata, ma in realtà lui se ne stava ammucciato dintra, col mitra in mano.

Davanti alla porta Mimì si susì a mezzo, si fermò sulla soglia, sporse la testa a taliare. Poi, con passo leggio, trasì. Ricomparse doppo qualche minuto e agitò un braccio in direzione del commissario.

«Qui non c'è nessuno» fece.

«Ma dove ha la testa?» si spiò nirbùso Montalbano. «Non capisce che può essere sottotiro?».

E in quel momento, sentendosi aggelare per lo scanto, vide la canna di un mitra nèsciri fora dalla finestrella che stava a perpendicolo sopra la porta. Montalbano balzò in piedi.

«Mimì! Mimì!» gridò.

E s'interruppe, perché gli parse di stare cantando la *Bohème*.

Il mitra sparò e Mimì cadde.

Lo stesso colpo che aveva ammazzato Augello, arrisbigliò il commissario.

Era sempre stinnicchiato sopra i fogli del giornale, sotto all'ulivo saraceno, assuppato di sudore. Almeno una milionata di formicole avevano pigliato possesso del suo corpo.

Tredici

Poche, e a prima vista non sostanziali, risultarono essere le differenze tra il sogno e la realtà. La spersa casuzza colonica che patre Crucillà aveva additato quale rifugio segreto di Japichinu, era la stessa che il commissario si era insognata, solo che questa, invece della finestrella, aveva un balconcino spalancato sopra la porta macari essa aperta.

A differenza del sogno, il parrino non si era allontanato di prescia.

«Di me» aveva detto «può sempre esserci di bisogno».

E Montalbano aveva fatto i debiti scongiuri mentali. Patre Crucillà, acculato darrè una troffa enorme di saggina con il commissario e Augello, taliò la casuzza e tistiò, prioccupato.

«Che c'è?» spiò Montalbano.

«Non mi faccio pirsuaso della porta e del balcone. Le volte che sono venuto a trovarlo era tutto chiuso e bisognava tuppiare. Prudenza, mi raccomando. Non ci posso giurare che Japichinu sia disposto a lasciarsi pigliare. Tiene il mitra a portata di mano e lo sa usare».

Quando fu certo che Fazio e Gallo avevano raggiunto le posizioni darrè la casa, Montalbano taliò Augello.

«Io ora vado e tu mi copri».

«Cos'è questa novità?» reagì Mimì. «Abbiamo sempre fatto arriversa».

Non poteva dirgli che l'aveva visto morire in sogno.

«Stavolta si cangia».

Mimì non replicò, si chiantò col ventotto, sapeva riconoscere, dal tono di voce del commissario, quando si poteva discutere e quando no.

346

Non era notte, ancora. C'era la luce grigia che precede lo scuro, permetteva di distinguere le sagome.

«Come mai non ha addrumato la luce?» spiò Augello indicando col mento la casa al buio.

«Forse ci aspetta» disse Montalbano.

E si susì in piedi, allo scoperto.

«Che fai? Che fai?» fece Mimì a voce vascia tentando d'afferrarlo per la giacchetta e tirarlo giù. Poi, subitaneo, gli venne un pinsèro che l'atterrì.

«Ce l'hai la pistola?».

«No».

«Pigliati la mia».

«No» ripeté il commissario avanzando di due passi. Si fermò, si mise le mani a coppo attorno alla bocca.

«Japichinu! Montalbano sono. E sono disarmato».

Non ci fu risposta. Il commissario avanzò per un pezzo, tranquillo, come se passiasse. A un tre metri dalla porta si fermò nuovamente e disse, con voce solo leggermente più alta del normale:

«Japichinu! Ora entro. Accussì possiamo parlare in pace».

Nessuno rispose, nessuno si cataminò. Montalbano isò le mani in alto e trasì dintra la casa. C'era scuro fitto, il commissario si scansò tanticchia di lato per non stagliarsi nel vano della porta. E fu allora che lo sentì, l'odore che tante volte aveva sentito, ogni volta provando un leggero senso di nausea. Prima ancora di addrumare la luce, sapeva quello che avrebbe visto. Japichinu stava in mezzo alla càmmara, sopra a quella che pareva una coperta rossa e invece era il suo sangue, la gola tagliata. Dovevano averlo pigliato a tradimento, mentre voltava le spalle al suo assassino.

«Salvo! Salvo! Che succede?».

Era la voce di Mimì Augello. S'affacciò alla porta.

«Fazio! Gallo! Mimì, venite!».

Arrivarono di corsa, il parrino darrè a tutti, affannato. Poi, alla vista di Japichinu, si paralizzarono. Il primo a cataminarsi fu patre Crucillà che s'inginocchiò allato all'ammazzato, incurante del sangue che gli allordava la tonaca, lo benedisse e principiò a murmuriare preghiere. Mimì invece toccò la fronte al morto.

«Devono averlo ammazzato manco un due ore fa».

«E ora che facciamo?» spiò Fazio.

«Vi mettete tutti e tre in una macchina e ve ne andate. A me lasciate l'altra, resto a parlare tanticchia col parrino. In questa casa, non ci siamo mai stati, a Japichinu morto non l'abbiamo mai visto. D'altra parte qua siamo abusivi, è fora del nostro territorio. E potremmo avere camurrìe».

«Però...» si provò a dire Augello.

«Però una minchia. Ci vediamo più tardi in ufficio».

Niscirono come cani vastoniati, obbedivano di malavoglia. Il commissario li sentì parlottare fitto mentre s'allontanavano. Il parrino era perso nelle sue preghiere. Ne aveva da recitare Avemmarie, Patrinostri e Reqquiemeterne con tutto il carico d'omicidi che Japichinu si portava appresso, dovunque stava in quel momento veleggiando. Montalbano acchianò la scala di pietra che portava alla càmmara di sopra, addrumò la luce. C'erano due brandine con sopra i soli matarazzi, un comodino in mezzo, un armuàr malandato, due seggie di ligno. In un angolo, un artarìno, fatto da un tavolinetto coperto con una tovaglia bianca arriccamata. Nell'artarìno ci stavano tre statuette: la Vergine Maria, il Cuore di Gesù e San Calogero. Ogni statuetta aveva davanti il suo lumino addrumato. Japichinu era picciotto religioso, come sosteneva il nonno Balduccio, tant'è vero che aveva persino un Patre spirituale. Solo che tanto il picciotto quanto il parrino scangiavano superstizione per religione. Come la maggior parte dei siciliani, del resto. Il commissario s'arricordò d'aver visto, una volta, un rozzo ex voto dei primi anni del secolo. Rappresentava un viddrano, un contadino, che scappava inseguito da due carabinieri col pennacchio. In alto, a destra, la Madonna si sporgeva dalle nuvole, indicando al fuggitivo la via migliore da seguire. Il cartiglio recava la scritta: «Per esere scappato ai riggori di la liggi». Su una delle brandine c'era, messo di traverso, un kalashnikov. Astutò la luce, scinnì, si pigliò una delle due seggie di paglia, s'assittò.

«Patre Crucillà».

Il parrino, che stava ancora pregando, si scosse, isò gli occhi.
«Eh?».
«Si pigli una seggia e s'assetti, dobbiamo parlare».
Il parrino obbedì. Era congestionato, sudava.
«Come farò a dare questa notizia a don Balduccio?».
«Non ce ne sarà bisogno».
«Pirchì?».
«A quest'ora glielo hanno già detto».
«E chi?».
«L'assassino, naturalmente».
Patre Crucillà stentò a capire. Teneva gli occhi fissi sul commissario e muoveva le labbra senza però formulare parole. Poi si capacitò, sbarracando gli occhi scattò dalla seggia, arretrò, sciddricò sul sangue, riuscì a tenersi addritta.
«Ora ci piglia un sintòmo e muore» pinsò allarmato Montalbano.
«In nome di Dio, che dice!» ansimò il parrino.
«Dico solo come stanno le cose».
«Ma a Japichinu lo cercavano la Polizia, l'Arma, la Digos!».
«Che in genere non sgozzano quelli che devono arrestare».
«E la nuova mafia? Gli stessi Cuffaro?».
«Parrì, lei non si vuole fare pirsuaso che tanto io quanto lei siamo stati pigliati per il culo da quella testa fina di Balduccio Sinagra».
«Ma che prove ha per insinuare...».
«Torni ad assittarsi, per favore. Vuole tanticchia d'acqua?».
Patre Crucillà fece 'nzinga di sì con la testa. Montalbano pigliò un bùmmolo con dell'acqua dintra, tenuta bella frisca, e lo pruì al parrino che v'incollò le labbra.
«Prove non ne ho e credo non ne avremo mai».
«E allora?».
«Risponda prima a me. Japichinu qua non stava da solo. Aveva un guardaspalle che macari la notte dormiva allato a lui, è vero?».
«Sì».
«Come si chiama, lo sa?».
«Lollò Spadaro».

349

«Era un amico di Japichinu o era pirsona fidata di Balduccio?».

«Di don Balduccio. Era stato lui che aveva voluto accussì. A Japichinu stava macari 'ntipatico, ma mi disse che con Lollò si sentiva sicuro».

«Tanto sicuro che Lollò ha potuto ammazzarlo senza problemi».

«Ma come fa a pensare a una cosa simile! Forse hanno scannato Lollò prima di fare altrettanto con Japichinu!».

«Nella càmmara di sopra il cadavere di Lollò non c'è. E non c'è manco in questa».

«Macari è qui fora, vicino alla casa!».

«Certo, potremmo cercarlo, ma è inutile. Lei si scorda che io e i miei òmini abbiamo circondato la casa, abbiamo taliato attentamente nelle vicinanze. Non ci siamo imbattuti in Lollò ammazzato».

Patre Crucillà si turciniò le mani. Il sudore gli colava a gocce.

«Ma pirchì don Balduccio avrebbe fatto questo tiatro?».

«Ci voleva come testimoni. Secondo lei, io, una volta scoperto l'omicidio, cosa avrei dovuto fare?».

«Mah... Quello che si fa di solito. Avvertire la Scientifica, il Magistrato...».

«E così lui avrebbe potuto recitare la parte dell'omo disperato, fare voci che erano stati quelli della nuova mafia ad ammazzare il suo adorato nipoteddru, tanto adorato che preferiva vederlo in carcere ed era arrinisciùto a convincerlo a consegnarsi a me, e c'era lei presente, un parrino... Glielo ho detto: ci ha pigliati per il culo. Ma fino a un certo punto. Perché io me ne andrò via tra cinque minuti e sarà come se non ci fossi mai venuto da queste parti. Balduccio dovrà escogitare qualche altra cosa. Ma, se lei lo vede, gli dia un consiglio: che faccia seppellire suo nipote a taci maci, senza fare scarmazzo».

«Ma lei... lei com'è arrivato a queste conclusioni?».

«Japichinu era un animale braccato. S'arrifardiava da tutto e da tutti. Lei pensa che avrebbe voltato le spalle a uno che non conosceva bene?».

«No».

«Il kalashnikov di Japichinu è sul suo letto. Lei pensa che si sarebbe messo a tambasiare quassotto disarmato in presenza di qualcuno di cui non sapeva fino a che punto poteva fidarsi?».

«No».

«Mi dica ancora una cosa: le è stato detto come si sarebbe comportato Lollò in caso d'arresto di Japichinu?».

«Sì. Doveva macari lui farsi pigliare senza reagire».

«Chi glielo aveva dato quest'ordine?».

«Don Balduccio in persona».

«Questo è quello che Balduccio ha contato a lei. Invece a Lollò ha detto tutta un'altra cosa».

Patre Crucillà aveva la gola arsa, s'attaccò nuovamente al bùmmolo.

«Perché don Balduccio ha voluto la morte di suo nipote?».

«Sinceramente, non lo so. Forse ha sgarrato, forse non riconosceva l'autorità del nonno. Sa, le guerre di successione non capitano solo tra i re o nella grande industria...».

Si susì.

«Me ne vado. L'accompagno alla sua macchina?».

«No, grazie» rispose il parrino. «Vorrei trattenermi ancora un pezzo a pregare. Gli volevo bene».

«Faccia come vuole».

Sulla porta, il commissario si voltò.

«Volevo ringraziarla».

«Di che?» fece il parrino allarmato.

«Tra tutte le supposizioni che ha fatto sui possibili assassini di Japichinu, lei non ha tirato fora il nome del guardaspalle. Avrebbe potuto dirmi che era stato Lollò Spadaro che si era venduto alla nuova mafia. Ma lei sapeva che Lollò mai e poi mai avrebbe tradito a Balduccio Sinagra. Il suo silenzio è stato un'assoluta conferma del concetto che m'ero fatto. Ah, un'ultima cosa: quando esce, si ricordi d'astutare la luce e di chiudere bene la porta. Non vorrei che qualche cane randagio... capisce?».

Niscì. La notte era completamente scura. Prima di raggiungere l'auto, truppicò su pietre e fossi. Gli tornò a mente la Via Crucis dei Griffo, col boia che li pigliava a pedate, santiando per farli arrivare prima al posto e all'ora della loro morte.

351

«Amen» gli venne di dire con uno stringimento di cori.

Mentre se ne tornava a Vigàta, si fece convinto che Balduccio si sarebbe adeguato al consiglio che gli aveva mandato col parrino. Il catafero di Japichinu sarebbe andato a finire nello sbalanco di qualche chiarchiàro... No, il nonno sapeva quanto fosse religioso il nipoteddru. L'avrebbe fatto seppellire anonimamente in terra consacrata. Dintra il tabbuto di un altro.

Varcata la porta del commissariato, sentì un silenzio inconsueto. Possibile che fossero andati via, malgrado avesse detto loro d'aspettare il suo ritorno? C'erano, invece. Mimì, Fazio, Gallo, ognuno assittato al suo posto con la faccia nìvura come doppo una sconfitta. Li chiamò nel suo ufficio.

«Vi voglio dire una cosa. Fazio vi avrà riferito come sono andate le cose tra me e Balduccio Sinagra. Ebbene, mi credete? E dovete credermi, perché io farfantarie grosse non ve ne ho mai contate. Sin dal primo momento ho capito che la richiesta di Balduccio, d'arrestare Japichinu perché in càrzaro sarebbe stato più sicuro, non quatrava».

«Allora perché l'hai pigliata in considerazione?» spiò, polemico, Augello.

«Per vedere dove andava a parare. E per neutralizzare il suo piano, se arriniscivo a capirlo. L'ho capito e ho fatto la contromossa giusta».

«Quale?» spiò questa volta Fazio.

«Di non rendere ufficiale il ritrovamento, da parte nostra, del cadavere di Japichinu. Era questo che voleva Balduccio: che fossimo noi a scoprirlo, fornendogli contemporaneamente un alibi. Perché io avrei dovuto dichiarare al Magistrato che l'intenzione di Balduccio era quella di farlo pigliare sano e salvo da noi».

«Macari noi, doppo che Fazio ci ha spiegato» riprese Mimì «siamo arrivati alla stessa conclusione tua, e cioè che era stato Balduccio a fare ammazzare il nipote. Ma perché?».

«Ora come ora non si capisce. Ma qualche cosa verrà fora, prima o doppo. Per tutti noi la facenna si conclude qui».

La porta sbatté contro il muro con una violenza tale che i vetri della finestra vibrarono. Tutti sussultarono. Naturalmente, era stato Catarella.

«Ah, dottori dottori! Ora ora mi tilifonò Cicco De Cicco! L'asviluppo fece! E ci arriniscì! Il nùmmaro su questo pizzino ci lo scrissi. Quattro volte Cicco De Cicco mi lo fece arripetere!».

Posò mezzo foglio di quaderno a quadretti sulla scrivania del commissario e disse:

«Domando pirdonanza per la sbattutina della porta».

Niscì. E richiuse la porta sbattendola così forte che la crepa dell'intonaco vicino alla maniglia s'allargò tanticchia di più.

Montalbano lesse il numero di targa, taliò Fazio.

«Ce l'hai a portata di mano il numero della macchina di Nenè Sanfilippo?».

«Quale? La Punto o la Duetto?».

Augello aveva appizzato le orecchie.

«La Punto».

«Quello lo so a memoria: BA 927 GG».

Senza dire parola, il commissario pruì il pizzino a Mimì.

«Corrisponde» fece Mimì. «Ma che significa? Ti vuoi spiegare?».

Montalbano si spiegò, gli contò di come avesse saputo del libretto postale e del denaro che vi era depositato, di come, andando dietro a quello che gli aveva suggerito lo stesso Mimì, aveva taliato le fotografie della gita a Tindari e aveva scoperto come il pullman camminasse con una Punto appicciata darrè, di come avesse portato alla Scientifica di Montelusa la foto per farla ingrandire. Durante tutta la parlata, Augello mantenne un'espressione sospettosa.

«Tu lo sapevi già» disse.

«Che cosa?».

«Che la macchina che seguiva il pullman era quella di Sanfilippo. Lo sapevi prima che Catarella ti desse il pizzino».

«Sì» ammise il commissario.

«E chi te l'aveva detto?».

«Un àrbolo, un ulivo saraceno» sarebbe stata la risposta giusta, ma a Montalbano mancò il coraggio.

«Ho avuto un'intuizione» disse invece.

Augello preferì sorvolare.

«Questo significa» fece «che tra gli omicidi dei Griffo e quello di Sanfilippo c'è uno stretto rapporto».

«Ancora non lo possiamo dire» contrastò il commissario. «Abbiamo solo una cosa certa: che la macchina di Sanfilippo seguiva il pullman dove c'erano i Griffo».

«Beba ha macari detto che lui si voltava spesso narrè a taliare la strada. Evidentemente voleva accertarsi se l'auto di Sanfilippo continuava a stare appresso».

«D'accordo. E questo ci fa capire che c'era un rapporto tra Sanfilippo e i Griffo. Ma dobbiamo fermarci qua. Può darsi che sia stato Sanfilippo a far salire i Griffo sulla sua auto prelevandoli al ritorno, nell'ultima tappa prima di arrivare a Vigàta».

«E ricordati che Beba ha detto che fu proprio Alfonso Griffo a domandare all'autista di fare quella fermata extra. Il che viene a significare che si erano appattati prima».

«Sono ancora d'accordo. Ma questo non ci porta a concludere né che Sanfilippo abbia ammazzato lui stesso i Griffo né che lui, a sua volta, sia stato sparato in seguito all'omicidio dei Griffo. L'ipotesi corna ancora regge».

«Quando vedi Ingrid?».

«Domani sera. Ma tu, domani a matino, cerca di raccogliere informazioni sul dottor Eugenio Ignazio Ingrò, quello che fa i trapianti. Non m'interessano le cose che vengono stampate sui giornali, ma le altre, quelle che si dicono a mezza voce».

«C'è uno, a Montelusa, che è amico mio e che lo conosce bene. Lo vado a trovare con una scusa».

«Mimì, mi raccomando: adopera la vaselina. A nessuno deve passare manco per l'anticammara del ciriveddro che ci stiamo interessando del dottore e della sua riverita consorte Vanja Titulescu».

Mimì, offiso, fece la bocca a culo di gallina.

«Mi pigli per uno strunzo?».

Appena aperto il frigorifero, la vide.

La caponatina! Sciavuròsa, colorita, abbondante, riempiva un

354

piatto funnùto, una porzione per almeno quattro pirsone. Erano mesi che la cammarera Adelina non gliela faceva trovare. Il pane, nel sacco di plastica, era fresco, accattato nella matinata. Naturali, spontanee, gli acchianarono in bocca le note della marcia trionfale dell'*Aida*. Canticchiandole, raprì la porta-finestra doppo avere addrumato la luce della verandina. Sì, la notte era frisca, ma avrebbe consentito la mangiata all'aperto. Conzò il tavolinetto, portò fora il piatto, il vino, il pane e s'assittò. Squillò il telefono. Cummigliò il piatto con una salviettina di carta e andò a rispondere.

«Pronto? Dottor Montalbano? Sono l'avvocato Guttadauro».

Se l'aspettava, quella telefonata, ci si sarebbe giocato i cabasisi.

«Mi dica, avvocato».

«Prima di tutto, la prego di accettare le mie scuse per essere stato costretto a telefonarle a quest'ora».

«Costretto? E da chi?».

«Dalle circostanze, commissario».

Era proprio furbo, l'avvocato.

«E quali sono queste circostanze?».

«Il mio cliente e amico è preoccupato».

Non voleva fare per telefono il nome di Balduccio Sinagra ora che c'era un morto fresco fresco di mezzo?

«Ah, sì? E perché?».

«Beh... non ha notizie da ieri di suo nipote».

Da ieri? Balduccio Sinagra cominciava a mettere le mani avanti.

«Quale nipote? L'esule?».

«Esule?» ripeté l'avvocato Guttadauro sinceramente perplesso.

«Non si formalizzi, avvocato. Oggi esule o latitante significa la stessa cosa. O almeno così vogliono farci credere».

«Sì, quello» fece l'avvocato ancora intronato.

«Ma come faceva ad avere notizie se il nipote era latitante?».

A farabutto, farabutto e mezzo.

«Beh... Sa com'è, amici comuni, gente di passaggio...».

«Capisco. E io che c'entro?».

«Niente» si affrettò a precisare Guttadauro. E ripeté, scandendo le parole:

«Lei non c'entra assolutamente niente».

Messaggio ricevuto. Balduccio Sinagra gli stava facendo sapere che aveva accolto il consiglio speditogli con patre Crucillà: dell'omicidio di Japichinu non si sarebbe fatta parola, Japichinu poteva macari non essere mai nato, se non era per quelli che aveva ammazzato.

«Avvocato, perché sente il bisogno di comunicarmi la preoccupazione del suo amico e cliente?».

«Ah, era per dirle che, a malgrado di questa lacerante preoccupazione, il mio cliente e amico ha pensato a lei».

«A me?» s'inquartò Montalbano.

«Sì. Mi ha dato l'incarico di recapitarle una busta. Dice che dentro c'è una cosa che può interessarla».

«Senta, avvocato. Sto andando a letto, ho avuto una giornata pesante».

«La capisco benissimo».

Faceva dell'ironia, quella minchia d'avvocato.

«La busta me la porti domani a matino, in commissariato. Buonanotte».

Riattaccò. Tornò nella verandina, ma ci ripensò. Rientrò nella càmmara, sollevò il telefono, fece un numero.

«Livia, amore, come stai?».

All'altro capo del filo ci fu solo silenzio.

«Livia?».

«Oddio, Salvo, che succede? Perché mi telefoni?».

«E perché non dovrei telefonarti?».

«Perché tu telefoni solo quando hai qualche rogna».

«Ma dai!».

«No, no, è così. Se non hai rogne, sono sempre io a chiamarti per prima».

«Va bene, hai ragione scusami».

«Che volevi dirmi?».

«Che ho riflettuto a lungo sul nostro rapporto».

Livia, e Montalbano lo sentì distintamente, trattenne il fiato. Non parlò. Montalbano continuò.

«Mi sono reso conto che spesso e volentieri litighiamo. Come una coppia maritata da anni, che subisce l'usura della convivenza. E il bello è che non conviviamo».

«Vai avanti» disse Livia, con un filo di voce.

«Allora mi sono detto: perché non ricominciamo tutto da capo?».

«Non capisco. Che significa?».

«Livia, che ne diresti se ci fidanzassimo?».

«Non lo siamo?».

«No. Siamo maritati».

«D'accordo. E allora come si comincia?».

«Così: Livia, ti amo. E tu?».

«Anch'io. Buonanotte, amore».

«Buonanotte».

Riattaccò. Ora poteva sbafarsi la caponatina senza timore di altre telefonate.

Quattordici

S'arrisbigliò alle sette, doppo una nottata di sonno piombigno senza sogni, tanto che ebbe l'impressione, raprendo gli occhi, che si trovava ancora nella stessa posizione di quando si era corcato. La matinata non era certo di assoluta gaudiosità, nuvole sparse davano l'impressione di pecore che aspettavano di farsi gregge, però si vedeva chiaramente che non era intenzionata a provocare grosse botte di malumore. S'infilò un paro di pantalonazzi, scinnì dalla verandina e, scàvuso, si andò a fare una passiata a ripa di mare. L'aria fresca gli puliziò la pelle, i polmoni, i pensieri. Tornò dintra, si fece la varba, si mise sotto la doccia.

Sempre, nel corso di ogni indagine che si era venuto a trovare tra le mani, c'era stato un giorno, anzi, un preciso momento di un certo giorno, nel quale un inspiegabile benessere fisico, una felice leggerezza nell'intrecciarsi dei pinsèri, un armonioso concatenamento dei muscoli, gli davano la certezza di poter caminare per strata ad occhi inserrati, senza inciampare o andare a sbattere contro qualcosa o qualcuno. Come capita, certe volte, nel paese del sogno. Durava picca e nenti, quel momento, ma era bastevole. Oramai lo sapeva per spirènzia, era come la boa della virata, l'indicazione della vicina svolta: da quel punto in poi ogni pezzo del puzzle, che è poi l'indagine, sarebbe andato da sé al posto giusto, senza sforzo, bastava quasi solo volerlo. Era quello che gli stava capitando sotto la doccia, macari se ancora tante cose, per la verità la maggior parte delle cose, restavano oscure.

Erano le otto e un quarto quando con la macchina arrivò davanti all'ufficio, rallentò per parcheggiare, poi ci ripensò e proseguì per via Cavour. La portonara lo taliò di malocchio e manco lo salutò: aveva appena finito di lavare 'n terra l'ingresso e ora le scarpe del commissario avrebbero allordato tutto. Davide Griffo appariva meno giarno, si era tanticchia ripigliato. Non si mostrò meravigliato a vedere Montalbano e gli offrì subito una tazza di cafè fatto allura allura.

«Ha trovato niente?».

«Niente» fece Griffo. «E ho taliato dovunque. Non c'è il libretto, non c'è niente di scritto che spieghi quei due milioni al mese dati a papà».

«Signor Griffo, ho bisogno che lei mi aiuti a ricordare».

«A disposizione».

«Mi pare che lei mi abbia detto che suo padre non aveva parenti prossimi».

«Vero è. Aveva un fratello, mi sono scordato come si chiamava, che però è morto sotto i bombardamenti americani del '43».

«Sua madre, invece, ne aveva».

«Esattamente, un fratello e una sorella. Il fratello, lo zio Mario, vive a Comiso e ha un figlio che travaglia a Sidney. Si ricorda che ne abbiamo parlato? Lei mi spiò se...»

«Mi ricordo» tagliò il commissario.

«La sorella, la zia Giuliana, viveva a Trapani, dove era andata a fare la maestra di scuola. Era restata schetta, non aveva mai voluto maritarsi. Però né mamma né lo zio Mario la frequentavano. Macari se con mamma si erano tanticchia ravvicinate negli ultimi tempi, tanto che mamma e papà andarono a trovarla due giorni prima che morisse. Restarono a Trapani quasi una simanata».

«Sa perché sua madre e il fratello erano in gelo con questa Giuliana?».

«Il nonno e la nonna, morendo, lasciarono quasi tutto il poco che possedevano a questa figlia, praticamente diseredando gli altri due».

«Sua madre le disse mai quale fu la causa di...».

«Mi accennò a qualcosa. Pare che i nonni si siano sentiti abbandonati da mamma e da zio Mario. Ma, vede, mamma si era maritata molto giovane e lo zio era andato a travagliare fora di casa

359

che manco aveva sedici anni. Coi genitori restò solo la zia Giuliana. Appena i nonni morirono, morì prima la nonna, zia Giuliana vendette quello che aveva qua e si fece trasferire a Trapani».

«Quando è morta?».

«Con precisione non glielo saprei dire. Da almeno due anni».

«Sa dove abitava a Trapani?».

«No. Qui in casa non ho trovato niente che riguardava zia Giuliana. So però che la casa di Trapani era sua, se l'era accattata».

«Un'ultima cosa: il nome di ragazza di sua madre».

«Di Stefano. Margherita Di Stefano».

Questo aveva di buono Davide Griffo: largheggiava nelle risposte e sparagnava sulle domande.

Due milioni al mese. Suppergiù, quanto guadagna un piccolo impiegato arrivato alla fine della carriera. Ma Alfonso Griffo era pensionato da tempo e di pensione campava, di quella sua e di quella della mogliere. O meglio, ci aveva campato perché da due anni riceveva un aiuto considerevole. Due milioni al mese. Da un altro punto di vista, una cifra irrisoria. Per esempio, se si trattava di un ricatto sistematico. E poi, per quanto attaccato alla lira, Alfonso Griffo, sia pure per viltà, sia pure per mancanza di fantasia, un ricatto non l'avrebbe mai concepito. Ammesso che non aveva scrupoli morali. Due milioni al mese. Per aver fatto da prestanome come aveva in un primo tempo ipotizzato? Ma, in genere, il prestanome viene pagato tutto in una volta o partecipa agli utili, non certo a rate mensili. Due milioni al mese. In un certo senso era l'esiguità della cifra a rendere più difficili le cose. Però, la regolarità dei versamenti, una indicazione la dava. Un'idea, il commissario, principiava ad averla. C'era una coincidenza che l'intrigava.

Fermò davanti al Municipio, acchianò all'Ufficio Anagrafe. Conosceva l'addetto, il signor Crisafulli.

«Mi necessita un'informazione».

«Mi dica, commissario».

«Se uno che è nato a Vigàta muore in un altro paese il suo decesso viene comunicato qua?».

«C'è una disposizione in proposito» rispose, evasivo, il signor Crisafulli.

«E viene rispettata?».

«In genere sì. Ma, vede, ci vuole tempo. Sa come vanno queste cose. Però le devo dire che se il decesso è avvenuto all'estero, manco se ne parla. A meno che un familiare non si occupi lui stesso di...».

«No, la persona che m'interessa è morta a Trapani».

«Quando?».

«Più di due anni fa».

«Come si chiamava?».

«Giuliana Di Stefano».

«Vediamo subito».

Il signor Crisafulli mise mano al computer che troneggiava in un angolo della càmmara, isò gli occhi a taliare Montalbano.

«Risulta deceduta a Trapani il 6 maggio 1997».

«C'è scritto dove abitava?».

«No. Ma se vuole, tra cinque minuti glielo saprò dire».

E qui il signor Crisafulli fece una cosa stramma. Andò al suo tavolo, raprì un cascione, tirò fora una fiaschetta di metallo, svitò il cappuccio, bevve un sorso, riavvitò, lasciò la fiaschetta in evidenza. Poi tornò ad armeggiare col computer. Visto che il portacenere sul tavolino era pieno di mozziconi di sicarro il cui odore aveva impregnato la càmmara, il commissario si addrumò una sigaretta. L'aveva appena spenta che l'addetto annunziò, con un filo di voce:

«Lo trovai. Abitava in via Libertà 12».

Si era sentito male? Montalbano voleva spiarglielo, ma non fece a tempo. Il signor Crisafulli tornò di corsa al suo tavolo, agguantò la fiaschetta, bevve un sorso.

«È cognac» spiegò. «Vado in pensione tra due mesi».

Il commissario lo taliò interrogativo, non capiva la relazione.

«Sono un impiegato di vecchio stampo» fece l'altro «e ogni volta che faccio una pratica con tanta velocità, che prima ci volevano mesi e mesi, mi pigliano le vertigini».

Per arrivare a Trapani, in via Libertà, ci mise due ore e mezza. Al numero 12 corrispondeva una palazzina a tre piani, circondata da un giardinetto tenuto bene. Davide Griffo gli aveva spiegato che l'appartamento dove era vissuta, la zia Giuliana se l'era accattato. Ma forse, dopo la sua morte, era stato rivenduto a gente che manco la conosceva e il ricavato era andato quasi certamente a finire a qualche opera pia. Allato al cancelletto chiuso c'era un citofono con tre soli nomi. Doveva trattarsi di appartamenti abbastanza grandi. Premette quello più in alto dove ci stava scritto «Cavallaro». Rispose una voce femminile.

«Sì?».

«Signora, mi scusi. Avrei bisogno di un'informazione riguardante la defunta signorina Giuliana Di Stefano».

«Citofoni all'interno due, quello centrale».

Il biglietto allato al pulsante di mezzo recava scritto: «Baeri».

«Ih, che prescia che abbiamo! Chi è?» fece un'altra voce di fìmmina, anziana questa volta, quando il commissario ci aveva perso la spiranza, dato che aveva suonato tre volte senza risposta.

«Montalbano mi chiamo».

«E che vuole?».

«Vorrei domandarle qualcosa sulla signorina Giuliana Di Stefano».

«Domandi».

«Così, al citofono?».

«Perché, è cosa lunga?».

«Beh, sarebbe meglio che...».

«Ora io rapro» disse la voce anziana. «E lei fa come le dico. Appena il cancello si è aperto, lei passa e si ferma in mezzo al vialetto. Se non fa accussì, non le rapro il portone».

«Va bene» fece rassegnato il commissario.

Fermo in mezzo al vialetto, non seppe che fare. Poi vide gli scuri di un balcone che si aprivano e apparse una vecchia col tuppo, tutta vestita di nìvuro, con un binocolo in mano. Lo portò agli occhi e osservò attentamente, mentre inspiegabilmente Montalbano arrossiva, ebbe l'impressione di essere nudo. La vecchia ritrasì, richiuse le persiane e doppo tanticchia si sentì lo scatto metallico del portone che veniva aperto. Non c'era naturalmente ascensore. Al secondo piano, la porta sulla quale stava scritto «Baeri» era chiusa. Quale esame ancora l'aspettava?

«Come ha detto che si chiama?» spiò la voce al di là della porta.

«Montalbano».

«E che fa di mestiere?».

Se diceva ch'era un commissario, a quella gli veniva il sintòmo.

«Sono un impiegato al ministero».

«Ce l'ha un documento?».

«Sì».

«Me lo metta sotto la porta».

Armato di santa pacienza, il commissario eseguì.

Passarono cinque minuti di silenzio assoluto.

«Ora rapro» disse la vecchia.

Solo allora, con orrore, il commissario notò che la porta aveva quattro serrature. E sicuramente, nella parte interna, c'erano il chiavistello e la catenella. Dopo una decina di minuti di rumorate varie, la porta si raprì e Montalbano poté fare il suo ingresso in casa Baeri. Venne fatto trasìre in un grande salotto con mobili scuri e pesanti.

«Io mi chiamo Assunta Baeri» attaccò la vecchia «e risulta dal documento che lei appartiene alla polizia».

«Precisamente».

«E mi compiaccio» fece, ironica, la signora (o signorina?) Baeri.

Montalbano non fiatò.

«I latri e gli assassini fanno quello che gli pare e la polizia, con la scusa di mantenere l'ordine, se ne va nei campi di futbol a vedersi la partita! Opuro fa la scorta al senatore Ardolì che quello non ha bisogno di scorta, basta che uno lo talìa in faccia e muore di spavento!».

«Signora, io...».

«Signorina».

«Signorina Baeri, sono venuto a disturbarla per parlare della signorina Giuliana Di Stefano. Questo appartamento era suo?».

«Sissignore».

«Lei l'ha comprato da lei?».

Che frase che gli era venuta fora! Si corresse.

«...dalla defunta?».

«Io non ho accattato niente! La defunta, come la chiama lei, me l'ha lasciato con tanto di testamento! Da trentadue anni vivevo con lei. Io le pagavo macari l'affitto. Poco, ma lo pagavo».

«Ha lasciato altro?».

«Allora lei non è della polizia, ma delle tasse! Sissignore, a me ha lasciato un altro appartamento, nico nico però. Lo tengo affittato».

«E ad altri? Ha lasciato qualcosa agli altri?».

«Quali altri?».

«Mah, che so, qualche parente...».

«A sua sorella, che ci aveva fatto la pace doppo anni che manco si parlavano, ci lasciò una cosuzza».

«Lo sa cos'era questa cosuzza?».

«Certo che lo so! Il testamento lo fece davanti a mia e ce ne ho macari copia. A so' soro ci lassò una stalla e una salma, poca roba, tanto per ricordo».

Montalbano ammammalocchì. Si potevano lasciare salme in eredità? Le successive parole della signorina Baeri chiarirono l'equivoco.

«No, meno assai. Lei lo sa a quanti metri quadrati corrisponde una salma di terra?».

«Veramente non saprei» fece il commissario, ripigliandosi.

«Giuliana, quando se ne era andata da Vigàta per venire qua, non riuscì a vendere né la stalla né la terra che pare sia allo sprofondo. E allora, quando fece testamento, decise di lasciare queste cose a so' soro. Di poco valore sono».

«Lei sa dove si trova esattamente la stalla?».

«No».

«Ma nel testamento dovrebbe essere specificato. E lei mi ha detto che ne ha una copia».

«O Madunnuzza santa! Che vuole, ca mi metto a circari?».

«Se fosse possibile...».

La vecchia si susì murmuriandosi, niscì dalla càmmara e tornò doppo manco un minuto. Sapeva benissimo dove stava la copia del testamento. La pruì sgarbatamente. Montalbano lo scorse e finalmente trovò quello che l'interessava.

La stalla era denominata «costruzione rustica di un solo vano»; a stare alle misure, un dado di quattro metri per lato. Torno torno aveva mille metri di terra. Poca roba, come aveva detto la signorina Baeri. La costruzione sorgeva in una località chiamata «il moro».

«La ringrazio e la prego di scusarmi per il disturbo» fece compito il commissario, susendosi.

«Perché si interessa a quella stalla?» spiò la vecchia susendosi
macari lei.

Montalbano esitò, doveva trovare una scusa buona. Ma la signorina Baeri proseguì:

«Glielo spio perché è la seconda persona che domanda della
stalla».

Il commissario s'assittò, la signorina Baeri macari.

«Quando è stato?».

«Il giorno appresso il funerale della pòvira Giuliana, che so'
soro e so' marito erano ancora qua. Dormivano nella càmmara
in fondo».

«Mi spieghi come capitò».

«Mi era passato completamente di testa, mi tornò ora perché
ne abbiamo parlato. Dunque, il giorno appresso al funerale, era
quasi l'ora di mangiare, sonò il telefono e io andai a rispondere. Era un omo, mi disse che era interessato alla stalla e al terreno. Io gli spiai se aveva saputo che la pòvira Giuliana era morta e lui mi disse di no. Mi domandò con chi poteva parlare della facenna. Allora gli passai il marito di Margherita, dato che
so' mogliere era l'erede».

«Sentì quello che si dissero?».

«No, niscii fora dalla càmmara».

«Quello che telefonò come disse che si chiamava?».

«Forse lo disse. Ma io non me lo ricordo più».

«Dopo, in sua presenza, il signor Alfonso parlò con la moglie
della telefonata?».

«Quando trasì in cucina e Margherita gli spiò con chi aveva
parlato, lui rispose ch'era uno di Vigàta, che abitava nello stesso palazzo. E non spiegò altro».

Centro! Montalbano satò addritta.

«Devo andare, grazie e mi scusi» fece dirigendosi verso la porta.

«Mi leva una curiosità?» fece la signorina Baeri arrancando appresso a lui. «Ma perché queste cose non le spia ad Alfonso?».

«Quale Alfonso?» disse Montalbano che aveva già aperto la porta.

«Come, quale Alfonso? Il marito di Margherita».

Gesù! Quella non sapeva niente degli omicidi! Certamente non aveva la televisione e non leggeva i giornali.

«Gliele spierò» assicurò il commissario, già sulle scale.

Alla prima cabina telefonica che vide fermò, scinnì, trasì e notò che c'era una lucetta rossa lampeggiante. Il telefono non funzionava. Ne avvistò una seconda: macari questo era scassato.

Santiò, capendo che la bella curruta che aveva fatto fino a quel momento ora cominciava a essere interrotta da piccoli ostacoli, annunzio di quelli più grossi. Dalla terza cabina poté finalmente chiamare il commissariato.

«Ah dottori dottori! In dove che s'intanò? È tutta la santa matinata che...».

«Catarè, poi me lo conti. Sai dirmi dov'è il moro?».

Ci fu prima silenzio, poi una risatina che voleva essere di scherno.

«Dottori, e come si fa? Non lo sapi come che siamo accombinati a Vigàta? Pieni di conogolesi, siamo».

«Passami subito Fazio».

Conogolesi? Colpiti da una lesione traumatica al cònogo? E che era il cònogo?

«Mi dica, dottore».

«Fazio, tu lo sai dove si trova una località che è chiamata il moro?».

«Un attimo solo, dottore».

Fazio aveva messo in moto il suo ciriveddro-computer. Nella testa, tra le altre cose, teneva la mappa dettagliata del territorio di Vigàta.

«Dottore, è dalle parti di Monteserrato».

«Spiegami come si fa ad arrivarci».

Fazio glielo spiegò. E poi disse:

«Mi dispiace, ma Catarella insiste per parlarle. Lei da dove telefona?».

«Da Trapani».

«E che ci fa, a Trapani?».

«Poi te lo dico. Passami Catarella».

«Pronti, dottori? Ci voleva dire ca stamatina...».

«Catarè, chi sono i conogolesi?».

«Gli africani del Conogo, dottori. Come si dice? Conogotani?».

Riappese, ripartì e fermò davanti a un grosso ferramenta. Un self-service. S'accattò un piede di porco, uno scalpello, una grossa tenaglia, un martello e un seghetto per metalli. Quando andò a pagare, la cascera, una beddra picciotta scura, gli sorrise.

«Buon colpo» fece.

Non aveva gana di rispondere. Niscì, si rimise in macchina. Doppo tanticchia gli venne di taliare il ralogio. Erano quasi le due e gli smorcò un pititto lupigno. Davanti a una trattoria la cui insegna faceva «dal Borbone», c'erano alcuni grossi camion fermi. Quindi lì si mangiava bene. Dintra di lui si svolse una breve, ma feroce, lotta tra l'angelo e il diavolo. Vinse l'angelo. Proseguì verso Vigàta.

«Manco un panino?» sentì che il diavolo gli spiava con voce lamentiosa.

«No».

Veniva chiamato Monteserrato una linea collinosa, abbastanza alta, che divideva Montelusa da Vigàta. Si partiva quasi dal mare e s'inoltrava per cinque o sei chilometri verso le campagne dell'interno. Sull'ultimo crinale sorgeva una vecchia e grande masserìa. Era un loco isolato. E tale era restato a malgrado che, al tempo della costruzione a scialacori delle opere pubbliche, alla ricerca disperata di un posto che giustificasse una strata, un ponte, un cavalcavia, una galleria, l'avessero collegato con un nastro d'asfalto alla provinciale Vigàta-Montelusa. Di Monteserrato gliene aveva parlato qualche anno avanti il vecchio preside Burgio. Gli aveva contato che nel '44 era andato a fare una gita a Monteserrato con un amico americano, un giornalista col quale aveva subito simpatizzato. Avevano caminato per ore campagne campagne, poi avevano principiato a inerpicarsi, riposandosi ogni tanto. Quando erano arrivati in vista della masserìa, circondata da alte mura, erano stati fermati da due cani come né il preside né l'americano ne avevano mai visti. Corpo di levriero ma con la coda cortissima e arricciata come quella di un porco, orecchie lunghe da razza di caccia, sguardo feroce. I cani li avevano letteralmente immobilizzati, appena si cataminavano quelli ringhiavano. Poi finalmente passò a cavallo uno della masserìa che li accompagnò. Il capofamiglia li portò a visitare i resti di un antico convento. E qui il preside e l'americano, su una parete malandata e umida, videro un affresco straordinario, una Natività. Si poteva ancora leggere la data: 1410. Vi erano raffigurati anche tre cani, in tutto identici a quelli che li avevano puntati all'arrivo. Il preside, molti anni appresso, doppo la costruzione della strada asfaltata, aveva voluto tornarci. I ruderi del convento non esistevano più, al loro posto c'era un immenso garage. Macari la parete con l'affresco era stata buttata giù. Attorno al garage si trovavano ancora pezzetti d'intonaco colorato.

Trovò la cappelletta che gli aveva segnalato Fazio, dieci metri appresso si apriva una trazzera che scendeva lungo la collina.

«È molto ripida, faccia attenzione» aveva detto Fazio.

Altro che ripida! A momenti era a perpendicolo. Montalbano procedette lentamente. Quando arrivò a mezzacosta, fermò, scese e taliò dal bordo della strata. Il panorama che gli si presentò poteva essere, a secondo dei gusti di chi lo stava osservando, orrendo o bellissimo. Non c'erano alberi, non c'erano altre case all'infuori di quella della quale si vedeva il tetto cento metri più abbasso. La terra non era coltivata: abbandonata a se stessa, aveva prodotto una straordinaria varietà di piante sarvaggie, tant'è vero che la minuscola casuzza era completamente sepolta dall'erba alta, fatta eccezione appunto del tetto evidentemente da poco rifatto, i canali intatti. E Montalbano vide, con un senso di spaesamento, i fili della luce e del telefono che, partendo da un punto lontano e non visibile, andavano a finire dintra l'ex stalla. Incongrui, in quel paesaggio che pareva essere stato sempre accussì dall'inizio del tempo.

Quindici

A un certo punto della trazzera, a mano manca, il ripetuto passaggio avanti e narrè di una macchina aveva aperto una specie
di pista tra l'erba alta. Arrivava dritta dritta davanti alla porta
dell'ex stalla, porta rifatta di recente con solido ligno e fornita
di due serrature. Inoltre, attraverso due occhi a vite, passava una
catena, come quelle che assicurano i motorini, che reggeva un
grosso catenaccio. Allato alla porta c'era una finestrella tanto nica che non ci sarebbe trasùto manco un picciliddro di cinco anni, protetta da sbarre di ferro. Oltre le sbarre si vedeva il vetro
pittato di nìvuro, sia per impedire di vedere quello che capitava dintra sia per fare sì che, di notte, la luce non trapelasse al-
l'esterno.
Montalbano aveva due strate da pigliare: o tornarsene a Vigàta e domandare rinforzi o mettersi a fare lo scassinatore, macari se era pirsuàso che sarebbe stata cosa longa e affaticosa. Naturalmente, optò per la seconda. Si levò la giacchetta, pigliò il
seghetto per metalli che aveva fortunatamente accattato a Trapani e attaccò a travagliare sulla catena. Doppo un quarto d'o-
ra il braccio principiò a fargli male. Doppo una mezzorata, il
dolore s'allargò a mezzo petto. Doppo un'orata, la catena si
spezzò, con l'aiuto del piede di porco usato come leva e della
tenaglia. Era assuppato di sudore. Si levò la cammisa e la stinnì
sull'erba sperando che s'asciucasse tanticchia. S'assittò in macchina e s'arriposò, non ebbe manco gana di fumarsi una sigaretta.
Quando si sentì arriposato, attaccò la prima delle due serrature
con il mazzo di grimaldelli che oramà si portava sempre appresso. Armeggiò una mezzorata, poi si fece pirsuaso che non era cosa. Macari con la seconda serratura non ottenne risultato. Gli
venne in testa un'idea che, in prima, gli parse geniale. Raprì il

cruscotto della macchina, agguantò la pistola, mise il colpo in canna, mirò, sparò verso la più alta delle serrature. La pallottola colpì il bersaglio, rimbalzò sul metallo e sfiorò il fianco, anni prima ferito, di Montalbano. L'unico effetto che aveva ottenuto era stato quello di deformare il pirtùso dove entrava la chiave. Santiando, rimise a posto la pistola. Ma com'è che nelle pellicole americane i poliziotti ci arriniscivano sempre a raprire le porte con questo sistema? Per lo scanto che si era pigliato, gli venne un'altra passata di sudore. Si levò la canottiera e la stese allato alla cammisa. Munito di martello e scalpello, principiò a travagliare sul legno della porta, torno torno alla serratura alla quale aveva sparato. Doppo un'orata, ritenne d'avere bastevolmente scavato, ora con una spallata la porta si sarebbe certamente aperta. Si tirò narrè di tre passi, pigliò la rincorsa, desi la spallata, la porta non si cataminò. Il dolore fu talmente forte in tutta la spalla e il petto che gli spuntarono le lagrime. Perché la mallitta non si era raprùta? Certo: gli era passato di mente che prima di pigliare a spaddrate la porta doveva ridurre la seconda serratura come la prima. I pantaloni, sudatizzi, gli davano fastiddio. Se li tolse, li stese allato alla cammisa e alla canottiera. Doppo un'altra orata, macari la seconda serratura era in posizione precaria. La spalla gli si era gonfiata, gli batteva. Travagliò di martello e piede di porco. Inspiegabilmente la porta resisteva. Di colpo, venne assugliato da una raggia incontenibile: come in certi cartoni di Paperino pigliò a càvuci e a pugna la porta facendo voci da pazzo. Zoppichiando tornò alla macchina. Il piede mancino gli doleva, si levò le scarpe. E in quel momento sentì una rumorata: da sola, e proprio come in un cartone animato, la porta aveva addeciso d'arrendersi, cadendo all'interno della càmmara. Montalbano si precipitò. L'ex stalla, imbiancata e intonacata, era assolutamente vacante. Né un mobile né una carta: nenti di nenti, come se non fosse stata mai utilizzata. Nella parte bassa delle pareti, solo una quantità di prese, elettriche e telefoniche. Il commissario rimase a taliare quel vacante e non se ne faceva capace. Poi, venuto lo scuro, arrisolse. Pigliò la porta appoggiandola allo stipite, raccattò canottiera, camicia e pantaloni gettandoli sul sedile posteriore, indossò la sola giacca e, accesi i fari, partì alla volta di Marinella sperando che, nel tragitto, nessuno lo fermasse. Nuttata persa e figlia fìmmina.

Fece una strata che era assai più longa, ma che gli sparagnava l'attraverso di Vigàta. Dovette guidare lentamente perché aveva delle fitte alla spaddra dritta, che sentiva gonfia come un muffoletto di pane appena nisciùto dal forno. Fermò la macchina nello spiazzo davanti alla porta di casa, lamentiandosi raccolse cammisa, canottiera, pantaloni e scarpe, astutò i fari, niscì. La lampada che illuminava la porta era astutata. Fece due passi avanti e si paralizzò. Proprio allato alla porta c'era un'ùmmira, qualcuno l'aspettava.

«Chi è?» spiò alterato.

L'ùmmira non arrispunnì. Il commissario mosse altri due passi e la riconobbe. Era Ingrid, la bocca spalancata, che lo taliava con occhi sbarracati e non riusciva a dire parola.

«Poi ti spiego» si sentì in dovere di murmuriare Montalbano cercando di pigliare le chiavi nella sacchetta dei pantaloni che teneva sul braccio. Ingrid, tanticchia ripigliatasi, gli levò le scarpe dalla mano. Finalmente la porta si raprì. Alla luce, Ingrid l'esaminò curiosa e poi spiò:

«Ti sei esibito coi California Dream Men?».

«E chi sono?».

«Uomini che fanno lo spogliarello».

Il commissario non replicò e si levò la giacchetta. A vedergli la spalla tumefatta Ingrid non gridò, non domandò spiegazione. Disse semplicemente:

«Ce l'hai in casa un linimento?».

«No».

«Dammi le chiavi della macchina e mettiti a letto».

«Dove vuoi andare?».

«Ci sarà una farmacia aperta, no?» fece Ingrid pigliando macari le chiavi di casa.

Montalbano si spogliò, bastò levarsi calze e mutande, s'infilò sotto la doccia. Il dito grosso del piede offìso era addiventato come una pera di media grandezza. Nisciùto dalla doccia, andò a taliare il ralogio che aveva messo sul comodino. Si erano fatte le nove e mezza e non se ne era minimamente addunato. Fece il numero del commissariato e appena sentì Catarella che rispondeva si stracangiò la voce.

«Pronto? Sono monsieur Hulot. Je cherche monsieur Augellò».

«Lei francisi di Francia è?».

«Oui. Je cherche monsieur Augellò o, comme dite voi, monsieur Augello».

«Signor francisi, quini non c'è».

«Merci».

Fece il numero di casa di Mimì. Lasciò squillare a lungo, ma non ottenne risposta. Perso per perso, cercò sull'elenco il numero di Beatrice. Rispose immediatamente.

«Beatrice, Montalbano sono. Mi perdoni la faccia tosta, ma...».

«Vuole parlare con Mimì?» tagliò semplicemente corto la divina criatura. «Glielo passo subito».

Non si era per niente imbarazzata. Augello invece sì, se principiò subito con le giustificazioni.

«Sai, Salvo, mi sono trovato a passare sotto il portone di Beba e...».

«Ma per amor del cielo!» concesse, magnanimo, Montalbano. «Scusami prima di tutto se ti ho disturbato».

«Quale disturbo! Manco per sogno! Dimmi».

Avrebbero potuto fare di meglio in Cina in quanto a complimentosità?

«Ti volevo domandare se domattina, diciamo alle otto, ci possiamo trovare in ufficio. Ho scoperto una cosa importante».

«Cosa?».

«Il collegamento tra i Griffo e Sanfilippo».

Sentì Mimì che aspirava l'aria come quando uno riceve un cazzotto nella pancia. Poi Augello balbettò:

«Do... dove sei? Ti raggiungo subito».

«Sono da me. Ma c'è Ingrid».

«Ah. Mi raccomando: spremila lo stesso, macari se forse, doppo quanto mi hai detto, l'ipotesi delle corna non tiene tanto».

«Senti, non dire a nessuno dove mi trovo. Ora stacco la spina».

«Capisco, capisco» fece, allusivo, Augello.

Andò a corcarsi zuppiando. Ci mise un quarto d'ora a trovare la posizione giusta. Chiuse gli occhi e li raprì di subito: ma non aveva invitato Ingrid a cena? E ora come faceva a rivestirsi, mettersi addritta e nèsciri per andare al ristorante? La parola ristorante gli provocò un immediato effetto di vacantizza alla bocca dello stomaco. Da quand'è che non mangiava? Si susì, andò in cucina. Nel frigorifero troneggiava un piatto funnùto pieno di triglie all'agrodolce. Tornò a corcarsi, rassicurato. Si stava appinnicando quando sentì la porta di casa che si rapriva.

«Arrivo subito» disse Ingrid dalla càmmara di mangiare.

Trasì doppo pochi minuti con in mano una boccetta, una fascia elastica e rotoli di garza. Posò tutto sul comodino.

«Ora mi levo il debito» disse.

«Quale?» spiò Montalbano.

«Non ti ricordi? Quando ci siamo visti per la prima volta. Io mi ero slogata una caviglia, tu m'hai portata qua, m'hai fatto un massaggio...».

Ora si ricordava, certo. Mentre la svedese se ne stava seminuda sul letto, era arrivata Anna, un'ispettrice della polizia che era innamorata di lui. Aveva equivocato ed era successo un casino della malavita. Livia e Ingrid si erano mai incontrate? Forse sì, all'ospedale, quando era stato ferito...

Sotto la lenta, continua straiùta della svedese cominciò a sentirsi gli occhi a pampineddra. Si abbandonò a una piacevolissima sonnolenza.

«Tirati su. Ti devo fasciare».

«Tieni alzato il braccio».

«Voltati un po' più verso di me».

Obbediva, un sorriso soddisfatto sulle labbra.

«Ho finito» fece Ingrid. «Tra una mezzoretta ti sentirai meglio».

«E il ditone?» spiò con la bocca impastata.

«Che dici?».

Senza parlare, il commissario tirò fora da sotto il linzòlo il piede. Ingrid ripigliò a travagliare.

Raprì gli occhi. Dalla càmmara di mangiare veniva la voce di un omo che parlava a voce vascia. Taliò il ralogio, erano le undici passate. Si sentiva meglio assà. Che Ingrid avesse chiamato un dottore? Si susì e, in mutande com'era, con la spalla, il petto e il ditone fasciati, andò a vedere. Non era il medico, anzi era sì un medico, ma parlava in televisione di una miracolosa cura dimagrante. La svedese era assittata in poltrona. Balzò in piedi come lo vide trasìre.

«Stai meglio?».

«Sì. Grazie».

«Ho preparato, se hai appetito».

La tavola era stata conzata. Le triglie, levate dal frigorifero, non speravano altro che di essere mangiate. S'assittarono. Mentre facevano le porzioni, Montalbano spiò:

«Come mai non mi hai aspettato al bar di Marinella?».

«Salvo, dopo un'ora?».

«Già, scusami. Perché non sei venuta in macchina?».

«Non ce l'ho. L'ho portata dal meccanico. Mi sono fatta accompagnare da un amico fino al bar. Poi, visto che non arrivavi, ho deciso di fare una passeggiata e venire qua. A casa, prima o poi, saresti tornato».

Mentre mangiavano, il commissario la taliò. Ingrid si faceva sempre più bella. Ai lati delle labbra aveva ora una piccola ruga che la rendeva più matura e consapevole. Che fìmmina straordinaria! Non le era passato manco per l'anticamera del ciriveddro di spiargli come si era procurato quel danno alla spaddra. Mangiava col piacere di mangiare, le triglie erano state scrupolosamente divise tre a testa. E beveva di gusto: era già al terzo bicchiere quando Montalbano era ancora fermo al primo.

«Che volevi da me?».

La domanda strammò il commissario.

«Non ho capito».

«Salvo, m'hai telefonato per dirmi che...».

La videocassetta! Gli era passata di testa.

«Volevo farti vedere una cosa. Ma prima finiamo. Vuoi frutta?».

Poi, assistimata Ingrid sulla poltrona, pigliò in mano la cassetta.

«Ma quel film l'ho già visto!» protestò la fimmina.

«Non si tratta di vedere il film. Ma una registrazione che c'è sul nastro».

Mise la cassetta, la fece partire, s'assittò nell'altra poltrona. Poi, col telecomando, fece scorrere l'avanti-veloce fino a quando apparve l'inquadratura del letto vacante che l'operatore tentava di mettere bene a foco.

«Mi pare un inizio promettente» disse la svedese sorridendo.

Venne il nero. L'immagine riapparve e sul letto stavolta c'era l'amante di Nenè Sanfilippo nella posizione della Maya desnuda. Un attimo dopo Ingrid era in piedi, sorpresa e turbata.

«Ma è Vanja» quasi gridò.

Mai Montalbano aveva visto Ingrid accussì scossa, mai, manco quando avevano fatto in modo che fosse sospettata di un delitto o quasi.

«La conosci?».

«Certo».

«Siete amiche?».

«Abbastanza».

Montalbano astutò la televisione.

«Come hai avuto il nastro?».

«Ne parliamo di là? Mi è tornato tanticchia di dolore».

Si mise a letto. Ingrid s'assittò sul bordo.

«Così sto scomodo» si lamentiò il commissario.

Ingrid si susì, lo tenne sollevato, gli mise il cuscino darrè la schiena in modo che potesse stare isato a mezzo. Montalbano ci stava a pigliare gusto ad avere un'infirmera.

«Come hai avuto la cassetta?» spiò ancora Ingrid.

«L'ha trovata il mio vice in casa di Nenè Sanfilippo».

«E chi è?» fece Ingrid corrugando la fronte.

«Non lo sai? È quel ventenne che hanno sparato qualche giorno fa».

«Sì, ne ho sentito parlare. Ma perché aveva la cassetta?».

376

La svedese era assolutamente sincera, pareva autenticamente meravigliata di tutta la facenna.

«Perché era il suo amante».

«Ma come? Un ragazzo?».

«Sì. Non te ne parlò mai?».

«Mai. Almeno, non me ne fece mai il nome. Vanja è molto riservata».

«Come vi siete conosciute?».

«Sai, a Montelusa le straniere sposate bene siamo io, due inglesi, un'americana, due tedesche e Vanja che è romena. Abbiamo fatto una specie di club, così, per gioco. Tu lo sai chi è il marito di Vanja?».

«Sì, il dottor Ingrò, il chirurgo dei trapianti».

«Beh, a quanto ho capito, non è un uomo gradevole. Vanja, malgrado fosse più giovane di almeno vent'anni, per qualche tempo ha vissuto bene con lui. Poi l'amore è passato, anche da parte del marito. Cominciarono a vedersi sempre di meno, lui assai spesso era in giro per il mondo».

«Aveva amanti?».

«Che io sappia, no. Lei è stata molto fedele, malgrado tutto».

«Che significa malgrado tutto?».

«Per esempio, non avevano più rapporti. E Vanja è una donna che…».

«Capisco».

«Poi, all'improvviso, circa tre mesi fa, cambiò. Divenne come più allegra e più triste al tempo stesso. Capii che si era innamorata. Glielo domandai. Mi disse di sì. Era, mi parve di capire, una grande passione fisica, soprattutto».

«Vorrei incontrarla».

«Chi?».

«Come, chi? La tua amica».

«Ma è andata via da una quindicina di giorni!».

«Sai dov'è?».

«Certo. In un paesetto vicino a Bucarest. Ho l'indirizzo e il numero di telefono. Mi ha scritto due righe. Dice che è dovuta tornare in Romania perché suo padre sta male dopo che è caduto in disgrazia e non è più ministro».

377

«Sai quando torna?».

«No».

«Conosci bene il dottor Ingrò?».

«L'avrò visto al massimo tre volte. Una volta è venuto a casa mia. È un tipo molto elegante, ma scostante. Pare che abbia una straordinaria collezione di quadri. Vanja dice che è una specie di malattia, questa dei quadri. Ha speso una quantità incredibile di soldi».

«Pensaci, prima di rispondere: sarebbe capace d'ammazzare o di fare ammazzare l'amante di Vanja se scoprisse che lei lo tradisce?».

Ingrid rise.

«Ma figurati! Non gliene fregava assolutamente più niente di Vanja!».

«Ma non può darsi che la partenza di Vanja sia stata voluta dal marito per allontanarla dall'amante?».

«Questo sì, potrebbe essere. Se l'ha fatto, è stato solo per evitare eventuali voci, chiacchiere spiacevoli. Ma non è uomo capace di andare oltre».

Si taliarono in silenzio. Non c'era altro da dire. All'improvviso a Montalbano venne in testa un pinsèro.

«Se non hai la macchina, come fai a tornare?».

«Chiamo un taxi?».

«A quest'ora?».

«Allora dormo qua».

Montalbano sentì un principio di sudore sulla fronte.

«E tuo marito?».

«Non te ne preoccupare».

«Guarda, facciamo così. Ti pigli la mia macchina e te ne vai».

«E tu?».

«Domattina mi faccio venire a prendere».

Ingrid lo taliò in silenzio.

«Mi credi una puttana in calore?» spiò seria seria, una specie di malinconia nello sguardo.

Il commissario s'affruntò, si vrigognò.

«Resta, mi fa piacere» disse sincero.

Come se da sempre avesse abitato in quella casa, Ingrid raprì un cascione del settimanile, pigliò una cammisa pulita.

«Posso mettere questa?».

Nel mezzo della nottata Montalbano, assonnato, capì d'avere un corpo di fìmmina corcato allato al suo. Non poteva essere che Livia. Allungò una mano e la posò su una natica soda e liscia. Poi, di colpo, una scarrica elettrica lo folgorò. Gesù, non era Livia. Tirò narrè la mano di scatto.

«Rimettila lì» fece, impastata, la voce di Ingrid.

«Sono le sei e mezzo. Il caffè è pronto» disse Ingrid toccandolo sulla spalla scassata con delicatezza.

Il commissario raprì gli occhi. Ingrid indossava solamente la sua cammisa.

«Scusami se ti ho svegliato così presto. Ma tu stesso, prima d'addormentarti, mi hai detto che alle otto dovevi trovarti in ufficio».

Si susì. Sentiva meno dolore, ma la fasciatura stritta gli faceva difficoltosi i movimenti. La svidisi gliela levò.

«Dopo che ti sei lavato te la rifaccio».

Bevvero il caffè. Montalbano dovette usare la mano mancina, la dritta era ancora intorpidita. Come avrebbe fatto a lavarsi? Ingrid parse leggergli nella testa.

«Ci penso io» disse.

In bagno, aiutò il commissario a levarsi le mutande. Lei si spogliò della cammisa. Montalbano evitò accuratamente di taliarla. Ingrid invece era come se si fosse fatta una decina d'anni di matrimonio con lui.

Sotto la doccia, lei l'insaponò. Montalbano non reagiva, gli pareva, e la cosa gli faceva piacere, di essere tornato picciliddro quando mani amorose facevano sul suo corpo lo stesso travaglio.

«Noto evidenti segni di risveglio» disse Ingrid ridendo.

Montalbano taliò in basso e arrussicò violentemente. I segni erano assai più che evidenti.

«Scusami, sono mortificato».

«Di che ti mortifichi?» spiò Ingrid. «Di essere uomo?».

«Apri l'acqua fredda, è meglio» fece il commissario.

Doppo ci fu il calvario dell'asciucatina. Si mise le mutande con un sospiro di soddisfazione, come se fosse il segnale di cessato pericolo. Prima di fasciarlo nuovamente, Ingrid si rivestì. Accussì tutto, da parte del commissario, poté svolgersi con maggiore tranquillità. Prima di nèsciri da casa, si fecero un'altra tazza di cafè. Ingrid si mise alla guida.

«Ora tu mi lasci al commissariato e poi prosegui per Montelusa con la mia macchina» disse Montalbano.

«No» disse Ingrid «ti deposito al commissariato e prendo un taxi. Mi diventa più semplice che riportarti indietro l'auto».

Per metà del tragitto stettero muti. Ma un pinsèro maciriava il ciriveddro del commissario che a un certo momento si pigliò di coraggio e spiò: «Cos'è successo tra noi due questa notte?».

Ingrid rise.

«Non te lo ricordi?».

«No».

«È importante per te ricordarlo?».

«Direi di sì».

«Bene. Sai cos'è successo? Niente, se i tuoi scrupoli vorrebbero un no».

«E se non avessi di questi scrupoli?».

«Allora è successo di tutto. Come più ti conviene».

Ci fu un silenzio.

«Pensi che dopo questa notte i nostri rapporti siano cambiati?» spiò Ingrid.

«Assolutamente no» rispose sincero il commissario.

«E allora? Perché fai domande?».

Il ragionamento filava. E Montalbano non fece altre domande. Mentre fermava davanti al commissariato, lei domandò:

«Lo vuoi il numero di telefono di Vanja?».

«Certo».

«Te lo telefono in mattinata».

Mentre Ingrid, aperto lo sportello, aiutava Montalbano a scendere, sulla porta del commissariato apparse Mimì Augello che si fermò di colpo, interessatissimo alla scena. Ingrid s'allontanò svelta dopo aver baciato leggermente sulla bocca il commissario. Mimì continuò a taliarla di darrè fino a quando non la vide più. Faticosamente, il commissario acchianò sul marciapiede.

«Sono tutto un dolore» fece, passando allato ad Augello.

«Lo vedi cosa capita a essere fuori esercizio?» spiò questi con un sorrisetto.

Il commissario gli avrebbe spaccato i denti con un pugno, ma si scantò di farsi troppo male al braccio.

Sedici

«Dunque, Mimì, seguimi attentamente senza distrarti però dalla guida. Ho già una spaddra scassata e non vorrei altro danno. E soprattutto non m'interrompere con le domande, perché altrimenti perdo il filo. Me le fai alla fine, tutte assieme. D'accordo?».

«D'accordo».

«E non spiarmi come sono venuto a scoprire certe cose».

«D'accordo».

«E manco dettagli inutili, d'accordo?».

«D'accordo. Prima che cominci, te ne posso fare una?».

«Una sola».

«Oltre al braccio, hai macari sbattuto la testa?».

«Dove vuoi andare a parare?».

«Mi stai scassando a spiarmi se sono d'accordo. Ti sei fissato? Dichiaro d'essere d'accordo su tutto, macari sulle cose che non so. Ti va bene accussì? Attacca».

«La signora Margherita Griffo aveva un fratello e una sorella, Giuliana, che viveva a Trapani, maestra di scola».

«È morta?».

«Lo vedi? Lo vedi?» scattò il commissario. «E dire che avevi promesso! E te ne vieni fora con una domanda a cazzo di cane! Certo che è morta, se dico *aveva* e *viveva*!».

Augello non fiatò.

«Margherita non si parlava con la sorella da quando erano picciotte, per una facenna d'eredità. Un giorno però le due sorelle ripigliano a sentirsi. Quando Margherita sa che Giuliana sta per morire, la va a trovare col marito. Vengono ospitati in casa di Giuliana. Con la moribonda abita, da tempo immemorabile, macari una sua amica, la signorina Baeri. I Griffo apprendono che Giuliana, nel testamento, ha lasciato alla sorella un'ex stalla con tanticchia di terreno intorno in una località di Vigàta detta "il moro"; quella dove stiamo andando. È solo un lascito affettivo, non vale niente. Il giorno appresso ai funerali, quando ancora i Griffo sono a Trapani, un tale telefona dicendosi interessato all'ex stalla. Quel tale non sa che Giuliana è morta. Allora la signorina Baeri gli passa Alfonso Griffo. E fa bene, perché sua mogliere è la nuova proprietaria. I due si parlano per telefono. Sul contenuto della telefonata, Alfonso si dimostra evasivo. Dice alla moglie solamente che ha chiamato un tale che abita nel loro stesso palazzo».

«Cristo! Nenè Sanfilippo!» fece Mimì sbandando.

«O guidi bene o non ti conto più niente. Il fatto che i proprietari dell'ex stalla siano gli inquilini del piano di sopra appare a Nenè una magnifica combinazione».

«Alt. Sei sicuro che si tratta di una combinazione?».

«Sì, è una combinazione. Tra parentesi, se devo sopportare le tue domande, bisogna che siano intelligenti. È una combinazione. Sanfilippo non sapeva che Giuliana era morta, e non aveva interesse a fingere. Non sapeva che l'ex stalla era passata di proprietà della signora Griffo perché il testamento ancora non era stato pubblicato».

«D'accordo».

«Poche ore più tardi i due s'incontrano».

«A Vigàta?».

«No, a Trapani. Sanfilippo meno si fa vedere a Vigàta coi Griffo e meglio è. Mi ci gioco i cabasisi che Sanfilippo conta al vecchio la storia di un amore travolgente e anche pericoloso... se scoprono la relazione può succedere una strage... Insomma, l'ex stalla gli occorre per trasformarla in un piedatterra. Però ci sono delle regole da rispettare. La tassa di successione non va dichiarata, se la cosa viene scoperta sarà Sanfilippo a pagare; i Griffo non devono mettere piede nella loro proprietà; da quel momento in poi, incontrandosi a Vigàta, manco si dovranno salutare; non dovranno parlare della facenna al figlio. Attaccati come sono al soldo, i due vecchi accettano le condizioni e intascano i primi due milioni».

«Ma perché Sanfilippo necessitava di un posto tanto isolato?».

«Non certo per farne uno scannatoio. Tra l'altro non c'è acqua, non c'è manco il cesso. Se ti scappa, la vai a fare all'aperto».

«E allora?».

«Te ne renderai conto tu stesso. La vedi la cappelletta? Doppo c'è una trazzera a mano manca. Pigliala e vacci adascio, che è tutta fossi fossi».

La porta era appoggiata allo stipite esattamente come l'aveva messa la sera avanti. Nessuno era trasùto. Mimì la spostò, trasìrono e subito la càmmara parse più nica di quella che era.

Augello si taliò torno torno in silenzio.

«Hanno completamente puliziato» disse.

«Le vedi tutte quelle prese?» fece Montalbano. «Si fa mettere luce e telefono, ma non si fa fare un cesso. Questo era il suo ufficio, dove poteva venire a fare ogni giorno il suo travaglio d'impiegato».

«Impiegato?».

«Certo. Travagliava per conto terzi».

«E chi erano questi terzi?».

«Quelli stessi che gli avevano dato l'incarico di trovare un posto isolato, lontano da tutto e da tutti. Vuoi che faccia delle ipotesi? In prìmisi, trafficanti di droga. In secundisi, pedofili. E poi segue una bella processione di gente losca che si serve di Internet. Da qua Sanfilippo poteva mettersi in contatto col mondo intero. Navigava, incontrava, comunicava e poi riferiva ai suoi datori di lavoro. La cosa è andata avanti tranquillamente due anni. Doppo è successo qualche cosa di grave; è stato necessario sbaraccare, tagliare i legami, far perdere le tracce. Per incarico dei suoi superiori, Sanfilippo convince i Griffo a farsi una bella gita a Tindari».

«Ma a che scopo?».

«Gli avrà impapocchiato una qualche minchiata, a quei poveri vecchi. Per esempio che il pericoloso marito aveva scoperto la tresca, che avrebbe ammazzato macari loro due come complici... A lui era venuta una bella pinsàta: perché non facevano quella gita per Tindari? Al cornuto furioso mai sarebbe venuto in testa d'andarli a cercare sul pullman... Basterà stare lontani da casa una giornata, intanto ci si sono messi di mezzo degli amici, cercheranno di placare il cornuto... Macari lui farà la stessa gita, ma in macchina. I vecchi, scantatissimi, accettano. Sanfilippo dice che seguirà gli sviluppi della situazione col cellulare. Prima di arrivare a Vigàta, il vecchio deve domandare una fermata extra. Così Sanfilippo li metterà al corrente della situazione. Tutto avviene come stabilito. Solo che alla fermata prima di Vigàta, Sanfilippo dice ai due che ancora non si è risolto niente, è meglio se passano la notte fora di casa. Li fa montare sulla sua macchina e poi li consegna al carnefice. In quel momento non sa che macari lui è destinato a essere ammazzato».

«Ancora non mi hai spiegato perché c'era necessità d'allontanare i Griffo. Se quelli manco sapevano dov'era la loro proprietà!».

«Qualcuno doveva trasìre nella loro casa e far sparire i documenti che riguardavano questa proprietà, appunto. Metti conto, la copia del testamento. Qualche lettera di Giuliana alla sorella dov'era scritto che l'avrebbe ricordata con quel lascito. Cose così. Quello che va a perquisire, trova macari un libretto postale con una somma che apparirebbe eccessiva per due poveri pensionati. Lo fa sparire. Ma è un errore. Mi metterà in sospetto».

«Salvo, a me sinceramente questa facenna della gita a Tindari non mi quatra, almeno come la ricostruisci tu. Che bisogno c'era? Quelli, con una scusa, trasìvano in casa dei Griffo e facevano quello che volevano!».

«Sì, ma dopo avrebbero dovuto ammazzarli, lì, nel loro appartamento. E avrebbero messo in allarme Sanfilippo, al quale gli assassini sicuramente avranno detto che non avevano nessuna intenzione d'ucciderli, ma di terrorizzarli al punto giusto... E inoltre tieni presente che avevano tutto l'interesse a farci credere che tra la scomparsa dei Griffo e l'ammazzatina di Sanfilippo non c'era rapporto. E infatti: quanto ci abbiamo messo a capire che le due storie erano intrecciate?».

«Forse hai ragione».

«Senza forse, Mimì. Poi, dopo che con l'aiuto di Sanfilippo hanno sbaraccato qua, si portano appresso il picciotto. Macari con la scusa di dover parlare della riorganizzazione dell'ufficio. E intanto vanno a fare nel suo appartamento quello che hanno fatto in casa Griffo. Si portano via le bollette della luce e del telefono di qua, tanto per fare un esempio. Infatti non le abbiamo trovate. A Sanfilippo lo fanno tornare a casa a notte tarda e...».

«Che bisogno avevano di farlo tornare? Lo potevano ammazzare dove l'avevano portato».

«E così, nello stesso palazzo, avremmo avuto tre sparizioni misteriose?».

«È vero».

«Sanfilippo torna a casa, è quasi matina, scinni dalla macchina, mette la chiave nel portone e allora chi lo stava ad aspettare lo chiama».

«E ora come procediamo?» spiò doppo tanticchia Augello.

«Non lo so» arrispunnì Montalbano. «Da qui ce ne possiamo andare. È inutile chiamare la Scientifica per le impronte digitali. Ci avranno passato la liscìa per puliziare macari il soffitto».

Montarono in macchina, partirono.

«Certo che ne hai di fantasia» commentò Mimì che aveva ripensato alla ricostruzione del commissario. «Quando vai in pensione puoi metterti a scrivere romanzi».

«Scriverei certamente dei gialli. E non ne vale la pena».

«Perché dici accussì?».

«I romanzi gialli, da una certa critica e da certi cattedratici, o aspiranti tali, sono considerati un genere minore, tant'è vero che nelle storie serie della letteratura manco compaiono».

«E a te che te ne fotte? Vuoi trasìre nella storia della letteratura con Dante e Manzoni?».

«Me ne affrunterei».

«Allora scrivili e basta».

Doppo tanticchia, Augello ripigliò a parlare.

«Viene a dire che la jornata di aieri l'ho persa».

«Perché?».

«Come perché? Te lo scordasti? Non ho fatto altro che raccogliere informazioni sul professore Ingrò, come avevamo stabilito quando pensavamo che Sanfilippo fosse stato ammazzato per una storia di corna».

«Ah, già. Beh, parlamene lo stesso».

«È veramente una celebrità mondiale. Tra Vigàta e Caltanissetta ha una clinica molto riservata, dove ci vanno pochi e scelti vip. Io ci sono andato a vederla di fora. È una villa circondata da un muro altissimo, con uno spazio enorme dintra. Pensa che ci atterra l'elicottero. Ci sono due guardiani armati. Mi sono informato e mi hanno detto che la villa è momentaneamente chiusa. Però il dottor Ingrò opera praticamente dove vuole».

«Attualmente dov'è?».

«La sai una cosa? Quel mio amico che lo conosce dice che si è ritirato nella sua villa al mare tra Vigàta e Santolì. Dice che sta passando un brutto momento».

«Forse perché ha saputo del tradimento della moglie».

«Può essere. Quest'amico mi ha detto che macari più di due anni fa il dottore ebbe un momento di crisi, ma poi si ripigliò».

«E si vede che macari quella volta la sua gentile consorte...».

«No, Salvo, quella volta c'è stata una ragione più forte, mi hanno detto. Non c'è niente di certo, sono voci. Pare che si fosse esposto con una somma enorme per accattare un quadro. Non l'aveva. Firmò qualche assegno a vuoto, ci furono minacce di denunzia. Poi lui trovò i soldi e tutto tornò a posto».

«Dove li tiene i quadri?».

«In un caveau. A casa appende solo riproduzioni».

Doppo un altro silenzio, Augello spiò, guardingo:

«E tu con Ingrid che hai combinato?».

Montalbano s'inquartò.

«Mimì, non è discorso che mi piace».

«Ma io ti stavo spiando se avevi saputo qualche cosa di Vanja, la mogliere d'Ingrò».

«Ingrid sapeva che Vanja aveva un amante, ma non ne conosceva il nome. Tant'è vero che non ha collegato la sua amica con l'ammazzatina di Nenè Sanfilippo. Ad ogni modo, Vanja è partita, è tornata in Romania a trovare suo padre che è malato. È partita prima che ammazzassero l'amante».

Stavano arrivando al commissariato.

«Così, tanto per curiosità, il romanzo di Sanfilippo l'hai letto?».

«Credimi, non ho avuto il tempo. L'ho sfogliato. È curioso: ci sono pagine scritte bene e altre scritte male».

«Me lo porti oggi doppopranzo?».

Trasendo, notò che al centralino ci stava Galluzzo.

«Dov'è Catarella che da stamatina non l'ho visto?».

«Dottore, l'hanno chiamato a Montelusa per un corso d'aggiornamento sui computer. Tornerà stasera verso le cinque e mezza».

«Allora, come procediamo?» rispiò Augello che aveva seguito il suo capo.

«Senti, Mimì. Io ho avuto dal questore l'ordine di occuparmi solo di facenne piccole. L'ammazzatina dei Griffo e di Sanfilippo, secondo tia, è grossa o nica?».

«Grossa. E grossa assà».

«Quindi non è compito nostro. Tu preparami un rapporto al questore, nel quale racconti solo i fatti, mi raccomando, non quello che penso io. Accussì lui assegna l'incarico al capo della Mobile, se intanto gli è passata la cacarella o quello che è».

«E gli serviamo càvuda càvuda una storia come questa?» reagì Augello. «Quelli manco ci ringraziano!».

«Ci tieni tanto al ringrazio? Cerca piuttosto il rapporto di scriverlo bene. Domani a matino me lo porti e lo firmo».

«Che significa che devo scriverlo bene?».

«Che lo devi condire con cose come: "recatici in loco, eppertanto, dal che si evince, purtuttavia". Così si trovano nel loro territorio, col loro linguaggio, e pigliano la facenna in considerazione».

Per un'ora se la fissiò. Chiamò Fazio.

«Si hanno notizie di Japichinu?».

«Niente, ufficialmente è sempre latitante».

«Come sta quel disoccupato che si è dato foco?».

«Sta meglio, ma non è ancora fora pericolo».

Gallo invece gli venne a contare di un gruppo di albanesi che era scappato dal campo di concentramento ossia campo d'accoglienza.

«Li avete rintracciati?».

«Manco uno, dottore. E manco si rintracceranno».

«Perché?».

«Perché sono fuitine concordate con altri albanesi che hanno messo radici. Un mio collega di Montelusa sostiene che ci sono albanesi che invece scappano per tornarsene in Albania. A conti fatti, hanno scoperto che si trovavano meglio a casa loro. Un milione a testa per venire e due per rimpatriare. Gli scafisti ci guadagnano sempre».

«Cos'è, una barzelletta?».

«A me non pare» fece Gallo.

Poi il telefono squillò. Era Ingrid.

«Ti ho chiamato per darti il numero di Vanja».

Montalbano lo scrisse. E invece di salutarlo, Ingrid fece:

«Le ho parlato».

«Quando?».

«Prima di chiamare te. È stata una telefonata lunga».

«Vuoi che ci vediamo?».

«Sì, è meglio. Ho pure la macchina, me l'hanno ridata».

«Va bene, così mi cambi la fasciatura. Troviamoci all'una alla trattoria San Calogero».

C'era qualcosa che non quatrava nella voce di Ingrid, era come squieta.

Tra le altre doti che u Signiruzzu le aveva dato, la svidisa possedeva macari quella della puntualità. Trasìrono e la prima cosa che il commissario vide fu una coppia assittata a un tavolo per quattro: Mimì e Beba. Augello si susì di scatto. Malgrado fosse proprietario di una faccia stagnata, era leggermente arrossito. Fece un gesto per invitare al suo tavolo il commissario e Ingrid. Si ripeté, arriversa, la scena di qualche giorno prima.

«Non vorremmo disturbare...» fece, ipocrita, Montalbano.

«Ma quale disturbo e disturbo!» ribatté Mimì ancora più ipocrita.

389

Le fìmmine si presentarono reciprocamente, si sorrisero. Si scangiarono un sorriso sincero, aperto, e il commissario ringraziò il Cielo. Mangiare con due fìmmine che non si facevano sangue doveva essere una prova difficile. Ma l'occhio fino dello sbirro Montalbano notò una cosa che lo preoccupò: tra Mimì e Beatrice c'era una specie di tensione. O era la sua presenza che li impacciava? Ordinarono tutti e quattro la stessa cosa: antipasto di mare e un piatto gigante di pesce alla griglia. A metà di una linguata, Montalbano si fece convinto che tra il suo vice e Beba doveva esserci stata una piccola sciarriatina che forse il loro arrivo aveva interrotta. Gesù! Bisognava fare in modo che i due si susissero rappacificati. Si stava strumentiando il ciriveddro per trovare una soluzione, quando vide la mano di Beatrice posarsi leggera su quella di Mimì. Augello taliò la picciotta, la picciotta taliò Mimì. Per qualche secondo annegarono l'uno negli occhi dell'altra. Pace! Avevano fatto pace! Il mangiare, al commissario, gli calò meglio.

«Andiamo a Marinella con due macchine» disse Ingrid alla nisciuta dalla trattoria. «Devo tornare presto a Montelusa, ho un impegno».

La spaddra del commissario stava molto meglio. Mentre gli cambiava la fasciatura, lei disse:

«Sono un poco confusa».

«Per la telefonata?».

«Sì. Vedi...».

«Dopo» disse il commissario «parliamone dopo».

Si stava godendo la friscura sulla pelle che la pomata spalmatagli da Ingrid gli faceva provare. E gli piaceva – perché non ammetterlo? – che le mani della fìmmina praticamente gli carezzassero le spalle, le braccia, il petto. E a un tratto realizzò che se ne stava con gli occhi inserrati, sul punto di mettersi a fare ronron come un gatto.

«Ho finito» disse Ingrid.

«Mettiamoci sulla verandina. Vuoi un whisky?».

Ingrid acconsentì. Per un pezzo restarono in silenzio a taliare il mare. Poi fu il commissario a principiare.

«Com'è che ti è venuto di telefonarle?».

«Mah, un impulso improvviso, mentre cercavo la cartolina per farti avere il suo numero».

«Va bene, parla».

«Appena le ho detto che ero io, m'è parsa spaventata. Mi ha domandato se fosse successo qualcosa. E io mi sono trovata in imbarazzo. Mi sono chiesta se sapeva dell'assassinio del suo amante. D'altra parte lei non me ne aveva fatto il nome. Le ho risposto che non era successo niente, che desideravo solo sue notizie. Allora mi ha detto che sarebbe rimasta a lungo lontana. E si è messa a piangere».

«Ti ha spiegato il perché deve starsene alla larga?».

«Sì. Ti racconto i fatti in ordine, lei mi ha riferito a pezzi e disordinatamente. Una sera Vanja, certa che il marito sia fuori città e che resterà assente per qualche giorno, porta il suo amante, come tante altre volte aveva fatto, nella sua villa vicino Santolì. Mentre dormivano, sono stati svegliati da qualcuno che era entrato in camera da letto. Era il dottore Ingrò. "Allora è vero" ha mormorato. Vanja dice che il marito e il ragazzo si sono a lungo guardati. Quindi il dottore ha detto: "vieni di là", ed è andato in salotto. Senza parlare, il ragazzo si è rivestito e ha raggiunto il dottore. La cosa che più di tutto ha impressionato la mia amica è stato che... insomma, ha avuto la sensazione che i due si conoscessero già. E bene anche».

«Aspetta un momento. Sai come si sono incontrati la prima volta Vanja e Nenè Sanfilippo?».

«Sì, me lo disse quando le chiesi se era innamorata, prima che partisse. Si erano conosciuti casualmente in un bar di Montelusa».

«Sanfilippo sapeva con chi era maritata la tua amica?».

«Sì, glielo aveva detto Vanja».

«Continua».

«Poi il marito e Nenè... Vanja, a questo punto del racconto, mi disse così: "si chiama Nenè"... ritornarono in camera da letto e...».

«Ha detto proprio "si chiama"? Ha usato il presente?».

«Sì. E l'ho notato anche io. Non sa ancora che il suo amante è stato assassinato. Dicevo: i due sono tornati e Nenè, a occhi bassi, ha mormorato che il loro rapporto era stato un grave sbaglio, che la colpa era sua e che non dovevano rivedersi mai più. E se ne è andato. Lo stesso fece Ingrò poco dopo, senza parlare. Vanja non sapeva più che fare, era come delusa dal contegno di Nenè. Ha deciso di restare alla villa. Nella tarda mattinata del giorno appresso, il dottore è tornato. Ha detto a Vanja che doveva rientrare immediatamente a Montelusa e fare i bagagli. Il suo biglietto per Bucarest era già pronto. L'avrebbe fatta accompagnare in macchina all'aeroporto di Catania all'alba. In serata, quando è rimasta sola in casa, Vanja ha cercato di chiamare Nenè, ma quello non si è fatto trovare. L'indomani è partita. E ci ha giustificato la partenza, a noi sue amiche, con la scusa del padre ammalato. Mi ha anche detto che quel pomeriggio, quando il marito è andato a trovarla per dirle di partire, lui non era risentito, offeso, amareggiato, ma preoccupato. Ieri il dottore le ha telefonato, consigliandole di stare il più a lungo possibile lontana da qua. E non ha voluto dirle perché. E questo è tutto».

«Ma tu perché ti senti confusa?».

«Perché, secondo te questo è un comportamento normale di un marito che scopre la moglie a letto con un altro, a casa sua?».

«Se tu stessa mi hai detto che non si amavano più!».

«E ti sembra normale anche il comportamento del ragazzo? Da quand'è che voi siciliani siete diventati più svedesi degli svedesi?».

«Vedi, Ingrid, probabilmente Vanja ha ragione quando dice che Ingrò e Sanfilippo si conoscevano… Il ragazzo era un bravissimo tecnico di computer e computer nella clinica di Montelusa ce ne devono essere tanti. Quando Nenè si mette con Vanja, all'inizio non sa che è la moglie del dottore. Quando lo sa, macari perché lei glielo dice, è troppo tardi, sono già presi l'uno dell'altra. È tutto così chiaro!».

«Mah!» fece esitante Ingrid.

«Guarda: il ragazzo dice di avere fatto uno sbaglio. Ed ha ragione: perché di sicuro ha perso il lavoro. E il dottore fa andare via la moglie perché teme le chiacchiere, le conseguenze…

Metti che i due facciano un colpo di testa, scappino insieme... meglio levare di mezzo le occasioni».

Dalla taliata che Ingrid gli fece, Montalbano capì che la fìmmina non si era fatta pirsuasa delle sue spiegazioni. Ma siccome era quello che era, non fece altre domande.

Andata via Ingrid, rimase assittato nella verandina. Dal porto niscivano i pescherecci per la pesca notturna. Non voleva pinsàre a nenti. Poi sentì un suono armonioso, vicinissimo. Qualcuno fischiettava. Chi? Si taliò torno torno. Non c'era nessuno. Ma era lui! Era lui che stava fischiettando! Appena ne ebbe coscienza, non ci arriniscì più. Dunque c'erano momenti, come di sdoppiamento, nei quali sapeva macari fischiare. Gli venne di ridere.

«Dottor Jekyll e mister Hyde» murmuriò.

«Dottor Jekyll e mister Hyde».

«Dottor Jekyll e mister Hyde».

Alla terza volta non sorrideva più. Era anzi diventato serissimo. Aveva la fronte tanticchia sudata.

Si riempì il bicchiere di whisky liscio.

«Dottori! Ah dottori dottori!» fece Catarella correndogli appresso. «È da aieri che ci devo consignari di pirsona pirsonalmente una littra ca mi desi l'abbocato Guttadaddauro ca mi disse ca ci la dovevo dari di pirsona pirsonalmente!».

La cavò dalla sacchetta, gliela pruì. Montalbano l'aprì.

«Egregio commissario, la persona che lei sa, il mio cliente e amico, aveva manifestato l'intenzione di scriverle una lettera per esprimerle i sensi della sua accresciuta ammirazione nei suoi riguardi. Poi ha cambiato parere e mi ha pregato di dirle che le telefonerà. Voglia gradire, egregio commissario, i miei più devoti saluti. Suo Guttadauro».

La fece a pezzetti, trasì nell'ufficio di Augello. Mimì se ne stava alla scrivania.

«Sto scrivendo il rapporto» disse.

«Lascia fottere» fece Montalbano.

«Che succede?» spiò Augello allarmato. «Hai una faccia che non mi persuade».

«Mi hai portato il romanzo?».

«Quello di Sanfilippo? Sì».

E indicò una busta sulla scrivania. Il commissario la pigliò, se la mise sotto il braccio.

«Ma che hai?» insisté Augello.

Il commissario non arrispunnì.

«Io me ne torno a Marinella. Non mi chiamate. Tornerò in commissariato verso mezzanotte. E vi voglio tutti qua».

Diciassette

Appena fora dal commissariato, tutta la gran gana che aveva di correre a inserrarsi a Marinella per mettersi a leggere, gli si abbacò di colpo, come certe volte usa fare il vento che un momento prima sradica gli àrboli e un momento dopo è scomparso, non c'è mai stato. Trasì in macchina e si diresse verso il porto. Arrivato nei paraggi, fermò, scinnì portandosi appresso la busta. La virità vera era che gli fagliava il coraggio, si scantava di trovare puntuale conferma nelle parole di Nenè Sanfilippo dell'idea che gli era passata per la testa doppo che Ingrid se ne era andata. Caminò un pedi leva e l'altro metti fino a sotto il faro, s'assittò sullo scoglio chiatto. Forte era l'odore asprigno del lippo, la peluria verde che si trova nella parte vascia degli scogli, quella a contatto col mare. Taliò il ralogio: aveva ancora più di un'orata di luce, volendo avrebbe potuto principiare a leggere lì stesso. Però ancora non se la sentiva, gli mancava il cori. E se alla fine lo scritto di Sanfilippo si fosse rivelata una sullenne minchiata, la fantasia stitica di un dilettante che pretende di scrivere un romanzo solo perché alla scola elementare gli avevano insegnato a fare le aste? Che ora, tra l'altro, manco insegnavano più. E questo, se mai ce ne fosse stato di bisogno, era un altro segnale che i suoi annuzzi ce li aveva tutti. Ma continuare a tenere in mano quelle pagine, senza risolversi in un senso o nell'altro, gli dava la cardascìa, una specie di prurito sulla pelle. Forse la meglio era andare a Marinella e mettersi a leggere nella verandina. Avrebbe respirato lo stesso aria di mare.

A prima occhiata, capì che Nenè Sanfilippo, per ammucciare quello che aveva realmente da dire, aveva fatto ricorso allo stesso sistema adoperato per la ripresa di Vanja nuda. Lì il nastro principiava con una ventina di minuti di *Getaway*, qui invece le prime pagine erano copiate da un romanzo famoso: *Io, robot* di Asimov.

Montalbano ci mise due ore a leggerlo tutto e via via che si avvicinava alla fine e sempre più chiaro gli appariva quello che Nenè Sanfilippo stava contando, sempre più frequentemente la mano gli correva alla bottiglia di whisky.

Il romanzo non aveva una fine, s'interrompeva a mezzo di una frase. Ma quello che aveva letto gli era bastato e superchiato. Dalla vucca dello stomaco una violenta botta di nausea gli artigliò la gola. Corse in bagno tenendosi a malappena, s'inginocchiò davanti alla tazza e cominciò a vomitare. Vomitò il whisky appena bevuto, vomitò il mangiare di quella jornata e il mangiare della jornata avanti e quello della jornata avanti ancora e gli parse, la testa sudata oramà tutta dintra la tazza, un dolore ai fianchi, di vomitare interminabilmente tutto il tempo della sua vita, andando sempre più indietro fino alla pappina che gli davano quand'era picciliddro e quando si fu liberato macari del latte di sua matre continuò ancora a vomitare tossico amaro, fiele, odio puro.

Arriniscì a mettersi addritta aggrappandosi al lavandino, ma le gambe lo reggevano malamente. Sicuro che gli stava acchianando qualche linea di febbre. Infilò la testa sotto il rubinetto aperto.

«Troppo vecchio per questo mestiere».

Si stinnicchiò sul letto, inserrò gli occhi.

Ci stette poco. Si susì, gli firriava la testa, ma la raggia cieca che l'aveva assugliato ora si stava cangiando in lucida determinazione. Chiamò l'ufficio.

«Pronti? Pronti? Chisto sarebbi il commissariato di...».

«Catarè, Montalbano sono. Passami il dottor Augello, se c'è».

C'era.

«Dimmi, Salvo».

«Ascoltami attentamente, Mimì. Ora stesso tu e Fazio vi pigliate una macchina, non di servizio, mi raccomando, e ve ne andate dalle parti di Santolì. Voglio sapere se la villa del dottore Ingrò è sorvegliata».

«Da chi?».

«Mimì, non fare domande. Se è sorvegliata, non lo è certo da noi. E dovete fare in modo di capire se il dottore è solo o in compagnia. Pigliatevi il tempo che vi serve per essere sicuri di quello che vedete. Avevo convocato gli òmini per mezzanotte. Contrordine, non ce n'è più bisogno. Quando avete finito a Santolì, lascia libero macari a Fazio e vieni qua a Marinella a contarmi come stanno le cose».

Riattaccò e il telefono sonò. Era Livia.

«Come mai a quest'ora sei già a casa?» spiò.

Era contenta, ma più che contenta, felicemente meravigliata.

«E tu, se sai che a quest'ora non sono mai a casa, perché mi hai telefonato?».

Aveva risposto con una domanda a una domanda. Ma aveva bisogno di pigliare tempo, altrimenti Livia, che lo conosceva come lo conosceva, si sarebbe addunata che in lui c'era qualcosa che non quatrava.

«Sai, Salvo, è da un'ora o quasi che mi capita una cosa strana. Non mi era mai successo prima, o meglio, in modo tanto forte. È difficile da spiegare».

Ora era Livia che si pigliava tempo.

«E tu provaci».

«Beh, è come se fossi lì».

«Scusami, ma…».

«Hai ragione. Vedi, quando sono entrata in casa, non ho visto la mia sala da pranzo, ma la tua, quella di Marinella. No, non è esatto, era la mia camera, certo, ma contemporaneamente era la tua».

«Come capita nei sogni».

«Sì, qualcosa di simile. E da quel momento ho come uno sdoppiamento. Sono a Boccadasse e nello stesso tempo sto con te a Marinella. È… è bellissimo. Ti ho telefonato perché ero certa di trovarti».

Per non cedere alla commozione, Montalbano cercò di buttarla a babbiata.

«Il fatto è che sei curiosa».

«E di che?».

«Di com'è fatta la mia casa».

«Ma se la...» reagì Livia.

E s'interruppe. Si era improvvisamente ricordata del gioco proposto da lui: rifidanzarsi, ricominciare tutto daccapo.

«Mi piacerebbe conoscerla».

«Perché non vieni?».

Non era riuscito a controllare il tono, gli era nisciùta fora una domanda vera. E Livia lo notò.

«Che succede, Salvo?».

«Niente. Un momento di umore malo. Un brutto caso».

«Vuoi veramente che venga?».

«Sì».

«Domani pomeriggio prenderò l'aereo. Ti amo».

Doveva fare passare il tempo in attesa dell'arrivo di Mimì. Non se la sentiva di mangiare, macari se si era sbacantato di tutto il possibile. La mano, indipendentemente quasi dalla sua volontà, pigliò un libro dallo scaffale. Taliò il titolo: *L'agente segreto* di Conrad. Ricordava che gli era piaciuto, e tanto, ma non gli tornava a mente nient'altro. Spesso gli succedeva che a leggere le prime righe, o la conclusione, di un romanzo la sua memoria rapriva un piccolo scomparto dal quale niscivano fora personaggi, situazioni, frasi. «Uscendo di mattina, il signor Verloc lasciava nominalmente la bottega alle cure del cognato». Principiava accussì e quelle parole non gli dissero niente. «Ed egli camminava, insospettato e mortale, come una peste nella strada affollata». Erano le ultime parole e gli dissero troppo. E gli tornò a mente una frase di quel libro: «Nessuna pietà per nessuna cosa, nemmeno per se stessi, e la morte finalmente messa a servizio del genere umano...». Rimise di prescia il libro al suo posto. No, la mano non aveva agito indipendentemente dal suo pinsèro, era stata, certo inconsciamente, guidata da lui stesso, da quello che aveva dintra.

S'assittò in poltrona, addrumò la televisione. La prima immagine che vide fu quella dei prigionieri di un campo di concentramento, non dei tempi di Hitler, ma di oggi. In qualche parte del mondo che non si capiva, perché le facce di tutti quelli che patiscono l'orrore sono tutte eguali. Astutò. Niscì nella verandina, restò a taliare il mare, cercando di respirare con lo stesso ritmo della risacca.

Era la porta o il telefono? Taliò l'ora: le undici passate, troppo presto per Mimì.

«Pronto? Sinagra sono».

Il filo di voce di Balduccio Sinagra, che pareva sempre stesse per rompersi come una ragnatela a un'alzata di vento, era inconfondibile.

«Sinagra, se ha qualcosa da dirmi, mi chiami in commissariato».

«Aspetti. Che fa, si scanta? Questo telefono non è sotto controllo. A meno che non sia sotto controllo il suo».

«Che vuole?».

«Volevo dirle che sto male, molto male».

«Perché non ha notizie del suo amatissimo nipoteddru Japichinu?».

Era un colpo sparato direttamente nei cabasisi. E Balduccio Sinagra per tanticchia restò in silenzio, il tempo d'assorbire la botta e ripigliare sciàto.

«Sono pirsuaso che il mio nipoteddru, dove si trova si trova, sta meglio di mia. Perché a mia i reni non mi funzionano cchiù. Avrei necessità di un trapianto, vasannò moro».

Montalbano non parlò. Lasciò che fosse il falco a fare giri concentrici sempre più stretti.

«Ma lo sa» ripigliò il vecchio «quanti siamo i malati bisognevoli di questa operazioni? Cchiù di diecimila, commissario. A rispittari il turno, uno ha tutto il tempo di mòriri».

Il falco aveva finito di firriare torno torno, ora doveva gettarsi in picchiata sul bersaglio.

«E poi bisogna essere sicuri che quello che ti fa l'operazioni sia fidato, bravo...».

«Come il professore Ingrò?».

Sul bersaglio era arrivato prima lui, il falco se l'era pigliata troppo comoda. Era riuscito a disinnescare la bumma che Sinagra teneva in mano. E non avrebbe potuto dire che aveva, per la seconda volta, manovrato il commissario Montalbano come un pupo dell'òpira. Il vecchio ebbe una reazione sincera.

«Tanto di cappello, commissario, veramente tanto di cappello».

E continuò:

«Il professore Ingrò è certo la pirsona giusta. Però mi dicono che ha dovuto chiudiri l'ospitali che teneva qua a Montelusa. Pare che macari lui, povirazzu, non se la passa tanto beni con la saluti».

«I medici che dicono? È cosa grave?».

«Ancora non lo sanno, vogliono essere sicuri prima di stabiliri la cura. Mah, commissario beddru, semu tutti nelli mani d'o Signiruzzu!».

E riattaccò.

Poi, finalmente, suonarono alla porta. Stava preparando il cafè.

«Non c'è nessuno che controlla la villa» fece Mimì trasendo. «E fino a una mezzorata passata, il tempo d'arrivare qua, era solo».

«Può darsi però che intanto ci sia andato qualcuno».

«Se è così, Fazio me lo telefona col cellulare. Tu però mi dici subito perché di colpo ti sei amminchiato col professore Ingrò».

«Perché ancora lo tengono nel limbo. Non hanno stabilito se farlo continuare a travagliare o ammazzarlo come i Griffo o Nenè Sanfilippo».

«Ma allora il professore ci trase?» spiò Augello sbalordito.

«Ci trase, ci trase» fece Montalbano.

«E chi te l'ha detto?».

Un albero, un ulivo saraceno, sarebbe stata la risposta giusta. Ma Mimì l'avrebbe pigliato per pazzo.

«Ingrid ha telefonato a Vanja che è molto scantata perché ci

400

sono cose che non capisce. Per esempio, che Nenè conosceva benissimo il professore, ma non glielo disse mai. Che il marito, quando la scoprì a letto 'nzèmmula con l'amante, non s'arraggiò, non s'addolorò. Si preoccupò, questo sì. E poi me l'ha confermato stasira Balduccio Sinagra».

«Oddio!» fece Mimì. «Che c'entra Sinagra? E perché avrebbe fatto la spia?».

«Non ha fatto la spia. M'ha detto che aveva necessità di un trapianto ai reni e si disse d'accordo con me quando io feci il nome del professore Ingrò. Mi ha macari riferito che il professore non sta tanto bene in salute. Questo me l'avevi già detto tu, ti ricordi? Solo che tu e Balduccio date un significato diverso alla parola salute».

Il cafè era pronto. Se lo bevvero.

«Vedi» ripigliò il commissario «Nenè Sanfilippo ha scritto tutta la storia, bella chiara».

«E dove?».

«Nel romanzo. Inizia col copiare le pagine di un libro celebre, poi conta la storia, quindi ci mette un altro pezzo del romanzo celebre e via di questo passo. È una storia di robot».

«È di fantascienza, perciò m'è parso che...».

«Sei caduto nel trainello che Sanfilippo aveva architettato. I suoi robot, che lui chiama Alpha 715 o Omega 37, sono fatti di metallo e di circuiti, ma ragionano come noi, hanno i nostri stessi sentimenti. Il mondo dei robot di Sanfilippo è una stampa e una figura col nostro mondo».

«E che conta il romanzo?».

«È la storia di un giovane robot, Delta 32, che s'innamora di una robot, Gamma 1024, che è la mogliere di un robot famoso in tutto il mondo, Beta 5, perché è capace di sostituire i pezzi rotti dei robot con altri novi novi. Il robot chirurgo, chiamiamolo accussì, è un omo, pardon, un robot che ha sempre bisogno di soldi, perché ha la manìa di quadri che costano. Un giorno s'infogna in un debito che non può pagare. Allora un robot delinquente, a capo di una banda, gli fa una proposta. E cioè: loro gli daranno tutti i soldi che vuo-

401

le, purché faccia clandestinamente dei trapianti a clienti che gli procureranno loro, clienti di primo piano nel mondo, ricchi e potenti che non hanno tempo e gana d'aspettare il loro turno. Il robot professore allora domanda come sarà possibile ottenere le parti di ricambio che siano quelle giuste e che arrivino in tempo utile. Gli spiegano allora che questo non è un problema: loro sono in grado di trovare il pezzo di ricambio. E come? Rottamando un robot che risponda ai requisiti e smontandogli il pezzo che serve. Il robot rottamato viene buttato in mare o infilato sottoterra. Possiamo servire qualsiasi cliente, dice il capo che si chiama Omicron 1. In ogni parte del mondo, spiega, c'è gente prigioniera, nelle carceri, in campi appositi. E in ognuno di questi campi c'è un nostro robot. E nelle vicinanze di questi posti c'è un campo d'atterraggio. Noi qua – continua Omicron 1 – siamo solo una minima parte, la nostra organizzazione travaglia in tutto il mondo, si è globalizzata. E Beta 5 accetta. Le richieste di Beta 5 saranno fatte sapere a Omicron 1, il quale a sua volta le trasmetterà a Delta 32 che, servendosi di un sistema Internet avanzatissimo, le porterà a conoscenza dei servizi diciamo così operativi. E qui il romanzo finisce. Nenè Sanfilippo non ha avuto modo di scrivere la conclusione. La conclusione, per lui, l'ha scritta Omicron 1».

Augello stette a lungo a pinsàri, si vede che ancora tutti i significati di quello che gli aveva contato Montalbano non arriniscivano a essergli chiari in testa. Poi capì, aggiarniò e spiò a voce vascia:

«Macari i robot nicareddri, naturalmente».

«Naturalmente» confermò il commissario.

«E come continua la storia, secondo tia?».

«Tu devi partire dalla premessa che quelli che hanno organizzato la facenna hanno una responsabilità terribile».

«Certo, la morte di…».

«Non solo la morte, Mimì. Macari la vita».

«La vita?».

«Certo, la vita di quelli che si sono fatti operare. Hanno pagato un prezzo spaventoso, e non parlo di soldi: la morte di un altro essere umano. Se la cosa si venisse a sapere, sarebbero finiti dovunque si trovano, a capo di un governo, di un impero economico, di un colosso bancario. Perderebbero per sempre la faccia. Quindi, secondo mia, le cose sono andate accussì. Un giorno qualcuno scopre la relazione tra Sanfilippo e la moglie del professore. Vanja, da questo momento, è un pericolo per tutta l'organizzazione. Rappresenta il possibile tratto d'unione tra il chirurgo e l'organizzazione mafiosa. Le due cose devono restare assolutamente divise. Che fare? Ammazzare Vanja? No, il professore si verrebbe a trovare al centro di un'indagine, per ragioni di cronaca nera messo su tutti i giornali... La meglio è liquidare la centrale di Vigàta. Ma prima dicono al professore del tradimento della moglie: egli dovrà, dalle reazioni di Vanja, capire se la donna è al corrente di qualcosa. Vanja però non sa niente. Viene fatta rimpatriare. L'organizzazione taglia tutte le possibili piste che possono portare a essa, i Griffo, Sanfilippo...».

«Perché non ammazzano macari il professore?».

«Perché può ancora servire. Il suo nome è, come dicono nella pubblicità, una garanzia per i clienti. Aspettano a vedere come si mettono le cose. Se si mettono bene, lo fanno tornare a esercitare, vasannò l'ammazzano».

«E tu che vuoi fare?».

«Che posso fare? Niente, ora come ora. Vattene a casa, Mimì. E grazie. Fazio è ancora a Santolì?».

«Sì. Aspetta una mia telefonata».

«Chiamalo. Digli che se ne può andare a dormire. Domani a matina decideremo come continuare la sorveglianza».

Augello parlò con Fazio. Poi disse:

«Se ne va a casa. Non ci sono state novità. Il professore è solo. Sta taliando la televisione».

Alle tre di notte, doppo essersi messo una giacchetta pisanti perché fora doveva fare frisco, montò in macchina e partì. Da Augello si era fatto spiegare, facendo parere che si trattava di semplice curiosità, dov'era esattamente locata la villa di Ingrò. Durante il viaggio, ripensò all'atteggiamento di Mimì doppo che gli aveva contato la facenna dei trapianti. Lui aveva avuto la reazione che aveva avuto, che a momenti gli veniva un sintòmo, mentre invece Augello era sì aggiarniato, ma non era parso poi impressionarsi tanto. Autocontrollo? Mancanza di sensibilità? No, certamente la ragione era più semplice: la differenza d'età. Lui era un cinquantino e Mimì un trentino. Augello era già pronto per il 2000 mentre lui non lo sarebbe mai stato. Tutto qua. Augello sapeva che stava naturalmente trasendo in un'epoca di delitti spietati, fatti da anonimi, che avevano un sito, un indirizzo su Internet o quello che sarebbe stato, e mai una faccia, un paro d'occhi, un'espressione. No, troppo vecchio oramà.

Fermò a una ventina di metri dalla villa e restò immobile doppo avere astutato i fari. Taliò attentamente col binocolo. Dalle finestre non passava un filo di luce. Il dottor professor Ingrò doveva essersi andato a corcare. Niscì dalla macchina, s'avvicinò a passo leggio al cancello della villa. Se ne stette immobile ancora una decina di minuti. Nessuno si fece avanti, nessuno dall'ombra gli spiò cosa volesse. Con una lampadina tascabile minuscola esaminò la serratura del cancello. Non c'era allarme. Possibile? Poi rifletté che il professore Ingrò non aveva bisogno di sistemi di sicurezza. Con le amicizie che si ritrovava, solo a un pòviro pazzo poteva venire in testa di andargli a svaligiare la villa. Ci mise un attimo a raprirlo. C'era un viale ampio, contornato da àrboli. Il giardino doveva essere tenuto in perfetto ordine. Non c'erano cani, a quest'ora l'avrebbero già assugliato. Raprì facilmente col grimaldello macari il portone d'entrata. Un'ampia anticamera che immetteva in un salone tutto vetri e in altre càmmare. Quelle da letto erano al piano di sopra. Acchianò una lussuosa scala coperta da una moquette spessa e soffice. Nella prima càmmara di letto non c'era nessuno. Nella càmmara appresso invece sì, qualcuno respirava pesante. Con la mano mancina tastiò alla cerca dell'interruttore, nella mano dritta aveva la pistola. Non fece a tempo. La lampada su uno dei comodini s'addrumò.

Il dottor professor Ingrò era stinnicchiato sul letto tutto vestito, scarpe comprese. E non mostrava nessuna meraviglia a vedere un omo sconosciuto perdipiù armato nella sua càmmara. Certo che se l'aspettava. C'era feto di chiuso, di sudore, di rancido. Il professore Ingrò non era più l'omo che si arricordava il commissario quelle due o tre volte che l'aveva visto in televisione: aveva la varba lunga, gli occhi arrossati, i capelli all'aria.

«Avete deciso d'ammazzarmi?» spiò a voce vascia.

Montalbano non rispose. Stava fermo ancora sulla porta, il braccio con la pistola lungo il fianco, ma l'arma bene a vista.

«State commettendo uno sbaglio» fece Ingrò.

Allungò una mano verso il comodino – Montalbano lo riconobbe, l'aveva visto nella ripresa di Vanja desnuda – pigliò il bicchiere che c'era sopra, bevve una lunga sorsata d'acqua. Se ne versò tanticchia addosso, la mano gli tremava. Posò il bicchiere, parlò di nuovo.

«Io posso esservi ancora utile».

Mise i piedi a terra.

«Dove lo trovate un altro bravo come me?».

«Più bravo forse no, ma più onesto sì» pensò il commissario, ma non disse niente. Lasciava che fosse l'altro a cuocersi da se stesso. Ma forse era meglio dargli una spintarella. Il professore si era susuto addritta e Montalbano, lento lento, isò la pistola e gliela puntò all'altezza della testa.

Allora capitò. Come se gli avessero tranciato l'invisibile cavo che lo reggeva, l'omo cadì in ginocchio. Mise le mani a prighera.

«Per carità! Per carità!».

Carità? La stessa che aveva avuto verso quelli che aveva fatto scannare, proprio accussì, scannare?

Chiangiva, il professore. Lagrime e saliva gli facevano lucida la barba sul mento. E quello era il personaggio conradiano che si era immaginato?

«Ti posso pagare, se mi fai scappare» murmuriò.

Si mise una mano in sacchetta, tirò fora un mazzo di chiavi, le pruì a Montalbano che non si cataminò.

405

«Queste chiavi... ti puoi pigliare tutti i miei quadri... una fortuna... diventi ricco...».

Montalbano non riuscì più a tenersi. Fece due passi avanti, isò il piede e lo sparò in piena faccia al professore. Che cadde narrè, stavolta riuscendo a gridare.

«No! No! Questo no!».

Si teneva la faccia tra le mani, il sangue, dal naso rotto, gli colava tra le dita. Montalbano sollevò ancora il piede.

«Basta così» disse una voce alle sue spalle.

Si voltò di scatto. Sulla porta c'erano Augello e Fazio, tutti e due con le pistole in mano. Si taliarono negli occhi, s'intesero. E il tiatro principiò.

«Polizia» disse Mimì.

«Ti abbiamo visto entrare, delinquente!» fece Fazio.

«Lo volevi ammazzare, eh?» recitò Mimì.

«Getta la pistola» intimò Fazio.

«No!» gridò il commissario. Afferrò per i capelli Ingrò, lo tirò addritta, gli puntò la pistola alla tempia.

«Se non ve ne andate, l'ammazzo!».

D'accordo, la scena si era vista e rivista in qualche pellicola americana, ma tutto sommato c'era da compiacersi per come la stavano improvvisando. A questo punto, come da copione, toccava parlare a Ingrò.

«Non ve ne andate!» implorò. «Vi dirò tutto! Confesserò! Salvatemi!».

Fazio scattò e agguantò Montalbano mentre Augello teneva fermo Ingrò. Fecero una finta lotta, Fazio e il commissario, poi il primo ebbe la meglio. Augello pigliò in mano la situazione.

«Ammanettalo!» ordinò.

Ma il commissario aveva ancora disposizioni da dare, dovevano assolutamente appattarsi, seguire una linea comune. Afferrò il polso di Fazio che si lasciò disarmare come se fosse stato colto di sorpresa. Montalbano sparò un colpo che li assordò e scappò. Augello si liberò del professore che piangendo gli si era aggrappato alle spalle e si precipitò all'inseguimento. Montalbano era arrivato alla fine della scala quando truppicò sull'ultimo gradino e cadì affacciabocconi. Gli scappò un colpo.

Mimì, sempre gridando «fermo o sparo» l'aiutò a rialzarsi. Niscirono fora di casa.

«Si è cacato addosso» disse Mimì. «È cotto».

«Bene» fece Montalbano. «Portatelo in questura, a Montelusa. Durante la strata fermatevi, taliate torno torno, come se temete un agguato. Quando si troverà davanti al questore deve dire tutto».

«E tu?».

«Io sono scappato» fece il commissario sparando un colpo in aria per buon peso.

Stava tornandosene a Marinella, quando ci ripensò. Girò la macchina, si diresse verso Montelusa. Pigliò la circonvallazione, fermò davanti al 38 di via De Gasperi. Ci abitava il suo amico giornalista Nicolò Zito. Prima di sonare il citofono, taliò l'ora. Quasi le cinque del matino. Dovette sonare tre volte, e a lungo, prima di sentire la voce di Nicolò tra assonnata e arraggiata.

«Montalbano sono. Ti devo parlare».

«Aspetta che scendo io, vasannò m'arrisbigli la casa».

Poco dopo, assittato su un gradino, Montalbano gli contò tutto mentre di tanto in tanto Zito l'interrompeva.

«Aspetta. O Cristo!» faceva.

Aveva necessità di qualche pausa, il racconto gli faceva mancare il sciato, l'assufficava.

«Che devo fare?» spiò solo quando il commissario finì.

«Stamatina stessa fai un'edizione straordinaria. Ti tieni sul vago. Dici che il professore Ingrò si sarebbe costituito perché implicato, pare, in un losco traffico di organi... Devi amplificare la notizia, deve arrivare ai giornali, alle reti nazionali».

«Di che ti scanti?».

«Che mettano tutto sotto silenzio. Ingrò ha amici troppo importanti. E un altro favore. Nell'edizione dell'una, tira fora un'altra storia, dici, tenendoti sempre sul vago, che il latitante Jacopo Sinagra, detto Japichinu, sarebbe stato assassinato. Pare che facesse parte dell'organizzazione che aveva ai suoi ordini il professor Ingrò».

407

«Ma è vero?».

«Penso di sì. E sono quasi sicuro che sia questo il motivo per il quale suo nonno, Balduccio Sinagra, l'ha fatto ammazzare. Non per scrupoli morali, bada bene. Ma perché suo nipote, forte dell'alleanza con la nuova mafia, l'avrebbe potuto far fuori quando voleva».

Erano le sette del matino quando poté andare a corcarsi. Aveva deciso di dòrmiri tutta la matinata. Nel pomeriggio sarebbe andato a Palermo per pigliare Livia che arrivava da Genova. Arriniscì a farsi un due orate di sonno, poi l'arrisbigliò il telefono. Era Mimì. Ma fu il commissario a parlare per primo.

«Perché stanotte m'avete seguito a malgrado che io...».

«... che tu avessi cercato di pigliarci per il culo?» terminò Augello. «Ma Salvo, come ti può passare per la mente che Fazio e io non capiamo quello che pensi? Ho ordinato a Fazio di non andarsene dai paraggi della villa, macari se gli davo un contrordine. Prima o poi arrivavi. E quando tu sei uscito da casa, ti sono venuto appresso. E abbiamo fatto bene, mi pare».

Montalbano incassò e cangiò discorso.

«Com'è andata?».

«Un bordello, Salvo. Si sono precipitati tutti, il questore, il procuratore capo... E il professore che parlava e parlava... Non ce la facevano a fermarlo... Ci vediamo più tardi in ufficio, ti conto tutto».

«Il mio nome non è venuto fora, vero?».

«No, stai tranquillo. Abbiamo spiegato che stavamo passando per caso davanti alla villa, che abbiamo visto il cancello e il portone spalancati e ci siamo insospettiti. Purtroppo il killer è riuscito a scappare. A più tardi».

«Oggi non vengo in ufficio».

«Il fatto è» fece impacciato Mimì «che domani non ci sono io».

«E dove vai?».

«A Tindari. Siccome Beba deve andarci per il solito lavoro...».

E capace che, durante il viaggio, s'accattava macari una batteria di cucina.

Di Tindari, Montalbano ricordava il piccolo, misterioso, teatro greco e la spiaggia a forma di una mano con le dita rosa... Se Livia si tratteneva qualche giorno, una gita a Tindari era una cosa che ci poteva pensare.

Nota dell'autore

Tutto di questo libro, nomi, cognomi (soprattutto cognomi), situazioni, è inventato di ràdica. Se qualche coincidenza c'è, essa è dovuta al fatto che la mia fantasia è limitata.

Questo libro è dedicato a Orazio Costa, mio maestro e amico.

A. C.

L'odore della notte

Uno

La persiana della finestra spalancata sbattì tanto forte contro il muro che parse una pistolettata e Montalbano, che in quel priciso momento si stava sognando d'essiri impegnato in un conflitto a fuoco, s'arrisbigliò di colpo sudatizzo e, 'nzemmula, agghiazzato dal friddo. Si susì santiando e corse a chiudere. Tirava una tramontana accussì gelida e determinata che, invece di ravvivare i colori della matinata, come sempre aveva fatto, stavolta se li portava via cancellandoli a metà e lasciandone le sinopie, o meglio, tracce splàpite come quelle di un acquerello dipinto da un dilettante in libera uscita domenicale. Evidentemente l'estate, che già da qualche giorno era trasuta in agonia, aveva addeciso durante la nottata di rendersi definitivamente defunta per lasciare posto alla stagione che veniva appresso e che avrebbe dovuto essere l'autunno. Avrebbe dovuto, perché in realtà, da come s'annunziava, questo autunno pareva già essere inverno e inverno profunno.

Rimettendosi corcato, Montalbano si concesse un'elegia alle scomparse mezze stagioni. Dove erano andate a finire? Travolte anch'esse dal ritmo sempre più veloce dell'esistenza dell'omo, si erano macari loro adeguate: avevano capito di rappresentare una pausa ed erano scomparse, perché oggi come oggi nisciuna pausa può essere concessa in questa sempre più delirante corsa che si nutre di verbi all'infinito: nascere, mangiare, studiare, scopare, produrre, zappingare, accattare, vendere, cacare e morire. Verbi all'infinito però dalla durata di un nanosecondo, un vìdiri e svìdiri. Ma non c'era stato un tempo nel quale esistevano altri verbi? Pensare, meditare, ascoltare e, perché no?, bighellonare, sonnecchiare, divagare? Quasi con le lagrime agli occhi, Montalbano s'arricordò degli abiti di mezza stagione e dello spolverino di suo padre. E questo gli fece macari venire in testa che, per andare in ufficio, avrebbe dovuto mettersi un vistito d'inverno. Si fece forza, si susì e raprì l'anta dell'armuar dove c'era la roba pesante. Il feto di un quintale o quasi di naftalina l'assugliò alla sprovista. Prima gli mancò il sciato, poi gli occhi gli lagrimiarono e quindi principiò a stranutare. Di stranuti ne fece dodici a fila, col moccaro che gli colava dal naso, la testa intronata e sintendosi sempre più indolenzire la cassa toracica. Si era scordato che la cammarera Adelina da sempre conduceva una sua personale guerra senza esclusione di colpi contro le tarme, uscendone sempre implacabilmente sconfitta. Il commissario ci arrinunciò. Richiuse l'anta e andò a pigliare un pullover pesante dal settimanile. Macari qui Adelina aveva usato i gas asfissianti, ma Montalbano stavolta sapeva come stavano le cose e si parò tenendo il sciato. Andò sulla verandina ed espose sul tavolino il pullover per fargli svaporare all'aria aperta tanticchia di feto. Quando, dopo essersi lavato, sbarbato e vestito, tornò nella verandina per mettserselo, il pullover non c'era più. Proprio quello novo novo che gli aveva portato Livia da Londra! E ora come faceva a spiegare a quella che qualche figlio di troia di passaggio non aveva resistito alla tentazione, aveva allungato una mano e vi saluto e sono? Si rappresentò paro paro come si sarebbe svolto il dialogo con la sua zita.

«Figurarsi! Era prevedibilissimo!».

«Ma perché, scusa?».

«Perché te l'ho regalato io!».

«E che c'entra?».

«C'entra sì! Eccome se c'entra! Tu non dai mai nessuna importanza a quello che ti regalo! Per esempio, la camicia che ti portai da...».

«Quella ce l'ho ancora».

«Sfido che ce l'hai ancora, non l'hai mai messa! E poi: il famoso commissario Montalbano che si lascia derubare da un ladruncolo! Roba da nascondersi sottoterra!».

E in quel momento lo vide, il pullover. Trascinato via dalla tramontana, s'arrotoliava sulla rena e arrotoliandosi arrotoliandosi sempre più s'avvicinava al punto dove la sabbia s'assuppava d'acqua a ogni ondata.

Montalbano saltò la ringhiera, corse, la rena gli riempì quasette e scarpe, arrivò appena a tempo ad agguantare il pullover sottraendolo a un'onda arraggiata che pareva particolarmente affamata di quel capo di vestiario.

Mentre tornava, mezzo accecato dalla rena che il vento gli infilava negli occhi, dovette rassegnarsi al fatto che il pullover si era arridotto un ammasso di lana informe e vagnatizza. Appena trasuto, il telefono squillò.

«Ciao, amore. Come stai? Ti volevo dire che oggi non sarò in casa. Me ne vado in spiaggia con un'amica».

«Non vai in ufficio?».

«Da noi è festivo, il patrono».

«Lì il tempo è buono?».

«Una meraviglia».

«Beh, divertiti. A stasera».

Macari questa ci voleva a conzargli bona la giornata! Lui che trimava di friddo e Livia che sinni stava biatamente stinnicchiata al sole! Ecco un'altra prova che il mondo non firriava più come prima. Ora al nord si moriva di càvudo e al sud arrivavano le gelate, gli orsi, i pinguini.

Si stava preparando a raprire l'armuar in apnea quando il telefono sonò di nuovo. Restò tanticchia esitante, poi l'idea dello sconcerto di stomaco che gli avrebbe provocato il feto della naftalina lo fece pirsuaso a sollevare la cornetta.

«Pronto?».

«Ah dottori dottori!» fece la voce straziata e ansimante di Catarella. «Vossia di pirsona pirsonalmente è?».

«No».

«Allura chi è col quale sto per parlando?».

«Sono Arturo, fratello gemello del commissario».

Perché aveva principiato a fare lo stronzo con quel povirazzo? Forse per sfogare tanticchia di umore malo?

«Davero?» disse Catarella ammaravigliato. «Mi scusasse, signori gimello Arturo, ma se il dottori è come qualmenti in casa, ci lo dici che ho di bisogno di parlaricci?».

417

Montalbano lasciò passare qualche secondo. Forse la facenna che aveva sul momento inventata gli poteva tornare comoda in qualche altra occasione. Scrisse su un foglio «mio fratello gemello si chiama Arturo» e rispose a Catarella.

«Eccomi, che c'è?».

«Ah dottori dottori! Un quarintotto sta capitandosi! Vossia l'acconosce il loco indovi che ci teneva il suo officio il ragionieri Gragano?».

«Vuoi dire Gargano?».

«Sì. Pirchì, come dissi? Gragano dissi».

«Lascia perdere, lo so dov'è. Embè?».

«Embè che ci trasì uno armato di revorbaro. Se ne accorsi Fazio che putacaso stava passando pi caso. Pare che ha 'ntinzioni di sparari all'impiecata. Dice accussì che voli narrè i soldi che Gragano gli arrubbò, vasannò ammazza la fìmmina».

Gettò a terra il pullover, con un cavucio lo spostò sotto il tavolo, raprì la porta di casa. Il tempo di trasire in macchina fu bastevole perché la tramontana l'assintomasse.

Il ragioniere Emanuele Gargano, quarantenne alto, elegante, bello che pareva l'eroe di una pillicola miricana, sempre cotto dal sole al punto giusto, apparteneva a quella razza di corta vita aziendale che era detta dei manager rampanti, corta vita in quanto a cinquant'anni erano già accussì usurati da doversi rottamare, tanto per usare un verbo che a loro piaceva assà. Il ragioniere Gargano, a suo dire, era nato in Sicilia ma aveva a lungo travagliato a Milano dove, in breve e sempre a suo dire, si era fatto conoscere come una specie di mago della speculazione finanziaria. Poi, stimando di avere acquistato la fama necessaria, aveva addeciso di mettersi in proprio a Bologna dove, siamo ancora a suo dire, aveva fatto la fortuna e la filicità di decine e decine di risparmiatori. Si era appresentato a Vigàta poco più di due anni avanti per promuovere, diceva, «il risveglio economico di questa nostra amata e sventurata terra» e in pochi giorni aveva rapruto agenzie in quattro grossi pàisi della provincia di Montelusa. Era uno che certamente non gli mancava la parola come non gli mancava la capacità di persuadere tutti quelli che incontrava, sempre con un gran sorriso rassicurante stampato in faccia. Tempo una simanata impiegata a correre da un pàisi all'altro con una strepitosa e sparluccicante auto di lusso, una specie di specchietto per le allodole, aveva conquistato un centinaro di clienti, la cui età media si aggirava sulla sissantina e passa, che gli avevano affidato i loro risparmi. Alla scadenza dei sei mesi, gli anziani pensionati erano stati chiamati e si erano visti consegnare, rischiando di morire d'infarto sul posto, un interesse del venti per cento. Poi il ragioniere convocò a Vigàta tutti i clienti della provincia per un gran pranzo, alla fine del quale lasciò capire che forse, col semestre che veniva, gli interessi sarebbero stati più alti, macari se di poco. La voce si sparse e la gente principiò a fare la fila darrè gli sportelli delle varie agenzie locali supplicando Gargano di pigliarsi i suoi soldi. E il ragioniere, magnanimo, accettava. In questa seconda mandata ai vecchietti si aggiunsero macari picciotti che avevano gana di fare soldi il più di prescia possibile. Alla fine del secondo semestre, gli interessi dei primi clienti se ne acchianarono al ventitré per cento. La facenna andò avanti col vento in poppa, ma alla fine del quarto semestre Emanuele Gargano non riapparse. Gli impiegati delle agenzie e i clienti aspettarono due giorni e dopo s'addecisero a telefonare a Bologna, dove avrebbe dovuto esserci la direzione generale della «Re Mida», accussì si chiamava la finanziaria del ragioniere. Al telefono non arrispunnì nisciuno. Fatta una ràpita inchiesta, si venne a scoprire che i locali della «Re Mida», in affitto, erano stati ridati al legittimo proprietario il quale, da parte sua, era arraggiato perché l'affitto non gli era stato pagato da parecchi mesi. Passata una simanata d'inutili ricerche senza che del ragioniere a Vigàta e dintorni se ne vedesse manco l'ùmmira, e dopo numerosi e turbolenti assalti alle agenzie da parte di chi ci aveva rimesso i soldi, nacquero, a proposito della misteriosa sparizione del ragioniere, due scuole di pensiero.

La prima sosteneva che Emanuele Gargano, cangiatosi di nome, si fosse trasferito in un'isola dell'Oceania indovi se la scialava con fìmmine bellissime mezzo nude alla faccia di chi gli aveva dato fiducia e risparmi.

La seconda opinava che il ragioniere, incautamente, si fosse approfittato dei soldi di qualche mafioso e ora stava a produrre concime a una para di metri sottoterra o serviva da mangime ai pesci.

In tutta Montelusa e provincia c'era però una fìmmina ch'era di diverso concetto. Una sola, che di nome faceva Cosentino Mariastella.

Cinquantina, tozza e sgraziata, Mariastella aveva presentato domanda d'assunzione per l'agenzia di Vigàta e, dopo un breve quanto intenso colloquio col ragioniere in pirsona, era stata pigliata. Accussì si diceva. Breve il colloquio, ma abbastevole pirchì la fìmmina pirdutamente s'innamorasse del principale. E quello, era sì il secondo impiego per Mariastella, ch'era restata per tanti anni casaligna dopo il diploma di ragiunera per aiutare prima il patre e la matre e po' il solo patre sempri più pritinzioso fino alla morte, però era macari il primo amore. Perché, in cuscenza, Mariastella fino dalla nascita era stata promissa dalla famiglia a un lontano cugino mai visto se non in fotografia e mai accanosciuto di pirsona pirchì morto picciotto di una malatia scognita. Ma ora la facenna era diversa, dato che Mariastella stavolta il suo amore aveva potuto vidirlo vivo e parlanti in più occasioni e accussì vicino, una matina, da sentire perfino il sciauro del suo dopobarba. Si era spinta allora a fare una cosa tanto audace che mai e po' mai pinsava che ne sarebbe stata capace: pigliato l'autobus, era andata a Fiacca da una parente che aveva una profumeria e, sciaurando bottigliette una appresso all'altra fino a farsi venire il malo di testa, aveva ritrovato il dopobarba usato dal suo amore. Se ne era accattata una bottiglietta che teneva nel cascione del comodino. Quando certe notti s'arrisbigliava sola nel suo letto, sola nella grande casa deserta e l'assugliava una botta di sconforto, allora la stappava, aspirava il profumo e arrinisciva accussì a ripigliare sonno murmuriando: «Bonanotti, amuri mè».

Mariastella si era fatta capace che il ragioniere Emanuele Gargano non era scappato portandosi appresso tutti i soldi depositati e tantomeno era stato ammazzato dalla mafia per qualche sgarro. Interrogata da Mimì Augello (Montalbano non si era voluto interessare di quell'indagine perché sosteneva che lui di storie di soldi non ci capiva una minchia), la signorina Cosentino aveva affermato che, a parer suo, il ragioniere era stato colpito da momentanea amnesia e che un giorno o l'altro sarebbe ricomparso mettendo a tacere le malelingue. E aveva detto quelle parole con tanto lucido fervore che lo stesso Augello aveva rischiato di farsene convinto macari lui.

Forte della sua fede nell'onestà del ragioniere, ogni matina Mariastella rapriva l'ufficio e si metteva ad aspittare il ritorno del suo amore. Tutti, in paìsi, ridevano di lei. Tutti quelli che non avevano avuto chiffari col ragioniere, si capisce, perché gli altri, quelli che ci avevano perso i soldi, ancora non erano capaci di ridere. Il giorno avanti Montalbano aveva saputo da Gallo che la signorina Cosentino era andata in banca a pagare, di sacchetta propria, l'affitto dell'ufficio. E allora che gli era venuto a mente, a quello che stava amminazzandola col revorbaro, di pigliarsela con lei, povirazza, che in tutta la facenna non ci trasiva il resto di nenti? E poi, pirchì il creditore aveva avuto questa bella alzata d'ingegno tardiva, una trentina di giorni appresso la scomparsa, vale a dire quando tutte le vittime del ragionier Gargano si erano messe l'animo in pace? A Montalbano, che apparteneva alla prima scuola di pensiero, quella che sosteneva che il ragioniere se n'era fujuto dopo aver fottuto tutti, Mariastella Cosentino faceva pena. Ogni volta che si trovava a passare davanti all'agenzia e la vedeva, compostamente assittata darrè lo sportello, al di là del vetro divisorio, gli veniva uno stringimento di core che non lo lasciava più per il resto della giornata.

Davanti all'ufficio della «Re Mida» c'erano una trentina di persone che parlavano animatamente e gesticolavano, eccitatissime, tenute a distanza da tre vigili urbani. Il commissario venne racconosciuto e circondato.

«È veru che c'è unu armatu dintra l'ufficio?».

«Cu è, cu è?».

Si fece largo ad ammuttuna e a vociate e finalmente arrivò alla soglia della porta d'ingresso. Qui si fermò, tanticchia strammato. Dintra c'erano, li riconobbe di spalle, Mimì Augello, Fazio e Galluzzo che pareva che erano impegnati in un curioso balletto: ora inclinavano il busto a dritta, ora l'inclinavano a mancina, ora facevano un passo avanti, ora ne facevano uno narrè. Raprì senza fare rumorata la controporta a vetri e taliò meglio la scena. L'ufficio consisteva in una sola spaziosa càmmara divisa a metà da una banconata di ligno sopra la quali c'era una vetrata con lo sportello. Al di là della transenna ci stavano quattro scrivanie vacanti. Mariastella Cosentino era assittata al suo solito posto darrè lo sportello, molto giarna in faccia, ma ferma e composta. Tra le due zone dell'ufficio si comunicava attraverso una porticina di ligno ricavata nella stessa transennatura.

L'assalitore, o quello che era, Montalbano non sapeva come definirlo, stava addritta proprio nel vano della porticina, in modo da poter tenere sotto punterìa contemporaneamente tanto l'impiegata quanto i tre della polizia. Era un vecchio ottantino che il commissario riconobbe immediatamente, lo stimato geometra Salvatore Garzullo. Tanticchia per la tensione nirbusa, tanticchia per l'Alzheimer piuttosto avanzato, il revorbaro che il geometra teneva in mano, chiaramente dell'epoca di Buffalo Bill e dei Sioux, ballava tanto che, quando lo dirigeva verso uno degli òmini del commissariato, si scansavano tutti perché non arriniscivano a capire dove l'eventuale colpo sarebbe andato a parare.

«Arrivoglio il dinaro che quel figlio di buttana m'arrubbò. Vasannò ammazzo l'impiegata!».

Era da un'orata e passa che il geometra gridava la stessa frase, né una parola di cchiù né una di meno, la stissa, e ora era stremato, rauco, e più che parlare pareva che stava facendosi dei gargarismi.

Montalbano mosse risoluto tre passi, oltrepassò la linea dei suoi e stinnì la mano al vecchio con un sorriso che gli tagliava la faccia.

«Carissimo geometra! Che piacere vederla! Come sta?».

«Non c'è male, grazie» fece Garzullo imparpagliato.

Ma s'arripigliò subito appena vide che Montalbano stava per fare un altro passo verso di lui.

«Stia fermo o sparo!».

«Commissario, per amor del cielo, non si esponga!» intervenne con voce ferma la signorina Cosentino. «Se qualcuno si deve sacrificare per il ragioniere Gargano, eccomi qua, sono pronta!».

Invece di mettersi a ridere per la battuta da melodramma, Montalbano dintra di sé si sentì arraggiare. Se in quel momento avesse potuto avere davanti il ragioniere, gli avrebbe scassato la faccia a pagnittuna.

«Non diciamo fesserie! Qua non si sacrifica nessuno!».

E poi, rivolto al geometra, principiò la sua recita improvvisata.

«Mi scusi, signor Garzullo, ma lei aieri a sira dov'era?».

«E a lei che gliene fotte?» spiò battagliero il vecchio.

«Nel suo stesso interesse, mi risponda».

Il geometra inserrò le labbra, dopo finalmente si decise a raprire la vucca.

«Ero appena tornato a casa mia, qua. Ho passato quattro mesi allo spitali di Palermo indovi ho saputo che il ragioneri se n'era scappato coi soldi miei, tutto quello che avevo dopo una vita di travaglio!».

«Quindi aieri a sira tardo non ha addrumato la televisione?».

«Non avevo gana di stare a sentiri minchiate».

«Ecco perché non sa niente!» disse Montalbano trionfante.

«E che dovrei sapere?» spiò intordonuto Garzullo.

«Che il ragioniere Gargano è stato arrestato».

Taliò con la coda dell'occhio a Mariastella. Si aspettava un grido, una reazione qualsiasi, ma la fìmmina era restata immobile, e pareva più confusa che pirsuasa.

«Daveru?» fece il geometra.

«La mia parola d'onore» disse da grande attore Montalbano. «L'hanno arrestato e gli hanno sequestrato dodici valigie grosse piene rase di dinaro. Stamatina stissa a Montelusa, in prefettura, inizia la restituzione dei soldi agli aventi diritto. Lei ce l'ha la ricevuta di quello che ha dato a Gargano?».

«Eccome no!» arrispunnì il vecchio battendo la mano libera sulla sacchetta della giacca indove si tiene il portafoglio.

«Allora non c'è problema, è tutto risolto» disse Montalbano. S'avvicinò al vecchio, gli levò il revorbaro dalla mano, lo posò sul bancone.

«Ci posso andare in prefettura domani?» spiò Garzullo. «Malo mi sto sintendo».

E sarebbe crollato 'n terra se il commissario non fosse stato pronto a reggerlo.

«Fazio e Galluzzo, di corsa, mettetelo in macchina e portatelo allo spitale».

Il vecchio venne sollevato dai due. Passando davanti a Montalbano, arriniscì a dire:

«Grazii di tuttu».

«Per carità, di niente» fece Montalbano sentendosi il più miserabile dei miserabili.

Due

Intanto Mimì era corso a dare adenzia alla signorina Mariastella che, pur restando sempre assittata, aveva pigliato a cimiare come un àrbolo sotto una ventata.

«Le vado a pigliare qualcosa dal bar?».

«Un bicchiere d'acqua, grazie».

In quel momento sentirono venire da fora uno scroscio d'applausi e grida di «Bravo! Viva il geometra Garzullo!». Evidentemente tra la folla c'erano molte persone truffate da Gargano.

«Ma perché gli vogliono tanto male?» spiò la fìmmina mentre Mimì nisciva.

Si turciniava continuamente le mano, da giarna che era ora per reazione era addivintata russa come un pumadoro.

«Beh, una qualche ragione forse ce l'hanno» rispose diplomaticamente il commissario. «Lei sa meglio di me che il ragioniere è sparito».

«D'accordo, ma perché si deve pensare subito al male? Può avere perso la memoria per un incidente stradale, per una caduta, che so... Io mi sono permessa di telefonare...».

S'interruppe, scotì la testa sconsolata.

«Niente» fece, concludendo un suo pinsèro.

«Mi dica a chi ha telefonato».

«Lei la talìa la televisione?».

«Qualche volta. Perché?».

«Mi avevano detto che c'è una trasmissione che si chiama "Chi l'ha visto?" che si occupa di persone scomparse. Mi sono fatta dare il numero e...».

«Ho capito. Che le hanno risposto?».

«Che non potevano farci niente perché io non ero in grado

425

di fornire i dati indispensabili, età, luogo di sparizione, fotografia, cose così».

Calò silenzio. Le mano di Mariastella erano addiventate un unico nodo indistricabile. Il mallitto istinto di sbirro di Montalbano, che se ne stava accucciato a sonnecchiare, va a sapiri pirchì, si arrisbigliò per un attimo all'improvviso.

«Lei, signorina, deve macari considerare la facenna dei soldi scomparsi col ragioniere. Si tratta di miliardi e miliardi, sa?».

«Lo so».

«Lei non ha la minima idea dove...».

«Io so che quei denari li investiva. In cosa e dove non lo so».

«E lui con lei?...».

La faccia di Mariastella addiventò una vampa di foco.

«Che... che vuole dire?».

«Si è fatto in qualche modo vivo con lei dopo la scomparsa?».

«Se l'avesse fatto l'avrei riferito al dottor Augello. È lui che mi ha interrogata. E ripeto macari a lei quello che dissi al suo vice: Emanuele Gargano è un uomo che ha un solo scopo nella vita, far felici gli altri».

«Non ho difficoltà a crederle» fece Montalbano.

Ed era sincero. Era infatti convinto che il ragioniere Gargano continuava a fare felici buttane d'alto bordo, baristi, gestori di casinò, venditori d'auto di lusso in qualche isola persa della Polinesia.

Mimì Augello tornò con una bottiglia d'acqua minerale, na poco di bicchieri di carta e il cellulare impicciato alla grecchia.

«Sissignore, sissignore, glielo passo subito».

Tese l'aggeggio al commissario.

«È per te. Il questore».

Bih, che camurrìa! I rapporti tra Montalbano e il questore Bonetti-Alderighi non si potevano definire improntati a reciproca stima e simpatia.

Se gli telefonava, veniva a dire che c'era qualche sgradevole facenna da discutere. E lui in quel momento non ne aveva gana.

«Agli ordini, signor questore».

«Venga immediatamente».

«Tra un'oretta al massimo sarò...».

«Montalbano, lei è siciliano, ma almeno a scuola avrà studiato l'italiano. Lo sa il significato dell'avverbio immediatamente?».

«Aspetti un attimo che me lo ripasso. Ah, sì. Significa "senza interposizione di luogo o di tempo". C'inzertai, signor questore?».

«Non faccia lo spiritoso. Ha esattamente un quarto d'ora per arrivare a Montelusa».

E chiuse la comunicazione.

«Mimì, devo andare subito dal questore. Piglia il revorbaro del geometra e portalo in commissariato. Signorina Cosentino, mi permetta un consiglio: chiuda ora stesso quest'ufficio e se ne vada a casa».

«Perché?».

«Vede, tra poco in pàisi tutti sapranno della bella alzata d'ingegno del signor Garzullo. E non è da scartare che qualche imbecille voglia ripetere l'impresa e macari stavolta si tratta di qualcuno più picciotto e più pericoloso».

«No» disse arrisoluta Mariastella. «Io questo posto non l'abbandono. E se poi metti caso il ragioniere torna e non trova nessuno?».

«Figurati che delusione!» disse Montalbano, infuscato. «E un'altra cosa: lei ha intenzione di sporgere denunzia contro il signor Garzullo?».

«Assolutamente no».

«Meglio accussì».

La strata per Montelusa era traficata assà e l'umore nìvuro di Montalbano aumentò di conseguenza. Inoltre pativa di malostare per tutta la rena che gli faceva chiurìto tra le calze e la pelle, tra il colletto della cammisa e il collo. A un centinaro di metri, a mano mancina, e quindi in senso opposto al suo, ci stava il «Ristoro del Camionista» dove facevano un cafè di prima. Arrivato quasi all'altizza del locale, mise il lampeggiatore e girò. Scoppiò un subisso, un biribirissi di frenate, clacsonate, vociate, insulti, santioni. Miracolosamente, arrivò indenne nello spiazzo davanti al ristoro, scinnì, trasì. La prima cosa che vi-

427

de furono due pirsone che riconobbe subito a malgrado fossero quasi di spalle. Erano Fazio e Galluzzo che stavano scolandosi un bicchierino di cognac a testa, almeno accussì gli parse. A quell'ora di matina, un cognac? Si collocò in mezzo ai due e ordinò un cafè al banconista. Riconoscendone la voce, Fazio e Galluzzo si voltarono di scatto.

«Alla salute» disse Montalbano.

«No... è che...» principiò a giustificarsi Galluzzo.

«Eravamo tanticchia scuncirtati» disse Fazio.

«Avevamo bisogno qualichicosa di forte» rincarò Galluzzo.

«Sconcertati? E perché?».

«Il poviro geometra Garzullo è morto. Ha avuto un infarto» disse Fazio. «Quando siamo arrivati allo spitali era fora canuscenza. Abbiamo chiamato gli infermieri e se lo sono portati dintra di corsa. Appena posteggiata la macchina, siamo trasuti e ci hanno detto che...».

«Ci ha fatto 'mprissioni» fece Galluzzo.

«Macari a mia mi sta facendo 'mprissioni» commentò Montalbano. «Fate una cosa, vedete se aveva parenti e se non li aveva trovate qualche amico stritto. Informatemi quando torno da Montelusa».

Fazio e Galluzzo salutarono e se ne andarono. Montalbano bevve con calma il suo cafè, poi gli tornò a mente che il «Ristoro» era conosciuto macari perché vendeva tumazzo caprino che non si sapeva chi lo produceva, ma che comunque era una squisitezza. Gliene venne immediato spinno e si spostò in quella parte del bancone dove, oltre al tumazzo, erano esposti salami, capocotte, sosizze. Il commissario fu tentato di fare spisa granni, ma riuscì a vincersi, accattando solo una forma piccola di caprino. Quando dallo spiazzo tentò di immettersi sulla strada, capì che non sarebbe stata impresa facile, la fila di camion e automobili era compatta, non presentava varchi. Dopo cinque minuti di attesa, agguantò uno spiraglio e si accodò. Viaggiò avendo sempre in testa l'embrione di un pinsèro al quale non ce la faceva a dargli corpo e la cosa l'irritava. E fu così che, senza manco essersene fatto capace, si ritrovò a Vigàta.

E ora? Ripigliare la strata per Montelusa e presentarsi in questura in ritardo? Perso per perso, tanto valeva andare a casa a Marinella, farsi una doccia, cangiarsi di tutto punto e dopo, frisco e pulito, affrontare il questore con la testa libera. Fu mentre stava sotto l'acqua che gli si chiarì il pinsèro. Appresso una mezzorata fermò l'auto davanti al commissariato, scinnì, trasì. E appena trasuto venne assordato da una vociata di Catarella, ma più che una vociata, una via di mezzo tra un latrato e un nitrito.

«Aaaaahhh dottori dottori! Ccà è? È ccà, dottori?».

«Sì, Catarè, qua sono. Che c'è?».

«C'è che il signori e quistori sta facenno come una Maria, dottori! Cinco volti chiamò! Sempri più infirocitissimo è!».

«Digli di darsi una calmata».

«Dottori, mà e po' mà osirebbi parlari accussì col signori e quistori! Atto gravi di malaccrianza sarebbi! Che gli dico si tilifona di bel nuovo nuovamenti?».

«Che non ci sono».

«Nzamà, Signuri! Non ci posso arraccontari una minzonia, una farfanterìa al signori e quistori!».

«Allora lo passi al dottor Augello».

Raprì la porta della càmmara di Mimì.

«Che voleva il questore?».

«Non lo so, ancora non ci sono andato».

«Oh Madunnuzza santa! E chi lo sente, ora a quello?».

«Tu lo senti. Lo chiami e gli conti che mentre mi stavo precipitando da lui, per eccesso di velocità sono uscito di strada. Niente di grave, tre punti in fronte. Digli che se mi sento meglio, nel doppopranzo mi farò un dovere. Intronalo di chiacchiere. Dopo, passi da me».

Trasì nel suo ufficio e venne subito raggiunto da Fazio.

«Le volevo dire che abbiamo trovato una nipote del geometra Garzullo».

«Bravi. Come avete fatto?».

«Dottore, non abbiamo fatto niente. È lei che si è presentata. Era preoccupata perché stamatina, andatolo a trovare, ha visto che non era in casa. Ha aspettato, poi si è decisa a venire qua. Le ho dovuto dare la tinta tripla notizia».

«Perché tripla?».

«Dottore mio, uno: non sapeva che il nonno aveva perso tutti i risparmi col ragioniere Gargano; due: non sapeva che il nonno si era messo a fare scene da film di gangster; tre: non sapeva che il nonno era morto».

«Come ha reagito, poverina?».

«Male, soprattutto quando ha saputo che il nonno si era fatto fottere i soldi che aveva sparagnato e che dovevano toccare a lei in eredità».

Fazio niscì e trasì Augello che si passava un fazzoletto sul collo.

«Sudare mi fece, il signor questore! Alla fine mi ha detto di dirti che, se proprio non sei in punto di morte, ti aspetta nel doppopranzo».

«Mimì, assettati e contami la facenna del ragioniere Gargano».

«Ora?».

«Ora. Che vai, di prescia?».

«No, però è una storia ingarbugliata».

«E tu fammela semprici semprici».

«Va bene. Ma guarda che io ti posso contare la mezza messa, perché ce ne siamo occupati solo per la parte di nostra competenza, così ha ordinato il questore, il grosso dell'indagine se l'è pigliata a carico il dottor Guarnotta, quello specialista di truffe».

E, taliandosi negli occhi, non arriniscirono a tenersi dal farsi una grossa risata, perché era cosa cognita che Amelio Guarnotta, due anni avanti, si era fatto convincere ad accattare numerose azioni di una società che avrebbe dovuto trasformare il Colosseo, dopo la sua privatizzazione, in un residence di lusso.

«Dunque. Emanuele Gargano è nato a Fiacca nel febbraio del 1960 e si è diplomato ragioniere a Milano».

«Perché proprio a Milano? I suoi si erano trasferiti là?».

«No, i suoi si erano trasferiti in paradiso per un incidente stradale. Allora, dato che era figlio unico, è stato, come dire, adottato da un fratello del padre, scapolo, direttore di banca. Coll'aiuto dello zio, Gargano, pigliato il diploma, s'impiega nella stessa banca. Dopo una decina d'anni, rimasto solo per la morte del suo protettore, passa a un'agenzia d'affari dimostrandosi

430

abilissimo. Tre anni fa lascia perdere l'agenzia e apre, a Bologna, la "Re Mida" della quale è titolare. E qui c'è la prima cosa stramma. Almeno così mi hanno riferito, dato che questa parte non era di nostra competenza».

«Quale cosa stramma?».

«Primo, che tutto il personale della "Re Mida" di Bologna consisteva in una sola impiegata, qualcosa di simile alla nostra signorina Cosentino, e che tutto il giro d'affari della società era stato sì e no di due miliardi in tre anni. Una miseria».

«Una copertura».

«Certo. Ma una copertura preventiva, in vista della grossa truffa che il ragioniere sarebbe venuto a fare dalle parti nostre».

«Me la spieghi bene questa truffa?».

«È semplice. Metti conto che tu mi affidi un milione per farlo fruttare. Io, dopo sei mesi, ti do duecentomila lire d'interessi, il venti per cento. È un tasso altissimo e la voce si sparge. Arriva un altro amico tuo e mi affida il suo milione. Alla fine del secondo semestre, io do a te altre duecentomila lire e altrettante ne do al tuo amico. A questo punto decido di sparire. E mi sono guadagnato un milione e quattrocentomila lire. Levaci quattrocentomila di spese varie, la conclusione è che mi metto in tasca un milione netto. A fartela breve, secondo Guarnotta, Gargano avrebbe rastrellato una ventina e passa di miliardi».

«Minchia. Tutta colpa della televisione» fece Montalbano.

«Che c'entra la televisione?».

«C'entra. Non c'è telegiornale che non ti tempesti con la Borsa, il Nasdaq, il Dow Jones, il Mibtel, la Minchiatel... La gente s'impressiona, non ci capisce niente, sa che si rischia ma che si può guadagnare e si getta tra le braccia del primo imbroglione che passa: fai giocare macari a mia, fammi giocare... Lasciamo perdere. Che idea ti sei fatta?».

«L'idea mia, che è pure di Guarnotta, è che tra i clienti più grossi c'era qualche mafioso il quale, vistosi truffato, l'ha fatto fuori».

«Quindi Mimì tu non appartieni a quella scuola di pensiero che vuole Gargano felice e contento in un'isola dei mari del Sud?».

431

«No. E tu invece che pensi?».

«Io penso che tu e Guarnotta siete due stronzi».

«E perché?».

«Ora vengo e mi spiego. Intanto mi devi convincere che esiste un mafioso tanto fissa da non capire che quella di Gargano è una volgarissima truffa. Semmai il mafioso avrebbe obbligato Gargano a pigliarselo come socio di maggioranza. E poi: questo ipotetico mafioso come avrebbe fatto a intuire che Gargano stava per truffarlo?».

«Non ho capito».

«Siamo tanticchia tardi, eh, Mimì? Rifletti. Come ha fatto il mafioso a indovinare che Gargano non si sarebbe presentato a pagare gli interessi? Quando è stato visto l'ultima volta?».

«Ora non ricordo di preciso, una mesata fa, a Bologna. Ha detto all'impiegata che il giorno appresso sarebbe partito per la Sicilia».

«Come?».

«Che sarebbe partito per la Sicilia» ripeté Augello.

Montalbano diede una gran manata sul tavolo.

«Ma Catarella è diventato contagioso? Ti stai rincretinendo macari tu? Io ti stavo domandando con che mezzo sarebbe partito per la Sicilia. In aereo? In treno? A piedi?».

«L'impiegata non lo sapeva. Ma ogni volta ch'era qua a Vigàta girava con un'Alfa 166 attrezzatissima, di quelle col computer sul cruscotto».

«Si è ritrovata?».

«No».

«Aveva il computer nella macchina, ma nell'ufficio non ne ho visto manco uno. Strano».

«Ne aveva due. Li ha fatti sequestrare Guarnotta».

«E che ha scoperto?».

«Ci stanno ancora lavorando».

«Quanti erano gli impiegati della filiale di qua, a parte la Cosentino?».

«Due picciotti, di questi giovani d'oggi che sanno tutto di Internet e via discorrendo. Uno, Giacomo Pellegrino, è laureato in economia e commercio; l'altra, Michela Manganaro, si sta laureando macari lei in economia e commercio. Abitano a Vigàta».

«Ci voglio parlare. Scrivimi i loro telefoni. Quando torno da Montelusa me li fai trovare».

Augello s'infuscò, si susì e niscì dalla càmmara senza salutare.

Montalbano lo capì, Mimì si scantava che lui gli portasse via l'inchiesta. O peggio: pensava che lui avesse avuto qualche idea geniale che poteva mettere l'indagine sulla strata giusta. Ma le cose non stavano accussì. Poteva dire ad Augello che si muoveva per un'impressione inconsistente, un'ùmmira liggera, una filinia sottile pronta a spezzarsi a un minimo alito di vento?

Alla trattoria «San Calogero» si sbafò due porzioni di pesce alla griglia, una appresso all'altra, come primo e come secondo. Dopo si fece una lunga passiata digestiva sul molo, fino a sotto il faro. Restò indeciso per un momento se assittarsi sul solito scoglio, ma c'era troppo vento friddo e inoltre pensò ch'era meglio livarsi il pinsèro del questore. Arrivato a Montelusa, invece di andare subito in questura, s'appresentò nella redazione di «Retelibera». Gli dissero che Zito, il giornalista suo amico, era fora per un servizio. Ma Annalisa, la segretaria tuttofare, si mise a sua disposizione.

«Avete fatto dei servizi sul ragioniere Gargano?».

«Per la sua sparizione?».

«Anche prima».

«Ne abbiamo quanti ne vuole».

Mi potrebbe riversare quelli che a lei sembrano più significativi? Li potrei avere domani doppopranzo?».

Lasciata la macchina nel parcheggio della questura, trasì da una porta laterale e aspittò che arrivasse l'ascensore. C'erano tre persone che dovevano acchianare, con uno, un vicecommissario, si conoscevano e si salutarono. Fecero passare per primo Montalbano. Quando furono tutti trasuti, compreso un tale ch'era arrivato all'ultimo minuto di corsa, il vicecommissario puntò l'indice per premere il bottone e arrimase accussì, paralizzato dall'urlo di Montalbano.

«Fermo!».

Tutti si voltarono a taliarlo, tra scantati e imparpagliati.

«Permesso! Permesso!» continuò facendosi largo a gomitate.

Fora dell'ascensore, corse verso la macchina, la mise in moto, partì santiando. Si era completamente scordato che Mimì doveva aver contato al questore che gli avevano dato una para di punti sulla fronte. L'unica era tornare a Vigàta e farsi fare una fasciatura da un farmacista amico.

Tre

Tornò in questura con una larga fascia di garza che gli firriava la testa, pareva un reduce del Vietnam. Nell'anticamera del questore incontrò il capo di Gabinetto, il dottor Lattes, che tutti chiamavano «lattes e mieles» per i suoi modi untuosi. Lattes notò, e non avrebbe potuto farne assolutamente a meno, la vistosa fasciatura.

«Che le è successo?».

«Un leggero incidente d'auto. Poca cosa».

«Ringrazi la Madonna!».

«Già fatto, dottore».

«E la famiglia come va, carissimo? Tutti bene?».

Era cosa cognita a porci e cani che Montalbano era orfano, non era maritato e manco aveva figli di straforo. Eppure, immancabilmente, Lattes gli rivolgeva sempre la stessa precisa 'ntifica domanda. E il commissario, con speculare ostinazione, non lo deludeva mai.

«Tutti bene, ringraziando la Madonna. E i suoi?».

«Anche i miei, ringraziando il Cielo» rispose Lattes compiaciuto per la possibilità di variante che Montalbano gli aveva offerta. E proseguì: «Che fa di bello da queste parti?».

Ma come? Il questore non aveva detto della convocazione al suo capo di Gabinetto? Era dunque una cosa accussì riserbata?

«Mi ha telefonato il dottor Bonetti-Alderighi. Vuole vedermi».

«Ah sì?» s'ammaravigliò Lattes. «Avverto subito il signor questore che lei è arrivato».

Tuppiò discretamente alla porta del questore, trasì, chiuse la porta, dopo tanticchia la porta si raprì, comparse nuovamente Lattes stracangiato, non sorrideva.

435

«Si accomodi» fece.

Passandogli davanti, Montalbano cercò di taliarlo negli occhi, ma non ci arriniscì, il capo di Gabinetto teneva la testa vascia. Minchia, la facenna doveva essere gravissima. E che aveva fatto di male? Trasì, Lattes inserrò la porta darrè le sue spalle e Montalbano ebbe la 'mprissioni che il coperchio di una bara fosse calato su di lui.

Il questore, che ogni volta che lo riceveva montava una scenografia apposita, stavolta aveva fatto ricorso a effetti di luce che parevano quelli di una pellicola in bianco e nero di Fritz Lang. Le imposte erano rigorosamente chiuse con le listelle abbassate ad eccezione di una che lasciava filtrare un sottile raggio di sole il quale aveva il compito di spaccare in due la càmmara. L'unica fonte di luce era una lampada da tavolo bassa, a fungo, che illuminava le carte sulla scrivania del Questore, ma che teneva completamente allo scuro la sua faccia. Dall'apparato, Montalbano si fece di subito persuaso che sarebbe stato sottoposto a un interrogatorio a mezza strata da quelli adoperati dalla Santa Inquisizione e da quelli un tempo in voga presso le SS.

«Venga».

Il commissario avanzò. Davanti alla scrivania c'erano due seggie, ma Montalbano non si assittò, del resto il questore non l'aveva manco invitato a farlo. E non salutò Bonetti-Alderighi il quale, da parte sua, non l'aveva salutato. Il questore continuò a leggere le carte che aveva davanti.

Passarono cinque minuti boni. A questo punto il commissario addecidì di passare al contrattacco; se non pigliava l'iniziativa, Bonetti-Alderighi era capace di lasciarlo addritta e allo scuro, tanto di luce quanto di spiegazioni, per qualche orata. Infilò una mano in sacchetta, cavò fora il pacchetto di sigarette, ne pigliò una, se la mise tra le labbra, addrumò l'accendino. Il questore satò sulla seggia, la fiammella gli aveva fatto lo stesso effetto della vampata di una lupara.

«Che fa?» gridò isando atterrito gli occhi dalle carte.

«Mi sto accendendo una sigaretta».

«Spenga immediatamente quel coso! Qui è assolutamente vietato fumare!».

Senza manco raprire vucca, il commissario astutò l'accendino. Ma continuò a tenerlo in mano accussì come continuava a tenere tra le labbra la sigaretta. Però aveva ottenuto il risultato che voleva ottenere, perché il questore, scantato dalla minaccia dell'accendino pronto a entrare in azione, affrontò l'argomento.

«Montalbano, sono stato costretto purtroppo a mettere il naso su alcuni incartamenti che riguardano una sua maleodorante indagine di alcuni anni fa, quando io non ero ancora questore di Montelusa».

«Lei ha il naso troppo sensibile per fare il mestiere che fa».

Il commento gli era scappato, non ce l'aveva fatta a tenerselo. E se ne pentì immediatamente. Vide le mano di Bonetti-Alderighi trasire nel cono di luce della lampada, artigliare il bordo della scrivania, le nocche diventare livide per la faticata di controllarsi. Montalbano temette il peggio, ma il questore si contenne. Ripigliò a parlare con voce tesa.

«Si tratta dell'inchiesta su una prostituta tunisina, poi trovata morta, che aveva un figlio di nome François».

Il nome del picciliddro lo colpì come una stilettata in mezzo al cuore. Dio mio, François! Da quanto non lo vedeva? S'impegnò però a prestare attenzione alle parole del questore, non voleva che l'ondata di sentimenti che l'aveva assugliato lo travolgesse, impedendogli la possibilità della difesa, perché era chiaro che ora Bonetti-Alderighi sarebbe passato alle accuse. Cercò di farsi tornare a mente tutti i particolari di quella lontana indagine. Vuoi vedere che Lohengrin Pera, quel cornuto dei Servizi, aveva trovato modo di vendicarsi a tanti anni di distanza? Ma le parole che il questore pronunziò appresso lo spiazzarono.

«Pare che lei, in un primo tempo, avesse avuto l'intenzione di sposarsi e di adottare questo bambino. È vero o no?».

«Sì, è vero» arrispunnì il commissario imparpagliato.

Che minchia c'entrava un suo fatto personale con l'indagine? E come faceva Bonetti-Alderighi a sapere questi particolari?

«Bene. In seguito lei avrebbe cambiato opinione circa l'adozione del bambino. E quindi François è stato successivamente affidato a una sorella del suo vice, il dottor Domenico Augello. È così?».

Ma dove voleva andare a parare quel grannissimo cornuto?

«Sì, è così».

Montalbano si stava facendo sempre più squieto. Non capiva né perché quella vecchia storia interessava il questore né da che parte gli sarebbe arrivata l'inevitabile botta.

«Tutto in famiglia, eh?».

Il tono sardonico di Bonetti-Alderighi sottintendeva una chiara quanto inspiegabile insinuazione. Ma che gli stava passando per la testa a quell'imbecille?

«Signor questore, senta. Mi pare di capire che lei si è fatto preciso concetto su una faccenda della quale quasi non mi ricordavo più. Ad ogni modo, la prego di riflettere bene sulle parole che sta per dirmi».

«Lei non si permetta di minacciarmi!» gridò isterico Bonetti-Alderighi dando un gran pugno sulla scrivania che reagì facendo crac. «Avanti, mi dica: che fine ha fatto il libretto?».

«Quale libretto?».

Sinceramente, non gli tornava a mente nessun libretto.

«Non faccia lo gnorri, Montalbano!».

Furono proprio quelle parole, «non faccia lo gnorri», a scatenarlo. Odiava le frasi fatte, i modi di dire, gli facevano venire un nirbuso irrefrenabile.

Stavolta fu lui a dare un gran pugno sulla scrivania che reagì facendo crac crac.

«Ma di quale minchia di libretto straparla?».

«Eh! Eh!» sghignazzò il questore. «Abbiamo il carbone bagnato, Montalbano?».

Sentì che se dopo lo gnorri e il carbone bagnato arrivava un'altra frase di quel tipo avrebbe pigliato Bonetti-Alderighi per il collo e l'avrebbe fatto morire assuffocato. Arrinisci miracolosamente a non reagire, a non raprire vucca.

«Prima del libretto» ripigliò il questore «parliamo del bambino, del figlio della prostituta. Lei, senza avvertire nessuno, si è portato a casa quest'orfano. Ma è un sequestro di minore, Mon-

talbano! C'è un Tribunale, lo sa o no? Ci sono giudici appositi per i minori, lo sa o no? Lei doveva seguire la legge, non elu-
derla! Non siamo mica nel Far West!».

Fece, esausto, una pausa. Montalbano non sciatò.

«E non solo! Non contento di questa bella prodezza, poi rega-
la il bambino alla sorella del suo vice, quasi fosse un oggetto qualsiasi! Cose da gente senza cuore, cose da codice penale! Ma di questa parte della storia ne riparleremo. C'è di peggio. La prostituta
possedeva un libretto al portatore con un deposito di mezzo miliardo. Questo libretto, a un certo momento, è passato dalle sue
mani. E poi è sparito! Che fine ha fatto? Ha spartito il denaro con
il suo amico e complice Domenico Augello?».

Montalbano, lento lento, posò le mano sulla scrivania, lento lento calò il busto in avanti, lenta lenta la sua testa trasì nel cono di
luce della lampada. Bonetti-Alderighi si scantò. La faccia di Montalbano, illuminata a metà, era una stampa e una figura con una
maschera africana, di quelle da mettersi prima dei sacrifici uma-
ni. E poi, tra la Sicilia e l'Africa non c'era tanta distanza, pinsò
fulmineo il questore agghiazzando. Il commissario taliò fisso fisso a Bonetti-Alderighi e poi parlò, lento lento e vascio vascio.

«Te lo dico da omo a omo. Lassa perdiri il picciliddro, lassalo
fora da sta storia. Mi spiegai? È stato regolarmente adottato
dalla sorella di Augello e da suo marito. Lassalo fora. Per le tue
personali vendette, per le tue minchiate basto io. D'accordo?».

Il questore non arrispunnì, lo scanto e la raggia gli facevano
difficoltosa la parlata.

«D'accordo?» rispiò Montalbano.

E più quella voce era bassa, calma, lenta, più Bonetti-Alderighi ne intuiva la violenza a malappena trattenuta.

«D'accordo» finì col dire con un filo di voce.

Montalbano si rimise addritta, la sua faccia niscì dalla luce.

«Posso domandarle, signor questore, come ha avuto tutte queste informazioni?».

L'improvviso cangiamento di tono di Montalbano, formale e
leggermente ossequioso, strammò tanto il questore da fargli dire quello che si era ripromesso di non dire.

«Mi hanno scritto».

439

Immediatamente Montalbano capì.

«Una lettera anonima, vero?».

«Beh, diciamo non firmata».

«E non si vergogna?» fece il commissario voltandosi e avviandosi verso la porta, sordo all'urlo del questore.

«Montalbano, torni qui!».

Non era un cane che obbediva agli ordini. Si strappò dalla testa l'inutile fasciatura, arraggiato. Nel corridoio andò a sbattere contro il dottor Lattes che balbettò:

«Mi... mi pa... pare che il signor questore la stia chiamando».

«Pare macari a me».

In quel momento Lattes si addunò che Montalbano non portava più la benda e che la sua fronte era intatta.

«È guarito?!».

«Non lo sa che il questore è un taumaturgo?».

La cosa bella di tutta la facenna – pinsò mentre con le mano contratte sul volante si dirigeva verso Marinella – era che non ce l'aveva con quello che aveva scritto la lettera anonima, sicuramente una vendetta alla scordatina di Lohengrin Pera, l'unico in grado di ricostruire la storia di François e di sua madre. E non ce l'aveva manco col questore. La raggia la provava contro se stesso. Come aveva fatto a scordarsi completamente del libretto coi cinquecento milioni? L'aveva consegnato a un notaro amico, di questo s'arricordava perfettamente, perché amministrasse quei soldi e li versasse a François appena addiventato maggiorenne. Ricordava, ma questo invece confusamente, che una decina di giorni appresso la visita al notaro, questi gli aveva spedito una ricevuta. Ma non sapeva più dove l'aveva infilata. Il peggio era che di questo libretto lui non ne aveva mai fatto parola né con Mimì Augello né con la sorella. E questo faceva sì che Mimì, del tutto all'oscuro del fatto, poteva essere tirato in ballo dalla fertile fantasia di Bonetti-Alderighi, mentre invece era 'nnuccenti come a Cristo.

Tempo un'orata scarsa, trasformò la sua casa in un appartamento visitato da ladri abili e coscienziosi. Tutti i cascioni della scrivania tirati completamente fora e le carte che c'erano dintra gettate 'n terra, macari 'n terra ci stavano i libri aperti a mezzo, sfogliati e malotrattati. Nella càmmara di letto i due comodini erano spalancati, lo stesso l'armuar e il settimanile con la roba levata e messa sul letto, sulle seggie. Cercò, Montalbano, e cercò sempre più facendosi capace che mai e po' mai sarebbe arrinisciuto a far comparire quello che cercava. Proprio quanno aveva abbandonato la spranza, dintra una scatola nel cassetto più basso del settimanile, 'nzemmula a una foto della madre scomparsa prima che lui avesse potuto ritenere nella memoria l'immagine di lei viva, 'nzemmula a una foto del padre e ad alcune delle sue rare lettere, trovò la busta speditagli dal notaro, la raprì, tirò fora il documento, lo lesse, lo rilesse, niscì di casa, si mise in macchina, ricordava che in una delle prime case di Vigàta c'era un tabaccaro con la fotocopiatrice, fotocopiò il foglio, si rimise in macchina, tornò a Marinella, si scantò lui stesso per il burdello che aveva combinato in casa, si mise a cercare un foglio e una busta santiando, li trovò, s'assittò alla scrivania e scrisse:

Illustre Signor Questore di Vigàta,
dato che lei è incline a prestare orecchio alle lettere anonime, non firmerò questa mia. Le compiego copia della ricevuta del notaio Giulio Carlentini che chiarisce la posizione del commissario Montalbano dott. Salvo. L'originale, naturalmente, è in possesso dello scrivente e può essere esibito a gentile richiesta.
Firmato: un amico

Si rimise in macchina, andò alla Posta, fece una raccomandata con ricevuta di ritorno, niscì, si calò per raprire lo sportello e si paralizzò in quella posizione, come a chi lo piglia di botto uno di quei dolori alla schina, violenti, che appena minimamente ti catamini ti arriva la pugnalata feroce e l'unica è restarsene fermo accussì come ti trovi sperando che un miracolo qualsiasi faccia, almeno momentaneamente, passare il male. Quello che aveva fatto ingiarmare il commissario era la vista di una fìmmina che stava in quel momento passando diretta evidentemente

441

alla vicina salumeria. Era la signorina Mariastella Cosentino, la vestale del tempio del ragionier Gargano, la quale, avendo chiuso l'agenzia alla scadenza dell'orario pomeridiano, ora stava facendo la spisa prima di tornarsene a casa. La vista di Mariastella Cosentino gli aveva fatto venire un pinsèro agghiazzante seguito da una domanda ancora più agghiazzante: il notaro, per disgrazia, non è che aveva investito i soldi di François nell'impresa del ragioniere Gargano? Se sì, a quest'ora il denaro si era già volatilizzato pigliando la strada dei mari del Sud e da ciò ne conseguiva non solo che il picciliddro non avrebbe più avuto una lira dell'eredità materna, ma che lui, Montalbano, dopo avere allura allura spedito la provocatoria lettera al questore, se la sarebbe passata malo assà a giustificare la sparizione del denaro, avrebbe avuto voglia a dire che lui nella faccenda non ci trasiva nenti, il questore non l'avrebbe mai creduto, minimo minimo avrebbe pinsato che si era appattato col notaro per spartirsi i cinquecento milioni del poviro orfano.

Arriniscì a scuotersi, a raprire lo sportello, a partire sparato, sgommando come in genere fanno la polizia e gli imbecilli, verso lo studio del notaro Carlentini. Acchianò di curruta i due piani di scale facendosi venire lo sciatone. La porta dello studio era inserrata, fora c'era appizzato un cartellino con l'orario d'ufficio: era passata un'ora dalla chiusura, capace che dintra c'era ancora qualcuno. Suonò il campanello e per maggiore sicurezza tuppiò macari col pugno. La porta si raprì appena appena e il commissario la spalancò del tutto con una violenza catarelliana. La picciotta ch'era venuta ad aprire si tirò narrè, scantata.

«Che... che vuole? Non... non mi faccia male».

Certamente si era fatta capace che si trovava davanti a un rapinatore. Era addivintata giarna giarna.

«Mi scusi se l'ho fatta spaventare» disse Montalbano. «Non ho nessun motivo di farle male. Montalbano sono».

«Oddio, che stupida!» fece la picciotta. «Ora mi ricordo d'averla vista in televisione. Si accomodi».

«C'è il notaro?» spiò il commissario trasendo.

La faccia della picciotta addiventò seria, di circostanza.

«Non lo sa?».

«Cosa?» fece Montalbano sentendosi ancora più squieto.

«Il povero signor notaio...».

«È morto?!» ululò Montalbano, come se quella gli avesse comunicato la scomparsa dell'essere più amato al mondo.

La picciotta lo taliò tanticchia strammata.

«No, non è morto. Ha avuto un ictus. Si sta riprendendo».

«Ma parla? Ricorda?».

«Certo».

«Come faccio a parlargli?».

«Ora?».

«Ora».

La picciotta taliò il ralogio al polso.

«Forse ce la facciamo. È ricoverato alla clinica Santa Maria di Montelusa».

Trasì in una càmmara piena di cartelle, faldoni, carpette, raccoglitori, compose un numero, si fece passare la stanza 114. Poi disse: «Giulio...».

S'interruppe. Era cosa cognita che il signor notaro non se ne faceva scappare una. E la picciotta che stava telefonando era una trentina alta, capelli neri lunghi fino al fondoschiena, gambe bellissime.

«Signor notaio» proseguì. «C'è qui in studio il commissario Montalbano che vorrebbe parlarle... Sì? Noi ci sentiamo più tardi».

Passò il telefono a Montalbano, niscendo discretamente dalla càmmara.

«Pronto, notaro? Montalbano sono. Volevo solamente chiederle un'informazione. Si ricorda che qualche anno fa io le consegnai un libretto con cinquecento milioni che... Ah, si ricorda? Glielo chiedo perché mi era venuto il dubbio che lei potesse avere investito il denaro con il ragioniere Gargano e allora... No, non si offenda... no, per carità, non intendevo... ma si figuri se io... Va bene, va bene, mi scusi. Si rimetta presto».

Riattaccò. Il notaro, al solo sentire il nome di Gargano, si era sentito offiso.

«E lei pensa che io sono così coglione da credere a un imbroglione come Gargano?» aveva detto.

I soldi di François erano al sicuro.

Ma, mettendosi in macchina per andare al commissariato, Montalbano giurò che al ragioniere Gargano gliela avrebbe fatta pagare, col palmo e la gnutticatùra, per il tremendo scanto che gli aveva fatto pigliare.

Quattro

Ma al commissariato non ci arrivò, perché strata facendo stabilì che aveva passato una giornata pisanti assà e che si meritava perciò un premio di consolazione. Gli avevano vagamente accennato a una trattoria aperta, da qualche misata, una decina di chilometri dopo Montelusa, sulla provinciale per Giardina e dove si mangiava bono. Gli avevano macari detto il nome, da «Giugiù 'u carritteri». Sbagliò a pigliare la via giusta quattro volte e proprio quando aveva addeciso di tornare narrè e ripresentarsi alla trattoria «San Calogero», macari perché più passava il tempo e più si sentiva smorcare un pititto lupigno, vide, alla luce dei fari, l'insegna del locale, scritta a mano su un pezzo di tavola attaccata a un palo della luce. Ci arrivò dopo cinque minuti di trazzera autentica, di quelle che non ne esistevano più, tutta fossi e pitruna, e per un attimo gli venne il sospetto di una messinscena di Giugiù che si fingeva carrettiere e invece guidava auto di Formula 1. Sull'onda del sospetto, macari la casuzza solitaria, dove arrivò, non lo persuase: malamente intonacata, senza luci al neon, consisteva in una càmmara al piano terra e un'altra al primo e unico piano. Dalle due finestre della càmmara al piano terra trapelava una luce splàpita che faceva malinconia. Sicuramente il tocco finale della messinscena. Nello spiazzo c'erano due macchine. Scinnì dall'auto e si fermò indeciso. Non se la sentiva di finire la serata intossicato. Cercò d'arricordarsi chi gli aveva consigliato il locale e finalmente gli tornò a mente: il vicecommissario Lindt, figlio di sguìzzeri («parente del cioccolato?» gli aveva spiato quando gli era stato presentato), che fino a sei mesi avanti aveva travagliato a Bolzano.

«Figurati» si disse. «Quello capace che non distingue un pollo da un salmone!».

445

E in quel momento, leggio leggio, gli arrivò col venticello della sera un sciàuro che gli fece allargare le nasche: sciàuro di cucina genuina e saporita, sciàuro di piatti cotti come u Signiruzzu comanda. Non ebbe più esitazioni, raprì la porta e trasì. Nella càmmara c'erano otto tavolini e uno solo era occupato da una coppia di mezza età. S'assittò al primo tavolino che gli venne a tiro.

«Mi scusasse, ma quello è prenotato» fece il cammareri-padrone, un tipo sissantino, pelato, ma coi baffi a manubrio, alto e tripputo.

Ubbidiente, il commissario si risusì. Stava per posare le natiche su una seggia del tavolino allato che il baffuto parlò nuovamente.

«Macari quello».

Montalbano principiò a sentirsi arraggiare. Ma quello gli dava la sconcica? Voleva attaccare turilla? Voleva farla finire a schifìo?

«Sono tutti occupati. Se vuole, posso conzare qua» fece il cammareri-padrone vedendo che gli occhi del cliente si erano fatti trùbboli.

E indicò un tavolinetto sparecchiatavola cummigliato di posate, bicchieri, piatti, vicinissimo alla porta della cucina dalla quale si partiva quel sciàuro che ti saziava prima ancora d'avere principiato a mangiare.

«Va benissimo» fece il commissario.

Si trovò assittato come in castigo, aveva il muro praticamente sulla faccia, per taliare la sala avrebbe dovuto mettersi di traverso sulla seggia e storcere il collo. Ma che gliene fotteva di taliare la sala?

«Se se la sente, avrei i pirciati ch'abbruscianu» fece il baffuto.

Sapeva cos'era il pirciato, un tipo particolare di pasta, ma cosa avrebbero dovuto bruciare? Non volle però dare all'altro la soddisfazione di spiargli com'erano cucinati i pirciati. Si limitò a una sola domanda:

«Che viene a dire, se se la·sente?».

«Precisamente quello che viene a dire: se se la sente» fu la risposta.

«Me la sento, non si preoccupi, me la sento».

446

L'altro isò le spalle, sparì in cucina, ricomparse doppo tanticchia, si mise a taliare il commissario. Venne chiamato dalla coppia di clienti che spiarono il conto. Il baffuto glielo fece, i due pagarono e niscirono senza salutare.

«Il saluto qua non deve essere di casa» pinsò Montalbano, ricordandosi che macari lui, trasendo, non aveva salutato a nisciuno.

Il baffuto tornò dalla cucina e si rimise nella stessa 'ntifica posizione di prima.

«Tra cinque minuti è pronto» disse. «Vuole che le rapro la televisione, intanto che aspetta?».

«No».

Finalmente dalla cucina si sentì una voce femminina.

«Giugiù!».

E arrivarono i pirciati. Sciauravano di paradiso terrestre. Il baffuto si mise appuiato allo stipite della porta assistimandosi come per uno spettacolo.

Montalbano decise di farsi trasire il sciauro fino in fondo ai polmoni.

Mentre aspirava ingordamente, l'altro parlò.

«La vuole una bottiglia di vino a portata di mano prima di principiare a mangiare?».

Il commissario fece 'nzinga di sì con la testa, non aveva gana di parlare. Gli venne messo davanti un boccale, una litrata di vino rosso densissimo. Montalbano se ne inchì un bicchiere e si mise in bocca la prima forchettata. Assufficò, tossì, gli vennero le lagrime agli occhi. Ebbe la netta sensazione che tutte le papille gustative avessero pigliato foco. Si sbacantò in un colpo solo il bicchiere di vino, che da parte sua non sgherzava in quanto a gradazione.

«Ci vada chiano chiano e liggero» lo consigliò il cammareri-proprietario.

«Ma che c'è?» spiò Montalbano ancora mezzo assufficato.

«Oglio, mezza cipuddra, dù spicchi d'agliu, dù angiovi salati, un cucchiarinu di chiapparina, aulive nìvure, pummadoro, vasilicò, mezzo pipiruncinu piccanti, sali, caciu picurinu e pipi nìvuru» elencò il baffuto con una nota di sadismo nella voce.

447

«Gesù» disse Montalbano. «E chi c'è in cucina?».

«Mè mogliere» rispose il baffuto andando incontro a tre nuovi clienti.

Intercalando le forchettate con sorsate di vino e gemiti ora di estrema agonia ora di insostenibile piacere («esiste un piatto estremo come il sesso estremo?» gli venne di spiarsi a un certo punto), Montalbano ebbe macari il coraggio di mangiarsi col pane il condimento rimasto sul fondo del piatto, asciucandosi di tanto in tanto il sudore che gli spuntava in fronte.

«Che vuole per secondo, signore?».

Il commissario capì che con quel «signore» il padrone gli stava rendendo l'onore delle armi.

«Niente».

«E fa bene. Il danno dei pirciati ch'abbruscianu è che uno ripiglia i sapori il giorno appresso».

Montalbano spiò il conto, pagò una miseria, si susì, s'avviò per nesciri senza salutare come di rigore e proprio allato alla porta vide una grande fotografia con sotto una scritta:

«RICOMPENSA DI LIRI UN MILIONE A CHI MI DARA NOTIZZIE DI QUESTO UOMO».

«Chi è?» fece rivolto al baffuto.

«Non lo conosce? Questo è quel granni e grannissimo cornuto del ragioniere Gargano, quello che...».

«Perché vuole sue notizie?».

«Per pigliarlo e scannarlo».

«Che le ha fatto?».

«A me, nenti. Ma a mè mogliere, trenta milioni ci fotté».

«Dica alla signora che sarà vendicata» disse solennemente il commissario posandosi una mano sul petto.

E capì d'essere completamente 'mbriaco.

C'era una luna che faceva spavento, tanto pareva giorno chiaro. Guidava allegrotto, se ne faceva capace: pigliava le curve sbandando, ora camminava a dieci orari ora a cento. A metà strata tra Montelusa e Vigàta vide a distanza il cartellone pubblicitario darrè al quale stava ammucciato il viottolo che portava alla casuzza diroccata che aveva allato il grande aulivo saraceno. Siccome negli ultimi tre chilometri aveva scansato a malappena l'urto frontale con due macchine che procedevano in senso inverso, addecise di girare e andarsi a fare passare la 'mbriacatura tra i rami dell'àrbolo che era da quasi un anno che non andava a trovare.

Sterzò a destra per imboccare il viottolo e subito ebbe la 'mprissioni d'avere sbagliato, in quanto al posto della stratuzza di campagna ora c'era una larga striscia asfaltata. Forse aveva scangiato un cartellone per un altro. Tornò a marcia indietro e andò a sbattere contro uno dei sostegni del cartellone che s'inclinò pericolosamente. FERRAGUTO MOBILI-MONTELUSA. Non c'era dubbio, il cartellone era quello. Ritornò sull'ex viottolo e dopo un centinaio di metri si venne a trovare davanti alla cancellata di una villetta appena appena finita di costruire. Non c'era più la casuzza rustica, non c'era più l'aulivo saraceno. Non arrinisciva a raccapezzarsi, non riconosceva nenti del paesaggio al quale era abituato.

Possibile che un litro di vino, sia pure forte, l'avesse ridotto a questo punto? Scinnì dalla macchina e, mentre pisciava, continuava con la testa a taliare torno torno. La luce della luna consentiva una buona vista, ma quello che vedeva gli era straneo. Pigliò dal cassetto del cruscotto la pila e principiò a fare il giro della cancellata. La villetta era finita e chiaramente non era abitata, i vetri alle finestre avevano ancora a protezione le strisce di carta adesiva incrociate. Il giardino recintato era abbastanza grande, ci stavano costruendo una specie di gazebo, ammassati vicino si vedevano gli arnesi del travaglio, pale, pichi, secchi per la quacina. Quando arrivò nella parte di darrè la villetta, andò a sbattere contro quella che sulle prime gli parse una troffa di spinasanta. Puntò la pila, taliò meglio e fece un urlo. Aveva visto un morto. O meglio, un moribondo. Il grande aulivo saraceno era davanti a lui, agonizzante, dopo essere stato sradicato e gettato 'n terra. Agonizzava, gli avevano staccato i rami dal tronco con la sega elettrica, il tronco stesso era stato già profondamente ferito dalla scure. Le foglie si erano accartocciate e stavano seccando. Montalbano si rese conto confusamente che si era messo a chiangiri, tirava su il moccaro che gli nisciva dal naso aspirando a sussulti come fanno i picciliddri. Allungò una mano, la posò sul chiaro di una larga ferita, sentì sotto il palmo ancora tanticchia d'umidità di linfa che se ne stava andando a picca a picca come fa il sangue di un omo che muore dissanguato. Levò la mano dalla ferita e staccò 'na poco di foglie che fecero ancora resistenza, se le mise in sacchetta. Poi dal chianto passò a una specie di raggia lucida, controllata.

Tornò alla macchina, si levò la giacchetta, infilò la pila nella sacchetta dei pantaloni, addrumò gli abbaglianti, affrontò il cancello in ferro battuto, lo scalò come una scimmia certamente in virtù del vino che continuava a fare il suo effetto. Con un balzo degno di Tarzan si trovò dintra al giardino, vialetti ghiaiati correvano da ogni parte, c'erano panchine di pietra lavorata disposte a ogni decina di metri, giarre con piante, finte lanceddre romane con finte escrescenze marine, capitelli di colonne chiaramente fabbricate a Fiacca. E l'immancabile, complesso, modernissimo grill per il barbecue. Si avviò verso il gazebo in costruzione, scelse tra gli arnesi di travaglio una mazza da spaccapietre, la impugnò saldamente e principiò a spaccare i vetri delle finestre del piano terreno che erano due per facciata.

Doppo avere frantumato sei finestre, appena girato l'angolo, vide un gruppo di figure quasi umane immobili. Oddio, che erano? Cavò fora dalla sacchetta la pila, l'addrumò. Erano otto grandi statue momentaneamente raggruppate in attesa che il proprietario della villetta le dislocasse a suo piacimento. Biancaneve e i sette nani.

«Aspettatemi che torno» disse Montalbano.

Scassò coscienziosamente le rimanenti due finestre e poi, facendo roteare alta sopra la sua testa la mazza come Orlando faceva roteare la sua spada quand'era furioso, s'avventò sul gruppo dando mazzate all'urbigna.

Tempo una decina di minuti e di Biancaneve, Mammolo, Eolo, Pisolo, Brontolo, Cucciolo, Ventolo, Mignolo, o come minchia si chiamavano, non rimasero altro che minuscoli frammenti colorati. Ma Montalbano ancora non si sentiva soddisfatto. Scoprì che sempre vicino al gazebo in costruzione c'erano delle bombole spray di colore. Ne pigliò una verde e scrisse, a caratteri cubitali, quattro volte la parola STRONZO, una per lato della villetta. Quindi riscalò il cancello, si rimise in macchina e partì per Marinella, sentendo che la 'mbriacatura gli era completamente passata.

Arrivato a Marinella, passò mezza nottata a rimettere in ordine la casa che era addiventata una casamicciola in seguito alla cercatina della ricevuta del notaro. Non è che ci sarebbe voluto tutto questo tempo, ma il fatto è che quando hai sbacantato i cassetti trovi una quantità di carte vecchie, scordate, alcune delle quali, quasi a forza, vogliono essere lette e tu, inevitabilmente, finisci col precipitare sempre più in fondo al gorgo della memoria e ti tornano a mente macari cose che per anni e anni hai fatto di tutto per scordare. È un gioco tinto, quello dei ricordi, nel quale finisci sempre col perdere. Andò a corcarsi verso le tre del matino; ma dopo essersi susuto almeno tri volte per andare a bersi un bicchiere d'acqua, addecise di portarsi la caraffa in càmmara da letto, sul comodino. Conclusione, alle sette aveva una panza che pareva incinto d'acqua. La giornata era nèvula e questo gli aumentò il nirbuso già ai livelli di guardia per la mala nottata. Squillò il telefono, sollevò il ricevitore, deciso.

«Non mi rompere i cabasisi, Catarè».

«Non sugnu chisto ca vossia dici, ma iu sugnu, dottori».

«E tu chi sei?».

«Nun m'arriconosci, dottori? Adelina sugnu».

«Adelina! Che c'è?».

«Dottori, ci vuliva fari avvirtenzia che oggi non pozzo avveniri».

«Va bene, non...».

«E non pozzo avveniri né dumani né passannadumani».

«Che ti succede?».

«La mogliere di mè figliu nicu la portaro allo spitali ch'avi malo di panza e io ci devu abbadari 'e figli ca sunnu quattru e il chiù granni ch'avi deci anni è unu sdilinquenti peju di sò patre».

«Va bene, Adelì, non ti dare pinsèro».

Riattaccò, andò in bagno, pigliò una montagnola di roba da lavare, compreso il pullover che gli aveva arrigalato Livia e che si era allordato di rena, infilò il tutto in lavatrice. Non trovò una cammisa pulita e si rimise quella usata. Pensò che per almeno tre pranzi e tre cene sarebbe dovuto andare in trattoria, ma giurò a se stesso di non cadere in tentazione e di restare fedele alla «San Calogero». Con la telefonata di Adelina però il malo umore era tracimato, convinto com'era di non sapere dare adenzia né a se stesso né alla casa.

In commissariato pareva esserci calma piatta, Catarella manco s'addunò del suo arrivo impegnato com'era in una conversazione telefonica che doveva essere molto difficoltosa perché ogni tanto s'asciucava la fronte con la manica. Sul suo tavolo trovò un biglietto con scritto due nomi, Giacomo Pellegrino e Michela Manganaro, e due numeri di telefono. Riconobbe la grafia di Mimì e di subito s'arricordò: erano i nomi degli impiegati alla «Re Mida», a parte naturalmente la signorina Mariastella Cosentino. Ma Mimì non aveva scritto macari l'indirizzo e lui preferiva parlarci a vista con le persone oltre che col telefono.

«Mimì» chiamò.

Non arrispunnì nisciuno. Capace che quello se ne stava a casa sua ancora curcato o si stava bevendo la prima tazza di cafè.

«Fazio!».

Fazio s'appresentò subito.

«Non c'è il dottor Augello?».

«Oggi non viene, dottore, manco domani e nemmanco dopodomani».

Come la cammarera Adelina. Pure Mimì aveva nipoti da abbadare?

«E perché?».

«Come perché, dottore? Che fece, se lo scordò? Oggi gli comincia la licenza matrimoniale».

Gli era completamente passato di mente. E dire che era stato lui a presentare a Mimì, sia pure per scopi in un certo senso inconfessabili, la futura sposa, Beatrice, bella e brava picciotta.

«E quando si marita?».

«Tra cinque giorni. E non se lo scordi, perché lei al dottor Augello ci deve fare da testimonio».

«Non me lo scordo. Senti, sei impegnato?».

«Mi libero subito. C'è un tale, Giacomo Pellegrino, che è venuto a fare denunzia per atti di vandalismo contro una villetta che ha fatto appena appena fabbricare».

«Quand'è capitato il fatto?».

«Stanotte».

«Va bene, vai e torna».

Dunque il vandalo era lui, Montalbano. A sentire parlare accussì, dintra al commissariato, della prodezza che aveva fatto, s'affruntò tanticchia, si vrigognò. Ma come poteva arriparare? Presentandosi di là, da Fazio e dire: «Senta, signor Pellegrino, mi perdoni, sono stato io che...».

Si fermò. Giacomo Pellegrino, aveva detto Fazio. E Giacomo Pellegrino era macari uno dei due nomi che Mimì gli aveva scritto, col numero di telefono, sul foglio che aveva davanti. Rapidamente mandò a memoria il numero di telefono di Pellegrino, si susì, trasì nella càmmara di Fazio.

Questi, che stava scrivendo, isò gli occhi su Montalbano. Si taliarono appena, ma si capirono. Fazio continuò a scrivere. Che aveva detto Mimì di Giacomo Pellegrino? Che era un picciotto laureato in economia e commercio. L'omo che stava assittato davanti la scrivania di Fazio pareva un pecoraro ed era minimo sissantino. Fazio finì di scrivere, Pellegrino firmò con una certa difficoltà. Altro che economia e commercio, quello sì e no era arrivato alla terza elementare. Fazio si ripigliò la denunzia e a questo punto il commissario intervenne.

«Ha lasciato il numero di telefono?».

«No» disse l'omo.

«Beh, è sempre meglio averlo. Com'è?».

L'omo lo disse ad alta voce a Fazio che se l'appuntò. Non corrispondeva. Pareva piuttosto un numero della zona di Montereale.

«Lei è di qua, signor Pellegrino?».

«No, io ho una casa vicino a Montereale».

«E come mai si è fatto costruire una villetta tra Vigàta e Montelusa?».

Aveva fatto una grossa minchiata, se ne rese conto subito. Fazio non gli aveva detto dov'era allocata la villetta. E infatti si mise a taliare il commissario con gli occhi stritti stritti. Ma forse Pellegrino pensò che i due sbirri ne avessero parlato quando Fazio era stato chiamato fora e non si ammaravigliò della domanda.

«Non è mia. È di un mio nipote, figlio di un mio fratello. Porta lo stesso nome mio».

«Ah!» fece Montalbano recitando la parte di chi prova sorpresa. «Ho capito, suo nipote è quello ch'era impiegato alla "Re Mida", vero?».

«Sissignore, lui».

«Mi scusi ancora, ma perché la denunzia è venuto a farla lei e non suo nipote che è il proprietario?».

«Il signor Pellegrino ha una procura» intervenne Fazio.

«Forse suo nipote travaglia troppo e non può abbadare a...».

«No» fece l'omo. «Le cose sono andate accussì come ci dico. Una misata fa, la matina del giorno avanti che doveva arrivare quel cornuto del ragioniere Gargano...».

«Macari a lei ha levato soldi?».

«Sissignore, tutti quelli che avevo. La matina prima, mè nipote s'appresentò a Montereale e mi disse che gli aveva telefonato Gargano ordinandogli di andare in Germania per un affare. Aveva l'aereo da Palermo che partiva alle quattro di doppopranzo. Mè nipote mi disse che sarebbe rimasto fora minimo una misata e mi desi l'incarico d'abbadare alla costruzione. Dovrebbe tornare a giorni».

«Quindi se io ho bisogno di parlargli non lo trovo a Vigàta?».

«Nonsi».

«E lei ha un indirizzo, un telefono di suo nipote in Germania?».

«Vuole babbiare?».

Cinque

Ma com'è che da quando la bonarma del geometra Garzullo era trasuto, revorbaro alla mano, nell'agenzia vigatese della «Re Mida», minacciando di fare minnitta, com'è che non poteva cataminarsi senza imbattersi in qualcosa che arriguardava, alla stritta o alla larga, lo scomparso ragioniere Gargano? Mentre il commissario stava a pinsari a questo succedersi di coincidenze che si trovano o in un romanzo giallo di secondo ordine o nella più trita realtà quotidiana, trasì Fazio.

«Agli ordini, dottore. Ma prima mi spiegasse una cosa. Come faceva a sapiri dov'è la villa di Pellegrino? Io non ce lo dissi. Me la leva questa curiosità?».

«No».

Fazio allargò le vrazza. Il commissario decise di mettersi al sicuro, con Fazio era meglio quatelarsi, quello era uno sbirro vero.

«E so macari che hanno rotto i vetri del piano terra, hanno ridotto in briciole Biancaneve e i sette nani e hanno scritto "stronzo" su tutte e quattro le pareti. È così?».

«È così. Hanno usato una mazza e lo spray verde che hanno trovato sul posto».

«Benissimo. E ora che ne pensi? Che parlo con le ciàvole? Che ho la palla di vetro? Che faccio magarie?» spiò Montalbano arraggiando di più di domanda in domanda.

«Nonsi. Ma non si arrabbiasse».

«E m'arrabbio sì! Ci sono passato stamatina presto da quelle parti. Volevo vedere come stava l'àrbolo d'aulivo».

«L'ha trovato bono?» spiò con leggera ironia Fazio che conosceva tanto l'àrbolo quanto lo scoglio, i due posti dove il suo superiore si rifugiava di tanto in tanto.

«Non c'è più. L'hanno abbattuto per fare largo alla villetta».

Fazio si fece serio serio, come se Montalbano gli avesse detto ch'era morta una criatura che gli stava cara.

«Capisco» murmuriò a mezza voce.

«Cosa hai capito?».

«Nenti. Aveva ordini da darmi?».

«Sì. Dato che abbiamo saputo che Giacomo Pellegrino se la sta spassando in Germania, vorrei che tu mi trovassi l'indirizzo della signorina o signora Michela Manganaro che faceva l'impiegata di Gargano».

«Tra un minuto glielo porto. Vuole che prima passo da Brucale e le accatto una cammisa nova?».

«Sì, grazie, accattamene tre, dato che ti ci trovi. Ma come hai fatto a indovinare che mi mancavano le cammise? Ora sei tu che parli con le ciàvole o fai magarie!».

«Non c'è bisogno di parlare con le ciàvole, dottore. Vossia stamatina non si cangiò la cammisa, e invece avrebbe dovuto farlo perché ha un polsino tutto macchiato di vernice oramà secca. Vernice verde» sottolineò con un sorrisino, niscendo.

La signorina Michela Manganaro abitava con i genitori in una casa popolare di dieci piani dalle parti del camposanto. Montalbano preferì non avvertire del suo arrivo né telefonando e manco citofonando. Aveva appena parcheggiato la macchina che vide nesciri un omo anziano dal portone.

«Mi scusi, mi sa dire a quale piano abitano i signori Manganaro?».

«Al quinto piano, buttanazza della miseria!».

«Perché se la piglia se i signori Manganaro...».

«Perché l'ascensori da una simana arriva solo fino al quinto. E io abito al decimo! E me la devo fare a piedi due volta la jurnata! Sempri un gran culu hanno avuto sti Manganaro! Si figurasse che qualiche anno passato hanno macari vinciuto un terno!».

«Hanno vinto molto?».

«Poca roba. Ma vuole mettere la soddisfazioni?».

Montalbano trasì nell'ascensore, premette il pulsante del quinto, l'ascensore partì e si fermò al terzo. Le provò tutte, ma quello era addiventato irremovibile. Si fece due piani di scale, consolandosi col pinsèro che, abbonè, se ne era risparmiati tre.

«Cu è?» spiò una voce di fìmmina anziana.

«Montalbano sono, un commissario di Pubblica Sicurezza».

«Commissario? Sicuri semo?».

«Da parte mia ne sono sicuro, d'essere un commissario».

«E che voli da nui?».

«Parlare con sua figlia Michela. È in casa?».

«Sì, ma è corcata, havi tanticchia d'infruenza. Aspittasse un mumentu ca chiamo a mè marito».

Seguì un urlo che per un momento atterrì Montalbano.

«Filì! Veni ccà che c'è unu ca dici d'essiri un commissario!».

Non era riuscito a convincere la signora, lo rivelava quel "dici d'essiri".

Poi, sempre da darrè la porta inserrata, la signora disse:

«Ci parlasse forte a mè marito ch'è surdo!».

«Cu è?» fece stavolta una voce mascolina e irritata.

«Sono un commissario, apra!».

L'aveva ululato accussì forte che, mentre la porta dei Manganaro restava ostinatamente chiusa, si raprirono, in compenso, le altre due porte del pianerottolo e comparsero due spettatori, uno per porta, una picciliddra decina che stava sbafandosi una merendina e un signore cinquantino, in canottiera, con una benda sull'occhio mancino.

«Parlasse più forte che Manganaro è surdo» suggerì amichevolmente l'omo in canottiera.

Ancora più forte? Fece qualche esercizio di ventilazione dei polmoni, come aveva visto fare a un campione di discesa in profondità in apnea, quindi, immagazzinata tutta l'aria possibile, gridò:

«Polizia!».

Sentì che le porte del piano di supra e del piano di sutta si raprivano contemporaneamente e che voci agitate spiavano:

«Che fu? Che capitò? Che successe?».

La porta dei Manganaro si raprì lentissimamente e apparse un pappagallo. O almeno questa fu la prima 'mpressioni che il commissario ebbe. Naso lunghissimo e giallo, pomelli viola, oc-

457

chi granni e neri, quattro peli rossi arruffati sul cranio, camicia verde squillante.

«Trasisse» murmuriò il pappagallo. «Ma faccia chiano pirchì mè figlia dorme datosi ca non si sente bona».

Lo fece trasire in un salotto incongruamente svedese. Su un trespolo ci stava il fratello gemello del signor Manganaro che aveva almeno l'onestà di mantenersi uccello e di non spacciarsi per omo. La mogliere di Manganaro, una sorta di passero impallinato per errore o per malvagità che strascicava la gamba mancina, arrivò reggendo con fatica un minuscolo vassoio con sopra una tazzina di cafè.

«È già zuccherato» disse assittandosi comoda sul divanetto.

Era evidente che la curiosità se la stava mangiando viva. Non doveva avere molte occasioni di svago, la signora, e ora stava apprestandosi a scialarsela.

«Se tanto mi dà tanto» pinsò Montalbano. «Che uccello figlia verrà fora dall'incrocio tra un pappagallo e un passero?».

«A Michela l'avvertii. Si sta susendo e a momenti viene» pigolò il passero.

«Ma da dove ha tirato fora quella voce quando ha chiamato il marito?» si spiò Montalbano. E s'arricordò d'avere letto in un libro di viaggi che esistono aceddri minuscoli in grado di fare un verso simile all'ululato di una sirena. La signora doveva appartenere a quella specie.

Il cafè era tanto zuccherato che al commissario s'allappò la bocca. Il primo a parlare fu il pappagallo, quello travestito da omo.

«Io lo saccio pirchì lei voli parlari con mè figlia. Per via di quel grannissimo cornuto del ragioniere Gargano. È accussì?».

«Sì» gridò Montalbano. «Anche lei è vittima della truffa di...».

«Tiè!» disse l'omo, poggiando con violenza la mano mancina sull'avambraccio di dritta proteso in avanti.

«Filì!» lo rimproverò la mogliere usando la seconda voce, quella da Giudizio Universale.

I vetri della finestra fecero tin tin.

«Lei giudica a Filippo Manganaro accussì fissa da cadiri nello sfondapiedi priparato da Gargano? Pinsasse che io manco volevo ca mè figlia ci s'impiegasse da quel truffatore!».

«Lei a Gargano lo conosceva da prima?».

«No. Non ce n'era di bisogno, pirchì le banche, i banchieri, quelli della Borsa, tutti quelli inzomma ca si occupano di dinaro non possono essiri che truffatori. Per forza di cosi, signore mio. E se voli ci lo spiego. Lei pi caso ha mai liggiuto un libro ca si chiama *Il capitale* di Marx?».

«Qua e là» fece Montalbano. «Lei è comunista?».

«Attacca, Turì!».

Il commissario, che non aveva capito la risposta, lo taliò imparpagliato. E poi chi era questo Turiddru? Lo seppe un attimo doppo, quando il gemello pappagallo vero, che di nome si chiamava evidentemente Turiddru, si schiarì la voce e attaccò a cantare l'Internazionale. La cantava proprio bene e Montalbano si sentì acchianare dintra un'ondata di nostalgia. Stava per complimentarsi coll'istruttore quando sulla porta apparse Michela. A vederla, Montalbano strammò. Tutto s'aspittava, meno quella picciottona piuttosto alta, bruna con gli occhi viola, il naso tanticchia arrussicato per via della 'nfruenza, bella e china di vita, con una gonna corta a metà delle cosce piene nella misura giusta e una cammisetta bianca che a malappena conteneva le minne non incarzarate nel reggiseno. Un pinsèro rapido e maligno, come il guizzare d'una vipera tra l'erba, gli traversò il ciriveddro. Sicuramente il bel Gargano con una picciotta come questa ci aveva, o ci aveva tentato, d'inzupparci il pane.

«Eccomi a sua disposizione».

A sua disposizione? L'aveva detto con una voce vascia e tanticchia rauca, alla Marlene Dietrich, che a Montalbano ci arrimiscoliò tanto il sangue che dovette trattenersi dal fare chicchirichì come il professore nell'*Angelo azzurro*. La picciotta s'assittò tirandosi la gonna al massimo verso le ginocchia, compunta, sguardo basso, una mano su una gamba, l'altra sul bracciolo. Posa da brava picciotta di famiglia seria, lavoratrice e onesta. Il commissario recuperò l'uso della parola.

«Mi dispiace di averla fatta alzare».

«Non si preoccupi».

«Sono qua per domandarle notizie sul ragioniere Gargano e sull'agenzia dove lei lavorava».

«Faccia pure. Ma l'avverto che sono stata interrogata da uno del suo commissariato. Il dottor Augello, mi pare. Però, glielo dico francamente, mi è parso assai più interessato ad altro».

«Ad altro?».

E mentre spiava, sinni pentì. Aveva capito. E si rappresentò la scena: Mimì che le rivolgeva domande su domande e intanto i suoi occhi le levavano con delicatezza la cammisetta, il reggipetto (se quel giorno l'aveva), la gonna, le mutandine. Figurati se Mimì ce l'avrebbe fatta a resistere davanti a una billizza di quel tipo! E pinsò alla futura sposa, a Beatrice, povirazza, quanti bocconi amari avrebbe dovuto agliuttìri! La picciotta non rispose alla domanda, capì che il commissario aveva capito. E sorrise, o meglio, lasciò immaginare un sorriso, dato che teneva la testa bassa come si conviene davanti a uno straneo. Il pappagallo e il passero osservavano compiaciuti la loro creatura.

A questo punto la picciotta isò gli occhi viola e taliò il commissario come in attesa delle domande. In realtà gli parlò, gli disse chiaramente senza usare parole:

«Non perdere tempo qua. Non posso parlare. Aspettami sotto».

«Messaggio ricevuto» fecero gli occhi di Montalbano.

Il commissario decise di non perdere altro tempo. Si finse meravigliato e imbarazzato.

«Davvero è stata già interrogata? Ed è stato tutto verbalizzato?».

«Certo».

«E come mai io non ho trovato niente?».

«Mah! Lo chieda al dottor Augello che, oltre ad essere un vanesio, in questi giorni ha la testa persa perché si deve maritare».

E la luce fu. A metterlo sull'avviso era stato quel "vanesio" che, in presenza dei genitori all'antica, sostituiva certamente la parola "stronzo", assai più pregnante come una volta scrivevano i critici letterari. Mentre la certezza assoluta era arrivata subito dopo: sicuramente la picciotta aveva concesso i suoi favori (accussì ci si esprime in presenza di genitori all'antica) e

460

Mimì, dopo essersi secolei giaciuto, l'aveva liquidata rivelandole che era uno zito prossimo al matrimonio.

Si susì. Tutti si susirono.

«Sono veramente mortificato» fece.

Tutti si mostrarono comprensivi.

«Cose che capitano» disse il pappagallo.

Si formò una piccola processione. La picciotta in testa, il commissario appresso, quindi il patre e darrè di lui la matre. Osservando il moto ondoso che lo precedeva, Montalbano rivolse un pensiero giallo d'invidia a Mimì. Rapruta la porta, la picciotta gli pruì la mano.

«Piacere d'averla conosciuta» disse con la bocca. E con gli occhi: «Aspettami».

Aspettò chiussà di una mezzorata, il tempo indispensabile perché Michela s'alliffasse a dovere, facendo scomparire il russichìo del nasino. Montalbano la vide comparire sul portone e taliarsi torno torno, allora diede un leggero colpo di clacson e raprì lo sportello. La picciotta si mosse verso la macchina con un'ariata d'indifferenza, a passi lenti, ma arrivata all'altezza dello sportello, velocissima trasì, chiuse, disse:

«Via da qua».

Montalbano, che in quell'attimo aveva avuto modo di constatare che Michela si era scordata di mettersi il reggipetto, ingranò la marcia e partì.

«Ho dovuto sostenere una lotta, i miei non mi volevano fare uscire, temono che abbia una ricaduta» disse la picciotta. E poi spiò:

«Dove ci mettiamo a parlare?».

«Vuole che andiamo al commissariato?».

«E se incontro quello stronzo?».

E così i peggiori (e i migliori) sospetti di Montalbano vennero confermati in un colpo solo.

«E poi il commissariato non mi piace» aggiunse Michela.

«In un bar?».

«Scherza? La gente già sparla troppo di me. Per quanto, con lei, non c'è pericolo».

«Perché?».

«Perché lei potrebbe essermi padre».

Una pugnalata sarebbe stato meglio. La macchina sbandò leggermente.

«Colpito e affondato» fece a commento la picciotta. «È un sistema che funziona spesso per smontare gli anzianotti intraprendenti. Ma a seconda di come lo si dice».

E ripeté con voce ancora più bassa e rauca:

«Lei potrebbe essere mio padre».

Riuscì a mettere nella voce tutto il sapore del proibito, dell'incesto.

Montalbano non poté scansare di vedersela allato nuda, sul letto, sudata e ansante. Quella picciotta era pericolosa, non solamente bella, ma macari carogna.

«Allora dove andiamo?» fece autoritario.

«Lei dove abita?».

'Nzamà, Signuri! Sarebbe stato come portarsi a casa una bomba innescata.

«A casa mia c'è gente».

«Maritato?».

«No. Insomma, si decide?».

«Forse ho trovato» fece Michela. «Pigli la seconda a destra».

Il commissario pigliò subito la seconda a destra. Era una di quelle rare strate che sono ancora in grado di dirti subito dove vanno a parare: in aperta campagna. E te lo dicono con le case che diventano sempre più piccole fino a cangiarsi in poco più che dadi con tanticchia di verde torno torno, con i pali della luce e del telefono che si fanno improvvisamente non allineati, con il fondo stradale che comincia a cedere il passo all'erba. Poi macari i dadi bianchi finirono.

«Devo proseguire?».

«Sì. Tra poco vedrà a sinistra una trazzera, ma è ben tenuta, non si preoccupi per la sua macchina».

Montalbano la pigliò e doppo tanticchia si trovò in mezzo a una specie di bosco fitto di araucarie e di troffe d'erba serbaggia.

«Oggi non c'è nessuno» fece la picciotta «perché non è festivo. Ma deve vedere il tràfico che c'è il sabato e la domenica!».

«Ci viene spesso?».

«Quando capita».

Montalbano abbassò il finestrino e pigliò il pacchetto di sigarette.

«Le dispiace...».

«No. Ne dia una anche a me».

Fumarono in silenzio. Arrivato a mezza sigaretta, il commissario attaccò.

«Dunque, vorrei capire qualcosa di più su come funzionava il sistema inventato da Gargano».

«Mi faccia domande precise».

«Dove tenevate il denaro che Gargano razziava?».

«Guardi, certe volte era Gargano ad arrivare con gli assegni e allora o io o Mariastella o Giacomo li depositavamo alla filiale della Cassa di Credito di qua. Lo stesso facevamo se il cliente si presentava in agenzia. Dopo un certo tempo, Gargano si faceva accreditare le somme nella sua banca di Bologna. Ma anche lì, a quanto abbiamo saputo, i soldi non restavano molto. Pare che andavano a finire in Svizzera e nel Liechtenstein, non so».

«Perché?».

«Che domanda! Perché Gargano doveva farli fruttare con le sue speculazioni. Almeno così pensavamo».

«E ora invece che pensa?».

«Che stava accumulando i soldini all'estero per fottere tutti quanti al momento giusto».

«Anche lei è stata...».

«Fottuta? No, non gli ho affidato manco una lira. Anche volendolo, non avrei potuto. Ha conosciuto papà, no? Però ci ha fregato due mesi di stipendio».

«Senta, mi permette una domanda personale?».

«Ma si figuri!».

«Gargano ha cercato di portarsela a letto?».

La risata di Michela scoppiò improvvisa e incontenibile, il viola dei suoi occhi si fece più chiaro perché sbrilluccicò di lacrime. Montalbano la lasciò sfogare, spiandosi che cosa ci fosse di tanto comico nella domanda. Michela s'arripigliò.

«Ufficialmente, mi faceva la corte. E anche alla povera Mariastella la faceva. Mariastella era gelosissima di me. Sa, cioccolatini, fiori... Ma se io un giorno gli avessi detto che ero pronta ad andare a letto con lui, lo sa che sarebbe successo?».

«No, me lo dica lei».

«Sarebbe svenuto. Gargano era gay».

Sei

Il commissario allucchì. Era una cosa che non gli era passata manco per l'anticamera del ciriveddro. Ma, superata la sorpresa iniziale, ci rifletté supra: il fatto che Gargano fosse omosessuale aveva importanza ai fini dell'inchiesta? Forse sì e forse no, però Mimì non gliene aveva parlato.

«Ne è sicura? Fu lui a dirglielo?».

«Ne sono più che sicura, ma lui non me ne fece mai parola. Ci siamo capiti al volo, a prima taliata».

«Lei segnalò questo... questa circostanza, o meglio, questa sua impressione al dottor Augello?».

«Augello mi faceva domande con la bocca, ma mi chiedeva altro con gli occhi. Sinceramente, non glielo so dire se gliene parlai, allo stronzo».

«Mi perdoni, ma perché ce l'ha tanto con Augello?».

«Vede, commissario, io con Augello ci sono stata perché mi piaceva. Ma lui, prima che me ne andassi da casa sua, nudo, con un asciugamani sul pisellino, mi comunicò che era fidanzato e che era prossimo a sposarsi. Ma chi gli aveva domandato niente? Fu così meschino che me la pentii di esserci stata, ecco tutto. Vorrei scordarmelo».

«La signorina Cosentino era al corrente che Gargano...».

«Guardi, commissario, se Gargano all'improvviso si fosse trasformato in un mostro orrendo, che so, nello scarafaggio di Kafka, lei gli sarebbe rimasta davanti in adorazione, persa nel suo delirio amoroso senza accorgersi di niente. E poi credo che la povera Mariastella non sia in grado di distinguere un gallo da una gallina».

Non avrebbe mai più finito di sorprenderlo, Michela Manganaro. Ora se ne veniva fora con la metamorfosi di Kafka?

465

«Le piace?».

«Chi? Mariastella?».

«No. Kafka».

«Ho letto tutto, dal *Processo* alle *Lettere a Milena*. Siamo qua per parlare di letteratura?».

Montalbano incassò.

«E Giacomo Pellegrino?».

«Certo, anche Giacomo aveva capito subito, forse tanticchia prima di me. Perché Giacomo lo è macari lui. E, prima che me lo domandi, le dico subito che manco di questo ho parlato ad Augello».

Macari lui? Aveva capito bene? Ne volle conferma.

«Macari lui?» spiò.

E gli venne fora un'intonazione da caratterista comico siciliano, tra stupore e fastidio, della quale si vrigognò perché era lontanissima dalla sua intenzione.

«Macari lui» fece Michela senza nessuna intonazione.

«Si potrebbe avanzare l'ipotesi» principiò Montalbano quatelosamente quasi camminasse sopra un tirreno cosparso di mine antiuomo. «Ma si tratta di una mera ipotesi, tengo a sottolinearlo, che tra Giacomo e Gargano siano intercorsi rapporti che potremmo definire alquanto...».

La picciotta sgriddrò i bellissimi occhi viola.

«Perché si è messo a parlare così?».

«Mi scusi» disse il commissario. «Mi sono confuso. Volevo dire...».

«Ho capito benissimo quello che voleva dire. E la risposta è: forse che sì, forse che no».

«Pure questo ha letto?».

«No. D'Annunzio non mi piace. Ma se dovessi avanzare un'ipotesi, come dice lei, sarei più per il sì che per il no».

«Cosa glielo fa supporre?».

«La storia tra loro due, secondo me, cominciò quasi subito. Certe volte s'appartavano, parlavano a bassa voce...».

«Ma questo non significa niente! Potevano benissimo parlare d'affari!».

«Guardandosi occhi negli occhi come si guardavano? E poi c'erano i giorni sì e i giorni no».

466

«Non ho capito».

«Sa, tipico degli innamorati. Se il loro ultimo incontro è andato bene, allora quando si rivedono è tutto un sorridersi, uno sfiorarsi... ma se le cose sono andate male, c'è stato un litigio, allora cala una specie di gelo, evitano di sfiorarsi, di guardarsi. Gargano, quando veniva a Vigàta, si tratteneva almeno una settimana e c'era perciò tutto il tempo per i giorni sì e per i giorni no... Difficile che non me ne accorgessi».

«Ha idea dove potevano incontrarsi?».

«No. Gargano era un uomo riservato. E pure Giacomo non scherza in fatto di riservatezza».

«Senta, dopo la sparizione di Gargano, avete avuto più notizie di Giacomo? Vi ha scritto, telefonato, si è fatto vivo in qualche modo?».

«Questo non deve domandarlo a me, ma a Mariastella, l'unica che è rimasta in ufficio. Io non mi sono fatta più vedere quando ho capito che qualche cliente inferocito poteva pigliarsela con me. Giacomo è stato il più furbo, perché la mattina nella quale Gargano non è arrivato, non si è fatto vedere nemmeno lui. Si vede che aveva intuito».

«Intuito cosa?».

«Che Gargano si era fottuto i soldi. Commissario, Giacomo era l'unico tra noi che ci capisse qualcosa degli affari di Gargano. Si vede che il giorno avanti è passato dalla Banca e lì gli hanno detto che il trasferimento di capitali da Bologna a Vigàta non c'era stato. E allora avrà pensato che c'era qualcosa che non funzionava e non si è fatto vedere. Almeno, io ho pensato così».

«E ha sbagliato, perché Giacomo, il giorno prima dell'arrivo di Gargano, è partito per la Germania».

«Davvero?» spiò la picciotta sinceramente strammata. «E a fare che?».

«Per incarico di Gargano. Una permanenza di almeno una mesata. Doveva sbrigare certi affari».

«Ma a lei chi glielo ha detto?».

«Lo zio di Giacomo, quello che bada alla costruzione della villa».

«Quale villa?» fece Michela completamente intronata.

«Non sa che Giacomo si è fatto costruire una villetta tra Vigàta e Montelusa?».

Michela si pigliò la testa tra le mani.

«Ma che mi sta contando? Giacomo campava con i due milioni e duecentomila lire dello stipendio! Lo so con certezza!».

«Ma forse i suoi genitori...».

«I suoi genitori sono di Vizzini e sopravvivono mangiando la cicoria del loro orto. Senta, commissario, di questa storia che mi ha contata non mi torna niente. È vero che Gargano ogni tanto spediva Giacomo a risolvere certe situazioni, ma si trattava di questioni di scarsa importanza e sempre nelle nostre agenzie di provincia. Non credo che l'avrebbe mandato in Germania per affari importanti. Ho detto che Giacomo ci capiva più di noi, ma non era certo all'altezza di manovrare in campo internazionale. Non ha né l'età...».

«Quanti anni ha?» l'interruppe Montalbano.

«Venticinque. Né l'esperienza. No, sono convinta che ha tirato fuori quella scusa con lo zio perché voleva sparire per qualche tempo. Non ce l'avrebbe fatta a sopportare i clienti inferociti».

«E se ne sta ammucciato per un mese intero?».

«Boh, non so che pensare» fece Michela. «Mi dia una sigaretta».

Montalbano gliela diede, gliela addrumò. La picciotta se la fumò a brevi tirate, senza raprire bocca, nirbusa. Manco Montalbano aveva gana di parlare, lasciò che il suo ciriveddro marciasse a rota libera.

Quando ebbe finito di fumare, Michela disse, con la sua voce alla Marlene (o alla Garbo doppiata?):

«Mi è venuto mal di testa».

Tentò di raprire il finestrino, ma non ci arriniscì.

«Faccio io» disse Montalbano. «Ogni tanto intoppa».

Si calò verso la picciotta e troppo tardi capì di avere commesso un errore.

Michela di colpo gli mise le vrazza sopra le spalle. Montalbano raprì la bocca, stupito. E fu il secondo errore. La bocca di Mi-

468

chela s'impadronì dell'altra bocca mezzo aperta, principiò una sorta di coscienziosa esplorazione con la lingua. Montalbano per un attimo cedette, poi s'arripigliò e fece una dolorosa manopera di scollamento.

«Buona» comandò.

«Sì, papà» fece Michela con una luce divertita in fondo agli occhi viola. Mise in moto, ingranò, partì.

Ma quel "buona" di Montalbano non era rivolto alla picciotta. Era rivolto a quella parte del suo corpo che, sollecitata, non solo aveva prontamente risposto, ma aveva macari intonato a voce squillante un inno patriottico: «Si scopron le tombe, si levano i morti...».

«Maria santissima, dottori! Maria, chi grannissimo scanto che mi pigliai! Ancora attremo, dottori! Mi taliasse la mano. Lo vitti come attrema?».

«Lo vedo. Ma che fu?».

«Tilifonò il signori e quistori di pirsona pirsonalmenti e mi spiò di vossia. Io ci arrisposi che vossia era momintaniamente asente e che appena che fosse stato d'arritorno ci l'avrebbi detto a lei che lui ci voliva parlari a lei. Ma lui, cioeni il signori e quistori, mi spiò se c'era un superiori ingrato».

«In grado, Catarè».

«Quello che è, è, dottori, basta che ci si accapisce. Allura io ci dissi che il dottori Augello erasi prossimitato a sponsalizio ed erasi in licenza. E lo sapi che cosa m'arrisposi il signori e quistori? "Me ne fotto!". Propio propio accussì, dottori! Allura io ci dissi, datosi che macari Fazio erasi nisciuto, che non c'era nisciuno ingrato. E allura lui mi spiò come mi chiamavo e io ci dissi Catarella. E allura lui mi fece: "Senti, Santarella" e allura io mi promisi di corrigerlo e ci dissi "Catarella, mi chiamo". E lo sapi che cosa m'arrisposi il signori e quistori? "Me ne fotto come ti chiami". Propio accussì. Fora dalla grazia di Dio, era!».

«Catarè, qua facciamo notte. Che voleva?».

«Mi disse di diricci a vossia che vossia avi vintiquattro ori di tempo per daricci quella risposta che vossia sapi».

Il giorno appresso, poste permettendo, il signori e quistori avrebbe ricevuto la lettera pseudo-anonima e si sarebbe dato una calmata.

«Ci sono altre novità?».

«Nenti di nenti, dottori».

«Dove sono gli altri?».

«Fazio è in via Lincoln che c'è stata una sciarriatina, Gallo nel negozio di Sciacchitano che ci fu una piccola arrapina...».

«In che senso piccola?».

«Nel senso che l'arrapinatore era un picciliddro di tridici anni con un revorbaro vero granni quanto il mio vrazzo. Galluzzo invece è indovi stamatina attrovarono una bumma che non sbummò, Imbrò e Gramaglia invece si trovino...».

«Va bene, va bene» fece Montalbano. «Hai ragione tu, Catarè, niente di nuovo sul fronte occidentale».

E se ne andò nella sua càmmara mentre Catarella principiava a toccarsi perplesso la testa.

«Quali è la fronti oncidentali, dottori? La mia?».

Sulla scrivania Fazio gli aveva lasciato un metro e mezzo di carte da firmare con supra un foglietto: urgentissime. Santiò, sapeva di non potersela scansare.

Quando si fu assittato al solito tavolo della trattoria «San Calogero», il proprietario, Calogero, gli si avvicinò con aria cospirativa.

«Dottore, nunnatu aiu».

«Ma non è proibito pescarli?».

«Sissi, ma di tanto in tanto permettono di pigliari una cassetta a barca».

«Allora perché me lo dici accussì che pare una congiura?».

«Pirchì tutti lo vogliono e io non ci ne ho di bastevole».

«Come me lo fai? Con la lumìa?».

«Nonsi, dottore. La morti del nunnatu è fritto a purpetta».

Aspettò un pezzo, ma ne valse la pena. Le polpettine, schiacciate, croccanti, erano costellate di centinaia di puntini neri: gli occhietti dei minuscoli pesciolini appena nati. Montalbano se li mangiò sacralmente, pur sapendo che stava ingoiando qualcosa di simile a una strage, uno sterminio. Per autopunirsi, non volle mangiare nient'altro. Appena fora dalla trattoria, si fece viva, come di tanto in tanto gli capitava, la voce, fastidiosissima, della sua coscienza.

«Per autopunirti, hai detto? Ma quanto sei ipocrita, Montalbà! O non è perché ti sei scantato d'aggravare la digestione? Lo sai quante polpettine ti sei fatte? Diciotto!».

Per il sì o per il no, se ne andò sul porto e caminò fino a sotto il faro, arricriandosi con l'aria di mare.

«Fazio, secondo tia, quanti modi ci sono per arrivare in Sicilia dal continente?».

«Dottore, quelle sono. Coll'automobile, col treno, con la nave, con l'aereo. Oppure a pedi, volendo».

«Fazio, non mi piaci quando ti metti a fare lo spiritoso».

«Non lo facevo, lo spiritoso. Mè patre, durante l'ultima guerra, se la fece a pedi da Bolzano fino a Palermo».

«Ce l'abbiamo da qualche parte il numero di targa dell'automobile di Gargano?».

Fazio lo taliò sorpreso.

«Di questa facenna non si occupava il dottor Augello?».

«E ora me ne occupo io. Hai qualcosa contra?».

«E perché ce la dovrei avere? Ora vado a vedere le carte del dottor Augello. Anzi, gli telefono. Se quello viene a sapere che ho smirciato tra le sue cose, capace che mi spara. Queste carte qua le firmò? Sì? Allora me le porto e ce ne porto altre».

«Se mi porti ancora carte da firmare, io te le faccio agliuttiri foglio a foglio».

Sulla porta, le vrazza cariche di carpette, Fazio si fermò, si voltò, «Dottore, se mi permette, tutto tempo perso è con Gargano. La vuole sapere come la penso?».

«No, ma se non puoi farne a meno, parla».

«Maria, che grevianza che ha oggi! Che fece, gli andò di traverso il mangiare?».

E sinni niscì, sdignato, senza rivelare come la pinsava su Gargano. Non passarono manco cinque minuti che la porta sbatté contro il muro, un pezzo d'intonaco cadì 'n terra. Apparse Catarella, sulle vrazza un metro e passa di documenti, la faccia non si vedeva.

«Mi scusassi, dottori, dovetti ammuttare col pede, pirchì le vrazza le ho accupate».

«Fermati lì!».

Catarella s'immobilizzò.

«Che sono?».

«Carte da firmari, dottori. Me le desi Fazio ora ora».

«Conto fino a tre. Se non scompari, ti sparo».

Catarella ubbidì arretrando e gemendo di scanto. Una piccola vendetta di Fazio che si era offiso.

Passò una mezzorata buona senza che Fazio si fosse fatto vivo. Dopo la vendetta era passato al sabotaggio?

«Fazio!».

Arrivò con la faccia seria seria.

«Agli ordini, dottore».

«Ancora non ti è passata? Tanto te la sei pigliata?».

«Per che cosa me la sarei pigliata?».

«Perché non ti ho fatto dire come la pensavi. Va bene, dimmelo».

«Non ce lo voglio dire più».

Commissariato di Pubblica Sicurezza di Vigàta o Asilo Infantile Maria Montessori? Se gli dava una conchiglia rossa o un bottone con tre pirtusa Fazio avrebbe in cambio parlato? Meglio andare avanti.

«Allora questa targa?».

«Non trovo il dottor Augello, manco al telefonino risponde».

«Guarda tra le sue carte».

«Mi autorizza lei?».

«Ti autorizzo io. Vai».

«Non c'è bisogno di andare. In sacchetta ce l'ho».

Tirò fora un pizzino, lo pruì a Montalbano che non se lo pigliò.

«Come l'hai avuto?».

«Taliando tra le carte del dottor Augello».

A Montalbano venne voglia di pigliarlo a timpulate. Quan-

472

do ci si metteva, Fazio era capace di far venire il nirbuso a un invertebrato.

«Ora torna a taliare tra le carte di Augello, voglio sapere esattamente in che giorno tutti aspettavano la venuta di Gargano».

«Gargano doveva essere qua il primo settembre» fece immediatamente Fazio. «C'erano gli interessi da pagare, alle nove del matino già l'aspettavano una ventina di persone».

Montalbano capì che nella mezzorata nella quale non si era fatto vedere, Fazio si era sprofondato nella lettura dell'incartamento di Augello. Era uno sbirro autentico, ora sapeva tutto del caso.

«Ma perché facevano la fila? Pagava in contanti?».

«Nonsi, dottore. Con assegni, con bonifici, con trasferimenti. Quelli che facevano la fila erano vecchi pensionati, pigliare l'assegno dalle mano di Gargano gli faceva piacere».

«Oggi è il cinco d'ottobre. Quindi non se ne hanno notizie da trentacinque giorni».

«Nonsi, dottore. L'impiegata di Bologna ha detto che l'ultima volta che l'ha visto è stato il ventotto agosto. In quell'occasione Gargano le disse che il giorno appresso, e cioè il ventinove, sarebbe partito per venire qua. Dato che il mese è di trentuno, il ragioniere Gargano non si vede da trentotto giorni».

Il commissario taliò il ralogio, pigliò il telefono, compose un numero. «Pronto?».

Mariastella Cosentino, dall'ufficio deserto, aveva risposto al primo squillo con voce speranzosa. Questo certamente sognava, che un giorno il telefono avrebbe squillato e dall'altro capo le sarebbe arrivata la voce calda, seduttrice, del suo amato capo.

«Montalbano sono».

«Ah».

La delusione della picciotta si materializzò, trasì nel filo, lo percorse tutto, s'infilò nell'orecchio del commissario sotto forma di fastidioso chiurìto.

«Vorrei un'informazione, signorina. Quando il ragioniere veniva a Vigàta, come arrivava?».

«In macchina. La sua».

«Mi spiego meglio. Se la faceva in macchina da Bologna fino a qua?».

«No, assolutamente. Gli ho fatto sempre io i biglietti per il ritorno. Caricava la macchina sul traghetto Palermo-Napoli e per lui pigliavo una cabina singola».

Ringraziò, riattaccò, taliò Fazio.

«Ora ti spiego quello che devi fare».

Sette

Appena che raprì la porta di casa, capì che Adelina doveva aver trovato tanticchia di tempo per venire ad arrizzettare perché tutto era in ordine, i libri spruvulazzati, il pavimento sbrilluccicante. Ma non era stata la cammarera, sul tavolino della cucina c'era un biglietto:

«Totori, ci manno a dari adenzia a la me niputi Cuncetta ca è piciotta abbirsata e facinnera e ca ci pripara macari anichi cosa di amangiari io tonno passannadumani».

Concetta aveva sbacantato la lavatrice e aveva messo tutto sullo stenditoio. Con un improvviso stringimento di core, Montalbano s'addunò che il pullover che gli aveva regalato Livia pinnuliava ridotto alla misura giusta per un picciliddro decino. Si era ristretto, non aveva tenuto conto che quello era un capo che andava a diversa temperatura dal resto. Venne pigliato dal panico, doveva farlo scomparire, subito, non doveva restarne traccia. L'unica era abbrusciarlo, ridurlo in cenere. Lo pigliò, ma era ancora troppo umidizzo. Che fare? Ah, ecco: scavare una fossa profunna nella rena e sotterrare il corpo del reato. Avrebbe agito ora ch'era scuro di notte, uguale a un assassino. Stava per raprire la porta-finestra che dava sulla verandina quando il telefono squillò.

«Pronto?».

«Ciao, amore, come stai?».

Era Livia. Assurdamente, sentendosi colto in fallo, fece un gridolino, lasciò cadiri 'n terra il mallitto pullover, con un piede tentò di ammucciarlo sotto il tavolo.

«Che ti succede?» spiò Livia.

«Niente, mi sono scottato con la sigaretta. Hai fatto una buona vacanza?».

«Ottima, mi ci voleva. E tu? Novità?».

«Le solite cose».

Va a sapiri pirchì, avevano sempre come un impaccio, una sorta di pudore, ad avviare il discorso.

«Come d'accordo, dopodomani sarò lì».

Lì? Che significava quel "lì"? Livia veniva a Vigàta? E perché? Ne era felice, questo era sicuro, ma di quale accordo parlava? Non ebbe bisogno di fare domande, Livia oramà sapeva come lui era fatto.

«Naturalmente ti sei dimenticato che quindici giorni fa abbiamo concordato la data. Abbiamo detto: meglio due giorni prima».

«Livia, non irritarti, ti prego, non perdere la pazienza, ma...».

«Tu la pazienza la faresti perdere a un santo».

Oddio, no! Le frasi fatte no! Correre la cavallina, mangiare a quattro palmenti, vendere la pelle dell'orso prima d'averlo ucciso, con la variante incomprensibile non dire quattro se non l'hai nel sacco!

«Ti prego, Livia, non parlare così!».

«Scusami, caro, ma io parlo come tutte le persone normali».

«Perché, secondo te, io sarei un anormale?».

«Lasciamo perdere, Salvo. Eravamo rimasti d'accordo che io sarei venuta due giorni prima del matrimonio di Mimì. Anche di questo ti sei dimenticato? Del matrimonio di Mimì?».

«Sì, te lo confesso. Macari Fazio m'ha dovuto ricordare che Mimì era già in licenza matrimoniale. Che strano».

«Io non lo trovo strano» fece Livia con una voce nella quale s'avvertiva il formarsi di banchise polari.

«No? E perché?».

«Perché non è che tu dimentichi, tu rimuovi. È un'altra cosa».

Capì che non avrebbe retto a lungo quella conversazione. Oltre alle frasi fatte, ai luoghi comuni, lo irritavano le botte di psicoanalisi spicciola alle quali spesso e volentieri Livia si lasciava andare. Quella psicoanalisi da pellicola americana, dove putacaso uno ammazza a cinquantadue pirsone e poi si viene a scoprire che la scascione era dovuta al fatto che al serial killer il patre, un giorno, quann'era picciliddro, gli aveva negato la marmellata.

«Che cosa rimuovo, secondo te, e i tuoi colleghi Freud e Jung?».

Sentì, all'altro capo, una risateddra sardonica.

«L'idea stessa del matrimonio» spiegò Livia.

Orsi polari s'aggiravano sulla banchina della sua voce. Che fare? Reagire malamente e farla finire a schifìo? Oppure fingere sottomissione, arrendevolezza, bona disposizione d'animo? Scelse, tatticamente, questa seconda strata.

«Forse hai ragione» disse con voce da ravveduto.

Risultò una mossa inzertata, vincente.

«Lasciamo perdere quest'argomento» fece Livia, magnanima.

«Eh, no! Parliamone invece» ribatté Montalbano che ora capiva di caminare supra un tirreno sicuro.

«Ora? Per telefono? Ne parleremo con calma quando sarò a Marinella».

«D'accordo. Guarda che dobbiamo scegliere ancora il regalo di nozze».

«Ma figurati!» fece Livia ridendo.

«Non glielo vuoi fare?» spiò Montalbano strammato.

«Ma il regalo l'ho già comprato e spedito! Figurati se mi riducevo all'ultimo giorno! Ho comprato una cosina che sicuramente piacerà a Mimì. Conosco i suoi gusti».

Eccola qui, la puntuale fitta di gelosia, assolutamente irrazionale, ma sempre pronta all'appello.

«Lo so che conosci benissimo i gusti di Mimì».

Non seppe che farci, la sciabolata gli era partita da sola. Un attimo di pausa da parte di Livia e quindi la parata.

«Cretino».

Altro affondo:

«Naturalmente hai pensato ai gusti di Mimì e non a quelli di Beatrice».

«Con Beba mi sono sentita e consigliata per telefono».

Montalbano non seppe più su quale terreno spostare la sfida. Perché negli ultimi tempi le loro telefonate erano diventate più che altro occasioni, pretesti di scontri, di sciarriatine. E il bello era che questa animosità prescindeva dall'immutata intensità del loro rapporto. Allora da cosa dipendeva il fatto che, al telefono, litigavano in media una volta ogni quattro frasi? Forse, si disse il commissario, è un effetto della lontananza che di giorno in giorno si fa sempre meno sopportabile perché invecchiando, eh beh, ogni tanto bisogna taliarla in faccia la verità e usare le parole che ci vogliono, si sente sempre più il bisogno d'avere allato la persona che ci è più cara. Mentre andava accussì ragionando (e il ragionamento gli piaceva perché era rassicurante e banale come le frasi che si trovano nei "Baci Perugina"), pigliò il pullover da sotto il tavolo, l'infilò dintra a un sacchetto di plastica, raprì l'armuar, il feto della naftalina lo soffocò, arretrò mentre con un cavucio richiudeva l'anta, scagliò il sacchetto sopra il mobile. Provvisoriamente poteva starsene lì, l'avrebbe sotterrato prima dell'arrivo di Livia.

Raprì il frigorifero e non ci trovò nenti di speciali, un barattolo d'aulive, uno d'angiovi e tanticchia di tumazzo. Si rincuorò invece raprendo il forno: Concetta gli aveva priparato un piatto di patati cunsati, semplicissimo, che poteva essere nenti e poteva essere tutto a seconda della mano che dosava il condimento e faceva interagire cipolla con capperi, olive con aceto e zucchero, sale col pepe. A prima forchettata, si fece pirsuaso che Concetta era picciotta virtuosa di cucina, degna allieva della zia Adelina. Finito l'abbondante piatto di patati cunsati, si mise a mangiare pane e tumazzo non perché avesse ancora appetito, ma per pura ingordigia. Si ricordò che era sempre stato goloso e ingordo fin da picciliddro, tanto che suo patre lo chiamava «liccu cannarutu» che significava esattamente goloso e ingordo. Il ricordo lo stava trascinando a un principio di commozione al quale baldamente resistette con l'aiuto di tanticchia di whisky liscio. Si preparò per andarsi a corcare. Prima però voleva scegliersi un libro da leggere. Rimase incerto tra l'ultimo libro di Tabucchi e un romanzo di Simenon, vecchio, ma che non aveva mai letto. Stava allungando la mano verso Tabucchi quando squillò il telefono. Rispondere o non rispondere, questo è il problema. L'imbecillità della frase che gli era venuta da pinsare lo vrigognò al punto tale che decise di rispondere, macari se gliene sarebbe derivata una camurrìa gigantesca.

«Ti disturbo, Salvo? Sono Mimì».

«Per niente».

«Stavi andando a dormire?».

«Beh, sì».

«Sei solo?».

«Chi vuoi che ci sia?».

«Mi puoi dare cinque minuti?».

«Come no, parla».

«Non per telefono».

«Va bene, vieni».

Certamente Mimì non voleva parlargli di facenne di servizio. Allora di che? Quali problemi poteva avere? Forse si era sciarriato con Beatrice? Gli venne un pinsèro tinto: se si trattava di un'azzuffatina con la zita, gli avrebbe detto di telefonare a Livia. Tanto lui e Livia non s'intendevano alla perfezione? Suonarono alla porta. Chi poteva essere, a quell'ora?

Mimì era da escludere, perché da Vigàta a Marinella almeno dieci minuti ci volevano.

«Chi è?».

«Io sono, Mimì».

E come aveva fatto? Poi capì. Mimì, che doveva già trovarsi nelle vicinanze, l'aveva chiamato col cellulare. Raprì, Augello trasì, giarno in faccia, sbattuto, patuto.

«Stai male?» spiò Montalbano impressionato.

«Sì e no».

«Che minchia viene a dire sì e no?».

«Poi te lo spiego. Mi dai due dita di whisky senza ghiaccio?» fece Augello assittandosi supra una seggia allato al tavolo.

Il commissario, che stava versando il whisky, si bloccò di colpo. Ma questa stessa 'ntifica scena lui e Mimì non l'avevano già fatta? Non avevano quasi detto le stesse 'ntifiche parole?

Augello si sbacantò il bicchiere in un solo sorso, si susì, andò a pigliarsi altro whisky, si riassittò.

«Come salute starei bene» disse. «Il problema è un altro».

«Il problema, in politica, in economia, nel pubblico e nel privato, da qualche tempo a questa parte è sempre un altro» pensò Montalbano. «Uno dice: "ci sono troppi disoccupati" e il politico di turno risponde "vede, il problema è un altro". Un marito spia alla mogliere: "è vero che m'hai messo le corna?" e quella risponde: "il problema è un altro"». Ma siccome oramà si era perfettamente ricordato il copione, disse a Mimì:

«Non ti vuoi più maritare».

Mimì lo taliò ammammaloccuto.

«Chi te l'ha detto?».

«Nessuno, ma me lo dicono i tuoi occhi, la tua faccia, il tuo aspetto».

«Non è preciso accussì. La facenna è più complessa».

Non poteva mancare la complessità della faccenda se c'era già stata l'alterità del problema. Che veniva ora, che la questione stava a monte o che bisognava portare il discorso avanti?

«Il fatto è» continuò Augello «che a Beba voglio un bene dell'anima, che mi piace farci all'amore, che mi piace come ragiona, come parla, come si veste, come cucina…».

«Ma?» spiò Montalbano interrompendolo apposta.

Mimì si stava mettendo su una strata lunga e faticosa: l'elenco delle qualità di una fìmmina della quale un omo è innamorato potrebbe essere infinito, come i nomi del Signore.

«Ma non mi sento di maritarmela».

Montalbano non sciatò, sicuramente ci sarebbe stato un seguito.

«O meglio, mi sento di maritarmela, ma…».

Il seguito era venuto, ma aveva a sua volta un seguito.

«Certe notti conto le ore che mi separano dal matrimonio».

Pausa tormentata.

«Certe notti invece vorrei pigliare il primo aereo che passa e scapparmene nel Burkina Faso».

«Ne passano molti da qua aerei per il Burkina Faso?» fece Montalbano con ariata angelica.

Mimì si susì di scatto, arrussicato in faccia.

«Me ne vado. Non sono venuto qua per essere sfottuto».

Montalbano lo persuase a restare, a parlare. E Mimì principiò un lungo monologo. Il fatto era, spiegò, che una notte era addotato da un core d'asino e la notte appresso da un core di leone. Si sentiva spaccato a metà, ora aveva scanto di assumersi obblighi che non avrebbe saputo mantenere, ora si vedeva patre felice di almeno quattro figli. Non sapeva arrisolversi, temeva di pigliare il fujuto al momento di dover dire sì, lasciando tutto in tredici. E la povira Beba come avrebbe resistito a una botta simile? Come era capitato la volta precedente, si scolarono tutto il whisky che c'era in casa. Il primo a crollare fu Augello, già provato dalle altre nottate, esausto per il monologo durato tre ore: si susì e niscì dalla càmmara. Montalbano pinsò ch'era andato in bagno. Si sbagliava, Mimì si era gettato per traverso sul suo letto e runfuliava. Il commissario santiò, lo maledisse, si stese sul divano e a picca a picca s'addrummiscì.

S'arrisbigliò col malo di testa pirchì qualcuno cantava nel bagno. E chi poteva essere? Di colpo gli tornò la memoria. Si susì tutto duluri duluri per lo scomodo col quale aveva dormito, corse verso il bagno: Mimì si stava facendo la doccia allagando 'n terra. Ma non se ne curava, pareva felice. Che fare? Abbatterlo con un colpo alla nuca? Se ne andò sulla verandina, la giornata era potabile. Tornò in cucina, si preparò il cafè, se ne pigliò una tazza. Apparse Mimì rasato, freschissimo, sorridente.

«Ce n'è macari pi mia?».

Montalbano non rispose, non sapeva quello che poteva nescirgli dalla bocca se la rapriva. Augello riempì a metà la tazza di zucchero e al commissario venne un conato di vomito, quello non beveva cafè, se lo mangiava a marmellata.

Bevuto il cafè o quello che era, Mimì lo taliò serio.

«Ti prego di scordarti di quello che ti ho detto stanotte. Sono più che deciso a maritarmi con Beba. Sono minchiate passeggere che ogni tanto mi vengono in testa».

«Agùri e figli màscoli» murmuriò torvo Montalbano.

E mentre Augello stava per andarsene, aggiunse, stavolta con voce chiara: «E tanti complimenti».

Mimì si voltò adascio, inquartandosi, il tono del commissario era stato volutamente incarcato.

«Complimenti per che cosa?».

«Per come hai travagliato su Gargano. Hai fatto una cosa pirtusa pirtusa».

«Hai taliato tra le mie carte?» spiò, di subito irritato, Augello.

«Tranquillo, preferisco letture più istruttive».

«Senti, Salvo» fece Mimì tornando narrè e assittandosi nuovamente. «Come te lo devo spiegare che io ho solamente collaborato, e in minima parte, alle indagini? Tutto è in mano a Guarnotta. Della cosa se ne occupa macari Bologna. Quindi non te la pigliare con me, io ho fatto quello che mi hanno detto di fare, punto e basta».

«Non hanno idea di dove sono andati a finire i soldi?».

«Fino al momento in cui me ne sono occupato io, non riuscivano a capire che strada avessero pigliato. Sai come agiscono questi personaggi: fanno girare i soldi da un paese all'altro, da una banca all'altra, costruiscono società a scatole cinesi, off shore, roba accussì, e a un certo momento cominci a dubitare perfino che quei soldi siano mai esistiti».

«Quindi l'unico a sapere dove si trova ora il malloppo sarebbe Gargano?».

«Teoricamente dovrebbe essere il solo».

«Spiegati».

«Beh, non possiamo escludere che abbia avuto un complice. O che si sia confidato con qualcuno. Però io non ci credo che si sia confidato».

«Perché?».

«Non era il tipo, non si fidava dei collaboratori, teneva tutto sotto controllo. L'unico ad avere un minimo di autonomia, poca cosa, qua nell'agenzia di Vigàta, era Giacomo Pellegrino, mi pare si chiama accussì. Me l'hanno detto le altre due impiegate, io non l'ho potuto interrogare perché si trova in Germania e non è ancora tornato».

«Da chi l'hai saputo ch'era partito?».

«Me l'ha detto la sua padrona di casa».

«Siete sicuri che Gargano non sia scomparso, o fatto scomparire, dalle parti nostre?».

«Guarda, Salvo, non è venuto fora un biglietto di treno, di nave o d'aereo che attesti una sua partenza per qualsiasi destinazione nei giorni precedenti la sua sparizione. Potrebbe essere venuto in macchina, ci siamo detti. Possedeva la tessera autostradale. Non c'è riscontro che l'abbia adoperata. Paradossalmente, Gargano potrebbe non essersi mai cataminato da Bologna. Nessuno ha visto la sua auto, che era visibilissima, dalle parti nostre».

Taliò il ralogio.

«C'è altro? Non vorrei che Beba si mettesse in pinsèro non trovandomi».

Stavolta Montalbano, diventato di umore bono, si susì e l'accompagnò alla porta. Non perché Augello, con quello che aveva detto, gli aveva fatto apparire le cose più facili. Ma per la ragione diametralmente opposta: la difficoltà dell'indagine gli stava procurando una specie di contentezza, di allegria interiore, simile a quella che prova un vero cacciatore davanti a una preda furba ed esperta.

Sulla soglia, Mimì gli spiò:

«Mi dici perché stai amminchiando con Gargano?».

«No. O meglio: forse ancora non lo so bene manco io. A proposito, sai come sta François?».

«Ieri ho parlato con mia sorella, mi ha detto che stanno tutti bene. Li vedrai al matrimonio. Perché hai detto "a proposito"? Che c'entra François con Gargano?».

Troppo lungo e difficile spiegargli lo scanto che s'era pigliato, quando gli era venuto il malo pinsèro che i soldi del picciliddro fossero scomparsi 'nzemmula col ragioniere truffatore. E che quello scanto era una delle ragioni che l'avevano spinto a pigliare di petto l'intera facenna.

«Ho detto a proposito? Boh, non so perché» rispose con perfetta faccia stagnata.

«Fazio, lascia perdere quello che ti avevo detto ieri. Mimì m'ha spiegato che hanno fatto ricerche serie, non è il caso che tu ci perda altro tempo. Tra l'altro, non c'è manco un cane che l'abbia visto da queste parti a Gargano».

«Come comanda lei, dottore» fece Fazio.

E non si mosse da davanti alla scrivania del commissario.

«Mi volevi dire qualcosa?».

«Mah. Ho trovato un foglio tra le carte del dottor Augello. C'era la testimonianza di uno che diceva di aver visto l'Alfa 166 di Gargano in una strada di campagna nella notte tra il trentuno agosto e il primo settembre».

Montalbano satò dalla seggia.

«Ebbè?».

«Il dottor Augello ci ha scritto allato "da non prendere in considerazione". E così hanno fatto».

«Ma perché, Cristo santo?».

«Perché l'omo si chiama Antonino Tommasino».

«Che me ne fotte come si chiama! L'importante è...».

«Non deve fottersene, dottore. Questo Antonino Tommasino due anni fa andò a denunziare ai carrabinera che dalle parti di Puntasecca c'era un mostro marino con tre teste. E l'anno passato s'appresentò da noi alle sett'albe, facendo voci ch'era atterrato un disco volante. Si figurasse, dottore, che contò la cosa a Catarella, Catarella s'impressionò e si mise a fare voci macari lui. Un quarantotto, dottore».

Otto

Da un'orata stava a firmare le pratiche che Fazio gli aveva messe sul tavolo vestendosi d'autorità («Dottore, queste le deve assolutamente sbrogliare, lei non s'arrimina da qua se non ha finito!») quando la porta si raprì e apparse Augello senza manco aver tuppiato. Pareva agitato assà.

«Il matrimonio è rimandato!».

Oddio, la botta di tira e molla doveva avere pigliato una forma grave.

«Te la sei ripinsata come i cornuti?».

«No, ma stamattina hanno telefonato a Beba da Aidone, suo padre ha avuto un infarto. Pare che non sia una cosa grave, ma Beba non si vuole maritare senza suo padre, gli è molto attaccata. È già partita, io la raggiungo oggi stesso. A occhio e croce, se tutto va bene, il matrimonio è rimandato di un mese. E io come faccio?».

La domanda imparpagliò Montalbano.

«Che vuoi dire?».

«Che non ce la farò a resistere un mese, una notte arrisbigliato a pensare quanto manca al matrimonio e la notte appresso a pensare come scappare. Arriverò davanti all'altare o in cammisa di forza o coll'esaurimento».

«Te lo evito io l'esaurimento. Facciamo così. Vai ad Aidone, vedi come stanno le cose, poi te ne torni e ripigli servizio».

Allungò una mano verso il telefono.

«Avverto Livia».

«Non ce n'è bisogno. L'ho già chiamata io» disse Augello niscendo.

Montalbano si sentì arraggiare di gelosia. Ma come? Al tuo futuro suocero gli piglia il sintòmo, la tua zita chiange e si dispera, il matrimonio va a farsi fottere e tu, la prima cosa che fai, è di telefonare a Livia? Diede una gran manata alle pratiche che si sparpagliarono 'n terra, si susì, niscì, arrivò al porto, principiò una lunga caminata per farsi passare il nirbuso.

Non seppe perché, ma tornando al commissariato gli venne di cangiare strata e di passare davanti all'agenzia della «Re Mida». Era aperta. Ammuttò la porta a vetri, trasì.

E di subito un senso di desolato squallore gli si attaccò alla gola. Dintra all'agenzia c'era una sola lampadina addrumata che spandeva una luce da veglia funebre. Mariastella Cosentino stava assittata darrè lo sportello, immobile, gli occhi fissi davanti a sé.

«Buongiorno» fece Montalbano. «Passavo da qui e... Ci sono novità?».

Mariastella allargò le vrazza senza raprire bocca.

«Si è fatto vivo Giacomo Pellegrino dalla Germania?».

Mariastella sgriddrò gli occhi.

«Dalla Germania?!».

«Sì, è partito per la Germania per incarico di Gargano, non lo sapeva?».

Mariastella parse confusa, imparpagliata.

«Non lo sapevo. E infatti mi domandavo dove fosse andato a finire. Ho pensato che non si fosse fatto vedere per evitare...».

«No» fece Montalbano. «Suo zio, che porta il suo stesso nome, mi ha detto che Gargano aveva incaricato Giacomo, telefonicamente, di partire per la Germania il pomeriggio del trentuno agosto».

«Il giorno avanti del giorno previsto per l'arrivo del ragioniere?».

«Esattamente».

Mariastella restò muta.

«C'è qualcosa che non la convince?».

«Se devo essere sincera, sì».

«Mi dica».

«Beh, Giacomo era quello che, tra tutti noi, collaborava col ragioniere in fatto di pagamenti e conteggio d'interessi. Che il

486

ragioniere gli abbia dato un incarico lontano quando ne avrebbe avuto più bisogno, mi sembra strano. E poi Giacomo...».

Si arrestò, chiaramente non avrebbe voluto continuare.

«Abbia fiducia, mi dica tutto quello che pensa. Nell'interesse stesso del ragioniere Gargano».

Disse l'ultima frase sentendosi peggio di un imbroglione da tre carte, ma la signorina Cosentino abboccò.

«Non credo che Giacomo ci capisse molto di alta finanza. Il ragioniere invece sì, era un mago».

Ora le sparluccicavano gli occhi al pinsèro di quant'era bravo il suo amore. «Senta» spiò il commissario. «Lo sa l'indirizzo di Giacomo Pellegrino?».

«Certo» fece Mariastella.

E glielo diede.

«Se ci sono novità, mi chiami» disse Montalbano.

Le pruì la mano, Mariastella si limitò a esalare un buongiorno sotto il limite dell'udibilità. Forse non aveva più forze, capace che stava lasciandosi morire di fame come certi cani sulla tomba del padrone. Niscì dall'agenzia di corsa, gli mancava l'aria.

La porta dell'appartamento di Giacomo Pellegrino era spalancata, sacchetti di cemento, scatole di colori per pareti ed altre robe di muratori erano ammucchiati sul pianerottolo. Trasì.

«C'è permesso?».

«Che vuole?» spiò dall'alto di una scala un muratore in tenuta da muratore, cappellino di carta compreso.

«Boh» fece Montalbano tanticchia disorientato. «Qui non ci abita uno che si chiama Pellegrino?».

«Nenti saccio di cu ci abita o non ci abita» rispose il muratore.

Isò un vrazzo e tuppiò con le nocche al soffitto come si fa con le porte.

«Signora Catarina!» chiamò.

Si sentì una voce fimminina arrivare dall'alto, soffocata.

«Chi c'è?».

«Scinnisse, signora, c'è uno ca la voli».

«Arrivo».

Montalbano si spostò sul pianerottolo. Sentì al piano di sopra una porta che si rapriva e si chiudeva e poi principiò una curiosa rumorata, pareva quella di un mantice in azione. Montalbano se la spiegò quando vide comparire in cima alla rampa la signora Catarina. Doveva stazzare non meno di centoquaranta chili, a ogni passo che dava respirava in quel modo. Appena vide il commissario si fermò.

«Lei cu è?».

«Un commissario di Pubblica Sicurezza. Montalbano sono».

«E chi voli di mia?».

«Parlarle, signora».

«Cosa longa è?».

Il commissario fece un gesto evasivo con la mano. La signora Catarina lo taliò meditativa.

«Meglio che acchiana lei» stabilì alla fine, principiando la difficoltosa manopera di ruotare su se stessa.

Il commissario s'attardò, per cataminarsi aspettò il rumore della chiave che apriva la porta del piano di supra.

«Vinisse ccà» lo guidò la voce della fìmmina.

Si trovò nel salotto bono. Madonne sotto campane di vetro, riproduzioni di Madonne lacrimanti, bottigline a forma di Madonna ripiene d'acqua di Lourdes. La signora stava già assittata su una poltrona evidentemente costruita su misura. Fece 'nzinga a Montalbano d'assittarsi allato a lei sul divano.

«Mi dicisse, signor commissario. Mi l'aspittava! Mi la sintiva che andava a finire accussì, questo sdilinquenti diginirato! In carzaro! In galera pi tutta la vita finu a lu jornu di la morti sò!».

«Di chi parla, signora?».

«E di chi voli che parlo? Di mè marito! Tre nuttate sta passando fora di casa! Joca, s'imbriaca, si la fa con le buttanazze, stu granni e grannissimu fitusu!».

«Mi scusi, signora, non sono venuto per suo marito».

«Ah, no? E pi cu vinni, allura?».

«Per Giacomo Pellegrino. Lei gli ha affittato la casa al piano di sotto, no?». Quella specie di mappamondo ch'era la faccia della signora Catarina cominciò a gonfiarsi sempre di più, il commissario temette un'esplosione. La signora invece stava sorridendo compiaciuta.

«Maria, chi bravu picciottu ca è! Aducatu, pulitu! Piccatu ca lu persi!».

«In che senso lo ha perso?».

«Lo persi pirchì mi lassò la casa».

«Non abita più al piano di sotto?».

«Nonsi».

«Signora, mi racconti tutto dal principio».

«Quali principiu? Versu lu vinticincu d'austu, acchiana e mi dici che lassa la casa e, siccomu ca non mi aviva datu lu priavviso, mi metti in manu i sordi di tri misi. Jornu trenta, a matinu, si priparò dù baligi cu la robba sò, mi salutò e lassò la casa vacanti. E chistu è il principiu e la fini».

«Le disse dove sarebbe andato ad abitare?».

«E pirchì me lo duviva diri? Chi èramu? Matre e figliu? Maritu e mogliere? Frati e soro?».

«Manco cugini eravate?» spiò Montalbano proponendo un'interessante variante alle possibili parentele. Ma la signora Catarina non colse l'ironia.

«Ma quannu mai! Mi dissi sulamenti che sarebbi andato in Germania una misata, ma che al ritorno sinni andava ad abitari in una casa sò. Tuttu bonu e binidittu! U Signuri lu devi prutiggiri e aiutari a stu picciottu!».

«Ha scritto, telefonato dalla Germania?».

«E pirchì? Chi semu, parenti?».

«Questo mi pare sia stato assodato» disse Montalbano. «È venuto qualcuno a cercarlo?».

«Nonsi, nisciuno. Sulamenti versu lu quattru o lu cincu di settembiru vinni unu a circarlu».

«Lo sa chi era?».

«Sissi, una guardia. Dissi che u signurinu Giacumu doviva apprisintarsi in commissariatu. Ma iu ci dissi ch'era partutu pi la Germania».

«Aveva una macchina?».

«Jacuminu? Nonsi, sapiva guidari, teneva la patenti. Però non aviva una machina, aviva un muturinu scassatu, ora ci partiva ora no».

Montalbano si susì, ringraziò, salutò.

«Mi scusassi si nun l'accumpagnu» fece la signora Catarina. «Ma susirimi mi porta fatica».

«Ragionate con mia un momento» disse il commissario alle triglie di scoglio che aveva nel piatto. «Secondo quello che mi ha detto la signora Catarina, Giacomo ha lasciato la casa la mattina del trenta agosto. Secondo lo zio omonimo, Giacomo il giorno appresso gli ha detto che nel pomeriggio, alle quattro, avrebbe pigliato un aereo per la Germania. Allora la domanda è questa: dove ha dormito Giacomo nella notte tra il trenta e il trentuno? Non sarebbe stato più logico lasciare l'appartamento la mattina del trentuno dopo averci passato la nottata? E poi: dov'è il motorino? Ma la domanda fondamentale è: questa storia di Giacomo ha importanza per l'inchiesta? Se sì, perché?». Le triglie di scoglio non risposero macari perché non stavano più nel piatto, ma nella panza di Montalbano.

«Facciamo come se avesse importanza» concluse.

«Fazio, vorrei che tu controllassi se nel volo delle sedici per la Germania di giorno trentuno agosto c'era una prenotazione a nome di Giacomo Pellegrino».

«Dove, in Germania?».

«Non lo so».

«Dottore, taliasse che in Germania città assai ce ne sono».

«Vuoi fare lo spiritoso?».

«Nonsi. E da quale aeroporto? Punta Ràisi o Fontanarossa?».

«Da Punta Ràisi, mi pare. E fora subito dai cabasisi».

«Agli ordini, dottore. Ci volevo solo dire che telefonò il preside Burgio per ricordarle quella cosa che lei sa».

Il preside Burgio gli aveva telefonato una decina di giorni avanti per invitarlo a un dibattito tra favorevoli e contrari al ponte sullo Stretto. Il preside era il relatore dei favorevoli. Alla fine, va a sapiri pirchì, sarebbe stata proiettata «La vita è bella» di Benigni. Montalbano aveva promesso d'essere presente per fare un piacere al suo amico e macari per vedere il film sul quale aveva sentito pareri contrastanti.

Decise di andare a Marinella a cangiarsi d'abito, coi jeans non gli pareva cosa. Pigliò la macchina, andò a casa e qui ebbe l'infelice idea di stinnicchiarsi tanticchia sul letto, proprio cinque minuti contati. Dormì tre ore di seguito. Quando s'arrisbigliò di colpo, capì che se si sbrigava sarebbe arrivato a tempo a tempo per la proiezione.

La sala era affollatissima, la sua trasuta quasi coincise con lo spegnersi delle luci. Rimase addritta. Ogni tanto rideva. Ma le cose cangiarono verso la fine, quando principiò a sentire la commozione acchianargli alla gola... Mai, prima, gli era capitato di chiangiri vedendo un film. Niscì dalla sala avanti che si riaccendessero le luci, vrigognoso che qualchiduno potesse addunarsi che aveva gli occhi vagnati di lagrime. Perché stavolta gli era capitato? Per l'età? Era un signali di vicchiaia? Succede che invecchiando ci si comincia a intenerire con una certa facilità. Ma non era solo per questo. Per la storia che la pellicola contava e per come la contava? Certamente, ma non era solo per questo. Aspettò fora che la gente niscisse per salutare di passata il preside Burgio. Aveva gana di starsene solo, di andarsene subito a casa.

Sulla verandina tirava vento e faceva friddo. Il mare si era mangiato quasi tutta la spiaggia. Nella piccola anticamera teneva un impermeabile pesante, di quelli con la fodera. L'indossò, tornò nella verandina, s'assittò. Non arrinisciva, per le ventate, ad addrumarsi una sigaretta. Per farlo, bisognava rientrare nella càmmara. Piuttosto che susirisi, scelse di non fumare. Al largo si vedevano luci lontane che ogni tanto scomparivano. Se erano pescatori, se la stavano vedendo male con quel mare. Stette accussì, immobile, le mani infilate nelle sacchette dell'impermeabile, a ripistiare su quello che gli era capitato vedendo il film. E tutto 'nzemmula, la vera, unica, innegabile ragione del suo pianto gli s'appresentò chiara chiara. E di subito la rifiutò, parendogli incredibile. Ma a picca a picca, a malgrado ci girasse torno torno per attaccarla da tutte le parti, quella ragione solidamente resisteva. Alla fine dovette darsi vinto. E allura pigliò una decisione.

Prima di partire, dovette aspettare che al bar Albanese arrivassero i cannoli di ricotta freschi. Ne accattò una trentina, assieme a chili di biscotti regina, di pasta di mandorle, di mustazzola. Viaggiando, la sua macchina lasciava una scia odorosa. Doveva per forza tenere i finestrini aperti, altrimenti l'intensità di quel sciauro gli avrebbe fatto venire malo di testa.

Per arrivare a Calapiano scelse di fare la strata più lunga e meno agevole, quella aveva sempre pigliato le poche volte che c'era andato perché gli permetteva di rivedere quella Sicilia che di giorno in giorno scompariva fatta di terra avara di verde e d'òmini avari di parole. Dopo due ore che viaggiava, appena nisciuto da Gagliano, si trovò darrè a una fila d'auto che procedeva lentissima sull'asfalto malannato. Un cartello scritto a mano e appizzato a un palo della luce intimava:

«Procedete a paso d'uomo!».

Un tale, con una faccia da ergastolano (ma siamo certi che gli ergastolani hanno quella faccia?), vestito burgisi e con un friscaletto in bocca, sparò un fischio da arbitro isando un vrazzo e la macchina che precedeva quella di Montalbano si fermò di colpo. Dopo tanticchia che non capitò nenti, il commissario addecise di sgranchirsi. Scinnì, si avvicinò all'omo.

«Lei è una guardia comunale?».

«Io? Ma quando mai! Io sono Gaspare Indelicato, bidello alle elementari. Si sposti che stanno arrivando le auto che vengono in qua».

«Mi scusi, ma oggi non è giorno di scuola?».

«Certo. Ma la scuola è chiusa, sono crollati due soffitti».

«Per questo l'hanno distaccato a fare il vigile?».

«Nessuno mi distaccò. Volontario venni. Se non ci sono io da questa parti e Peppi Brucculeri dall'altra, macari lui volontario, se l'immagina che burdello può capitari?».

«Ma che è successo alla strata?».

«A un chilometro da qua è franata. Cinque mesi fa. Si può passare una macchina alla volta».

«Cinque mesi fa?!».

«Sissignura. Il comune dice che la devi arriparari la provincia, la provincia dice la regioni, la regioni dice l'azienda stratale e voi intanto vi la pigliati sulennemente 'n culu».

«E lei no?».

492

«Iu in bicicletta caminu».

Passata una mezzorata, Montalbano poté ripigliare il viaggio. Si ricordava che l'azienda agricola distava un quattro chilometri da Calapiano, per raggiungerla bisognava fare una trazzera accussì piena di fossa, pietruna e pruvulazzo che persino le capre la scansavano. Stavolta invece si venne a trovare su una strata stritta sì, ma asfaltata e tenuta bene. I casi erano due: o si era sbagliato o il comune di Calapiano funzionava bene. Risultò giusto il secondo caso. La grande casa colonica apparse dopo una curva, dal camino nisciva fumolizzo, segno che qualcuno in cucina stava priparando il mangiare. Taliò il ralogio, era quasi l'una. Scinnì, si carricò di cannoli e dolci, trasì in casa, nella grande sala ch'era càmmara di pranzo, ma macari càmmara di stare, come dimostrava il televisore in un angolo. Posò il suo carrico supra il tavolino e andò in cucina. Franca, la sorella di Mimì, gli voltava le spalle, non si addunò che lui era trasuto. Il commissario stette tanticchia a taliarla in silenzio, ammirato dall'armonia dei suoi movimenti e soprattutto imbarsamato dal sciauro di ragù che allargava il respiro.

«Franca».

La fìmmina si voltò, la faccia le si illuminò, corse tra le braccia di Montalbano.

«Che sorpresa granni che mi hai fatto, Salvo!».

E subito dopo:

«Hai saputo del matrimonio di Mimì?».

«Sì».

«Stamattina mi ha telefonato Beba, suo patre migliora».

E non disse più niente, tornò a badare ai fornelli, non domandò perché Salvo fosse venuto a trovarli.

«Gran fìmmina!» pensò Montalbano. E spiò:

«Dove sono gli altri?».

«I granni a travagliare. Giuseppe, Domenico e François sono a scuola. Tra poco tornano. Li va a pigliare con la macchina Ernst, te lo ricordi quello studente tedesco che passava le vacanze dandoci una mano? Quando può, torna, si è affezionato».

«Ti devo parlare» fece Montalbano.

493

E gli contò la facenna del libretto e dei soldi dal notaro. Non ne aveva mai accennato prima né con Franca né con suo marito Aldo per la semplice ragione che se ne era sempre scordato. Durante il racconto, Franca andava e veniva dalla cucina alla càmmara di mangiare con il commissario appresso. Alla fine, tutto il suo commento fu:

«Hai fatto bene. Mi fa piacere per François. Mi aiuti a portare le posate?».

Nove

Quando sentì un'auto trasire nel baglio, non resistette, corse fora.

Riconobbe subito François. Dio, quant'era cangiato! Non era più il picciliddro che ricordava, ma un ragazzo spicato, bruno, riccioluto, occhi grandissimi e neri. E nello stesso momento François lo vide.

«Salvo!».

E gli volò incontro, l'abbracciò stretto. Non come quella volta che prima era corso verso di lui e poi, all'improvviso, aveva fatto uno scarto, ora tra loro non c'erano problemi, non c'erano ombre, solo un gran bene che si manifestava attraverso l'intensità e la durata del loro abbraccio. E accussì, con Montalbano che gli posava un braccio sopra le spalle e François che tentava di tenerlo per la vita, trasirono in casa seguiti dagli altri.

Poi arrivarono Aldo e i suoi tre aiutanti e si misero a tavola. François era assittato alla destra di Montalbano, a un certo momento la mano mancina del ragazzo si posò sul ginocchio di Salvo. Questi spostò la forchetta nell'altra mano e s'ingegnò a mangiare la pasta col ragù con la mancina, mentre teneva la dritta su quella del picciotteddro. Quando le due mano dovevano lasciarsi per bere tanticchia di vino o per tagliare la carne, si ritrovavano subito dopo al loro appuntamento segreto sotto il tavolo.

«Se ti vuoi riposare, c'è una camera pronta» fece Franca alla fine del mangiare.

«No, riparto subito» disse Montalbano.

Aldo e i suoi aiutanti si susirono, salutarono Montalbano e niscirono.

Macari Giuseppe e Domenico fecero lo stesso.

495

«Vanno a travagliare fino alle cinque» spiegò Franca. «Poi tornano qua e fanno i compiti».

«E tu?» spiò Montalbano a François.

«Io resto con te fino a quando non sei partito. Ti voglio fare vedere una cosa».

«Andate» disse Franca. E poi, rivolta a Montalbano: «Intanto ti scrivo quello che mi hai domandato».

François lo portò darrè la casa, dove c'era un ampio prato verde d'erba medica. Quattro cavalli pascolavano.

«Bimba!» chiamò François.

Una cavalla giovane, criniera bionda, isò la testa, si mosse verso il picciotteddro. Quando arrivò a tiro, François pigliò la rincorsa, con un balzo montò a pelo sulla vestia, fece un giro, ritornò narrè.

«Ti piace?» spiò François felice. «Me l'ha regalata papà».

Papà? Ah, si riferiva ad Aldo, giustamente lo chiamava papà. Fu semplicemente una punta di spillo che per un attimo gli pungì il cuore, un niente, ma ci fu.

«L'ho fatto vedere macari a Livia quanto sono bravo» disse François.

«Ah, sì?».

«Sì, l'altro giorno, quando è venuta. E si scantava che cadessi. Sai come sono fatte le fìmmine».

«Ha dormito qua?».

«Sì, una notte. L'indomani è partita. Ernst l'ha accompagnata a Punta Ràisi. Sono stato contento».

Montalbano non sciatò, non disse niente. Tornarono verso casa, in silenzio, tenendosi come prima, il commissario con un vrazzo sulle spalle del ragazzo e François che tentava di abbracciarlo alla vita, ma in realtà si afferrava alla giacchetta. Sulla porta François disse a voce vascia:

«Ti devo dire un segreto».

Montalbano si chinò.

«Quando diventerò grande, voglio fare il poliziotto come a tia».

Al ritorno pigliò l'altra strata e quindi invece di metterci quattro ore e mezza ce ne mise solamente tre abbondanti. Al commissariato venne subito assugliato da un Catarella che pareva più sconvolto del solito.

«Ah dottori dottori! Il signori e quistori dice che...».

«Non mi rompete, tu e lui».

Catarella rimase incenerito. Non ebbe manco la forza di reagire.

Appena dintra l'ufficio, Montalbano si dedicò all'affannosa ricerca di un foglio e una busta che non avessero l'intestazione del commissariato. Ebbe fortuna e scrisse una lettera al questore, senza preamboli di illustre o egregio.

«Spero lei abbia già ricevuto copia della lettera del notaio da me inviatale anonimamente. In questa mia le trascrivo tutti i documenti relativi alla regolare adozione di quel bambino che lei è arrivato ad accusarmi d'aver sequestrato. Da parte mia, considero chiusa la questione. Se lei ha desiderio di tornare sull'argomento, la preavviso che la querelerò per diffamazione. Montalbano».

«Catarella!».

«Ai comandi, dottori!».

«Piglia queste mille lire, accatta un francobollo, l'impiccichi su questa busta e la spedisci».

«Dottori, ma qua in officio di franchibolli ce ne stanno a tinchitè!».

«Fai come ti dico».

«Fazio!».

«Agli ordini, dottore».

«Abbiamo notizie?».

«Sissi, dottore. E devo ringraziare un amico mio della polizia aeroportuale che ha un amico che è zito con una picciotta che è impiegata alla biglietteria di Punta Ràisi. Se non avevamo questa bona occasione, passavano minimo minimo tre mesi prima di aviri risposta».

La via italiana allo sveltimento della burocrazia. Fortunatamente c'è sempre uno che conosce qualcuno che conosce qualcun altro.

«Allora?».

Fazio, che voleva godersi il meritato trionfo, ci mise un tempo eterno a infilare una mano in sacchetta, pigliare un foglio di carta, spiegarlo, tenerlo davanti a sé per promemoria.

497

«Risulta che Giacomo Pellegrino aveva un biglietto, rilasciato dall'agenzia Icaro di Vigàta, per un volo in partenza alle sedici del trentuno agosto. E la sapi una cosa? Quel volo non lo pigliò».

«È cosa certa?».

«Vangelo, dottore. Però lei non mi pare tanto meravigliato».

«Perché stavo cominciando a persuadermi che Pellegrino non è partito».

«Vediamo se quello che le dico ora la fa meravigliare. Pellegrino di persona s'appresentò a dire che rinunziava alla partenza, due ore avanti».

«Cioè alle due di doppopranzo».

«Giusto. E cangiò destinazione».

«Stavolta m'hai meravigliato» ammise Montalbano. «Dov'è andato?».

«Aspittasse, non finisce accussì la facenna. Si fece un biglietto per Madrid. L'aereo partiva il primo settembre alle dieci del matino, ma...».

Fazio fece un sorrisino trionfale. Forse, in sottofondo, s'immaginava la marcia dell'Aida. Raprì la bocca per parlare, ma il commissario, carognescamente, lo batté sul tempo.

«... ma non acchianò manco su questo» concluse.

Fazio, visibilmente, s'irritò, sgualcì il foglio, lo infilò sgarbatamente in sacchetta.

«Con lei non è cosa, non c'è piaciri».

«Avanti, non te la pigliare» lo consolò il commissario. «Quante agenzie di viaggi ci sono a Montelusa?».

«Qua a Vigàta ce ne sono altre tre».

«Non m'interessano quelle di Vigàta».

«Vado di là a taliare l'elenco telefonico e le porto i numeri».

«Non c'è bisogno. Telefona tu e spia se, tra il ventotto di agosto e il primo settembre, c'è stata una qualche prenotazione a nome Giacomo Pellegrino».

Fazio restò ammammaloccuto. Poi si riscosse.

«Non si può fare. L'orario è passato, me ne occupo domani a matino appena arrivo. Dottore, e se trovo che questo Pellegrino aveva fatto ancora una prenotazione, che saccio, per Mosca o Londra, che viene a dire?».

«Viene a dire che il nostro amico ha voluto confondere le acque. In sacchetta ha un biglietto per Madrid, mentre invece aveva detto a tutti che andava in Germania. Domani sapremo se in sacchetta ce ne ha altri. Ce l'hai da qualche parte il numero di casa di Mariastella Cosentino?».

«Vado a vedere tra le carte del dottor Augello».

Niscì, tornò con un pizzino, lo dette a Montalbano, niscì. Il commissario fece il numero. Non ebbe risposta, forse la signorina Cosentino era andata a fare la spisa. Si mise il pizzino in sacchetta e decise d'andarsene a Marinella.

Non aveva pitito, la pasta al ragù e la carne di maiale che si era mangiate da Franca l'avevano tanticchia assintomato. Si fece un ovo fritto e appresso ci mangiò quattro angiovi con oglio, acìto e origano. Finito di mangiare, riprovò il numero della Cosentino la quale doveva evidentemente starsene con la mano sempre stinnuta verso l'apparecchio telefonico perché rispose che il primo squillo non aveva avuto tempo a finire. Una voce da moribonda, una voce che aveva la stessa consistenza di una filinia, di una ragnatela.

«Pronto? Chi parla?».

«Montalbano sono. Mi scusi se la disturbo, macari stava taliando la televisione e…».

«Non ho la televisione».

Il commissario non seppe spiegarsi perché ebbe la 'mpressioni che un campanello lontano, remoto, avesse fatto uno squillo brevissimo nel suo cireveddro. Tanto rapido e corto che non arriniscì manco ad essere certo se quel sono ci fosse stato o no.

«Desideravo sapere, sempre che lei lo ricordi, se Giacomo Pellegrino non venne in ufficio nemmeno il trentuno agosto».

La risposta fu immediata, senza la minima esitazione.

«Commissario, non posso scordarmi quelle giornate perché me le sono passate e ripassate nella memoria. Giorno trentuno Pellegrino arrivò all'agenzia sul tardi, diciamo verso le undici. È andato via quasi subito, disse che doveva incontrare un cliente. Nel doppopranzo è tornato, potevano essere le quattro e mezzo. È rimasto fino all'ora della chiusura».

Il commissario ringraziò, riattaccò.

Tornava, quatrava. Pellegrino, dopo essere andato in matinata a parlare con lo zio, si presenta in agenzia. A mezzojorno se ne va, non per incontrarsi con un cliente, ma per pigliare un taxi o una macchina a noleggio. Va a Punta Ràisi. Arriva all'aeroporto alle due, disdice il biglietto per Berlino e se ne fa uno per Madrid. Si rimette in taxi o nell'auto a noleggio e alle quattro e mezzo del doppopranzo si ripresenta in agenzia. I tempi corrispondevano.

Ma tutto questo mutuperio Giacomo perché lo arma? D'accordo, non vuole essere rintracciato facilmente. Ma da chi? E soprattutto, perché? Mentre il ragioniere Gargano aveva venti miliardi di ragioni per scomparire, apparentemente Pellegrino non ne aveva manco una.

«Ciao, amore. Hai avuto una giornata pesante oggi?».

«Livia, mi puoi aspettare un momento?».

«Certo».

Pigliò una seggia, s'assittò, s'addrumò una sigaretta, si mise comodo. Era certo che quella telefonata sarebbe stata longa assà.

«Sono un pochino stanco, ma non perché ho avuto molto lavoro».

«E allora perché?».

«In complesso, mi sono fatto quasi otto ore di macchina».

«Dove sei andato?».

«A Calapiano, amore».

A Livia si dovette interrompere il sciato di colpo perché il commissario sentì nitidamente una specie di singhiozzo. Generosamente, aspettò che si ripigliasse, le lasciò la parola.

«Sei andato per François?».

«Sì».

«Sta male?».

«No».

«Allora perché ci sei andato?».

«Avevo spinno».

«Salvo, non cominciare a parlare in dialetto! Sai che in certi momenti non lo sopporto! Che hai detto?».

«Che avevo desiderio di vedere François. Spinno si traduce

500

in italiano con desiderio, voglia. Ora che capisci la parola, ti domando: a te non è mai venuto spinno di vedere François?».

«Che carogna che sei, Salvo».

«Facciamo un patto? Io non uso il dialetto e tu non m'insulti. D'accordo?».

«Chi te l'ha detto ch'ero stata a trovare François?».

«Lui stesso, il bambino, mentre mi faceva vedere quant'è bravo a cavalcare. I grandi sono stati al tuo gioco, non hanno aperto bocca, hanno rispettato il patto. Perché è evidente che sei stata tu a pregarli di non dirmi della tua venuta. A me invece hai raccontato che avevi un giorno di vacanza, che andavi in spiaggia con un'amica e io, da cretino, ho abboccato. Levami una curiosità: a Mimì glielo hai detto che saresti andata a Calapiano?».

S'aspettava una risposta violenta, da azzuffatina memorabile. Invece Livia scoppiò a piangere, singhiozzi lunghi, disperati, straziati.

«Livia, senti...».

La comunicazione venne troncata.

Si susì con calma, andò in bagno, si spogliò, si lavò e prima di nesciri dal cammarino si taliò allo specchio. A longo. Poi raccolse tutta la saliva che aveva in bocca e sputò alla sua immagine nello specchio. Astutò la luce e si corcò. Si risusì immediatamente perché il telefono aveva squillato. Sollevò il ricevitore, ma chi era all'altro capo non parlò, se ne sentiva solamente il respiro. Montalbano conosceva quel respiro.

E cominciò a parlare. Un monologo che durò quasi un'orata, senza pianti, senza lagrime, ma doloroso come i singhiozzi di Livia. E le disse cose che non aveva mai voluto dire a se stesso, come feriva per non essere ferito, come da qualche tempo aveva scoperto che la sua solitudine stava cangiandosi da forza in debolezza, come gli fosse amaro pigliare atto di una cosa semplicissima e naturale: invecchiare. Alla fine, Livia disse semplicemente:

«Ti amo».

Prima di riattaccare, aggiunse:

«Non avevo ancora rinunziato alla licenza. Rimango qua un giorno in più e poi vengo a Vigàta. Liberati di tutto, ti voglio solo per me».

501

Montalbano tornò a corcarsi. Ebbe appena il tempo di trasire sotto il linzolo che chiuse gli occhi e s'addrumiscì. Entrò nel paese del sonno col passo leggero di un picciliddro.

Erano le undici del matino quando Fazio s'appresentò nell'ufficio di Montalbano.

«Dottore, la sa l'ultima? Pellegrino, all'agenzia Intertour di Montelusa, si era fatto fare un biglietto per Lisbona. L'aereo partiva alle tre e mezzo del doppopranzo del trentuno. Ho telefonato a Punta Ràisi. Questo volo risulta che Pellegrino l'ha pigliato».

«E tu ci credi?».

«Perché non ci devo credere?».

«Perché l'avrà rivenduto a qualche passeggero in lista d'attesa e lui se ne è tornato in ufficio qua, a Vigàta. Questo è sicuro. Pellegrino alle cinque era all'agenzia "Re Mida", non poteva essere in volo per Lisbona».

«Ma che viene a dire?».

«Viene a dire che Pellegrino è un cretino che si crede sperto, mentre sempre cretino resta. Fai una cosa. Informati presso tutti gli alberghi, le pensioni, gli affittacàmmare di Vigàta e di Montelusa se Pellegrino ha dormito da qualcuno di loro nella notte tra il trenta e il trentuno agosto».

«Subito».

«Ancora una cosa: spia agli autonoleggi, sempre di Vigàta e di Montelusa, se Pellegrino, suppergiù alle stesse date, ha affittato qualche macchina».

«Ma com'è che prima cercavamo a Gargano e ora ci siamo messi a cercare a Pellegrino?» spiò Fazio dubitoso.

«Perché oramà mi sono fatto persuaso che appena troviamo uno sappiamo subito dove andare a trovare l'altro. Ci vuoi scommettere?».

«Nonsi. Con vossia non scommetterei mai» fece Fazio niscendo.

Invece, se avesse accettato la scommessa, avrebbe vinto.

Gli era smorcato il solito pitìtto lupigno, forse perché da tempo non aveva dormito accussì bene. Lo sfogo fatto a Livia l'aveva come alleggerito, gli aveva fatto ritrovare la giusta misura di se stesso. Gli venne gana di babbiare. Interruppe subito Calogero che aveva principiato la breve litania del menù:

«Oggi mi andrebbe una cotoletta alla milanese».

«Davero?!» fece strammato Calogero, sostenendosi al tavolino per non cadere.

«E tu pensi che io la cotoletta la vengo a domandare a tia? Sarebbe come pretendere la santa Messa da un monaco buddista. Che hai oggi?».

«Spaghetti al nìvuro di siccia».

«Portameli. E dopo?».

«Polpettine di polipetti».

«Di queste, portamene una decina».

Alle sei di sira, Fazio gli fece rapporto.

«Dottore, non risulta che abbia dormito da nessuna parte. Invece ha affittato una macchina a Montelusa. La mattina del trentuno e l'ha riconsegnata nel doppopranzo alle quattro. L'impiegata, che è una picciotta sperta, m'ha detto che il chilometraggio poteva corrispondere a un viaggio a Palermo e ritorno».

«Combacia» commentò il commissario.

«Ah, la picciotta m'ha macari detto che Pellegrino ha specificato che voleva una macchina col bagagliaio capiente».

«Eh, sì. Si doveva portare appresso le due valige».

Rimasero tanticchia in silenzio:

«Ma dove ha dormito questo santo cristiano?» si domandò Fazio ad alta voce.

L'effetto che le sue parole fecero sul commissario gli procurarono un granni scanto. Montalbano infatti lo aveva taliato con gli occhi sgriddrati e poi si era dato una violenta manata sulla fronte.

«Che stronzo!».

«Che dissi?» fece Fazio, pronto a domandare scusa.

Montalbano si susì, pigliò una cosa dal cascione, se la mise in sacchetta.

«Andiamo».

Dieci

Montalbano, con la sua macchina, principiò a correre verso Montelusa come se fosse assicutato. Quando pigliò la strata che portava verso la villetta appena finita di costruire di Pellegrino, la faccia di Fazio addiventò di petra, taliava fisso davanti e non rapriva vucca. Arrivati al cancello chiuso, il commissario fermò e scinnirono. I vetri rotti delle finestre non erano stati sostituiti, qualcuno però aveva impicciato al loro posto fogli di cellophane attaccati con puntine di disegno. Le scritte "stronzo" in verde non erano state cancellate.

«Capace che c'è qualcuno dintra, macari lo zio» disse Fazio.

«Mettiamoci al sicuro» fece il commissario. «Telefona subito in ufficio, fatti dare da qualcuno il numero di Giacomo Pellegrino, quello che ha fatto la denunzia. Poi lo chiami, gli dici che sei venuto qua per un sopralluogo e gli spii se è stato lui a mettere il cellophane e se ha avuto notizie del nipote. Se non ti risponde, decidiamo che fare».

Mentre Fazio accominzava le telefonate, Montalbano si mosse verso l'aulivo abbattuto. L'àrbolo aveva perso il grosso delle foglie che ora stavano, ingiallute, sparse sul terreno. Chiaramente ci mancava picca perché da àrbolo vivo si cangiasse in legna inerte. Il commissario fece allora una cosa stramma, o meglio, da picciliddro: si mise all'altezza del centro del tronco abbattuto e vi appuiò l'orecchio come si fa con un moribondo per sentire se c'è ancora il battito del cuore. Restò accussì tanticchia, sperava forse di arrivare a percepire il fruscio della linfa? A un tratto gli venne da ridere. Ma che faceva? Quelle erano cose da barone di Münchhausen, al quale bastava appoggiare l'orecchio 'n terra per sentir crescere l'erba. Non si era addunato che, da lontano, Fazio aveva visto tutto il mutuperio e ora gli si stava avvicinando.

«Dottore, ho parlato con lo zio. È stato lui a coprire le finestre perché il nipote gli ha lasciato la chiave del cancello, ma non quella di casa. Non ha avuto sue notizie dalla Germania ma, secondo lui, manca picca al ritorno». Poi taliò l'àrbolo d'aulivo, scutuliò la testa.

«Talìa che minnitta!» fece Montalbano.

«Stronzo» disse Fazio usando, a bella posta, la stessa parola che il commissario aveva scritto sui muri.

«Hai capito ora pirchì m'è venuta una botta di raggia?».

«Non ha bisogno di darmi altre spiegazioni» disse Fazio. «E ora che facciamo?».

«Ora trasemo dintra» rispose Montalbano tirando fora quella specie di sacchetto che aveva pigliato dal cascione della sua scrivania, un ricco assortimento di grimaldelli e chiavi false, regalo di un ladro suo amico. «Tu sta attento se viene qualcuno».

Armeggiò con la serratura del cancello e la raprì abbastanza facilmente. Più difficile gli venne con la porta della villetta, ma alla fine ci arriniscì. Chiamò Fazio.

Trasirono. Un grande salone completamente vacante s'appresentò ai loro occhi. Vacanti della minima cosa erano macari la cucina e il bagno. Dal salone si partiva una scala in pietra e ligno che portava al piano di sopra. Qui c'erano due grandi càmmare di dormiri senza mobili. Nella seconda però, stesa per terra, ci stava una spessa coperta nova nova, appena incignata, ancora con la targhetta della marca attaccata. Il bagno, arredato, era situato tra le due càmmare. Nella mensola sotto lo specchio c'era una confezione di sapone da barba spray e cinque rasoi usa e getta. Due erano stati adoperati.

«Giacomo ha fatto la cosa più logica che c'era da fare. Quando ha lasciato la casa in affitto, è venuto qua. Ha dormito sopra la coperta. Ma dove sono le due valigie che si portava appresso?» fece Montalbano.

Cercarono nel soppalco, in un cammarino ricavato dal sottoscala. Nenti. Richiusero la porta e, per scrupolo, fecero il giro della villetta. Nel muro di darrè c'era una porticina di ferro con la parte superiore fatta a maglie, in modo che circolasse l'aria.

505

Montalbano la raprì. Era una specie di ripostiglio per gli attrezzi. In mezzo c'erano due grosse valigie.

Le portarono fora, il vano era troppo nico. Non erano chiuse a chiave. Montalbano se ne pigliò una, Fazio l'altra. Non sapevano cosa cercavano, ma cercarono lo stesso. Calzini, mutande, cammise, fazzoletti, un vistito, un impermeabile. Si taliarono. Infilarono malamente nelle valigie quello che avevano tirato fora, senza scangiare una parola. Fazio non arrinisciva a chiudere la sua.

«Lasciala accussì» ordinò il commissario.

Le rimisero dintra, richiusero la porticina e il cancello, ripartirono.

«Dottore, la facenna non mi quatra» disse Fazio quando erano vicini a Vigàta. «Se questo Giacomo Pellegrino è partito per un lungo viaggio in Germania, come mai non si è portato manco una mutanna di ricambio? Non mi pare ragionato che si sia accattato tutto novo novo».

«E c'è un'altra cosa che non quatra» fece Montalbano. «Ti pare logico che nelle valigie non abbiamo trovato un foglio, un pezzo di carta, una littra, un quaderno, un'agenda?».

A Vigàta, il commissario imboccò una strata stritta che non portava al commissariato.

«Dove stiamo andando?».

«Io vado a trovare l'ex padrona di Giacomo: tu invece ti pigli la mia macchina e me la porti in ufficio. Quando ho finito, vengo a piedi, non è molto distante».

«Cu è, camurrìa?» spiò da darrè la porta la voce di balena asmatica della signora Catarina.

«Montalbano sono».

La porta si raprì. Apparse una testa mostruosa, irta di cannolicchi di plastica per bigodini.

«Non lo pozzo fari accomidari pirchì sono in disabbigliè».

«Le domando perdono per il disturbo, signora Catarina. Solo una domanda: Giacomo Pellegrino quante valigie aveva?».

«Non ce lo dissi? Due».

«E nient'altro?».

506

«Aveva macari una valigetta, nica però. Ci teneva carte».

«Lei sa che tipo di carte?».

«E io, secondo a lei, sono una pirsona ca si mette a taliare nella robba degli altri? Che sono, una vastasa? Una sparlittera?».

«Signora Catarina, ma come fa a pinsare che io possa pinsare di lei una cosa simile? Dicevo che può capitare che, trovandosi la valigetta aperta, uno ci getta l'occhio accussì, per caso, senza 'ntinzioni...».

«Mi capitò, una volta. Ma pi caso, ah? Dintra c'erano tante littre, fogli di carta chini di nummari, agende, e 'na poco di quei cosi nìvuri ca pàrino dischi nichi nichi...».

«Dischetti per computer?».

«Eh, cose accussì».

«Giacomo aveva un computer?».

«L'aviva. Si lo portava sempri appresso in una vurza apposita».

«Sa se si collegava con Internet?».

«Commissario, io di chiste cose non ci accapiscio nenti. Ma m'arricordo ca una vota, dovendoci parlari di un tubo d'acqua ca pirdeva, ci telefonai e trovai il telefono accupato».

«Scusi, signora, perché gli telefonò invece di scendere un piano e...».

«A lei ci pare cosa da nenti scinniri un piano di scali, ma a mia mi pisa».

«Non ci avevo pensato, mi scusi».

«Telefona ca ti ritelefona, sempre accupato era. Allura mi fici di curaggio, scinnii e tuppiai. Ci dissi a Jacuminu che forsi aviva miso malamenti il telefono. M'arrispunnì ca il telefono arresultava accupato perché era collecato con chisto intronet».

«Ho capito. E si è portato via macari valigetta e computer?».

«Certo che se li portò. Che faciva, li lassava a mia?».

Si avviò al commissariato di umore malo. Certo, doveva essere contento di sapere che le carte di Pellegrino esistevano e che probabilmente se l'era portate appresso, ma il timore di dover avere chiffari nuovamente, come già avvenuto per il caso

507

che venne chiamato della gita a Tindari, con computer, dischetti, CD-rom e camurrìe simili gli faceva lo stomaco una pesta. Meno male che c'era Catarella che avrebbe potuto dargli una mano.

Contò a Fazio quello che gli aveva detto la signora Catarina, tanto nel primo quanto nel secondo incontro.

«Va bene» fece Fazio dopo averci pinsato supra tanticchia. «Mettiamo che Pellegrino se ne è scappato all'estero. La prima domanda è: pirchì? Lui, direttamente, con la truffa di Gargano non ci trasiva nenti. Solo qualche esaltato come la bonarma del geometra Garzullo se la poteva pigliare con lui. La seconda domanda è: dove ha trovato i soldi per farsi costruire la bella villetta?».

«Da questa storia della villetta se ne ricava una conseguenza» disse Montalbano.

«Quale?».

«Che Pellegrino vuole starsene ammucciato per un certo tempo, ma che ha comunque 'ntinzioni di tornare prima o dopo, meglio alla scordatina, e godersi in pace la villetta. Altrimenti perché se la sarebbe fatta costruire? A meno che non sia intervenuto un fatto nuovo, inaspettato, che l'ha obbligato a scapparsene, macari per sempre, fottendosene della villetta».

«E c'è un'altra cosa» ripigliò Fazio. «È logico che uno, partendo per fora paìsi, si porti appresso documenti, carte e computer. Ma non penso che si porti appresso un motorino in Germania, semmai ci è andato».

«Telefona allo zio, vedi se l'ha lasciato da lui».

Fazio niscì, tornò dopo picca.

«No, non l'ha lasciato da lui, non ne sa niente. Guardi, dottore, che lo zio sta appizzando le orecchie, mi ha spiato perché ci stiamo interessando tanto a suo nipote. M'è parso preoccupato, lui si è bevuto come acqua frisca la storia dell'andata in Germania per affari».

«E siamo rimasti con una mano davanti e una darrè» concluse il commissario.

Calò un silenzio di partita persa.

«Però ancora si può fare qualichicosa» arrisolse a un certo momento Montalbano. «Tu domani a matino ti fai il giro delle banche che ci sono a Vigàta e cerca di sapere in quale di esse Pellegrino tiene i suoi soldi. Sicuramente sarà una diversa da quella di cui si serviva Gargano. Se hai qualche amico, vedi di scoprire quanto ci ha, se versa altri soldi oltre lo stipendio, cose accussì. Un ultimo favore: come si chiama quello che vede dischi volanti e draghi con tre teste?».

Prima di rispondere, Fazio fece la faccia alloccuta.

«Antonino Tommasino, si chiama. Ma, dottore, abbadasse: pazzo scatinato è, non si può pigliare supra u seriu».

«Fazio, che fa un omo quando è malato gravissimo e i medici allargano le vrazza? Pur di non mòriri, è capace di ricorrere a uno stregone, a un mago, a un ciarlatano. E noi, caro amico, a quest'ora di notte mi pare che siamo in punto di morte per quello che riguarda questa indagine. Dammi il numero di telefono».

Fazio niscì, tornò con un foglio in mano.

«Questa è la sua testimonianza volontaria. Dice che non ha telefono».

«Ha almeno una casa?».

«Sissi, dottore. Ma è difficile arrivarci. Vuole che ci faccio una piantina?».

Mentre stava raprendo la porta, s'addunò che nella cassetta c'era una busta. La pigliò e arriconobbe la scrittura di Livia. Ma non era una littra, dintra c'era un ritaglio di giornale, un'intervista a un vecchio filosofo che viveva a Torino. Pigliato di curiosità, decise di leggerla subito, prima ancora di scoprire quello che la nipote di Adelina gli aveva lasciato in frigo. Parlando della sua famiglia, il filosofo a un certo punto diceva: «Quando si diventa vecchi, contano più gli affetti che i concetti».

Il pititto gli passò di colpo. Se per un filosofo arriva il momento che la speculazione vale meno di un affetto, quanto può valere per uno sbirro sul viale del tramonto un'indagine di polizia? Questa era la domanda implicita che Livia gli rivolgeva mandandogli quel pezzo di giornale. E, a malincuore, dovette ammettere che non c'era che una sola risposta: forse un'indagine vale meno di un concetto. Durmì malamente.

Alle sei del matino era già fora di casa. La giornata s'appresentava bona, cielo sgombro e chiaro, non c'era vento. Aveva posato la cartina disegnata da Fazio sul sedile allato e ogni tanto la consultava. Tommasino Antonino o Antonino Tommasino, se la fotte lui come si chiamava, abitava in campagna, dalle parti di Montereale, e quindi non era tanto distante da Vigàta. Il problema era scegliere la strata giusta perché era facile perdersi in una sorta di deserto senza manco un àrbolo e cicatrizzato da trazzere, viottoli, tracce di cingolati e interrotto qua e là da casuzze di viddrani e da qualche rara casa di campagna. Un posto che faceva di tutto per non trasformarsi, in un biz, in un cafarnao di villette a schiera per fine settimana, ma già si cominciavano a vedere i primi segni dell'inutilità di quella resistenza, scavi per tubature, pali di luce e telefoni, tracciati di vere e proprie strate a carreggiata larga. Girò tre o quattro volte dintra al deserto tornando sempre al punto di prima, la cartina di Fazio era troppo generica. Vistosi perso, puntò decisamente verso una specie di casale. Fermò, scinnì, la porta era aperta.

«C'è qualcuno?».

«Si accomodi» fece una voce fimminina.

Era un grande ambiente ben tenuto, in ordine, una specie di salotto-càmmara di mangiare, mobili vecchi ma lucidati. Una signora sissantina, vestita di grigio, curata nella pirsona, si stava bevendo una tazza di cafè, sul tavolo la cafittera fumava.

«Solo un'informazione, signora. Vorrei sapere dove abita il signor Antonino Tommasino».

«È qua che abita. Io sono la mogliere».

Va a sapiri pirchì, si era immaginato che Tommasino fosse un mezzo vagabunno o, nell'ipotesi migliore, un viddrano, un contadino, razza da proteggere perché in via d'estinzione.

«Il commissario Montalbano sono».

«L'ho riconosciuta» fece la signora indicando con un movimento della testa la televisione in un angolo. «Vado a chiamare mio marito. Intanto si pigli un cafè, io lo faccio forte».

510

«Grazie».

La signora glielo servì, niscì, ricomparse quasi subito.

«Mio marito dice se non l'incomoda di andare da lui».

Percorsero un corridoio imbiancato, la fìmmina gli fece 'nzinga di trasire nella seconda porta a mano mancina. Era un vero e proprio studio, grandi scaffalature con libri, vecchie carte nautiche alle pareti. L'omo che si susì da una poltrona andandogli incontro era un sittantino alto e dritto, vestito con un elegante blazer, occhiali, bei capelli bianchi. Metteva una certa soggezione. Montalbano s'era fatto pirsuaso che si sarebbe trovato davanti a un mezzo demente con gli occhi spirdati e con un filo di vava all'angolo della bocca. E strammò. Sicuro che non c'era equivoco?

«Lei è Antonino Tommasino?» spiò.

E avrebbe voluto aggiungere, per maggior sicurezza: quel pazzo da catina che vede mostri e dischi volanti?

«Sì. E lei è il commissario Montalbano. Si accomodi».

Lo fece assittare su una comoda poltrona.

«Mi dica, sono a sua disposizione».

E questo era il busillisi. Come principiare il discorso senza fare offisa al signor Tommasino che gli pareva un omo di testa normalissima?

«Che sta leggendo di bello?».

La domanda che gli era nisciuta fora era accussì cretina e assurda che se ne vrigognò. Tommasino invece sorrise.

«Sto leggendo il cosiddetto Libro di Ruggero scritto da Idrisi, un geografo arabo. Ma lei non è venuto qua per domandarmi che cosa sto leggendo. Lei è venuto qua per sapere che cosa ho visto una notte, poco più di un mese fa. Forse al commissariato hanno cangiato parere».

«Sì, grazie» fece Montalbano grato che quello pigliasse l'iniziativa.

Non solo era normale, Tommasino, ma era macari pirsona fine, colta e intelligente.

«Devo fare una premessa. Che le hanno detto di me?».

Montalbano esitò, impacciato. Poi decise che la meglio è sempre la verità.

«Mi hanno detto che lei, ogni tanto, vede cose stramme, cose inesistenti».

«Lei è un signore gentile, commissario. In parole povere, di mia dicono che sono pazzo. Pazzo tranquillo, un cittadino che paga le tasse, rispetta le leggi, non fa atti osceni o violenti, non minaccia, non maltratta la moglie, va a messa, ha allevato figli e nipoti, ma sempre un pazzo è. Lei ha detto bene: ogni tanto mi capita di vedere cose inesistenti».

«Mi scusi» l'interruppe Montalbano. «Lei che fa?».

«Come professione, dice? Ho insegnato geografia al liceo di Montelusa. Da anni sono in pensione. Mi permette di contarle una storia?».

«Certo».

«Ho un nipote, Michele, che ora ha quattordici anni. Un giorno di una decina d'anni passati mio figlio è venuto a trovarmi con moglie e figlio. Continua a farlo macari ora, ringraziando Dio. Michele e io ci siamo messi a giocare fora di casa. A un tratto Michele ha cominciato a fare voci, diceva che lo spiazzo era pieno di draghi terribili e furiosi: io sono stato al gioco, e mi sono messo a gridare di spavento. Allora il picciliddro si è scantato del mio scanto, ha voluto rassicurarmi. Nonno, mi ha detto, guarda che questi draghi non esistono, perciò non devi spaventarti. Sono io che me l'invento per gioco. Commissario, mi creda, io sono, da qualche anno a questa parte, nelle stesse condizioni di mio nipote Michele. Una certa parte del mio cervello deve essere, per qualche misteriosa ragione e in qualche modo, regredita agli anni dell'infanzia. Solo che, a differenza del picciliddro, io piglio per vero ciò che vedo e continuo a crederlo vero per un certo tempo. Poi mi passa e mi rendo conto che avevo visto l'inesistente. Fin qui sono stato chiaro?».

«Chiarissimo» disse il commissario.

«Le posso ora spiare che cosa le hanno contato che ho visto?».

«Beh, mi pare un mostro marino a tre teste e un disco volante».

«Solo questo? Non le hanno detto che ho visto macari uno stormo di pesci con le ali, fatti di latta, che si posavano su un albero? O di quella volta che un venusiano nano mi spuntò in cucina domandandomi una sigaretta? Ci vogliamo interrompere qua per non confonderci?».

«Come vuole».

«Allora metto in fila le cose che le ho detto o che lei sapeva già. Un mostro marino a tre teste, un disco volante, uno stormo di pesci con le ali di latta, un venusiano nano. È d'accordo con me che sono tutte cose che non esistono?».

«Certo».

«Allora, se io vengo da lei e le dico: guarda che l'altra notte ho visto un'automobile così e così, lei perché non mi crede? Forse che le automobili sono di fantasia, non esistono? Io sto parlando di una cosa di tutti i giorni, una macchina vera, con quattro ruote, la targa, immatricolata, non le sto dicendo che mi sono imbattuto in un monopattino spaziale per arrivare su Marte!».

«Mi porti dove ha visto l'auto di Gargano» fece Montalbano.

Aveva trovato un testimonio prezioso, ne era certo.

Undici

Era bastato quel poco tempo passato dintra la casa perché il tempo cangiasse. Si era levato un vento bilioso, friddo, con folate che parevano zampate di vestia inferociuta. Dalla parte di mare arrancavano verso terra nuvole grasse e prene. Montalbano guidava seguendo le istruzioni del professor Tommasino e intanto si faceva spiegare meglio la facenna.

«È sicuro che fosse la notte tra il trentuno agosto e il primo settembre?».

«La mano sul foco».

«Come fa ad esserne accussì certo?».

«Perché stavo proprio pinsando che il giorno appresso, primo settembre, Gargano mi avrebbe pagato gli interessi quando vidi la sua macchina. E mi meravigliai».

«Mi perdoni, professore, macari lei è una vittima di Gargano?».

«Sì, sono stato così fissa da credergli. Trenta milioni mi ha tappiato. Ma allora, quando vidi l'auto, mi feci meraviglia sì, ma ne fui macari contento. Pinsai che sarebbe stato di parola. Invece la matina dopo mi dissero che non si era appresentato».

«Perché si fece meraviglia quando vide la macchina?».

«Per tanti motivi. Cominciamo dal posto nel quale si trovava. Se ne meraviglierà macari lei quando ci arriveremo. Si chiama Punta Pizzillo. Poi l'ora: sicuramente era mezzanotte passata».

«Guardò l'ora?».

«Non ho ralogio, di giorno mi regolo col sole; quand'è scuro, con l'odore della notte: ho una specie di segnatempo naturale, inserito dintra al mio corpo».

«Ha detto l'odore della notte?».

«Sì. A seconda dell'ora, la notte cangia odore».

Montalbano non insistette. Disse:

«Può darsi che Gargano fosse in compagnia, volesse appartarsi».

«Dottore Montalbano, quello è un posto troppo isolato per essere sicuro. Si ricorda che due anni fa ci aggredirono una coppietta? E poi mi domandai: Gargano, con tutti i soldi che tiene, la posizione, il dovere di salvare le apparenze, che bisogno ha di mettersi a fottere in macchina come un picciottazzo qualsiasi?».

«Le posso spiare, liberissimo di non rispondere, che ci faceva lei da quelle parti che mi dice accussì solitarie e a quell'ora di notte?».

«Io di notte cammino».

Montalbano si tenne dal fare altre domande. Dopo manco cinco minuti, passati in silenzio, il professore disse:

«Siamo arrivati. Questa è Punta Pizzillo».

E scinnì per primo, seguito dal commissario. Erano in un piccolo altipiano, una sorta di prua, completamente deserto, spoglio d'alberi, solo qua e là qualche troffa di saggina o di chiapparina. L'orlo dell'altipiano era a una decina di metri, sotto doveva esserci uno sbalanco che dava sul mare.

Montalbano mosse alcuni passi e venne fermato dalla voce di Tommasino.

«Attento, il terreno è franoso. La macchina di Gargano era ferma dove ora c'è la sua, nella stessa posizione, col cofano verso il mare».

«Lei da dove veniva?».

«Dalla direzione di Vigàta».

«È distante».

«Non quanto pare. Da qui a Vigàta, a farsela a piedi, ci vuole tre quarti d'ora, un'ora al massimo. Dunque, venendo da quella direzione, dovevo di necessità passare davanti al muso della macchina, a cinque o sei passi di distanza. A meno di non fare un lungo giro all'interno per scansarla. Ma che motivo avevo di scansarla? Così la riconobbi. C'era luce di luna bastevole».

«Ha avuto modo di vedere la targa?».

515

«Vuole babbiare? Avrei dovuto avvicinarmi tanto da incollarci il naso sopra per leggerla».

«Ma se non ha visto la targa, come ha fatto a...».

«Ho riconosciuto il modello. Era un'Alfa 166. La stessa macchina con la quale si presentò l'anno passato a casa mia per fottermi i soldi».

«Lei che macchina ha?» gli venne di spiare al commissario.

«Io? Io non ho manco la patente».

Nottata persa e figlia femmina, si disse deluso Montalbano. Il professor Tommasino era un pazzo che vedeva cose inesistenti, ma quando vedeva le cose esistenti se le aggiustava a modo suo. Il vento si era fatto più friddo, il cielo si era cummigliato. Che stava a perdere tempo in quel posto desolato? Però il professore dovette in qualche modo avvertire la delusione del commissario.

«Guardi, commissario, che ho una fissazione».

Oddio, un'altra? Montalbano si preoccupò. E se a quello gli pigliava un attacco e cominciava a fare voci che stava vedendo a Lucifero in persona come si doveva comportare? Fare finta di niente? Mettersi in macchina e pigliare il fujuto?

«La mia fissazione» proseguì Tommasino «riguarda le automobili. Sono abbonato a riviste italiane e straniere specializzate in questo campo. Potrei concorrere a un quiz televisivo sull'argomento e sarei sicuro di vincere».

«C'era qualcuno dentro l'auto?» fece il commissario, rassegnato oramà al fatto che il professore era assolutamente imprevedibile.

«Vede, venendo da là come le ho detto, per un certo tempo ho potuto osservare il profilo laterale della macchina, diciamo. Poi, arrivato più vicino, ho avuto la possibilità di capire se, all'interno, ci fossero sagome umane. Non ne ho notate. Può darsi che quelli che erano nell'auto, vedendo un'ombra che si avvicinava, si siano abbassati. Io sono passato oltre senza voltarmi».

«Ha sentito poi il rumore dell'auto messa in moto?».

«No. Però mi pare, ripeto mi pare, che il bagagliaio fosse aperto».

«E non c'era nessuno all'altezza del bagagliaio?».

«Nessuno».

A Montalbano venne un'idea della cui semplicità quasi si affruntò.

«Professore, per favore, si vuole allontanare di una trentina di passi e poi tornare verso la mia macchina rifacendo la strada che fece quella notte?».

«Certo» disse Tommasino. «Mi piace camminare».

Mentre il professore si avviava voltandogli le spalle, Montalbano raprì il bagagliaio della sua auto e poi si acculò darrè la macchina, isando la testa quel tanto che gli permetteva di scorgere, attraverso i vetri degli sportelli posteriori, Tommasino che, fatti i trenta passi, si voltava e tornava narrè. Allora calò macari la testa, ammucciandosi completamente. Quando calcolò che il professore era arrivato all'altezza del muso dell'auto, sempre acculato si mosse fino ad assistemarsi a livello del bagagliaio. Si spostò ancora, arrivando all'altra fiancata, quando capì che il professore era passato: una precauzione inutile dato che aveva detto di non essersi mai voltato. A questo punto si susì addritta.

«Professore, basta, grazie».

Tommasino lo taliò strammato.

«Dove si è nascosto? Io ho visto il portabagagli aperto, ma l'auto era vacante e lei non era da nessuna parte».

«Lei veniva da lì e Gargano, vedendo la sua ombra...».

S'interruppe. Il cielo aveva fatto improvvisamente occhio. Un piccolo pirtuso, uno strappo si era prodotto nel tessuto nìvuro e uniforme delle nuvole e da quel varco si era partito un raggio di sole luminoso e quasi interamente circoscritto al posto dove loro due si trovavano. A Montalbano venne da ridere. Parevano due personaggi di un ingenuo ex voto illuminati dalla luce divina. E in quel momento notò una cosa che solo quel particolare taglio della luce, quasi un riflettore di teatro, aveva potuto mettere in evidenza. Sentì un brivido di friddo, il ben conosciuto campanello principiò a sonargli nel ciriveddro.

«La riaccompagno» disse al professore che lo taliava interrogativo, aspettando il seguito della spiegazione.

Lasciato il professore dopo essersi trattenuto a malappena dall'abbracciarlo, tornò al loco di prima correndo a rotta di collo.

517

Non erano arrivate altre auto nel frattempo a rompergli i cabasisi. Fermò, scinnì, s'avvicinò lentamente, un pedi leva e l'altro metti, gli occhi sempre calati 'n terra, fino all'orlo dello sbalanco. Non c'era più il raggio di luce ad aiutarlo, quel raggio ch'era stato come il fascio di luce di una pila elettrica nello scuro, ma oramà sapeva cosa doveva cercare.

Poi, cautamente, si protese a taliare sutta di lui. L'altipiano era fatto di uno strato di terra posato sulla marna. E infatti una parete di marna liscia e bianca cadeva a perpendicolo fino al mare che lì doveva essere profondo minimo minimo una decina di metri. L'acqua era di un grigio scuro, come il cielo. Non voleva perdere altro tempo. Si taliò torno torno una, due, tre volte a stabilire punti fermi di riferimento. Quindi si rimise in macchina e corse al commissariato.

Fazio non c'era, c'era invece, inatteso, Mimì Augello.

«Il padre di Beba sta meglio. Abbiamo stabilito di spostare il matrimonio di un mese. Ci sono novità?».

«Sì, Mimì. E tante».

Gli contò tutto e alla fine Augello restò con la vucca aperta.

«E ora che vuoi fare?».

«Tu procurami un gommone con un buon motore. In un'orata ce la dovrei fare ad arrivare sul posto, macari se il tempo non è proprio bono».

«Guarda, Salvo, che capace che ti viene un infarto. Rimanda. Oggi l'acqua dev'essere un gelo. E tu, scusami se te lo dico, non sei un picciotteddro».

«Procurami un gommone e non mi scassare la minchia».

«Ce l'hai almeno una muta? Le bombole?».

«La muta dovrei averla a casa da qualche parte. Le bombole non le ho mai usate. Vado in apnea».

«Salvo, tu andavi, una volta, in apnea. Sono anni che non lo fai più. E in tutti questi anni hai continuato a fumare. Non lo sai a che punto sono i tuoi polmoni. Quindi, quanto tempo potrai stare sott'acqua? Facciamo venti secondi per essere generosi?».

«Non dire minchiate».

«Fumare la chiami una minchiata?».

«Ma finitela con questa storia del fumo! A chi fuma, certo che fa male. Ma secondo voi lo smog non conta, l'elettrosmog non conta, l'uranio impoverito fa bene alla salute, le ciminiere non fanno danno, Cernobyl ha incrementato l'agricoltura, i pesci all'uranio o quello che è nutrono meglio, la diossina è un ricostituente, la mucca pazza, l'afta epizootica, i cibi transgenici, la globalizzazione vi faranno campare da Dio, l'unica cosa che fa danno e ammazza milioni di persone è il fumo passivo. Lo sai quale sarà lo slogan dei prossimi anni? Fatevi una pista di coca, così non inquinate l'ambiente».

«Va bene, va bene, calmati» disse Mimì. «Ti procuro il gommone. Ma a un patto».

«Quale?».

«Io vengo con te».

«A fare che?».

«Niente, ma non me la sento di lasciarti solo, starei male».

«D'accordo, allora. Alle due al porto, tanto devo restare a digiuno. Non dire dove andiamo, mi raccomando. Se poi risulta per disgrazia che mi sono sbagliato, al commissariato ci pigliano a frisca e pìrita».

Montalbano sperimentò quanto fosse difficile mettersi la muta a bordo di un gommone che filava su un mare che tanto calmo non poteva dirsi. Mimì, al timone, pareva teso e preoccupato.

«Soffri di mare?» gli spiò a un certo momento il commissario.

«No. Soffro di me».

«Perché?».

«Perché certe volte mi capita di rendermi conto quanto sono stronzo a seguirti in certe tue alzate d'ingegno».

Non si dissero altro. Ripigliarono a parlarsi quando, dopo un lungo prova e riprova, arrivarono da parte di mare davanti a Punta Pizzillo dove Montalbano, in matinata, era stato dalla parte di terra. La parete di marna s'alzava senza una sporgenza o una cavità. Mimì la taliò nìvuro in faccia.

«Rischiamo di andarci a sbattere contro» disse.

«E tu stacci attento» fece per tutto conforto il commissario, cominciando a calarsi strisciando la panza sul bordo del gommone.

«Non ti vedo tanto disinvolto» disse Mimì.

Montalbano lo taliò senza decidersi a trasire in mare. Aveva un core d'asino e uno di leone. La gana di andare a controllare sott'acqua se aveva visto giusto era fortissima, ma altrettanto forte era l'improvviso impulso di lasciar fottere tutto. Certo non contribuiva la giornata, il cielo era tanto nìvuro da fare una luce quasi notturna, il vento era addiventato friddo assà. Si decise, macari pirchì mai e po' mai avrebbe fatto la mala figura di pentirsela davanti ad Augello. Mollò la presa.

E di subito si venne a trovare nello scuro più fitto, impenetrabile, tanto da non capire come fosse posizionato il suo corpo dintra all'acqua. Era orizzontale o verticale? Una volta gli era capitato, arrisbigliandosi di notte nel suo letto, di non riuscire a orientarsi, di non sapere più dove fossero i segnali di sempre, la finestra, la porta, il tetto. Urtò di spalle contro qualcosa di solido. Si scostò. Toccò con la mano una massa viscida. Se ne sentì avviluppare. Si dibatté, se ne liberò. Allora cercò freneticamente di fare due cose: contrastare l'assurdo scanto che lo stava assugliando e pigliare la torcia elettrica che aveva alla cintura. Finalmente arriniscì ad addrumarla. Con orrore, non vide nessun fascio luminoso, la pila non funzionava. Poi una forte corrente principiò a tirarselo verso il fondo.

«Ma pirchì mi metto a fare queste spirtizze?» si spiò sconsolato.

Lo scanto si cangiò in panico. Non arriniscì a contrastarlo e assumò a razzo, andando a sbattere la testa contro la faccia di Augello che stava tutto sporto dal gommone.

«A momenti mi scugnavi il naso» fece Mimì toccandoselo.

«E tu levati di mezzo» replicò il commissario, aggrappandosi al gommone. Possibile che fosse già notte? Continuava a non vedere niente. Sentiva solo il suo ansimare da moribondo.

«Perché tieni gli occhi chiusi?» spiò preoccupato Augello.

Solo allora il commissario capì che per tutta l'immersione aveva tenuto gli occhi inserrati, un ostinato rifiuto d'accettare

quello che stava facendo. Raprì gli occhi. A conferma, addrumò
la pila che funzionava benissimo. Stette accussì per qualche minuto, insultandosi mentalmente e poi, quando sentì che il battito del cuore gli era tornato normale, se ne calò nuovamente.
Ora si sentiva calmo, lo scanto che aveva provato certamente
era dovuto al primo impatto. Una reazione naturale.

Era sotto di cinque metri. Diresse la luce ancora più in basso, sussultò e non credette a quello che vide. Spense la torcia,
contò lentamente fino a tre, la riaccese.

A tre-quattro metri ancora più sotto c'era, completamente incastrata tra la parete e uno scoglio bianco, la carcassa di un'automobile. L'emozione gli fece nesciri fora l'aria dai polmoni. Riassu-
mò di prescia.

«Trovato niente? Cernie? Sauri?» spiò ironicamente Mimì
che si teneva un fazzoletto vagnato sul naso.

«Ho avuto una botta di culo incredibile, Mimì. L'auto è
quassotto. È stata fatta precipitare o è precipitata. Avevo visto giusto stamattina, le tracce dei copertoni finivano proprio
sull'orlo dello sbalanco. Ora scendo giù a vedere una cosa e poi
ce ne torniamo».

Mimì era stato previdente. Si era portato appresso un sacchetto di plastica con asciugamani e una bottiglia di whisky
ancora sigillata. Prima di cominciare a fare domande, Augello
aspettò che il commissario si fosse spogliato della muta,
asciucato, rivestito. Aspettò ancora che il suo superiore la fi-
nisse d'attaccarsi alla bottiglia e ci si attaccò pure lui. Alla
fine spiò:

«Allora? Che hai visto ventimila leghe sotto i mari?».

«Mimì, tu fai lo spiritoso perché non vuoi riconoscere che ti
sei fatto mettere la sputazza sul naso da me. Tu quest'indagine l'hai pigliata sottogamba, me l'hai detto tu stesso, e io invece ti ho fottuto. Passami la bottiglia».

Tirò una lunga sorsata, pruì la bottiglia ad Augello che l'imitò.
Ma era chiaro che, dopo le parole di Montalbano, non se la godeva più tanto.

«Allora?» rispiò contrito.

«Dentro la macchina c'è un morto. Non so dirti chi è, è tutto ridotto malamente. Nella botta si sono aperti gli sportelli, può darsi che nelle vicinanze ci sia un altro cadavere. Macari il portabagagli era aperto. E lo sai che c'era ancora dintra? Un motorino. Questo è quanto».

«E ora che facciamo?».

«L'indagine non è nostra. E quindi informiamo chi di dovere».

I due signori che scinnirono dal gommone erano indubbiamente il commissario Salvo Montalbano e il suo vice, il dottor Domenico «Mimì» Augello, i due noti custodi della Legge. Ma quelli che li incontrarono, strammarono alquanto. I due si tenevano sottobraccio, traballavano tanticchia sulle gambe e canticchiavano a mezza voce «la donna è mobile».

Trasirono in commissariato, si lavarono, s'aggiustarono, si fecero portare due cafè. Poi Montalbano disse:

«Esco, vado a telefonare a Montelusa».

«Non puoi farlo da qua?».

«Da una cabina è più sicuro».

«Brondo? C'è Guannodda?» fece il commissario con voce da arrifriddato.

«Il dottor Guarnotta ha detto?».

«Di».

«Chi parla?».

«Il generale Jaruzelski».

«Glielo passo subito» disse il centralinista impressionato.

«Pronto? Sono Guarnotta. Non ho capito chi parla».

«Zenda, doddore, mi sdia a zentire zenza fade domadde».

Fu una telefonata lunga e tormentata, ma alla fine il dottor Guarnotta della questura di Montelusa capì d'avere ricevuto da un polacco sconosciuto un'informazione preziosa.

Erano le sette di sira e di Fazio in commissariato non avevano visto manco l'ùmmira. Chiamò al telefono il suo amico giornalista Nicolò Zito di «Retelibera».

«Ti sei deciso a venirti a pigliare la cassetta che Annalisa ti ha preparato?».

«Quale cassetta?».

«Quella con i pezzi su Gargano».

Se ne era completamente scordato, ma fece finta di avere telefonato proprio per quello.

«Se tra una mezzorata passo, ci sei?».

Arrivò a «Retelibera» e trovò sulla porta Zito che l'aspettava, la cassetta in mano:

«Dai, vado di prescia, devo preparare il notiziario».

«Grazie, Nicolò. Ti dico una cosa: da questo momento tieni d'occhio quello che fa Guarnotta. E se puoi, riferiscimi».

La prescia a Nicolò gli passò di colpo, appizzò le orecchie, sapeva bene che mezza parola di Montalbano valeva più di un discorso di tre ore.

«Perché, c'è cosa?».

«Sì».

«Riguardo a Gargano?».

«Penso proprio di sì».

Alla trattoria «San Calogero» gli smorcò un tale pititto che persino il proprietario ch'era abituato a vederlo mangiare s'imparpagliò:

«Dottore, che fece? Si sfondò?».

Arrivò a Marinella in preda a un'autentica contentezza. Non per la facenna della macchina, di quella in quel momento non gliene fotteva tanto, ma piuttosto per l'orgoglio di essere stato ancora in grado di cimentarsi in quelle faticose immersioni.

«Voglio vidiri quanti picciotti sono capaci di quello che ho fatto io!».

Altro che vecchio! Come gli erano potuti venire in testa quei mali pinsèri di vicchiaia? Ancora non era tempo!

La cassetta, mentre la stava infilando nel videoregistratore, cadì 'n terra. Si chinò per pigliarla e restò accussì, mezzo calato, senza potersi cataminare, una lacerante fitta di dolore alla schiena.

La vecchiaia si stava ignobilmente vendicando.

Dodici

Era il telefono a suonare, non il violino del maestro Cataldo Barbera il quale, appena apparsogli in sogno, gli aveva detto: «Ascolti questo concertino».

Raprendo gli occhi, taliò il ralogio: le otto meno cinque del matino.

Rarissimamente gli era capitato d'arrisbigliarsi tanto tardo. Susendosi, notò con soddisfazione che il dolore alla schiena gli era passato.

«Pronto?».

«Salvo, sono Nicolò. C'è un mio servizio in diretta col notiziario delle otto. Talìatelo».

Addrumò, si sintonizzò su «Retelibera». Dopo la sigla, apparse la faccia di Nicolò. In poche parole disse che si trovava a Punta Pizzillo perché alla questura di Montelusa era arrivata una telefonata di un ammiraglio polacco riguardante una macchina caduta in mare. Il dottor Guarnotta aveva avuto la brillante intuizione che potesse trattarsi dell'Alfa 166 del ragioniere Emanuele Gargano. Non aveva perciò perso tempo a organizzare il recupero dell'auto. Recupero che non era stato ancora possibile portare a termine. Qui ci fu uno stacco. L'operatore, vertiginosamente zumando dall'alto, fece vedere un ristretto pezzo di mare in fondo allo sbalanco.

La macchina, spiegò Zito fuori campo, si trova lì, a una decina di metri di profondità, letteralmente incastrata tra la parete di marna e un grosso scoglio. L'operatore allargò l'immagine e sullo schermo apparsero un grande pontone con una gru, una decina tra motoscafi, gommoni e pescherecci. Le operazioni sarebbero continuate in giornata, aggiunse Zito, ma intanto i sub erano riusciti a portare in superficie un cadavere imprigionato nella carcassa. Stacco. Sul ponte di un peschereccio, un corpo stinnicchiato e un omo acculato allato al morto. Era il dottor Pasquano.

Voce di un giornalista: «Scusi, dottore, secondo lei è morto nella caduta o è stato ammazzato prima?».

Pasquano (isando appena gli occhi): «Ma non mi scassate la (bip)...».

La sua solita, incantevole grazia.

«Ora passiamo la parola ai responsabili delle indagini» fece Nicolò.

Apparsero tutti stritti come in una foto: famiglia numerosa in un esterno. Il questore Bonetti-Alderighi, il PM Tommaseo, il capo della Scientifica Arquà, il responsabile dell'indagine commissario Guarnotta. Tutti sorridenti come se si trovassero a una festa e tutti pericolosamente vicini al ciglio franoso dello sbalanco. Montalbano scacciò il tinto pinsèro che gli era venuto, ma certo vedere scomparire in diretta mezza questura di Montelusa sarebbe stato perlomeno uno spettacolo inconsueto.

Il questore ringraziò tutti, dal Padreterno all'usciere, per l'impegno dimostrato nell'espletamento ecc. ecc. Il PM Tommaseo disse che era da escludersi un delitto a sfondo sessuale e quindi di tutta la faccenda non gliene poteva fregare di meno. Questa seconda parte in verità non la disse, ma la lasciò chiaramente capire dall'espressione della faccia. Arquà, il capo della Scientifica, rese noto che così, a prima vista, quella macchina risultava trovarsi in acqua da oltre un mese. Quello che parlò più di tutti fu Guarnotta solo perché Zito, da bravo giornalista, capì che la diretta stava andando a vacca e che toccava a lui fare le domande appropriate per salvare il salvabile.

«Dottor Guarnotta, il cadavere trovato nella macchina è stato identificato con certezza?».

«Ancora non c'è una identificazione ufficiale, ma possiamo affermare che trattasi, con buone probabilità, di Pellegrino Giacomo».

«Era solo in macchina?».

«Non possiamo dire niente in proposito. Dentro l'abitacolo c'era solo quel cadavere, ma non è escluso che possa esserci sta-

525

ta una seconda persona che probabilmente nell'impatto della macchina con l'acqua è stata sbalzata lontano. I nostri sommozzatori stanno attivamente ispezionando la zona».

«Questo secondo cadavere potrebbe essere quello di Gargano?».

«Potrebbe».

«Giacomo Pellegrino era ancora vivo quando la macchina è precipitata oppure è stato assassinato prima?».

«Questo ce lo dirà l'autopsia. Ma guardi, non è detto che si tratti di un'azione delittuosa. Può anche essersi trattato di una disgrazia. Qua il terreno, vede, è molto...».

Non arriniscì a finire la frase. Il cameraman, che aveva allargato, colse la scena. Alle spalle del gruppo una larga striscia di terra franò. Tutti, come in un balletto bene allenato, fecero in contemporanea un grido e un balzo in avanti. Montalbano si susì a mezzo dalla poltrona, di scatto, gli capitava accussì macari quando vedeva pellicole d'avventura tipo «Alla ricerca dell'arca perduta». Quando si furono messi in zona di sicurezza, Zito riattaccò.

«Avete trovato altro nell'auto?».

«Ancora l'interno della macchina non è stato possibile ispezionarlo. Molto vicino all'auto è stato rinvenuto un motorino».

Montalbano appizzò le orecchie. E qui terminò la diretta.

Che significava quella frase, "molto vicino all'auto"? L'aveva visto coi suoi occhi il motorino dintra il bagagliaio, senza possibilità d'errore. E allora? Non ci potevano essere che due spiegazioni: o qualche sub l'aveva levato dal posto dov'era, macari senza una 'ntinzioni particolare, o Guarnotta diceva una cosa fàvusa sapendo di dirla. Ma in questo secondo caso, a che scopo? Guarnotta aveva una sua idea e cercava di far combaciare ogni particolare nel suo quadro d'insieme?

Squillò il telefono. Era nuovamente Zito.

«Ti è piaciuto il servizio?».

«Sì, Nicolò».

«Grazie d'avermi fatto fregare la concorrenza».

«Sei riuscito a capire come la pensa Guarnotta?».

«Non c'è bisogno di capire perché Guarnotta non ammuccia come la pensa, lui parla chiaro. In privato, però. Trova prematuro fare pubbliche dichiarazioni. Secondo lui, Gargano ha pe-

526

stato il piede alla mafia. Direttamente, vale a dire intascando i grana di qualche mafioso, o indirettamente, vale a dire invadendo un terreno nel quale non doveva né seminare né azzappare».

«Ma che c'entra quel povirazzo di Pellegrino?».

«Pellegrino ha avuto la disgrazia di trovarsi in compagnia di Gargano. Riferisco sempre l'opinione di Guarnotta, bada bene. E così li hanno ammazzati tutti e due, poi li hanno infilati dintra la macchina e li hanno catafottuti a mare. Appresso, o prima, ma non ha importanza, hanno gettato a mare macari il motorino di Pellegrino. Questione di ore e troveremo il catafero di Gargano nelle vicinanze dell'auto, a meno che la corrente non l'abbia trascinato lontano».

«Ti persuade a tia?».

«No».

«Perché?».

«Mi spieghi che ci facevano Pellegrino e Gargano a quell'ora di notte in quel posto perso? Lì ci vanno solo per fottere. E non mi risulta che Gargano e Pellegrino fossero...».

«E invece dovrebbe risultarti».

Nicolò fece una specie di risucchio, il sciato gli si era fermato.

«Ma che stai dicendo?!».

«Per maggiori particolari, passare alle ore undici di stamattina al commissariato di Vigàta» fece Montalbano con la voce di un'annunciatrice di grandi magazzini.

Mentre riattaccava, gli venne un pinsèro che l'obbligò a vestirsi e nesciri di casa senza essersi lavato e fatto la barba. Arrivò a Vigàta in pochi minuti e davanti all'ufficio della «Re Mida» finalmente si sentì più calmo: era ancora chiuso. Posteggiò e si mise ad aspettare. Poi, dallo specchietto retrovisore, vide arrivare una vecchia Cinquecento gialla, da collezionista. La macchina trovò posto poco davanti a quella di Montalbano. Ne scinnì la signorina Mariastella Cosentino, compunta, che andò a raprire la porta della «Re Mida». Il commissario lassò passari qualichi minuto, poi trasì. Mariastella era già al suo posto, immobile, una statua, la mano dritta posata sul telefono in aspittanza di una telefonata, di quella particolare telefonata che non sarebbe mai arrivata. Non si arrendeva. Non possedeva la televisione e può darsi che non aveva manco amici, capace dunque che non sapeva ancora niente del ritrovamento di Pellegrino e dell'auto di Gargano.

«Buongiorno, signorina, come sta?».

«Non c'è male, grazie».

Dal timbro della voce il commissario capì che Mariastella era all'oscuro di quello che era capitato. Ora doveva giocarsi quella carta che aveva in mano con abilità, con accortezza, Mariastella Cosentino era capace di chiudersi ancora di più di quanto non lo facesse d'abitudine.

«Le sa le novità?» attaccò.

Ma come?! Prima ti riprometti di trattare la facenna con abilità e accortezza e poi te ne esci con una frase d'inizio accussì diretta, brutale e banale che manco Catarella? Tanto valeva continuare a procedere a carrarmato e bonanotti ai sonatori. L'unico segno d'attenzione di Mariastella consistette nel mettere a foco lo sguardo sul commissario, ma non raprì vucca, non spiò nenti.

«Hanno ritrovato il cadavere di Giacomo Pellegrino».

Ma Cristo di Dio, la vuoi avere una reazione qualsiasi?

«Era in mare, dentro all'auto del ragioniere Gargano».

Finalmente Mariastella fece una cosa che da oggetto inerte la promosse ad appartenente al genere umano. Si mosse, levò lentamente la mano da sopra il telefono, la congiunse all'altra come in un gesto di preghiera. Gli occhi di Mariastella erano ora sbarracati, domandavano, domandavano. E Montalbano ne ebbe pena, rispose.

«Lui non c'era».

Gli occhi di Mariastella tornarono normali. Come indipendente dal resto del corpo sempre immobile, la mano si mosse di nuovo, lentamente si posò sul telefono. L'attesa poteva ricominciare.

Allora Montalbano si sentì pigliare da una raggia sorda. Infilò la testa dintra lo sportello, si trovò faccia a faccia con la fìmmina.

«Tu lo sai benissimo che non ti telefonerà mai più» sibilò.

E gli parse d'essiri addiventato un sirpenti maligno, di quelli ai quali si schiaccia la testa. Niscì dall'agenzia di furia.

Appena in commissariato, chiamò a Montelusa il dottor Pasquano.

«Montalbano, che vuole? Che mi rompe? Non ci sono stati morti ammazzati dalle parti sue, mi pare» fece Pasquano col garbo che l'aveva reso famoso.

«Quindi Pellegrino non è stato ammazzato».

«Ma chi le ha detto una minchiata simile?».

«Lei, dottore, ora ora. Sino a prova contraria il posto dove è stata trovata l'auto di Gargano è territorio mio».

«Sì, ma l'inchiesta non è sua! È di quella testa emerita di Guarnotta! Per sua conoscenza sappia che il picciotto è morto sparato, in faccia. Un colpo solo. Al momento, altro non posso e non voglio dirle. Nei prossimi giorni s'accatti i giornali e saprà il risultato dell'autopsia. Buongiorno».

Squillò il telefono.

«Che faccio, ci la passo questa tilifonata sì o no?».

«Catarè, se non mi dici chi è al telefono, come faccio a dirti sì o no?».

«Vero è, dottori. Il fatto è che la telefonista voli arristare gnònima, non mi voli diri accome si chiama».

«Passamela».

«Pronto, papà?».

La voce roca alla Marlene di Michela Manganaro, la carogna.

«Che vuole?».

«Ho sentito la televisione stamattina».

«È così mattiniera?».

«No, ma dovevo preparare le mie cose. Oggi pomeriggio vado a Palermo a dare qualche esame. Starò via un po' di tempo. Prima però vorrei vederla, le devo dire una cosa».

«Venga qua».

«Lì non vengo, potrei fare cattivi incontri. Andiamo in quel boschetto che le piace tanto. Se le va bene, a mezzogiorno e mezzo sotto casa mia».

«Ma sei sicuro di quello che mi dici?» spiò Nicolò Zito che si era apprestato puntuale alle undici. «Io non lo avrei mai sospettato. E dire che l'ho intervistato tre o quattro volte».

«Io ho visto la cassetta» disse Montalbano. «E a guardare come parlava e come si muoveva non pareva proprio un omosessuale».

«Lo vedi? Chi te l'ha detta questa storia? Non può essere una filama, una voce messa in giro così, tanto per…».

«No, di quella fonte mi fido. È una fìmmina».

«E macari Pellegrino lo era?».

«Sì».

«E pensi che tra loro due ci fosse qualcosa?».

«Mi hanno detto che c'era».

Nicolò Zito ci meditò supra tanticchia.

«Questo però non sposta sostanzialmente la situazione. Può darsi che fossero complici nella truffa».

«È una possibilità. Io ti volevo dire semplicemente di tenere le orecchie appizzate, la facenna forse è meno semplice di quanto la fa Guarnotta. E un'altra cosa: cerca di sapere dove hanno trovato esattamente il motorino».

«Guarnotta ha detto che…».

«Lo so quello che ha detto Guarnotta. Ma mi necessita sapere se corrisponde alla verità. Perché se il motorino è stato trovato poco distante dalla macchina, viene a dire che un sub l'ha levato da dove si trovava».

«E dove si trovava?».

«Nel bagagliaio».

«Tu come lo sai?».

«L'ho visto».

Nicolò lo taliò annichiluto.

«Sei tu l'ammiraglio polacco?».

«Io non ho mai detto d'essere né ammiraglio né polacco» disse, sullenne, Montalbano.

Carogna era, ma bellissima, anzi ancora più bella dell'altra volta, forse perché le era passata la 'nfruenza. Salì in macchina in un tripudio di cosce al vento. Montalbano girò alla seconda a destra, poi pigliò la trazzera a mano mancina.

«Si ricorda benissimo la strada. Forse c'è tornato dopo?» spiò Michela, a vista del boschetto, raprendo per la prima volta la bocca.

«Ho buona memoria» disse Montalbano. «Perché voleva vedermi?».

530

«Quanta prescia!» fece la picciotta.

Si stirò come una gatta, i polsi incrociati sulla testa, il busto tutto narrè. La cammisetta parse arrivare al punto di rottura.

«Col reggiseno si sentirebbe in cammisa di forza» pensò il commissario.

«Sigaretta».

Mentre gliela addrumava, spiò:

«Che esami va a dare?».

Michela rise tanto di core che la tirata le andò per traverso.

«Se mi resta tempo, ne darò uno».

«Se le resta tempo? Che altro va a fare?».

Michela si limitò a taliarlo, gli occhi viola sparluccicanti di divertimento. Più eloquente di una parlatina lunga e dettagliata. Il commissario, con raggia, sentì che stava arrussicando. Allora, di scatto, passò un braccio attorno alle spalle di Michela, la strinse con forza a sé mentre brutalmente le infilava una mano in mezzo alle gambe.

«Mi lasci! Mi lasci!» gridò la picciotta con una voce improvvisamente acuta, quasi isterica. Si liberò dalla stretta del commissario e raprì la portiera. Era veramente sconvolta e irritata. Niscì dalla macchina, ma non si allontanò. Montalbano, che non si era cataminato dal suo posto, la taliava. All'improvviso Michela sorrise, raprì la portiera, s'assittò nuovamente allato al commissario.

«Lei è molto furbo. E io ci sono cascata, nella sua recita. Avrei dovuto lasciarla continuare per vedere come se la sarebbe cavata dall'impiccio».

«Me la sarei cavata allo stesso modo dell'altra volta» disse Montalbano «quando ti è venuta la bella pensata di baciarmi. Ma comunque ero certo che avresti reagito così. Ti diverte tanto provocare?».

«Sì. Come a lei piace fare il casto Giuseppe. Pace?».

Tutte le aveva 'sta picciotta, manco l'intelligenza le fagliava.

«Pace» fece Montalbano. «Volevi veramente dirmi qualcosa o era una scusa per procurarti lo spasso?».

«Metà e metà» disse Michela. «Stamattina, quando ho sentito che Giacomo era morto, sono rimasta impressionata. Lo sa com'è morto?».

«Gli hanno sparato un colpo in faccia».

La picciotta sussultò, poi due lagrime grosse quanto perle le vagnarono la cammisetta.

«Scusami, ho bisogno d'aria».

Niscì. Mentre si allontanava, Montalbano le vide le spalle scosse dai singhiozzi. Quale reazione era più normale, quella di Michela o quella di Mariastella? A conti fatti, tutte e due erano normali. Scinnì macari lui dalla macchina, s'avvicinò alla picciotta pruiendole un fazzoletto.

«Mischino! Mi fa una pena!» disse Michela asciugandosi gli occhi.

«Eravate molto amici?».

«No, ma abbiamo travagliato due anni nella stessa càmmara, non ti basta?».

Continuava a dargli del tu e il suo italiano ora s'imbastardiva col dialetto.

«Mi tieni?».

Per un momento Montalbano non capì il senso della domanda, poi le passò il braccio attorno alle spalle. Michela si appoggiò a lui.

«Vuoi che torniamo in auto?».

«No. È il fatto della faccia che mi ha... ci teneva tanto alla sua faccia... si faceva la barba due volte al giorno... usava creme per la pelle... Scusami, lo so che sto dicendo fesserie, ma...».

Tirò su col naso. Matre santa, quant'era più bella accussì!

«Non ho capito bene la storia del motorino» disse, dopo essersi arripigliata con un profondo respiro.

Il commissario si fici tiso, attentissimo.

«Chi si occupa delle indagini dice che è stato trovato sottacqua nelle vicinanze della macchina di Gargano. Perché me lo domandi?».

«Perché lo mettevano nel bagagliaio».

«Spiegati meglio».

«Beh, almeno una volta hanno fatto così. Gargano aveva domandato a Giacomo d'accompagnarlo a Montelusa, ma siccome non poteva riportarlo indietro dato che doveva proseguire, hanno infilato il motorino nel bagagliaio ch'era capiente. In questo modo Giacomo poteva tornarsene da solo e quando voleva».

«Forse nell'urto contro lo scoglio il bagagliaio si è aperto e il motorino è stato sbalzato fuori».

«Può essere» disse Michela. «Ma ci sono tante cose che non mi spiego».

«Dimmele».

«Te le dirò strada facendo. Voglio tornare a casa».

Mentre si rimettevano in macchina, al commissario tornò a mente che qualcun altro aveva usato le stesse parole di Michela, «un bagagliaio capiente».

Tredici

«Le cose che non mi tornano sono tante. E la prima è questa» disse Michela mentre il commissario guidava a lento. «Perché la macchina di Gargano è stata trovata qua? I casi sono due: o l'ultima volta che è stato da noi l'ha lasciata a Giacomo oppure Gargano è tornato. Ma a fare che? Se aveva programmato di scomparire dopo aver messo al sicuro i soldi, e questo programma di sicuro ce l'aveva tant'è vero che il solito trasferimento di fondi da Bologna a Vigàta stavolta non c'è stato, allora perché è venuto qua rischiando tutto?».

«Vai avanti».

«Ancora: ammettendo che Gargano fosse con Giacomo, perché incontrarsi in macchina come due amanti clandestini? Perché non incontrarsi nell'albergo di Gargano o in qualche altro posto tranquillo e sicuro? Sono convinta che le altre volte non si erano incontrati in macchina. Va bene che Gargano era avaro, ma...».

«Come lo sai che Gargano era avaro?».

«Beh, avaro avaro no, ma tirato sì. Lo so perché una sera che andai con lui a cena, anzi ci sono stata due volte...».

«T'invitò lui?».

«Certo, faceva parte del suo sistema di seduzione, gli piaceva piacere. Beh, mi portò in una trattoria di Montelusa, gli si leggeva in faccia lo scanto che scegliessi piatti costosi, si lamentò del conto».

«Tu dici che faceva parte del suo sistema? Non ti ha invitato perché sei una ragazza molto bella? Credo che a tutti gli uomini piaccia farsi vedere con una picciotta come te a fianco».

«Grazie dei complimenti. Non voglio parere cattiva, però devo dirti che ha invitato a cena macari a Mariastella. Il giorno appresso Mariastella era completamente intronata, non capiva niente, un sorriso felice che si aggirava tra i tavoli sbattendovi contro. E la sai una cosa?».

«Dimmela».

«Mariastella ha ricambiato. L'ha invitato a cena a casa sua. E Gargano c'è andato, almeno così ho capito perché Mariastella non parlava, gemeva di contentezza, persa».

«Ha una bella casa?».

«Non ci sono mai stata. È una villona, appena fuori Vigàta, isolata. Ci stava con i genitori. Ora ci vive da sola».

«Ma è vero che Mariastella continua a pagare l'affitto e il telefono dell'agenzia?».

«Certo».

«Ma ha soldi?».

«Qualcosa il padre deve avergliela lasciata. Lo sai? Voleva pagarmi lei, di tasca sua, i due stipendi arretrati. "Poi il ragioniere me li rimborsa", disse. Anzi no. Le scappò di dire, diventando una vampa di foco: "Poi Emanuele me li rimborsa". Stravede per quell'uomo e non si vuole arrendere alla realtà».

«E qual è la realtà?».

«Che nella migliore delle ipotesi Gargano se la sta scialando in un'isola della Polinesia. Nella peggiore delle ipotesi se lo stanno mangiando i pesci».

Erano arrivati. Michela baciò la guancia di Montalbano, scinnì. Poi si calò attraverso il finestrino e disse:

«Gli esami che devo dare a Palermo sono tre».

«Auguri» fece Montalbano. «Fammi sapere com'è andata».

Se ne tornò direttamente a Marinella. Appena trasuto, si rese conto che Adelina aveva ripigliato servizio, la biancheria e le cammise erano sul letto, stirate. Raprì il frigorifero e lo trovò vacante fatta cizzione di passuluna, angiovi condite con aceto, oglio e origano, e una bella fetta di caciocavallo. La leggera delusione gli passò quando raprì il forno: dintra c'era la mitica pasta 'ncasciata! Una porzione per quattro. Se la scofanò con lentezza e perseveranza. Poi, dato che la giornata lo permetteva, s'assistimò sulla verandina. Aveva bisogno di pinsari. Ma non pinsò. Poco dopo, il rumore della risacca lo fece dolcemente appinnicare.

«Meno male che non sono un coccodrillo, masannò annegherei nelle mie lagrime».

Questa fu l'ultima cosa sensata, o insensata, che gli venne in testa.

Alle quattro del doppopranzo era nella sua càmmara al commissariato e di subito s'appresentò Mimì.

«Dove sei stato?».

«A fare il dovere mio. Appena ho saputo la notizia, mi sono precipitato sul posto e mi sono messo a disposizione di Guarnotta. A nome tuo e secondo le direttive del nostro questore. Quello è territorio nostro, no? Ho fatto bene?».

Quando ci si metteva, Augello era capace di dare punti a tutti.

«Hai fatto benissimo».

«Gli ho detto che ero lì solo ed esclusivamente come supporto. Se voleva, gli andavo ad accattare le sigarette. Ha molto apprezzato».

«Hanno trovato il corpo di Gargano?».

«No, ma sono scoraggiati. Hanno interpellato un vecchio pescatore della zona. Quello ha detto che se non trovano Gargano trattenuto da qualche scoglio, a quest'ora, per le forti correnti che ci sono lì, il catafero starà veleggiando verso la Tunisia. Di conseguenza, in serata smetteranno le ricerche».

Sulla porta comparse Fazio. Il commissario gli fece 'nzinga di trasire e d'assittarsi. Fazio aveva una faccia di circostanza. Era chiaro che si teneva a malappena.

«E allora?» spiò Montalbano a Mimì.

«Allora domani a matino è prevista una conferenza stampa di Guarnotta».

«Sai che dirà?».

«Certo. Altrimenti perché mi sono scapicollato fino a quel posto infame? Dirà che tanto Gargano quanto Pellegrino sono vittime di una vendetta della mafia, pigliata per il culo dal nostro ragioniere».

«Ma come faceva questa biniditta mafia, lo dico e lo ripeto, a sapere con un giorno d'anticipo che Gargano non avrebbe tenuto fede agli impegni e quindi ammazzarlo? Se l'avessero ammazzato l'uno o il due settembre, avrei capito. Ma ammazzarlo il giorno avanti non ti pare minimo minimo strammo?».

«Certo che mi pare strammo. Strammissimo. Ma vallo a spiare a Guarnotta e no a mia».

Il commissario si rivolse con un largo sorriso a Fazio.

«Beati gli occhi che ti vedono!».

«Porto carrico» fece Fazio, sostenuto. «Un carrico da undici».

Voleva dire che in mano aveva carte grosse da giocare. Montalbano non gli fece domande, lasciò che l'altro si pigliasse il suo tempo e la sua soddisfazione. Poi Fazio tirò un pizzino dalla sacchetta, lo consultò e ripigliò a parlare.

«Arrinesciri a sapiri quello che volevo, m'è costato assà».

«Hai dovuto pagare?» spiò Augello.

Fazio lo taliò con fastiddio.

«Volevo dire che m'è costato assà in parole e pazienza. Le banche s'arrefutano di dare informazioni sugli affaruzzi dei clienti e meno che mai quando questi affaruzzi fètono. Ad ogni modo, sono riuscito a convincere un funzionario a parlare. Ma mi ha prigato in ginocchio di non fare il suo nome. Siamo d'accordo?».

«D'accordo» disse Montalbano. «Tanto più che quest'indagine non ci appartiene. La nostra è pura e semplice curiosità. Diciamo privata».

«Dunque» fece Fazio. «Il primo ottobre dell'anno passato nella banca dove gli veniva accreditato a ogni mese lo stipendio, sul conto di Giacomo Pellegrino arriva un bonifico di duecento milioni. Un secondo della stessa cifra arriva il quindici gennaio di quest'anno. L'ultimo, di trecento milioni, è giunto il sette luglio. In tutto settecento milioni. Non ne sono arrivati altri. E non ha conti nelle altre banche di qua e di Montelusa».

«Chi gli faceva questi bonifici?» spiò Montalbano.

«Emanuele Gargano».

«Minchia!» fece Augello.

«Dalla banca dove teneva il suo conto personale, non quella con la quale travagliava per la "Re Mida"» proseguì Fazio. «Quindi questi soldi mandati a Pellegrino non ci trasivano con gli affari dell'agenzia. Chiaramente, si trattava di rapporti personali».

Fazio finì di parlare e fece la faccia longa. Era deluso perché Montalbano non si era per niente ammaravigliato, la notizia pareva non avergli fatto né càvudo né friddo. Ma Fazio non volle arrendersi, ripigliò gana.

«E la volete sapere un'altra cosa che ho scoperto? Ogni volta che riceveva un bonifico, il giorno appresso Pellegrino versava i soldi alla...».

«... all'impresa che gli stava costruendo il villino» concluse Montalbano. Si cunta e si boncunta che una volta un Re di Franza, stuffatosi di sentirsi dire dalla Regina mogliere che lui non l'amava pirchì non era giloso, pregò un gentiluomo di corte di trasire l'indomani a matino presto nella càmmara da letto della Regina, gettarsi ai piedi della fìmmina e dirle tutto il suo amore. Pochi minuti appresso sarebbe trasuto il Re che, vista la situazione, avrebbe fatto una terribile scenata di gelosia alla mogliere. L'indomani a matino il Re s'appostò fora della porta della Regina, aspittò che trasisse il gentiluomo col quale si era appattato, contò fino a cento, sguainò la spada e spalancò la porta. E vitti la mogliere e il gentiluomo nudi sul letto che ficcavano con tanto entusiasmo che manco s'addunarono del suo arrivo. Il poviro Re sinni niscì dalla càmmara, rimise la spada nel fodero e disse: «Mannaggia, m'ha rovinato la scena!».

Fazio fece tutto il contrario del Re di Franza. A vedersi rovinare la scena, satò dalla seggia, arrussicò, santiò e niscì murmuriandosi.

«Che gli ha preso?» spiò Augello alloccuto.

«Il fatto è che certe volte sono tanticchia fituso» disse Montalbano.

«A me lo vieni a contare?!» fece Augello, vittima frequente della fituseria del commissario.

Fazio tornò quasi subito. Si vedeva che era andato a darsi una lavata di faccia.

538

«Scusatemi».

«Scusami tu» disse sincero il commissario. E proseguì:

«Quindi il villino gli è stato interamente pagato da Gargano. La domanda è una sola: perché?».

Mimì raprì la vucca, ma a un gesto del commissario la richiuse.

«Prima voglio sapere se mi ricordo bene una cosa» disse Montalbano rivolgendosi a Fazio. «Sei stato tu a dirmi che quando Pellegrino s'affittò una macchina a Montelusa spiegò che la voleva col bagagliaio capiente?».

«Sì» rispose Fazio.

«E noi allora pensammo che ci doveva mettere le valigie?».

«Sì».

«Sbagliando, perché le valigie le aveva lasciate nel villino».

«E che doveva metterci nel bagagliaio?» intervenne Augello.

«Il suo motorino. Ha affittato la macchina a Montelusa, ci ha infilato il motorino, è andato a Punta Ràisi per la facenna dei biglietti aerei, è tornato a Montelusa, ha lasciato la macchina noleggiata e ha raggiunto Vigàta in motorino».

«Non mi pare importante» osservò Mimì.

«Invece lo è, importante. Macari perché ho saputo che una volta aveva messo il motorino nel bagagliaio dell'auto di Gargano».

«Sì, ma...».

«Per ora lasciamo perdere questa storia del motorino. Torniamo alla domanda: perché Gargano ha pagato la costruzione del villino? Badate: ho saputo, e mi fido di chi me l'ha detto, che era una pirsona tirata, che ci badava a non gettare dinaro».

Augello parlò per primo.

«Perché no per amore? Da quello che mi hai contato tu, il loro non era solo un rapporto di letto».

«E tu come la vedi?» spiò Montalbano a Fazio.

«La spiegazione del dottor Augello potrebbe essere giusta. Ma non so pirchì, non mi pirsuade. Io penserei piuttosto a un ricatto».

«Per cosa?».

«Mah, Pellegrino poteva minacciare a Gargano di rivelare a

tutti che avevano una relazione... che Pellegrino era omosessuale...».

Augello sbottò a ridere, Fazio lo taliò sorpreso.

«Ma quanti anni hai, Fazio? Oggi come oggi il fatto che uno è o non è omosessuale, grazie a Dio, non fotte niente a nessuno!».

«Gargano ci teneva a non apparirlo» intervenne Montalbano. «Ma se la cosa rischiava di venire a galla, non credo che ne avrebbe fatto una tragedia. No, una minaccia di questo genere non avrebbe costretto un tipo come Gargano a cedere a un ricatto».

Fazio allargò le vrazza e rinunziò a difendere la sua ipotesi. E taliò fisso il commissario. Macari Augello si mise a taliarlo.

«Che avete?» spiò Montalbano.

«Abbiamo che tocca a te parlare» disse Mimì.

«Va bene» fece il commissario. «Ma devo fare una premessa: il mio è un romanzo. Nel senso che non ho manco l'ùmmira di una prova di quello che dirò. E, come in tutti i romanzi, via via che lo si scrive, i fatti possono pigliare una strata diversa e arrivare a conclusioni non pensate».

«D'accordo» disse Augello.

«Partiamo da un punto certo: Gargano organizza una truffa che, di necessità, non può risolversi nel giro di una simanata, ma abbisogna di tempi lunghi. Non solo: deve mettere in piedi una vera e propria organizzazione con uffici, impiegati e via dicendo. Tra gli impiegati che assume a Vigàta c'è un picciotto, Giacomo Pellegrino. Dopo qualche tempo, tra i due principia una storia. Una specie di innamoramento, non una marchettata qualsiasi. Chi me l'ha detto, ha aggiunto che, a malgrado cercassero d'ammucciarlo, il loro rapporto veniva fora da come si comportavano. Certi giorni si sorridevano, si cercavano e certi altri giorni si tenevano il muso, evitavano di parlarsi. Proprio come fanno gli innamorati. È così, Mimì, tu che di queste facenne ne capisci?».

«Perché, tu no?» ribatté Augello.

«Il bello è» proseguì Montalbano «che avete ragione tutti e due. Una storia nata nell'ambiguità e proseguita nell'ambiguità. Pellegrino è una testa parziale che...».

«Fermo qua» disse Mimì. «Che significa?».

«Per testa parziale intendo la testa di quelli che si occupano dei soldi. Non dell'agricoltura o del commercio o dell'industria o dell'edilizia o di quello che volete voi, ma dei soldi in sé. Del denaro in quanto tale, capiscono o intuiscono tutto, ora per ora, minuto per minuto. Lo conoscono come se stessi, sanno come il denaro ha pisciato, come ha cacato, come ha mangiato, come ha dormito, come si è svegliato al matino, le sue giornate bone e le sue giornate tinte, quando vuole figliare, cioè produrre altro denaro, quando gli vengono le manie suicide, quando vuole restare sterile, perfino macari quando vuole farsi una chiavata senza conseguenze. In parole ancora più povere, quando il denaro s'impennerà o quando andrà in caduta libera, come dicono quelli del telegiornale che si occupano di queste cose. Queste teste parziali si chiamano, in genere, maghi della finanza, grandi banchieri, grandi operatori, grandi speculatori. La loro testa funziona però solo in quel verso, per il resto sono sprovveduti, goffi, limitati, primitivi, perfino assolutamente stronzi, ma ingenui mai».

«Mi pare eccessivo questo ritratto» disse Augello.

«Ah, sì? E secondo te non era una testa parziale quello che finì impiccato sotto il ponte dei frati neri a Londra? E quell'altro che si finse rapito dalla mafia, si fece sparare a una gamba e andò a bersi un cafè avvelenato in càrzaro? Ma fammi il piacere!».

Mimì non osò contraddire.

«Torno a Giacomo Pellegrino» disse Montalbano. «È una testa parziale che s'incontra con una testa ancora più parziale della sua, vale a dire il ragioniere Emanuele Gargano. Questi ne intuisce a volo l'affinità elettiva. L'assume e comincia ad affidargli qualche incarico che si guarda bene di dare alle altre due impiegate. Poi il rapporto tra Gargano e Pellegrino si trasforma, scoprono che la loro affinità elettiva non è limitata solo al denaro, ma si può allargare macari alla sfera affettiva. Ho detto che queste persone non sono mai ingenue, ma ci sono diversi livelli di ingenuità. Diciamo che Giacomo è leggermente più furbo del ragioniere, ma questa leggera differenza basta e superchia al picciotto».

«In che senso?» spiò Augello.

«Nel senso che Giacomo deve avere scoperto quasi subito che nella "Re Mida" c'era qualcosa che non quatrava, ma se l'è tenuta per sé, ripromettendosi però di seguire con attenzione le mosse, le operazioni del suo datore di lavoro. Principia ad accumulare dati, a stabilire connessioni. E macari, per il rapporto d'intimità che si era stabilito, capace che fa qualche domanda che può parere svagata e che invece mira a uno scopo preciso che è quello di penetrare sempre più dintra alle intenzioni di Gargano».

«E Gargano è accussì innamorato del picciotto che non si mette mai in sospetto?» intervenne Fazio con ariata scettica.

«Hai fatto centro» disse il commissario. «Questo è il punto più delicato del romanzo che stiamo scrivendo. Vediamo di capire come agisce il personaggio Gargano. Ricordati che al principio ho detto che il loro rapporto è segnato dell'ambiguità. Io sono persuaso che a un certo punto Gargano intuisce che Giacomo si sta pericolosamente avvicinando a capire il marchingegno della sua truffa. Ma che può fare? Licenziarlo sarebbe peggio. E quindi fa, come si dice, u fissa pi nun jri a la guerra».

«Spera che Pellegrino si fermi al villino che si è fatto regalare e non domandi altro?» fece Mimì.

«In parte lo spera, perché non è certo se Giacomo lo stia ricattando o no: il picciotto probabilmente lo avrà convinto contandogli come sarebbe stato bello avere un loro nido d'amore, un posto dove macari sarebbero potuti andare a vivere una volta che il ragioniere si fosse ritirato dagli affari... Lo avrà tranquillizzato in questo senso. Tutti e due sanno, e non se lo dicono, come andrà a finire l'intera facenna. Gargano scapperà all'estero con i soldi e Giacomo, non risultando in nessun modo implicato nella truffa, si potrà godere il villino in pace».

«Ancora non arrinescio a capire perché disse allo zio che sarebbe partito per la Germania» fece, quasi a se stesso, Fazio.

«Perché lo zio l'avrebbe detto a noi quando ci saremmo messi a cercare Gargano. E noi avremmo aspettato il suo ritorno senza indagare oltre. Poi si sarebbe apprisentato con aria da innuccintuzzo a contarci che era andato sì in Germania, ma che era stato un inganno di Gargano per levarselo dai cabasisi dato che lui era l'unico in grado di capire, a tempo, che il ragioniere si preparava a tirare le reti. Ci avrebbe detto che nelle banche dove l'aveva spedito Gargano non aveva trovato una lira, Gargano non vi aveva mai fatto un deposito».

«Ma perché fare allora il mutuperio dei biglietti aerei?» insistette Fazio.

«Per cautelarsi in ogni caso. Cautelarsi da tutti: da Gargano e da noi. Credetemi, Giacomo l'aveva pinsata bona. Ma gli è capitato un imprevisto».

«Quale?» spiò Mimì.

«Una revorborata in piena faccia non ti basta come imprevisto?» disse il commissario.

Quattordici

«Vogliamo continuare domani con la seconda puntata? Sapete, mi vado addunando strata facendo che più che un romanzo è uno sceneggiato televisivo. Se l'avessi scritto e stampato, questo romanzo, qualche critico avrebbe sicuramente detto accussì, macari aggiungendo "uno sceneggiato sì e non dei migliori". Allora?».

La proposta di Montalbano suscitò la protesta dei due unici ascoltatori. Non poteva lamentarsi dei risultati dell'auditel. Fu costretto ad andare avanti, dopo aver domandato, e ottenuto, una piccola pausa cafè.

«Negli ultimi tempi però i rapporti tra Gargano e Pellegrino appaiono deteriorati» ripigliò «ma questo non lo possiamo sapiri con certezza».

«Si potrebbe» asserì Augello.

«Come?».

«Spiandolo alla stessa persona che ti ha dato le altre informazioni».

«Non so dove sia, è partita per Palermo».

«Allora spialo alla signorina Cosentino».

«Posso farlo. Ma quella non si addunava di nenti, manco se Gargano e Pellegrino s'abbrazzavano e si vasavano sotto i suoi occhi».

«Va bene. Supponiamo che i loro rapporti si deteriorano. Perché?».

«Io non ho detto che si deteriorano, ho detto che appaiono deteriorati».

«Che differenza porta?» domandò Fazio.

«La porta, eccome. Se si sciarriano in presenza di terzi, se si dimostrano friddi e distanti, lo fanno perché si sono appattati, stanno recitando».

«Macari in un romanzo sceneggiato questo mi sembrerebbe macchinoso» disse ironico Mimì.

«Se vuoi, le leviamo dalla sceneggiatura, le scene le tagliamo. Ma sarebbe uno sbaglio. Vedi, io penso che il picciotto, vedendo arrivare il momento della conclusione della truffa, sia passato al ricatto esplicito. Vuole realizzare il massimo prima che Gargano sparisca. Gli domanda altri soldi. Il ragioniere però non glieli smolla e questo lo sappiamo di sicuro perché tu, Fazio, hai detto che non risultano altri versamenti. E che fa allora Gargano sapendo che la fame di un ricattatore non finisce mai? Finge di cedere al ricatto e addirittura rilancia facendo una proposta al picciotto del quale si dichiara sempre e malgrado tutto innamorato. Se ne scapperanno insieme all'estero coi soldi e vivranno felici e contenti. Giacomo, che non si fida sino in fondo, accetta a una condizione: che il ragioniere gli riveli in quali banche estere sono andati a finire i depositi della "Re Mida".

«Gargano gliele elenca con tutti i codici d'accesso e nello stesso tempo gli dice che è meglio se si fingono agli occhi di tutti sciarriati o in cattivi rapporti accussì la polizia, quando si metterà a cercarlo dopo scoperta la truffa, non avrà motivo di pensare che se ne siano fujuti insieme. Sempre per questo motivo, dice ancora Gargano, dovranno raggiungere l'estero separatamente. Forse scelgono macari la città straniera dove si ritroveranno».

«Ho capito il trucco di Gargano!» intervenne a questo punto Augello. «Ha dato a Giacomo le autentiche chiavi d'accesso ai conti. Il picciotto controlla e ha modo di vedere che il ragioniere non gli sta tirando un trainello. Gargano pensa infatti di trasferire i depositi solo qualche ora prima di scomparire, tanto per fare queste cose oggi come oggi abbastano meno di una decina di minuti. E pensa macari di non farsi trovare all'appuntamento all'estero. È così?».

«Ci inzertasti, Mimì. Ma abbiamo stabilito che il nostro Giacomino non è un fissa per queste facenne. Certamente ha capito il piano di Gargano e lo tiene sotto controllo col cellulare, chiamandolo in continuazione. E poi, quando arriva il momento, vale a dire il trentuno agosto, all'alba, telefona a Gargano e, minacciando di contare tutto alla polizia, lo costringe a venire a Vigà-

545

ta a rotta di collo. Vuol dire che espatrieranno insieme, dice
Giacomo, è disposto a correre il rischio. Gargano a questo punto sa di non avere scelta. Si mette in macchina e parte, non servendosi della carta di credito autostradale per non lasciare tracce. Arriva al punto stabilito che è già notte. Poco dopo spunta
Giacomo col motorino che ha tenuto nella villetta. Delle valigie
grandi se ne fotte, l'importante è la valigetta dove ha raccolto le
prove della truffa. E i due s'incontrano».

«Posso contare il finale?» s'intromise Fazio. E continuò:

«I due hanno una discussione e Gargano, vistosi perso perché capisce che il picciotto oramà lo tiene in pugno, scoccia il
revorbaro e gli spara».

«In faccia» precisò Augello.

«È importante?».

«Sì. Quando si spara in faccia a uno è quasi sempre per odio,
perché si vuole cancellarla».

«Non credo che ci sia stata una discussione» fece Montalbano. «Gargano ha avuto tutto il tempo che ci voleva da Bologna
fino a qua in auto per ragionare sulla posizione pericolosa nella quale si era venuto a trovare. E arrivare alla conclusione che
il picciotto doveva essere ammazzato. Certo, capisco che una violenta azzuffatina, macari sul ciglio dello sbalanco, ora rischia di
cadere uno ora l'altro, con Giacomo che tenta di disarmare a
Gargano e sotto il mare in tempesta, potrebbe arrinesciri bene
in televisione, trovando macari il giusto commento musicale. Purtroppo penso che appena Gargano ha visto arrivare Giacomo
gli ha sparato. Non aveva tempo da perdere».

«Perciò secondo te l'ha ammazzato fora dalla macchina?».

«Certo. Poi lo piglia e l'assistema al posto allato del guidatore,
il catafero scivola di lato, si mette per longo sui due sedili. Ecco
perché quando passa il professor Tommasino non vede il morto e
pensa che la macchina sia vacante. Gargano rapre il bagagliaio, tira fora la sua valigia (che macari si sarà portato appresso ad ogni
buon conto, come oggetto di scenografia, per dimostrare, se ce ne
fosse stato bisogno, che era pronto a partire), al suo posto ci mette il motorino dopo averne rapruto il bauletto e pigliato la valigetta coi documenti, la sua valigia invece la colloca sui sedili di

darrè. A questo punto arriva il professor Tommasino, Gargano gioca con lui ad ammuccia-ammuccia, aspetta che quello si allontani, poi inserra gli sportelli e si mette ad ammuttare la sua macchina fino a quando non precipita di sotto. Immagina, e immagina giusto, che ci sarà qualche stronzo che incomincerà a cercare il suo catafero, fattosi pirsuaso che si tratta della vendetta della mafia. Con la valigetta in mano, dopo manco un quarto d'ora è su una strada dove passano macchine. Domanda un passaggio a qualcuno che macari paga profumatamente perché non parli».

«Finisco io» fece Mimì. «Ultima inquadratura. Musica. Vediamo su una strata longa e dritta...».

«Ce ne sono in Sicilia?» spiò Montalbano.

«Non ha importanza, la scena la giriamo in continente e facciamo finta, col montaggio, che si trovi da noi. La macchina si allontana sempre di più, addiventa un puntolino. Fermo immagine. Appare una scritta: "E così il male trionfa e la giustizia va a pigliarsela nel culo". Titoli di coda».

«Non mi piace questo finale» disse Fazio serio serio.

«Manco a mia» commentò Montalbano. «Ma ti devi rassegnare, Fazio. Le cose stanno proprio accussì. La giustizia, di questi tempi, può andare a pigliarsela in culo. Bah, lassamo perdiri».

Fazio apparse ancora più incupito.

«Ma nenti nenti possiamo fare contro Gargano?».

«Vai a contare il nostro sceneggiato a Guarnotta e vedi che ti dice».

Fazio si susì, fece per nesciri e andò a sbattere contro Catarella che stava trasendo affannatissimo e giarno in faccia.

«Matre santa, dottori! Il signori e quistori ora ora chiamò! Maria chi scanto che mi piglio ogni volta ca tilifona!».

«Voleva a mia?».

«Nonsi, dottori».

«A chi voleva allora?».

«A mia, dottori, a mia! Matre santa, le gambe di ricotta mi sento! Mi acconsente d'assittarmi?».

«Assettati. Perché voleva a tia?».

«Donchi. Sguilla il tilifono. Io assullevo e arrisponno ca sugnu pronto. E allura sento la voci del signori e quistori. "Sei tu,

547

Santarella?" mi fa lui. "In pirsona pirsonalmenti" ci faccio io. "Riferisci questo al commissario" mi fa lui. "Non ci sta" ci faccio io sapenno che vossia non ci avi gana di parlari con esso di lui. "Non importa. Digli che accuso ricevuta" mi fa lui. E sinni va. Dottori, pirchì il signori e quistori accusa la ricevuta? Chi ci fici, la ricevuta? L'offisi?».

«Lascia perdere, non ti preoccupare. Se la piglia con la ricevuta, non con tia. Calmati».

Il signori e quistori, come lo chiamava Catarella, voleva offrirgli un decoroso armistizio? Ma avrebbe dovuto essere esso di lui, il signori e quistori, a domandarlo e non a proporlo.

Tornato a casa a Marinella, trovò sul tavolino della cucina il pullover che gli aveva regalato Livia e allato un biglietto di Adelina la quale scriveva che, essendo passata nel doppopranzo per dare una puliziata alla casa, aveva scoperto il pullover sull'armuar. Aggiungeva che, avendo trovato al mercato dei merluzzi boni, glieli aveva preparati bolliti. Bastava condirli con oglio, limone e sale. Che fare col pullover? Dio, quant'è difficile far scomparire un corpo di reato! Lui, quel pullover, l'aveva rimosso, sarebbe potuto restare in eterno dove l'aveva gettato. E invece eccolo qua. L'unica era scavare nella rena. Ma si sentiva stanco. Allora pigliò il pullover e lo scagliò nuovamente al posto di prima, difficilmente Adelina nei giorni seguenti avrebbe smirciato di nuovo sopra all'armuar. Squillò il telefono. Era Nicolò che l'avvertiva di raprire la televisione. C'era una edizione straordinaria alle nove e mezzo. Taliò il ralogio, mancavano una quinnicina di minuti. Andò in bagno, si svestì, si diede una rapida lavata, s'assistimò in poltrona. I merluzzi se li sarebbe mangiati dopo il telegiornale.

Finita la sigla, apparsero immagini che parevano quelle di una pellicola americana. Una grossa automobile malandata assumava lentamente dalle acque, mentre la voce di Zito spiegava che il difficile recupero dell'auto era avvenuto poco prima del tramonto. Ora si vedeva l'auto depositata supra il pontone e òmini che la liberavano dai cavi d'acciaio coi quali era stata imbragata. Poi apparse la faccia di Guarnotta.

«Dottore Guarnotta, ci vuole cortesemente dire cosa avete trovato all'interno della macchina di Gargano?».

«Sul sedile posteriore, una valigia contenente effetti personali dello stesso Gargano».

«E nient'altro?».

«Nient'altro».

E questo confermava che il ragioniere si era portato appresso la preziosa valigetta ch'era appartenuta a Giacomo.

«Le ricerche del cadavere di Gargano proseguiranno?».

«Posso annunziare ufficialmente che le ricerche sono concluse. Siamo più che convinti che il cadavere di Gargano sia stato trascinato al largo dalla corrente».

E accussì s'addimostrava che Gargano l'aviva pinsata bona sulla sua messinscena, uno stronzo disposto a crederci ci sarebbe stato. Eccolo lì, l'emerito dottor Guarnotta.

«Corre voce, e noi la riferiamo per dovere di cronaca, che tra Pellegrino e Gargano ci fosse un rapporto particolare. Vi risulta?».

«Anche a noi è giunta questa voce. Stiamo facendo ricerche in questo senso. Se risultasse vera, sarebbe importante».

«Perché, dottore?».

«Perché spiegherebbe come mai Gargano e Pellegrino siano convenuti in ore notturne in questo posto solitario e poco frequentato. Erano qui, come dire, per appartarsi. E qui sono stati uccisi da chi li aveva seguiti».

Non c'era niente da fare, Guarnotta era amminchiato con il pupo. Mafia doveva essere e mafia era.

«Abbiamo avuto modo un'oretta fa di parlare per telefono col dottor Pasquano che ha terminato l'autopsia sulla salma di Giacomo Pellegrino. Ci ha detto che il giovane è stato ucciso con un colpo solo, sparato a distanza ravvicinata, che lo ha colpito proprio in mezzo agli occhi. Il proiettile non è fuoriuscito, è stato possibile recuperarlo. Il dottor Pasquano dice che si tratta di un'arma di piccolo calibro».

Zito si fermò, non aggiunse altro. Guarnotta fece la faccia imparpagliata.

«Ebbene?».

«Ecco, non le pare un'arma anomala per la mafia?».

Guarnotta fece un risolino di compatimento.

«La mafia adopera qualsiasi arma. Non ha preferenze. Dal bazuka alla punta di uno stuzzicadenti. Lo tenga presente».

Si vide la faccia allocuta di Zito. Evidentemente non arrinisciva a spiegarsi come uno stuzzicadenti potesse addivintare un'arma letale.

Montalbano astutò il televisore.

«Tra queste armi, caro Guarnotta» pinsò. «Ci sono macari quelli come a tia, giudici, poliziotti e carrabbinera che vedono la mafia quando non c'è e non la vedono quando c'è».

Ma non voleva farsi pigliare dalla raggia. Si susì. I mirluzzeddri lo stavano aspittando.

Decise d'andarsi a corcare presto, accussì avrebbe avuto modo di leggere tanticchia. Si era appena stinnicchiato che squillò il telefono.

«Amore? Qui è tutto sistemato. Domani dopopranzo prendo un aereo. Sarò a Vigàta verso le otto di sera».

«Se mi dici l'ora giusta, vengo a prenderti a Punta Ràisi. Non ho molto da fare, verrei con piacere».

«Il fatto è che ho ancora qualche impiccio con l'ufficio. Non so a che ora riuscirò a partire. Non ti preoccupare, piglio il pullman. Quando torni, mi troverai a casa».

«Va bene».

«Cerca di tornare presto, non fare al solito tuo. Ho proprio tanta voglia di stare con te».

«Perché, io no?».

L'occhio, istintivamente, gli corse a sopra l'armuar dove ci stava il pullover. In matinata, prima di andare al commissariato, avrebbe dovuto sotterrarlo. E se Livia gli avesse spiato dov'era andato a finire il suo regalo? Avrebbe fatto finta di mostrarsi sorpreso e accussì Livia avrebbe finito col sospettare di Adelina che detestava, ricambiata. Poi, senza quasi rendersene conto, pigliò una seggia, l'accostò all'armuar, ci acchianò supra, tastiò con la mano fino a quando non trovò il pullover, l'affirrò, scinnì dalla seggia, la rimise a posto, agguantò il pullover con le due mani, arrinisciò a fatica a fargli uno strappo, lo pigliò a muzzicuna, ci fece uno, due,

550

tri pirtusa, si armò di coltello, lo trafisse con cinque o sei colpi, lo jttò 'n terra, lo pistiò con i piedi. Un vero assassino in preda a un raptus omicida. Infine lo lassò sul tavolo di cucina per ricordarsi di sotterrarlo la matina appresso. E tutto 'nzemmula si sentì profondamente ridicolo. Perché si era lasciato assugliare da quella stupida furia incontrollata? Forse perché l'aveva rimosso completamente e invece, con prepotenza, il pullover gli era stato fatto ricomparire davanti? Ora che era passato lo sfogo, non solo si trovò ridicolo, ma gli venne una specie di malinconico rimorso. Povera Livia, che glielo aveva accattato e regalato con tanto amore! E fu allora che in testa gli venne un paragone assurdo, impossibile. Come si sarebbe comportata la signorina Mariastella Cosentino alle prese con un pullover regalatole da Gargano, l'uomo che amava? Anzi no, che adorava. A tal punto da non vedere, o non voler vedere, che il ragioniere non era altro che un truffatore mascalzone che se ne era scappato coi soldi e che per non doverli dividere aveva a sangue friddo ammazzato un omo. Non ci avrebbe creduto, oppure avrebbe rimosso. Perché non aveva reagito quando lui si era inventato, per calmare il poviro geometra Garzullo, che la televisione aveva detto che Gargano era stato arrestato? Lei non aveva la televisione in casa, era in qualche modo logico che credesse a quanto diceva Montalbano. E invece nenti, immobile, manco un sussulto, un sospiro. Suppergiù aveva fatto lo stesso quando era andato a portarle la notizia del ritrovamento del cadavere di Pellegrino. Sarebbe dovuta cadere nella disperazione supponendo che la stessa sorte era toccata all'adorato ragioniere. E invece, macari stavolta, era stato quasi lo stesso. Si era trovato a parlare con qualcosa di assai simile a una statua con gli occhi sgriddrati. La signorina Mariastella Cosentino si comportava come se...

Sonò il telefono. Ma era mai possibile che in quella casa non si arriniscisse a pigliare sonno in pace? E poi era tardi, quasi l'una. Santianno, sollevò la cornetta.

«Pronto? Chi parla?» spiò con una voce che avrebbe fatto scantare un brigante di passo.

«Ti ho svegliato? Sono Nicolò».

«No, ero ancora vigliante. Ci sono novità?».

«Nessuna, ma ti voglio contare una cosa che ti metterà di buonumore».

«Ce ne vuole».

«La sai qual è la teoria che il PM Tommaseo ha tirato fora in un'intervista che gli ho fatto? Che non è stata la mafia ad ammazzare i due come afferma Guarnotta».

«Allora chi è stato?».

«Secondo Tommaseo, un terzo uomo geloso che li ha colti sul fatto. Che te ne pare?».

«A Tommaseo, appena c'è di mezzo tanticchia di sesso, la fantasia gli parte per la tangente. Quando la mandi in onda?».

«Mai. Il procuratore capo, saputa la cosa, mi ha telefonato. Era impacciato, povirazzo. E io gli ho dato la mia parola che non avrei reso pubblica l'intervista».

Lesse tre pagine scarse di Simenon, ma, per quanto si sforzasse, non arriniscì a procedere oltre, aveva troppo sonno. Astutò la luce e sinni calumò di subito in un sogno chiuttosto sgradevole. Era sott'acqua nuovamente, vicino all'auto di Gargano, e vidiva il corpo di Giacomo dintra all'abitacolo che si cataminava come un astronauta senza piso, accennava a una specie di danza. Poi una voce arrivava dall'altra parte dello scoglio.

«Cucù! Cucù!».

Si voltava di scatto e vedeva il ragioniere Gargano. Morto macari lui e da gran tempo, la faccia cummigliata da lippo verde, alghe che gli si attorcigliavano alle braccia, alle gambe. La corrente lo faceva ruotare lentamente su se stesso come se fosse infilato in uno spiedo e messo sul girarrosto. Ogni volta che la faccia, o quello che era, di Gargano si veniva a trovare rivolta verso Montalbano, rapriva la vucca e faciva:

«Cucù! Cucù!».

S'arrisbigliò emergendo con fatica dal sogno, tutto sudato. Addrumò la luce. Ed ebbe l'impressione che un'altra luce, violenta e rapida come un lampo, gli fosse per un attimo esplosa nel ciriveddro.

Completò la frase interrotta dalla telefonata di Zito: la signorina Mariastella Cosentino si comportava come se sapesse perfettamente dove era andato ad ammucciarsi il ragioniere Gargano.

552

Quindici

Dopo quel pinsèro, arriniscì a dormiri picca e nenti. Pigliava sonno e manco passava una mezzorata che s'arrisbigliava e di subito la mente gli correva a Mariastella Cosentino. Di due dei tre impiegati della «Re Mida» era arrinisciuto a farsi preciso concetto, macari se a Giacomo non l'aveva mai visto se non da morto. Alle sette si susì, mise la cassetta che gli avevano preparato a «Retelibera» e se la taliò attentamente. Mariastella vi compariva due volte in occasione dell'inaugurazione dell'agenzia a Vigàta e tutte e due le volte allato a Gargano. E lei che se lo taliava, adorante. Un amore a prima vista, dunque, che col passare del tempo sarebbe diventato totale, assoluto. Doveva parlare con la picciotta e aveva una buona scusa. Dato che le sue supposizioni venivano via via confermate dai fatti, le avrebbe domandato se i rapporti tra Gargano e Pellegrino negli ultimi tempi apparivano tesi. Se avesse detto di sì, macari questa supposizione, vale a dire che i due si erano appattati per fingersi sciarriati, si sarebbe rivelata inzertata. Ma prima di andarla a trovare, decise che aveva bisogno di saperne di più su di lei.

Arrivò in commissariato verso le otto e subito chiamò Fazio.
«Voglio notizie su Mariastella Cosentino».
«O Gesù biniditto!» fece Fazio.
«Perché ti meravigli?».
«Certo che mi devo ammaravigliare, dottore! Quella pare viva, ma invece morta è! Che vuole sapere?».
«Se su di lei in paìsi corrono o sono corse voci. Che ha fatto o dove ha travagliato prima d'impiegarsi da Gargano. E che gente erano suo patre e sua matre. Dove vive e che abitudini

ha. Sappiamo, per esempio, che non ha la televisione, ma il telefono sì».

«Quanto tempo ho?».

«Massimo alle undici mi vieni a riferire».

«Va bene, dottore, però lei mi deve fare un favore».

«Se posso, volentieri».

«Può, dottore, può».

Niscì, tornò con sulle vrazza una quintalata di carte da firmare.

Alle undici spaccate Fazio tuppiò alla porta, trasì. Il commissario l'accolse con soddisfazione: era arrivato a firmare tre quarti delle pratiche e aveva il braccio anchilosato.

«Pigliati le carte e portatele via».

«Macari quelle non firmate?».

«Macari quelle».

Fazio le pigliò, le portò nella sua càmmara, tornò.

«Ho saputo picca» fece assittandosi.

Tirò fora dalla sacchetta un foglio scritto fitto.

«Fazio, una premessa. Ti scongiuro di dare il meno sfogo possibile al tuo complesso dell'anagrafe. Dimmi solo le cose essenziali, non mi fotte niente sapere la data esatta e dove si sono maritati il patre e la matre di Mariastella Cosentino. D'accordo?».

«D'accordo» disse Fazio facendo il muso storciuto.

Lesse il foglio due volte, poi lo ripiegò e se lo rimise in sacchetta.

«La signorina Cosentino è sua coetanea, dottore. È nata qua nel febbraio del 1950. Figlia unica. Suo padre era Angelo Cosentino, commerciante in legnami, persona onesta, stimata e rispettata. Apparteneva a una delle più antiche famiglie di Vigàta. Quando nel '43 arrivarono gli americani, lo fecero sindaco. E sindaco è restato fino al 1955. Poi non ha voluto fare più politica. La matre, Carmela Vasile-Cozzo...».

«Come hai detto?» fece Montalbano che fino a quel momento l'aveva seguito distrattamente.

«Vasile-Cozzo» ripeté Fazio.

Vuoi vedere che c'era parentela con la signora Clementina? Se c'era, tutto sarebbe stato più facile.

«Aspetta un momento» disse a Fazio. «Devo fare una telefonata».

La signora Clementina si mostrò felice di sentire la voce di Montalbano.

«Da quand'è che non viene a trovarmi, malaconnutta che non è altro?».

«Mi deve perdonare, signora, ma il lavoro... Senta, signora, lei per caso era parente di Carmela Vasile-Cozzo, la madre della signorina Mariastella?».

«Certo. Prime cugine, figlie di due fratelli. Perché mi fa questa domanda?».

«Signora Clementina, le porto disturbo se passo a trovarla?».

«Lei sa benissimo quanto piacere mi fa vederla. Purtroppo non posso invitarla a pranzo, ci sono mio figlio, sua moglie e il nipotino. Ma se vuole passare verso le quattro del pomeriggio...».

«Grazie. A più tardi».

Riattaccò, taliò Fazio pinsiroso.

«Sai che ti dico? Che non ho più bisogno di tia. Contami solo se su Mariastella corrono voci».

«Che voci vuole che corrano? Salvo il fatto che era innamorata cotta di Gargano. Ma dicono macari che tra di loro di concreto non c'è stato nenti».

«Va bene, puoi andare».

Fazio niscì murmuriandosi.

«Una matinata sana mi fici perdiri stu santu cristianu!».

Alla trattoria «San Calogero» mangiò accussì svogliatamente che macari il proprietario se ne addunò.

«Che abbiamo, pinsèri?».

«Qualcuno».

Niscì e se ne andò a farsi una passiata sul molo sino a sotto il faro.

S'assittò al solito scoglio, s'addrumò una sigaretta. Non voleva pinsare a nenti, voleva solo starsene lì, a sentire lo sciacquio del mare tra gli scogli. Ma i pinsèri vengono macari se fai di tutto per tenerli lontani. Quello che gli venne, riguardava l'àrbolo d'aulivo ch'era stato abbattuto. Ecco, gli restava solo lo scoglio ora, come rifugio. Si trovava all'aria aperta, certo, ma di colpo ebbe una curiosa sensazione di mancanza d'aria, come se lo spazio della sua esistenza si fosse improvvisamente ristretto. E di molto.

La signora Clementina principiò a parlare dopo che, assittati in salotto, si erano pigliati il cafè.

«Mia cugina Carmela si maritò giovanissima con Angelo Cosentino che era colto, gentile, disponibile. Ebbero solo una figlia, Mariastella. È stata mia allieva, aveva un carattere particolare».

«In che senso?».

«Nel senso che era molto chiusa, riservata, quasi scontrosa. A parte questo, era anche molto formalista. Si diplomò ragioniera a Montelusa. Il fatto di avere perduto la madre quando aveva solo quindici anni credo che abbia inciso assai negativamente su di lei. Da quel momento si dedicò al padre. Non usciva più nemmeno di casa».

«Economicamente stavano bene?».

«Non erano ricchi, ma non credo fossero nemmeno poveri. Dopo cinque anni dalla morte di Carmela, morì macari Angelo. Quindi Mariastella aveva vent'anni, non era più una picciliddra. Ma si comportò come tale».

«Che fece?».

«Bene, quando seppi che Angelo era morto, andai a trovare Mariastella. Con me c'era altra gente, uomini, fìmmine. Mariastella ci si fece incontro, vestita come al solito, non aveva pigliato il nero manco quando la madre era morta. Io, che ero la parente più stritta, l'abbracciai, la confortai. Lei si staccò da me e mi taliò: "chi è morto?" mi spiò. Aggelai, amico mio. Non voleva persuadersi che suo padre era morto. La questione andò avanti...».

«...per tre giorni» disse Montalbano.

«Come lo sa?» spiò la signora Clementina Vasile-Cozzo imparpagliata.

Il commissario la taliò più imparpagliato di lei.

«Mi crede se le dico che non lo so?».

«Durò tre giorni, appunto. Ci mettemmo tutti a cercare di persuaderla: il parrino, il dottore, io, quelli dell'impresa funebre. Niente da fare. La salma del povero Angelo stava lì, sul suo letto, e Mariastella non si persuadeva di lasciarlo ai becchini. Allora...».

«... proprio quando avevate deciso di ricorrere alla forza, cedette» disse Montalbano.

«Beh» fece la signora Vasile-Cozzo. «Se lei la storia la sa già, perché vuole che io gliela riconti?».

«Mi creda, non la so» fece il commissario a disagio. «Ma è come se questa storia mi fosse già stata contata. Solo che non riesco a ricordare né come né dove né perché. Vuole che facciamo un esperimento? Se io le domando ora: "pensaste allora che Mariastella era pazza?", conosco già la sua risposta: "non pensammo che era pazza, pensammo che era spiegabile che si comportasse così"».

«Già» fece la signora Clementina sorpresa «pensammo proprio questo. Con tutte le sue forze, Mariastella rifiutava la realtà, rifiutava d'essere un'orfana, priva di qualcuno al quale potersi appoggiare».

Ma Dio santo, come faceva a conoscere persino i pensieri dei protagonisti di quella storia? Verso il 1970 suo padre e lui mancavano da anni da Vigàta, non ci avevano parenti o amici, in quel tempo tra l'altro studiava a Catania. Quindi quella facenna non era stata manco vissuta da qualcuno che vi aveva direttamente partecipato. E allora come si spiegava?

«E poi che successe?» spiò.

«Per qualche anno Mariastella campò con quel poco che le aveva lasciato il padre. Poi un parente riuscì a trovarle un posto a Montelusa. Vi lavorò fino a quarantacinque anni. Ma non frequentava più nessuno. A un certo momento si licenziò. Spiegò, ora non ricordo a chi, che si era licenziata perché si scantava della strada che doveva fare ogni giorno per andare e tornare da Montelusa. Il traffico era troppo aumentato, s'innervosiva».

«Ma non sono manco dieci chilometri».

«Che vuole che le dica. E a chi le fece osservare che pure per andare da casa sua in paese doveva farsela in macchina, rispose che su quella strada si sentiva più sicura perché la conosceva».

«E come mai decise di tornare a impiegarsi? Aveva bisogno?».

«No. In tutto il tempo che aveva lavorato a Montelusa, era riuscita macari a mettere qualcosa da parte. E in più credo avesse una piccola pensione. Piccola, ma a lei bastava e superchiava. No, s'impiegò perché fu Gargano ad andarla a cercare».

Montalbano satò addritta dalla poltrona, parse un arco scoccato. La signora Vasile-Cozzo sussultò per la reazione del commissario, portò una mano al cuore.

«Si conoscevano da prima?!».

«Commissario, si calmi, a momenti mi faceva venire un infarto».

«Mi scusi» fece Montalbano tornando ad assittarsi. «Io sapevo che era stata lei a presentarsi a Gargano».

«No, la cosa andò così. La prima volta che Emanuele Gargano venne a Vigàta, domandò di Angelo Cosentino, spiegando che suo zio, quello che viveva a Milano e che gli aveva fatto da padre, gli aveva raccontato che Angelo, quand'era sindaco, l'aveva tanto aiutato sino a salvarlo dal fallimento. Infatti io stessa mi ricordo che fino agli anni cinquanta c'era un rappresentante di commercio che si chiamava Filippo Gargano. Dissero a Gargano che Angelo era morto e che della famiglia restava solamente una figlia, Mariastella. Gargano insistette per conoscerla, le offrì un impiego e lei accettò».

«Perché?».

«Vede, commissario, venne Mariastella stessa a dirmi di quest'impiego. È stata l'ultima volta che l'ho vista, poi non è più venuta a trovarmi. Del resto, dalla morte del padre ci siamo incontrate sì e no una decina di volte. La risposta è semplice, commissario: si era ingenuamente e perdutamente innamorata di Gargano. Era evidente da come me ne parlò. E non mi risulta che Mariastella abbia mai avuto un fidanzato. Poverina, lei la conosce...».

«Perché?» ripeté Montalbano.

La signora Clementina lo taliò strammata.

«Non mi ha sentito? Mariastella si era...».

«No, mi domandavo perché un mascalzone come Gargano l'abbia assunta. Per riconoscenza? Ma via, Gargano è un lupo. Scannerebbe gli appartenenti al suo stesso branco. Aveva tre impiegati a Vigàta. Uno, quello che è stato ammazzato, era un furbo, competentissimo nel suo mestiere, che però si faceva passare per incompetente o quasi. Ma Gargano aveva subito capito com'era fatto. L'altra è una bellissima ragazza. E macari in questo caso si può capire la ragione. Ma Mariastella?».

«Per tornaconto» disse la signora. «Per puro tornaconto. Anzitutto perché agli occhi del paese sarebbe apparso come un uomo che non si scordava di chi lo aveva, direttamente o indirettamente, beneficato. E che quel beneficio ripagava in qualche modo con l'assunzione di Mariastella. Non era una bella facciata per un truffatore? E poi perché avere sottomano una fìmmina innamorata fa sempre comodo a un uomo, truffatore o no».

Gli pareva di ricordare che l'agenzia chiudeva alle cinque e mezzo. Chiacchiariando con la signora Clementina, non si era addunato del tempo. Ringraziò, salutò, promise che sarebbe tornato presto, salì in macchina, partì. Vuoi vedere che trovava l'agenzia inserrata? Quando arrivò all'altezza della «Re Mida» vide che Mariastella aveva già chiuso il portone e che stava arrimiscando nella borsetta, evidentemente in cerca delle chiavi. Trovò quasi subito un posto. Parcheggiò e scinnì dalla macchina. E tutto principiò ad essere come quando in una pellicola adoprano il rallentatore. Mariastella stava traversando la strada, la testa calata, senza taliare né a dritta né a manca. E tutt'inzemmula si fermò, proprio quando stava sopraggiungendo una macchina. Montalbano sentì la frenata, vide l'auto lentissimamente pigliare in pieno la fìmmina, farla cadere, sempre con estrema lentezza. Il commissario si mise a correre e tutto tornò al suo ritmo naturale.

L'investitore scinnì, si calò su Mariastella ch'era stinnicchiata 'n terra, ma si cataminava, cercando di rialzarsi. Di corsa stavano venendo altre persone. L'investitore, un omo piuttosto distinto, sissantino, era scantato a morte, giarno giarno.

«Si è fermata di colpo! Io pensavo che...».

«Si è fatta molto male?» spiò Montalbano a Mariastella, aiutandola a rialzarsi. E rivolto agli altri:

«Andate via! Non è successo niente di grave!».

I sopravvenuti, che avevano riconosciuto il commissario, si allontanarono. L'investitore invece non si mosse.

«Che vuole?» gli spiò Montalbano mentre si calava a pigliare la borsetta da terra.

«Come che voglio? Voglio accompagnare la signora all'ospedale!».

«Non vado all'ospedale, non mi sono fatta niente» disse decisa Mariastella taliando il commissario per averne l'appoggio.

«E no!» fece il signore. «Quello che è capitato non è capitato per colpa mia! Io voglio un referto medico!».

«E perché?» spiò Montalbano.

«Perché poi, alla scordatina, la signora qua presente capace che se ne esce dicendo che ha subìto fratture multiple e io mi vengo a trovare nei guai coll'assicurazione!».

«Se non si leva dai cabasisi entro un minuto» disse Montalbano «io le spacco la faccia con un cazzotto e lei poi mi porta il referto medico».

L'omo non sciatò, trasì in auto, partì sgommando, cosa che macari non aveva mai fatto in vita sò, ma che stavolta lo scanto gli faceva fare.

«Grazie» fece Mariastella pruiendogli la mano. «Buonasera».

«Che vuole fare?».

«Piglio la macchina e me ne torno a casa».

«Non se ne parla nemmeno! Lei non è in condizioni di guidare. Non si accorge che sta tremando?».

«Sì, ma è normale. Tra poco passa».

«Senta, io le ho dato una mano a non farla andare all'ospedale. Ma ora deve fare quello che dico io. A casa l'accompagno con la mia macchina».

«Sì, ma domani mattina come vengo in ufficio?».

«Le prometto che entro stasera uno dei miei uomini le riporterà la sua auto davanti alla porta di casa. Mi dia ora le chiavi, così non ce ne scordiamo. È la Cinquecento gialla, no?».

Mariastella Cosentino tirò fora le chiavi dalla borsetta, le pruì al commissario. Si diressero verso l'auto di Montalbano, Mariastella strascicava tanticchia la gamba mancina e teneva la spalla della stessa latata tutta isata, una posizione che forse le faceva provare meno dolore.

«Vuole mettersi sottobraccio?».

«No, grazie».

Cortese e ferma. Se avesse pigliato il braccio del commissario, cosa avrebbe potuto pinsare la gente a vederla in tanta confidenza con un omo?

Montalbano le tenne aperto lo sportello e lei trasì con cautela, lenta.

Evidentemente aveva pigliato una brutta botta.

Domanda: quale sarebbe stato il dovere del commissario Montalbano?

Risposta: accompagnare l'infortunata all'ospedale.

Domanda: perché allora non lo faceva?

Risposta: perché in realtà il dottor Salvo Montalbano, un verme sotto le mentite spoglie di commissario di polizia, voleva approfittare di questo momento di turbamento della signorina Mariastella Cosentino per abbatterne le difese e sapere tutto di lei e dei suoi rapporti con Emanuele Gargano, truffatore e assassino.

«Dove le fa male?» le spiò Montalbano mettendo in moto.

«A un fianco e alla spalla. Ma è stata la caduta».

Voleva dire che la macchina del sissantino le aveva dato solo un forte ammuttuni, sbattendola 'n terra. La violenza della caduta sulle bàsole della strata le aveva fatto danno. Ma non grave, l'indomani a matino si sarebbe arrisbigliata col fianco e la spalla di un bel colore blu-verdastro.

«Mi guidi lei».

E Mariastella lo guidò fino a fora Vigàta, facendogli pigliare una strata dove a dritta e a mancina si vedevano non case, ma rare vecchie ville solitarie, alcune delle quali in stato d'abbandono. Il commissario non era mai stato da quelle parti, ne era certo, perché lo meravigliava il fatto di venirsi a trovare in un posto rimasto come bloccato a prima della speculazione edilizia, della cementificazione selvaggia. Mariastella dovette capire la meraviglia del commissario.

«Queste ville che vede sono state costruite tutte nella seconda metà dell'ottocento. Erano le case di campagna dei vigatesi ricchi. Abbiamo rifiutato offerte miliardarie. La mia è quella lì».

Montalbano non isò gli occhi dalla strata, ma sapeva che *era una grossa casa quadrata che era stata una volta bianca, decorata da spire e balconi a volute nella pesante levità dello stile anni 1870...*

Finalmente isò gli occhi, la taliò, la vide, era come aveva pensato, anzi meglio, la casa coincideva perfettamente, una stampa e una figura, a come gli era stato suggerito di pinsarla. Ma suggerito da chi? Possibile che quella casa l'avesse già vista? No, era certo.

«Quando è stata costruita?» spiò, timoroso della risposta.

«Nel 1870» disse Mariastella.

Sedici

«Al piano di sopra sono anni e anni che non salgo più» disse Mariastella mentre rapriva il pesante portone. «Io mi sono sistemata al piano terra».

Il commissario notò le pesanti inferriate alle finestre. Quelle del piano superiore erano invece chiuse dalle persiane di un colore oramai indefinibile con molte listelle mancanti. L'intonaco era scrostato.

Mariastella si voltò.

«Se vuole entrare un momento...».

Le parole erano un invito, ma gli occhi della fìmmina dicevano tutto il contrario, dicevano:

«Per carità, vattene, lasciami sola e in pace».

«Grazie» disse Montalbano.

E trasì. Attraversarono una vasta anticamera disadorna, *poco illuminata, da cui una scalinata saliva verso tenebre ancora più fitte. Odorava di polvere e di abbandono: un odore chiuso e muffito.* Mariastella gli raprì la porta del salotto. *Era addobbato di mobilia pesante e rivestita di cuoio.* Quella specie di incubo che aveva già patuto ascoltando il racconto della signora Clementina ora addiventava sempre più opprimente. Dintra al suo ciriveddro una voce sconosciuta disse: "ora cerca il ritratto". Obbedì. Si taliò torno torno e lo vide sopra un tangèr, *in un portaritratti patinato coi suoi fregi dorati, un ritratto a pastello* di un uomo anziano, coi baffi.

«Quello è suo padre?» spiò, certo e nello stesso tempo scantato della risposta.

«Sì» disse Mariastella.

E fu allora che Montalbano capì che non poteva più tirarsi narrè, che doveva addentrarsi ancora di più in quell'inspiegabile zona scura che stava tra la realtà e quello che la sua testa stessa gli andava suggerendo, una realtà che si creava mentre la pensava. Sentì che di colpo gli era venuta la febbre, gli acchianava di minuto in minuto. Che gli stava capitando? Non credeva alle magarie, ma in quel momento ci voleva molta fiducia nella propria ragione per non crederci, per mantenersi coi piedi per terra. Si addunò che stava sudando.

Gli era successo, anche se raramente, di vedere per la prima volta un posto e provare la sensazione di esserci già stato o di rivivere situazioni in precedenza vissute. Ma ora si trattava di qualcosa di assolutamente diverso. Le parole che gli tornavano a mente non gli erano state dette, non gli erano state contate, pronunziate da una voce. No, ora era persuaso di averle lette. E quelle parole scritte lo avevano tanto colpito e forse turbato da stamparglisi nella memoria. Dimenticate, ora tornavano vive, violente. E tutto 'nzemmula capì. Capì, sprofondando in una specie di scanto quale mai in vita sua aveva provato e mai pinsato che si potesse provare. Aveva capito che stava vivendo dentro un racconto. Era stato trasportato dintra a un racconto di Faulkner, letto tanti anni avanti. Com'era possibile? Ma non era quello il momento di darsi spiegazioni. L'unica era continuare a leggerlo e a viverlo, quel racconto, arrivare alla terribile conclusione che già conosceva. Non c'era altro da fare. Si susì addritta.

«Vorrei che lei mi facesse vedere la sua casa».

Lei lo taliò sorpresa e macari tanticchia irritata per quella violenza alla quale il commissario le domandava di sottoporsi. Ma non ebbe il coraggio di dire di no.

«Va bene» disse, susendosi a fatica.

Il vero dolore della caduta cominciava certamente a farsi sentire. Tenendo una spalla assai più alta dell'altra e reggendosi il braccio con una mano, fece strada a Montalbano verso un lungo corridoio. Raprì la prima porta di mancina.

«Questa è la cucina».

Molto grande, spaziosa, ma scarsamente usata. Su una parete erano appesi pentole e pentolini di rame resi quasi bianchi dal pruvolazzo che vi si era depositato. Raprì la porta di fronte.

«Questa è la sala da pranzo».

Mobili scuri di noce, massicci. Negli ultimi trenta anni, doveva essere stata adoperata una o al massimo due volte. La porta venne richiusa.

Procedettero di qualche passo.

«Questo a sinistra è il bagno» disse Mariastella.

Ma non lo raprì. Proseguì ancora di tre passi, si fermò davanti a una porta chiusa.

«Qui c'è la mia camera. Ma è in disordine».

Si voltò verso la porta di fronte.

«Questa è la camera degli ospiti».

Raprì la porta, stinnì il vrazzo, addrumò la luce, si fece di lato per lasciar passare il commissario. *Un drappo funereo, lieve e pungente come in una tomba, sembrava coprire ogni cosa in questa stanza...*

E Montalbano in un attimo vide quello che già si aspettava di vedere, *da una sedia pendeva l'abito accuratamente piegato: disotto le due mute scarpe e le calze buttate vicino.*

E sul letto, marrone di sangue rappreso, accuratamente avvolto nel nylon e ancora più accuratamente sigillato da nastro adesivo, *stava allungato lui*, Emanuele Gargano.

«E non c'è più altro da vedere» disse Mariastella Cosentino, astutando la luce della càmmara degli ospiti e richiudendo la porta. Tornò, con la caminata oramà sghemba, a rifare il corridoio verso il salotto, mentre Montalbano se ne stava lì, davanti alla porta chiusa, incapace di cataminarsi, di fare un passo. Mariastella non aveva visto il morto. Per lei non esisteva, non c'era su quel letto insanguinato, l'aveva completamente rimosso. Come, tanti anni avanti, aveva fatto col padre. Il commissario sentiva dintra al ciriveddro fischiare una specie di bufera, testa ventosa tra ventosi spazi, non arrinisciva a bloccare una frase, due parole che messe l'una appresso all'altra avevano un senso compiuto. Poi gli arrivò un lamintìo, una specia di mugolìo d'armalo ferito. Arriniscì a dare un passo, a nesciri dalla paralisi con uno strappo quasi doloroso, corse in salotto. Mariastella era assittata su una poltrona, era addiventata giarna, si teneva la spalla con una mano, le labbra le tremavano.

«Dio, che dolore che m'è venuto!».

«Le chiamo un medico» disse il commissario, aggrappandosi a quel momento di normalità.

«Mi chiami il dottor La Spina» disse Mariastella.

Il commissario lo conosceva, era un sittantino che si era ritirato, curava solamente gli amici. Corse in anticamera, c'era l'elenco posato allato al telefono. Sentiva Mariastella che continuava a lamentarsi.

«Dottor La Spina? Montalbano sono. Conosce la signorina Mariastella Cosentino?».

«Certo, è una mia paziente. Che le è capitato?».

«È stata investita. Le fa molto male una spalla».

«Arrivo subito».

E fu qui che gli venne la soluzione convulsamente cercata. Abbassò la voce, sperando che il medico non fosse sordo.

«Dottore, senta. Glielo chiedo sotto la mia personale responsabilità. Ho bisogno, e non mi faccia ora domande, che la signorina Mariastella dorma profondamente per qualche ora».

Riattaccò, respirò profondamente tre o quattro volte.

«Arriva subito» fece ritrasendo in salotto e cercando di darsi un'ariata la più normale possibile. «Fa tanto male?».

«Sì».

Quando ebbe poi a contare la storia, il commissario non arrinisci a ricordare che altro si erano detti. Forse erano restati in silenzio. Appena sentì una macchina arrivare, Montalbano si susì, andò a raprire il portone.

«Mi raccomando, dottore, la medichi, faccia quello che deve fare, ma soprattutto la faccia dormire profondamente. Nell'interesse stesso della signorina».

Il dottore lo taliò a lungo negli occhi, s'arrisolse a non fare domande.

Montalbano restò fora, s'addrumò una sigaretta, si mise a passiare davanti alla casa. Faceva scuro. E gli tornò a mente il professor Tommasino. Di che odorava la notte? Inspirò profondamente. Odorava di frutta marcia, di cose che si disfacevano.

Il dottore niscì dalla casa dopo una mezzorata.

«Non ha niente di rotto, due brutte contusioni alla spalla, che le ho fasciata, e all'anca. L'ho persuasa a mettersi a letto, ho fatto come voleva lei, dorme già, andrà avanti per qualche ora».

«Grazie, dottor La Spina. E per il suo disturbo, vorrei...».

«Lasci perdere, Mariastella la curo da quand'era picciliddra. Però non mi sento di lasciarla sola, vorrei chiamare un'infermiera».

«Ci resto io con lei, non si preoccupi».

Si salutarono. Il commissario aspittò che la macchina fosse scomparsa, trasì in casa, inserrò il portone. Ora veniva la parte più difficile, tornare di propria volontà nell'incubo del racconto, ridiventarne personaggio. Passò davanti alla càmmara di Mariastella, la vide che dormiva nel suo letto sotto la coperta *di un color rosa stinto, i lumi parati di rosa, la toletta, la delicata serie di cristalli e gli oggetti...* Ma non era un sonno sereno, i suoi lunghi capelli color grigio-ferro parevano muoversi in continuazione sul cuscino. Si decise, raprì l'altra porta, addrumò il lampadario, trasì. L'involto sul letto sparluccicava per i riflessi della luce sul nylon. Si avvicinò, si calò a taliare. La canottiera di Emanuele Gargano era bruciacchiata all'altezza del cuore, il foro d'entrata si vedeva netto. Non si era suicidato, la pistola era ordinatamente appoggiata sull'altro comodino. Mariastella l'aveva ammazzato nel sonno. Invece, sul comodino più vicino al morto c'erano posati un portafoglio e un Rolex. Per terra, allato al letto, stava una valigetta aperta, dintra si vedevano dischetti da computer, carte. La valigetta di Pellegrino.

Ora doveva concludere veramente il racconto. *Sopra l'altro guanciale era impresso l'incavo di una testa?* C'era, sopra l'altro guanciale, *un lungo capello color grigio-ferro?* Si sforzò di taliare. Sull'altro cuscino non c'era nessun incavo, nessun capello color grigio-ferro.

Respirò, sollevato. Almeno questo gli era stato risparmiato. Astutò la luce, niscì, richiuse la porta, tornò nella càmmara di Mariastella, pigliò una seggia, s'assittò allato a lei. Una volta qualcuno gli aveva detto che il sonno provocato apposta è privo di sogni. Allora pirchì quel poviro corpo ogni tanto era traversato,

scosso da sussulti violenti come per una forte scarica elettrica?
E sempre quello stesso qualcuno gli aveva spiegato come qualmente dormendo non si poteva piangere veramente. E allora pirchì grosse lagrime scivolavano da sotto le palpebre della fìmmina? Che ne sapevano, macari gli scienziati, di cosa poteva capitare nel misterioso, indecifrabile, irraccontabile paese del sonno. Le pigliò una mano tra le sue. Scottava. Aveva sopravvalutato Gargano, era solo un truffatore, non aveva retto all'omicidio di Giacomo. Dopo aver fatto cadere in mare la macchina, agguantata la valigetta, era corso a tuppiare alla porta di Mariastella, certo che la fìmmina non avrebbe mai parlato, non l'avrebbe mai tradito. E Mariastella l'aveva accolto, confortato, ospitato. Poi, quando gli aveva fatto pigliare sonno, gli aveva sparato. Per gelosia? Una folle reazione alla rivelazione del rapporto del suo Emanuele con Giacomo? No, Mariastella non l'avrebbe mai fatto. E allora capì: l'aveva ammazzato per amore, per sparagnare, all'unico essere veramente amato nella sua vita, il disprezzo, il disonore, la galera. Non poteva esserci altra spiegazione. La parte più oscura (o quella più chiara) gli suggerì una soluzione facile. Pigliare l'involto, metterlo nel bagagliaio della sua macchina, andare nello stesso posto dove era stato ammazzato Giacomo, scagliarlo in mare. Nessuno avrebbe pensato a un coinvolgimento di Mariastella Cosentino. E lui se la sarebbe scialata a vedere la faccia di Guarnotta quando avrebbe visto il catafero di Gargano accuratamente avvolto nel nylon: perché la mafia l'ha incartato? si sarebbe domandato, sgomento.

Ma era uno sbirro.

Si susì, si erano fatte le otto, andò al telefono, forse Guarnotta era ancora in ufficio.

«Pronto, Guarnotta? Montalbano sono».

E gli spiegò cosa doveva fare. Poi tornò nella càmmara di Mariastella, le asciugò il sudore dalla fronte con la punta del linzolo, si assittò, le pigliò nuovamente la mano tra le sue.

Poi, dopo non seppe quanto, sentì arrivare le macchine. Raprì il portone, andò incontro a Guarnotta.

«Hai chiamato un'infermiera e un'ambulanza?».

«Stanno arrivando».

«Stai attento che c'è una valigetta. Forse riesci a ricuperare i soldi rubati».

Mentre tornava verso Marinella, dovette fermarsi due volte. Non ce la faceva a guidare, era sfinito e non solo nel corpo. La seconda volta fermò e scinnì dalla macchina. Oramà si era veramente fatta notte. Respirò a fondo. E allora sentì che la notte aveva cangiato odore: era un odore leggero, fresco, era odore d'erba giovane, di citronella, di mentuccia. Ripartì esausto, ma confortato. Trasì nella sua casa e di subito s'apparalizzò. Livia stava in mezzo alla càmmara, la faccia 'nfuscata, gli occhi scintillanti di raggia. Teneva isato a due mani il pullover che si era scordato di sotterrare. Montalbano raprì la vucca ma non gli niscì sono. Vide allora le braccia di Livia abbassarsi lentamente, la faccia che le cangiava d'espressione.

«Dio mio, Salvo, che hai? Che cosa ti è successo?».

Gettò 'n terra il pullover, corse ad abbracciarlo.

«Che ti è successo, amore? Che hai?».

E lo stringeva, disperata, scantata.

Montalbano ancora non era capace né di parlare né di ricambiare l'abbraccio. Ebbe un solo pinsèro, nitido, forte:

«Meno male che è qua».

Nota dell'autore

L'idea di far svolgere a Montalbano un'indagine (alquanto anomala, quasi un divertissement) su un «mago» della finanza mi fu suggerita dalla lettura di un articolo di Francesco («Ciccio» per gli amici) La Licata intitolato «Multinazionale mafia» dove si accennava alla vicenda di Giovanni Sucato («il mago», appunto) che «riuscì, con una sorta di catena di Sant'Antonio miliardaria, a metter su un impero. Poi saltò in aria con l'auto». La mia storia è assai più modesta e, specialmente nella parte finale, assai diversa. Soprattutto diverse sono state le mie intenzioni nel contarla. E la mafia qui non c'entra per niente, malgrado la convinzione del dottor Guarnotta, uno dei personaggi. Tuttavia, devo pur sempre dichiarare che nomi e situazioni sono inventati e non hanno riferimento con la realtà. Qualsiasi coincidenza è dunque ecc. ecc. Il racconto di William Faulkner, nel quale Montalbano si trova a vivere, si intitola *Omaggio a Emilia*, è tradotto da Francesco Lo Bue ed è compreso nella raccolta «Questi tredici» (Torino 1948).

A. C.

Indice

Nota di Andrea Camilleri   7

Ancora tre indagini per il commissario Montalbano

La voce del violino   15
La gita a Tindari   195
L'odore della notte   413

Questo volume è stato stampato
su carta Palatina
delle Cartiere Miliani di Fabriano
nel mese di novembre 2009

Stampa: Legoprint S.p.A. - Lavis (TN)
Legatura: I.G.F. s.r.l. - Aldeno (TN)

Galleria

Gianrico Carofiglio. I casi dell'avvocato Guerrieri
Alicia Giménez-Bartlett. Tre indagini di Petra Delicado
Carlo Lucarelli. Il commissario De Luca
Friedrich Glauser. Il sergente Studer indaga. Tre romanzi polizieschi
Andrea Camilleri. Il commissario Montalbano. Le prime indagini
Augusto De Angelis. Il commissario De Vincenzi
Santo Piazzese. Trilogia di Palermo